浙江文化研究工程成果文庫

浙江文獻集成

浙江文叢

黄燮清集

〔第三册〕

〔清〕黄燮清 著
杜運威 叢海霞 整理

浙江古籍出版社

帝女花

自序

嗟乎，循環生死，神仙無了結之期；俯仰興亡，宇宙皆貯悲之境。大江東去，挽不住恨水波濤；小海西流，問不出冤禽消息。况乃帝王骨肉，鬱痛千年；兒女江山，同聲一哭。如明季長平公主者，尤足動廢書之長嘆，愴思古之幽懷者也。

當夫仙李蟠雲，穠桃承露。瓊樓金屋，聲叶珩璜；翠水瑶池，艷傾菡萏。體裁玉琢，香生鸞鳳之胎；掌上珠珍，出自驪龍之頷。眉猶待畫，肩問誰齊。宜遵受册之儀，賜封大國；遂詔司禮之監，妙選良家。則有周君世顯者，平叔風標，鴻圖氣節，以閥閱之華裔，締潙汭之良姻。合璧有期，射屏適中。一絲彩縷，煩月老之牽來；兩鬢宫花，待日兄之賜插。豈意惡氛徒熾，好事多磨，鴛偶未諧，狗噬將及。當紅葉蹇修之會，正赤眉潑焰之秋。敗報星馳，警函雨集。魯陽老去，誰揮指日之戈；后羿飛行，竟發射天之箭。謂神器可以力取，虎豹磨牙；恨肉食未能遠謀，牛羊崩角。强藩縱敵，仍膺侯伯之封；貴戚守財，尚作子孫之計。六師皆墨，九廟齊灰。朝内可謂無人，國事至於此極。青蛇墮殿，知東漢之垂亡；白燕渡江，慨南宋之不振。殘棋絶援，餘燼難收。戰血模糊，冷浸中原之草；鬼燐黯澹，青燒半夜之雲。撥兒馬卷地而來，誰爲泥封函谷；孩子軍梯城而上，竟使靴蹋神京。烈皇於是淚濺重袍，手提銛刃。六宫矢節，一日捐軀。國母既誓以摩笄，貴主亦因之掩魄。三百餘年社稷，付之地老天荒；一十五歲嬋娟，同此風酸雨苦。既乃載歸椒里，温以蘭衾。斷骨重連，餘絲猶裹。活雙鬟之冷翠，蟬翅蓬鬆；認半臂之殘膏，猩痕斑剥。前身青女，帶來冰雪之灾；小影麻姑，閲此滄桑之變。銅人泣露，悲哉九月凉秋；石馬嘶風，消盡五陵佳氣。涸鼎湖之龍穴，無計攀髯；傾阿閣之鳳巢，僅存完卵。華陽多病，嬌小可憐；臨海無家，飄流何底？半生歷劫，已空玉鏡之塵；一表陳情，乞下金仙之髮。

恭逢我聖朝蕩平寇黨，撫馭寰瀛。闓澤溢於普天，隆恩推於勝國。太息蘭魂楚楚，亦王者香之根苗；豈宜曇影空空，爲波斯匿之舉動。詔合故劍，膏續離絃。館擬平陽，禮從優異；宅方沁水，春自繁華。車犢三千，争看騎奴之送；金錢百萬，無須牛女之償。幡護餘芳，鏡圓前影。目憐魚比，翼稱鶼飛。然而夙痛未捐，煩冤常鬱。亂離如夢，愁談天寶年間；金粉成煙，莫問上陽院落。回思往事，憂來無方；陡撫殘創，魂消欲絶。阿嬌新貯，漫誇眷屬同仙；望帝不歸，無復爺娘唤女。盡掃洛陽之紙，莫罄悲腸；便傾滄海之波，難完恨淚。楝花太苦，桐葉先零。三尺瓊簫，吹落秦樓之月；半床錦被，寒沉楚岫之雲。遂使奉倩銜哀，安仁茹戚。檢箱中之紈綺，依然餘唾猶存；燒帳外之蘅蕪，難望香魂再返。一年顰笑，了此塵緣；孤冢凄凉，埋兹艷骨。飛來蝴蝶，還疑舊日羅裙；啼煞杜鵑，斷送春風錦襪。浪説大時憐婿，甘隨諸妹於黄泉；倘從地下尋親，定問烈皇於紅閣。吁其戚矣，命也如何。

僕本恨人，史傳遺事。撫青編而流覽，愁寄天邊；憐紫玉之銷沉，心傷局外。援少陵咏懷之例，寫太傅絲竹之情。叙作四萬言，臚分二十闋。聲捐靡曼，不同燕子吟箋；事涉盛衰，竊比桃花畫扇。彰義門收場悽惻，渺渺兮予懷；衆香國説法荒唐，非非有之想。吊靈絃於湘江水上，權爲楚客招魂；按檀板於梨園部中，尚待周郎顧誤。

時道光壬辰閏重陽，韻珊黄燮清題於海上嘯篁池館。

帝女花傳奇序

余友黃子韻珊，天才俊麗，逸藻雕華。墮地金鈴，人知任昉；浮波玉磬，世有高琳。能顧曲於髫年，遂安絃於綺歲。僧孺論樂，早知檀拍之名；摩詰按圖，便識霓裳之製。出畫羽綉鞶之餘技，爲哀絲流管之新聲。洵足令四座傾心，雙鬟垂手已。余嘗過拙宜園，韻珊出所製傳奇數種示余。悲凉白紵，宛轉紅絃。璧月瓊枝，虹梁繞夢；金花銀燭，雒硯浮煙。傾倒既深，意趣彌洽。因與論列體製，俯仰古今。謂夫含咀宫商，則盛美因之流播；驅馳翰墨，則孝義藉以激揚。雖云小道可觀，亦足立言不朽。

談次適及明季長公主事。公主謹肅母儀，矜莊家法。磨鍊冰霜之質，躑躅烽火之年。卒能鸞續餘膏，鳳諧前侣。自天作合，真破格之殊恩；曠古未聞，洵非常之奇遇。所宜形爲歌舞，播諸管絃者也。夫晉陵矢志，詔適瑯琊；臨海遇艱，請婚譙國。帝姬柔福，飄零五國之城；同母平安，流轉兩河之界。莫不悲飛蓬而雪涕，望故國而摧心。安有九死餘生，一絲復合。金人辭漢，尚拜鄉亭湯沐之頒；玉馬朝周，重有第宅土田之錫者哉。今使按雲璈之譜，調瑞鳥之聲，可以附熙朝之雅頌焉，可以傳貴主之孝貞焉。

韻珊於是翠管頻抽，紅牙小掐，譜興亡之舊事，寫離合之情悰。一月而成新詞二十折，緘以示余。余受而讀之，擊節則珠跳玉裂，發唱則肉奮絲飛。緣梅邨長律之敷陳，爲檀板繁音之節奏。彤闈顛沛，關山潰蟻之辰；玉質摧殘，荆棘銅駝之際。洎乎應天兵集，雪原廟之深讎；望帝魂歸，啓山陵而禮葬。夢中家國，參破空王；雲際絲綸，竟全佳偶。螭璋魚笏，定情改朔之朝；掌瑞司輿，賜禮故侯之第。雖扶桑控鶴，金枝旋化夫曇雲；而穠李乘鸞，玉册永流夫湛露。凡兹横簫直笛，樂府標新；足使月朗星輝，鴻名垂遠。夜光鼂彩，非寸璧小璣所可希也；承雲六英，非搓酥滴粉所能擬也。從此瓣香詩史，又添輝煌汗簡之章；軒舞皇仁，樂聽鼓吹錦氍之奏。

琴齋陳其泰拜撰。

序

情天有恨，媧皇之術誰傳；冤海難填，精衛之誠徒抱。然而明妃月冷，猶歸環珮之魂；紫玉煙沉，尚想衣裳之色。貍毫魚網，奇情畢宣；鳳管鶤絃，艷響斯發。何況地老天荒以後，破鏡重圓；珠聯璧合而還，芳華頓歇者乎。維昔有明之季，魔騰阿犖，玉弩雷轟；運盡鍾離，金甌瓦裂。戚畹擁陶朱之富，貂璫盡恭顯之餘。力戰將軍，虎皮安在；迎降豎子，狗尾爭搖。遂至豕突三關，鴟鳴九殿，邦國殄瘁，傷矣君哉。假令匕鬯不驚，鐘簴無恙。王姬下嫁，早賦穠華；快婿封侯，偕居貳室。將見乘凰仙史，並吹天上之簫；奚煩鼓瑟湘靈，更譜人間之曲。無如遍地横流，飄零玉杵；燒空刼火，隔斷銀河。家國之故難言，兒女之私誰託。怒散衝冠之髮，走訴高皇；狂揮指日之戈，摧傷貴主。非思陵之忍也，蓋情有不得已焉。斯時也，海棠雙樹，杜宇哀號；仙杏一枝，嬋娟宛轉。春蠶命薄，誰延續命之絲；倩女魂離，安問返魂之術。所幸多生公案，赤繩已牽；萬縷塵緣，青萍未斷。回天無力，可憐曙後星光；擣藥有方，特返雲邊月魄。痛一代金枝玉葉，竟隨瓊樹花凋；問九重鳳閣鸞臺，忍見銅仙淚下。三千里龍驤軍至，刁斗森然；五百年麟脯筵開，滄桑變矣。俄焉黄巾電掃，碧落氛清。人民半非，城郭猶是。宫人未老，已談天寶當年；燕子不來，莫認王侯故宅。匪無家蔡女，猶思故劍可尋；匪織錦蘇孃，應念藁砧安在。龍蛇潛於野外，蘼蕪滿於山頭。銜石闕以無言，悵瑤琴之弗御。此則形單影隻，願禮空王；雨苦風凄，徒傷先帝者也。我國家宏慈幼之仁，廣推恩之義，據陳情之表，循旁求之招。詔許完姻，備其田宅，典至盛也，禮亦宜之。雖然，身非金石，感極山河；道異神仙，攖兹疢疾。妝臺春到，凄涼賦合卺之詩；故國悲來，慷慨泣畫眉之筆。三更噩夢，鐵騎憑陵；九死餘哀，鮫珠迸落。萱草無忘憂之用，金屋豈貯愁之區。宜其一病懨懨，雙星脉脉。參苓投于水火，精氣汩於陰陽。白露既零，黄腸永閉。啜其泣矣，命實爲之。嗟乎，結璘有悔，不聞游戲塵寰；寶婺鍾靈，何事託生帝室？聽笙歌於緱嶺，悵觸蓉城；邀媒妁於仙鄉，留連桃洞。巫峽感瑶姬之夢，宋玉荒唐；雲軿降蔡經之家，麻姑狡獪。拈花微笑，大有因緣；墮劫諸天，還多煩惱。韻珊黄君，獨參妙旨，鬱爲宏詞。覺情文之相生，悟空色之即是。鋤奸攄憤，鐵筆森嚴；對酒當歌，唾壺碎缺。借前朝之幽怨，刻羽引商；仗我佛之慈悲，驚神泣鬼。此《帝女花》傳奇之所由作也。古直蒼涼，則曹公樂府；哀感頑艷，則玉茗風流。事以信而可徵，言以婉而多諷。收二百餘年之全局，才學識應許兼長；唤大千世界之浮生，戒定慧將無一貫。昌黎云『假善鳴者而使之鳴』，亶其然乎？ 讀是曲者，當不以鄙言爲阿諛也。

歲在昭陽尚章大荒落，桐城許麗京綺漢撰於武林蔣氏巢園。

目録

海昌查仲誥竹洲正譜
古鹽黄燮清韻珊填詞原名憲清
滎城孫福海補堂重校

卷上

宣略

【滿江紅】上苑穠桃，暢好是倚雲栽就。正三五芳年綺歲，結褵時候。忽地妖氛纏象闕，君王血淚沾袍袖。閃青萍痛割小嬋娟，離魂走。　都虧了，慈悲救。成全了，鸞凰偶。算熙朝恩德，天高地厚。一載因緣何太淺，彩雲吹斷巫陽岫。剩孤墳三尺卧斜陽，啼鶯瘦。

咸陽賊犯順陷京師，莊烈帝割慈殉社稷。
周駙馬喜續再生緣，長公主冥游衆香國。

第一齣　佛貶

（雜扮羅漢，各帶假頭，或八或四。小生、貼扮仙童引浄釋裝上）

【北雙調新水令】甚猴圈一個，套將來悶昏昏閻浮世界。煙雲隨起滅，猿鶴語興衰。嘆儘力支排，苦牽纏，跳不出乾坤外。

（坐介）十丈金蓮擁法壇，去來今古白雲寒。人間多少傷心事，不值青山一笑看。我佛乃釋迦如來是也。總持三界，普救衆生。渡苦海以慈航，斷塵情以慧劍。智燈不滅，覺路常開。可嘆茫茫大千，滔滔不返。火坑一座，陷之者如游歡喜之園；弱水千尋，溺之者錯認醍醐之沼。大古里争榮奪利，下場時撈了些甚麽東西；一會價慕色憐才，到頭來受用着無邊煩惱。大都業由因造，魔自念生，殊堪悲憫。今因衆香國散花天女與座下侍香金童，芳情流露，靈性往來。偶因一笑之緣，宜受諸般之厄。未捐塵想，難免輪迴。合當降生人世，使他閲歷些治亂興亡、悲歡離合，受諸磨鍊，得大解脱。倘能堅持本性，自當重返靈山。現有維摩居士代彼乞憐，且待他到來，再行發放者。（末上）

【南步步嬌】世上爲人如何耐，忙亂無交代。紅塵卷地來，彈指光陰，斷腸境界。我維摩居士是也。今日我佛如來要將散花天女、侍香金童貶謫人世，受諸苦惱，不免前去救護則個。唉，冷魄墮瑶臺，便慈雲一片難遮蓋。

（見净介）我佛在上，維摩頂禮。（净）居士少禮。（末）敢問我佛，天女、金童雖有小過，孽障未深，何至遽膺重譴？伏乞明示。（净）佛性根于智慧。惟無智慧，乃大智慧。若有智慧，即非智慧。天女、金童，本性未定，轉爲智慧所累也。

【北折桂令】論禪心明鏡爲臺，全仗着一點靈光，不染塵埃。却怎的影傍形偎，語低神近，眼去眉來。因此著他們下凡一走，了此業緣。幻根苗蓮花生鉢，小團圓桐葉爲媒。他兩人此去却也可憐哩，恨悠悠釵盒緣乖，鬧紛紛刁斗聲哀。苦凄凄蔡女無家，淚涔涔潘令傷懷。

你看遠遠望去，那兩人好生戀戀也。（生、旦仙裝上）

【南江兒水】花雨粘袍袖，香雲濕鬢釵。春心吹上青鸞帶，春夢驚回青溟海，春風刺入青蓮界。只爲些兒牽挂，强逼我一現曇花，怕嘗不慣這人間苦辣。

（見净介）佛爺在上，弟子們稽首。（净）起來。（生、旦）弟子此行，不知降生何處？（净）散花天女，合生帝王之家；侍香金童，當爲閥閲之胄。（生、旦）托生爲人，可有甚麽好處？（净大笑介）做人有甚好處呵！

【北雁兒落帶得勝令】小游戲塵中插脚來，苦行徑夢裏權時耐。推上了諸般傀儡臺，鑽不透幾粒須彌芥。呀，説甚麽鳳偶與鸞諧，撒手莽分開。縮不住素女香羅帶，守不定檀郎紫玉釵。悲哉，冷紅顔剩有青蕪蓋。傷哉，只落得死鴛鴦一冢埋。

（内金鼓，副净扮魔王引衆雜扮天魔，各執兵器喊殺繞場下）（末）啓奏我佛，摩突羅國有一群天魔反入下界，散爲盜賊。伏望菩薩英雄，展放法力，收此妖孽，毋使屠毒生靈。（净）照得下界明祚已盡，應有此劫。天定不可挽回，便是天女、金童此去，受害可也不小哩！（末、生、旦合）雖係定數，還求我佛護持。

【南僥僥令】羽書馳鐵騎，烽火照金釵。便是那兒女恩情無幾載，還仗着佛力大慈悲搭救來。

（内放火光介）（衆）敢問我佛，下界遼東地面，突起萬丈祥光，是何瑞兆？（净）善哉，善哉。天心厭亂，主有大聖人誕生，勘平禍亂。一切邪魔，不日便可掃蕩，那天女、金童的婚姻，亦得藉以成就，真乃天作之合也。

【北收江南】呀，早則見祥雲一道捧出太虚來。把乾坤照耀，一霎裏掃陰霾。看煙消日出，依舊是現蓬萊。是春回凍開，是剥窮復代。（指生、旦介）這兩朵並頭菡萏，也須得倚雲栽。你二人此去，早完塵劫，速脱迷津。倘遇苦厄，自有解救。維摩居士，可引他投生去罷。（末）叩别佛爺。隨俺去來。（生、旦向净拜别介）

【南園林好】一會價莽分離菩提鏡臺，打盤陀隨風去來。權領略人間恩愛。連理樹，倩誰栽。同心侣，倩誰諧。

（隨末下）（衆）敢問佛爺，二人此行，到底如何結果？（净）他二人呵！（起立唱介）

【北沽美酒帶太平令】熱風輪轉一回，冷歲月慢延捱。一個破缺山河杜宇哀，剩下伶仃粉黛。没收管，好傷懷。後來雖則成全伉儷，這一番死别生離，煞是難堪也。便守得樂昌鏡在，俺這裏待收他倩女魂來。不過是勾除前債，只留下痛心千載。他呵，做凡人愚哉苦哉，有甚麽難分難解，呀，怎似俺無拘無礙。

發放已完，大衆們隨俺入山講道去者。（衆）領法旨。（同行介）（净）你看下界風雲擾攘，戎馬倉皇，這番磨難，虧他兩人擔受也。

【南尾聲】蒼蒼劫數無更改，便銜石難填恨海，惟願他早馭天風歸上界。

（衆擁下）

第二齣　宫嘆

（貼、小旦引旦宫裝上）

〔商調引子〕【風馬兒】顧影閒階整綉衣，佩環聲近瑶池。聽東風卷入花陰裏，一雙幺鳳，不住向人啼。

（坐介）流蘇寶帳鬱金香，銅漏聲中罷曉妝。昨夜五更寒透夢，一庭紅雨餞東皇。我坤興公主，名唤徽娖，年方三五。當今皇帝之長女，國母周皇后所産也。聖善承休，皇枝托體。陪禊期之袚水，助繭館以條桑。翠沼鴛鴦，待訂氤氲之牒；上林桃李，早分雨露之華。只是運值坎坷，生逢患難。干戈四起，焰逼神京；鼙鼓一鳴，聲聞內闕。將相失職，兒女擔憂。梅未子而先酸，楝初花而已苦。時事如此，將來不知怎生結局也。

【金絡索】青銷鏡裏眉，紅濕衫中淚。風雨樓臺，小苑邊愁入。茫茫事可知，待何爲，生恐長安似弈棋。倘有些兒不測，我朱徽娖呵，都分是五更殘魄歸消歇，那裏有三月花幡緊護持。空悲切，帝王家世太凌夷。鬧轟轟幾個兵兒，醉昏昏幾個官兒，傷盡了元陽氣。

（內細樂，二內侍引正旦后服，二宮女持扇隨上）（內侍）皇后娘娘駕到。（小旦、貼稟旦介）啓公主，皇后娘娘駕到。（旦）隨俺迎接。（跪接正旦介）孩兒迎接母后。（正旦）平身。（內侍）平身。（旦起立，正旦中坐，旦叩首介）母后在上，孩兒叩頭。願母后千歲。（正旦）起來。（旦起介）千千歲。（正旦）我兒，今日萬歲命掌禮之官，詔司儀之監，妙選良家，將你許尚太僕公子都尉周世顯爲配，不日便當下嫁了。（旦）母后，方今國家多故，戎務倥傯，當以天下大事爲重。兒女婚姻，尚可俟之異日，何苦這等急迫呵！

【前腔】蒼鷹擊殿飛，鐵騎連雲起。破壞乾坤，急切難收拾。況且目下聞得這些百姓們，紛紛避難，室家不能相顧。對此茫茫，尤爲心痛。民間夫與妻，盡流離，那裏有雙宿雙飛命共依。念孩兒呵，不能做平陽躍馬親鋒矢，忍學那嬴女騎凰賦倡隨。艱難際，紅裙嫁杳不妨遲。顫巍巍一座城池，亂橫橫一個朝墀，且慢議因緣事。

（正旦）雖則如此，這是你終身之事，也不可耽誤了。

【前腔】妝煩阿母催，花待親兒賜。兒女傷心，大事誠何濟。匆匆理嫁資，莫延遲，打疊鸞凰一處飛。東風早遂周郎意，銀漢休愆織女期。安排起，不須深鎖上陽眉。是親娘一片心兒，是親生一個孩兒，早嫁與封侯婿。

好生保重，我回宫去也。（起行介）（旦）孩兒叩送母親。（跪送介）（正旦）罷了。正是：嬌兒憐宛轉，國事費憂煎。（引内侍、宫女下）（旦呆立介）呀，百忙裏忽聞此事，這心緒好生繚亂也！

【前腔】眉銜一段悲，語雜三分喜。有個人兒，添入心窩裏。婚姻值亂離，好驚疑，向烽火堆中繫彩絲。惟願取聘錢十萬充軍費，不煩他宫女三千作嫁衣。朱徽娖吓朱徽娖，你雖身有所歸，只是又添許多挂礙了。從今起，便莊生化蝶也向他飛。渺茫茫一點情兒，蕩悠悠一縷魂兒，須索要跟隨你。

（引貼、小旦下）

第三齣　傷亂

（生巾服上）

〔南吕引子〕【一剪梅】殺氣蒼茫黯暮霞，愁做年華，夢做京華。子規聲裏泣寒笳，風在誰家，雨在誰家。

（坐介）【如夢令】一片烽煙凄莽，太息山河板蕩。誰着祖生鞭，碌碌文臣武將。堪悵，堪悵，一半依違觀望。下官周世顯，職居都尉，選中良家。蒙聖上招爲駙馬，許以坤興公主下嫁。方擬宅開沁水，館築平陽，豈料蟻賊鴟張，中原虎鬥。羽書迅發，陡聞傳箭之聲；鹵簿消停，暫緩催妝之咏。目下闖賊連破大同、宣府，勢如席捲，鋒不可當，不知京城怎生守禦，早起又遣家僮高義探聽寇信去了。咳，諸藩鎮權統三軍，不見勤王豪傑；衆朝臣茫無一策，但稱聖主威靈。病劇醫庸，棋輸子亂。我太祖艱難創業，今皇帝辛苦守成，何竟一敗至此，好生痛憤也！

【宜春令】傷時事，枉嘆嗟。問根由，誰爲禍芽。自古云：『人之云亡，邦國殄瘁。』自黨禍一興，正士删夷殆盡，朝内無人，致有今日。東林獄起，衣冠一例憑糟蹋。壞元陽，天啓皇爺。亂朝綱，中璫枝葉。今日裏零星敗局，更誰支架？

時事至此，這班庸臣尚不盡心幹濟，朝端仍以門户相争，體面把持。謀腹缺，卸邊缺，營高陞，求速轉，真狗彘之不若，恨不以上方斬馬劍誅之也。

【綉帶兒】冠裳地往來牛馬，紛紛只爲身家。賂權奸暗擲黄金，求遷擢硬討烏紗。群邪，從旁袖手無策畫，障青天浮雲重疊。前日聞欽天監奏帝星下移，百官修省。兵部都察院等曉諭，如有獲奸細一名，賞銀百兩。其餘無所短長，士大夫飲酒燕會，仍如平時。天下事尚可爲乎？杯中物，糊塗醉，他全不想破朝廷是誰人管着。

俺想這些流賊，亦是朝廷赤子，何至縱横若此？其始迫于飢寒，其繼失于剿撫，總由將驕兵悍，慢無紀律，或至掩敗爲功，殺民代賊，兵不異寇，民亦爲盗矣。（起立作勢唱介）

【宜春樂】征塵卷，戰鼓撾，耀空威高旗大牙。官軍寇盗，無非一味逢人殺。擄金銀鬧外兵嘩，搜妻女帳中令下，任縱横剽掠。問蒼生何罪，受此波查。

如今國帑空虚，昨聞萬歲遣司禮監徐高等往嘉定府求助銀糧，以備緩急，豈知國丈周奎堅辭不允。咳，勛戚如此，餘可知矣。

【醉太師】官家，無人念着。便捐資爲國，直恁難捨。倘或朝廷有失，若輩私蓄，無非寇資盗糧。

象齒焚身，好生愚暗也！閉門自大，守財奴，井底蝦蟆堪嗟。妖氛萬一臨闕下，把你這金銀窖逐一盤查。也終得和盤付他，怕没個人兒，替你遮架。

（丑急上）忙將流寇信，報與主人知。啓爺，不好了，闖賊從大同、宣府風卷而來，現已進逼居庸。人心惶惶，京城危在旦夕，如何是了？（生驚哭介）哎喲，大事去矣！

【瑣窗寒】這漁陽鼓響遏雲霞，不由人，淚似麻。我周世顯身爲貴戚，不能提戈殺賊，效力疆場，真虚生天地也！任當關虎豹，吮血磨牙。一個倉皇聖駕，一個亂離駙馬，問將來如何收煞？苦依北斗望京華，待中興誰佐王業。

（丑）爺不用傷悲，快些打點避難要緊。（生）倘一旦京城失守，我那公主，不知怎生結局，恐求爲民間女不可得矣！（掩淚介）

【尾聲】雛凰莫被金丸打，怕一夜凄風送落花，咳，怎得個天上真人保護他？

（引丑同下）

第四齣　軼闖

（副净引四賊將卒子上）

〔越調過曲〕【水底魚兒】一個危城，微聞箭礮聲。團團圍定，何愁事不成，何愁事不成。

十萬軍聲沸海濤，頭顱齊餉手中刀。天陰月黑骷髏語，血氣如雲上戰袍。咱家李自成，自號闖王，陝西人也。本屬無賴之徒，竟作群盗之長。舉兵之初，原無大志，不過圖些財帛受用。豈知順性殺來，所向無敵。最可怕周遇吉之鞭，竟會打傷一隻虎；不隄防陳永福之箭，被他射做獨眼龍。其餘關鎮都不濟事。一班混官鬼，逃者逃，死者死，真同豹入平原；幾座空城池，破者破，降者降，遂致鯨翻滄海。（笑介）可笑當今，有多少謀臣武將，連一個强盜也不能抵當。看來東闖西闖，竟要闖成大事，連咱自己也有些不相信起來。自從攻破大同、宣府等處，一路直抵居庸關。今乃崇禎甲申三月十四日，兵貴神速，就此斬關。衆軍士努力攻打者！（場上設布城，挂『居庸關』匾，衆吶喊圍城下）（净戎裝上）

【前腔】未戰先驚，將軍令不行。（丑太監上）搔頭摸頸，商量獻了城，商量獻了城。

（净）俺總兵唐通是也。（丑）咱家杜之秩是也。唐將軍，咱和你協守居庸，現在敵兵臨境，委實有些開發不來。這個光景，看來總不濟事，還是開門投降，另圖富貴的好。（净）正合我意，就請同到關前一走。（同丑登城望介）（合）

【前腔】四面刀兵，通通戰鼓聲。游魂血冷，風來草木腥，風來草木腥。

（副净引卒上）嗒，你等還不快投降，張望怎的？（净、丑）大王威名四震，某等望風投順，情願獻關乞命！（副净）既如此，疾忙開關者！（作開關介）（净、丑跪接副净，引大隊人馬入關介）（副净中坐，净、丑跪介）唐通、杜之秩叩見大王爺。（副净）起來。你二人背主投降，本應斬首，姑念尚識時務，免汝一死，快將府庫金寶速速獻來！（净、丑）得令！（下）（副净）衆軍士，與我分頭劫掠財帛，如有美婦女，拿來咱家受用，不得有違！（兵應，喊殺下，副净隨下）（雜扮老幼百姓奔上）走呀！

【前腔】老幼伶仃，跑來脚未停。狼煙壓境，看看活不成，看看活不成。

（老）我的兒，你老兒的頭還在頸上麽？（幼）此刻還在。（兵上，趕殺下）（貼、雜旦扮婦女，丑短鬚女裝急上）哎喲，不好了，快逃命呵！

【前腔】柳怯花驚，沉沉粉汗零。賊兵拿定，焉知死與生，焉知死與生。

（二兵上，擒貼、雜旦，叫苦下）（丑）咦，區區竟放過哉！（兵持刀上）哇，你是何人？（丑捏鼻作嬌聲介）奴家是個小婦人，求爺爺饒命，情願做你的渾家。（兵）你是女的，怎麽有連鬢鬍？（丑）其實差不多，前路不通，請通後路罷。（兵）不害臊的東西，看刀。（殺丑下）（末、小净扮富貴子弟跑上）

【前腔】坐享豐盈，偏偏不太平。餘銀幾錠，全家已破傾，全家已破傾。

（末）我的哥，我平時積攢了好些家私，從不肯給人，今朝被幾個賊强盜跑來，一并收去，我好苦也！（哭介）（小净）不要哭了，便是我家向來做官，好容易剥削些民膏國帑，放在家裏，只當有幾千年安享，誰知都被流賊攬捲空，比你更苦哩！（末）哥，你腰邊重沉沉的是什麽東西？（小净）是搶剩金子，放在身邊做護身符的。（末）便是兄弟，也還有些零碎金銀，帶在囊中，倘有人來借，還好放些重利錢。（二兵悄上）好個重利錢，我們就問你借借！（末、小净驚介）我們不過説説，那裏真有錢的！（兵）不要多嘴，且搜一搜看。（搜介，末、小净討饒介）（兵搜出金銀，末、小净叫苦逃介）（兵）慢些走，這兩件衣服倒還新鮮，且剥他下來。（剥衣下）（末、小净赤身發顫介）（末）喂，你的護身符呢？（小净）哥，你的放債本錢呢？（合）哎喲，都没有了！（跳哭下，副净引衆上）

【前腔】鬼火星星，河山照耀明。天開殺運，生咱李自成，生咱李自成。

（中坐介）（净、丑捧金銀上）

【前腔】庫餉餘贏，搬來去奉承。（見副净介）這是庫帑，這是餉銀，送來孝敬大王爺。（副净）軍士收下。（軍收介）（副净）你二人權住後營，聽咱調用。（净、丑叩首介）謝大王爺。（同出，作得意介）好了，如今又得活幾年了。兩頭都剩，忠臣命太輕，忠臣命太輕。

（下）（衆兵上）

【前腔】劫掠全城，刀頭不暫停。軍功紀定，王爺賞不清，王爺賞不清。

（同見副净介）小軍們，今日割的腦袋、搶的婦女、掠的金帛，一時説不清楚，各有帳簿呈覽。（遞帳副净看介）好、好。你們多會幹事，明日領賞。就此進兵，速攻内城去者！（衆）得令！（合）

【前腔】雷卷風行，連珠礮幾聲。休違軍令，疾忙奔帝京，疾忙奔帝京。

（吶喊繞場下）

第五齣　割慈

（丑戎裝引卒子上）

〔南吕過曲〕【金錢花】飛來四面妖氛，妖氛。帝星吹落寒雲，寒雲。錢糧國帑養三軍。太平日，困騰騰。亂離日，急昏昏。

區區非别，一個紫禁城的守將便是。現在李闖兵臨城下，圍的水洩不通，叫俺怎生擺佈？（内金鼓吶喊，丑啼倒介）守城將官聽者，如有鎗礮傷我一人，即當屠城！（卒扶丑起介）（丑）呵唷，唬煞我也！老爺的性命是捨不得的，若還屠起城來，（摸頭介）這個腦袋，豈不可惜？衆軍士，你們鎗礮内不要放鉛彈鐵丸，乾響響罷哉！（卒應介）（丑）那幾碗白籠燈那裏去了？（卒）要他何用？（丑）這燈自一至三，表寇信緩急的。看來

這個光景，内城破在頃刻，你們快把三燈向正陽門張挂起來。（卒應，同行介）（重唱『太平日』四句下）（二内侍引生挂鬚帝服上）

〔中呂過曲〕【粉孩兒】慌慌的滿朝官無救法，任天狼封豕，憑空飛下。盼勤王兵在天一涯，苦伶仃一個官家。問蒼天啞口無言，念蒼生清淚交灑。

鳳闕龍樓慘暮煙，妖星直犯紫微躔。明知天運終難復，歷盡艱辛十七年。朕乃崇禎皇帝是也。即位以來，焦勞備至。豈料人心已去，寇焰日張。頃有撥兒馬來報，賊兵已進彰義門，直逼禁地。因此偕内侍數人，步出前門，親探賊信。（内作金鼓鎗礮聲，内侍望介）呵喲喲，萬歲爺，不好了！金鼓之聲甚近，遠遠望去，正陽門上已懸白籠燈三碗，恐城破在即，萬歲爺早早回宫罷。（生哭倒，内侍扶起行介）（生）

【紅芍藥】烽煙氣，電掣金蛇。鼓鼙聲，風走雷車。把一座神京恁蹧蹋，亂紛紛不成天下。難道我大明的基業，就是這等斷送了麼？傷哉，竟到如此耶。細思量更無他法，聽殘鐘漏盡東華，待回宫尋個收煞。

（内侍）啓萬歲，已到宫中了。（扶生進坐介）（生）宣坤興公主來見！（内侍宣介）（旦引二宫女上）

【耍孩兒】瘦魄何曾慣驚唬，膽剩星兒細，苦伶俜幼小哇哇。怎支持風雨惡，未死魂先化。想前生積下冤和業，今世裏應磨折。

（見生，泣跪介）哎喲，父皇爺，倘賊兵殺進宫來，如何是了？（生拖旦，抱哭介）我那親兒呵！

【會河陽】事到如今，安能顧他？你投生錯入帝王家。（旦哽咽介）可憐小鳳雛凰，恁般狼籍，靠不住爹和媽。親爺，苦得我心如結。（生）嬌娃，哭得我腸都裂。

(推旦離立介)事已至此，尚有何説？當以一劍了你殘生，免致賊人凌辱。(拔劍欲殺介)(旦作驚顫、牽衣哭介)(生手軟不能殺介)(旦)我的親父呵！(内侍宫女各淚介)(旦哭唱)

【縷縷金】難離母，慘呼爹。常時疼熱我，百樣愛憐咱。親生的皮和肉，怎生要殺？孩兒死不足惜，只是夜臺縹緲，不知可能再見父母否？怕黄泉無處覓慈鴉，游魂易飄泊，游魂易飄泊。

(生)罷、罷，大事已去，小兒女有甚麽牽纏不開？(拔劍斫旦臂，旦倒介。宫女撫旦哭介)呀喲，公主的左臂砍斷了一半，氣已絶了，快報知國母去！(慌下)(生)

【攤破地錦花】濺紅霞，血污得龍袍赭，割去嫩芽。(撫旦尸，猛看介)哎喲，我的親兒，真個死了麽？你好苦也！不如生在那百姓人家，倒得個慈父親娘，憐他管他。做了斷腸花，看着你隕黄沙。

(哭下)(内侍掩淚隨下)(正旦皇后，小生、貼扮二皇子哭奔上，二宫女隨上)(正旦)

【哭相思】天荒地老恨難填，一朵嬌花殉宗社。

(撫旦尸叫哭介)女兒，親兒，呵喲，竟死了！(小生、貼各叫哭介)(正旦)

【越恁好】泉臺路杳，泉臺路杳，你先去等着咱。記得今歲春初，曾將你許配于周世顯，正擬下嫁，因寇信緊急，暫寢其事，豈料遂有今日！你今已死，那周駙馬不知如何下落，好痛心也！此生休矣，做不得並頭花。比烏孫遠嫁更痛嗟，這般死法。(内侍上)啓娘娘，萬歲爺進内宫去將昭仁公主、袁貴妃俱已斫死，又遣宫人逼張太后、李娘娘速死去了。着奴婢傳旨，請娘娘一同歸天罷。(小生、貼哭介)母后是死不得的！(正旦)也罷，國破家亡，尚何依戀？不免回宫自尋結果。(嗚咽語介)内侍們，與我轉奏萬歲，説我即到鬼門關迎接聖駕便了。(内侍泣應下)(小生、貼牽正旦衣哭介)母后若也死了，剩下我兩個做甚？不如跟了一同去罷！（正旦撫小生、貼哭介）做娘的不能偷生忍辱，你兩個孩兒留在陽世，或可苟延一綫。好生保重，我不能顧你了！（小生、貼跳哭，宫女掩淚介）（正旦）我一個魂向月下尋兒罷，你兩個人向夢裏尋娘罷。（欲下重轉，執小生手介）孩兒！（小生）母后！（正旦執貼手介）親兒！（貼）親娘！（正旦大哭，欲下又轉，撫旦尸介）我的兒，你爲娘的隨後來了！（哭下）（小生、貼哭跑跌倒，宫女扶起介）（小生、貼哭跳下，宫女掩淚隨下）（生散髮上）全家同日見高皇，血肉淋漓滿宫殿。（昏坐介）（内侍上）啓萬歲爺，張太后、李娘娘都已歸天了！（宫女上）啓萬歲爺，皇后周娘娘已歸天了！（生猛立介）嗄，都歸天了！哎喲，痛殺我也！（哭倒，内侍扶介）（生）

【紅綉鞋】死生渺隔天涯，天涯。紛紜血濺桃花，桃花。是千秋恨萬古傷嗟。洪武年岳轟烈，崇禎朝岳收結。

我太祖皇帝艱難創業，列聖相承，豈知喪于朕手。今乃崇禎十七年三月十九日，明運盡于此時。諸臣負朕，朕何顔見先帝于地下？願天早生聖人，削平盜賊，一雪有明之恥，使百姓免致塗炭，復見昇平。不獨朕在九泉之下感激涕零，即列祖神宗在天之靈，亦當揚眉吐氣也！内侍們，隨朕往煤山紅閣去者！（内侍應，同生行介）（生）

【尾聲】一朝王氣如煙化，文武諸臣誤國家。朕若死去呵，還望列聖英靈共鑒咱。

（引内侍下）（宫女）喂，姐姐，如今后妃公主都已死了，賊兵殺來，不當穩便，我們快些逃命罷！（各散下）

（丑引末、小外扮院子上）未有涓埃答聖朝，可憐光采生門户。俺乃嘉定伯周奎之子周鍾便是。昨晚在公侯家飲酒，直至五更方散。一路回來，遠遠聽見人喊馬嘶，莫非内城已破？不免進宫去探望探望，也見得做皇親的休戚相關。呀,這裏是東華門,怎的門都大開了?(末)咦,地上都是些宫裝,好奇怪!(丑)看來宫中有變,院子們,隨我進去。(作入介)怎麽冷清清的一個人都不見?再到裏邊去看。(又進宫介,旦尸絆跌介)(院子扶介)(丑)這個人怎的不睡在床上,却躺在這裏?(院子看旦,驚介)呵唷唷,是個斫死的人。(丑)那有此事,待我自看來。哎喲喲,這是我的外甥女坤興公主,怎麽斫倒在地?(作撫摩介)咦,心窩裏還有些熱氣。左右們,與我抬回府中,或者救得轉來也未可知。(院子應,扛旦下)(丑)這個孩子,難道活得厭煩了不成?(作出宫介)(小净、二雜冠帶上)(小净)延門放礮,(雜)開門揖盜。(小净)江山跌倒,(雜)我輩升調。(丑作撞見介)諸公爲何衣冠濟楚?(小净)正來奉邀,却好撞見。(丑)邀我則甚?(小净)我們都是大明的官府,如今李闖殺來,本該做個忠臣。(衆)是麽?(小净)只是這一副寡廉鮮恥的面目平日演就,急切更改不來。剛才聞得傅太監已獻城投降,賊兵一到,我輩須得早早歸順,還可永保富貴。(丑)高見,極是!(雜)我們連下馬飯都預備好了。(小净)如此,一同迎接去來。要爲新將相,(衆)不做舊公卿。(諢下)(内金鼓吶喊,副净引隊子兵將,净扮牛金星行上)

【仙吕入雙調過曲】【朝元令】彎弓射天,萬矢抽飛電。投鞭斷泉,萬馬騰飛燕。龍去鼎湖,鹿游蘇苑。笑將士不經幾戰,納款聯蹁,開關叩頭將敵延。一架錦山川,靴尖竟踢翻。刀兵磨鍊,殺得那滹沱血濺,滹沱血濺。

(丑、小净、二雜上跪介)我等崇禎舊臣,叩接永昌新主。(副净)各回本衙,來日報名。(净吆喝介)哇,你這起没臉面的聽着,我主叫你來日報名。倏、倏、倏,快下去。(丑等扮鬼臉掩面下)(副净)大隊人馬都已齊集内城,衆軍士們分路殺掠者!(衆應,喊殺摇旗擁下)

第六齣　佛餌

（雲童舞上，二仙童一執浄瓶楊枝，一捧葫蘆引末上）月宫無地葬嬋娟，玉碎香銷佛亦憐。自有彩絲能續命，不教紫玉竟成煙。我維摩居士，自送天女下凡，光陰忽忽，不覺十有五載。目下照得下界明運已盡，魔氛直犯帝座。散花天女托生天家，主有血光之厄。因此帶得還魂丹藥、楊枝法水，前往救治。衆仙童速速駕起雲頭，隨俺走遭者。（衆應，擁末下）（老旦上，雜旦、丑隨上）（老旦）

【三疊引】紅顔命逐河山盡，剩苦月寒煙相殉。一個俏魂靈，須倩東風管緊。

老身卜氏，國丈嘉定伯之妻、當今周皇后之母也。前日闖賊陷京，君后同殉社稷。我外孫女坤興公主，被萬歲斫傷一臂，昏絶于地。我兒周鍾看見，載歸家中。現經五日，胸窩熱氣未盡，因此未忍蓋棺。咳，天哪，十五歲的女孩兒，有甚冤業，受這般磨難！丫鬟，這裏是公主卧房，你兩人在此好生看管，倘能甦醒，快報我知。（雜旦、丑）曉得。（老旦）只愁斷送春風面，猶望歸來月夜魂。（下）（雜旦）喂，妹妹，我家太夫人竟是癡了，這樣人還望他活，除非菩薩來救才好。（丑）不要管他，我們睡覺罷。（各打盹介）（場上設幔，旦暗上，坐幔中）（雲童擁二仙童，末上）

【九迴腸】下青天罡風步穩，放紅絲收轉元神。不比那庸醫慣送人間命，請看咱手到回春。（仙童）啓我佛，前面一座紅樓，已是公主卧房了。（末）按下雲頭者。（雲童散立兩旁介）（末）你看一樓夜色、半榻春寒，好不凄慘也！只見那銀燈焰細花如暈，錦被香殘帳不温。漬幾點零星粉。仙童們，將丹藥敷上瘡痕，再把法水灑上者。（仙童應，揭帳作敷藥、灑水介）（末）好把那殘魂剩魄牢拴定，灑楊枝活轉花根。你看他半肩雲影鬆鬟鬟，早則是兩點星眸活淚痕。（童）敷治已完，漸漸有些醒轉來了。（末）就此駕雲回去者。（雲童舞雲）（末）這一件傷心事，教人悲憫。休認做癡兒女，只胡亂説還魂。

（引二仙童下，雲童擁雲下）（旦幔中呻吟介）我好苦也！（雜旦、丑作驚醒介）呵唷唷，鬼出了。（聽介）

（旦）

【巫山十二峰】驀然一靈吹進，苦魂兒勾不盡。（雜旦插白）不是鬼，竟是公主活轉來了，快報與太夫人去。（同丑忙下）（旦）蝶衣卸去，任蠶絲繫緊。（開幔介）呀，這是甚什麽所在？ 朱門掩月痕，渾不是宫花上苑春。 迷離認，如昏如醉，欲醒還暈。（老旦引婢忙上）公主醒了麽，喜也！（旦）你是些什麽人，却圍在這裏？（老旦）這是公主的國丈家嘉定府中，老身卜氏，公主怎的不認識了？（旦）我爲何却在這裏？（老旦）前日萬歲將公主斫傷一臂，那時公主昏倒于地，是孩兒周鍾載回來的。如今公主的傷痕可曾好了麽？（旦看臂介）呀，刀瘡全已平復，好奇怪也。（老旦）謝天地。（旦）殘命早拚銷殞，便活難解脱，死也艱辛。凄涼倩影，何妨化一段湘雲。只是父皇、母后現在何處？（老旦）説也痛心，十九那一日，闖賊破了内城，萬歲自縊煤山，皇后亦同時殉國矣！（旦）噯喲，痛死我也！（哭暈，老旦扶介）公主醒來！（旦醒，唱介）心疼，倉皇骨肉捐軀殉，撇下孤兒誰憐憫。待追隨泉壤雙親，恁勾留年華一瞬。這精靈何勞送轉風輪。如今二王及昭仁公主怎生結果？（老旦）二王下落未有確耗，昭仁公主已被萬歲斫死了。（旦大哭介）二王消息參疑信，死生未準。不如姊妹同行，向修羅一問。（丑上）奇哉，怪哉，公主死了五日，忽然活了轉來！不免進去探望則個。（見旦介）公主甦醒了，臣周鍾在此。（旦）咻，周鍾，你還在人世麽？（丑）蒙新主録用，恩遇頗隆，是以不曾死得。（旦怒介）周鍾，你身爲國戚，受恩深重，不能爲國捐軀，反面事賊，何顔再來見我？　甚心肝面目，尚稱休戚臣。擁一座假銅山，全不念朝廷困。你生時點污乾坤，死後如何見故君？　不顧人唾駡，腼腆因循。（丑）周鍾雖有不是，畢竟救了公主性命回家，怎的倒着起惱來？（旦）禁聲！　我雖女子，視死如歸。不似那誤國奸臣，要勉强活在世上也。化煙，不想骷髏剩這個身，誰要你鬼惺惺胡安頓。（丑背介）難道倒救差了不成？（旦）周鍾吓周鍾，庸庸一生，衣冠齊整。兩朝領袖，帶毛皮做人。（丑）呵嗜嗜，好駡好駡，駡的我臉上當真有些羞起來了，且避開些兒罷。（掩面下）（老旦）公主息怒，傷痕新愈，保重要緊。（旦哽咽介）如今我父母的遺骸，不知安放何處？（老旦淚介）可憐鴐奔之後，逆闖僅以柳棺承殮，國母尚在暴露哩！（旦大哭介）痛煞柳棺三寸，這遺骸便長眠也不能安穩。況娘親連一個棺無分，血浸得宫袍印。我明日定要去搜尋骸骨，安葬陵寢，死也瞑目矣！（老旦）此時填街塞巷都是賊兵，怎生去得？（旦）聚蜂屯，閃鬼燐，戰雲渾，有凄風苦雨陪孤櫬。怨難論，形難近，好傷神，泣問天何忍。（老旦）公主不要悲傷。丫鬟們，扶公主到裹邊去將息罷。（婢應，扶旦起介）（旦）嗳喲，爹娘呵，今夜夢裹孩兒定要一見也。怕夜臺無路可招魂，哭得杜鵑昏。

（婢扶旦下）（老旦）咳，看他這個光景，煞是可憐也！

【尾聲】芳心一片傷應盡，他苦恨彌天不可伸，便説與土佛泥神也得要哭個暈。

（掩淚下）

第七齣　朝鬨

（小生引二内侍上）一班卿相無廉恥，幾個中官説短長。咱乃明司禮監王之俊是也。萬歲自盡煤山，李闖據了京城。一時死節之臣自范景文、倪元潞以下，不計其數。可恨張縉彦、朱純臣這一起喪良之徒，靦顔從賊。今日聞他們在午門投報職名，因此同了幾個舊監去和他厮鬧一場。你看遠遠望去，那班奸賊早則來到，咱們且迎上去者。（引内侍虚下）（副净鬍子，丑、二雜上）

〔中吕〕【四邊静】戲場冷淡詼諧少，官鬼跑來跳。容易拜新銜，何須定三考。（副净）俺張縉彦。（丑）俺楊昌祚。（二雜）俺吕兆龍、魏學濂。（副净）我們都是亡國大夫，想做個佐命元老。昨日丞相牛金星出示文武大小官員，俱于今日面聖。不免同往午門，聽點職名去。（雜）只是楊兄爲何削去頭髮？（丑）先時原要做個遺民，因而披剃。仔細想來，倘能依舊做官，畢竟體面，故爾報名。（副净）既如此，一同前去。（合）由他囉唣，由他嘲笑。不用假斯文，將就做官好。

（小生、二内侍哭罵上）你們這群狗彘，平日誤國欺君，送了大明的天下，今復戴新主求富貴耶？（副净）自古道識時務者爲俊傑，我輩鬚眉丈夫，不爲婦寺之仁。（小生、内侍怒打副净介）

【前腔】鬚眉裝點醜容貌，虧你們不害臊。（拔去副净鬚鬢介）（副净）呵唷，好痛、好痛！（小生、内侍）未脱舊朝衣，想帶新紗帽。况且先帝登遐之後，不曾葬好，不曾穿孝。太平做老爺，國亡拜强盗。

（丑、雜勸開介）（副净摸嘴介）今朝倒重新後生了，可惜這連鬍子，好像閹割了一般。（内侍又欲打，副净哀求介）罷了，罷了，你們有話好説，何必生氣！既如此，我們大家公商一疏，奏懇新主就完了。（丑、雜）不錯，我們來公議，張兄寫起稿來。（丑等合，副净作寫介）

【前腔】大明結局堪傷悼，帝和后，盡丢掉。我曹本舊臣，見了心都跳。因此奏求我主們，把太子封了，皇陵蓋好。還要乞爺爺，替前朝開個吊。

（副净）疏已草完，却好文諭院顧君恩出來了，俺們就請他轉奏去。（小净欠伸上）

【前腔】呼盧飲博無昏曉，脱盡做官套。閒步出朝來，爲甚這般鬧。（衆官）我們草得一疏，求顧老先生代爲奏聞新主。（小净看疏介）一應事務俱牛相爲政，我主亦未肯輕聽人言，且諸公半屬沽名，豈盡爲舊朝起見耶？　真輸降表，假呈疏稿。只想盗虚聲，何曾解忠孝？

（碎疏下，衆官齊聲哭介）（小生、内侍散下）（衆）

【前腔】一場高興無端掃，反把吾儕惱。忠臣念舊君，難道竟差了？（副净）嗳唷唷，了不得，今朝伺候了一天，飯也不曾上口，肚腸要餓斷哉。（丑、雜）這牛丞相再不出來，我們定要餓煞在這裏了。（合）點名尚早，點饑没鈔。看看西牌過，不曾見牛到。

（儀從引净扮牛金星上，四兵挂刀隨上）

【前腔】紛紛鳥獸都拿到，齊集午門了。携來舊縉紳，姓氏從頭叫。俺牛金星，奉我主之命，點前朝犯官。已到午門，各官們聽點，應遲者用軍法。（席地坐，出縉紳録點介）（各官戰栗俯伏介）（净）張縉彦。（副净）有。（净）朱純臣。（雜）有。（净）吕兆龍。（雜）有。（净）楊昌祚。（丑）有。（净）這狗頭怎的毛兒都没有？　既已披剃，何又報名？　左右們，將他剃剩的鬚毛，盡行拔去者。（兵拔介，丑叫苦介）（净）頭兒光了，帽兒遮好。既做出家人，爲甚把名報。

犯官甚衆，難道就是你們這幾個不成？（副净等）我們這幾個不過是領袖罷哩！（净）軍士們，把這起人押往吏政府中，除揀用外，俱送權將軍處，聽候施行。（兵）得令。（各拔刀押衆官，衆畏縮不前，兵打衆下）（净）

【前腔】一場怒罵兼嬉笑，狐鼠滿堂叫。押出午朝門，魂魄都飛掉。前番榮耀，今番苦惱。寄語滿朝官，切莫尤而效。

（引儀從下）

第八齣　哭墓

（老旦太監上）煙蕪一片接平沙，墓木零星點亂鴉。翁仲亦知亡國恨，垂頭不忍看京華。咱家守陵太監是也。闖賊陷京，帝后殉國，尸骸狼藉，可勝悼痛！前日虧了幾個故國遺臣，面賊固諍，請厚葬先帝，逆闖遂將梓宫藁葬田貴妃墓斜。那日也没有幾人出送，帝王結局，從未見恁般凄慘。今日早起，坤興公主來此祭奠，哭的死去活來，連咱也吊下好些眼淚來。這些朝中舊臣，都去奔走賊庭，那有空閒到這裏來？這也由他。你看此刻暮春天氣，風過花飛，落英滿地，不免到陵上去打掃一回。咳，紅閣可憐龍化去，遼陽難望鶴飛來。（下）（生素服上，丑挑榼隨上）

〔商調引子〕【憶秦娥】天心去，蒼凉陵闕誰爲主。誰爲主，山崩地塌，傷情萬古。王氣黯然盡，客心悲未央。滹沱流日夜，陵谷變滄桑。倩女魂離月，潘郎鬢壓霜。萍蹤浮六合，家國兩茫茫。我周世顯自流寇入京，避居蕭寺，探得帝后被難消息，公主臂折而死，呼天搶地，痛憤難伸。昨聞李賊將先帝梓宫，殯于田妃墓斜，急欲到彼哭奠一回。高義，酒榼可曾周備？（丑）周備了。（生）如此，隨我去來。（同行介）

【山坡羊】冷颼颼垂楊終古，睡騰騰青山無語，莽蒼蒼愁雲自來，恨漫漫戰火連平楚。長嘆籲，向郊原愁獨步。不知那幾根鳳骨藏何處，料得是一點龍靈没太虛。悲夫，痛游魂去鼎湖。嗟乎，剩遺民泣路隅。

來此已是田妃墓道了，不免一路上去。（老旦上）哇，這是皇陵，誰人亂闖？（生）呀，原是是位老公。下官是要到萬歲梓殯祭奠的。（老旦）如此，隨咱進來。（引行介）這裏是了，把祭禮陳設起來。（丑放榼桌上，作陳設介）（生）咳，萬歲吓萬歲，生前玉食萬方，死後這般蕭索，想起來好痛心也！

【水紅花】記當時珍味列天厨，剖瓊腴麟脂鳳髓。記當時春酒醉蓬壺，颭仙裾燕歌趙舞。恁今日墳啼狐兔，古木網蜘蛛，但只有村醪麥飯奠荒墟也囉。

（丑）陳設已完，請爺上香奠酒。（生上香介）哎喲萬歲呵！有明三百餘年，二祖列宗，生成覆載。萬歲憂勤惕厲，十七載如一日。豈意蟻賊憑陵，神京穢毒；一棺長掩，九廟齊灰。悠悠蒼天，此恨何極！看了這淒凉梓殯，怎不腸迴心碎也！（大哭拜介）

【山坡羊】那裏有艷晶瑩玉魚殉墓，只見那苦惺忪金人泣露。説甚按來龍萬笏朝天，不過是吊寒鴉幾點的冬青樹。（拜起奠酒介）空剩取，酒澆墳上土。俺想萬歲爺與田貴妃，生前十分恩愛，如今骸骨相依，也算死則同穴了。兩匡冷穴骷髏附，一統殘碑贔屭扶。嗚呼，痛諸陵佳氣無。欷歔，滴重泉淚點枯。

咳，萬歲與田貴妃，也得九泉聚首，只是我那公主千秋永别，這一副遺尸，不知抛擲何方，便要死在一處，也不能彀了！（掩泣介）（老旦背介）怎生想到公主？且聽他再説些甚麽。（生）

【水紅花】銀河風浪警黄姑，斗牛墟孱星孤處。湘江雲氣黯蒼梧，洞庭湖靈絃獨語。我欲乘煙化去，趕上阿香車，定當攜手跨蟾蜍也囉。

公主，我周世顯在這裏吊你，你可聽見麽？（老旦）爺莫非就是周都尉麽？（生）正是。（老旦）原來是位駙馬爺。駙馬爺且免悲傷，公主還不曾死，早起也在這裏祭奠哩！（生）嗄，竟、竟不曾死？我聽見説，萬歲將他斫傷一臂，立時昏絶，怎麽還在？（老旦）公主傷重，一時昏暈。嘉定府周皇親見了，載回家去，隔了五日夜，漸漸還魂，連傷痕都平復了。（生）原來如此，這也奇了。（老旦）想是駙馬爺與公主良緣未了，故有這等奇事。

（生）

【山坡羊】恨迷茫，秋魂散去。苦牽纏，東風留住。美因緣，今生未酬。好氤氲，再接連枝樹。且住！公主雖則重生，只是如今干戈擾攘，彼此飄流，怎得再續前盟，克諧新好？仔細思量，好難擺佈也！情一縷，蒼天應鑒余。我萍飄水面渾無主，還怕他石化山頭爲望夫。羅敷，向槐安夢裏呼。檀奴，向菱花鏡裏摹。

天色已晚，高童隨俺回去罷。（丑擔榼介）（老旦）駙馬爺改日再來走走。這裏是文武官員不肯來，太子二王不能來，還是駙馬爺常來看看罷！（掩淚介，生哽咽介）這個自然。（老旦）正是：近淚無乾土，低空有斷雲。

（下，生行介）這歸路好生淒慘也！

【水紅花】悲風斂恨入山隅，冷蕭疏涼聲啼樹。夕陽如夢下邱墟，慘模糊飛燐照路。今夜月明何處，華表鶴歸無，但餘魂氣繞平蕪也囉。

（同下）

第九齣　駭遁

（净、丑、小净箭衣大帽上）

〔雙調〕【二犯江兒水】景陽鐘報，只聽得景陽鐘報，午門同擺到。看箭衣大帽，竪上鷄毛，這冠裳新製造。（净）俺牛金星。（丑）俺周鍾。（小净）俺魏學濂。（净）主上尚未正位，我等當公具一箋勸進才是。（丑）箋已撰好，請老師台覽。（出箋遞净，净看介）好才調，好文章，比楊雄《美新》之論有過之無不及！（小净）中間『行義行仁，存杞存宋』一聯，是晚輩添入的，周介生想不到此。（净）好、好，你二人可謂一時瑜亮！　説話之間，主上早已臨朝了。（四内侍儀仗引副净上）僥倖着黄袍，彤墀集早朝。鑾駕雲摇，御鼎香飄，可認得莽英雄陝西老？（净等）臣等有勸進箋呈奏，願主上早正大位。（副净看介）哎唷唷，虧你們又做了許多長篇大論，還用着多少典故在内，足見忠愛美意！　師師庶僚，只見那師師庶僚。勸登大寶，赤緊的勸登大寶。孤家所以未坐南面，有個緣故，那傳國璽及永昌錢，再也鑄不成功，因此遲遲未决。（净等）我主天與人歸，切勿驚疑，竟請登極罷！（副净）你們這般推戴，權且試試看。且待俺把龍亭坐個牢。

（衆擁副净升位，内侍旁立，净衆三呼舞蹈介）（副净）今日孤家新受朝賀，百官各賜御酒，共醉太平。（内侍送酒，净衆執杯呼萬歲介）

【前腔】歡呼舞蹈，一會價歡呼舞蹈，御厨餐同醉飽。只願得金甌永保，風虎同朝，享榮華長樂老。（内猛作風雨聲，衆驚，酒杯落地介）（净）呀，怎的陰風慘慘，黑霧漫漫，一霎裏天昏地暗起來！（副净）呵唷，好頭眩！（場上放黄煙，内扮長人高丈餘，青臉白衣，提鎚上，打副净，副净驚跌介，長人繞場下）（衆扶起副浄介)主上醒來！(副浄漸漸醒介)哎喲喲，唬殺我也！那裏來的兩三丈的長人，把我這頭打了一下，幾乎腦漿都要滚出來了。這個位兒坐不得，坐不得。(衆扶副浄坐臺角介)(雜探子執紅旗急上)報、報、報，禍事到！(浄)爲何這等慌張？(雜)大清國舉兵問罪，長驅大進，四方響應，不日就到都中了，快快整備迎敵！(浄)再探！(雜)得令！(下)(副浄發顫介)剛剛這一唬，還不曾醒來，又是告急信到。這、這便如何是好！肉顫更心摇，這魂靈一半消。罷、罷，這個所在，看來不是咱住的地方。牛丞相，快去傳集衆文武及各營兵馬，定于今夜五鼓放礮起行。輜重財帛，速速裝載，仍隨咱往西安去者。(浄應下)(副浄)把金玉全鈔，子女全撈，待傳齊衆官軍登程了。(浄引兵將各四名，四雜推車吶喊上)(浄)啓我主，大衆齊集，貨物已裝載完備！(副浄)就此起行！(浄、丑、小浄各跨馬同衆行介)(合)殺函舊巢，去尋着殺函舊巢。從前强盗，依舊做從前强盗。則索待秦中走一遭。

(繞場同下)

第十齣　探訊

(生上)

〔仙吕引子〕【鵲橋仙】帝王兒女，恁般顛簸，天若有心也痛。孤雲長隔楚王峰，不許我同騎采鳳。

我周世顯前往梓殯祭奠，那守陵太監説公主死而復生，現在周皇親家中。目下賊闖西竄，街市稍稍安静，趁此天氣晴朗，首夏清和，不免到嘉定府中，探聽公主消息。一路行來，你看人煙希少，骸骨纍纍，這亂後光景，直恁悲慘也！

【桂枝香】冤魂未送，斷肢猶動。莽蕭蕭，殘照西風。閃巍巍，尸林血冢。嘆零星澤鴻，嘆零星澤鴻。一半是西京遺種，一半是北邙春夢。遍城中，斷鏃無人拾，炊煙比户空。

來此已是嘉定門首了，呀，怎的清冷無人，恁般闃寂？俺且踱到裏邊，再看光景。（作走進介）

【前腔】門寒苔凍，樹荒煙重。上閒階瘦蝶雙飛，掩疏欄殘花幾種。好生奇怪，怎麽一個人也没有？看繁華一空，看繁華一空。尋不出桃源仙洞，但只有啼鴉迎送。難道是移居别院不成？且回到外面尋個鄰人一問，便知端的。（作出介）咳，公主，俺在只裏尋訪，你到底在那裏呵？探音容，知何日金屋春風貯，瑶臺月下逢。

且喜那邊有個人來，不免迎上去問個明白。（雜車夫趕馬上）（生）借問一聲，這裏可是周皇親府中麽？（雜）怎麽不是，咱家常在他府中趕車的。（生）從前何等熱鬧，怎的此刻這樣荒凉，連人也不見？（雜）從前做國戚，原是熱鬧的。豈知城破之後，有個賊將姓張，來踞了房屋。周國丈的夫人卜氏，姑媳盡皆自縊。這些兵士把國丈百般淩辱。後來有個權將軍李姓的，見國丈十分哀憐，遂將小屋數間撥與居住。這些高堂大宇，都被賊人占去。如今賊已竄散，國丈的兒子周鍾也從賊西去，這所房子就荒廢了，故而這般光景。（生）我且問你，可曉得有位公主在他家裏没有？（雜）是有的，那位公主前兒到彰義門外維摩菴進香，是咱的車子送去。誰知公主見了這維摩菴僻静幽雅……（生）便怎麽樣？（雜）他就不肯回來，情願帶髮修行，如今還在菴裏呢！（生哭介）哎喲，我那公主呀！（雜）咦，公主與他什麽相干，也要瞎哭起來，這人想是獃的。（内作馬嘯介）（雜）呀，呸！説了這半天，把牲口餓的慌了，且牽他到周家園裏放了草，喝燒刀子去。（趕馬下）（生）公主，你若果然出家，叫俺怎生是了也！

【前腔】聞言淚涌，爲他心痛。待皈依丈六金身，却孤負一雙玉種。嘆飄零斷蓬，嘆飄零斷蓬。早難道紅妝斷送，青燈供奉。既不在這裏，俺且回去，再行探聽信音便了。問芳蹤，可能彀同證三生果，只怕他愁消一鏡容。

海昌查仲誥竹洲正譜
古鹽黄燮清韻珊填詞
榮城孫福海補堂重校

卷　下

第十一齣　殲寇

（末國朝服色，戎裝，引隊子，净中軍上）

〔中吕引子〕【菊花新】九州四海望雲霓，除暴安民振六師。龍虎翼新基，看長白山頭王氣。

鼓角聲高肅將臺，旗門晝静陣雲開。中原父老皆安堵，笑看將軍天上來。（升帳坐介）本藩英親王是也。甲申之變，明主殉國。我聖清驅逐妖氛，燕京正位。流賊李自成屢戰屢北，抱頭西竄。冀逃天網，輒敢負嵎。率兵二十萬，聲言欲取南京，被我兵水陸窮追，連敗于鄧縣、武昌、九江等處。目下闖賊困守老營，本藩恭承廟算，親統天兵，爲勝國復讎，爲蒼生靖亂，誓必翦此朝食。中軍！（净）有！（末）傳八旗將領聽令！（净傳令，内闃應介）（外紅戰袍，老旦黄戰袍，小生白戰袍，小外藍戰袍，四兵持大旗分四色隨上）（合）王爺在上，末將打恭。（末）列位少禮。某等奉天討罪，戮力同心，各宜整肅戎行，毋爲民擾。（將）王爺鈞令，某等敢不恪遵！（末）現今賊軍屢敗，鋭氣已盡。我師以順攻逆，烏合之衆，望風解體。乘彼計窮勢迫，併力合攻，一鼓可定。今乃黄道吉日，列位各引本營兵馬，前往剿滅，務擒元惡，以快輿情！（將）得令！（各跨馬擁末行介）

〔中吕過曲〕【駐環著】擁征西車騎，虎步熊飛。日炫花翎，風移錦纛。各自森嚴紀律，紅白黃藍，争認取滿洲軍八營旗幟。（二百姓携榼上跪介）某等乃本地百姓，聞得天兵過此，謹備壺漿簞食，聊爲野芹之獻。（末）生受你們。王師所過，鋤暴安良，秋毫無犯，不妄取民間一物，你等各歸本業去罷！（百姓叩頭，歡喜下）（衆合）真個是壺漿簞食，都是我蒼生赤子。戎行整，隊伍齊。不犯秋毫，早甦民氣。

（下）（副净引雜扮四僞將上）

【前腔】砍頭顱半世，砍頭顱半世，刀下魂啼。踏碎京都，搶來神器。誰想連番失利，一敗如灰，殺得我狠英雄望風而靡。咱李自成，争雄一世，轉戰半生，豈料業敗垂成，事荒得意。自大清兵一到，屢次摧敗。咱的文臣武將和那明室的一班降官，殺傷殆盡。今日又來討戰，没奈何，只得拚着這條老命，自家領軍迎戰。衆將官，隨咱努力殺向前去！（衆應，同行介）逞膽力再揚兵氣，了性命真同兒戲。金戈閃，鐵甲披。礮火轟天，血燐掩地。

（副净虚下）（外等四將以次殺上，四雜以次接戰，將以次殺雜下）（副净上，迎戰）（將）咄，李賊，你釜底游魂，刀頭剩魄，天兵到此，還不下馬受縛！（副净）不必多言，放馬過來！（合戰，副净敗下）（四將追下）（小末、貼、丑、雜扮百姓，荷鍬、鋤上）（小末）我們通山縣九宫山的百姓便是。自從李闖殺來，多時不曾安静，恨不得一口水嚥了這賊子才好。（貼）如今大兵征剿，那厮合當氣盡了。（内喊殺，衆望介）（小末）前面塵埃起處，有一個人落荒而走，倒像就是李賊。（貼）只有一隻眼睛，正是他了。想被官兵殺敗，要想逃命。等他到來，我們出其不意，一頓鋤頭鐵鍬，剁做一團肉塊，豈不暢快？（丑）説得不錯，結果了他，我們好做太平百姓。大家要放出些手段來的！（副净奔上，衆舞鍬、鋤作剁殺介）（四將上，百姓叩見介）（將）你等何人，曾見闖賊否？

(百姓)闖賊竄入山中,被百姓們將他剁爛了。(將)如此,你們退去,明日營門領賞。(百姓叩謝,跳舞下)(末引隊子上,將稟介)啓王爺,闖賊逃竄入山,被一夥百姓將他剁死。(末)托賴聖主威靈,逆渠授首,衆將們就此班師者。(衆應行介)(合)

【添字紅綉鞋】秋江手斷蛟螭,蛟螭。春風影入旌旗,旌旗。同奏凱,返京師。向麟閣,畫英姿。掃欃槍無遺,無遺。捷報奏彤墀,捷報奏彤墀。

【尾聲】同仇一雪前明耻,薄海環瀛感戴齊,共樂昇平億萬世。

(同繞場下)

第十二齣　草表

(老旦尼裝上)草色封瑶砌,花陰護石壇。春風吹佛面,龍女鬢鬟寒。老尼乃彰義門外維摩庵的庵主便是。去年四月初有位明朝的公主,來此進香,誰知他一到這裏,便不肯回去,執意修行,一直住到如今。光陰迅速,不覺又是早春時候,那公主懨懨愁病,鎮日傷心。且喜今日空閒無事,不免進去勸慰一番。正是:愁根須懺悔,戀葉莫牽纏。(下)(旦淡裝上)

〔正宫引子〕【破齊陣】天地浮生若夢,河山舉目全非。銅雀荒臺,玉簫舊館,杜宇數聲而已。一點癡魂無歸束,回首茫茫故國悲,潸然彈淚絲。

(坐介)鬱鬱嶺頭花,淩霄吐芳妍。一朝驚風起,吹落千仞巔。居高墮亦重,榮悴多變遷。撫我舊時瑟,理我今日絃。哀怨結中抱,音響非從前。蒼天浩無極,予懷不可宣。我坤興公主,魂離再續,臂斷重聯。向在周皇親家居住。因思嘉定伯雖係國戚，實負朝廷，况周鍾腆顔事賊，尤我仇敵，豈可同處？無奈屢次求死，都被周夫人卜氏救止。後來打聽得這裏有個維摩庵，地僻人稀，聊可棲息。因假進香爲名，徑入空門，誓不回去。韶華易换，如今已是順治二年了。且喜聖清御極，流賊蕩平。先帝后梓殯荒凉，蒙興朝恩德，改葬如禮。國讎既雪，陵寢亦安。只是我寥落可憐，流離失所。昔日金枝玉葉，何等尊榮；此時暮鼓晨鐘，十分凄惻。父兮，母兮，可曉得孩兒恁般苦惱麽！（掩淚介）

〔仙呂入雙調〕【風雲會四朝元】淹然逝矣，尋來夢亦稀。便呼天籲恨，灑血成淚，夜臺魂未知。記當時生我，記當時生我，綉褓承香，金縷裁衣。玉洞藏嬌，瓊花鬥麗，愛惜珍珠比。嗏，未得報春暉，石馬銅駝，一霎悲風起。留下我孤星曙後凄，在陽間恁滋味。况没個至親骨肉，兄兄妹妹，都難尋覓。

且住，我在這裏茹苦含悲，那周駙馬不知怎生潦倒，這情緒好難安頓也！

【前腔】伯勞燕子，東西兩處飛。料一般酸楚，同時憔悴。這愁懷各自知。算尋常伉儷，算尋常伉儷，有多少玉傍香挨，鬢貼鬢依。葉共枝連，眉齊目比，拆不散同心結。嗏，一樣做夫妻，離亂顛危，偏有咱和你。紅鸞星慘悽，青鸞鏡蕭瑟。也算因緣一世，空空色色，畫中夫婿。

記得那日飲刃之後，恍惚中見維摩佛前來救治，遂得甦醒。這殿上正塑着維摩佛像，不免拜禮一回者。（拜佛介）

【前腔】我魂銷矣，無端緊護持。見慈雲一片，憑空飛墜。點臂曾蒙他丹藥施。咳，佛吓佛，我朱徽娖既是這等苦命，死了倒也乾净，何必要救轉來呵？問當初爲甚，問當初爲甚，定要收轉精靈，補幹殘尸。不許長眠，重新扶起，藕斷絲偏接。嗏，國病既難醫，則這粉血骷髏，何用慈悲惜？到今日怎生安頓伊，如何結果的？一任鸞飄鳳泊，磨磨難難，恁般身世。

（老旦上）幡影遮窗日，爐煙裊幔風。公主原來在此禮佛。（旦）便是。你來的却好，有話商量。（老旦）不知公主有何吩咐？（旦）我家亡國破，身無所歸，意欲削髮爲尼，蒲團守寂。你意下可否？（老旦）這個斷斷使不得！公主是個貴人，况在青年，倘然披剃之後，駙馬爺要來聘娶，這頭髮如何裝得上去？那時老尼就該死了。（旦）這個不妨，待我寫一表章，奏聞聖上，自行聲明，便無事了。取筆硯過來。（老旦）筆硯在此。（旦坐，且寫且唱介）

【前腔】念可憐臣妾，痛雙親永别離。常則是高天跼蹐，總無計可申罔極。願從今衣化緇。但長齋綉佛，但長齋綉佛，洗除了粉黛紅妝，翦去那煩惱青絲。誦一回鸚鵡心經，權當做瀟湘靈瑟，傷往事如流水。嗏，命苦不堪提，把這没收管的人兒，葬向蓮龕底。守定蒲團懺昔非，紅塵早捐棄。惟望我天心鑒察，憐憐憫憫，成全苦志。

（放筆介）表已寫就，幸逢不諱之朝，明日親自陳情便了。（老旦）春寒刺骨，請公主到裏邊去罷。（旦）

【尾聲】我風前孤影無依恃，則索向慈雲頂禮，敢承望大士楊枝灑成那蓮並蒂。

（引老旦同下）

第十三齣　訪配

（末國朝服色，行裝策馬上）萬里江山一色春，花驄踏遍軟紅塵。仙郎不識桃源路，却要青鸞替問津。自家一個差官便是。前日亡明坤興公主上表陳情，願髡緇空王，以伸罔極。聖上不許，詔求元配。但不知那周駙馬現在何處，下官四處訪問，未得音信，不免一路尋將去者。（策馬下）（生騎馬，丑執鞭隨上）

〔仙吕引子〕【醉落魄】春風依舊寒如剪，撲來人面。花魂次第都吹轉，緑滿瀛州，草色上吟鞭。

我周世顯一身如葉，半世飄蓬。喜得聖主當陽，太平重現，寇氛翦滅，烽火肅清。老我西山，不礙夷齊食粟；懷人南國，未能粱孟齊眉。際此美景良辰，倍添惆悵。不免到郊外閒散一回，有何不可！呀，出得門來，光景大非昔比矣！（行介）

〔仙吕過曲〕【二犯桂枝香】青山睡轉，朱樓夢遠。怕的是燕子歸來，認不出舊時庭院。這裏有座酒樓，且上去小飲三杯，聊以破悶。（下馬介）（丑拴馬，隨生上樓介）（生）流連，尋春望春春可憐，尋花問花花不言。意中人，渾未見。登高望遠，這春色直恁蒼莽也！高皇陵殿，平蕪遠天。故侯宫苑，垂楊暮煙。算繁華已换紅羊劫，問涕泣誰談天寶年。

（副净攜酒上）看花須一醉，和事只三杯。客人，酒在此。（放酒下）（生中坐，且飲且唱介）

【不是路】點點山川，曾閲興亡幾萬年。無更變，依然風景似從前。杏花天，香塵十里香車碾，我一片春愁欲化煙。情無限，把雙柑斗酒聊排遣，紅欄憑遍。

（末策馬上）

【前腔】蹤迹茫然，月老紅絲那處牽？追尋遍，向緑楊陰下暫停鞭。一路尋訪，人馬俱乏，且到酒樓上去歇息片時再走罷。（作下馬上樓介）（副净持酒上）這位爺也是飲酒的麼？（末）便是。（臺角預設一桌，末就坐）（副浄）酒在此。（下）（末飲介）如今却往那裏去尋才好？信誰傳，瓊簫寂寞添清怨，玉杵飄零負夙緣。緋桃顫，可曾見過劉郎面，問他鶯燕。

（内鼓樂介）（生）酒保。（副浄上）爺可是要添酒麼？（生）不消，我問你外邊爲何這般熱鬧？（副浄）方今聖人御宇，萬民和樂。内無怨女，外無曠夫。當此春二三月，這些百姓們紛紛嫁娶，故而這等熱鬧哩。（末）酒來！（副浄）來了！（携酒上，即下）（生）咳，民間兒女都能配合，偏俺與公主恁般乖舛，好生根觸也！（末背介）這人説到公主，莫非就是那人麼？（生）

【長拍】影隔形分，影隔形分。青鸞音杳，贏得許多離怨。玉人何處，延佇悵惘，一般兒夢中良緣。料得瘦嬋娟，有淚痕千點，湘筠紅遍。一樣東風兩處冷，個中恨，向誰言。各是心傷魂顫。我周世顯呵，怎得個舊絃不斷，破鏡重圓。

（末喜介）原來正是！（見生揖介）周駙馬，你作弄的下官好苦也！（生慌答揖介）小生素未謀面，怎生作弄，伏乞明言。（末）前日坤興公主上書闕下，要削髮爲尼。（生驚介）嗳喲，我那公主，好可憐也！（末）幸喜聖上不許。（生喜介）嗄，竟不許？這、這還好。如今便怎麼？（末）如今詔求元配，爲此下官呵！

【短拍】謹奉恩綸，謹奉恩綸。搜求故劍，替坤興成就前緣。四處尋覓，不想在此遇見。踏得兩靴穿，才認識荆州顔面。（生）原來如此。聖恩高厚，真令人感激無地也！薄福微臣世顯，當不起天意竟垂憐。

（丑喜介）好了，有些交運了。酒保，兩位酒錢快收去。（副浄上，收錢下）（生）如今公主却在何處？（末）土田邸第，俱已齊備，公主早迎歸金屋，只待駙馬一到，便當合巹。就請並轡同行！（丑帶馬，末、生上馬行介）

（生）雨露湛深，正恐世顯無福消受也！

【尾聲】凍消融，春回轉，香風引到大羅天，（末）看紅杏花開近日邊。

（同下）

第十四齣　尚主

（內官策馬上）

（中呂）【駐雲飛】春到蓬山，青鳥殷勤爲探看。鳳詔雲中煥，蟾影天邊滿。咱家一個內官便是。前明坤興公主今日賜婚，爲此前往周駙馬第宅，宣揚德意，則索走遭者。歡惟願，永團圓。琴絃休斷，注定因緣。月老完公案。深淺評量鏡裏山，肥瘦猜詳畫裏顔。（下）

（副末白鬚藍衫披紅笑上）問我區區高壽，今年九十零九。白頭曾閱興亡，漸漸容顔老瘦。做了掌禮先生，滿嘴伏以叩首。常常喊破喉嚨，四六七言亂凑。替人送嫁迎親，騙得肥猪大酒。晚年食量頗高，三碗白米不彀。喜儐阿奶看見，笑得口歪鼻縐。説道你這老兒，倒像村牛餓狗。今朝喜事臨頭，又要區區一走。紅綢披在胸前，絨帽挺到辮後。不免演習威儀，（作勢介）縮頭駝腰拱手。自家一個老贊禮便是。從前孔季重郎中作《桃花扇》傳奇，把我派了一個脚色，同了侯朝宗這起名士，厮混了一場。如今有個姓黄的秀才，他自號繭情生，新打了一部《帝女花》樂府，又把我硬扯在裏頭，做個贊禮。我老人家東呼西唤忙個不了。倘然兩本戲一同唱將起來，要用孫行者分身法才好。可笑那繭情生年紀輕輕，不去讀墨卷，做試帖詩，偏弄這些筆墨，不知他有甚好處弄出來？（內）你曉得他爲甚做這部《帝女花》？（副末）他説道：中天揖讓，那商均的妹子，夏禹王不曾替他嫁個郎君，三代征誅，那殷受的女兒，周武王也不曾爲他贅個夫婿。我熙朝待前明的恩德，別的也說不盡，即如坤興公主這樁情節，已是上軼虞夏，遠邁商周，連他也憑空感激。所以做這本樂府，無非歌咏盛德的意思。（內）原來如此！　今日是公主、駙馬團圓，你怎還不去當差？（副末）不錯，吉時將到，大家們走動哩！（內鼓樂，四雜各捧金幣，貼、小丑、小旦、老旦分滿漢裝行上）

【前腔】仙仗雲排，官彩天衣金縷裁。寶鏡珊瑚架，玉珮芙蓉帶。（副末）你們都齊了麼？（衆）都已齊集了。（副末）列位，區區做了一世的贊禮，那招駙馬的儀注，不曾看慣，少停有些不在行，休得取笑。（衆）這個不計較，只是你說的四六要切貼些才好。（副末）有幾句現成話兒，已念熟了。（衆）如此，我們一同前去。（合）來，送上鳳凰臺，看他興拜。醖釀温柔，春色真如海。連理枝兒一處栽，並蒂花兒一處開。

（同下）（丑袍挂上）

【前腔】主僕相依，歷盡艱危與亂離。忽地生歡喜，好運從今起。我高義跟駙馬爺吃了好些苦，誰知今日駙馬爺奉旨完姻，土田錢物，賜予無算，就是這所第宅，好不宏敞哩！　咦，樓閣亘雲霓，下臨無地。月幌煙扉，身在蓬壺裏。苦極甘來信有之，天上人間判霎時。

那邊有幾位大人出來，俺且在此伺候。（外、末、小生、小外補服上）

【前腔】鈿轂如雲，玉管瑤笙天半聞。織女工裁錦，王母親調粉。（外）列位請了。（衆）請了。（外）坤興公主和周駙馬今日團圓，天恩優渥，真亘古未有也。（衆）正是。（分坐介）（合）婚，舊主做新人，補全離恨。天帝輸錢，竟代牽牛聘。沁水恩波蕩遠春，好替湘妃浣淚痕。

（外）我等就在這裏料理婚事，且待合巹之後，一同回去。（衆）正該如此。（内鼓樂，副末引四雜侍女上。四雜置金幣桌上，同貼等分立兩旁。副末見外等，叩頭介）各位大人在上，老贊禮叩頭。（外）良時已屆，就請新人行禮。（副末應，起立贊禮介）伏以乘凰扇引，定情于改朔之朝；金犢車來，降禮于故侯之第。人非鶴市，慨紫玉之重生；鏡異鸞臺，看樂昌之再合。敬請平陽貴客、月殿嫦娥升堂行禮。（外等起立，内細樂，生補服華裝，旦冠帔堆紅，小旦、貼張扇扶上）（副末）請二位新人叩謝天恩。（生、旦望北同拜，副末興拜畢）（生、旦起介）（副末）請二位新人交拜。（生、旦對拜，副末興拜畢）平身。（生、旦起立）（副末）送入洞房。（貼等四侍女執燈持扇，擁生、旦下）（丑）各位到外邊吃喜酒去。（引副末、四雜下）（外）新人已入洞房，明日再來賀喜罷。（衆）我們可以回去了。（合）

【前腔】金屋藏花，不數仙人蕚緑華。月上琉璃瓦，春入鴛鴦罩。他今夜緑窗紗，衷懷各寫。苦樂悲歡，急切無從話。難得熙朝禮數加，猶恐相逢夢裏差。

（同下）

第十五齣　觴敘

（丑上）秋水樓臺淡入煙，此中只合住神仙。碧欄杆外曉陰散，一樹桂花香可憐。俺高義便是。我家駙馬爺與公主娘娘，完姻多時。那位公主娘娘，雖處歡娛，仍然愁悶，神傷言外，恨鎖眉尖。今日天色澄清，秋容疏爽，駙馬爺命俺在後花園安排酒筵，與公主娘娘把杯遣興，只索在此伺候。（生、旦携手，侍女滿漢裝隨行上）

【北中吕】【粉蝶兒】簾幕秋涼，畫眉痕舊時宫樣，倩寒波替照新妝。病丰神，愁影子，鏡中摇颺。步轉衣香，恁西風吹來鬢上。（生）公主，下官和你二人，烽煙躑躅，蓬絮飄零，備歷艱辛，終成眷屬。天心憐憫，這因緣非比泛常也！（旦）正是！妾身九死一生，斷緣再續，興言及此，真覺悲感交集矣！

【南泣顔回】提起便心傷，十六年中苦況。勘除夢幻，早拚祝髮空王。恁蠶絲未盡，壽陽梅再現優曇相。溯前情異樣酸辛，（掩淚介）到今朝才能依傍。

（生爲旦拭淚介）公主不用惆悵，當此秋光明浄，正該消遣，和你小飲一回罷。高童，酒筵可曾齊備？（丑）齊備了。就請駙馬爺、公主娘娘上宴。（生）如此，取酒過來。（丑、侍女送酒）（生、旦並坐，對飲介）（生）公主！

【北石榴花】可憐你裊亭亭寬透玉羅裳，鎮日價珠淚洗紅妝。俺與你銀尊同泛碧霞觴，良辰有限，暫解迴腸。况且你弱不勝衣，瘦如無骨，更須保重。則一副瘦身裁，則一副瘦身裁，怎能擔得愁千樣？花前酒後，要尋歡暢。（照杯介）雖則是變滄桑，雖則是變滄桑。風和月仍無恙，權抵做舊時歌舞北花房。

公主請乾一杯。（旦）請。駙馬，你雖百般解勸，争奈妾身憂從中來，不可斷絶。想起那甲申之變，兀的不心痛欲碎也呵！

【南泣顔回】那時殺氣滿陳倉，帝后殘尸血葬。香消半臂，癡魂同見高皇。死灰未冷，苦韶華偏要閻羅賞。愧西門殺賊秦休，趁東風來嫁周郎。

（生）這也難怪公主。咳，我周世顯忝膺甥館，碌碌半生，未酬犬馬之勞，徒作黍禾之嘆，好生慚愧也！（起立作勢唱介）

【北門鵪鶉】猛想起鬧紛紛蟻潰蜂屯，鬧紛紛蟻潰蜂屯，亂攘攘狐群鼠黨。不能做烈轟轟柴紹提軍，氣昂昂淮陰拜將。只看著紫燕黄鸝泣上陽，累了你花一朵受風霜。到今日呵，剛落得恨悠悠精衛煩冤，恨悠悠精衛煩冤，苦淒淒姮娥小像。

清談許久，公主再飲一杯罷。（旦）妾不勝杯杓，還是駙馬請。（生）既如此，高童，撤去杯盤者。（丑應，撤席下）（生）我們携手庭中，一玩秋色何如？（旦）也好。（生携旦手看介）呀，公主，你臂上紅絲一縷，傷痕宛然，教人好痛殺也！（旦）那時臂斷魂消，自分永斬塵緣，豈意重侍帷帳？（生）公主飲刃之後，怎生光景，可還記得麽？（旦）記那日呵！

【南撲燈蛾】血盈盈胭脂染綉袍，夢沉沉絲靈透羅幌。雲漠漠夜臺隨風去，雨綿綿落花催葬。（生插白）可有藥餌醫治？（旦）遠迢迢兔兒藥臼，冷清清月魄墮微茫。（生）後來如何甦醒？（旦）閃摇摇慈悲一現，惜惺惺把旃檀燒做返魂香。

（生）原來如此。可見我二人婚姻，真有前定也！公主，俺和你淒淒苦語，未免花月笑人，還宜展放幽懷，删除愁病才是。（携旦緩步介）

【北上小樓】呀，你看那芙蕖底文鴛兩，梧桐底幺鳳雙。俺與你下了香階，扶上紅橋，繞轉回廊。看着你態倦眉顰，看着你態倦眉顰，鬢寒肩瘦，難勝偎傍。只好做天仙供養。

（内作風聲，旦怯顫，侍女扶介）（生）公主怎的發顫，莫是着涼了不成？（旦）妾病矣！（生）却怎的來吓？（旦）

【南撲燈蛾】悶悶的無聊感傷，忽忽的無端惆悵。蕭蕭的秋影涼，懨懨的春夢長。當不起淅淅颯颯，驚風兒送響。（生插白）可要安寢否？（旦）眼睁睁無須睡鄉，（生）難道有些醉了麽？（旦）事了了醒透肝腸，事了了醒透肝腸。（生）畢竟是何緣故？（旦）只覺得酸酸楚楚難言病樣，瑟瑟的殘魂恐逐杜蘭香。

（生）咳，才得歡聚，怎生又病起來？園中清冷，我們裹邊去罷。（旦）駙馬請。（生）公主請。（扶旦行介）

【南尾聲】好夫妻半載相依傍，（旦）素女秋寒不耐霜，（生）還望那夢裏瞿曇替他除病障。

（同下，二侍女隨下）

第十六齣　醫窮

（副净上）

〔中吕過曲〕【縷縷金】風爐暖，草根香。何曾諳藥性，騙他娘。冤鬼知多少，不堪算帳。若然起死有神方，扁陀壽無量，扁陀壽無量。

學生崔名貴，是本京有名醫生。門條高貼，大書三世祖傳；家學低微，小可十分兒戲。虚排架子，必須靴帽雙輝；要做忙來，常坐轎車一輛。八仙内的吕祖，拿來挂在壁間；五帝中的神農，將就擺他桌上。要想鍋裏暖暖，須得街頭跑跑。五瘟鬼真是神交，每每送些生意；十殿王最無情面，常常坍我招牌。只因我崔名貴看脉不真，用藥太猛，時要闖禍，人家就叫我做催命鬼。我説你們不用取笑，若是死病也醫得好來，這些人大家都活到千把歲，世界上挨挨擠擠，如何容得下？總要替他開發了結。所以催命儘管催命，名醫還是名醫。只是這幾日生涯清冷，柴米有些不濟，着實愁悶。不免到佛前點一枝香，保佑弄出幾個病人來頑頑才好。（作點香介）（末上）

【前腔】無名證，不離床。若還醫得好，除是請純陽。自家駙馬爺府中一個院子便是。因公主有病，要延請醫生，這裏有個崔名貴，頗有聲望，不免請他一走。來此已是他家門首了。（扣門介）崔先生，在家麼？（副浄應介）外邊敲門，有些意思。（開門介）原來是位老哥，請裏邊坐。（末）請。（進坐介）（副浄）老哥到此，不知有何見教？（末）先生聽啓。（副浄）願聞。（末）駙馬周爺府，閨房有恙。（副浄）嗄，原來是駙馬爺府中，可是公主欠安麼？（末）便是。只爲綉帷中憔悴病紅妝，因此特來奉請先生，你回春手早光降，回春手早光降。

（副浄）哥，你來的不凑巧，偏偏今朝不得空。李大人署中病了少爺，張太爺府裏病了小姐，來請過幾次，都没有去，只好改日來看罷。（末出銀封介）公主病重，必得先生速去。這是聘金，請收了。醫好之後，再行酬謝。（副浄接銀介）哎唷唷，不敢不敢。既這樣説，没奈何只得同去。你且少坐，學生裏邊去去來。（背看銀介）咦，倒有五十兩頭。（下，即上，向内介）有人來請看病，須要登號，不可失記。（内應）（末）先生就請同行。（副浄）請、請。（同出介）（副浄作掩門介）（行介）老哥，你可曉得公主害的甚麼病？（末）先生看了脉，自然明白。（副浄）呀，呸！如今脉理那個看得真來？都不過聽人説説病源，寫幾味藥吃吃，還無大害；若是病源不先説明，便要看出禍事來了。（末）怎的禍事？（副浄）哪！【西江月】不過亂拳瞎碰，只消隨意開方。本來火證用煨薑，吃得鼻紅直放。鼓脹三錢熟地，傷風一兩人參。有胎認做是停經，皮裏嬰孩打挺。（末怕介）嗳喲喲，好殺手，好殺手！（副浄）所以你對我説説的好。（末）我在外邊當差，也不知其細，只聽他們傳説……（副浄）怎樣説法？（末）説公主呵！

【剔銀燈】常則是神情惝恍，茶和飯全然不想。（副浄）身體如何？（末）他臞仙冷卧羅浮帳，瘦得來梅花一樣。（副浄）心緒覺得怎麼樣？（末）悽愴，眉梢不揚，只覺得愁多恨長。

説話之間，已到府中了。（同進介）（丑上）哥，醫生請到了麽？（末）這位便是。（丑）就請先生到裏邊看治。（引副净下）（末獨坐捋鬚介）這個醫生，未曾看脉，先問病源，也算名醫。那些無名之醫，想來説了病源，他還不明白哩。且看他出來説些甚麽。（丑同副净上）先生請坐開方，我有事，不奉陪了。（副净）不敢。（丑下）（末）先生看公主是何病證？（副净）據你説來，據我看來，竟是個傷心之證。（末）怎生醫法？（副净）老哥，你説呆話哩，各樣病都好醫治，獨有那傷心之病，千古無人醫得。（末）雖則如此，到底開個方兒才好。（副净）也罷，且寫幾味藥，吃了好再看罷。（坐寫介）

【前腔】平肝氣，鬱金須放。清心火，湖蓮一兩。再把那丁香豆蔻都添上，要甘草調和各樣。（寫完介）方已開好。老哥吃來不好，這個病源是死證，于我無涉；倘然吃好了，是學生的功勞，謝禮要格外幫襯。（末接方介）這個自然。（副净）須償，黄金白鏹，報答我回生妙方。（末）有勞枉駕。（副净）好説。（走出介）咳，公主，你只怕去日苦多來日少。（末）喂，學生事忙，告辭了。

先生，你休得别時容易見時難。（分下）

第十七齣　香夭

（二侍女扶旦病裝上）

〔越調引子〕【霜天曉角】紅塵草草，容易催人老。一十餘年幻泡，殘生戀到今朝。

（憑几坐介）神傷病不支，無計鬆眉宇。花瘦已難禁，隔簾又風雨。我坤興公主自賦桃夭，初周星燧。芳華易歇，弱質難堅。悲來填膺，病深透骨。這幾日漸漸支持不住。憂能傷人，我不復永年矣。侍女，駙馬爺因何不見？（侍女）今日到維摩菴中替娘娘祈福去了，想就回來的。（旦）咳，祈他則甚，總是要死的。這光景有限，能多見一刻也好，怎生又去了吓！

〔越調過曲〕【小桃紅】絲魂有限早應消，那更有醫苦難的慈悲到也。曇花影子，偶然一現弱根苗，何必要苦牽牢。枉了你爇心香叩神曹，好夫妻終有日因緣了，也算將來没甚難抛。只苦的病潘郎，又爲我鬢絲凋。

（伏几睡介，生憂容上）

【下山虎】腰圍暗小，淚點偷抛，不許他知道。藥煙細摇，問簾内人兒，可還安好。下官因公主病重，向維摩佛跟前，替他祈禱。一路回來，心煩慮亂。咳，看他病象，多分是不起的了，怎生是好？（淚介）埋怨東風長恨苗，看龐兒容漸槁，看身兒肌漸消。只恐西施葬夢隨雨飄，長簟無人慰寂寥。

這裏已是卧房了。（作進介）公主此時可好些麽？（旦醒看介）駙馬回來了麽？（生）回來了。（旦）駙馬，妾荷君眷愛，莫罄深情。只是苦命難留，殘生就盡，不能復侍巾櫛。妾實負君，死後幸勿以妾爲念。（生淚介）公主休得如此，少不得過幾日就痊好了。（旦）難矣！

【五韻美】勸兒郎，休傷悼。今生今世緣盡了，睡鄉中難禁的夢兒覺。（生）還得挣扎些才好。（旦）絮飛花落，熬不過月殘風曉。妾死去，别的也無牽挂，不過是君腸斷，妾命抛。算只有一載的夫妻，恩情難報。

駙馬，妾父皇母后的梓宫，蒙熙朝盛德，合葬于田貴妃寢園。妾死之後，可將骸骨即窆寢園之傍，不可忘了。（生）公主，這些事不用預愁，還是養養神罷。（旦泣介）

【五般宜】當日個撇爹娘，影離夢遥。今日個伴爹娘，墓連土交。免了我冷魄逐風飄，也得個父母兒女，黄泉依靠。則一片白楊青草，有鶯啼燕吊。還望你做半子的兒夫，到清明來祭掃。（生哭，旦昏暈，生扶住介）呀，怎的暈去了！公主醒來！

【山麻稭】（换頭）這瘦骨輕難抱，爲甚麼氣弱聲低，影顫魂揺。（旦醒介）（生）好了，有些醒轉來了。苗條，風擺住，似一片柳絲定了。只見那雲鬟微動，月眉徐展，星眼斜飄。

（旦低唱介）

【蠻牌令】苦海急難超，欲去重留牢。（生）公主醒來麽？（旦）癡懷猶戀戀，絮語恁叨叨。駙馬，由我去了罷！（生）這是如何捨得，你好忍也！（旦）咳，還望你心兒上將奴撇抛，另覓個好新人錦帳藏嬌。郎情厚，我無福消，只待化銜泥乳燕，向君屋營巢。

（生嗚咽介）（旦）我好恨哪！（生）公主待恨誰來？（旦）妾當飲刃之後，竟自死了，豈不乾净？如今轉多挂礙，則一條苦命，怎生要做兩起死吓！

【黑麻令】既然是免不過花憔月憔，問當初爲甚要仙曹鬼曹。留下這不盡的愁苗恨苗，何若是不見檀郎，也免得他魂消魄消。到今日煙飄絮飄，硬丢開鸞交鳳交。夢兒中頃刻恩情，吹斷了瓊簫玉簫。

（昏暈介）（生）不好了，又暈去了！侍女們，快扶娘娘到裏邊去。（侍女扶旦下，哭上）公主扶到床上，氣便絶了。（生）嗳喲，痛煞我也！（哭暈，侍女扶介）（生醒唱介）

【江神子】（别體）你此後魂兒何處招，送蜣磯一片靈潮。怎禁得淚珠滚出心苗，滿庭風雨叫鴟鴞，不知他冷泉臺可到？

（侍女）駙馬爺且免悲傷，夜已深了，到裏邊去安息片時，明日好料理後事。（生哭介）我的公主呵！

【尾聲】畫樓剩有孤燈照，涷巫山楚雲飛了，只守定一被春寒直醒到曉。

（掩泣下，侍女隨下）

第十八齣　魂游

（二仙童執幢幡引末上）【西江月】冉冉落花今古，茫茫流水西東。一團春夢曉雲空，蝴蝶飛來上冢。俺維摩居士是也。今日散花天女塵劫已完，當昇上界。誠恐癡魂未悟，覺路難尋，爲此前往接引，則索走遭者。（仙童引末下）（魂旦上）

〔正宫引子〕【梁州令】東風吹夢出秦樓，向空處遨游。思量往事怕回頭，情脉脉，魂瑟瑟，恨悠悠。

我坤興公主，與周郎一載良緣，百年永訣，離魂惝怳，冥路迢遥。出得門來，一望無際，却往那裏走才好？我且順着性兒行去便了。（行介）

〔正宫過曲〕【雁魚錦】趁蟾輝來從碧落游，蜕蟬衣離了紅塵垢。有一片夜雲遮前後，忽聽暗風過樹颼颼，鬢絲兒已先做凉秋。前面有些樓宇，好象到過的，怎生恁般蕭瑟？凄凉歌舞休，剩零星幾點，金谷園中柳。是那處宅院，滿階苔影厚。不想就是嘉定伯府中，這光景好難堪也！傷心華屋山邱，問故侯家世，一種種歸烏有。青門瓜瘦，莽寒煙一徑狐狸走。（鬼卒打丑上，丑叫苦介）

（鬼）周鍾，你生前欺君負國，造惡萬端，如今你的家私和箭衣大帽那裏去了？（丑哭介）作孽也，不是我一個，還有張縉彦、魏藻德那班人，怎的單叫我受苦？（鬼）不須記挂，少不得都來奉陪的。（打丑下）（旦）那不是周鍾麽，好怕人也！　活現出前因後由，才信着生榮死愁。　你看遠遠望去，祥煙縹緲，佳氣葱蘢，是好去處也！　且信步往前頭，仙世界飄然如上瀛洲。　思量似曾經逗留。　呀，那邊却是東華門，一路進去，便是我的舊宫了。　當日裏曾向那十二欄的鳳臺酣春睡，今日裏回想着十五載的鴻泥如夢游。　不免閃進東華門去。（欲入介）（二門神黑白臉盔甲上）常爲門外漢，同是畫中人。　來的莫非是坤興公主麽？（旦）正是。（門神）方今聖人御宇，禁苑肅清，公主未便進去，請别處仙游罷。　我神去也！（下）（旦掩淚望介）咳，這個所在，竟不能再到了麽？　回頭，欲去還留，不許我癡雲再返蓬萊岫。　悵望徘徊，眼穿腸斷，苦憶兒時粉碓妝樓，看花停綉。　上陽鶯燕，還記得舊時人否？　父皇母后，不知現在何處，我且回身尋將去者。可憐我生前蹟面惟紅淚，只怕他地下思兒都白頭。（場上設牌方，挂思陵匾額，旦看介）原來這裏就是思陵了。（生挂鬚帝服，正旦后服，内侍隨上）孩兒，怎生你也到了這裏？（旦牽衣哭介）我的爹娘，一晌却在那裏？　叫孩兒想的好苦也！（同抱哭介）（旦）生離死别，難沾乳觳。　常常的尋來夢裏，總不見爹母，把殘軀硬丢。　閃的似雛鴉失巢無處投。（内金鼓，副净扮魔王持刀沖上）（生、正旦、内侍避下）（副净撲旦，旦驚避介，二金甲神提鎚上）哇，逆魔休得無禮！　你在下界殘害生靈，死有餘辜，此時還敢猖獗！（打介，副净舉刀拒敵介，神合戰，擒副净鎖下）（旦）哎喲，唬煞我也！　父皇那裏，母后那裏？（哭介）怎的都不見了？　爲甚麽妖氛影裏慈雲散，不帶我孩兒同走。　空對着一個荒邱。　俺只道活時望帝陰陽隔，誰曉得死後尋親也道路悠。且住，我在這裏悽悽楚楚，不知周郎此時若何悲痛，不免回到家門，再去看他一看。

（作回頭介）哎喲，回首茫茫，塵障蔽目，已無歸路，但有去程，如何是好？（淚介）冷煙厚，杳沉沉雲昏霧稠。待尋訪没因由，剩茫茫遺恨，堆滿心頭。鬼門關離魂未勾，望夫山問聲可有，走不盡冥途脩。（悶坐介，仙童引末上）仙無不死草，佛度有情人。（見旦介）公主起來。（旦起介）原來是位菩薩，弟子誤入迷途，伏望菩薩指引。（末）公主，你本是衆香國散花天女降凡，此時俗緣已滿，應得歸真，俺特來接你回去。（旦福介）多謝我佛。（末）就此同行。（二仙童前導，末揮塵引旦行介）（旦）從今是蓬山此去無多路，則索要重轉仙人白玉樓。

（衆引旦下）

第十九齣　殯玉

（儀從引生素服策馬行上）

〔仙吕入雙調過曲〕【雙玉供】柔腸刀割，問青天如之奈何。五更風吹醒莊周，一江雲冷掩湘娥。下官周世顯，與公主綺夢才圓，芳容頓杳。銀臺竊藥，想奔月以何年；金殿煎香，思返魂而無術。傷心莫罄，遺挂徒存。蒙聖朝恩德，筮于三月之吉，賜葬于彰義門外，謚曰長平。今乃公主窀穸之期，一路行來，前面已是墓門了。（淚介）咳，公主，你先尋結果，單剩下凄涼故我。一叢新樹蓋墳坡，三月楊花撲面多。

（行到介）（丑上）啓駙馬爺，公主娘娘已經登穴，候駙馬爺你奠過了，便當封墓哩。（生作下馬，丑拴馬，生祭奠介）嗳喲，公主！下官和你半世凄涼，一年静好；方圖偕老，遽作離絃。今日瘞玉深深，埋香鬱鬱，决然捨去，何天奪我之速也！（哭介）

【攤破金字令】一場夫婦，好夢如雲過。半堆塵土，別恨如煙鎖。清冷泉臺，虧他獨卧。自念浮生有盡，鴛鴦冢大，待添入無聊人一個。（丑）祭奠已畢，役夫們就此封墓哩。（四雜携鍬鋤上，作封墓介）（生）我那公主，從此不能再見了。落日動悲歌，飛花委逝波。命薄如羅，世短如梭，鶯兒燕兒也爲你哭。

（四雜）墓已封好。（丑）到外邊領賞去。（四雜應下）（外、末、小生、小外素服上）（外）豈知昔日催妝客，（末等）即是今朝送殯人。（外）來此已是長平公主墓門，一同進去。（進介，生接見介）各位大人辱臨，下官有失遠迓。（外等）公主今日賜葬，某等特來一拜。（生）不敢。（外等同拜畢，分左右各坐介）（外）敢問都尉君，公主尚在青年，不知因何病證，遽爾夭逝。（生）他的病根，説起來好可憐也！

【夜雨打梧桐】迴腸結，遺恨多。鎮日價鎖雙蛾，淚成河，總爲家亡國破。本是精神有限，那禁這樣消磨。年灾月眚竟難避過，一霎裏蘭摧絮化完因果。（拭淚介）列位大人呵，不提猶可，猛然念及，止不住心兒痛，難言病若何。

（外等合）煞是可憐！只是事已如此，都尉君尚宜節哀珍重，不可過于傷悼才是。我等告辭了。（起行，生送介）改日謝步。（外等）豈敢！秦簫吹斷續，楚挽哭滄浪。（下）（丑帶馬上）葬事已畢，請駙馬爺回府。（生上馬欲行介）（老旦尼裝上）青山埋艷骨，白髮吊紅顔。（見生介）都尉爺在上，維摩庵老尼叩頭。（生）起來，你因何到此？（老旦）從前公主娘娘在小庵住了多時，今日聞得安葬，特來磕個頭兒。（向内叩頭介）（生）維摩庵離此不遠，公主的墳墓就派你看管，香火月錢，隨時給發，須要在意者。（老旦）老尼理會得。正是：列刹皇姑寺，馱經内道場。（下）（生欲行，回首介）公主，俺去矣！（策馬，儀從引行介）（生）咳，你看春色闌珊，夕陽黯淡，這些風景到了愁人眼中，那一件不增悲感也呵！

【攤破金字令】(換頭)只見那東風擺柳，春寒逼綺羅。只見花啼臉粉，山蹙眉蛾。看將來無一可。料荒土壟中，也應念我。便今夜夢魂相過，還怕他更漏無多。黃昏近也人奈何。(到介)(生下馬，儀從暗下，丑向内介)駙馬爺回第麽？(二侍女携燭上，置案即下)(生進坐介)(丑牽馬介)這一日辛苦得彀了，如今我的戲文已完，要去睡覺哩。(下)(内起更，場上設帳幔介)(生)呀，天又夜了麽？這燈兒好不耐煩也！(剪燈介)燈呀燈，公主在日，我兩人形影相依，你也看見的，怎生今夜單對着我一個人吓！你能彀照我的夢兒到公主那邊去麽？(淚介)咳，燈影淡銀荷，衣香散錦窩。獨自個被角寒拖，枕角虛摩。回頭細看，那曾見他？

(欠伸介)一時疲倦起來，且睡覺則個。(入帳睡介)(内二更，二仙童上)引歸香世界，去會玉嬋娟。周都尉隨俺去來！(生帳後徐行上)

【夜雨打梧桐】傳呼急，爲甚麽。仔細問誰何，漫猜他。莫是那人尋我。(見介)呀，二位仙童何來？(仙童)某等奉維摩佛之命，引都尉到衆香國去，聽釋迦如來説法。(生)他説道空王宣召，同去聽説波羅，蓮龕許我參一座。且住，衆香國非人間世，如何能到，莫非在此做夢麽？(童)然也。到了衆香國，自然就醒的。(生)這也由他，但不知此去能見公主否？(童)公主先在那裏，早已歸真了。(生喜介)原來也在那裏，如此快些同去！(同行介)(生)他靈山會上，早證了菩提果，愁城頓破。今夜裏則索要指月窺金粟，因風想玉珂。

(同下)

第二十齣　散花

（場上懸衆香國匾，照首齣扮羅漢引净上）

〔北仙吕〕【點絳唇】點點塵寰，茫茫覺岸，從旁看。兒女悲歡，都要慈悲管。

生是何方來，死是何方去？去來成古今，來徑即去路。俺釋迦如來是也。今因散花天女劫滿歸真，恐他癡恨未捐，再生魔障，爲此在衆香國廣設法場，登壇棒喝。並着維摩居士，引侍香金童夢魂到此，一同聽講。敢待來也。（末引生、旦上）玉女摇仙佩，金支渡法航。已到衆香國，天女、金童，過來叩見佛爺。（生、旦拜净介）（净）你二人趺坐兩旁者。（末）今日我佛説法，維摩引衆天女同來散花，以博蓮臺一笑何如？（净）使得。（末）欲醒繁華夢，須看頃刻花。（下）（生、旦）敢問我佛，世上爲人，榮枯異境，偏我二人恁般苦楚，樂少哀多，是何因果？伏乞指引迷津，免致沉淪魔道。（净）今日才知做人的苦處麽？咳，做了人是那一個不苦的！聽俺道來。

【混江龍】猛可的長繩牽絆，全身兒鑽入大疑團。醉鄉裏更番厮混，戲場中打個攢盤。男配女，女嫁男，把月老忙來無脚走，人做鬼，鬼爲人，叫閻羅看得也心煩。父生子，子生兒，形隨氣現，你憐我，我憐他，繭作絲環。最好的小孩子，無嗜慾，本來面目，到得那大來時，弄機械，另换心肝。捏定了細竹管，猛窺天，也會得亮光微透，套住了悶葫蘆，亂跳圈，少不得筋斗難翻。一班兒搶烏帽，不過是妻封子蔭，祖榮宗顯。打夥兒奪黄金，只想要身肥腹果，腦滿腸寬。黑暗裏，終有時煙消日出，下場頭，怎禁的酒散歌闌。塑的像何曾堅固，借的屋須要償還。縱然是賢子息，真孝順，保不住爹娘千歲，便算有好交情，尚氣義，那曾見朋友同棺。本來是幻根苗，色色空空無定準，有甚麽難交代，牽牽扯扯不能完。

（生）富貴繁華，既如夢幻泡影，那些人怎生要趕着他呢？（净）這原可笑也！裝了個雪獅兒，胖着臉，只怕的湯中打滚，剪出那紙老虎，張着牙，當不起火裏來鑽。（旦）世上兒女之情，可是真的麽？（净）假也！配了個好夫婿，偎偎抱抱，擁着個俊嫦娥，裊裊姗姗。則見那哥哥妹妹，挨挨擦擦，説不出疼疼熱熱，喜喜歡歡。這壁廂，舔着蜜，搓着粉，嗅着香，笑吟吟蟻醉瑶臺芳信透，那壁廂，斷了釵，墜了珠，碎了玉，冷清清鳥啼金谷落花寒。守定了俏臙仙，可知道羅浮夢境，早逐着曉煙空，硬拖牢假神女，怎曉得巫山雲氣，容易的游絲斷。雨葬了玉門關，胭脂井，馬嵬坡，問不出三千粉黛，風吹倒結綺樓，廣寒殿，望仙臺，靠不住十二欄杆。可憐人，枉了你百般兒貪嗔癡愛，真情種，受用着幾味的苦辣鹽酸。無爲有，有爲無，囑咐他槐南春色休留戀，境生情，情生境，只算是水中明月小團圞。（生）功名氣節，可還悠久？（净）果然是讀書透，見事明，擎天銅柱支傾厦，那怕他紫海翻，黄河倒，沉江鐵鎖鎮狂瀾。一個身，肩挑着五常百行，數粒米，手擺出四瀆三山。雖則是没把柄，半堆白骨終磨滅，到頭來奉馨香，幾張青史也傳觀。（旦）有明三百餘年天下，到這般結果，何無一人挽回，其中可有因由？（净）怎没因由！玷朝儀，貴務賤，帝王木匠，專國柄，陰處陽，宰相中官。暗昏昏北寺獄，森羅刀鋸，羞答答西園例，鬼魅衣冠。掘礦税，傷地脉，山川盡洩金銀氣，開馬市，召邊釁，門户誰知虎豹蟠。可笑那成宏以下無賢政，况更有魏客諸人造禍端。（旦）天地好生，何不使天下萬年長治？偏要生出這些寇盗奸臣，貽害生靈，轉换朝局。天地亦屬厭故喜新，殊爲多事！（净）盛衰遞嬗，氣數爲之，即天地亦不能自主也。星擺的紫微垣，偶然移動，月造的白玉樓，也要崩坍。百斛深的鐵葉鼎，蓦到了香消煙冷，十丈高的金蓮炬，免不來火燼油乾。一霎裏魚龍擾攘，一霎裏鷄犬清閒。一霎裏風雲壯麗，一霎裏金粉闌珊。算將來變海水，變滄田，瞢騰半晌，説不盡做英雄，做兒女，苦惱千般。（生、旦）怎生參悟，才能放下一切？（净）能放下去，便放下了。收轉了百樣心，推翻悶海，立住了兩隻脚，蹬出情關。是耶非，夢即醒，定了神，只聽那五更鐘起，窮甚悲，達甚喜，冷着眼，且看他一局棋殘。只要得猛回頭，大翻身跳上靈河岸，才能彀九根無礙，八垢同删。

（旦）弟子生身父母，現歸何處，可能再見否？（净）莊烈帝后均升天上，待你完成正果，自當送入太虚相見也。

【油葫蘆】早則向玉宇琳宫翥鳳鸞，把塵絲都割斷。雖則是五陵佳氣付荒寒，自有那金鱗幾點雲中燦，休認做血污望帝魂難返。不須你苦曹娥戀父屍，且學着金仙主參佛壇。管教你碎零星殘月天邊滿，則一家親骨肉會團圞。

（生）明季忠臣義士，紛紛殉節，死後有可果報麽？（净）要知果報，試回頭看來。（生、旦起立看介，場上設仙橋，内細樂，二仙童幡幢引文武官四人冠帶上，過橋下）（净起立介）你們看見了否？

【天下樂】當日個盡節捐軀碧血寒，悲也麽酸。做忠臣只自完，須不是賣名聲，要求那神鬼歡。到如今明顯顯毅魄輝金鏡，只見那靄騰騰祥雲護寶幡。呀，這死後的幽光千古燦。

（旦）明室之亡，實由諸臣釀禍，這些叛臣奸黨，如今却在那裏？（净）那來的不是麽！（二厲鬼鎖鬼犯四人上，繞場打下）（净）這起賊徒，誤盡國家大事，好生可惡哩！（作勢唱介）

【那吒令】要妻歡子歡，見銅山便撇，要升官選官，見私門便鑽，要膚完體完，見賊兵便寒。潛不過罔兩形，遮不好神明眼，枉了你各樣去使刁酸。

（末引貼、小旦、小丑、老旦仙裝各執花枝舞上）（净）呀，這花直恁繽紛灑落也！

【鵲踏枝】一片片錦雲攢，一朵朵彩煙團。多分是有影無形，幻出青鸞。看醒了醉模糊金剛兩眼，辨不出影迷離龍女雙鬟。

維摩居士，可引他二人到了緣樓小叙片刻，仍送金童夢魂回去，待他塵劫完時，再行度脱。衆天女們，就同去做個飛花筵燕罷！（末、貼、衆合）領法旨！（擁生、旦繞場下）（羅漢）天女、金童此次下凡，生逢鼎革，卒遂良緣。想是前生注定，故而有此奇遇。（净）雖係前緣，然非盛世隆恩，安得有此！

【寄生草】這是喜氣從天降，慈恩比海寬。把無根花朵重聯瓣，斷絲珠顆重成串，生煙玉氣重温暖。全仗着文持風雨惜春幡，僥倖煞穠桃艷李東皇管。

衆香國公案已了，大衆們各自回山者！（衆應，同行介）（净）

【煞尾】一刻去來今，説得天花亂，看塵境榮枯遞换。彰義門邊春草滿，結前朝兒女江山。一會價話興亡筆削賢奸，由着俺三峽源流舌底翻。（衆）我佛這番警覺，足令衆生猛省，頑石點頭，真無量功德也！（净）瞿曇説法，不立文字爲高。一涉迹相，便落下乘。俺不過是把情塵結算，喜情場完案。則一片假情禪，只好當戲文看。

（引羅漢下）

抑塞襟懷掃不開，一場歌哭譜興衰。
紅兒如唱斷腸曲，定有鵑魂飛度來。

識語

調寄金縷曲

韻珊自識

不盡傷心事，引殘杯，搔首呼天，抽刀劃水。一斛牢愁何處説，芒角縱横而起。且付與冷吟閒醉。寶瑟蒼凉彈夜月，灑青衫幾點無聊淚。君看取，斷腸字。　蕭蕭故壘西風裏，莽燕雲，十六神州，亂山如蟻。金粉繁華消劫火，鳷鵲樓臺荒矣。問日暮美人來未。擊節悲歌誰解和，聽宫烏啼入南朝寺。敲碎了，鐵如意。

題辭一

詩

南昌萬立衔子珏

幺鳳棲琳宮，丹彩鮮霞日。罡風忽搏霄，摧刼紫文翼。所託非不高，中道滄桑易。莫生帝王家，千古同太息。伊昔崇禎年，鍾山王氣畢。絳頭與毛面，鴟張恣狂獝。推轂將相臣，囚首競銜璧。丹烽赩龍池，白燈懸鳳闕。投璽呼蒼蒼，血淚衮袍溢。太陽將沉輝，若木枝先折。昭仁萎玉蕤，娥臺一朝圻。娉娉坤興主，銀潢分玉葉。蕙性含芳葩，蘭儀掩瑶月。上鬟制寳釵，方選秦晉匹。穠華未菜敷，山陵已崩裂。當其倉皇時，梅妝正繞膝。一揮青芙蓉，頓殘懸黎覓。帝欲彰幽貞，呵護遺神物。寳瑟雖暫僵，鵾弦竟不絶。獺髓留珊痕，鸞膠續鞶結。上書獻闕下，長齋願綉佛。皇恩渥慈幼，一物不使失。故劍茂陵求，破鏡樂昌合。都尉公侯子，金貂美承業。喈喈鳳凰鳴，相攸頌韓姞。卷葹已拔心，茹苦常戚戚。家國痛流離，玉筯停紅頰。愁碎鴛鴦心，啼殘杜鵑血。紫玉竟成煙，香魂返無術。鶴飛吴市遠，鳳去秦臺閟。南山有悲歌，露草空隋什。猗歟繭情生，遐思闌幽閴。綺情衷窈窕，摛以粲花筆。示我黄絹詞，雒誦幾擊節。阮家固佻達，玉茗終淫佚。詎如帝女花，風人麗以則。仰視空天雲，長喟廢瓊帙。

錢塘汪适孫又邨

天荒地老日月昏，傾巢之下遺天孫。我皇盛德比覆載，重圓破鏡邀殊恩。有明帝女長平主，周皇后生年十五。掌珠孕彩自驪源，懷玉分輝出瑶圃。雲髻新更扒角鬟，九翬盤帊上笄冠。賜封已受嘉名策，選尚旋催司禮官。周家壤子朱幡族，玉帶銀鞍齊屬目。百疋紅羅爲繫親，甲門外館如期築。五雲伫降金根車，鳳管鸞弦禮孔嘉。拂臉待調天母粉，插頭預賜日兄花。忽傳烽火神京偪，兒女江山同一撇。九廟看飛貴戚灰，六宮不染朝臣血。此時良玉盡成煙，此際貞蕤盡化鵑。豈意芳魂離倩女，翻因臂斷得身全。天戈指處妖氛掃，清時留得殘生保。落彩甘爲練行尼，瀝忱特上陳情表。九重動色垂隆眷，一時翔泳仁風扇。豈有金枝玉葉身，淪歸紙襖田衣館，示履嗤留太華峰。滄桑歷盡斷塵蹤，宴坐端宜聽佛鐘。望鄉笑築平城伴？詔下同時禁臠求，國家禮數曲從優。當年平地生公府，應詔依然號粉侯。賜錢大啓同昌宅，輦致還教富金麥。桃李穠開故國華，粉脂艷沐新朝澤。撫膺聞樂感何如，不御臨觴坐向隅。卷施拔盡柔心早，杜宇啼殘血淚枯。回思國破家何在，不分良緣留一載。蓮子雖含得藕心，銜冤敢忘填東海。了却前生未了因，歸從地下見君親。更賜一抔乾净土，可憐生死感皇仁。無雙才子生花筆，天花法借瞿曇説。寵遇非彈蜀國弦，悲凉爲鼓湘靈瑟。銅琶鐵撥按當筵，媧石終難補恨天。却有留都巢幕者，閒將燕子劈吟箋。

海鹽陳作敬湘漁

神仙小謫芙蓉闕，恨海茫茫填寶筏。險阻才看破鏡圓，淒涼又吊蘆溝月。蘆溝纖月照京城，帝女如花待館甥。妙選已聞開沁水，賫妝共説降長平。漢家運盡黃巾起，走卒群思作天子。中朝節相可憐蟲，專閫將軍自鬥螘。賊騎星馳夜據鞍，夢中伸脚過長安。倉皇帝后傷心別，破碎山河掩淚看。天潢肯污凌霄節，引脰干將相訣絶。半臂先腥白刃芒，全家竟喋彤闈血。攀髯無計獨銜哀，私第移歸萬慮灰。棣萼同時逢浩劫，松楸無路哭泉臺。此生回首俱塵夢，願祝空王棲法棟。青門蕭史擬乘鸞，華表令威還跨鳳。鳳帔鸞釵瑟瑟垂，餘生猶畫遠山眉。夢回宮闕牽衣訴，話到滄桑掩袖悲。那知善感華年蹙，香桃骨瘦慵膏沐。龍馭追隨殉已遲，鹿車遲挽嗟何速。殯玉埋香劇慘悽，葳蕤長自閉春閨。可憐冷月無人夜，照見空梁落燕泥。衆香國裏旋來去，此身不作黏泥絮。天雨曼陀證辟支，靈修杳杳知何處？何處宮商叶管絃，詞人補恨寫紅箋。興亡故事傳新唱，感慨悲歌記夙緣。簾旌愁絶悲風送，吾生亦抱黃門痛。杳冥重泉哭不聞，淒清遺挂懸尤慟。針綫雖存寶瑟僵，無聊空自拊繩床。縱營齋奠人何在，不信神仙路渺茫。渺茫罷鼓湘靈曲，燈火青熒夜深讀。棖觸予懷子縉笙，悲涼往事漸離筑。悼死悲生一愴神，嫏嬛仙侶認前身。他年貼地紅氍舞，定有含悽墮淚人。

海鹽吴廷燮彦宣

憶昔深宫啓未央，皇枝托體重天潢。花開上苑穠桃李，翼舞瑶池小鳳凰。册就儀容咨保母，選來才地擅周郎。沁園好賜千金築，寶轂還傳百兩將。一朝鐵騎趨京闕，君后倉皇成永訣。百子樓頭劫火飛，九龍池畔流泉咽。牽衣慟哭入彤闈，碧濺桃花千片血。未跨秦臺彩鳳翔，遽驚漢苑芳蘭折。半體先從母后歸，餘生忍見諸王別。紫玉歸來異代魂，遭殘浩劫此身存。陳情漫自悲柔福，人道何堪共玉真。有詔鸞臺求寶鏡，重教翟茀嫁天孫。賜第新開脂粉磑，空箱剩疊鬱金裙。傷心苦歷兵戈變，異數終邀聖主恩。江山回首浮雲改，舊時宫闕人誰在。鶯啼花落自三春，粉瘞香埋驚一載。薤歌寂寞葬同昌，彰義門邊冷夕陽。幸向窮泉歡笑語，不須故國怨興亡。自古繁華如轉轂，銅駝又見南都覆。可憐龍種豈尋常，黄衣莫問泉鳩獄。還傳故劍落人間，西風獨向空江哭。滄桑已變荷生成，恩義翻看殘骨肉。若使飄零棄道旁，庸知玉碎非爲福。往事銷沉已百年，憑君幽怨譜吟箋。乾坤有恨隨流水，興廢何常剩管絃。扇底何郎還傅粉，曲中秦女已登仙。惟餘天上瓊樓月，猶傍銀河幾處圓。

長洲沈彦曾士美

上界多情下界愁，金戈鐵馬滿荒邱。神仙也墮紅羊劫，石火光中一轉頭。

投生錯入帝王家，語極酸辛淚似麻。一霎罡風吹過處，鴛鴦劍落兒女花。
滄桑閱盡百無歡，一疏書成淚點寒。錦綉江山餘隙地，可容臣妾借蒲團。
一現曇華艷影消，黄門清淚湧如潮。今生比翼難同命，再世何因問玉簫。

嘉興王本仁壽園

劫灰飛盡亂離年，天上誰償十萬錢。秦女已悲亡國恨，鳳臺如夢月如煙。
彩絲續命悟前緣，破鏡淒涼影再圓。一曲興亡天寶恨，詞成須付李龜年。

海鹽何岳齡衡山

仙子真從歷劫來，飄零故劍出塵埃。傷心一片宫簾月，依舊流光照鳳臺。
不須顧曲待周郎，江夏才高最擅長。數點梅花笛中落，人間猶見壽陽妝。

詩餘

臺城路

海昌查仲誥作舟

妖星焰奪紅鸞影，淒淒上陽春老。王氣沉山，邊愁入苑，燐火一天寒照。嬋娟瘦小，便再世因緣，收場偏早。擬賦招魂，五更殘月珮聲杳。　滄桑彈指已换，悵鴛鴦舊冢，青斷芳草。傅粉樓荒，吹簫館廢，剩有夕陽聞吊。花煩絮惱，都付與、才人傷心詞稿。冷和哀絲，杜鵑啼到曉。

滿江紅　仁和李光溥競白

一霎歌場，有無限、纏綿悱惻。渾閱盡、綺羅蓬葆，鐘魚琴瑟。並蒂蓮開心自苦，殘枝藕斷絲難劈。問畫眉深淺入時無，無言泣。　塵劫换，紅羊厄。星度朗，紅鸞吉。怪鵑啼鵲噪，恁般幽寂。完璧一雙存國寶，聘錢十萬邀天錫。大排場，了結再生緣，才人筆。

金縷曲　錢塘張泰初松谿

戎馬收全局。渺無端，瓊枝一樹，艷摧香國。已缺金甌誰補得，不是紅顏薄福。小兒女同聲一哭。有限流光無限夢，斷芳魂，再把情絲續。花有淚，也盈掬。　移商换羽音何促。數文心，前湯後蔣，與君鼎足。滿腹牢騷隨意洩，都付哀弦豪竹。看優孟如何裝束。此是當年河滿子，韻淒涼，更勝山陽曲。浮大白，又重讀。

又

錢塘楊尚觀醒香

劫後餘灰燼。掩荆榛，寂寞銅駝，待呼天問。衰草斜陽隨處是，醖釀許多遺恨。算冷月魂歸難準。七尺珊瑚容架筆，耿良宵，寫出黄姑韻。腸斷了，淚偷揾。穠桃艷李都銷損。殉東皇，三月飛花，杜鵑紅噴。杯酒誰澆墳上土，一例雨酥煙潤。可認得舊時啼暈。只有燕雲青不改，看御溝，流盡閒金粉。傷往事，漫評論。

又

仁和吴承勛子述

寫出傷心稿。恁收場，繁華世界，夢兒潦草。憑著蕊珠留幻影，倏忽墓門斜照。有剩水殘山相吊。坎坎箜篌聲斷絶，似宫人，白髮談天寶。焚碎玉，鳳凰叫。風情總被填詞惱。莽銷魂，池邊横笛，花邊側帽。汗滅懷中銀字譜，化却旃檀煙裊。一樣是承平年少。不識悲從何處起，作神仙，痛哭瞿曇笑。歌未闋，月輪小。

又

素我題新句。十旬來，塵箋絲硯，鎮無一語。酒後森森芒角展，擊箸敲甌而舞。漫棖觸英雄兒女。金粉春秋誰解讀，杜鵑紅，繪艷啼螿苦。天有缺，煉情補。自憐錦瑟華年誤。感離弦，蘅蕪香斷，芙蓉路阻。哀樂未經陶寫盡，祇許幺絃低訴。更莫問畫闌叢樹。縱使罡風容舉袂，冷瑶宫，能幾埋愁處。燈暈裏，淚如雨。

題辭二

詩

仁和女史查慧定生

逐鹿光陰走電車，銅駝没水戟沉沙。祇餘蕭史悲明月，空説劉郎問落花。上冢漫留新畫本，昇天可認舊鉛華。塵緣仙意都淒絶，歲歲春風怨琵琶。

吊古終須仗史才，劫灰消盡亦堪哀。烏闌寫就傳歌院，杜宇啼時冷嘯臺。麥秀黍離增激楚，霞裳雲珮莫驚猜。錦氍毹上紅牙急，定有秋魂掩泣來。

吴興女史許延礽雲林

精衛難填恨海波，青衫涕淚吊仙娥。不因歷盡塵寰劫，那識人間苦趣多。

荒涼陵谷暮煙收，生死因緣話粉侯。休怪神仙好游戲，樂昌圓鏡幾生修。

閬苑東風雨露新，零花斷草總回春。傳奇儘有蘭臺筆，荃蕙何心託美人。

刻翠裁紅字字香，宫幃兒女數興亡。嗤他燕子春燈曲，江總才華恨轉長。

海鹽女史沈金蕊竺香

鸞箋新擘譜笙簧，唱遍江南齒頰香。千古悲歡無限恨，且從勝國說天潢。

玉葉金枝彩鳳群，鴛鴦小牒掌氤氳。天孫未嫁秋風緊，一道銀河隔陣雲。

鞞鼓聲聲逼鳳臺，六宮粉黛盡塵埃。可憐半臂零星血，冷濺昭陽砌下苔。

椒里迎歸玉漸温，藕絲斷續最銷魂。自傷嬌小飄流甚，惟願禪參般若門。

小謫人間十五年，瀟湘哀怨託冰絃。舊時宮闕重回首，落日西風哭杜鵑。

興亡感慨付滄桑，故劍求來總斷腸。一歲芳菲花事了，春風憔悴泣周郎。

優曇色相本來空，夢醒瑤臺玉漏終。此夜香魂隨落月，劫塵期滿返花宮。

燕鶯啼盡故宮思，回首從前感黍離。江夏風流一枝筆，君恩併入女兒詞。

海鹽女史徐宗淑雲素

垂頭不忍看京華，殺氣蒼茫黯暮霞。一朵嬌花殉宗社，投生錯入帝王家。

笑看將軍天上來，煙消日出現蓬萊。斷絲珠顆重成串，並蒂花兒一處開。

紫燕黃鸝泣上陽，綉帷憔悴病紅妝。五更殘魄歸消歇，素女秋寒不耐霜。

玉碎香消佛亦憐，香風引到大羅天。紅顏命逐河山盡，涕泣誰談天寶年。集本詞句。

詩餘

鵲踏花翻

澠池女史席慧文怡珊

露咽秦簫，雲沉蜀鏡，青門路斷無人識。孰將舊事繁華，舊夢淒清，一齊付與寒螿泣。依稀豪竹間哀絲，當筵細譜龜茲律。　寫出多少，王康調逸。淚痕和墨如鉛瀉，回想禁苑烏啼，鼎湖龍化，落葉添蕭瑟。千秋遺恨怕重題，休言共月隨圓缺。

滿江紅

南昌女史萬錮淑娵

殘照西風，渾不見、漢家陵闕。更堪傷、瓊蕤珠蕊，一般摧折。家國空悲田換海，親庭不奈金寒玦。痛餘生何處認離宮，娥臺圻。　春藹恨，絲難絶。銀燭淚，啼乾血。嘆吴門鶴去，秦樓簫咽。眼底新歡人倚玉，心頭舊怨禽銜石。比樂昌破鏡强重圓，圓還缺。

金縷曲

錢塘女史錢寶珩儷笙

巧奪霓裳譜。寫不盡，兒女江山，離詞恨語。生小瑶池瓊闕種，兩字因緣天付。正羅綺年華三五。猛底寒笳深夜警，莽天涯兵氣銷歌舞。燐影裏，落花暮。　芳魂誰遣瞿曇護。仗慈悲，幾番質證，因蘭果絮。故國妝臺圓舊鏡，一霎美人黄土。又一霎斜陽今古。畢竟情天多缺陷，問筌娥、可有癡雲補。凄斷了，戍樓鼓。

浪淘沙

仁和女史吴藻蘋香

法曲冷霓裳，重譜紅腔。修簫人愛月華凉。吹得秦臺仙夢暖，小鳳雛凰。　家國感滄桑，滿地斜陽。瑶天笙鶴散花忙。江管一枝春易着，不斷生香。

跋

余兄弟幼就外傅，昕夕悉由庭授，各量其資之所近，與其筆所能逮，而進退之、附益之。韻珊垂髫解四聲，課餘私淑唐人詩，辨核體製，無復齟齬，以故文藝皆從詩入。比年泛濫宋元詞曲，乃所著類纖穠幽邃之作。歲壬辰，秋闈報罷，益放浪詞酒。陳子琴齋將發其鬱以觀其才，請傳坤興故事，謂吾朝之恩禮勝國，與貴主之纏綿死生，皆前古希覯，當不似《還魂》等記，托賦子虛，且亦我輩未得志時，論古表微所必及也。韻珊韙之，彌月而稿出，哀感頑艶，聲情俱繪，一時傳覽無虚日。查子竹洲，復爲校訂宫譜，遂梓以行。夫小道可觀，學士不廢。自來傳奇，寄其所寄，雖亦濫觴比興，顧必窮極詭麗，以磬其鬱勃，俄而山魈愁，俄而湘女泣，靈均其鼻祖也。若兹册者，毋亦詞中之史，而樂府之中聲與？從此規橅雅騷，殺覈古義，當更有進於此者。譬之卉木，先華後實，於韻珊有厚望焉。癸巳中秋，胞兄際清跋。

跋

秋風蒲柳，最深榮落之悲；殘照山陵，易動盛衰之感。空空色色，幻影頻開；死死生生，情根難剪。埋憂無地，離恨有天。此非緣由情生，愁因境召者乎？况乃天家貴主，生長宫中。綺歲盈盈，一輪明月；新妝楚楚，五出梅花。方謂玉樹愛鍾，粉田恩錫，好逑君子，妙選良家。胡圖鼙鼓忽驚，嬋娟就斃。雖湯能續命，香可返魂，而燭淚難乾，蠶絲空縛。照銀釭兮夜永，倩影珊珊；擁錦被兮春寒，靈犀脉脉。銷沉王氣，樹老諸陵；黯淡荒煙，鳥啼故院。宜其心空萬境，不啻棒喝一聲也。幸荷熙朝厚恩，卒成大禮，琴絃不斷，鏡影重圓。無如水淺萍枯，霜深蘭悴，《玉臺》之咏未絶，《蒿里》之歌已聞。抱紅而枯，不黄先隕，人生到此，能不凄然！韻珊以抑鬱之懷，寫蒼艷之思。江郎善恨，平子工愁。語必驚人，字能泣鬼。鐵如意空山敲碎，如聽《河滿》數聲；金珮環夜月歸來，不減《湘靈》一曲。癸巳立秋日，同里朱泰修跋後。

脊令原

脊令原傳奇序

曲之感人，捷於詩書。今有至無良者，氣質乖謬，師友弗能化焉，試與之入梨園，觀古人之賢奸與往事之得失，其喜怒哀樂，無不發而中者。則曲雖小道，固亦風俗人心之所寄也。予視學浙江，悦黄生韻珊文而賞之，繼覽其所製《帝女花》曲，蒼鬱詭麗，益嘆其才之美。爰取《聊齋》所載曾友于事命作劇本。匝月而詞成，情文樸摯，類皆布帛菽粟之談，元人中與《琵琶》爲近，可想見其至性之厚，非徒側艷爲工者。異日譜之管弦，形之歌舞，使普天下孝悌之心油然以生，則感人之捷，雖詩書奚加焉？道光甲午秋，新城陳用光序於浙江學舍。

目録

卷上

卷下

卷上

新城陳碩士夫子鑒定
海鹽黃燮清韻珊填詞原名憲清

第一齣　萱壽

（生上）

〔黃鐘引子〕【瑞雲濃】讀書勵志，不在科名聲勢。最費安排門内事。撫心自問，算母子相憐，弟兄多故，慚愧煞芸瓜家世。

連理枝頭芳信來，綠陰深繞舊書臺。人生難得惟兄弟，不許黃金離間開。卑人姓曾，名悌，字友于，昆陽人也。先父啓賢公，孝友傳家，詩書教子，不幸中年見背。嫡母李夫人，生子名成，早年俱被强寇掠去，至今存亡未卜，音信杳然。繼母賈夫人，與父親先後去世，遺有三子：長名孝，次名忠，次名信。生母張夫人，生有三子：卑人居長，次名仁，次名義。卑人年方三十，尚困一衿。同父七人：成兄一去不歸；孝兄及忠、信兩弟，嫡庶之辨太嚴，手足之情轉淡，與悌等視同陌路，日欲相讎；仁、義兩弟，年俱幼弱。目擊此情，心常憒憒。根本之地，煞費周旋。咳！文章純盜虛聲，浪呼名士；骨肉未能德化，遺痛先君。且待從容勸解，再作道理。今日乃我母張夫人六旬壽誕，早起已囑荆妻顏氏，料理酒筵，登堂獻兕。且待他完備，一同慶壽便了。（旦上）

【傳言玉女】整理鬟絲，商略畫眉影子，問夫婿藹然佳士。封侯不羡，好共佐北堂甘旨。趨庭笑語，斑衣同試。

（見介）官人。（生）娘子，慶壽酒筵可曾完備？（旦）早已完備。（生）話猶未了，仁、義兩弟扶着母親出來也。（小外、小末扶老旦上）

〔過曲〕【啄木兒】衣裾展，杖履遲，辛苦承歡憐孝子。（生、旦迎見介）母親今日誕辰，兒輩敬備一觴，爲母親上壽。（老旦）生受你們。（旦）請婆婆台坐了，一同拜祝。（衆扶老旦中坐，同拜介）（老旦）罷了、罷了。（笑介）好夫妻一鏡生春，好弟兄三樹連枝。你們到底是我親生的，還有一點孝心，那孝兒、忠兒、信兒都是漠不相關。近來聞得與你們三人很不相安，想你父親若在，必不睽違至此。（淚介）我銜石難填東海水，你採蘭空補南陔字。咳！怕有日變起蕭墻不可文！

（生）母親不必過慮，孩兒逆來順受，自有調處之法。請自寬懷，暢飲則個。娘子，取酒過來！（生、旦同進酒介）

【前腔】輝銀燭，倒玉巵，祥瑞須從和氣致。喜年年萱葉長青，祝歲歲荆花燦紫。（生）仁、義兩弟同敬母親一杯。（小外、小末進酒介）願隨娘膝下同嬉戲，願隨兄肩後相依恃。（合）却不道一片慈暉寸草知。

（老旦）我已醉了，要去將息片時。（生）既如此，娘子好生扶了母親進去。（旦）曉得。（扶老旦起介）正是：零星雙鬢雪，（旦）太占一家春。（扶老旦下）（小外、小末）哥哥，今日孝哥等不來與母親上壽，十分無禮，我們和他斷鬪去！（生）兄弟休得鹵莽，且自由他。若記小嫌，必開大釁。

【三段子】各行所是，較短長其心已私。無須强之，動猜嫌其幾至微。你少年血氣何堪恃，怕慈親從此擔憂思，可曉得九世同居惟忍字。

（小外、小末）既哥哥如此説，且恕過這一遭再講。（生）好兄弟，這才不錯。

【尾聲】閉門休去滋閒事，（小外、小末）無奈我諸昆不是，（生）咳，怎得個一夜春歸棣萼枝。

（同下）

第二齣　樹黨

（中净引小净、小丑上）

【中吕】【四邊静】一門領袖吾爲鉅。阿兄被人擄，諸弟漫紛紜，區區算家主。俺曾孝，字奉先，繼母賈夫人所生也。係再索之長男，爲一家之巨擘。娶妻杜氏，中年多病，不能持家。納妾惟雙，生兒有五：長繼業，三繼德，俱係嫡出；次繼功，四繼績，俱係庶出；最幼名繼祖，乃婢所出。繼業娶馮氏，繼功娶劉氏，餘子均未婚配。俺有一女，早經出嫁，爲邑中周三之媳。這都不在話下。只是一件：俺父親去世之時，遺有六子，弟兄生得太多，家産分而漸少。每思乘間生釁，叵耐庶弟友于，解讀詩書，冒充道學，又庇護仁、義兩弟，使俺不能遑所欲爲。算來彼衆我寡，難以箝制。如今只得聊結同母兩弟，併力合謀，方可與他對壘。各分黨與，各分門户。犄角倚聲援，若輩敢來拒？

繼業、繼功何在？（小净、小丑）有。（中净）請忠、信兩叔出來。（小净、小丑）曉得。（向内介）二位叔叔有請。（末、丑上）

【前腔】家兄呼唤一同去，有甚閒分付。趨步到書房，商量是何語。（末）俺曾忠。（丑）俺曾信。（見介）哥哥唤弟等出來，不知何事？（中净）請坐了細説。（各坐介）（中净）我們三人俱係一母所生，乃是曾家嫡嗣，自與别的弟兄不同。可恨父妾所生三子，出身鄙賤，公然竟與我等抗行，爲兄的委實有些氣他不過。不分嫡庶，不分規矩。田宅與錢財，一半屬他處。

（末、丑）如今哥哥的主見，待要怎樣？（中净）我們三人今後總要并膽同心，休要假以詞色，雖有賓客宴飲之事，亦須屏不與齒，方見得名分不差、貴賤各别。（末、丑）説得有理，我們也是這樣想呢！

【前腔】胞胎各異難同語，我輩祖須左。滚到一邊來，安能與他伍。并非强禦，并非凌侮。暗合古人詩，不與我同母。

（雜家人上）忙將閨閣悲傷事，報與書房尷尬人。相公，不好了！剛才周親家太太那裏有人來報，説我家姑娘得病死了。（中净跳哭介）哎也，我那女兒呵！

【前腔】傷心斷送親生女，使我淚如雨。弄碎掌中珠，此事怎生恕？我想女兒無端夭卒，必因周家凌虐所致，須要前去争論一番，鬧得他家破人亡，方雪我恨。家人過來。（雜）有。（中净）你去告訴二相公，教他明日同往周家廝鬧，看他來也不來！（雜）是，曉得。（背介）好端端又要生事了！（下）（中净）兄弟們，明日早起，可去招集族中子弟，整備打架，不得有誤！（末、丑應介）（中净）闖開堂户，打成泥土。請落竈君來，趕出門神去。

同到裏邊，再和你嫂嫂計議則個。（同下）

第三齣　規弟

（生上）書帷獨坐淚闌干，同室周旋事事難。應是脊令飛不到，滿庭風雨棣棠寒。我曾悌，身列黨庠，譽延家衖。自先君棄世，指望與兄弟們同心協力，無替前型。不意孝哥等因嫡庶之嫌，分門户之見，與悌等稍不相投，輒加挫辱。卑人尚能忍耐，只是仁、義兩弟少年任性，每欲與他争鬧。乖氣致殃，可危可懼！今日清閒無事，且待兩弟出來，再爲勸導一番，多少是好！（小外、小末上）

〔南吕過曲〕【宜春令】爲兄弟，最可憐，没來由欺人少年。（見介）哥哥，前日我母誕辰，孝哥等不來上壽，我們早不耐煩。誰想這幾天光景，越發不像了，見了兄弟們似讎人一般。昨日他家宴客，我們趨過堂下，他竟傲不爲禮。這樣看待，哥哥總不出來理論，還是裝假糊塗哩！但知解勸，胸中一例無恩怨。（生）兄弟休得生氣。你們各盡弟道，他們也不好難爲你的。（小外、小末跳介）我們百般讓他，他何嘗理會！如今還要盡弟道，可是盡不來了！做兄兄不識賢奸，教弟弟難爲良善。（生）雖則如此，畢竟都是父親骨肉，不要與他計較才是。（小外、小末）可又來，同是爹爹親生骨肉，分何貴賤？

（生）兄弟，記得先君易簀之時，兩眶中淚出如潘，大非吉兆。必欲操戈同室，恐曾氏之禍，方興未艾。我們總須忍耐爲是！

【前腔】戕同氣，不忍言，恐嚴親傷心九泉。况我母年已六旬，見了弟兄們和順，也教母親快活才好。北堂老矣，心生歡喜精神健。若是兄弟執意不聽，怕將來釜豆萁燃，逼拶得庭萱葉變。（小外、小末）哥哥所言雖是，只是一腔憤懣，如何平得下去！（生）同是爹爹親生骨肉，存何意見！

（雜上）

【劉潑帽】無情不顧親和眷，麻繩斷，走了風鳶。行强逞霸欺人軟，鬧上青天，也打不活嬌兒面。

來此已是二相公門首，不免徑入。（進介）原來三位相公多在這裏。（生）你來却爲何事？（雜）我們相公因姑娘死了，要同周親家厮鬧，叫小人來請二相公，同去幫助。（生）你姑娘怎樣死的？（雜）聽説是病死的。（生）既是得病而死，只索罷了。若是無理取鬧，斷難助兄爲惡。

【綉帶兒】論兒女至親密眷，其間有甚閒冤？況且人家娶了媳婦，無不愛惜。奉高堂姑舅生歡，侍房幃夫婿能憐。如今不幸夭卒，也是他命該如此，必要鬧出事來，是何主見？胡纏，憑空滋事情理欠，到急難誰來方便？饒他有家私萬千，怎見得不要錢的清官顔面！

你將我這些言語告訴你相公知道，勸他斷斷不要多事，一旦牽連入官，那時悔之晚矣！（雜）小人理會得。正是：有興而來無興去，他心未必我心同。（下）（小外、小末）哥哥好意勸他，只怕他未必肯聽。（生）咳，孝哥這樣舉動，我家從此多事矣！

【三學士】反覆雨雲情太淺，須記取苦口良言。蕭墻已懼參商變，飲食還防獄訟牽。意外風波愁不免，怕驚人清夜眠。

（同下）

第四齣　鬩周

（中净引末、丑、二雜跳上）

【香柳娘】把拳頭柄裝，把拳頭柄裝。撩衣使棒，轟轟怒氣干霄上。（中净）俺曾孝，因女兒身故，要和周家厮打。昨日遣人去招庶弟友于前來幫助，誰知這厮不但不肯同去，反把腐論百般勸止。俺如何便肯干休！爲此糾合族中子弟一同前往。衆人們，隨俺去來！（衆）萬一鬧出案子，不當穩便。（中净）呀呸！如今的官司多是胥吏用事，只要多花幾兩銀子，把案情懸宕起來，還怕怎的？（衆）説得是。（同行介）問何人敢當，問何人敢當。趨避正多方，誰來管閒賬。（衆）已到周家門首。（中净）打進去！（衆應，打介）（合）把門兒打光，把門兒打光。闖進廳堂，逢人一掌。

（净急上）門首爲何這等喧鬧？（中净打掌介）（净）阿唷唷，不好了，老娘快來！（小丑急上）老公，怎的大驚小怪？（中净又打介）（小丑）哎喲喲，反了、反了！親家公怎生打起親家母來？到底爲着何事，不問情由，這等放肆！（中净）衆人們，與我痛打這厮！（衆應，打小丑，小丑痛叫介，净乞憐介）老親家，有話好説，不要生氣！（中净）

【前腔】念嬌兒斷腸，念嬌兒斷腸。無端身喪，教人恨煞公婆兩。（小丑）你女兒在我家做媳婦，從不曾苛刻待他，他自家有病死了，怎生瞎鬧起來？（中净）胡説！好端端一個活人，怎的生了病就會死？（小丑）這是要去問那些醫生的，與我什麽相干！（中净）還要强辨，再打！（衆又打介，小丑叫介）哎也，打煞了！鄰舍兩邊救命呀！（中净）是牝鷄老娼，是牝鷄老娼。一味撒油腔，相逢莫輕放。衆人們，可將他家中器具盡行打毁！（净討饒介，衆作打毁器具介）（中净）亂騰騰一場，亂騰騰一場。入户穿房，不經幾棒。

（衆）箱籠器皿俱已打完了。（中净）暫且饒了這狗男女，一同回去。（引衆下）（净撫摩小丑介）喂，老娘，老娘！（小丑地下呻吟介）阿唷唷，老公，被他打壞了嘘，這是那裏説起！

【前腔】恨人心不良，恨人心不良。高年吃棒，幾乎上了閻羅賬。（净）老娘，今日這番苦惱，如

何恕得他過！ 我慢慢的扶你起來，到縣前驗傷叫冤去。（扶小丑起，小丑叫痛介，净扶住緩行介）（合）向公
庭縣堂，向公庭縣堂。從實訴端詳，陳詞不須謊。（净）且喜前面已是縣衙了，過班房皂房，過班房
皂房。 擊鼓其鏜，登聞一響。

（净擊鼓介）（小丑）青天大老爺伸冤！（老旦、生皂隸，小净、末差役，旦門子，吆喝引外上）政肅奸胥畏，
心清案牘閒。（坐介）外邊何人叫喊？ 着他進來！（差役帶净、小丑進介）喊冤人進。（外）你是何人，有何冤
屈，從實説來，不得蒙混。（净）小人周三，兒子名喚小三，娶邑人曾孝之女爲妻。前日小人的媳婦得病身故，誰
知曾孝憑空生事，糾衆來家，（指小丑介）把小人的妻子打個半死，連家中物件，盡行拋毁。小人懦不敵强，只得
求太爺伸冤。

【前腔】痛妻房打傷，痛妻房打傷。 全家一網，箱籠器皿都拋颺。（外）你説的曾孝，可就是友
于一家麽？（净）正是友于的嫡兄。（外）他們也是詩禮之家，怎敢玩法如此？（净）他家只有友于是個好人，
小人的親家原是最不安分的。慣行凶逞强，慣行凶逞强。 糾衆太猖狂，求爺辨冤枉。（外）你所供俱
是實情麽？（净）小人怎敢欺騙？ 靠恩官主張，靠恩官主張。 禁暴安良，痛加懲創。

（外）唤仵作進來。（旦）傳仵作。（役傳介）（丑上）眼中不見完全肉，手指常撈破碎痕。 老爺，仵作叩頭。
（外）你把這婦人的傷痕細加檢點。（丑）理會得。（驗小丑介）上身檢點明白，下身的傷痕，須要寬了尊褲，才
好再驗。（小丑慌介）哎也，來不得！ 剛驗了上身罷！（丑）禀太爺，這婦人呵！【長相思】臉紫僵，背青黄，
下體深藏不便張，幸無致命傷。（外）去罷！（丑下）（外）周三，你且同了妻子出去，好生服藥調理，候提到被
告，嚴行質訊便了。（净、小丑叩首介）謝太爺。（同下）（外標籤介）差役過來！（役）有！（外）你們將此雷

籤，立拿曾孝到案，不得有違！（役）是！手内朱籤能嚇鬼，頸中黑練慣拖人。（下）（外）退堂。（同下）

第五齣　釋繫

（中净上）天下快心無兩，惟有打人最爽。果然力大爲王，只覺風頭太旺。昨日率領衆人，把周三家裹打的昏天黑地，好不舒暢！此時不見動静，諒他也不敢告官。（笑介）正是：不消幾帖紅花酒，落得一場白打來。快活，快活！（差役上）曲曲彎彎，行行去去。我等奉本縣太爺之命，拿捉曾孝，已到門首，打將進去。（進介）（中净）你們好生無禮，我曾老大府上也亂鬧起來！（役）你就是曾孝麽？（中净）益發放肆，怎生犯起我的諱來！（役鎖中净介）（中净）阿唷唷！我又不犯罪，怎生鎖起來了？（役）不必抵賴，且到衙門走一通。（中净）差公，你不要誤捉了人，曾參恐是姓名同。（役）老曾，你誤傷不比芸瓜事。（中净）咳，看起來今日難逃大杖中。（役鎖下）（生急上）禍來皆自召，變起有誰防？我孝哥不聽好言，任性滋事，今日鎖拿到官，眼見凶多吉少。没奈何只得往見邑宰，替他從中解釋。一路行來，已到宅門，不免投刺進謁。（向内介）門上有人麽？（旦上）是那個？（生）生員曾悌稟見，有名帖在此。（遞帖介）（旦）請少待。（下）（即上）太爺請相公書房相見。（生進介）（外上）倒屣迎賢士，栽花學古人。曾年兄請了！（生）老父師，治晚打恭。（外）年兄少禮。左右們看坐。（各坐介）（旦送茶介）（外）曾年兄久不到此，使下官好生渴想。今日之來，有何見教？（生）老父師聽稟！

〔中吕〕【尾犯序】有事爲連枝，被逮入官，法網拘繫。破格周旋，仗尊官護持。家兄曾孝被周氏告發，現今鎖拿在案。念治晚呵！同氣，也只謂是親必顧，怎説得非公不至。乞寬宥無知初犯，就裏普恩施。

（外）令兄逞凶滋事，正待嚴加申黜，以儆凶頑，所言未便從命。（生淚介）哎也，老父師呵！

【前腔】（换頭）堪悲，骨肉有灾危，何異吾身，親受鞭刺。疾痛相關，也難推不知。老父師執法如山，治晚安敢多瀆！如不見宥，請以身代。（外捋鬚點頭介）（生）兄弟，論手足安能坐視，算縲絏難言非罪。權調護人情國法，彼此兩無欺。

（外）下官就肯從輕發放，那原告恐未必干休。（生）這個不勞過慮，治晚自有安頓之法。（外）既如此，權把令兄開釋，以後還須時時勸道才好。（生揖介）多謝老父師，治晚就此告辭了。（外）下官恕不遠送。（生）不敢。正是：拜恩同再造，曲意賜矜全。（下）（外）左右，帶曾孝過來！（旦傳介）（役帶中净上）禀太爺，曾孝當面。（外）曾孝，你恃强藐法，本應從嚴處置，姑看友于之面，恕此一遭。倘怙過不改，將來再到案下，斷難寬貸。（中净叩首介）謝太爺，小人從此再不敢了！（外）帶他出去。（旦）下去！（役帶中净下）（外）劣虎休投網，鰲魚暫脱鈎。（引旦下）（净上）殺人償命，（小丑上）算賬還錢。喂，老公，前日吃了曾家一場大虧，今日到官質訊，教他也受用四十毛板，才曉得好味兒呢！（净）當得、當得。且待差公到來，一同聽審去。（生上）

【前腔】徑仄亂墻低，樹色蕭條，花影零碎。半倒門楣，剩坍寮殘扉。來此已是周家門首了，不免徑入。（進介）呀，老姻兄、老姻嫂，小弟奉揖了。（净）原來是友于，來此何幹？（生）小弟爲家兄之事，特來陪罪。（小丑）説起那厮，教人氣的目瞪口呆。今番定要和他見個高低，你來也不中用！（净）老娘且慢生氣，友于是個知禮之人，此來必有道理，且聽完了再講。（生）老姻兄呵！論理，爲訟事不宜參嘴，爲親故不妨賠禮。看薄面惜財忍怒，一笑解嫌疑。

（浄）那廝欺人太甚，怎生恕得他過！（生）老姻兄必要到官，在家兄縱被申黜，于府上有何益處？不如大家省事，家兄所毁之物，小弟情願代爲賠償，豈不兩得？

【前腔】何必論高低，雜物零星，賠辦良易。屈膝公庭，也徒抛家私。（浄）既是友于這等説，也在情理，權且饒恕了罷！（小丑）只是太便宜了他。（生揖介）感荷盛情，没齒不忘，奉償之物，即日送來。小弟就此回去了。（浄）倒有勢了。（生）堪喜，免不得牽蘿補屋，説不得負荊請罪。休認做私和訟事，爲利用心機。

（下）（小丑）老公，抛了舊的，賠了新的，這個人倒還情理。（浄）天下真讀書人未有不講情理兩字，那些不情理的，畢竟是讀書不曾通得。（小丑）只是我腰裏還有些疼痛怎好？（浄）待我扶你進去。（扶小丑，搥背下）

第六齣　争服

（中浄上）無端公冶縶纍囚，（末上）一入牢籠不自由。（丑上）野鳥今朝仍脱網，（中浄）巨魚依舊想吞舟。（末、丑）孝哥和周家鬧成訟事，虧了友于解救，我等才得脱然無累，此舉倒還感激。（中浄）説那裏話！這是他爲着自己名聲起見，何嘗真爲我輩！休要被他瞞過。（外家人上）傳來同室訃，報與各人知。大相公，張姨太太去世了。（中浄）哇！什麽太太，他不過是個下賤之人，死了何關緊要，誰教你大驚小怪！（外）小人是奉二相公之命，特來報知的。（中浄）二相公便怎樣？我難道怕他不成！兄弟們撵他出去！（末、丑）快走，不要討打！（外慌走介）阿唷唷，利害，利害！（下）（中浄笑介）老二合當倒運，怎生好端端死起娘來？（末、丑）論理他是個庶母，我等也是期服，這衣帽可要更换？（中浄）這倒不犯着，由他去死罷！（小外、小末素服上）悲聲寒振屋，（小末）怒氣上干霄。（見中浄等介）呵喲喲，了不得！你看他三人，竟像無事的一般。我母死了，業經報過，怎生不來成服？（中浄）你死你的娘，干我甚事！（小外、小末跳介）反了、反了！天下惟禽獸止知母而不知父，不想詩禮之家竟有此輩！可恨、可惡！

〔仙吕過曲〕【皂羅袍】有限良心喪盡，更刁鑽私蔽，凌虐天倫。然其不念本來根，寢苫忘卻丁艱運。你生居世上，如何做人？死歸地下，如何見親？獸心肝一副真難問。

（中浄怒介）這兩個小子怎的亂駡起來？好生無禮！

【前腔】出口傷人堪恨，恁毫無忌憚，狎侮金昆。（小外、小末）你不認母子，焉論弟兄！（中浄）我黄泉難救木蓮親，他朱牌早蓋閻羅印。不過是旁枝側幹，低微鬼魂。何必要披麻帶草，牽連活人？你惺惺假孝休相諢！

（小末）你看他一味胡言，何曾説得明白？我們且去告訴哥哥，再作道理。（小外）不錯，真是氣死人了！（同小末下）（中浄）他兩人倒來搶白我一番！放屁、放屁！（末、丑）如今張氏死了，友于定要將他合葬父塋，如何處置？（中浄）你們可去暗中探聽殯期，到了那日，大家出去攔阻住了，看他還葬得成麽！（末、丑）有理、有理！（中浄）我們日到書房小酌去。正是：但知生我方爲母，（末、丑）那肯逢人便當娘。（同諢下）

第七齣　撓殯

（生素服上）

〔黄鐘過曲〕【絳都春序】縞衣雪凝，聽失巢禽語，凄然自警。淚眼忪惺，夢裏尋娘呼不應。

子規血點交相迸，才睡去頓間哭醒。卑人自母親去世，飲餐俱廢，枕席不安，夙痛難捐，餘悲常哽。今日乃我母殯期，且待兩弟出來，只索料理窀穸。（淚介）咳，我那親娘呵！痛殘星墮影，春暉就暝，便魂歸已冷。

（小外、小末素服上）

【前腔】（换頭）嗟命，可憐行徑。嘆早歲孤棲，承兄管領。吹裂慈雲，一片西風何處影。呀，哥哥又在這裏飲泣，把眼都哭腫了！可恨孝哥等三人，自聞訃之後，至今不來奔喪成服，虧他恁般忍心也！頭顱上有青天頂，帶人皮全無人性。果然登木高歌，劣原壤誰當扣脛？

（生）此彼之無禮，于我何損？閒話少説，今日我母出殯，你兩人可去率領役夫，先往父塋整理一切，以便開山合葬。（小外、小末）如此，我們去來。（小外）墓門低落照，（小末）華表問歸魂。（下）（生）咳！古人有言，父母俱存，兄弟無故，便是人間一樂。偏我曾悌一生與此言相反，如何是了也！

【耍鮑老】尋常骨肉關天性，誰似我可憐生。呼天籲恨何曾應，則一種顛危命，是誰排定。我哀怨滿腔人不省，搔首凄吟，止啼鵑會聽。腸斷絶，淚晶瑩。兩鬢添秋影，半世行愁政。嗟運遇，嘆伶仃。空床姜被冷，風雨若爲情？

（小外、小末奔上）哎喲喲，了不得，了不得！（生驚問介）兄弟，爲何這等慌張？（小外、小末）我們同着役夫才到父親墳上，誰知孝哥等率領衆人，把持墓門，不許合厝，怎生是好？（生）有這等事！咳，孝哥，你好不情也！（小外、小末）如今我們也該整備人手，同去厮打才好！（生）事已如此，必欲與他拗執，定然大起爭端，不如另擇吉地，權時安厝，再作道理罷！

【尾聲】墓碑孤掩蓬蒿冷，表一樹梨花春影，（合）只落得麥飯清明哭幾聲。（同下）

第八齣　懷歸

（净武裝上）

〔中吕過曲〕【好事近】鄉思逼殘秋，點新霜鬢絲寒透。家山何處，夕陽影裏登樓。俺曾成，本籍昆陽，幼時猝遭强寇，母子同時被擄。俺母親懼爲盜辱，矢節捐軀，剩俺一人，流落寇中。光陰迅速，不覺三十餘年。且喜膂力過人，學得諸般武藝。只是身入緑林，究非了局。屢欲乘間竊遁，無奈寇防甚密，家遠難歸。怎得手砍仇人，重回故園也！　凝眸，親舍白雲鋪厚。苦拘留病虎垂頭，空相像神蛟昂首。問何時招娘魂魄，碎賊骷髏？

思家獨坐，抑塞無聊，不免痛飲片時，藉此排遣則個。嘍囉，看酒來！（雜携酒上）肝膽杯中熱，英雄醉後看。酒在此。（净）放下，你自迴避。（雜應下）（净飲介）咳，這悶杯怎生喝得下去！　待俺除下腰邊佩劍，摩挲一番，以爲下酒之物，豈不爽快！　有理呵，有理。（作引杯看劍介）呀，這劍十分精采也！

【駐馬聽】斜睨吴鈎，匹練寒生一道秋。你看芙蓉出水，蛟龍避影，魑魅生愁。他年醉骨倩誰收，平生俠性惟他厚。借尊酒洗滌煩憂，悲歌擊節，氣冷牛斗。

自斟自酌，早則醉也。天色已晚，權且酣睡去罷。咳！

【尾聲】月明萬里頻搔首，身在他鄉易感秋，不知俺今夜還家有夢不？（下）

第九齣　撻弟

（小外上）天眼看人明似鏡，（小末上）地皮掩骨爛爲泥。仁哥，聽見外邊傳説孝哥的嫂子死了，如今家中的晦氣，少不得派到他們頭上去哩！（小外）好、好，死得有天理！　我們快報知哥哥去。（向内介）哥哥有請。（生上）黄泉不及難逢母，青草方生正憶兄。（小外、小末）憶他則甚，他家裏正鬧事呢！（生）又鬧何事？（小外）孝哥的嫂子死了。（生）如此，我們須得同去奔喪才是。（小外、小末）哥哥還是這樣看待他！　期且不論，功于何有？（生）這是各盡其道，何必念念舊惡？（小外）哥哥必要奔喪，只顧自去，我們斷斷不能！（小末）仁哥，不要管他，且飲酒唱曲去。（扯小外同下）（生）呀！　你看他鬨然散去，没奈何，只得獨自走一遭。正是：兄弟人皆有，周旋我獨難。（下）（中净引末、丑素服上）（中净）

〔黄鐘過曲〕【出隊子】鏡臺雙靠，驀地將人半路拋。修羅注死不輕饒，地窟招魂無路到。長簟孤燈，黄昏怎銷？

兄弟，你嫂子得病以來，百般醫治，全無一效。如今淹然長逝，丢下這些兒子，都是少年意氣，各不相干，家事如麻，怎生是了？（泣介）（末、丑）哥哥，事已如此，傷心無益，權且看開些罷！（生上）

【啄木兒】爐香冷，蕙帳飄，縞素臨門增痛悼。講恩情豈在同胞，論名分依然長嫂。（見中净介）原來孝哥在此傷感。嫂嫂因何病症，竟爾不起？（中净）這也是命該如此，問他則甚！（生）兄弟奔喪來遲，伏乞恕罪。靈位在此，不免哭拜一番。（中净）長禮罷。（生拜介）哎也，嫂嫂呵！　你諸孤在堂誰照料，鰥夫在室誰偕老，那個把教子持家一擔挑？

（内小外、小末作拇戰聲介）（中净）俺在瞶亂之秋，誰在裏邊飲酒取樂？（末、丑）這聲音明明是仁、義兩弟。（中净怒介）阿唷唷，這小子好生放肆也！

【前腔】天良昧，意興高，我正哭時偏你笑。（内作鼓吹聲介）（中净跳介）了不得，索性彈唱起來了！可惡，可惡！儘由他一對逍遥，全不見半分哀悼。兄弟們，與我拿來痛打一番！（生操杖介）孝哥請息怒，兩弟無禮，待兄弟操杖先從。（中浄）快打、快打！恁般醉骨須推倒，恁般唱口須封好，切不許小杖輕輕大杖逃。

（生引衆急下）（小外急上）哎也，不好了！正在院中飲酒，忽聞一片吆唱之聲，排闥直入，看去勢頭不好，只索越墻走罷！（作跳墻介，逃下）（小末急上）哎喲，追上來了！（作跳墻，生率衆趕上，打倒小末介）（小末叫介）哎喲，哥哥放了手罷！（生打介）

【三段子】别家啥吊，死傷心哀魂未招。自家燕笑，活開心餘辜怎饒？（中浄）打的太輕，大家替我重打這廝！（衆拳杖亂打介）（小末叫痛介）哎喲，打死我也！（生横身障阻介）（中浄）阿唷唷，你也幫護他了，難道不怕老拳麽？（生）責之者以其無禮也，然罪固不至死。如怒不解，請身代之。一般同氣須開導，一般遺體須關照。不敢怙弟爲非，助兄爲暴。

（中浄）倒會强辨！你情願代，就打你何妨！（衆撻生，生叫苦介）（旦、外扮鄰人上）雷聲轟耳朵，雨點響拳頭。間壁曾家爲何這般喧嚷？我們進去看來。（作見介）（外）哎也！好端端的弟兄，怎生打到如此光景？倘然弄出事來，我們鄰居是有干係的。快快住手，有話好説。（中浄）今日暫且便宜了他，過時再和他講理。俺們去罷！（引末、丑下）（旦）兩個人打倒在地，我們扶他起來。（扶生、小末起介）（旦）呀，你是友于，怎生鬧到這個分兒？（生）家事一言難盡。我弟兄傷重，煩二位攙了回去。（外、旦扶行介）（合）

【歸朝歡】他和你，他和你，怎生亂敲？親兄弟有何惡鬧？拳和棒，拳和棒，怎生打熬？諸鄰舍應該喊叫。劣男兒没事尋喧吵，好人家平地生煩惱。難道是同室操戈算意氣豪？（扶下）

第十齣　仁訴

（小外上）

〔大石過曲〕【念奴嬌序】難言禦侮，恁一般兄弟，視若仇讎。理不分明，家中事，清官難徹情由。俺曾仁，昨與義弟飲酒，正在院中取樂，不想孝哥率領諸昆尋人厮打，虧俺便捷，越墻而走。只可憐兄弟走的落後，被他趕上，打個半死。如今受傷深重，飲食俱廢，不得已代他具造，赴縣呈控，只索走遭者。提究，要魑魅潛行，豺狼屏迹，森嚴法網莫輕宥。才能彀銷除忿憾，準折愆尤。

已到縣門，邑宰尚未升堂，不免吏房伺候。（暫下）（老旦、貼皂隸，雜差役，旦門子，引外上）琴鶴常隨我，詩書不負人。河陽落花盡，又過一年春。（升堂介）下官昆陽縣令沈德明是也。三考出身，敢説通經足用；一行作吏，自憐聽訟猶人。今乃放告之期，恐有呈詞投遞，左右們，外邊看來！（雜應下）（引小外上）（唱門介）告狀人進！（外）你姓甚名誰，所控何事？（小外）小人曾仁，有陳詞在此，求太爺賞收。（旦遞狀，外看介）曾仁！（小外）有！（外）據你所訴，係嫡兄曾孝恃强索釁，毆傷庶弟曾悌、曾義。那曾悌既然同時被毆，是個確實見證，爲何並不具呈？其中恐有揑飾弊端，難成信讞。左右過來！（雜）有！（外）你可往曾悌家中，着他補呈情節，以便提訊，不得遲誤！（雜應下）（外）曾仁，你且把呈内根由試説一遍。（小外）太爺聽禀！俺那嫡兄曾孝呵，

【前腔】（换頭）眼内全無庶母，恨活時不養，死時不奠杯酒。小人和兄弟，因他不爲庶母行服，他妻子死了，也不去奔喪。怎知曾孝呵，爲首，猛然間怒眼懸鈴，當頭試棒，搜尋骨肉當魚肉。後來虧了鄰

人勸解，兄弟們才不致斃命。若不是纓冠往救，除死方休。

（雜上）來從名士第，銷却縣門差。禀太爺，曾悌因面目損傷，不得來署，補得呈詞在此，要求太爺免究此案，以全弟兄之誼。（旦遞呈，外看，點頭介）看他情詞哀迫，真仁德之人也。曾仁聽俺分付：兄弟之間，總以忍耐爲貴，必欲牽連入訟，從此結怨更深。既是汝兄曾悌禀求銷案，正是善于周旋之處，你也無須拗執。（小外）小人懦弱，委實受不得淩虐，要求太爺主張。（外）此後曾孝倘再敢無禮，本縣執法如山，自當重處，斷不使你稍負冤屈。左右們，帶他出去罷！（雜）下去！（外）分付掩門。（衆吆喝，隨外下）（小外）呀！不想此事又被哥哥按住。咳，這一腔怨忿幾時得洩也！

【餘音】恩情只有天倫厚，同室何須苦鬥毆，早難道不是冤家不聚頭！（下）

第十一齣　移居

（生策馬，旦、小生御車，雜挑琴書隨上）（生）

〔南吕引子〕【于飛樂】一床書，三徑竹，問何處舊時庭院？算離别本非吾願。乍回頭，重掩泣，故山人遠。望蓬廬不見，去留難，此情怎遣？

收拾琴書一擔裝，移家權住水雲鄉。（旦）舊巢燕子應惆悵，不見花陰人倚妝。（生）娘子，卑人因弟兄多故，憂患頻乘，大被常寒，針氈難坐，爲此權移他所，暫避愁喧。只是手足暌違，未免思之悵惘。（淚介）（旦）官人不必傷感。你壯志未酬，風雲尚阻，孩兒繼善如今也漸漸長大，正宜努力加餐，以圖進取。新居幽僻，藉此閉門課讀，排遣愁煩，豈不是好！（生）娘子言之有理。新居離家有五十里之遥，已遣家人收拾停當，今日天氣晴

朗，正可喬遷，我們就此去者。（同行介）（生、旦合）

【梁州新郎】柳絲牽曳，花枝招展，都向主人繾綣。池塘緑滿，夢中芳草連天。怕憶故園兄弟，才出蓬門，已覺天涯遠。哥哥行不得唱啼鴂，似不許流鶯出谷遷。春歸了，無人餞，舊書巢從此埋荒蘚。空梁月，問誰見？

（旦）官人，一路行來，風景閒曠，較之舊居抑鬱，真乃別有天地。我與你此去呵！

【前腔】絮香隨馬，花風撲扇，一隊紅塵仙眷。換巢鸞鳳，雙棲玉鏡臺前。自喜嬌兒秀質，夫婿清才，此外無多願。幾生修到也好因緣，絕勝當年孟母遷。茶煙徑，桐陰院，好安排簾幕攤書卷。添香讀，共消遣。

（小生）爹爹，孩兒所誦之書，因家中多事，强半抛荒，如今到了那裏，孩兒要一間清潔書房，才好用功哩。

（生）好孩子，這才不錯。（小生）

【節節高】牽爺衣袂繞娘肩，篝燈影裏羅帷卷。吹笙院，聽雨天，離塵眷。看花陰似水苔痕淺，讀書聲和呢喃燕。樓臺只合住神仙。小桃源，不許漁郎見。

（生）説話之間，前面已近新居了。

【尾聲】出門愁，離家遠，問何日移花種故園，咳，只索去憶弟看雲白晝眠。（同下）

第十二齣　成返

〔仙吕入雙調〕【步步嬌】虎穴森嚴留人住，豪氣長虹吐。田園恐易蕪，三徑猶存，不如歸去。讎血認模糊，匣中劍暈芙蓉露。

俺曾成報讎殺賊，乘間逃歸，一路訪問，到了昆陽地面。探得家中近耗，知父親早已去世，兄弟共有六人。此間乃嫡弟孝、忠、信三人所居，不免款門而進。（向内介）門上有人麽？（雜上）枕上牛眠穩，門前犬吠忙。是那個？（净）俺是你主人的哥哥，七八歲時被强寇擄去，今日脱身歸家，快報與相公知道。（雜）原來如此，請少坐，容小人通報。（下）（净）你看這些房宇，都是俺幼年嬉戲之場，日月幾何，竟不可復識矣！

【忒忒令】不分明先人敝廬，似丁令遼陽歸去。兒童乍見，定問客來何處。誰念我鬢毛衰，鄉音改，舊親朋怕相逢認錯。

（中净上）心中厭物移家遁，（末、丑上）意外歸人扣户來。（合）大哥回來了，喜也！（净）兄弟們都在這裏？（同拜見介）（中净）大哥請坐。（净）兄弟請。（各坐介）（净）孝弟的言貌，還約略有些記得，那兩個兄弟從未曾會面，正是相見不相識了！（中净指末介）這是忠弟。（指丑介）這是信弟。（末、丑）兄弟也不認得大哥哩！（中净）大哥回來，現在未知安身何處？（净）這裏原是我家，難道教爲兄的另寓他處不成？（中净）不是這樣説。自從大哥出去之後，音信杳然，家中的産業，都是父親分定。如今那個把體己私財，拿來孝敬大哥？就是這幾間房舍，地窄人多，也是住不下去。大哥跟了强盗多年，白搶來的家私定然不少，倒是自己去過活，分外受用。（净怒跳介）住口！想俺脱身陷阱，千里來歸，方得骨肉團圓，何乃無情至此！這些話好不耐煩也！（中净）這是老實話，怎的就生氣了？（净）

【沉醉東風】揹私財田園地租，硬分開荆花一樹。做了個守財奴，便親兄不顧。好天性被金銀耽誤。罷、罷！這般齷齪行徑，俺眼中也瞧不下，且到庶弟那裏去，看是如何。咳，一胞鄙夫，一堂利

（小外）義弟，你明日可去報知友于哥哥，請他暫時回來，一則與大哥相見，二則和他商議，各出私財，作爲不料絶處逢生，真是喜出望外！　到今朝，到今朝，夢不孤。

【川撥棹】哥哥去，死和生信也無。到重陽遍插茱萸，到重陽怕插茱萸，雁來時相思淚枯。

（小外、小末）間關至此，煞是可憐。便是兄弟們説起大哥，那一日不想念來呵！（合）

樹，急切裏悲歡難訴。　忽忽回頭，猶恐是夢中歸路。

【江兒水】浪迹依豺虎，思家渺雁魚。卅年坐困牢籠羽，半生老作山林主。一朝重見鄉園

諸般武藝，乘其不備，刺殺盜首，星夜潛逃，是以得脱。數十年虎口餘生，不想尚有今日也！

有失遠迎，望乞恕罪！（净）兄弟骨肉至親，何須客套！（小外、小末）請哥哥上坐，容弟等拜見。（净）爲兄的也有一拜。（同拜畢，分坐介）（外送茶介）（净）俺遇盜之年，兩弟均未受生，如今都恁般長大了。（小外、小末）常時聽家人説起，當初大哥與嫡母同時被擄，今日怎生不見母親？（净）母親早已矢節自盡。俺在寇中，學得言極是，快請相見。（外下，引净上）縱横三尺影，團聚一家春。（小外、小末接見介）呀，大哥回來了！　兄弟們逃回來了。（小外）我們正無依傍，不想成哥回來了，就留他在家同住，也好幫助幫助，豈不兩得？（小末）所看來，還得請友于哥哥同居才好。（外家人上）稟相公，外邊有一大漢，説是相公的長兄，幼年被强盜搶去，如今兄弟，自從友于哥哥移居之後，孝哥等欺俺更甚，少不如意，輒加唾駡。　種種冤讎，何時得報？（小末）據兄弟丑）分付梅花自主張。（同下）（小外、小末上）靈鵲侵晨語，燈花昨夜開。　雁行太零落，有甚好音來？（小外）

（徑下）（中净）咦！　説得幾句，便懷怒而去。　且自由他，兄弟不要多管。　正是：閉門推出窗前月，（末、

徒。已不堪向爾，又安能共居？

大哥家用，須速走遭。（小末）兄弟理會得。（净）俺徒手而歸，倒費兄弟們操心了。（小外）理當如此。（净）只是友于兄弟爲何徙居他所？（小外）一言難盡，與大哥裏邊去細説罷！

【尾聲】零星家事從頭訴，（小末）商略黄昏酒一壺，（合）囑付他大被連床折疊鋪。（同下）

脊令原卷上終

新城陳石士夫子鑒定
海鹽黃燮清韻珊填詞原名憲清

卷下

第十三齣　群鬩

（中净引末、丑上）

【仙呂入雙調】【普賢歌】雁行天外忽飛來，冤結重重解不開。毒計費安排，暗中尋禍胎，不許連枝在一處栽。

前日老成回來，被俺三言兩語推了出去。不想庶弟仁、義，竟和友于商定，故意留養在家，還分了些家私與他。明明是沽恩市惠，倒把我們形容壞了。恁般可惡，委實氣他不過。兄弟們，隨俺打上門去！（同應，作打入介）（小外、小末上）外邊何人吵鬧，同去看來。（中净等分打介）（小外、小末）呵唷唷，不好了，又來尋事了！（向内介）大哥，快來搭救！（净上）爲何這般叫喊？（作見介）呀，兄弟們怎生着打？（作攔阻介）嗒，好生住手！有俺在此，休得無禮！（中净向末、丑介）兄弟們，不要饒放這兩個小子，俺要和他理論。（小外、小末）好端端理論怎的？（中净）

【風入松】試問你假仁假義可應該，把賊黨做親兄看待。（小外、小末）誰是賊黨？（中净）你和老成呵，未經識面何恩愛，不過想名聲偷買。（净怒介）原來爲此！如今你敢怎麽樣？（中净）老成休要多嘴，你自去跟强盗，行凶劫財。何顏面，對人來！

（净跳介）呵唷唷，了不得！俺脱離盗藪，幾乎無路可歸，你等視若閒人，已屬忍心害理，幸兩弟不棄，收留在家，倒反上門尋釁。兄弟們，不要害怕，隨俺來打這禽獸！（中净）你敢打誰？（净）打你何妨！（打介）（衆互打介）（净）

【前腔】算一般手足是同懷，誰許你恁般欺待？（打跌中净，末、丑幫中净）（净又打跌介）（净）你坐擁家財，骨肉恨如仇敵，如今也叫你受用受用。（揮拳介）（中净叫痛介）（净）我老拳不用輸錢買，只當做贄儀交代。（中净）打死我也！饒了罷，下次不敢哩！（净）不容你，乞憐告哀。打做個無情鬼，再投胎。

（中净、末、丑挣脱介）阿唷唷，快逃，快逃！（同逃下）（小外、小末）平日被他欺負的够了，今日仗著大哥，也得爽快爽快！只是他們懷恨而回，必然揑詞造訟，不可不慮。（净）其曲在彼，怕他則甚！待俺先告官去。

【前腔】把是非曲直問明來，自有公平官宰。劣棍徒如此真無賴，便國法也難輕貸。任憑他，有刁詞惡才。我兄毆弟，也應該。

（同下）

第十四齣　公訊

（老旦、小生差役，旦門子，引外上）

〔雙調〕【海棠春】頭銜冷淡官如水，把案牘尋根柢。折獄片言難，敢説鳴琴理。

下官沈德明。昨有邑人曾成呈控嫡弟曾孝，家庭之間，種種不情，真是罕聞希見。爲此陞堂提訊，分别處置一回。左右，帶曾成、曾孝聽審。兩造之外，餘人免其到案。（雜應下）（帶净、中净，報門入介）（旦）聽點：

原告曾成！（净）有！（旦）被告曾孝！（中净）有！（外）下去，帶曾成上來！　曾成，你和曾孝是一母所生不是？（净）小人是前母所生，他是繼母所出。（外）你自外回家，有幾時了？（净）到來尚未一月。（外）曾孝和你既係骨肉至親，爲何絶不照顧，其間可有別情？（净）他恐小人回來，要分他的家私，故爾視如仇敵。（外）如今你在庶弟家中，與曾孝亦無妨礙，怎生又鬧事呢？（净）曾孝説他沽恩市惠，因此借端生釁。這都是實在情形，求太爺懲治。（外）下去，帶曾孝上來！　好個奸鄙小人，你與曾成分屬同懷，他回家之時，理應共敦和好，乃竟漠不相關，忍心已極，幸有庶弟留他在家，你尚不知愧悔，反敢登門毆辱，真禽獸之不若矣！

【桂枝香】毫無天理，毫無人氣。只分清兩個胞胎，全不念一般兄弟！（中净）阿呀，太爺，一面之詞，如何足據？　曾成與小人向有夙嫌，因此捏呈誣告，太爺不可信他。（外拍案介）哇，胡説！他回家不上一月，與你有甚夙嫌？　逞油腔誑誰，逞油腔誑誰？　是一個無情鬼祟，是一個能言魑魅。由你語支離，當不起面目波中照，心肝鏡裏窺。

曾孝，你案卷重重，屢干法紀，總是個不安分之人，今日又到本縣案下，爭肯輕輕饒恕？　左右，取大板伺候！（中净叩求介）小人愚昧無知，想來原有些不是，總求太爺開恩！（外）若要免打，聽本縣一言。（中净）任憑太爺分付。（外）你兄弟共有三人，如今曾成回來了，所有的家財應得七分均派。你庶弟三個已各出私財，給與長兄。你和忠、信三人尚未分撥。回去速即照數派出，付曾成收用過活，可願意不願意？（中净）小人敢不願意？（外）如此暫且免責。你今後須要力除故態，不可再蹈前愆。聽我道來！

【前腔】良言須記，和衷斯濟。念先人血脉相傳，論家運參商不利。你兩人回去呵，要推誠釋疑，要推誠釋疑。切不可自戕恩義，自干罪戾。共扶持，陰雨休遐棄，閒雲没是非。

左右，帶他們出去。原、被告各具甘結進來。（雜應，帶净、中净下）（外）掩門。正是：事從天理人情斷，身在虚堂寶鏡中。

（同下）

第十五齣　改葬

（净、末、丑、小外、小末素服上，二雜家人隨上）（合）

〔中吕〕【駐雲飛】苦雨凄風，鶯燕飛來吊落紅。踏碎斜陽隴，認取平蕪冢。（净）俺曾成，昨與諸弟談及殯葬庶母一事，知爲孝弟所阻，尚未合厝，使人忿忿。爲此刻期發壙，務須安葬盡禮。兄弟們，隨俺走遭。（同行介）嗏！村塢緑濛濛，炊烟晴擁。幾樹棠梨，寂寞何年種？誰曉得白骨深深瘞此中。

（小外、小末）這裏便是隧道了。（净）（拔劍介）兄弟們聽着，今日之事，所不衰麻相從者，（作砍樹介）有如此樹！（末等）大哥作主，兄弟們怎敢違拗！（净）孝、悌兩人爲何不見？（小外、小末）他們率領子侄，多在父塋辦理窀穸，候着送葬哩。（净）如此，待俺展拜一回，以便啓壙。家人們陳設祭禮者。（雜設祭）（净）呀，庶母阿庶母，念嫡子曾成呵！

【前腔】四海浮蹤，老大歸家兩鬢蓬。小草春難永，墓木今將拱。（拜奠介）嗏！馬鬣叩殘封，落花如夢。大隧尋娘，黄土埋無縫，只落得冷炙寒杯奠殯宫。

（末等同拜介）

【前腔】想像音容，萱葉凋零北院空。慈竹無遺種，風木增餘痛。嗏！華表鶴惺忪，蒼涼殘夢。長夜招魂，月冷花陰凍，只剩取一樹啼鵑泣曉風。

（净）祭奠已畢，家人們就此發墓，把靈柩扶往新塋去者。（雜等應，作開墳介）（合）

【前腔】瓦卸塵鬆，夙草青青削一重。后土應來送，太歲何妨動。（衆作扛柩行介）嗏！贔屓伏殘紅，新碑一統。袖手旁觀，對影憐翁仲，還恐他今夜凄魂戀舊墉。（同行下）

第十六齣　詣泊

（貼上）

〔仙吕入雙調〕【沉醉東風】做凡人家庭最難，好兄弟有許多變幻。説不盡亂愁繁，付一聲長嘆。小子曾繼祖，父親諱孝。嫡兄二人，長名繼業，次名繼德。庶兄二人，長名繼功，次名繼績。諸兄以生非同母，各懷傾陷之心。小子年最幼弱，且生母出身微賤，諸兄凌辱更甚。這也無可如何。因念伯叔輩中，類皆各樹黨援，日相争競，惟友于二叔居心仁正，足爲表式。無如他也爲了家中多故，就静避喧，愈遷愈遠。去歲徙至三泊，音迹遂疏，不得常相依傍。今日小子自岳家歸來，離三泊不遠，爲此乘便一訪。曲折行來，前面已近叔家了。（行介）柳陰中紅橋三板，幽篁幾竿，清流幾灣。呼之欲出，隔烟人閉關。

（下）（生、旦携手上）

【佳慶子】武陵鷄犬都閒散，人在春風窈窕間，閒徑問落紅早晚。（生）娘子，俺自去歲移家至泊，光陰荏苒，又過一春。不識兄弟們此時在家，怎生光景，教人好懸想也。誰念我，夢闌珊？誰報我，竹平安？

（旦）官人，你看芳事將闌，幽居極樂，趁此風和日美，何不鼓琴一曲，賞此韶華，破君煩悶？（生）使得。

（旦）待奴家取琴過來。（攜琴介）官人，這琴呵！

【尹令】借他閒愁消散，對他高懷疏懶，聽他餘音清綻。流水高山，抵多少明月吹簫共倚欄。

（生）卑人此調久荒，既是娘子愛聽，只得獻醜了。（旦）請教。（生撫琴介）

【品令】渾不是吹壎弄篪，伯仲破歡顔。只愁的手叢荆棘，生疏不堪彈。吟撓綽泛，要餘音勾綰。怕弄出相思引子，不盡短吟長嘆。試擬他一曲猗蘭，引得我感遇傷時熱淚繁。

（彈介）（貼行上）

【豆葉黄】趁游絲罥路，吹鬢風寒。綉人迹一徑苔斑，聽犬吠半林花散。這裏便是二叔家中，不免扣門進去。（扣門介）（生）誰人扣門，待我看來。（開門介）呀，原來是侄兒，裏邊坐。（貼進介）叔叔、嬸嬸在上，侄兒拜見。（生、旦）侄兒少禮，今日甚風吹來？家中可安好麼？（貼）家中還算平安的。侄兒今日從岳父家來，便道到此探望。（生）難爲你惦記。（貼）叔叔在此鼓琴，好幽雅也！紅簾垂地，綠陰掩關。寫不出畫圖疏散，修得到神仙疏懶。怎能彀卜鄰同居，一洗塵顔？

叔叔，繼善哥哥怎生不見？（生）他在裏邊念書。（旦）待我唤他出來，與你相見。（向内介）善兒出來！

（小生上）來了！

【川撥棹】推窗看，讀書天容易晚。（旦）你祖弟在此，過來相見。（小生）呀，兄弟！（貼）哥哥，你好用功阿！真個是努力加餐，（小生）那裏是努力加餐，借殘編消除悶煩。喜相逢，别恨刪。（貼）怕相逢，别思繁。

叔叔居此，絃誦怡怡，别具家庭之樂，使侄兒戀戀難捨，但求寄居，不思歸去矣！

【前腔】（换頭）嘯傲琴書自在閒，瀟灑襟懷别有天。待移家雲水中間，待移家雲水中間，同消領燕昏鶯晚。（生）難道是鎮相依，不願還？（貼）只要得許相隨，不願還。（生）侄兒，你雖願意在此，但你父母皆不之知，我豈惜甌飯瓢飲乎？（貼）如叔叔不棄，待侄兒歸告父母，然後挈眷而來何如？（生）要這樣才好。（貼）如此，侄兒暫時告别了。（生）

【尾聲】你重來認取雙紅板，（貼）已熟桃源路一灣，（合）難道是不許閒雲到此間？（分下）

第十七齣　别父

（中净上）

〔雙調過曲〕【孝南歌】華年邁，晚運消，大兒小兒尋氣淘。骨肉亂成糟，是非祖誰好？俺曾孝，胡亂爲人，不覺行年四十六歲。膝下諸兒，雖是稍能成立，無奈各樹黨援。嫡子繼業與庶子繼功，相讎更甚。惟少兒繼祖頗知仁孝，只是年齒最幼，且係婢出，諸兒皆得而詬厲之，實屬可憐可嘆。想俺從前與兄弟們相習爭競，不料今日輪到兒輩，好難調定也！真是現身果報，老醜犁牛，不才偏肖。依樣描來，一個葫蘆稿。釜下萁，燃的焦。鏡中花，寫成照。

（貼、雜旦上）

【前腔】肩相並，頸共交。卿憐我，漆與膠。乳燕暫離巢，慈烏莫哀叫。（見中净介）爹爹！（雜旦）公公！（中净）你兩人改换衣服，待往那裏去？（貼）孩兒和媳婦要到岳家上壽，特來拜别爹爹。（中净）幾時才得回來？（貼）爹爹呵，孩兒行了，若問歸期，難言遲早。（中净）這却爲何？（貼）二叔現居三泊，孩兒前日從岳家來，便道探望，見他一家弦誦，深爲戀慕，此行未必即歸矣！（中净）二叔與父曾有夙卻，我兒此去，勢難久居。（貼）二叔聖賢也，爹爹不須過慮。（中净）雖則如此，也該與你母親商酌。（貼）孩兒已稟明媽媽。媽媽説，兒在家中，伯仲徒喧鬧。倒不如早見機，權避囂。讀詩書，免煩惱。

（中净）你去也罷，只是爲父的放你不下哩！

【前腔】衰年逼，雜慮焦，昨日青絲今二毛。家事最難熬，華顔不常好。恨你諸兄顛倒，各具私心，誰遵嚴教。便是你那親娘呵，止養孩兒，去後將誰靠？到别時，魂易消。算歸期，定須早。（貼、雜旦）孩兒、媳婦此行離家不遠，回來亦非難事，請自放心。

【前腔】爹和媽，暫撇拋，常時往來非路遥。嫂嫂且分勞，哥哥可依靠。但願全家安好，一個孩兒，有何關要！（雜上）三杯壽酒明朝醉，一擔行裝半日挑。（見貼介）小官人，行李車馬俱在門外伺候，便請登程。（貼、雜旦）就此拜别去來。（拜中净介）咫尺門閭，不比天涯道。父念兒，魚雁招。只要得一封書，即來到。

（同下，雜隨下）（中净）看他竟自去了，好悶人也！（悶坐介）（内小丑嚷介）繼業你敢罵我麽！（内小净）不要説罵，就打你便怎樣？（内小丑）我捨着這條命拚了你罷！（中净嘆介）你聽這些孽障，又在裏邊胡鬧，好難處置也！

【前腔】誰來勸，各逞刁，你强我凶兩不饒。掩耳輒思逃，攢眉不曾笑。（内）請相公進來，小官人又打架哩！（中净頓足介）咳！真難開導，襲父遺風，舊文新套。問幾時，間隙消？亂轟轟，怎生了！

（下）

第十八齣　依叔

（生上）

【正宫】【新荷葉】紈扇羅襟嫩涼飛，吹一縷藕花香細。緑陰如海掩朱扉，午晴樓閣蟬聲裏。

汩汩澗中水，清響何潺湲。出山異支流，在山同根源。根源日以淺，支流日以繁。何時彙衆流，因氣還故山。卑人自居三泊，已閲兩年。且喜耳絶囂凌，心空煩惱。大兒繼善讀書聰俊，已與侄兒繼祖先後入泮，今秋同應科舉，頗不寂寞。這也不在話下。現當長夏之時，泊口荷花盡行抽放，不免和娘子們賞玩一回，也算幽居一樂，豈不是好！娘子那裏？（旦引小生上）

【前腔】茶烟影裏畫簾垂，人倦了玉臺斜倚。（小生）梧桐庭院漫敲棋，芭蕉窗户宜臨字。（見介）（旦）官人！（生）娘子！（小生）爹爹！（生）孩兒也出來了。娘子，新荷乍放，薄暑難消，和你携手花前，招涼水面，不知意興如何？（旦）賦艷賞花，高人韻事，且與官人領略去來。（同行介）（生）你看隔浦亭亭，開的恁般鮮麗也！

【刷子帶芙蓉】清氣透心脾，自然高格，不染污泥。緑摇風幾葉雲香，紅過雨十丈花齊。憐伊，須不是另生枝節，也只爲一般根柢。芳聯影比，採將來，所思不見待貽誰？

（旦）官人，這花呵！

【漁燈映芙蓉】蕊同心，香生體，似鏡裏紅顔，芳魂摇曳。試問他君子品幾世修成，美人妝此身難比。但願得枝連葉附休遐棄，碧雲鄉更何處着相思。（生）娘子有所不知。家中兄弟久無消息，未知近況何如，以此不無感觸。（旦）官人，你同調難言壎與篪，偕隱猶存夫與妻，便水鳥飛來也妒煞伊。（小生）前日祖兄弟説要移居到此，試期將近，他來了正好伴讀哩！兄和弟，好同舟共濟，待看花携手鳳凰池。

（貼、雜旦、雜挑行李同上）（合）

【普天賞芙蓉】碧潾潾波痕細，緑濛濛村烟膩。種花門畫鷁輕移，采蘅洲野鷺驚飛。（貼）這裏是了，一同進去。（貼、雜旦同入，拜生介）叔叔。（生）原來侄兒和侄媳都來了。（貼、雜旦拜旦介）嬸母。（旦）侄兒侄媳來的却好，正記挂着哩！（貼、雜旦、小生各相見介）（旦）你叔叔盼望久了，房宇早已收拾停當。家人們，把行裝發進去。（雜應下）（生）侄兒出門時，家中伯叔兄弟可還安静？（貼）咳，叔叔阿！一家人只是争閑氣，全不似親生的兄弟。（生）這却怎好？（貼）侄兒此來呵，惜惺惺全仗扶持，要叔叔諸般料理。因此上別爹娘，向明窗絳帳緊跟隨。

（生）侄兒，你兩人到此，與自己家中無異。只要潛心努力，圖一進步，乃不虚此一來。（貼）叔叔如此看待，侄兒夫婦可謂得所矣！（生）你在這裏呵！

【朱奴折芙蓉】小夫妻一心和氣，小兄弟一堂問字。我與你各有傷心漫提起，權領受讀書滋味。（旦）便是侄媳此來，正可伴我針黹，消遣長夏，宫袍樣天孫錦機。（雜旦）諸事須求嬸母嚴訓，傍慈雲，做觀音龍女鎮相依。

（生）娘子！

【尾聲】我家小阮芝蘭比，（旦）要甘泉栽培根柢，（貼、雜旦）博得個別浦鴛鴦自在棲。（同下）

第十九齣　推刃

（小丑懷刃上）

【破金歌】只因唇舌動干戈，逼得人兒没處躲。你若在時我不活。漫饒他，割了頭顱，拚還一個。俺曾繼功便是。命中不幸，做了庶出之子，被嫡兄繼業，將我母子千般作踐。想俺也是個負氣之人，怎肯服輸與他！因而口舌愈多，心腸愈很，終久勢不兩立，不是他死，便是我亡。爲此覓得利刃一口，暗地藏着，等他再無禮時，便乘間殺了那廝，倒也爽快乾净，不過拚著這條命去罷了。正是：連蛟不共穴，兩虎詎相容！（下）（小净上）

【雙勸酒】虎狼一窠，性兒難縛。齒牙暗磨，咬牢難脱。若被弟兄弄我，到頭來不像哥哥。俺曾繼業，横行半世，人人忌憚。獨有庶弟三個，膽敢各立門户，旗鼓相當，甚爲可恨！被俺朝喧夕鬧，把個小的已趕到三泊去了，還算他是個見幾而作。叵耐繼功小子，竟與俺兩不相下，怎生恕得他過！今日薄醉回來，乘著酒興，不免鬧他出來，痛打一回，洩洩我的宿氣才好。嗒！繼功這賤種，給我滚出來！（小丑上）你聽他又在那邊叫罵，想要上門尋死！（見介）來、來、來，你待要怎樣？（小净跳介）我問你，你的娘是個甚麽東西！便是丫頭村婆，也還比他高作些，怎的生你這個孽障，敢與區區對壘？今日到和你見個高低看。（作揮拳介）（小丑）這厮不知好歹，此時不殺，等待何時！（出刃介）呸！俺與你賭甚嘴來，不要慌，請吃一刀！（小净逃介）阿喲喲，了不得，繼功殺人哩！（小丑追殺，小净叫跳，小丑戳殺小净介）平日委屈受的多了，今日到底在我手裏，爽快爽快！（丑急上）外邊叫殺人，快去看來。（見介）阿唷唷，繼功殺死我丈夫了！（哭叫介）大家快來快來！（中净引二雜扮家人急上）怎麽了？（丑叫哭丈夫介）（中净驚介）哎也！弟殺親兄，還當了得！（丑）快求公公伸冤，不要放走了他！（中净）家人們且把尸首抬放平正，即日鳴官辦理。（雜應，扛小净下）（丑哭下）（雜即上）（中净）你這大膽孽種，怎生行起凶來！（小丑）他來尋鬧，鬧他不過，就殺了。（中净）家人把他捆綁送官去。（雜應，綁介）（小丑）去、去！（重唱『漫饒他』二句下）（中净跌足介）咳！家門不幸，遇此大變。正是：人到晚年方悔禍，家多乖氣定遭殃。阿唷唷，唬死我也，氣死我也！（搥胸下）

第二十齣　牝噬

（雜旦素衣懷刃上）

【大石】【催拍】痛夫婿心如亂麻，問冤魂何時轉家。可惜杜鵑難化，活時守寡，死要尋他。奴家劉氏，曾繼功之妻也。丈夫因殺了嫡兄繼業，囚繫囹圄，不數日竟斃獄中，十分痛憤。可恨業妻馮氏，猶日日以罵代哭。想我丈夫已死，還有甚麽顧戀！不如索性拚了那厮，死也爽截。（内丑哭罵介）（雜旦）話猶未了，那潑婦又罵將來也！（丑罵上）繼功這天殺的，害得我夫妻好苦也！（雜旦）你這潑婦，你家丈夫死，誰家丈夫活耶？（丑）婆娘，你惡很很的，難道又要殺人不成？（雜旦）殺你何妨！（殺丑介）洩我一腔怨恨，登時血濺桃花。且住，我今又殺了人，定要牽連入官，反爲不妙。罷、罷、罷，這裏有一大井，不免自尋結果便教官吏不用嘈囃，拚一命，隕黃沙。

了。（哭介）哎也！ 丈夫慢行，奴家隨後來也！

（作投井下）（外、雜持棍同上）殺人連斃夫妻命，（雜）打架還須父子兵。（外）自家馮大立便是。生有一女，嫁與曾繼業爲妻。前日女婿横遭不測，今日有人來報，女兒又被功妻殺死。慘極，恨極！ 曾孝這廝，爲一家之主，兀是裝聾做癡，怎生饒恕？ 爲此同了兒子前去，要將他夫婦毒打一回，出出怨氣。此間已是，孩兒與我併力打進去！（作打進介）（外厲聲罵介）哇！ 曾家這些狗男女，給我走出來，并個你死我活！（雜）不還我阿姊的性命，死也不肯干休！ 快滚出來！（净引末、丑上）（净）我家死人如麻，馮氏何敢復爾？ 兄弟們，隨我打出去！（外）阿唷唷，我是尸親，你們到打起來了！ 我這條老命也不要了！（與净對打，净擒外打介）（雜救外介）（外急逃下）（雜被衆打倒介）（末、丑）大哥，這廝的腿都打折了，躺在地下，如何是了？（净）待俺挾還馮處，死活由他去！（挾雜下，即上）兄弟，事已如此，非經官不可，待俺先去投辭自首，你等在家打點訟事。（末、丑）大哥所言極是。（合）

【人月圓】憑著你父子風頭大，上我拳來不經打。便關天人命能招架，况苦主凶身都物化。不容你説尸親很話，辨皂白自有官衙。

（同下）

第二十一齣　收曾

（老旦、生差役上）

【黄鐘過曲】【畫眉序】朱筆標籤牌，鐵練麻繩袖中帶。看張牙舞爪，撞著拖來。我等本縣承差是也，奉太爺之命，拿捉曾氏弟兄，只索走遭。要從中盤算書差，不管恁鬻田借債。公門錢帛來時快，妙哉没本生涯。

(同下)(中净引丑上)只覺心頭撞小鹿，(丑)忽聽耳畔叫烏鴉。(中净)昨日你們和馮家厮打，把我唬的不敢現形，此事到底放心不下。(丑)早起忠哥出外，暗地打聽消息去了，回來自有分曉。(老旦、生上)大門斜半掩，小巷曲能穿。(生)這裏是了，一同進去。(同進介)(中净、丑驚惶介)二位來此何幹？(生、老旦)奉縣主之命，特來拿你，牌票在此，自去看來。(中净、丑看牌，念介)爲嚴提訊辦事：照得該犯曾孝，持家不正，致妯娌弟兄，自相戕害，乖戾已極。復敢恃强倚衆，毆傷馮大立父子兩人，實屬暴横之至。爲此飭差，除將曾成管押外，即拿曾孝、曾忠、曾信一干人犯，鎖提到案，以便訊辦，火速無違！(中净、丑哭介)哎也，這却如何是好？(生)夥計們，上了練子。(同鎖介，中净、丑叫苦介)(老旦)曾忠現在那里，好生交待出來！(丑)他早上出去，不知往何處去了！(生)也罷！我們先帶了兩人去，再來拿他未遲。快走！(中净、丑哭介)哎喲，今日好苦惱也！

【前腔】此事怎安排，羅織株連没分解。痛一門骨肉，同陷飛灾。家内事逐件丢開，井中人誰來携帶？(中净頓足介)咳，想我友于兄弟在家，再不鬧到這樣地步，此時悔之晚矣！(丑)兄弟也是那麽想。(合)良言不聽終消敗，今朝羅網難開。

(生、老旦)嚕囌得緊，快走！(押中净、丑同下)

第二十二齣　三捷

(末上)

〔黄鐘〕【西地錦】幽景無心流覽，前非自覺羞慚。獨行寡侶堪愁慘，啼痕濕透衣衫。

俺曾忠，因與馮氏厮打，全家被收。俺雖獨自潛逃，争奈無門可託，只得奔至三泊，權投友于庶兄家中，暫且躲避。此間已是，不免徑入。（欲入又止介）且住，萬一他記念舊惡，不肯收留，如何是好？且在門外計較停當，未可造次。（作躊躇介）（生引小生、貼上，家人隨上）（生）一枝丹桂憑誰折，九日黄花爲我開。俺與孩兒、侄兒同赴闈試，且喜三場得手，乘興歸家。今日揭曉在即，適與兒輩訪菊前村，未知家中已有好音否，只索回去。（見末介）呀，那邊不是忠弟麽？（末）哥哥，正是兄弟。（生）適從何來，恁般狼狽？（末泣跪介）要求哥哥搭救！（生驚介）（曳末起介）兄弟爲着何事？且到家中説與爲兄知道。（同進門介）（末）哥哥，兄弟拜見。（生）休講虚文，快説來意。（末）哥哥聽啓！

【降黄龍】運倒全家，灾患頻乘，禍事誰擔。（生驚介）又有什麽禍事？（末）侄兒繼功與繼業不合，將他刺死。邑宰收繼功重加榜掠，數日也死了。功婦又將業婦殺却，投井自斃。前冤未解，後難重來，接二連三。業之丈人馮大立，悼女慘死，率領子弟來家，大肆毆罵。大哥一時性發，將馮氏父子打傷。如今控告入官，弟兄俱被拿獲去了。（生、貼各大驚介）有這等事？（末）可憐那些兄弟呵！收監，株連一網，要逐件秉公嚴勘。仗吾兄曲行方便，出人深坎。

（生）哎也，這還了得！一門乖戾，逆知奇禍久矣，不然，兄何以竄迹於此！

【前腔】難堪，平地波瀾。闖禍生非，公然膽敢。不能坐視，無策拯援，徒增驚慘。（貼泣介）爹爹從前與周家鬧事，虧了叔叔救解，此事還得求叔叔主張。（生）我離家已久，與大令無聲氣之通，今即匍伏而往，止取辱耳，于事何濟！休談，若是滅明由徑，顯見得訟辭包攬。（末）這樣説來，如何是了？（生）但得馮父子傷重不死，我三人幸有捷者，則此禍庶可解救。惟望取秋風遇便，或可承擔。

（二雜報子上）探聽舊家世，來尋新孝廉。此間已是，報進去。（進介）我們報新舉人，快拿喜封來！（生）中了那個？（雜）提塘買得名條在此，請爺自看。（生接看，念介）捷報貴府老爺曾名繼善高中本科十八名舉人。原來中了小兒，家人賞給喜酒！（雜）這位就是太老爺了，小的們叩頭。（生）罷了。（雜）我們再往别處去罷。（下）（末）恭喜侄兒高中，這都是哥哥積德所致，比着孝哥那些兒子，真天壤之隔也！

【前腔】諸男，枉讀詩書，未見成名，反遭禍慘。積善餘慶，偏你孩兒，早把桂枝香砍。（生）羞慚，不過無心僥倖，論學問尚須推勘。漫矜誇少年科第，一味癡憨。

（二雜上）報、報、報！（生）又報那個？（雜）貴府繼祖相公，中了十三名副榜，有報條在此。（衆看介）（生）原來侄兒也中了副榜，家人賞給喜封。（雜接銀下）（末）侄兒喜也！（貼）不有二叔，焉有今日？念侄兒呵！

【前腔】頭銜，獲中秦車，全仗栽培，使人增感。若論才學，足備明經，則吾豈敢？（衆）藍衫，從今改换，略脱去黄齏酸淡。願他年荆花雙茂，杏苑同探。

（二雜上）一門三報捷，兩脚半天忙。報！太老爺又高中了。（末喜介）大喜、大喜！爲何報得恁遲？（雜）太老爺中在五魁，榜上填寫最遲，故而此刻才趕頭報。名條在此，請看！（生）一門同捷，也算難得。家人，喜封加重！（二雜謝賞下）（衆合）

【黄龍滚】喜同歌，鹿鳴三。喜同歌，鹿鳴三。雨露君恩湛，枯木逢春，一片天香糝。（末）哥哥存心長厚，得此後福；兄弟們恁般顛沛，真是天報不爽。（泣介）今始知曩日非人也！（生）兄弟從此悔悟，便可轉禍爲福矣！改過心誠，蒼穹能感。但願你莫依違，把前非從頭懺。

天色已晚，明日先歸展墓，即遣人探聽馮氏消息。倘邀天相，不致隕命，當以金資助其醫藥，所事或能和解，也未可知。兄弟在此，今晚就與俺同榻安寢，正可細談肺腑也。（末）如此極好，兄弟們感激無地矣！（生）

【尾聲】聯床共話休淒慘，（末）但自悔當初愚暗，（小生、貼）才信著諫果能回舌本甘。（同下）

第二十三齣　息訟

（外上）

【仙吕】【醉扶歸】傷痕初愈安猶欠，官司未了夢難恬。只怕鄉紳勢炎炎，提防日後風波險。我馮大立，被曾氏弟兄將俺父子打壞，不得已控告入官。公門中使用了多少銀錢，尚未結案。拖到如今，倒弄的收拾不來。可巧友于父子同科報捷，曾孝的幼子又中了副榜。當今科第最重，友于和縣主又是舊好，倘然說了半句人情，這訟事豈不反輸與他？教人好生躊躇也！醫資訟費兩難兼，無多家計安能墊。

（悶坐介）（小生挂鬚上）

【醉羅歌】人間苦味嘗來厭，臭銅還有幾分甜。世情反覆雨雲兼，黄金買轉讎人臉。我周三，自與曾孝厮鬧，一晌不曾出場。昨日新舉人友于歸來展墓，便道見訪。一則是他不忘故舊，二則爲著馮家訟事，託俺去和解和解，并寄有白金二百，作爲馮氏醫藥之費。俺想曾孝那厮死不足惜，友于到底是個好人，怎好却情？這本戲文，做我不著，去替他收了場罷！此間已是，待我叫一聲看。（向内介）喂，老馮在家麽？（外）是那個？（見介）原來是老周，來此何幹？（小生）特來探望。未知賢父子的傷痕，已痊愈否？（外）看來可保無事，只有小兒的兩腿艱于行走，恐成跛足。（小生）如今的訟事反受累了。（外）正在這裏納悶，倒有些進退兩難。(小生)據小弟愚見,還是和息爲是。老兄呵,你欲争勝負,存心太粘。但無牽累,高眠自恬。可不道公門出入從來險。況且友于父子俱屬新貴,誰不畏敬?難保邑宰無徇情之處。休粗莽,須檢點,爲官未必盡清廉。

(外)何嘗不想到這裏!只是和息訟事,也要些費用,急切怎生打點呢?(小生)此事倒不消慮得,果依愚見,(出銀介)這是白銀二百,開除過了,還好留作别用,便請收下。(外詫異介)老周,那裏來這些銀子?(小生)此皆友于之贈也。

【醉羅袍】他明知兄弟情虧欠,明知官府律森嚴。曲意調停釋前嫌,勸君舊惡無須念。(外)原來是友于要俺息訟,故而以此見惠。(小生)著了,老兄,那友于極講情理的呢!他是斯文領袖,新科孝廉。居心忠厚,爲人謹謙,并無一綫鄉紳焰。

(外)既是他這等看待,若不應允,情面上倒過不去,只是那起凶徒太便宜了!(小生)若輩何足計較!小弟從前曾和他們鬧過事來,後來也是友于和解,如今正是前後一轍。(外)也罷!

【羅袍歌】且看好人顔臉,更何須舞弄,文筆刀尖。原呈久告不須粘,息辭一紙憑他驗。各差使用,消除舊籤。各房案卷,消除舊嫌。見幾知足無危險。言相合,訟莫添,況他名望振閭閻。雲騰鵠,月步蟾,他年桑梓蔭同瞻。

(小生)既承允諾,請收了銀子,小弟就此回覆去了。(外)勞步。(小生)好説。正是:事歸情理寃能解,手有銀錢病亦輕。(下)(外看銀笑介)妙、妙!捱他幾拳打,换得一分財。苦惱生歡喜,今朝利市來。這銀子我去央個開錢店的看一看,不要是戲箱中的假元寶。(下)

第二十四齣　家圓

（生引旦、末、小生、貼、雜旦乘舟上）

〔仙吕入雙調〕【北新水令】水雲蕩漾弄歸橈，驀相逢青山應笑。待尋三徑菊，猶剩一廬茅。（生）卑人久居三泊，幸捷秋闈。且喜家難已消，諸昆知悔，弟兄們連次著人來説，堅請回家同住，因此挈眷而歸。一路趲行，前面已近里門了。眷戀同袍，須不是爲蒓鱸，歸田好。

（同行下）（净、中净引丑、小外、小末上）

【南步步嬌】善惡原來終須報，此日才分曉。暗裏辨秋毫，人有私心，天能公道。（中净）大哥，想兄弟一生用盡心機，動遭禍患，不是友于連次解救，安能脱身陷阱？當初不合爲名分上頭與他作鬥，真是懊悔不迭！（净）如今我們請他回來，凡事須要取决于他，庶不致重蹈前轍。（衆）這個自然。（雜家人上）禀爺們：二老爺挈眷回來，船已到門，人都上岸了。（净）兄弟們一同迎接去來。（雜暗下）（下）（衆）小犬吠薇茅，櫓聲認取歸船到。

（生、旦、末、小生、貼、雜旦同上）（净等以次各相見介）（中净抱生哭介）哎喲，我的兄弟阿！兄不識好人，致遭奇禍，若與吾弟同居，何至如此？回首從前，真在夢寐中也！（生泣介）哥哥且免悲傷，如今獄訟已平，塤篪聚首，但願同心竭力，則東隅之失，不難收之桑榆。（貼、雜旦跪中净介）孩兒、媳婦久違定省，願爹爹憐恕！（中净淚介）我的兒，你若住在家中，此時也不知死活了！（扯貼、雜旦起介）起來罷！你們路上勞頓，媳婦可同了你嬸母到裏邊將息去。（雜旦應介）請嬸母這裏來。（同旦下）（生）我事出無奈，遠居三泊，并非忍而爲此，那一日不想念家中兄弟呵！

【北折桂令】猛思量容易消魂，草長池塘，歸路迢遥。不由人兩鬢愁凋，雁序零星，蝶夢蕭條。耳邊信百般顛倒，心上事萬種焦勞。蕩驚魂各漾波濤，卷迴腸幾寸芭蕉。嘆連枝剥蝕堪傷，幸修篁平安可報。

今蒙憐念，招悌歸家，謹以一言奉告：兄弟們此後必得掃除積習，方可重振家聲，否則悌亦不能久居此矣！（中净）兄弟既能不念舊惡，我們自應痛悔前愆，若然不信，便請焚香設誓。（生喜介）如此甚好。（净等點香同拜介）

【南江兒水】氣格從新改，嫌疑頃刻消。願棠花長隱同枝鳥，菱花合寫同心照，霜花莫打同根草。謹具香花昭告，倘有負盟言，籬畔黄花同槁。

（生）各位兄弟呵！

【北雁兒落帶得勝令】釜邊萁提防被火焦，爨下桐尚可爲琴料。轉機關終須立脚牢，莽風波只在回頭早。呀，弟和兄一處莫相抛，怨和恩兩面休言報。紫荆花雨後長根苗，白頭人地下應歡笑。今宵，把苦緒從頭道。今朝，把前非逐件消。

（貼）爹爹，孩兒賴叔叔教訓，得中副車，不致干連他禍，今後還得跟隨叔父學習詩書，未知爹爹意下如何？（中净向生介）兄弟，我自知乏德，不應有亢宗之子，弟又善教，即從其志，俾姑寄名爲弟之後，將來再有進步，便可賜還也！

【南僥僥令】因憐兒不捨，還仗弟分勞。績學爲人都宜教，好望恁附青雲逐漸高。

（生）兄長付託，弟敢不承當！此兒聰慧，乃我家千里駒也！

【北收江南】呀，語纏綿乳燕欲移巢，影蹁躚雛鶴待沖霄。是珊瑚玉樹好根苗，看風華掩映文章草。羡花生兔毫，羡雲生鳳毛，留伴我梨香院落讀書巢。

（中净）既蒙允諾，孩兒就此拜爲寄父。（貼應，拜生介）

【南園林好】念孩兒情粘意膠，傍乾爺形隨影交，伴兄弟手携肩靠。同把卷，破蕭條。同問字，互推敲。

（雜上）賀筵俱已齊備，請爺們後堂家燕哩！（中净）兄弟，今日科名得意，骨肉重圓，真乃非常喜事，和你把杯歡飲去！（生喜介）兄弟離居數載，凄惻寡歡，不想尚有今日，好生快活也！

【北沽美酒帶太平令】這歡娱第一遭，這歡娱第一遭，似相投漆與膠。姜被沉酣共此宵，怕天鷄催曉。肝膽熱，酒杯澆。論手足原該和好，講恩情别無計較。田産上不關緊要，性天内本空煩惱。俺呵，立綱常名高行高，笑人間争錢奪鈔，呀，這才算天倫一樂。

（净、中净）兄弟，請裏邊來！（生）哥哥請兄弟們來吓！（末等）來了！侄兒們一同進去。（小生、貼）是。（生）

【尾聲】讀書未可乖名教，（净、中净、末、丑）天下人請看果報，（小生、小末）哥哥，虧煞你把孝悌倫常一擔挑。（同下）

脊令原卷下終

鴛鴦鏡

鴛鴦鏡傳奇序

詞曲，古詩之流亞也。而世之作者，每多綺麗淫佚之語。雖曰體製類然，亦必合乎風人之旨爲佳。黄生韻珊，年少美詩文，出其餘技，間作元人樂府，尤工言情，一往而深，渺無邊際。予賞其艷而慮其流也，因採《池北偶談》『碎鏡』一則，命爲院本。稿竣來謁，覽其詞，華而不靡，新而不鑿，發乎情，止乎禮義，洵足懲創逸志，而感發善心者。則是編之作，曲而進於詩矣。吾得以一言蔽之，曰『思無邪』。

甲午立秋前一日，新城陳用光序於浙江學署之定香亭中。

目録

鴛鴦鏡

新城陳石士夫子鑒定

海昌查仲諳竹洲訂譜
海鹽黃燮清韻珊填詞原名憲清

第一齣　粲逅

（旦上）

〔仙呂入雙調〕【沉醉東風】警春眠微寒乍生，倚羅帷新妝未成。何處唱踏莎行，問鸚哥不省。（坐介）杏花昨夜試新紅，樓角輕陰掃未空。獨自卷簾梳裹懶，無聊庭院忽春風。奴家謝玉清，表字雪卿，年方二八，江西南昌人也。擅柳絮之吟才，七言俊逸；問烏衣之家世，六代風流。父親諱宗朓，母親巫氏，俱已去世。兄嫂管束，嚴於二親。侍女青鸞，倚爲知己。只是花惟獨媚，空編煮茗之詩；草號寄居，未卜吹簫之侶。今日曉眠乍起，閒恨殊多，不免料理晨妝，一玩春色。怕春光無人消領。青鸞取妝具過來。（貼攜妝具、鏡子上）來了！　畫樓幾層，綉窗幾欞。一簾殘夢，流鶯三四聲。

（場上設妝臺）（貼）妝具在此，請小姐梳裹。（扶旦理妝介）（旦指鏡介）這是鴛鴦鏡。咳呀，鏡兒阿鏡兒！

【嘉慶子】你鴛鴦兩字鐫定，偏則是月樣玲瓏水樣清。幾曾見玉臺交頸，有影也冷如冰，無影也冷如冰。

（貼）小姐，今日乃是清明佳節，家人們都在祠堂中祭掃去了，小姐梳洗已完，何不到後園一玩春景，多少是好！（旦）使得。（貼）如此，待小奴收拾鏡臺同去。（收鏡介）（旦起立介）呀，今日又是清明了麽？你看樓外

垂楊早是青得如許了。（行介）

【尹令】憐春無聊風景，傷春無端愁病，恨春無人思省。鬧煞啼鵑，不許愁人不去聽。（同下）（生巾服上）

【品令】暢好是花時柳時，柑酒覓啼鶯。泥香絮香，閒聽踏歌聲。游絲不定，蕩摇癡情性。問漁郎隔浦，何處桃源仙境。認不出畫裏人家，只聽得風落殘紅響一鈴。

小生李閑，表字紫墟，世籍南昌，年方一十七歲。學兼三絶，筆試萬言。只是鴛偶未諧，鵬飛尚阻。拔劍斫地，誰憐磊落之才；把酒問天，别具清狂之態。際此春三二月，悶坐無聊，因此閒步踏青，藉舒抑鬱。一路行來，是好去處也！（內）小姐這裏來。（生）呀，你看前面園門開處，有一麗人出來，不免迎上前去，看一真細。（行介）

【豆葉黄】繞紅墻一帶，垂柳忪惺。試聽他釧動釵鳴，掩映出花陰人影。（旦、貼上）恁般烟景，恁般恨情。（作撞見生介）呀，原來與狂童厮近。（作避介）（生）原來與仙人厮近。（鼓掌笑介）渾不數賣漿家裏，十五雲英。

（生隨行介）（旦回顧介）青鸞，何處狂生，在此偷眼？（貼）我小姐游園，你是何人，隨來隨去，是何道理？（生）小生與小姐是同里人，姓李名閑，難道小娘子没有知道麽？

【川撥掉】名和姓，告娘行，垂清聽。是文場第一狂生，是情場第一癡生，秀才家風魔性靈。好才華，名未成。好姻緣，婚未成。

（貼）小姐，他説就是本地名士李閑，小姐可曾聽見麽？（旦不語，生目送介）（貼推介）啐！你還不去，在此則甚？（生）呀，姐姐！禮無不答，小生既通籍貫，你小姐的貴族芳名，也該請教。（貼）小姐的姓氏，誰要你知道！（生）你若不説，小生死也不走！（貼）小姐，可要説與他知道？（旦不語介）（貼笑介）如此，待小奴説去。（生）這才不錯，小生洗耳恭聽。（貼）我那小姐呵！

【前腔】（换頭）他咏絮家風字雪卿，（生）原來是謝雪卿小姐。（貼）名貯冰壺唤玉清。（生）正是玉潔冰清。（旦）莫教伊漏洩飛瓊，莫教伊漏洩飛瓊，怕顛傳綺羅名姓。（生）小生不敢，但願得鴛鴦牒，同證盟。（貼）試問你鴛鴦牒，誰證盟？

（旦）青鸞，你教他快回去。倘被旁人看見，殊失文人體統。（生）這也不妨。（旦）青鸞，隨我進來。（引貼顧盼下）（生呆望介）（丑上）曲曲灣灣，爬水過山。區區李相公的家僮墨奴便是。我家相公今日出游半天，此時尚未回家，不知逛到那裏。（作見生介）咦，原來在這裏出神，讓我嚇他一嚇。（高叫介）喂，相公，回去罷！（生驚介）我道是誰，原來是你，怎麽大驚小怪！（丑）相公的魂靈鑽在門縫裏首，若不叫他一聲，恐怕明年還不得出來。（生）狗才，多講。（丑）弗講。（生）還不走！（丑）走哉。（欲下介）（生）妙呵！（丑轉介）相公，這裏没有什麽廟呀，轉灣頭只有一個祠堂呢。（生）誰要你多管！（丑）弗管、弗管。少停被雌老虎拖去，細嚼梅花當點心，才曉得利害哩。（下）（生）呀！今夕何夕，見此粲者，兀的不想煞小生也！

【尾聲】天台一現桃花影，空只是想像風前玉佩聲，好叫我杜宇催歸不忍聽。

（下）

第二齣　豪游

（末巾服上）

〔雙調〕【海棠春】湘江水氣連雲卷，看不盡魚龍遷變。散髮弄扁舟，袖底滄溟濺。

俺姓王，名湘，字蘭士，湘楚人也。家有儒風，少膺鄉薦。業窮萬卷，志在四方。陳元龍湖海襟懷，飄零書劍；宗少文雲山供養，來往畫圖。欲思增長鴻才，須得訪尋奇士。爰買湘南之楫，將爲江右之游。玉茗填詞，艷傳四夢；子安序閣，名擅三唐。人傑地靈，洵非虛語。際此風日流麗，鼓棹揚帆，豈不有趣？早起遣蒼頭料理舟楫行裝去了，待他回來，即便起程。（副凈蒼髯上）請看破浪乘風去，如在銀河碧漢間。啓爺，舟楫行裝，俱已停妥，便請上船。（末）如此，隨俺走遭者。（行介）出門揮手即天涯，（副）點點危檣舞浪花。（末）後日鄉書何處寄，（副）一行早雁起平沙。來此已是船邊，老爺，上船了。（凈摇櫓上，末上船，副坐船頭介）（末）就此開船。（内鳴金，凈開船介）（末）咳！四顧蒼茫，百端棖觸。想這三楚地面，自古及今，有多少才人熱淚、怨女啼痕，都瞞不過這幾粒烟巒、一區流水也。

【桂枝香】杜陵游倦，長沙恩淺。殉文章鸚鵡長埋，哭離騷茝蘭誰薦。吊湘靈翠絃，吊巫神翠鈿。何處是蒼梧陵殿，何處是楚王宫苑。莽長天，只落得鬼唱荒祠雨，猿啼極浦烟。

（内作風濤聲介）（副起望介）嗳唷唷，好大順風呀！（凈）真個好風！趕到前面去，要扯篷哩。（末）這風吹的十分豪爽，不免振衣船頭，一玩水景。（立看介）你看那船兒，去的恁快也。

【前腔】帆隨湘轉，望衡九面。咏滄浪長笛吟龍，送滕王危檣語燕。漢陽城那邊，岳陽樓這邊。漸漸的日斜鐘倦，水長人遠。回首但蒼然，登時翠失諸峰黛，只覺青横一髮天。

（内作水聲，凈摇船同下）

第三齣　艷招

（貼懷鏡上）

〔商調過曲〕【山坡羊】釣春心没相干的花草，碎秋聲没開除的煩惱。倚妝臺瘦亭亭自憐，撫闌干冷瑟瑟的同誰靠。明鏡復明鏡，鴛鴦不成匹。出入懷袖中，團欒若明月。小奴青鸞便是。我家小姐因那日見了李生，數月以來，神魂惝恍，非關病酒，未免有情。今日命我將鴛鴦鏡一方，送與李生，約他後日在我家祠堂相會。悄地問來，前面就是他家了。咳，小姐，你情意嬌，裙鬆一搦腰。鎮日價鏡中自寫傷心照，難道是腸斷春風爲玉簫。星橋，盼黄姑一水遥。藍橋，問裴航那處招。

（下）（生上）

【前腔】兩家春没牽纏的交好，一邊情没來由的顛倒，五更籌没緊要的漏聲，九迴腸没滋味的閒愁飽。小生李閑，自見雪卿，便生綺想。忽忽若有所失，依依如不勝情。孤館日長，美人天遠，教俺怎生排遣也！人去遥，容顔不可描。他若是有意于我呀，爲甚麽紅娘不把芳音報，他若是無意於我呀，爲甚麽紫燕頻將絮語挑。心焦，一個心兒不彀焦。魂銷，一個魂兒不彀銷。

（丑跳上）一件希奇事務，忙來告訴書房。相公！（捏鼻介）外邊有個小梅香，來自謝家門巷。（生）原來是謝家來的，快着他進來。（丑）墨奴對他説，説我相公年幼，從來品行端方。無端引誘太荒唐，提起手來一掌。（生怒打介）狗才，這等放肆，還不央他進來！（丑）弗要生氣，那個活寶，原物奉上就是了。（引貼上）見了我家相公。（貼）李相公。（生喜介）原來是青鸞姐芳蹤到此，有何見教？小姐可好，教小生十分牽挂。（貼笑

介)小姐被你看壞了。(生)休得取笑，請坐了，細説來意。(貼)俺那小姐呵！(丑暗下)

【二郎神】昏昏的倦臨妝，悵年華輕掉。便綺恨羅愁誰替掃。那日見了相公呵！一點芳心勾去，卷相思寸寸芭蕉。(出鏡介)因此上畫裏眉山烟翠消，問菱花自然知道。這是一面鴛鴦古鏡，乃小姐時時把玩之物，特來送與相公，以表思慕之忱。你肥瘦此中描，倩郎君摹他，淚影愁苗。

(生接鏡介)這鏡煞是可愛，好個鴛鴦名式呵！

【前腔】(換頭)難描，這文翎作隊，銅絲細裊。放一面清光冰樣皎。鬢烟額粉，浪猜詳影裏丰標。試與玉臺人共照，慚愧我温郎年少。緊收牢，愛清霜曉潔，明月秋高。

青鸞姐，小生自問貌劣才疏，何以承小姐錯愛至此？(貼)可知我家小姐亦不是容易鍾情的呀！

【集賢賓】他是明眸善睞慧眼高，更別具清標。須不是路柳墻花輕賣笑，莫將他容易丢抛。

(生)小生欲與小姐一會，苦没機緣，尚求青鸞姐方便。(貼)今日之來，正爲此事，未便輕易唐突。既是相公也有此心，後日清晨，可在我家祠堂等候，待小奴從中撮合，或有良緣，也未可知。(生)多謝姐姐指教。便是這鏡兒呵！一塵不擾，心與迹清光能照。休棄棹，算團圓佳期將到。

(貼)李相公呵！

【集賢聽黄鶯】你只等風吹殘月下柳梢，向曲巷斜抄。提防著小犬逢人花外叫，認空祠緑樹紅寮。入門雙笑，管教你相思病好。把持牢，你癡魂瘦骨，可也不經消。

小奴告辭了，只是相公不可負約。(生)小生是没有不來的，只要姐姐不失信。(丑上)阿曾説完？(生)墨奴，引他出去。(丑)嗄，是哉！(背介)鬼祟了這半天，只怕不大妥當。(引貼下)(生笑介)天下有這等湊巧事，我正想他，他也想我，豈不妙絶！且住，他説後日相會，（屈指介）今日、明日，還有兩日兩夜。（看天介）咳，這日子直恁長久呀！（玩鏡介）喂，鏡兒鏡兒，想你在小姐妝閣之中，外邊一個小姐，裏邊一個小姐，怎的到了小生手中，連一個小姐都没有了呀？

【鶯花皂】秋水掌中摇，幾曾見粉芙蓉一朵嬌。憶風裁，寫不出臞仙稿。現全神，只有個書獃貌。想這方寶鏡，此時若得小姐的影兒一并印在裏面，不知怎生風韻哩！（丑悄上，立生後照鏡介）阿看見風韻？（生）狗才，又來胡鬧。（丑）這個鏡兒有甚麽好看，倘然碰碎了，是弄弗圓個嘘！（下）（生）怎能彀聘紅綃，配青袍。得你一個素心人，没福可消。恕我一個種情人，有罪可饒。只望着鴛鴦共譜，盟堅誓牢。鴛鴦共命，情粘意膠。小生呵，真個是神仙不羡，願化做同心鳥。

我想後日之約，若是去得遲了，教小姐等候多時，不知他要怎樣抱怨小生哩！就是小生心中也過不去，須要比他先到才是。（拍手笑介）不錯阿，不錯。

【尾聲】惜花時候來須早，認取荒祠路一條。這鏡子是美人之貽，須要隨帶在身，不可與他生疏了。只等着鏡裏的文君把相如渴病消。（下）

第四齣　夢警

（場上設幔，挂『謝氏宗祠』匾額，雜扮四鬼卒引净神裝上）

〔正宫〕【南普天樂】紙錢飛，爐烟上。鬼揶揄，神來往。供清饌秋菊寒泉，掩空垣古木斜陽。擾擾情絲結不開，聰明愚蠢費安排。秦銅一塊寒于雪，照透癡人心膽來。（升座介）我神謝宗朓是也。生膺顯秩，死作貴神。今因我女玉清，與同里秀才李閑，密訂幽期，私貽寶鏡，恐有苟合之行，玷我家風，不免將李閑之父懲戒一番。且待天晚，就在本祠發落便了。須索要昭靈爽，好教恁暗室虧心自懲創。司功過上有文昌，也無從打誑。勸人休陷情網。

（末上）

【北朝天子】盼魚書故鄉，印鴻泥異鄉，錦囊中一本湖山帳。俺王湘，解維夢澤，浪迹洪都，旅館棲身，名區在目。今日出門閒步，乘興行來，是好風景也！只見那城樓隱約度烟檣，水天影，秋摇颺。那裏是帝子西江，都督東床。汰風流，濤聲莽。（内作風雨聲介）呀，你看陰雲四合，風雨驟來，日暮長途，怎生是好？（望介）前面樹林之中，似有廟宇，俺且趕到那裏借宿一宵，明日再走罷！認疏林廢墻，聽疏鈴廢廊，問僧人可許借一個閒方丈。

呀，原來不是廟宇，不知是那家的祠堂，且喜空寂無人，就此避雨則個。（席地睡介）（内起更介）（净）天色已晚，左右們，將李閑父親的陰魂，提來聽候發落。（雜應下，帶外魂裝上跪介）（净）你是李閑的父親麽？（外）正是。（净）爾子流蕩不法，引誘閨房，不惟敗你家聲，亦且喪人名節，你好糊塗懞懂也！

【南普天樂】撫嬌兒，關疼癢。做嚴親，該培養。誰教恁，誰教恁，柳絮風狂。你假癡聾懒愧爹娘，（外）生子不才，致干神怒，只是陰陽間隔，實難管束。（净拍案怒介）哇！你生前既失義方，死後尚存姑息，值恁可惡也！敢胡言湊謊，説陰司不管陽。怎曉罪歸家長，撒甚油腔？

（外）請尊神息怒，業生此不肖子，咎何敢辭？伏祈見釋，當碎其鴛鴦鏡，事猶可及也。

【北朝天子】碎鴛鴦一方，散鴛鴦一雙，護芳菲聽取金鈴響。雖則是迎風待月訂昏黄，尚不到夢羅浮梅花帳。尊神呵，你發個慈腸，我打破情場，則一點死威靈猶堪仗。（净）既如此，且放你出去，俟其改悔，再作道理。倘再依違，定有重罰。（外）謝我神寬宥。（起介）咳，我想世間這些輕薄少年，專事尋花問柳，怎曉得父母都似恁般受罪哩！　喜孜孜那厢，苦栖栖這厢，下場頭看取葫蘆樣。

（内煞更，衆散下）（末醒介）好生奇怪，方才朦朧中，明明看見有位神道，拷問一個老翁，又説甚麽鴛鴦鏡，不知是何原故。此時曉霽初開，不免起身回去。（走出介）（生携鏡上）五更待漏新凉重，一夜懷人好夢稀。（撞末懷介）（末）來者何人，恁般匆遽？（生）小生李閑，冒犯先生，幸恕鹵莽。（末驚視介）嗄，你就姓李麽，來此何事？（生惶遽介）没，没有什麽事。（末）你手中那方鏡子，是何名式？（生）這鏡兒麽，名唤鴛鴦鏡，乃是漢物。（末）能賣于在下否？（生）别的多可奉讓，此鏡乃小生朝夕把玩，未便割愛。（外悄上，奪鏡擲碎下）（生、末各驚駭介）（生）怎生憑空碎了？　可惜呀可惜！（末）休要嘆惜。君必有失德之事，玷人閨閣，不實告我，將有陰譴！（生大驚介）先生姓甚名誰，何以知人肺腑？（末）俺楚人王蘭士，客游至此，君事適有所聞，切莫諱言，或可補救。（生）容小生直告，幸勿洩漏。（末）不勞過慮，速道其詳。（生）念小生呵！

【南普天樂】小司勛，春愁漾。渴文園，琴心蕩。那鏡兒呵！匀眉黛見慣秋娘，递情函持贈冬郎。里中有謝氏女，將此物寄與小生，約在這裏相會。恁瑲瑯一響，寒分兩片光。試問此中休咎，費你參詳。

（末）哎喲喲，可怕可怕！　俺因昨宵避雨，投宿此間，睡夢中見……（生）見什麽？（悚聽介）（末）見座上坐着一位神人，旁列從者無數，審問一個老翁。（生）問些什麽？（末）説他縱子不法，引誘閨房，甚爲可惡。（生頓足哭介）哎喲，我那父親呀！（末）後來聽説，碎其鴛鴦鏡，尚可挽回。不想今日果有此事，豈不古怪！

(生)小生自問別無失德，惟兒女之情，不能自固，豈料已獲冥譴。先生何以教我？(末)勸你今後呵！

【北朝天子】休得要羨風流婿鄉，羨温柔睡鄉。斬情根跳出烟花障，好把那心猿意馬早收繮。但能毅悔初心，灾堪禳。(生)小生從此痛改前非，再不敢復萌故態了。(末)過而能改，昔人所嘉，只要善自把持便好。放倒了元稹西廂，宋玉東墻，記相思無須帳。況且君年未冠，前路方長，果能努力自愛，便可轉禍爲福。笑巫雲夢凉，趁風雲路長，到頭來，終有日芙蓉鏡兆神明相。

(生揖介)先生金玉之言，敬佩勿諼，萍水有緣，再圖後會，小生就此告辭了。(慌下)(末)你看他竟自去了！這碎鏡尚在地下。(拾介)且帶他回去，教子弟們看了，也知鑑戒。且住，這裏畢竟是何神祠？待俺看來。(看額，驚介)呀，不想就是謝氏宗祠，好生顯赫！正是：失足一朝空懊恨，舉頭三尺有神明。(下)

第五齣　拒約

(貼上)

〔仙呂引子〕【卜算子】秋風着意凉，晚鬢無聊翠。立盡花陰不見人，草色寒裙底。

紅樓閒煞綺羅香，分付鸚哥罵玉郎。情字幾人能領略，可憐滋味爲誰嘗？我青鸞，前日將鏡子送與李生，約他到祠堂中與小姐相會，誰想等候良久，連一個影兒也没有。小姐不知其細，還只道我造言欺誑。爲此再訪李生，問他負約之罪。若因有事見阻，尚可重訂後期。來此已是他家門首，不免徑往書房中去者。(作入門介)李相公在家麽？(生上)

【前腔引】所事在心頭，魆魆添驚異。過後回思一半差，再也休提起。

（貼）李相公，你知罪麼？（生）呀，又是青鸞姐，來此何幹？（貼）前日約你與小姐相會，怎生負約？（生）此話休説！小生是讀書君子，小姐是綉閣賢媛，名節所關，各宜自愛，豈容苟且，辱没家聲？（貼）呀，這是那裏説起呵！

【香歸羅袖】秀才酸味，迂儒文理。既生來方正賢良，不應得風流旖旎。李相公，你果是讀書君子，那日見了小姐，就不該眉挑目與，摇亂芳心。這些假正經話，誰來信你？（生）發乎情，止乎禮義。若是桑間濮上之行，小生死也不敢從命。（貼）那日送鏡之時，何不早説？此時言之晚矣。轉關兒甚奇，轉關兒甚奇。恁無端挑戲，恁無端抛棄。好狐疑。（生）小生情根已斬，力悔初心，青鸞姐何必苦苦饒舌？和瓊簫不羨鳳皇飛，盗紅衣羞説崑崙技。（貼）你既恩斷義絶，這方鏡兒，豈可落于閒人之手？便須歸還小姐。（生）鏡已碎了，要他何用？（貼）這是甚麼話來，既負其人，復傷其物，你好薄倖也！逼真是十郎後裔，惜没個黄衫俠兒。（生）這也并非小生有心辜負。（貼）既不是有心，畢竟因何原故？莫非另訪桃源路，别有眉山舉案齊。

（生）青鸞姐，此中因由，言之話長，一時也説不明白。（取書付貼介）這是一册《池北偶談》，小生怎生碎鏡、怎生背約，都詳載其中，煩你送與小姐一看，自然明白。人言可畏，芳蹤未便久留。寄語小姐，善保千金，勿生妄想，恐滋物議，有玷芳名。言盡於此，小生不敢奉陪了。（掩淚下）（貼）你看他徑往裏邊去了！咳，不想世上這些讀書人，偏是恁般薄情，我好恨也！

【一封書】書生事太欺，假因緣難到底。情人自著迷，假殷勤休要理。想我回去對小姐説了，不知他怎生怨恨哩！只恐蘭閨聽不得，淚點盈盈沾綉衣。（看書介）這本《池北偶談》不知載些什麼，且送與小姐看了再作理會。咳，李生呀李生，你語蹺蹊，境迷離，一任天邊破鏡飛。

（下）

第六齣　懺情

（旦上）

〔商調引子〕【風馬兒】鏡裏檀郎不當真，思量舊事難論。算從前枉自擔癡恨，芳情冷了，從此不須温。

智慧前生種，人天一霎分。心間何所似，笑指柳梢雲。奴家謝玉清，因與李生目成，忽生魔想，密訂幽歡。因他負約不來，復遣青鸞往詢其故。他回來説李生正言拒絶，陡斬情根。及看《池北偶談》『碎鏡』一則，始悉其中原委。奴家一時鹵莽，幾陷火坑，猶幸事敗垂成，不難補救。爲此力修善果，深悔前愆，每日小咏焚香，長齋綉佛，頗覺心生歡喜，念絶愁煩。回想種情之時，真乃如癡如夢，好不慚愧人也呵！

〔過曲〕【金絡索】無端種愛根，驀地交愁運。忽忽芳心，種種難安穩。游絲颺，綺魂不由人，摇曳風前縹緲春。且喜未經失足，尚可回頭。到如今呵，删除趙瑟相思引，勾抹巫山未度雲。風流盡，煙花休鬧莫愁村。爲誰來費著心神，爲誰來擱著啼痕，猜透了葫蘆悶。

咳，我想自古及今，爲著這個情字，不知誤了多少才子佳人，可嘆呵可嘆！

【前腔】情無幾點真，情有千般恨。怨女獃兒，拉扯無安頓，蠶絲理愈棼。没來因，越是聰明越是昏。那壁廂梨花泣盡闌前粉，這壁廂蝴蝶飛來夢裏裙。堪嗟憫，憐才慕色太紛紛。活牽連，一種癡人。死纏綿，一種癡魂。穿不透風流陣。

即如奴家與李生之事，若非極早抽身，莫説是露水因緣，徒深孽障，便算將來成就伉儷，到了百年以後，又當如何？兀是可笑也！

【前腔】藍田玉氣温，流水年華迅。鶯燕樓臺，容易東風盡。三生石上因，小温存，領略人間一刻春。恁道是黄金硬鑄同心印，怎曉得青草翻添不了根。難綰忿，怕香消燈炧悵黄昏。夢鴛鴦，一片秋雲。葬鴛鴦，一片秋墳。誰替恁歌長恨。

（貼上）一簾秋影淡於月，三徑花香清欲寒。小姐，今日是重陽佳節，聽見外邊説，鄉榜已發，那李生竟高中了！（旦）此君全人名節，應得福報，亦非甚麽奇事。（貼）昔有破鏡重圓之事，小姐這方破鏡，不知現在何處，還能圓得來否？（旦）明鏡非臺，有何圓缺？我此時心中覺一身之外，别無可愛之物。（貼）小姐是個多情人，怎生説的多是些仙佛話頭？（旦）你怎曉得仙佛的工夫，多要情字做起。這情最是微渺，從本性中透發出來，著物即粘，一往無際，直到了無可奈何之地，才是情的盡頭。情盡則轉，漸轉漸忘，漸忘漸澈，那就到了仙佛的路上了。我如今正恐癡情未盡，尚須日日懺悔也。

【前腔】凡絲解漸分，戀葉删須盡。了了因緣，世世無愁悶。香來鼻觀聞，杳無痕，水月空明悟妙因。（貼）我想古來仙女，如弄玉、采鸞，都有佳配，小姐難道獨自一個仙去不成？（旦）也不須玉簫凉和三更韻，只要得羅襪清無半點塵。休想諢，合歡花斬舊時根。舞霓裳，一朵仙雲。曳湘煙，六幅仙裙。收拾起閒金粉。

青鸞，隨我進來。（同下）

第七齣　旅盟

（雜扮店小二上）送盡往來人，靠他鄉會試。恭惟腐老爺，結識車夫子。區區山東道上的店小二便是。現逢會試之年，北上公車紛紛不絶。此時天色將晚，恐有客人投宿，不免叫夥計們打掃上房去。（下）（副浄挑行李引末策馬上）

〔南吕引子〕【一剪梅】等待風雲壯志酬，路入瀛洲，日近皇州。鄉心都在夕陽樓，容易回頭，容易生愁。

俺王蘭士頻年浪迹，未遂素懷，刻欲赴試南宫，力圖進取。來此已是山東地面，你看亂山欲暝，暮色蒼然，不免就在旅店安歇，明日再行。（副向内介）店家那裏？（雜上）老爺裏邊坐，行李發到上房去。（引副下）（末入座介）（丑挑行李引生策馬上）

【前引】春夢荒唐一筆勾，流水西流，流水東流。半肩寒色赴山郵，雪點鸘裘，酒换貂裘。

小生李閑，新登秋榜，擬赴春闈，一路趲行，人馬俱乏。墨奴，這裏可是客店麽？（丑）正是。（生）如此，即便投宿。（丑叫介）店小二阿有？（雜上）又是一位爺。行李發進來。夥計們，把牲口喂草去。（引丑下）（生入，看末介）呀，那邊坐的客人好生面熟。（想介）嗄，不錯，就是去年見的王蘭士，幾乎忘了，不免與他施禮則個。（揖末介）蘭士兄，小生奉揖了。（末答揖介）足下何由知我？（細看生，笑介）呀，原來是李兄，别來無恙麽？（生）自從謝祠分手，小生閉户埋頭，深自愧悔，新科遂得叨膺鄉薦。若非尊兄一番警勸，焉有今日？真令人感激無地也！

【宜春令】思前事，憶舊游，算高情無從報酬。迷津萬丈，提呼失足君能救。不想今日又得相遇，天假之緣，真是喜出望外！　識荆州不願封侯，愛平原定須學綉。請看俺紫袍挂體，感君成就。

（末）吾兄勇於改過，自邀天相，在下何功之有！

【綉帶兒】相思樹痛鋤紅豆，銀河隔斷牽牛。孽海帆半渡能歸，風筝綫一放能收。回頭，轉移禍福憑自守，笑旁觀安能補漏。煙花網人人易投，虧了你猛翻身等閒看透。

（生）雖如此説，然非得遇尊兄，小生名節已傷，悔將何及？今幸萍迹重逢，願爲八拜之交，以訂三生之契，未知尊意何如？（末）既蒙見愛，有何不可！（捋鬚介）只是叨長了些。（生）如此，請兄上坐，容小弟一拜。（末）愚兄也有一拜。（同拜介）

【宜春樂】蘭言臭，素性投，算平生寥寥寡儔。書生肝膽，乘車帶笠何堪負。（生）小弟初次入都，正愁無伴，得兄並轡同行，正好時時領教也。　渝此盟笑指東流，望京華同依北斗。（末）向長安携手，比尋常儔侶，分外綢繆。

（丑暗上）（生）今日之會，洵非偶然。際此月白山村，燈紅野店，正宜論文煮酒，一洗風塵。墨奴，取酒過來。（丑應，設酒餚，生末對坐飲介）（末）

【醉太師】良儔，天涯聚首。喜聯床翦燭，同此尊酒。（生）請乾一杯。（末）請。醉須一斗，放長鯨吸盡江流。賢弟，我想當世士大夫動言結納，往往訂交太易，擇友不精，用情既浮，寒盟亦速。我與你性情之契，正須力矯流弊也。　堪羞，無情兄弟風氣陋，空盟約貽笑閒鷗。金蘭譜安能亂投，要甘苦同嘗，生死無負。

（生）你看窗外梅花盛開，歲寒之訂，芳心鑒之，正可借作證盟也。

【瑣寒窗】這橫斜態瘦格清遒，弄高寒，淡更幽。算珊珊仙骨，我輩能修。試看霜高野店，雪埋荒牖。素心人如他耐久。今夜呵，倩香風吹夢過蘆溝，曉鐘休哽殘漏。

（末）夜色已深，權且安息片時，以便明日趲路。（各起介，丑掌燈介）（生）是好月色也！

【尾聲】冰奩寒照征衣瘦，（末）紙閣蘆簾淡欲浮，（生）錯認了天上菱花一鏡秋。

（同下）

第八齣　靈祐

（鬼卒捧表引净上）低眉怒目總婆心，賞罰分明得失林。一點神燈寒照夜，緑章辛苦乞春陰。我神謝宗胱，靈昭一邑，血食孤祠。案上畫圖，各樣賢奸容貌；袖中册卷，幾家功過情由。今因邑人李紫墟慾海迴航，不受白圭之玷；楚人王蘭士良言勸友，能禁紅拂之奔。我女玉清遂得懺斷情根，修成仙果，免墮輪迴之劫，早昇蕊珠之宫。雖云夙世根苗，實係兩生成就。今科會試，應彰善報。默勸衆生：君子防未然，失足無心，罰及祖宗父母；春秋大悔過，回頭是道，便堪富貴神仙。理固宜然，福由自召。爲此敬修天表，乞靈上蒼，使王、李二人，同登蕊榜。只索走遭者。

【仙吕過曲】【甘州歌】功名風雨，倩神君九烈，替染衣裾。長安得意，鵬飛萬里雲衢。俺通明草奏一封書，他洛陽争買三都賦。人非聖人，誰能無過？一經改悔，則東隅之失，桑榆可收。争奈世人只是因循不悟也！張神目，看世途，問誰能解悔當初。天難誑，人自愚，蒼蒼果報幾曾虚。

（引鬼卒下）

第九齣　迎榜

（二仙女持節引旦仙裝上）

〔仙吕入雙調〕【攤破金字令】霓裳乍卷，兩袖春寒重。烟絲乍顫，兩鬢春雲動。吹笛吟鸞，烹芝豢鳳。試看三生石上，一場殘夢。花飛水流無定蹤。我蕊珠宫散仙謝玉清是也。小謫塵寰，幾陷孽海。虧了碎鏡一事，猛省前愆。幸得劫滿歸真，情完脱垢。一輪明月，認取前身；五出梅花，修成冰骨。今乃下界會試之年，本宫預擬仙榜。聞得李閑補過有功，與楚人王湘同科奏捷，不免到瓊樓一望者。（行介）衣香散瑶宫，樓臺縹渺中。下界塵濛，上界愁空，天門往來踏落紅。

（場上設幔，旦登高處介）呀，人天春色，蕩漾無際，是好景象也！

【夜雨打梧桐】緋桃艷，嬌杏濃，奄忽幾東風。恁匆匆，催促人間春夢。俺謝玉清呵，不是抽身極早，怎得重轉仙宫。飛瓊幾時歸座中。怕思量往事，往事思量懞懂。今日個天衣補縫破惺忪，似月返雲邊魄，霜催曙後鐘。

遠遠望去，蕊榜來也。（雜扮四神將迎榜上，魁星跳舞上）酸氣一朝盡，文光千丈開。請看天下士，都入彀中來。（引雜繞場舞下，旦下樓介）你看王、李二生，果然同書金榜。上蒼勸善之典，有加無已，真是放下屠刀，立地成佛也！

【金水令】只見芳名高署，淋漓墨氣濃。只見泥金雙艷，宫采争紅。寶光騰，祥霧擁。一霎雲消楚峽，一霎花報唐宫。寄語人間珍重，體會天公。飄茵墮溷，在一念中。
就此回宫去者。（行介）
【四塊金】胡麻飯香，煮醒桃源夢。梅花樹老，斬絶羅浮種。情癡萬慮叢，情消諸境空。一晌朦朧，被誰欺哄。從今後步仙蹤，跨彩虹，再不許東風摇動。
（同下）

第十齣　謁祠

（生冠帶，丑隨上）
〔雙調〕【北新水令】瓊樓影裏現身來，上瀛洲官銜新拜。登場充選佛，讀賦盡憐才。射策金階，不枉了十年燈，鷄窗客。
下官李閑，新捷禮闈，叨居翰院。天恩優渥，給假還鄉。且喜藺士兄，同奏捷旗，榜下以知縣用，分發江西，倒得時時暢叙。今日約他同謁謝祠，敢待來也。（副净儀從引末策馬上）（副）啓爺，已到李爺門首了。（末）就此下馬。（入見生介）呀，賢弟。（生迎揖介）呀，仁兄。小弟有失遠迎，幸勿見罪。（同拜畢，各坐介）（生）仁兄素抱鴻才，今日稍展驥足，可勝忻幸！（末）賢弟官居清要，望若登仙，愚兄碌碌無才，一行作吏，殊形慚愧也。
【南步步嬌】聊洗當年寒酸態，琴鶴隨身在。風塵俗吏才，不過是錢穀刑名，更番交代。逐日亂銷差，滿園花冷笑河陽宰。
今日賢弟見招，説往謝祠祭奠，此事正合吾意。（生）愚兄曾經借宿一宵，當得同去瞻拜。（生）墨奴，祭禮可曾周備？（丑）都周備了。（生）如此，與兄走遭者。（同末上馬，衆喝道行介）（場上設幔，挂『謝氏宗祠』額，衆行到介）（生）這裏是了，一同進去。（同下馬入介）（丑陳設祭禮介）（生）咳，謝公呀謝公，想李閑少年放誕，若非神靈警覺，定然覆水難收。回憶前塵，怎不感愧交集也呵！

【北折桂令】記當時五更鐘斜月樓臺，螢度紅墻，蛩訴蒼苔。閃靈幢幔後風來，人夢長宵，鬼語空階。暗分開俏文君青山眉黛，免弄成俊霍娘紫燕瑶釵。今日下官呵！庭宇重開，尊俎親排。權抵做九章歌楚客招魂，煞强如幾聲鑼吴兒迎賽。

（丑）陳設已完，請爺們行禮罷。（生、末同拜畢，分坐介）（末）蒼頭那裏？（副）有！（末）你去打聽，這裏有一家姓謝的，就是那祠堂中的嫡派，他家有位小姐，可曾聯姻，訪問明白，細細回覆。（副應下）（生）仁兄怎生訪問及此？（末笑介）賢弟一樁美事，兄既諫止於前，必得成全於後。若是那位小姐尚未許人，正須代爲撮合也。

【南江兒水】擬配鸞紋錦，重修鳳翅釵。冷冰人慣放因緣債，俊夫人合領胭脂寨，美郎君權破風流戒。認取粉天香海。憑著我一縷紅絲，須不比燕偷鶯拐。

（生）兄意固佳，只是暌隔多時，恐有遷變。元微之訣絶之後，難保崔娘不他適也。

【北雁兒落帶得勝令】只怕是畫芙蓉另綉合歡鞋，抱琵琶别繫同心帶。十四載空尋了杜牧春，廿五年肯爲着文公待。呀，九華裙誰替阿香裁，五湖船早把西施載。畫中人虚設弄簫臺，月下翁枉築藏花寨。難諧，都分是葉成陰，芳華改。丢開，除非是夢爲雲，月夜來。

（副上）

【南僥僥令】紫玉成烟去，青鸞没信來。看曲巷無人荒草蓋，只兩扇舊朱扉向夕開。

（稟末介）啓爺，這位謝小姐不知爲了何事，忽然修行起來，此時已經成仙去了。（末、生各驚異介）有這等事，你可打聽確實？（副）小人遍問鄰居，都是這樣説。連那個婢女青鸞，見小姐成了仙，他就不肯嫁人，也在那裏修行哩。（末）這也奇了。（生）

【北收江南】呀，綉宫袍擬配鳳皇釵，舞霓裳已化姮娥魄。做梅花修到幾生來，蜕蟬衣畢了三生債。問鴛鴦鏡臺，問鴛鴦鏡臺。定化做天邊明月落君懷。

（末）不説鏡子，幾乎忘了。記得從前在祠中初會，那時賢弟慌張而去，地上的碎鏡不曾收拾，是愚兄珍藏在此。（出破鏡介）指望他日重圓，豈料不能再合，如今依舊歸還弟處罷。

【南園林好】好因緣各人命該，好夫妻各人數排。莫浪用纏綿恩愛。兩片鏡，莽分開。一面影，見誰來。

（生接鏡介）咳，鏡兒呀，爲了你鴛鴦兩字，幾耽誤兩人的富貴神仙，煞是可危也！

【北沽美酒帶太平令】似昆刀乍切開，似昆刀乍切開。射寒芒兩道來。才信着影裏鴛鴦不可諧，枉把虚名擔戴。休再問舊天台。散餘香畫眉螺黛，掩殘雲貼鬢鸞釵。盼團圓樂昌難再，合婚姻隱娘安在。鏡呵！説甚麽妝臺玉臺，用不著温郎詩派。呀，誰教恁憐才慕色。

（末）天色將晚，就此收拾回去罷。（丑收祭禮，生袖鏡介）仁兄，想我一生功名進步、兒女收場，都憑着這方碎鏡。帶他回去，定當懸之座右，爲我輩殷鑒，庶免後車之失。（末）弟真善於補過者矣！（同上馬行介）（末）

【尾聲】情絲一割風刀快，（生）試把那鏡裏因由細想來，（合）惟願普天下好放誕的才人各將脾性改。

（同下）

鴛鴦鏡終

題辭

次山弟陸璣拜題

五十三參參未真，癡魂易墮障中塵。情場全靠仙才筆，唤醒鴛鴦鏡裏人。

富貴單身識已遲，神仙無偶也憐伊。算來還是情天缺，再譜來生合鏡詞。

跋

《鴛鴦鏡》者，吾師陳石士宗伯命憲清作也。師視學浙江，憲清初以文字受知，進謁時出所撰《帝女花》樂府質之師，師益擊賞，因命搆是劇，意蓋爲維風俗、正人心發也。稿出，師擊賞如前，謂好色不淫，合乎詩人之旨，詞至此可以風矣。稍加點定，促付剞劂。乃灾木未竟，而師已歸道山。嗚呼，悲夫！古之人碎琴冢上，挂劍墳頭，徒以爲知己故。今師之神明，方嬉游於青冥碧落間，聆《鈞天》之奏，觀《霓裳羽衣》之舞，區區俗藻凡響，曾何足以問世？而師所以維風俗、正人心之苦衷，又懼其泯而弗彰也。爰畢梓事，以存師意於不忘云。

時道光乙未小春中浣，韻珊黄憲清識於吴興舟次。

凌波影

凌波影傳奇序

琴齋陳其泰譔

善乎惲子居先生之説《詩》也！其説《桑中》曰：『吾于《桑中》見所謂發乎情止乎禮義者焉。「云誰之思」，思也。「期我乎桑中」，思乎期焉。「要我乎上宫」，思乎要焉。「送我乎淇之上矣」，思乎送焉。古人之爲詩也，以思言之，若曰：「若是其越也，抑之可也。」後人之言詩也，以事言之，若曰：「若是其亂也，絶之可也。」以思者比乎情，以事者比乎欲。比乎情，禮義之所能制也；比乎欲，非禮義之所能制也。《國風》言情之書，非紀欲之書也。』其説《蝃蝀》曰：『淫者，人之所能知也；懷者，人之所不能知也。詩之言曰：「大無信也，不知命也。」爲女子之懷昏姻者戒之。辭止于此而已。言詩者曰淫，又重之曰淫奔，豈詩人意耶？雖然，懷昏姻者不必淫，而可以至于淫。是故刑禁之于已然，禮制之于將然，詩防之于未然。』得是説而通之，而後可與讀一切言情之作矣。

夫思之越也，其溺在人心；事之亂也，其壞在人品。君子欲正人品，先正人心，顧心不能盡出於正，于是即思之越者正之，所謂防之於未然也。心正則品自正，言情之書雖謂之防淫之書可矣。且騷人文士動言『情之所鍾，正在吾輩』，今且正容莊論，敷陳禮義，曰『吾將以防淫也』，其不以爲老生常談而惟恐卧者幾希。善于立説者，通乎詩之教以言禮，而後桑間濮上之篇可合乎《關雎》《卷耳》之義焉。故曰：情欲之界，人禽判焉。非服習乎風人之旨者，不知制情以遏欲也。

吾友黄子韻珊，詩人也。《凌波影》樂府之作，其諸風人之風乎！曩者韻珊嘗譜《鴛鴦鏡》樂府矣，狀幽冥之鑒察，明悔過之獲佑，豈不足以針砭情癡，激揚人品歟？不知中人以下欲勝情，動于鬼神禍福而後知所返；中人以上情勝欲，明于嫌疑是非而自知所止。故《鴛鴦鏡》所以警愚蒙，防淫之書也，禮之制于將然也；《凌波影》所以牖賢智，言情之書也，詩之防于未然也。弼直主敬近乎頌，規諷主和近乎風，詩人之義固有并行而不悖者。昭明太子商摧古今，自附于立言不朽，而言情之作，顧亦存之。好色不淫，必有當於聖人删詩存鄭衛之微意也。不然陳思一賦，不幾爲越禮者所藉口，縱恣于欲，而假託于情，以文過而遂孽哉！然則鍾情者，可以知所止矣。

凌波影

海鹽黄燮清韻珊填詞原名憲清

夢　訂

（儀衛内侍引生王服御車上，丑僕夫隨上）（生）〔商調引子〕【鳳皇閣】帝城春老，杜宇催人歸了。落花無語送春潮，盡入傷心詩稿。芙蓉路遠，回首處離魂易銷。

洛陽冠蓋地，車馬紛馳驅。崇臺接烟起，翠閣與雲俱。綺窗何窈窕，中有仙人居。春風散羅袂，幽韻雜瓊琚。嫣然啓皓齒，欲語重踟躕。感子愛惜意，且復立斯須。無媒羞自接，重此千金軀。本藩雍邱王曹植是也。承恩北闕，備位東陲，雄誇文陣之師，健樹騷壇之幟。冠鄴中之七子，才可斗量；惻天下之三分，勢猶鼎立。嗚咽漳河之水，助我悲歌；蒼凉夏口之雲，曠予奇抱。乃上書求試，未通帝座之誠；信步成章，還算家庭之樂。今因朝覲禮畢，承命歸藩，别路方長，離程易暝。從人們，前面是何地方？（丑）禀王爺，前面是洛川驛了。（生）天色將晚，速往驛中駐扎。（衆應，行介）（生）

【二郎神】棲鴉叫，畫閒愁暮烟殘照。看垂柳垂楊飛絮少。懷人何處，襯相思草緑蘅皋。忽忽的夢裏烟花都换了，料得燕歸來，問不出殘紅一窖。（副净驛官上）春完古驛無鶯語，日落荒郊有馬嘶。洛川驛驛丞巫可名叩接王爺。（内侍）免。（副净）驛中下馬酒飯俱已齊備，伺候王爺駕到。（生）咳，鎮無聊，劣襟懷怕濁酒難澆。

（内侍）啓王爺，已到驛中。（生下車，中坐介）儀從暫退。（儀衛丑）領鈞旨。（副浄）這裏來。（引丑儀衛下）（生）你看冷驛蕭條，春光潦草，碧雲已合，美人不來，這情懷好難安頓也！

【前腔】心焦，情絲幾縷，織成煩惱。問一片癡魂何處掉。招來還去，悠悠雨泊雲飄。（副浄上）市遠盤飧貴，官貧供給難。請王爺進晚膳。（内侍轉禀介）（生）不消。内侍們且自迴避，俺要静憩片時。（内侍應介，同副浄下）（内起更介）（生）咳，夜静更長，怎生消遣！前日入朝之時，蒙上以玉鏤金帶枕見賜，當此枯坐無聊，不免在燈下撫玩一番。（出枕玩介）（生）是好一個枕兒也！奈獨旦凄凉寒料峭，可許我游仙一覺。（欠伸介）一時疲倦起來，只索伏枕而睡罷。對良宵，還恐怕夢蘅蕪容易香銷。

（隱几睡介，内細樂，貼、小旦侍女，羽扇引旦舞衣仙裝上）滿天雲氣濕衣裳，如在銀河碧漢旁。縹渺春情何處寄，一汀烟月不勝凉。我乃洛川神女是也。掌握全川水印，修成一點仙心。作翠水之游，已離凡劫；戀紅塵之影，未斬情根。因與曹王子建，尚有未盡之緣，猶負相思之債，今日聞他駐札本驛，爲此御雲而來，到他夢中，略現因由，藉通誠愫。此間已是，你看他早則酣睡也！

【集賢賓】花陰掩户風細摇，認冷月凄寮。只見他幾點疏燈寒自照，怕夢中雲難度藍橋。子建呵，我與你未了三生，尚當一面，來日待君於洛川之上，幸勿爽約。美人香草，小影在屈原詞稿。休忘了，問蹤迹閒鷗知道。

（内奏樂，侍女引旦下，内二更，生醒介）呀，好生奇怪。方纔朦朧睡去，分明見一神女，水佩風裳，姿容絶世，似從那裏見過一般，兀的不教人想壞也！

【黄鶯兒】香霧散冰綃，步虚聲響碧霄，風前錯認飛瓊到。仙緣鬼趣，鶯唆燕挑，春魂如上羅浮道。我想這夢還去的不遠，待我唤他轉來。(出位招手介)我那神女呢，我那仙姬呢？(呆介)呀，竟自去了，我好恨哪！恨荒郵不情，更柝偏向枕邊敲。

我想人生在世，似這佳夢，能有幾場？偏是過的恁快，好生愁悶哪！

【琥珀猫兒墜】嬋娟畫裏，愁鬢爲他彫。想像花前玉佩摇，月明何處教吹簫。苗條，寫不盡巫女雲情，宋玉風騷。

(内侍提燈上)夜已深了，請王爺安寢。(生)我那裏便睡得穩呵！

【尾聲】非烟非霧愁絲裊，那仙人在夢中，約我川上相會。怕相見重添恨稿，(携枕看介)咳，這好夢何妨做幾遭。

(同下)

仙　懷

(貼、小旦羽扇引旦羽衣翠葆上)

〔商調〕【風馬兒】一鏡晨寒濕鬢烟，欹羅袂，自生憐。問春潮流恨向誰邊，明珠愁弄，殘月滿前川。

小神洛川神女，生作美人，死登仙籙。因慕曹王子建才調，昨宵約他川上相會。犀通一點，鳳恥雙飛，并非密訂幽歡，只願稍伸積愫。咳，魂猶戀舊，尚餘死後纏綿；仙亦多情，何况人間兒女。這虚無杳渺的相思，好没來由也！

【金絡索】愁來渺若烟，恨去長如綫。蹙損纖眉，怕使垂楊見。微波遠接天，盼將穿，一度思量一惘然。漢皋星影寒珠佩，湘水風聲落翠絃。難排遣，似歸來江口守空船。思悠悠碧海青天，夢迢迢碧落黄泉，消不了相思券。

（貼、小旦）請問娘娘，那雍邱王的才貌，畢竟生得如何，值得恁般思慕哩！（旦）若論他的才貌，真是古今希有也！

【前腔】詩裁美女篇，粉傅郎君面。搔首長吟，銅雀風雲變。神情望若仙，見猶憐，這小影除非畫裏傳。買絲難綉佳公子，擲果爭看美少年。人中選，因此上芙蓉擬贈水雲邊。了前生未了因緣，定來生未定因緣，趁一刻東風便。

（貼、小旦）娘娘既是這般思想，與他成就了好事何如？（旦）癡兒胡説！我們相契以神，不過是空中愛慕，一涉形迹，便墮孽障。千古多情之人，從無越禮之事。世間癡男騃女，誤將慾字認作情字，流而不返，自潰大防，生出許多罪案，就錯在這關頭也！

【前腔】從來慾易遷，只有情難變。一往而深，但覺江河淺。我與子建呵，何須定比肩，影相憐，敢説個死作鴛鴦不羨仙。任憑他莊生曉夢迷蝴蝶，只不過望帝春心託杜鵑。無他念，楚山雲氣冷於煙。是修羅派住愁天，是蒼穹給與愁年，誰解我湘妃怨。

（雜舞旗上）手握靈犀能辟水，身非赤鯉會傳書。巡川使者叩見娘娘。（旦）使者何來？（雜）探得雍邱王今日路過洛川，特來報與娘娘知道。（旦）再去探來。（雜）領仙旨。（跳舞下）（旦）侍女們，隨我川上一游者。

(貼、小旦應，同旦徐行介)(旦)

【前腔】臨波整翠鈿，掠鬢鬆金釧。稱體衣裳，半是羅雲翦。盈盈一水前，步生蓮，竊比嫦娥近少年。秋娘慢唱公無渡，春影誰知我可憐？桃花面，因風吹出武陵源。做癡人爲我牽連，做癡魂爲你纏綿，抽不盡紅蠶繭。

(同行下)

達誠

(净、副净、外、末扮魔怪上)(净)白傅長歌寫不完，(副净)鏡潮奩汐幾時乾。(外)纖蛾蹙損無人曉，(末)贏得心窩一點酸。(净)俺，恨水浪仙。(副净)俺，淚泉童子。(外)俺，愁湖總管。(末)俺，癡壑散人。(净)我們都是一群魔障，專與世上有情人作祟，南粘北漬，東扯西牽，布滿四大神州，迷入萬人心竅。近因這洛川水中，出了一個多情的仙子，日日替他販愁運淚，弄恨搬癡，大家忙個不了。今日聞得雍邱王曹子建與他川上相會，待他到來，我們不免各顯神通，引入魔道，叫他拖泥帶水，一世不得乾净，你道好頑不好頑？(衆)説得有趣，我們一同去來。(同跳舞下)(生上)

〔北黄鐘〕【醉花陰】一夜愁連暗潮長，未相逢，魂兒先往。待尋取煙花渡，水雲鄉。試問他漁父漁郎，則一個俏西施何處網。本藩因感神女之夢，約我洛川一見，似曾相識，未免有情，爲此減從獨行，思循幻約，只索走遭者。只見那流水一條長，可抵得夢中情千萬丈。

(行下)(雲童擁雲，旦引貼、小旦侍女上)(旦)

【南畫眉序】春水照新妝，夢絮愁花亂摇漾。倩羅裙六幅，畫出瀟湘。我因思慕雍邱，欲圖一晤，此時恐他在川上等久，仙童們速速駕雲前去。（衆應，行介）（旦）休認做俏巫神行雨荒唐，權學那瘦天女散花模樣。銀河一道休攔阻，怕有個黄姑相訪。

（下）（生上）

【北喜遷鶯】尋不出鏡中影響，捉不著花裏迷藏。思也麽量，難道是神仙多謊。來此已是洛川，你看烟水茫茫，一望無際，那裏去尋他的蹤迹？吓，爲甚麽他自冰心我熱腸，反爲了你麻姑癢。好了，遠遠望去，神光離合，想是那仙人降臨了，不免急急迎上前去。（喜介）我那仙人呵，如待我携舟范相，錯疑他入畫王嬙。

（下）（侍女、雲童引旦上）

【南畫眉序】窈窕水中央，若有人兮蕩蘭槳。看春陰如夢，睡了鴛鴦。仙童們，按下雲頭者。（雲童）領仙旨。（散下）（旦）悔前生誤結愁緣，到死後未勾情帳。珍珠穿做相思淚，算只有鮫人看樣。

（生行上）

【北出隊子】只見那羽衣飄蕩，是一片桃花影襯夕陽。那邊彩雲開處，分明現出一位仙子，兀的不使人魂銷魄蕩也！笑芙蓉不及美人妝，好一似水殿風來珠翠香，可許我買個蘭橈一葦杭。

（指旦介）看他脉脉含愁，盈盈欲語，待我聽他説些甚麽來。（作徐步竊聽介）（旦）

【南滴溜子】這幻影非真，原無迹相。恁虛空挂礙，相思偏兩。咳，子建呵子建，蒙君繾綣，添我纏綿，豈不爾思，其如禮不可越乎？（生）但能癡魂來往，只當是琵琶月下歸，却不道胭脂雨中葬。試認取鏡裏纖腰，垂柳一樣。

（生）他那裏明明説著本藩，未知幾生修到，有此奇遇，可奈守禮謹嚴，不容親近仙姿也！

【北刮地風】看皎若朝霞閃太陽，活現出素羽明璫。算人間天上真無兩。袂生寒青女行霜，棟飛雲帝子臨江，珮摇風仙人撫掌，鏡傳神月姊凝妝。抵得過南海中普陀巖觀音現相，不能勾共登樓吹簫騎鳳凰，煞强如楚君臣一夢高唐。

待我望空拜他一拜，看他作何光景。（向旦拜介）（旦）子建休得如此，你可認得我麽？（生）恍惚曾在夢中見過，未知仙姬來蹤去迹，乞道其詳。（旦）我的蹤迹，説起來和你要親就親，要疏就疏，煞是惝怳哩！（生）請教。（旦）

【南滴滴金】把前塵提起增惆悵，這絮果萍因難細講，寫不完一本零愁帳。（生）以何因由，眷愛至此？（旦）意中緣君自想，休惹起鶯疑燕謗。（生）此刻莫非還是做夢不成？（旦）是夢是醒，過後便知，當時如何明白？俺不過訴精誠，煩鑒諒。莫説是魂魄無情，熱夢易凉。

（生）聽他言語迷離，使我神魂飄颻，我欲近前親熱一番，多少是好！（欲前忽止介）且住，雖説鍾情，豈宜越禮？不可阿不可！

【北四門子】絮沾泥休逐東風蕩，禁狂且漫咏褰裳。怕迷津一落深千丈，越教人申禮防。仙姬恁地鍾情，使子建感深滄海，奈無蹇脩之禮，未便自訂良緣，可不負煞卿卿也！但願得天久長情久長，便算是死相逢非渺茫，何必要行處兩卧處雙，素心交原只在性來靈往。

（旦）便是兒家呵！

【南鮑老催】水深恨長，纖蛾欲畫惟自商，明珠欲贈羞自將。只當是蝴蝶魂鴛鴦魄蘅蕪帳，美恩情總不著春雲相。侍兒們，駕雲回去者。（雲童暗上）（生）天緣難合，尚求稍駐仙軿。（旦淚介）咳，渺渺此情，豈有終極？割愛貴忍，王其作速回頭。稍涉流連，便有魔障來也。風流略試當頭棒，則一片珊珊影，不過是非非想。

（旦引衆下）（生急趨介）仙子慢行。（呆立介）呀，早則去也！（衆魔上）（生）

【北水仙子】看、看、看、看雲氣凉，聽、聽、聽、聽佩玉鳴鸞空際響。恨、恨、恨、恨不多時斷送蘭香，剩、剩、剩、剩幾點青山眉樣。我、我、我、我所思兮水一方，但、但、但、但只有烟濤來往。（衆魔撲生，生驚避介）呀，方纔明明遇見美人，怎、怎麽此時撞著許多魔怪，難道是著了邪不成！待我收視反聽，定神一想者。怕、怕、怕、怕厲魄猙獰鬧睡鄉，莫、莫、莫、莫非是情天縹渺多烟障，呀、呀、呀、呀，一霎裏真和幻兩茫茫。

（衆魔同下）（生）且喜心神一定，那些魔障都散去了，不免覓徑而歸。（望介）那邊不是我來的路途麽，你看又有一群人到也。（儀衛、内侍、僕夫推車行上）

【南雙聲子】排仙仗，排仙仗，看一縷宫烟漾。傳清響，傳清響，聽一路漁歌唱。（迎見生介）（内侍）天色已晚，請王爺回駕。（生）咳，中央宛在，溯洄無從，且自回去罷。（登車，衆擁行介）（合）行色莽，行色莽。歸思上，歸思上。趁前汀草緑，遠渡塵香。

（生）回頭一望，這境界好生恍惚也！

【北尾煞】水氣連雲鬱蒼莽，送愁人點點斜陽，則一座小天台勞夢想。

（衆擁下）

賦 艷

（丑上）小子生來乖巧，處處逢人討好。充當一個僕夫，跟了馬兒便跳。王爺見我喜歡，派做洛川鄉導。頭頂旌旆飄摇，足底烟塵亂繞。漸漸意氣飛揚，却笑晏嬰短小。王良被我嚇昏，造父見我拜倒。賽他絶迹飛仙，不數神行太保。昨日有個蹺婆，衝了王爺輦道。被俺盡力飛追，（笑介）誰曉得一日不曾趕到。區區非别，乃王爺駕前一個僕夫便是。只因做人伶俐，應對機變，王爺十分寵用，派在近身跟隨。區區生長洛川地面，慣喜訪尋古迹，揑造新聞，編些影響之談，創出希奇之論，不由人不聽了喜歡相信。昨日王爺從洛川回來，不知見了些甚麽，心中着實迷悶。今早内官出來，傳俺進去，怕有什麽差使，只索伺候則個。（暫下）（二内侍引生上）

〔越調過曲〕【小桃紅】羅浮春影太模糊，望不見梅花樹也。向夢中歸來，嬋娟消息至今無。妾如江上雲，歡如天邊月。明月幾時圓，閒雲散無迹。本藩自從洛川途中遇見了那個仙子，依依不捨，忽忽若忘，不知那仙子究竟是何神明。且喜有個僕夫是洛川人氏，因此着他進來問個端的，或能明白，也未可知。咳，提起了異樣躊躇，放不下玉裁身雪凝膚水爲神香傳語也。美人雲可在蒼梧，那裏去尋著伊瓊佩影畫羅裾。

（丑上）柳岸停車懷舊驛，芝田秣馬憶春風。王爺在上，僕夫叩頭。（生）起來，我且問你，那洛水中間可有甚麼神仙？（丑）王爺問他怎的？（生）前日我從京師歸國，路經洛川，遇着一位仙人，故而問你。（丑）那仙人怎生模樣，王爺可還記得？（生）那仙人呵！

【下山虎】明璫月吐，寶髻雲梳，仙袂飄飄舉，春風畫圖。便不學驚鴻，自然飛舞。知是誰家掌上珠，減一分嫌不足，增一分嫌有餘。認是非烟步，世間恐無，真個是卷上珠簾總不如。

（丑）那仙人見了王爺，神情若何？（生）説起他的神情，煞是可憐也！

【五韻美】鬢雲鬆，眉痕嫵，微波兩點通情愫。影蹁躚，能使玉人妒。活時心許，死做了癡魂來補。嬌如訴，瘦欲扶。説不盡命短愁長，緣窮恨富。

（丑）那時王爺怎樣發付他呢？（生）那時幾乎不能自主，急忙斂神定性，儘力把持。這一刻功夫，好不慎重哩！

【五般宜】猛可的兩條心意粘骨酥，急守定一絲魂義防禮拘。我未敢放誕擬秋胡，可不道秦氏有婿使君有婦，怎學得裴航乞杵尾生抱柱。非是俺孤負恁恩情，怕前頭鸚鵡語。

（丑）小人聞得洛川之神，名曰宓妃，王爺所見，莫非就是他麽？（生）據你説來，一定是他無疑了！咳，宓妃吓宓妃，教子建想煞你也！

【山麻稭】恁是個煙水長，神仙侶。怪不得矯若游龍，迅若飛鳧。明珠怕換不出離魂倩女，抵多少東墻窺玉，南山化石，西子臨湖。

昔宋玉賦神女，相如賦美人，描摹艷冶，思而不亂。既以抒寫情懷，亦以諷止游蕩。我子建幸覯仙姿，何可不賦？內侍，取筆硯過來。（內侍）筆硯在此。（生執筆介）我那宓妃吓，以我才華，寫君風韻，不怕不全神活

現也！（且唱且寫介）

【黑麻令】驀見了雲車電車，仿佛在魂餘夢餘，認不出瓊姑藐姑。裊亭亭翠蓋芝旗，畢竟是仙乎鬼乎。摇曳着香裾錦裾，渾不借花扶柳扶。送靈絃一霎悲風，何處覓魚書雁書。

妙吓，信筆揮來，神情綿邈，緒若春雲，潔同白玉。千古有情人，不當如是耶？僕夫過來。（丑）有。（生）你將這篇賦稿賫往洛川，替我送在水中，不得有誤。（丑取賦介）小人理會得。正是：携來霧縠烟綃賦，寄與瓊樓玉宇人。（下）（生）這賦流向川中，也見我與洛神情不能已，分不能干，仙路有知，定應垂鑒也。

【江神子】我一點情苗未肯枯，不由人青鬢蕭疏。前在洛川驛中，只因撫弄玉鏤金帶枕，遂有斯夢。所謂伊人，在水一方。溯洄從之，道阻且長。細想他肥瘦身軀，似神山引去有還無，誰替我補愁經小注。

内侍，明日可去訪一妙手，就將此事寫他一幅《凌波影》，使普天下人見之，皆知我輩鍾情，庶合《國風》好色也。（内侍）領鈞旨。（生）

【尾聲】無聊偶作閒情賦，活寫出生塵微步，莫將這不着迹的相思會意錯。

凌波影終

桃谿雪

桃谿雪自叙

予友吴康甫貳尹，至誠君子也。嗜善好古，久而不衰。嘗與邑人士稽考名勝及前賢遺蹟之所在，凡忠孝義烈之未經表著者，必闡揚其隱，以爲世風。廉俸所入，恒以是罄。初未嘗介於懷，且甚以爲樂焉。道光丙午春，予遇諸湖上，詢其近概，曰貧而已，語甚略，而語烈婦吴絳雪事甚詳，且囑予製曲以傳之。閲兩月，康甫以檄委至吾鹽，復手録絳雪始末以示予。嗣後凡三至鹽，至必及絳雪事。

絳雪者，永康才媛也。耿藩之亂，僞總兵徐尚朝犯浙，道永康，邑之人以絳雪有美名，謀以之餌敵，且抒難焉。絳雪知不免，而迫於衆，不得死，遂慷慨行。既紿敵出境，而投崖以殉。康甫丞永康，爲梓其遺集《緑華草》及《六宜樓詩》若干卷，并廉得死烈事，懼其久而泯焉，故亟爲予言。

予既感康甫之誠，而塵勞役役，難於搆思。殘冬短晷，朔風號林，予適病癱，偃卧一室，支離委頓，衆緣不交，由定生静，由静生感，意常鬱勃，若怦怦有所動，而康甫復寓書相敦促，遂縱筆爲之。日成一闋，不一月而稿成。時方嚴寒，冰雪之氣流注紙墨，蒼激哀亮，亦不知涕之何從也。名之曰『桃谿雪』。『桃谿』，其地；『雪』，其名也。『雪』喻其潔，『桃』則傷其薄命也。

而予竊有異者，絳雪去今百餘年，予與康甫亦别且八載矣，胡然而有西湖之遇，胡然而康甫一歲四至鹽，又胡然而予忽瘫之病焉？回憶百餘年來，何時何地何人不可以傳絳雪，而必於一歲之中回旋曲折，以迫成吾《桃谿雪》之一書也，其康甫至誠之所動與？抑山川正氣久鬱必彰，而烈女之靈實有以左右之與？是皆不可知矣。嗟嗟，從容盡節，士大夫所難也，而顧得之弱女子乎？闡發奇偉以維持氣運，縉紳先生之事也，而顧得之一丞乎？然則予之文不足傳，而絳雪赴難之烈與康甫嗜善好古之誠，則固足以傳吾文矣。

道光丁未季春，韻甫黄燮清序於拙宜園之倚晴樓。

吴絳雪傳

嘉善黄安濤譔

國朝康熙十三年甲寅正月，耿精忠叛於閩，其僞總兵徐尚朝等寇陷浙東處州，窺金華道，永康有奇女子吴絳雪，殉節死焉。絳雪名宗愛，永康人。父士騏，以明經任仙居、嘉善、嵊三縣校官。絳雪幼隨侍，承其家學，善書畫、琴棋、音律，尤工於詩，時人稱桃谿女史云。其畫爲合肥龔尚書所珍賞，詩則長洲沈文慤公稱其有林下風。著有《六宜樓稿》及《緑華草》。嘗取劉令嫺詩意作迴文同心梔子鏡箔圖并駢體啓贈其閨友秀水吴素聞女士，迴合藻麗，見者但驚其妍巧，卒難尋端緒。啓中引蘇家錦字、侯氏龜文以自例，有過之無不及也。歸邑諸生徐明英，未幾而寡，無子，以娣男爲嗣，意守之終身焉。絳雪既以多藝聞，而資質穠粹，人皆詫爲國色，藉藉衆口。及尚朝之窺金華也，道永康，艷絳雪名，欲致之。永康故無城池可守，衆慮蹂躪，邑父老與其夫族謀以絳雪紓難，謀僉同，頗祕，事急則强之行。絳雪微聞之，則慨然曰：『未亡人更安所惜乎，所惜者一邑生靈耳。苟有濟，妾自獲死所耳，庸何傷！』衆聞皆悦，謂信有恃矣。時總督李公之芳督官兵駐婺援勦甚力，絳雪策賊必敗，則謂宜許以羈縻之，而故稽以詭辭者久之，及無可滯，則衆以之行。絳雪夷然就道，至三十里坑，以渴飲紿賊取水，遽於馬上翻倒觸塊死。是年六月也，既尚朝出永康，屯積道山，金華所屬東陽、義烏、浦江皆苦蹂躪，而永康之被患也較緩以輕。孰謂一弱女子陽餌以名，而陰爲之障也。噫，斯亦奇矣！

舊史氏曰：女以貞爲尚，而節與烈因之。雖然，無才無識，則其節烈也不奇。使絳雪聞衆所謀而猝死，所謂自經溝瀆而已，何足爲絳雪奇？所奇者非徒爲一身殉，直爲一邑之民殉耳。觀其始而慨然，繼而夷然，非裕於才而達於識者不及此。絳雪之死，距今一百七十餘年，徒以傳聞異辭，或以爲賊行故從而疑且諱焉，迄無有表彰之者。今長興吴縣丞廷康嘗任永康，諮訪遺佚，得絳雪死節事特詳，并求其遺稿付之梓。來告余曰：『絳雪自謂獲死所，三十里坑，其死所也，非賊巢也明矣，尚何疑且諱之有？先時而死亦無益也，後時而死亦無及也，絳雪之死，非但得其所也，又得其時也。故絳雪死而賊隨而亡。』如吴縣丞言，則節與烈固不足以貞絳雪也，故特書『奇女子』云。

吴絳雪像贊

穠花久謝，蛾月存兮。亮彼飛鳬，纂幽芬兮。苣摧以芳，和碎烈兮。省識春風，長無極兮。

楊璿華贊

目録

卷上

卷下

武林李光溥儉才評文
海鹽黄燮清韻珊填詞原名憲清
錢塘翟傳鼎頤齋、仁和余炘朗齋正譜

卷上

【蝶戀花】桃花谿上東風冷，雪點飛來，不管花枝病。雪太無情花短命，雪花鍊出冰花影。雪夢花魂誰喚醒，雪自欺花，花自娟娟静。淚比花紅人雪净，美人小字原相稱。

第一齣　閨叙

（臺角設杏花一樹，旦上）

〔雙調〕【海棠春】桃谿流水明如練，閒照取愁蛾清淺。細語祝春風，莫慢吹花片。

（坐介）（本詩）東風送暖入春衣，茗碗爐香伴掩扉。曉理瑶琴紘尚澀，醉臨禊帖格差肥。奴家吴宗愛，小字絳雪。浙江永康人也。先父驥良公，下筆千言，藏書萬卷，未登科第，但舉明經，小用文章，更番秉鐸，歷任仙居、嘉善、嵊縣校官。奴家隨侍官齋，幼承庭訓，倚琴書爲性命，兼詩畫之生涯。口傳伏氏殘經，妝臺解誦；手按中郎遺曲，翠袖工調。所嗟莪蓼傷心，小草止名獨活；差幸芙蓉連理，好花自結同心。官人徐明英年少多才，蜚聲庠序，與奴家琴瑟静好，黻佩偕綏。紙閣蘆簾，竊比孟光之韻；寶釵羅帳，艷增徐淑之姿。塵海因緣，如斯已足。這都不在話下。今日春光晴媚，官人所種杏花一樹，開得十分茂盛。已命小婢慶雲略備酒餚，與官人一同賞玩。話猶未了，你看官人早出來也。（生上）爲尋花夢先鶯起，試捲簾雲放燕飛。小生徐明英，表字孟華。

少負清才，未舒壯志，貧餘傲骨，富有閒愁。所喜荆妻吴氏，貌比王嬙，才逾蘇蕙，倡隨相得，形影交憐，真乃閨房樂事。（笑介）莫説神仙，是鄉可以終老；何須富貴，夫婿不願封侯。（顧旦介）呀！説話之間，你看娘子曉妝已畢，早在那邊閒坐哩。（作見介）呀，娘子。（旦）官人請坐。（生）娘子起來恁早，獨坐在此，敢是又在那裏做詩麼？（旦）非也，只因今日春光明媚，官人所種杏花開得十分茂盛，特備小酌，與官人消遣則個。（生）生受娘子。（看花介）呀，果然好一樹杏花也！

【桂枝香】疏簾斜捲，輕紅吹面。共佳人聽雨高樓，抵名士尋花上苑。這花呵，態盈盈自憐，態盈盈自憐。恰襯你桃腮春淺，櫻唇露泫。娘子，我和你呵，消受這艷陽天。生爲蝴蝶甘同夢，死作鴛鴦不羡仙。

（貼携酒餚上）携來金谷酒，去醉玉樓人。酒餚在此，請官人娘子賞花。（生旦對坐，旦酌酒介）

【前腔】村醪香濺，園蔬青剪。掃眉人伯仲書生，散花地神仙美眷。官人，我想同此良辰呵，對紅酣翠妍，對紅酣翠妍。有多少傷春庭院，惜春詩卷。（生）正是悲歡離合，易地不同，殊令人感慨係之也！（旦）拜情天，願花長壽人難老，願酒長生醉亦仙。

（生）娘子藴藉天生，才高咏絮，所著《六宜樓詩稿》，其間長篇短製，與貴族素聞妹妹唱和居多，瑜亮同時，花開姊妹，真乃一時佳話。（旦）奴家與素聞妹妹，誼等友朋，情逾骨肉，正復時時想念。昨已修得詩柬一封，意欲邀彼來家，盤桓數月，重續墜歡，因乏便鱗，是以遷延未寄。（生）這個不難，明日可遣蒼頭甄義賫書前去。如其惠然肯來，一則可以重整詩壇，二則卑人或因事遠游，亦可爲娘子作伴，豈不是好？只是娘子久不吟詩，際此看花雅集，何不以新什賞之？（旦）奴家得侍君子，三生有幸，蒙君繾綣，益我纏綿。新製《同心歌》一章，草稿初成，正須點定。（出詩授生介）（生展玩介）妙呀！看這書法，已是精美絶倫，那詩不言可知了。（誦詩介）（本詩節録）兩家昔相好，早歲訂婚期。君在山之麓，妾在水之湄。一朝得相傍，歡樂免仳離。困頓共君守，艱難共君持。願君莫憂貧，抱甕敢辭疲。願君莫辭賤，荆布自堪支。物有同心蘭，花有同心梔。同心復同心，永矢無猜疑。妙呀！情詞質實，漢魏遺音。只是温厚之中，却帶些激烈之氣，讀之翻增凄惋，却是爲何？（旦）心聲所發，亦不自知其故。（生）娘子，我與你青年伉儷，正在歡娱，詩中『艱難』『永矢』等語，何憂思之深也！（旦）咳，人生哀樂之來，本無定境。譬如天下太平的時節，文恬武嬉，相忘無事，一旦變生倉卒，雖智謀之士，有不及預防者矣。安不忘危，似亦無須深諱。（生竦立介）呀！娘子高論達觀，令我頓觸時事。現今耿精忠雄踞閩中，兵强財富，陰謀叵測，反側堪虞。設有變端，舉兵北向，浙東必受其殃，我與你正不能無杞人之憂也。

【前腔】猪龍隱現，鯤鵬遷變。算將來東顧堪憂，問誰信南人不反？（旦）現聞朝廷用李公之芳督師兩浙，李公惠政在人，頌聲載道，精諳韜略，深得士心，倘遇非常，定能辦賊，當不至令其蔓延也。（生）娘子有所不知，川壅而潰，其傷必多，縱有隄防，已遭蹂躪。怕昆岡火然，怕昆岡火然。保不住桃源鷄犬，畫樓鶯燕。費憂煎，只愁感遇花同淚，竊恐傷時鬢易斑。

（淚介）（旦）呀！官人酒酣過激，忽忽傷心，莫非有些醉意了？慶雲，可將杯盤撤去，待我扶官人進房去者。（貼）是，曉得。（收酒餚，背介）好好的飲酒賦詩，不想中間有許多眼淚，教我好生難解。正是：江郎何苦工言恨，洗馬無端但説愁。（下）（旦扶生作微醉介）娘子，果然浙東有事，我和你如何是好？（旦）未來之事，官人無須過慮，便是妾身呵！

【前腔】平時成見，臨時應變。差學那蔡文姬虎穴生還，卓文君蛾山春遠。際此夫妻團聚，且自開懷，毋滋鬱悶，竊恐杏花笑人也。（生）娘子深情雅趣，足使卑人破涕爲歡。（旦）官人且到房中和詩去。（取詩，扶生行介）俏盈盈比肩，俏盈盈比肩。試看這芳華滿眼，膩人庭院醉宜眠。只應綺語酬佳節，莫慢悲歌損少年。

（同下）

第二齣　防釁

（隊子，副净中軍引外上）

〔中吕〕【繞紅樓】萬里風雲鬱壯圖，向南天鵬翼高舒。壁劍秋鳴，帷燈月朗，灑墨注陰符。（坐介）江海滔滔浪不平，籌邊樓上蜃烟横。誓將肝膽酬知遇，豈但賡歌答聖明。下官李之芳，表字鄴園。山東武定人也。蒙天恩高厚，命爲兩浙督臣。屏藩作鎮，斧鉞臨邊。領陶侃之八州，望崇江左；立馬援之一柱，氣卓天南。慚無不世之勛，已極人臣之位。只是目下耿精忠重洋虎踞，邊境狼窺。夜郎有自大之心，粤吏無輸誠之念。反形未露，異志潛萌。非惟肘腋之憂，實是腹心之患。下官封疆重任，自宜先事預防。到任以來，屢飭各營將領隨時操練，以備不虞。今日天氣晴明，須索親自校閲一番。中軍！（副净）有！（外）分付大小諸軍，齊往校場操演者。（副净傳令，衆應，同行介）

【尾犯序】萬騎走平蕪，號令嚴明，隊伍安舒。弓挽扶桑，要洗兵蓬壺。鳴鼓秋霜濺，刀横鬼母。春雲展，旗開元武。天狼焰，星星殘照，羽扇爲驅除。

（外登臺高坐，隊子分列介）（末、小生、老旦、丑四將戎裝上）大人在上，末將打恭。（外）列位少禮。本督自赴任以來，屢飭各營，用心訓練，列位身列戎行，自必武藝精純，足爲衆軍表率，就此操演一番者！（將）得令！（以次遞操，復合操介）（操畢站立介）（外）各營兵馬，帶領操演！（將）得令！（雜扮弓箭、長鎗、籐牌、鳥鎗兵四隊）（將用四色旗引上，照常遞操、合操，操畢各繳令介）（外）好，奇正相生，進退有節，再得逐時嫻習，變化從心，破敵不難矣。衆將士站立兩旁，聽俺分付！（衆應介）

【番馬舞秋風】將略兵書，變化無方不可拘。第一要恩威並立，甘苦同嘗，患難相扶。男兒馬革誓捐軀，英雄劍血須酬主。試看營門柳扶疏，好共覓封侯路。

（將、卒）大人鈞令，某等敢不恪遵！（外）平時所演各樣陣圖，再爲擺習一番者！（衆）得令！（隨意走陣介）（外）中軍可將錦緞、銀牌分賞諸軍，各自回營休息！（將、卒）謝大人賞！（分下）（外下臺介）就近各營將士，業經校演，明日須往各處閱邊。中軍傳令，預備船隻伺候！（副浄應介）（隊子引外行介）

【餘文】馬飛龍兵成虎，可認得軍中一范無，早整備毒矢强弓射鱷魚。

（同下）

第三齣　延素

（末蒼髯上）琵琶聲和玉參差，終古垂楊入恨詩。隔岸越山青可數，不知何處葬西施。自家乃永康徐相公家中蒼頭甄義便是。只因我家主母與秀水吴素聞小姐，姊妹情深，多年睽隔，特修書札一封，命老奴前往投送，并要請素聞小姐到永康去。那小姐倒也灑落多情，見了書信，即時帶了丫鬟，收拾起程。一路從嘉興到了杭州，無非吟詩作畫。而且性耽游覽，要觀玩富春山色，命老奴備船，竟由大江而上。連日順風相送，已到蘭谿，將近轉港。且喜風恬浪静，不免請小姐出來，觀看山景則個。小姐有請！（小旦上，丑婢隨上）（小旦）奴家吴素聞，與我家絳雪姊姊，同宗姊妹，文字心交。因他遠嫁永康，至今闊别。蒙姊姊挂念，遺書見招。奴想携舟訪友，乃是名士排場，女孩兒家，不應學步。惟念人生難得，莫如知己。古人千里赴約，湯火不辭，何况衣帶盈盈，近在同省，豈可恝然遐棄？兼且浮生若夢，聚散無常，後會何期，芳年易逝。非獨千秋事業，游移便是蹉跎；即此一面因緣，延擱必成追悔。是以忻然命棹，擊汰渡江，只索走遭者。（末）小姐，你看水淺山深，灘危石峭，别是一篇畫本。（小姐）幽秀之中，另饒鬱烈，此間大有奇氣，真是畫所不到。畫眉聲裏指嚴江，舵轉金華港。好一似風送題詩一葦杭。

【南吕過曲】【懶畫眉】輕雲流夢過錢塘，排日烟鬟换曉妝。

（同下）（旦同貼上）

【前腔】美人窈窕隔紅墻，離夢醒時月在梁。慶雲，前日命蒼頭寄書，請素聞小姐來家，怎生許久還不見到？（貼）昨夜卜燈花，今晨聞雀噪，想是不日便到。（旦）相思渺渺水偏長，愁共春潮長。難道是魚雁沉浮字幾行。

（末上）雲山過眼東西浙，巾幗同心大小喬。（見旦介）老奴叩頭。（旦）呀，蒼頭回來了。素聞小姐可曾同來？（末）轎子已到門首，老奴先來通報。（旦）喜也！慶雲隨我出來，迎接小姐。（末）待我照料行裝去。（下）（小旦上，丑隨上）

【前腔】桃花谿上讀書堂，芳徑斜開對夕陽。（作出轎，旦迎見介）呀，賢妹來了。（小旦）姊姊别來無恙。（各福介）（小旦）自從别路贈垂楊，事事添惆悵。（旦、小旦合）彼此江流九曲腸。

（丑見旦介）瑞月叩頭。（旦）慶雲見過小姐。（貼叩見小旦介）（小旦）慶雲，多年不見，如許長成了。（丑看貼介）我道姊姊嫁了姊夫，原來還在這裏。（貼啐介）還要等你喜酒吃哩！（旦）不要頑皮，快同你妹子將小姐箱籠安放上房去罷！（貼應，向丑介）妹妹，快與你同去，還有説話問你哩。（同下）（旦）賢妹，記得從前隨先嚴在禾中的時節，與賢妹琴書偎傍，晨夕追隨，彼此年少無愁，好生意興，賢妹可還記得麽？

【前腔】一船書畫兩紅妝，水閣風來筆硯香。歲月如馳，良辰難在，此景不可復得矣！華年如夢太匆忙，忽忽成追想。（小旦）便是伯父去世，亦已多年了。（旦）可不是呢！（淚介）灑不乾別友思親淚幾行。

賢妹的詩畫久未一見，不知近來進境如何？（小旦）自與姊姊別後呵！

【前腔】傾脂湖畔餞離觴，自覺天寒翠袖凉。知音難覓硯臺荒，逐件都抛颺。紙價何須問洛陽。

聞得姊夫才學清超，與姊姊唱隨相得，閨房之福，亦復塵世所難。（旦）賢妹到此，正該請來相見。官人有請。（生上）

【前腔】掃眉才子艷成雙，慚愧書生錦綉腸。素聞妹妹已到，不免進去相見。（與小旦相見介）賢妹到此，有失遠迎。（小旦）姊夫萬福。（生）久傳詩畫姓名香，幸得飛瓊降。（顧旦介）娘子，你和令妹呵，不愧劉家姊妹行。

（貼上）漫把琴絲調舊譜，先將杯酒叙離情。請二位小姐上房飲酒。（旦攜小旦手同行介）

【前腔】翦燈重理舊吟觴，碎句零篇要次第商。賢妹！（小旦）姊姊！（合）十年前後事偏長，急切無從講。我與你今夜呵，還恐怕燭盡三條話未詳。

（同下，貼、丑隨下）（生）妙呀！如今娘子有了素聞妹子作伴，不致閨房寂寞，小生也好出門哩。

【前腔】相如賣賦潤空囊，聊佐吟詩酒一觴。小生出去呵，江山游覽盡文章，磊落胸襟放。算只有輕別紅顏最斷腸。

（下）

第四齣　閩變

（隊子引净戎裝上）叱咤風雲膽氣粗，銀刀光射海南珠。孽龍不是池中物，會挾雷霆擺陣圖。俺乃耿精忠是也。開府天南，擁兵海上。膠鬲以舊臣佐命，章邯乃異姓封王。暗藏孟獲之心，攻而弗克；試相淮陰之背，貴不可言。昔日分茅，忝列從龍之隊；今朝斬木，翻成養虎之傷。未老雄謀，希圖大事。際此人心甫定，天下粗安，酒杯未解兵權，鼎足暗窺神器。且喜閩撫劉秉政已願投降，閩督范承謨被俺幽禁。現擬揮戈北指，進犯浙東。只是未諳進兵形勢，必得一人習知浙省軍情，用作前驅，方保萬全無事。今有福省游擊徐尚朝，曾任處協中軍，熟知彼處虛實，現因獲罪囚禁，已着軍士將他劫解前來，如能聽俺指揮，大事濟矣。左右！（衆）有！（净）尚朝到來，即便帶見。（衆應）（副净枷鎖囚服，二卒引上）敢言縲絏非其罪，但遇波濤便欲飛。俺徐尚朝，一介梟雄，百般困頓。未遂封侯之願，但知獄吏之尊。弄的我畫地爲牢，呼天有恨，好生憒憒。今奉耿王傳唤，未知凶吉何如，來此已是轅門，只索進見。（卒報門介）徐尚朝進！（副净）大王在上，罪弁叩頭。（净）將軍少禮。（副净）大王傳唤，有何鈞令？（净）將軍，我看你一表人材，昂藏七尺，正該乘時努力，立些盖世功名，博個封妻蔭子，不想上司賞罰混淆，以罪掩功，反把將軍囚禁，狼狽至此，好不可憐也呵！

【黄鍾過曲】【畫眉序】你將略賽蕭曹，（副净）罪弁怎敢！（净）不用奇才已顛倒。況低頭犴狴，屈膝皋陶。（副净）事已如此，教罪弁也無計可施，真是有罪難逃，有冤難訴。（净笑介）將軍何言之懦也！做男兒虎卧龍跳，弄兵柄江翻海攪。人間富貴從吾好，何堪束縛長蛟。

（副净）蒙大王垂憫，使罪弁感激涕零。只是身陷囹圄，手無尺寸，尚乞大王垂援則個。（净）本藩欲圖大舉，有事浙東，將軍向爲處協中軍，習知形勢，如肯同心協助，爲我前驅，不惟縲絏無虞，即富貴不難力致，未識將軍意下如何？（副净）蒙大王收録微才，加之拂拭，誓效犬馬，以報再造之恩也！（作勢唱介）

【前腔】壯氣上干霄，感激馳驅把恩報。展蝥弧一隊，認取前茅。（净）左右，與徐將軍去了枷鎖，換上冠帶者。（卒應，取冠帶換介）（副净）漫裝成食肉班超，先做個知幾馮道。征袍戰血今番飽，請看褒鄂弓刀。

（净）既荷將軍俯允，先授總兵之職。俟所到有功，再行陞賞。今且留營調養，俟本藩分撥兵馬，擇日興師便了。軍士們，好生伺候將軍者！（副净叩頭介）謝大王恩典！（净）正是：兩腋秋風添虎翼，一杯春水活鯨波。（引隊子下）（副净大笑介）俺徐尚朝，囚禁多時，不想尚有吐氣揚眉之日，好不快活人也呵！

【前腔】鷹翅勁扶摇，纔脱金鞲已雲表。幸囚寬堂阜，佐霸功高。想那處屬兵弁，都是舊時統轄，待俺暗中勾結，不難傳檄而下也。不愁他山險城牢，試看咱旗開馬到。天留殺運妖星照，賢愚劫數難逃。

（作得意狀跳舞下）（卒隨下）

第五齣　送外

（旦上）

〔雙調〕【北新水令】甚東風吹長別離愁，悶沉沉銷魂時候。恨隨烟斷續，夢倩月勾留，問誰把萬情絲都編做長亭柳。

奴家吴絳雪，只因夫婿徐郎幕游遠出，奴家再四勸阻。他説是杜陵老叟，身客諸侯；宗慤少年，心存萬里。陶靖節饑驅出走，王仲宣作賦登樓。恥爲伏櫪之鳴，藉覓吟詩之料。已命蒼頭收拾起程。奴家無計挽留，好生難別，十分放心不下，且待官人出來，細細囑付一番者。（生行裝上）

【南步步嬌】一擔琴書天涯走，最苦離筵酒。饑驅不自由。才領取别淚千鍾，清愁八斗。

（旦迎見介）官人，你何苦定要出去？（生）娘子，小别不須憂，好夫妻忍把芳年負。

（旦）官人决計遠游，奴不敢以兒女私情阻君壯志，只是你弱骨伶俜，長途寂寞，教奴家如何安放得下呵！

【北折桂令】念閨房静好無尤，鬥韻詩簾，選夢琴樓。便和你鎮日依依，終年脉脉，未盡綢繆。倚天寒難禁翠袖，夢滄浪不慣扁舟。弱身軀多病多愁，長路途何去何留。第一要密密書函，未可沉浮。

（生）娘子諄囑，卑人敬佩不忘。你在家中呵！

【南江兒水】書懶休臨帖，簾寒漫上鈎。眉梢莫向菱花縐，腰支莫爲楊花瘦，啼痕莫共梨花溜。俺與你呵，本是蘭花並秀，不到得雨散蘋花，總有團圓時候。

（旦）官人此去呵！

【北雁兒落帶得勝令】冷江湖生憐聽雨舟，俏夢魂莫上行雲岫。謾傷春看花陌上游，謾思家步月更闌走。萬重山凄莽免登樓，九迴腸壘塊須澆酒。怕吹燈裀枕欠温柔，怕耽詩衣帶成消瘦。回頭，試問你杏花開歸來否。凝眸，只落得淚珠兒水共流。

（大哭）（生哭，扶旦，拭淚介）娘子金玉之言，卑人時時在意，莫要過於悲切了。（小旦上）玉階新種將離草，綉閣空啼解語花。方纔姊姊與姊夫話别，聽之好生凄楚。奴家前去送行，不免勸慰一番。（見介）呀，姊姊原來在此啼哭。（生）賢妹好生勸解則個。（小旦）姊姊呵！

【南僥僥令】他欲别終須别，你言愁我亦愁，好教俺淚眼旁觀難消受。姊夫呀，惟願你早歸家，莫逗留。

（貼携酒暗上）（生）娘子且免愁煩，卑人此去，不久就回。况有素聞妹子和你作伴，也好將就排遣。（小旦）奴家不久也要回去，還是姊夫早早歸來的好。（旦）官人當真要去，待奴家奉酒三杯，聊申别緒。（生）多謝娘子。（淚介）（旦）慶雲，看酒。（貼）有酒。（旦遞酒介）第一杯願官人路途平順，第二杯願此去到處逢迎，第三杯願……（哽咽介）身體平安，恩情終始。（生、旦同哭介）（小旦、貼同淚介）（旦）

【北收江南】呀，爲甚的酸心一縷噤咽喉，包孕着千悲萬恨言難透。念郎行原不爲封侯，倒一似新婚賦别沙場走。軟心腸暫留，硬心腸去休。早難道閨中少婦不知愁。

（末挑行李上）春風知别苦，斜照送人忙。相公，天已過午，趁早出門，還要趕路呢！（旦）蒼頭，一路好生伺候官人，切勿大意。（末）老奴理會得。只顧放心，包管同去同來。（生）如今只得就此告别了。

【南園林好】娘子你念行人無須過憂，（别小旦介）賢妹你伴愁人無妨少留。便是卑人呵，不過是權時分手。（看旦介）你夢我到孤舟，我夢你向高樓。

（掩淚下）（末隨下）（旦）哎喲，你看官人竟自去了也，兀的不痛殺奴家呵！（大哭，小旦、貼扶介）姊姊不要苦壞了。（旦）

【北沽美酒帶太平令】恨啼鵑不肯留，恨啼鵑不肯留，任伊行賦浪游。從不見旅客征帆阻石尤，纔解纜，便歸休。從今後是王孫草相思緑綉，怨女花淚點紅收。離魂影船脣馬首，望夫山眼底心頭。俺呵，守定這詩樓畫樓，都化作愁窗夢牖。（小旦）姊夫不久歸家，望姊姊保重，不可過於傷心。（旦）呀，還恐怕傷心不彀。

（小旦）慶雲，我與你扶了姊姊，裏邊安息去罷。（扶旦行介）姊姊呵！

【南尾聲】片時聚散尋常有，小妹與你是權當萱花會解憂。姊姊和姊夫，不過無端小别，尚且如此悲傷，奴想天下用兵的時節，家室不能相保，那些死别生離的光景，其苦楚又當如何？（合）不知他值離亂的夫妻，悲腸催斷否。

（同扶旦下）

第六齣　約降

（隊子引净、小净、丑、副净上）

【仙吕入雙調】【普賢歌】一聲鼙鼓響春霆，跳出滄溟跋浪鯨。靴踢紙花城，結連草木兵。

肉食諸公還睡不醒。

（副凈）俺總兵徐尚朝是也。（丑）俺軍師胡績是也。（凈）俺前鋒葉應龍是也。（小凈）俺前鋒徐有功是也。（合）請了。（副凈中坐，丑、凈、小凈左右各坐介）（副凈）俺蒙耿王釋囚録用，授以總兵之職，協同胡軍師、兩前鋒領兵攻打浙東。因俺曾爲處協中軍，與那些守城軍弁半屬舊時相識，所過之處，勾連誘結，降了好些州縣，只有那座郡城，急切未下，未識列位有何高見？（凈、小凈）不須將軍過慮，諒這些小城池，兵微將寡，只消末將帶領本部兵馬，奮力攻打，一鼓可下，殺他個鷄犬不留，豈不爽快！（丑）不消將軍虎力，我等自起兵以來，所到州縣，無不望風而靡。目下大兵壓境，闔郡驚惶，守備王自福，懦弱無能，不久必有内變，請將軍静以待之。（二卒押老旦、小丑上）（老旦）十萬虎狼天上落，（小丑）一雙魚雁敵中來。（卒）你這兩個大胆漢子，分明是個奸細。來此已是營門，不免報與將軍知道。（見副凈介）伏路小軍拿得兩個奸細在此。（副凈）綁進來。（卒押老旦、小丑進介）（副凈）咄！何處囚徒，敢來送死，快快從實供來！（老旦）小人陳蘭花。（小丑）小人蕭瞎子。（合）我二人乃處州府守備王自福部下兩個管隊的便是。只因俺主將素仰將軍威名，有心歸順，欲把這座府城獻與將軍，權當進見之禮，先着某等前納款。只望將軍呵！

【風入松】銜枚夜斫蔡州營，試認取降幡片影。聽連珠礮響三更静，少不得開門延請。（副凈）莫非其中有詐？休得訛言掉舌。（老旦、小丑）將軍如其不信，可將我二人權禁後營，且待破城之日，再行發放。現有主將密書可證，請將軍細看則個。這蠟丸書覷之自明，（遞書介）機緣巧，詭計賽陳平。

（副凈看書，喜介）軍師神算，果不出所料也。

【前腔】笑尋常無事養官兵，翻做了區區内應。賦長歌整備天山定，用不着干戈厮併。看出馬三通鼓聲，真兒戲，談笑便功成。

陳蘭花，你且留在營中聽候差遣，事成之後，自有重賞。（老旦）叩謝將軍。（副浄）蕭瞎子，你可回覆王守備，書中所約，彼此依計而行，不得有誤。（小丑）小人理會得。（副浄）軍士們，好生帶他出去。（二卒）得令。（老旦）輕輕遞書札，（小丑）薄薄送人情。（同二卒分下）（副浄）二位前鋒，暗暗傳令各營，整頓兵馬，擇日取城。（浄、小浄）得令。（副浄）衆軍士聽俺分付者！（衆應介）（副浄）

【前腔】你殘雲風卷闖孤城，發聲喊山摇谷應。把銀鎗舞碎梨花影，血浸得游魂酩酊。得了城池，那些金銀玉帛，任從搶掠，權當區區犒賞。如有美貌婦人，須要拿來，供俺自家受用。（衆應介）（副浄）中軍帳無情有情，西施網收個玉娉婷。

（引衆繞場下）

第七齣　題箏

（貼上）曉妝匆促鬢斜籠，（丑上）拋却窗前學綉工。（貼）容易清明時節近，（丑）落花門巷紙鳶風。（貼）喂，妹子。你看淑氣融融，和風習習，好個困人天氣。終日陪着小姐們悶守閨房，把這春光竟孤負了。因此私下偷閒紮得風箏幾個，和你到園中去放他上天，大家灑落一回，豈不是好？（丑）這個頑兒，到有些意興。姊姊，你快去把風箏取來，待妹子到門首去，邀了隔壁張柳娘、對門李花兒，一同去放，索性熱鬧熱鬧，你道可好？（貼）如此，你喚他去，我取了風箏便來。（虛下）（丑向内叫介）柳姊姊、花妹妹在家麼？（老旦、浄内應介）在家裏呢。瑞月妹妹呼喚，有何見教？（丑）我們是個欠亨的老實貨，請免通文。甚麼見教不見教，要同你們放風箏去。（老旦、净上）來了、來了。風箏在那裏？（丑）好急性兒，你看慶雲姊姊手中的不是？（貼取風箏上）（老旦、净）果然好精巧的風箏。（貼）姊妹們都齊了。（各遞風箏介）每人一個，大家放去。（丑）姊姊，這些風箏，都是紥的人物，可有甚麽故事？（貼）我這個是昭君和番，你那個是貂蟬拜月。他們兩個是西施采蓮、楊妃醉酒。（老旦）恰好是沉魚、落雁、閉月、羞花四美人，有趣有趣。（净）世上那些公的，都喜歡美人。你們一般兒是母的，怎生也喜歡美人起來？都像你們這些混帳念頭，難道區區這副尊容，天下竟没人賞鑒的了，兀的不苦煞我也！（哭介）（丑）姊姊不用啼哭，我看古來那些美人，也没有甚麽好處。就像這風箏上四個故事，後來結局，都是可憐。倒不如我們兩個，癡癡蠢蠢，人也没甚喜歡，天也不來計較。將來隨便嫁個老公，落得無愁無悶，過他一生。算來比美人强多哩！（貼）這癡丫頭雖是傻話，倒也有些道理。我們就把這風箏上的美人，編他幾隻鮮花調兒，一路唱，一路放將起來如何！（衆）如此，大家來阿！（且放且唱介）

【小調】西施去采蓮，西施去采蓮。蓮花呀楚楚，相對俏紅顔。聘出了個苧蘿村，花放了長洲苑。平不了個伍胥潮，鹿走了姑蘇殿。

【前調】昭君去和番，昭君去和番。琵琶呀哀愁，彈出了雁門關。生别了個漢官家，夢逐着黄沙斷。死葬了個老匈奴，恨結着青蕪滿。

【前調】好一個貂蟬，好一個貂蟬。黄昏呀拜月，妒煞了玉嬋娟。嫁了那個吕温侯，一對兒神仙眷。破了那個白門樓，一霎裏恩情斷。

【前調】好一個玉環，好一個玉環。侍兒呀扶起，賜浴到温泉。没證據的鵲橋仙，不管你漁陽變。最凄慘的馬嵬坡，剛剩得梨花怨。

（同繞場舞下）（旦、小旦上）

【商調引子】【風馬兒】（旦）夢裏檀郎不當真，醒來何處尋君。（小旦）昨宵微雨醉花魂，不如歸去，杜宇漸催春。

【菩薩蠻】（旦）垂楊芳草傷心碧，（小旦）玉臺鸞鳳嗟飄泊。（旦）離緒剪難分，（小旦）一絲花外雲。（旦）小庭人悄悄，（小旦）静坐焚香好。（旦）心字結成愁，（小旦）纏綿無盡頭。（旦）賢妹，官人出門以後，不覺半載有餘。來書總寄當歸，去夢誰能續斷？杏花有約，忽忽經年；楊柳無情，依依惜别。這一腔鬱悶，教人怎生安放得下！（小旦）姊姊，我想姊夫也是個多情種子，自然不久回來，且自寬懷，安居以待。（旦）賢妹呵！

【金絡索】我青銷鏡裏雲，紅洗奩中粉。一日思量，一日成消損。（小旦）春光明媚，何妨游目騁懷？（旦）浮生幾度春，去如塵，流水三分夢七分。（小旦）這幾日姊夫又該有書信到哩！（旦）便算是游魚江上能傳信，保不定片石山頭欲化魂。茫茫恨，似蘼蕪經雨一番新。（小旦）還是借詩書消遣則個。（旦）寫將來都是愁根，畫將來都是啼痕，勾不盡傷心本。

（貼携風筝上）焚香坐處人如玉，拾翠歸來汗欲珠。小姐和娘子都在這裏悶坐，如此春光，何不出去散蕩一回？（旦）半日不見，你從那裏回來？（貼）剛纔和姊妹們在後園放風筝頑耍。（小旦）好呀，姊妹在此納悶，你們倒去快活，手中還帶着個風筝，難道放的不彀？（貼笑介）小婢看這風筝雖是紮的齊整，只少了幾個字兒，終欠雅致。要求娘子和小姐添上幾句新詩，豈不更好？（小旦）這癡丫頭，倒會想方兒作弄人。待我看是甚麼故事。（接風筝介）原來是個《明妃出塞圖》。這剪裁倒也精巧，題目倒還新鮮。姊姊，你看這風筝呵！

【前腔】游絲蕩夕曛，片影開朝暈。一紙玲瓏，絶妙丹青本。想姊姊這般才貌，蓋世無雙，若與明妃同時，正不知誰瑜誰亮。生難見古人，見今人，真個是生長明妃尚有村。姊姊久不作詩，何不將就題上幾句？好教你畫圖替寫春風恨，只算是環佩重招夜月魂。賡清韻，把從前窠臼盡翻新。就是姊姊的詩篇，人間都已傳誦，只没有傳到天上，如今正好叫他帶去哩。一條絲送上青雲，一篇詩寄與天門，怕上界輶軒問。

（旦）既是賢妹雅興，待愚姊做個原唱，以爲拋磚之引。（貼喜介）這纔有趣。待慶雲磨起墨來。（小旦置風箏桌上介）姊姊不須起稿，就請題在上面。（旦）賢妹，我想明妃一代佳人，生埋異域，好不可憐也呵！（旦題且唱介）

【前腔】身蒙萬里塵，曲譜千秋憤。你彈碎琵琶，去向青天問。可笑當時那些將帥，難道竟無一人可以破敵，必待女子和戎？邊烽照暮雲，甚官軍，大纛高牙避戰氛。明妃呀明妃，我爲你胭脂和淚書長恨，誰信道枕席平戎借美人。（作寫畢介）詩已脱稿，請賢妹點定。（小旦看介）姊姊真捷才也！（念介）（本詩，録四首之一）白悔無金與畫工，紫臺一去類翩鴻。人情大抵多翻覆，只合高寒傍月宫。妙呀！纏綿凄婉，感生言外，何憂思之深也！（旦）悲紅粉，狼烟堆裏葬羅裙。月荒荒一騎秋魂，草茫茫一抔秋墳，鑄錯了鴛鴦印。

（丑急上）忙將流寇信，報與美人知。小姐們，禍事到了！（旦、小旦驚介）甚麽事，大驚小怪？（丑）方纔送張柳娘、李花兒到門首去，只聽見街坊上人紛紛傳説甚麽耿王造反，差一個姓徐的將官殺到浙東温處地面，破了好些州縣，連那座處州府城，已都送與賊手。看來此間也保不住，小姐怎生主見？（旦、小旦）哎喲，這便是如何是好！

【前腔】憑空起陣雲，忽地來邊信。萬緒倉皇，急切難安頓。(小旦)事在危急，姊姊不如同了妹子逃往嘉興去罷。鴛湖且泛春，避秦氛，尋取桃花好問津。(旦)先人廬墓所在，爲姊的誓當死守家門。况官人遠出未歸，亦須等他回來，再圖長策。此間危地，妹子不宜久留，即當僱船送你回去。只望你干戈早脱魚龍陣，只怕我金粉難留蛺蝶裙。(同掩泣介)(旦)妹子，快和你收拾箱籠去罷。(携小旦手介)我與你今後呵！(合)腸迴寸，似風箏綫斷去無根。未分離已是傷神，便生離已是消魂，况後會難憑準。(旦、小旦下)(貼)喂，好妹子，千萬央求你家小姐，若是回去，帶挈我們一同逃難才好。(丑)這都是你不好，甚麽昭君和番不和番，如今果然反來了，且看你做個昭君！(取風箏介)喏、喏、喏，這就是你的小照，明兒我送你和番去。(貼啐介)你去罷！(丑)你喜歡美人，這就是美人的榜樣，你去、你去！(諢下)

第八齣　遣援

(末戎裝上)五花寶馬七星刀，(小生挂鬚戎裝上)同向春風挂戰袍。(末)絶塞功名思衛霍，(小生)中軍籌畫仗蕭曹。(末)俺衢州鎮總兵李榮是也。(小生)俺副將陳世凱是也。(合)請了。(末)我等奉總督李大人之命，檄調前來。不知有何將令，只索轅門伺候。(暫下)(隊子、中軍引外上)

【仙吕入雙調】【二犯江兒水】妖氛如瘴，掃不盡妖氛如瘴。籌邊樓上望，算瘡夷滿地，慚愧封疆。爲憂時愁鬢蒼。下官李之芳，今因耿逆倡亂，徐尚朝兵犯浙東，温處州縣相繼失陷，已檄調總兵李榮、副將陳世凱帶兵前來，相幾援剿，敢待到也。(末上)鳶肩飛食肉，(小生上)馬革誓捐軀。(同進見介)大人在上，末將打恭。(外)二位將軍少禮。(末、小生)大人鈞令，有何差遣？(外)賊將徐尚朝舉兵犯浙，屢陷城池。目下敵勢方張，大兵未集，特邀公等前來協同援剿，以防滋蔓。夙知二公忠勇，須索努力一行者。整備射天狼，男兒氣激昂。用箭須長，擒賊須王，褒公鄂公鬚戟張。付你令箭二枝，即日領兵赴援，須要小心。（末、小生）得令。（外）眼望捷旌旗，耳聽好消息。分付掩門。（下）（隊子、中軍隨下）（小生）賊兵勢大，將軍當以何策破之？（末）那徐尚朝犯浙以來，未逢勁敵，將驕兵惰，視若無人。若我等并力向前，其鋒必挫。（小生）將軍所見極是，定當決一死戰。（同向内介）衆將官各各嚴裝飽食，隨俺出征者！（内鬨應介）（末、小生）英雄一雙，試看取英雄一雙。龍城飛將，試看取龍城飛將。要顯的老南雷百倍强。

（下，副净、净、小净戎裝領兵上）

【前腔】沿途劫搶，一處處沿途劫搶。骷髏隨意葬，有愁蕪恨草，替你收藏。舊河山新戰場。（副净）俺徐尚朝，奉耿王之命攻打浙東，誘降了好些州縣，以軍功陞授都督。現聞李總督差了總兵李榮、副將陳世凱前來迎戰，左右誰與俺擒此二將？（净、小净）末將願往。（副净）須要在意。俺統大兵隨後接應便了。（衆合）戰鼓急漁陽，旌旗蔽日光。水泛扶桑，火焰昆岡，殺得他神號鬼啼聞上蒼。（同下）（末、小生各領兵上）前面已是賊營，衆軍士奮勇殺向前去！（衆喊殺，净、小净領兵上，迎戰介）（净、小净戰敗，末、小生追下）（副净領兵上）前面喊殺連天，不知勝敗如何？（净、小净逃上，見副净介）哎唷唷，了不得！來將凶勇，不能取勝。（副净）有俺大兵在此，待他追來，和你混戰一場便了。（末、小生追上）（净、小净接戰，末殺净，小生殺小净介）（副净引兵混戰，敗下）（末、小生追下）（副净引敗兵急上）敗了、敗了！用兵半年，未逢勁敵，不想今朝碰着兩個魔王，傷我兩員大將。只索退守老營，與軍師商議。且待添兵益將，再圖進取。衆將們，快走、快走！（同奔下）（末、小生引兵上）賊已遠遁，其勢尚盛，未可窮追，就此收兵回營去者。兵雄士强，一個個兵雄士强。鐃歌聲響，一個個鐃歌聲響。待救取衆生靈脱虎狼。

（下）

第九齣　别素

（旦引貼上）

〔北中吕〕【粉蝶兒】春斷驪歌，萬重愁亂山堆垛。玉臺人已悵離多。不情風催夢雨，更攪散素心花朵。恨茫茫瀉淚成河，急煎煎送行如火。

奴家自從夫婿遠游，已是迴腸百結，虧了素聞妹子閨房相伴，權度愁年。不意寇焰猖狂，鄰封告警。這裏永康地面，本無城池可守，且係金、處要道，危在旦夕。奴家生爲徐氏婦，死爲徐氏鬼，斷難輕去其家。只是素聞妹子客居在此，豈可同遭不測？正待打點送伊回去，恰好他家中差人來接，今日整備送行。你看素妹淚眼盈盈，早則出來也。（小旦引丑上）

【南泣顔回】隨意畫雙蛾，兩點愁痕烟鎖。吟詩留别，邊聲忽入悲歌。谿橋細柳，送行人一任花顛簸。莽分開紅粉連枝，怕回看赤眉戰火。

姊姊，妹子今日回家，任姊姊獨居危地，其實放心不下。不如同去，暫時躲避的爲是。（丑）好呀，大小姐同去熱閙熱閙，等這幾個毛賊殺退了，依舊同來，豈不是好？（貼）娘子，你看左近人家，都要整備逃難，不要太拘執了。（旦）你們那裏知道！賢妹，你只顧放心前去，設有不測，爲姊的自有主張，無須過慮。

【北石榴花】難爲你意拳拳相約泛烟波，争奈是夫婿渺關河。俺這裏生生死死且由他，浮生原是寄，瘦骨尚堪磨。但願你順風吹，但願你順風吹，行裝水陸都停妥。平安信息，早來聞我。若是官人回來，同舟奉訪也未可知。只待的阮郎歸，只待的阮郎歸，或買個桃源舸。但未識將來身世竟如何。

（淚介）（小旦同泣介）姊姊，奴與你耳鬢厮磨，愛逾骨肉。今日亂離分手，後會何時？兀的不痛殺人也呵！

【南泣顔回】歡娱歲月易蹉跎，不是分離還可。伯勞西去，東飛燕子如何。未來已往，一椿椿事向心頭過。有情人知已無多，可憐人别恨偏磨。

（旦）萬緒茫茫，一時從何説起？倒不如早些分手，也免的挂肚牽腸。瑞月，你小姐的衣服箱櫳可曾交付停妥？（丑）已交付我家來人安放停妥了。（旦）如此，備轎伺候。（丑）轎子即刻就到。（小旦）姊姊，妹子去後，倘或寇焰日深，兵火之中，難分玉石，姊姊務須見幾而作，切勿勾留。（旦）賢妹，瓦全玉碎，事有前因。泰山鴻毛，思之已熟。想今後呵！

【北上小樓】倘遇着星星的見明火，便做個飄飄的天上娥。注定俺長恨如河，苦運如荼，薄命如羅。只留些剩墨零香，只留些剩墨零香，殘詩碎錦，斷腸功課。問身後誰人憐我。（大哭，衆同哭介）（小旦）事不至此，姊姊且免傷心，再圖良會。（旦）賢妹此行，無可爲贈，只有迴文鏡箔一方，是奴親手所織，名曰《同心梔子圖》。其間詩句，縱横往復，讀之皆可成文。從前原是寄懷賢妹而作，只因鱗鴻無便，留至如今。物雖不珍，聊申别意。（出鏡箔遞小旦介）燈頭簾底，如念舊人，將此展玩一番，（嗚咽介）就算我姊妹相見之時了。（小旦展箔介）姊姊才逾蘇蕙，贈比隋珠，自當懷袖珍藏，爲異日相逢之券。看這鏡箔呵！

【南撲燈蛾】羡迴文聰明絶世無，問同心團圓甚時可。情切切一絲循環引，意綿綿繭衣絨唾。影輝輝芳心共照，碧沉沉鏡水莫生波。灔生生妝臺展玩，思迢迢推開明月憶嫦娥。(副净老家人上)邊愁生畫角，離夢隔蒼山。(見小旦介)僕夫候久，請小姐早些起程罷。(旦)賢妹，現值用兵之時，一路早行早歇，務須格外謹慎，勿再流連，就此送行哩！(小旦)姊姊，再四催逼，只得告辭了！(同泣拜介)(丑)姊姊，我那個風箏，你替我收着，明年還要來放哩。(貼)虧你硬心腸，丢着我們真個去了。(同丑哭介)(旦)

【南尾聲】從今單剩凄凉我，(小旦)我九曲腸如織錦梭，(作出門上轎介)妹子去也！(旦)前途珍重！(合)還只怕滿地烽烟音信左。

(旦引貼，小旦引丑、副净，各掩淚分下)

第十齣　旅病

(小丑上)【如夢令】房屋時時打掃，酒飯般般公道。迎送往來人，各樣形容討俏。休笑、休笑，見了銀錢便好。自家招商店中一個小二便是。前幾日有個姓徐的秀才，帶了個老家人來此安歇，不想忽然病了，不能趲路。連日未見輕鬆，今朝天氣晴和，且唤那老頭兒扶他出來，也好散蕩散蕩。(向内介)喂，老人家，這般好天，也該請你相公外邊來散散心兒。終日睡在房中，可不悶壞了？(末内應介)店家説得是，待我慢慢地扶他出來。你有買賣，不消在此照顧。(小丑)如此，你小心些。正是：易看春色老，難遣旅人愁。(下)(末扶生病裝上)相公看子細。(生)

〔南吕過曲〕【一江風】夢飄零不許絲魂定，非睡還非醒。（伏案坐介）我徐明英，自與娘子分手出門，幸多説項之人，權作依劉之計。棲身蓮幕，不覺經年。近聞耿精忠倡亂閩中，連兵犯浙。前與娘子戲言，曾經慮及此變。因而急急打點回家。不想行至中途，陡然患病，狼狽萬分，只得暫留客店將養。無奈數日以來，漸加沉重，這便如何是好！（末）相公畢竟是何病原？（生）咳，旅遊人一半風霜，一半是傷心症。（末）相公呵，憐伊太瘦生，憐伊太瘦生。但寬懷，病自輕，切不可無事尋悲哽。

（生）蒼頭，我娘子寄來的那些詩札，你隨便取一封來，待我展閲一番。（末）相公病體，還該静養些兒，等好了再看罷。（生）我心中煩悶，借此消遣，你快去取來。（末取書付介）相公，詩札在此。（生展看介）這是首五言律句。（念介）（本詩）落葉颼颼裏，秋燈怯影單。此時瞻遠道，愈覺路漫漫。風雪貂裘敝，關山馬足寒。朦朧憐淡月，兩地但同看。（淚介）你看，情真語摯，無限悲腸，使人讀之酸鼻。哎喲，娘子呵！

【前腔】你字零星淚共脂痕凝，只望我歸期定。悔當初不合輕離，苦了你紅顔命。（末）相公何必悲傷，等病好些，便可回家了。綿綿兩地情，綿綿兩地情。盼團圓，月漸盈，不到得鸞飄鳳泊萍和梗。

（生）蒼頭，我昨夜三更，忽得一夢。（末）夢見些甚麽來？（生）我夢到家中，正和娘子看那樓前的杏花，忽然一陣狂風，把這杏樹無端吹折。想我正在病中，得此惡兆，多分是凶多吉少。（末）自古道日有所思，夜有所夢。這是相公繫念家中所致，不足爲準。（生）蒼頭，你那裏知道呵！

【綉帶兒】這瓊林種，是年時管領，當初親手栽成。倚妝樓，點染東風，似我伉儷娉婷。今乃憑空摧折，顯係不詳之兆。分明，五更斷送春夢影，活現出銷魂情景。（泣介）（末）相公休得傷感。事迷茫何曾有憑，或者要倚雲開，是登科先證。

（外、小生難民上）（外）願爲太平犬，（小生）莫作亂離人。一路奔波，好生勞頓。這裏有座客店，權且投宿，明日再行。（外）説得有理，一同進去。（叫介）店家有麽？（小丑上）來了、來了。今朝生意好，又有客人到。二位客官何來？（外、小生）我們是處州逃難來的，特來投宿。（小丑）上房俱已住滿，只有一間堆柴草的小屋子，不便有屈。（外、小生）我們落難之人，將就些也就罷了。（小丑）既如此，待我去打掃乾净，方好進去。（外、小生）快些、快些。（小丑應下）（生）呀，蒼頭，你聽外邊人語嘈雜，都是同鄉聲口。他説處州逃難來的，好生惶惑。你快去請他進來，問個明白。（末應，出見介）二位客官，可是處州來的？（外、小生）正是。（末）如此，我們也算鄉親了。俺家主是個永康縣秀才，病在裏邊，方纔聞得諸位言語，有話動問，特來相請。（外）既是同鄉，就見見何妨？（末）勞動了。（外、小生）好説。（隨末見生介）客官問訊了。（生）賤軀抱病，恕不奉揖。敢問府居何處，因甚逃難至此？（外、小生）鄉親，你還不知麽？現在耿逆造反，遣徐尚朝攻打浙東。温處一帶，失陷無數州縣，連這處州府城都已送掉。賊兵到處劫掠，百姓大半逃亡。我們都是處州人氏，只得棄家而走。（生驚立，復倒坐，末扶住介）（生）哎哟，有、有、有這等事？這還了得！那些守城將士何在？（外、小生）你還説腐話哩！

【前腔】承平日，看駿馬高車馳騁，誰知無益蒼生。遇烽烟，未戰先逃，賊來但有空城。（生）我那永康地面，可能保得住麽？（外、小生）我們逃的時節，貴縣尚然無恙，只是賊焰方張，大勢必不能保。刀兵，疾風掃葉來勢猛，便直到金華不定。（生驚哭介）不、不好了，唬死我也！（小丑内叫介）請二位客人這裏安歇。（外、小生）行路辛苦，且將養則個，少停再談罷。（拱手急下）（生）蒼頭，聽他説來，我家斷然不保。

（大哭介）哎喲，不知娘子如何結果，兀的不痛殺我也！倉猝裹漁陽鼓聲，怕做了石濠村的夫妻行徑。（哭暈介）（末扶生，叫介）呵呀，相公醒來，身體要緊。（生開眼斜視，作欷歔介）蒼頭，我這夢兒真個要應驗了。咳，這、這都是自家不好，平白撇了娘子出門，如今遇着亂離，彼此不能相顧。（哭介）都分是不能相見的了。（末淚介）（生）

【三學士】我一寸肝腸百寸迸，天涯憔悴殘生。那日娘子送我出門，百般難捨，不想竟成長别。只怕我捐軀先向泉臺等，料得你同穴還尋地下盟。我那娘子呵，活着分離身後並，千秋恨換取萬古情。

（末）相公不必過慟，或者傳聞太過，也未可知。

【尾聲】謾傷情，聊安命，還是扶到房中去養息養息，且待病好再作道理。（生）怕連枝花影各飄零，（合）怎能得倒瀉銀河洗甲兵。

武林李光溥儉才評文
海鹽黃燮清韻珊填詞原名憲清
錢塘瞿傳鼎頤齋、仁和余炘朗齋正譜

卷下

第十一齣　慟訃

（旦引貼上）

【越調過曲】【小桃紅】冰奩如月照相思，灑不盡無聊淚也。我畫樓孤憑，玉郎歸信尚無期。愁命運，各樣酸悽。我吴絳雪，自與素妹話别，日日想望官人回家，誰知一月以來，竟無音信。目下温處各屬，俱遭兵亂，這永康朝夕不保。想官人與我那樣恩愛，難道竟把奴家丢掉不成？（淚介）看着這陣雲飛，羽書馳，亂離人知道生和死也。問誰來勉强留伊，難道是杜鵑聲偏不向客中啼？

（貼）娘子，你昨夜睡夢之中忽然喜笑，醒後依然嗟嘆，却是爲何？（旦）咳，那是癡夢。接到官人書信，説道即日回家，與我商量退兵之策，保全闔邑生民，你想好笑不好笑？（貼）官人去後音信不斷，近日必然聽見浙東寇信，已經料理回家，所以連信都没有了。

【下山虎】匆匆行李，星夜奔馳，定作還家計。魚沉雁遲，待面訴衷腸，何煩書紙？（旦）慶雲，我這幾日來心驚肉跳，坐卧難安，教人好生惶惑。（貼）這是娘子憂愁所致，别無他故。你心病還將心藥醫。娘子不要納悶，且和你門首去望望，或是官人今日回來，也説不定。兩處愁誰與寄，一處愁他未知。

（同旦行介）芳草門前地，當初餞離。（合）但願你緑送歸鞍慰所思。

（同下）（末急行上）走呀！

【五韻美】兩登程，單回里，悲腸糾葛無從理。看故園山，點點恨中起。天有不測風雲，人有旦夕禍福。我家相公在中途得病，指望他漸漸痊好，回轉家門，誰知醫藥無靈，（頓足哭介）哎喲，竟爾不起。老奴只得將後事料理完畢，須索趕回家中，報與娘子知道。（行介）我那相公呵，你歸來夢裏，怕驛路迷茫難記。顏年夭，廣數奇，何不把無用衰奴，替他一死。

來此已是家門，待我扣他幾下。（扣門介）裏面有人麽？（旦引貼上）這不是官人去的路麽？

【五般宜】前日個送行蹤，院花亂飛。今日個尋去迹，樹鴉亂啼。（末又扣介）快些開門！（旦）呀！誰到此剥啄響朱扉？外邊何人扣門，快去看來！（貼）待我開門看去。莫不是千喜萬喜，那人歸矣。葳蕤未啓，先來問你。是那個敲門？（末）是我蒼頭回來了。（貼開門，喜介）果然回來了！這真是想不到的機緣，巧相逢行旅至。

呀，相公在那裏？（末）呀，主母在那裏！（貼）那邊站的不是麽？（末見，叩頭介）主母在上，老奴萬死！（旦）蒼頭來了，爲何如此慌張？相公怎生不見？（末）哎喲，主母，不好了！（旦、貼驚介）便怎麽了？快快説來！（末）相公出門後，從前的事，家信中自然明白。（旦）這就不用説了，後來便怎麽？（末）後來相公聞得浙東寇警，就和老奴急急打點回來。

【山麻稭】忙檢點，歸鄉里。恨不得插翅飛行，火急星馳。（旦、貼）這就是了。（末）不料行至中途，忽然患病，好生狼狽。（旦）就該尋個寓所將養才是。（末）難醫，可憐他沈郎逐漸腰支細。那病勢正在沉重，不想剛剛來了一起處州的難民，說是此間各處俱遭兵劫，這永康地面斷然不保！我相公一聞此信，又驚又痛，好生憂急，那病就越發危篤了。竟撇了人間身世，天涯主僕，夢裏夫妻。（哭介）可憐病不上數日，竟、竟是歸天去了！（旦驚慟介）哎喲，痛死我也！（哭暈，貼泣扶介）娘子甦醒！（末搔首無措介）不、不、不好了！這便如何是好？主母，你是使不得的，快快醒來罷！（旦醒，哭介）哎喲，我的官人呵！（低唱介）

【黑麻令】俺與你魂依夢依，誰信道生離死離，盼不到星期月期。只指望舉案相莊，翻做了眉齊恨齊。罷、罷，人生到此，還有何望？不如捨却殘生，了此苦命！（欲撞死，貼哭扶介）娘子不可如此！（末）哎喲，主母啊！相公身後奉祀無人，况且靈柩尚未歸葬，還求主母保重，撐擋大事才是，切不可造次輕生！（旦）說甚麼無兒有兒，不能㝅聞伊見伊。便從今哭倒長城，還怕有神啼鬼啼。

相公靈柩現在何處？（末）還在店中安放。（旦哽咽介）明日將我衣飾折變，作爲路費，你可速速前去，扶歸安葬。（末）老奴理會得。（旦）蒼頭呵！

【江神子】你不肯同他活着歸，還望你死後扶持。剩下的斷腸零墨殘詩，并淚痕洗過的舊征衣，都要細細檢點，不可遺失，要各件當生還料理。

（同哭）（末泣應介）老奴一一領命，明日就去便了。（貼扶旦介）娘子，我扶你裏邊坐去。（旦哭介）我那官人呵！

【尾聲】絲魂飄漾知何地，待翦紙招他來祭，（同哭介）（旦）且守着未破的危城權時等待你！

（同泣下）

第十二齣　寇逼

（卒子丑引副净上）

〔越調過曲〕【水底魚兒】陷陣摧鋒，區區第一功。凌烟閣上，將來畫喜容，將來畫喜容。

俺徐尚朝，自從浙東進兵以來，所過城池，摧陷無數。叵耐這李總督，遣將李樂、陳世凱，前來救援。與他決戰，倒反折了一陣，傷我兩員大將。現在集兵五萬，再整軍威。一面遣蕭瞎子攻打縉雲，陳蘭花攻打宣平；一面請馮公輔帶兵協助。等他到來，共議進兵之策。（丑）今日袖占一課，乃是猛虎出林，馮將軍敢就來也。

（卒子引净上）

【前腔】合戰連攻，兵來草木風。兩蛟共穴，波濤起萬重，波濤起萬重。

俺馮公輔，耿王授爲總兵之職，命與徐尚朝合兵進取。來此已是營門，軍士們通報。（卒禀介）馮將軍到！（副净）快請相見！（同丑迎見，净照常施禮畢）（副净中坐，丑、净東西坐介）（净）現聞朝廷調遣大兵前來征剿，未識將軍怎生迎敵？（副净）將軍有何高見？（净）末將一介武夫，還請軍師從長計議。（丑）竊聞用兵之道，先占地勢爲上。此間離金華府城不遠，距城一舍，有座積道山，拾級六百五，折行三十七，乃是天生險隘。若得移營山上，周圍環以木城，安置礟石，列兵屯札，退可以守寨柵，進可以取府城。好在登高視下，敵之虚實瞭然，雖有雄兵，急切難近。此以守代戰、以逸代勞之計，未識二位將軍以爲何如？（副净）軍師所見極是！且待蕭瞎子、陳蘭花回來，着他引兵前導，一同進發便了。（小丑、老旦上）

【前腔】畫鼓三通，沿城戰火紅。無分玉石，消磨一網中，消磨一網中。

（入見介）某等奉都督將令，攻陷縉雲、宣平，特來繳令！（副浄）記功候賞。你們所掠金銀婦女，共有多少？（小丑、老旦）金銀倒還有些，那婦女都已逃光，剩下的俱是老醜不中用的，故而没有擒來。（副浄）這都是你們屠戮太過，致令望風先逃。得了空城，也是没趣！如今定下軍令，所到之處，若能供獻美人，便不許妄殺百姓。一則是騙他幾個婦女，二則也是收拾人心的方法。與我傳令各營，違者軍法從事！（老旦、小丑）得令！（副浄）現擬移營積道山上，不知從那條路進兵？（老旦、小丑）永康是個要道，不若順勢先取永康，然後次第進發。（副浄）如此，就命你二人引兵前道，一同拔寨起行者。（衆鬨應，各行介）（合）

【前腔】疾卷長虹，營移萬馬風。桃花谿上，誰入劫數中，誰入劫數中。

（同繞場吶喊下）

第十三齣　紳鬨

（外、小生、貼、小旦、雜扮男婦急奔上）哎喲，不好了，快逃命呵！（合）

【中吕】【四邊静】脚根無綫隨風旋，不敢回頭戀。各樣盡丢開，殘生且逃免。（外）我等都是永康縣中的百姓，可恨賊將徐尚朝領兵數萬蜂擁而來，唬得我們家室不能相保，好不可憐！（衆）聞得李總督時時遣將救援，爲何賊勢這等猖狂？（外）現在温處各路俱有賊兵，官軍顧此失彼，總得朝廷大兵合剿方能撲滅，我們只得暫時躲避爲是。（衆）如此，快走呵！（合）淚兒花濺，命兒草賤。死别亦尋常，生還再相見。

（同奔下）（末補服，雜門子隨上）

【前腔】河陽本是栽花縣，甚方兒可防變。兵吃太平糧，官守刑錢卷。下官永康縣令是也。寇兵突至，合境張惶。那些城守兵丁，本是糧浮於額，亦且寡不敵多。下官死固當然，可憐百姓何辜，同遭荼毒。因此思量無計，只得邀請地方紳士，共議退兵之策。（嘆介）咳，文臣武弁，恩深報淺。無策撫瘡痍，沾巾淚空泫。

左右，紳士到來，即便通報！（雜）是！（净、副净、丑、小净袍挂摇扇擺踱上）

【前腔】從來見慣官場面，儀貌無須演。頂帶想頭銜，姓名看京片。（副净）俺趙得璜。（净）俺錢有神。（丑）俺孫小侯。（小净）俺李伯清。（副净）我等俱是本地數一數二的紳士，不但永康縣裏推尊，兼且百家姓上高座。今日縣中請我們議事，來此已是宅門。（叫介）門上有人麽？（雜）是那個？（衆各出帖介）名帖在此，相煩通報。（雜）請少待。（轉稟介）啓太爺，衆紳士拜會。（末）説我出迎。（雜）太爺出迎。（末接見副等，打恭，作趨蹌介）（照常施禮畢）（末）列位請坐。（衆）不敢。老父臺請。（末）休得過謙，坐了好講話。（衆）如此，告坐了。（分賓主坐介）（衆）父臺呵！多時不見，好生記念。屢欲問台安，非公不至偃。（末）無事不敢有勞。只因賊兵犯境，勢甚危急，特請諸公到此，共籌良策，以救蒼生。不知有何見教？（副净）區區的老祖宗在宋朝做了皇帝，何等威風！後來遇了金兵，與他厮戰不過，畢竟講和了方罷。據學生看來，到底守家祖成法，以和爲上。（净）請教怎生和法？（副净）

【前腔】營門納款把將軍見，叩請開方便。牛酒犒諸軍，殺掠庶幾免。（净摇手介）不中用。（副净）怎見得？（净）送些禮物就想退兵，那裏這等容易？（副净）據你怎麽説？（净）區區這個賤姓，世上無人不喜。俺老祖宗當初做了吴越王，連死過的劉伶，也改了個金姓，無非是艷羡敝姓，就是附庸半邊也好。

如今若要講和，必須多送錢財，方纔有濟。母錢成串，子錢休算。君不見有錢笑口開，無錢英氣短。（丑摇头介）非也。公等長人志氣，滅盡威風。學生的老祖宗行者公，他從水簾洞出來，仗着一條棍棒，就是那些天兵也要和他厮殺一場。諒這幾個毛賊，有何本領，值得那樣懼怕？

（丑）主戰。（小净）請。（丑）請那裏去？（小净）請戰去。（丑）點兵來。（小净）兵有百餘名。（丑）將呢？（小净）將無兩三個。（丑怕介）這是學生的性命要緊。（末）李兄高見如何？（小净）學生的老祖宗是個唐明皇。他年少時節好不英明，後來寵了楊玉環，天下大事一概不管，幾乎把兩京都丢了。如今看那徐尚朝，也是個好色之徒，他定下一個軍令，説是所到之處，如能獻出美人，免其屠戮。何不將計就計，送些美人與他，倒可救得一方之厄。父臺呵！

【前腔】毫毛拔去虚空變，跑馬雲中戰。這五萬賊頭顱，看來草一半。不須一箭，只消一件，婦人在軍中，兵氣自然散。

（末）此計從權應變，還可勉强而行，只不知那裏尋取美人？（副净）這倒不消愁得。現有一個才貌兼全，説出來是無人不知的。乃本縣秀才徐明英之妻，姓吳，小字絳雪，現在新寡。若得此人獻去，必然濟事。（净、丑拍手介）果然不差，真是有一無二的美人，我們也正想着他哩！（小净）只是聞得此人性情有些古怪，他孀居以來，屢屢尋死覓活，只怕未必樂從，還得添上幾個二三等的婦人同去才是。（副净）這個不難。我們明日備上轎子，一同到他家中。若是允從便罷，倘或堅執不允，我們人多手多，捆也捆他出來，不怕他插翅飛去。（末）此事其實於心不忍，如今要救取一方百姓，只得權從所議。事不宜遲，就請諸公作速前去。（衆）如此，某等告辭了。（末送介）請。（衆打恭别介）父臺請。（同出介）（末）忍將紅粉投魑魅，欲把蒼生脱虎狼。（引雜下）（副净）天色已晚，我等各自回家。明日一早，同往徐家便了。（衆）正該如此。（合）

【前腔】桃花休把東風怨，命薄知難免。辛苦賊中來，省識畫圖面。（小净）這樣妙策，若是退得賊兵，我們還該得保舉哩！（合）奇才應變，須叨恩典。請看衆鄉紳，賢於師十萬。

（作得意態，同下）

第十四齣　迫和

（旦素服上）

【三疊引】癡魂已化形猶在，各樣教人没奈。一死忍須臾，因旅櫬歸遲稍待。

奴家與官人那樣恩情，不合放他遠出。只道韶年正永，後會方長。（悲介）哎喲，萬不料一送登程，竟成死别。現因後事未畢，尚滯殘生。前日打發蒼頭扶柩歸葬，此時還不見到來。咳，這些流淚光陰、斷腸世界，教人怎生活着呵！

【三仙橋】已斷同心寶帶，活團圓不能再。誰知死後，尚程途阻礙。况賊兵正勢大，倘若是殉烽烟，等你歸得，我未必在。更誰與葬屍骸，又無兒可交代。前日雖與族中妯娌乞得一子，立爲夫嗣，只是尚在襁抱，知他將來能否成立！（哭介）我那官人呵！俺與您好夫妻今生運乖，便到了冷泉臺，還要把傷心淚灑。一般是可憐人，只恐怕吴絳雪苦命的連害。

（場上設枯樹）（旦）庭前有株杏樹，是官人親手所種。從前花開的時節，對着他賦詩飲酒，好生歡暢。自官人出門以後，奴家時常撫玩，只當見了官人一般。如今物在人亡，此樹更應珍惜，不免到庭中去一看。（見枯樹，驚介）呀，連這杏樹都忽然枯死，教人好痛心也！（悲介）

【前腔】一枝春曾受兒夫灌溉，也想着從前恩愛。知道你雨中魂江南不歸，倚墻頭怕蝶蜂浪採。把情根痛楚壞，逐漸的成憔悴，憔悴得枝枯葉改。料定你從此不須開，隨郎到夜臺，慚愧我紅顔尚在。（大哭介）杏花呀杏花，你結子便酸懷，猶剩個萌芽替代。只要得栽培起，總是你親生，不似我吴絳雪别移來的支派。

（貼急上）忙將意外事，報與可憐人。娘子，不好了！外邊來了一起鄉紳，説是本縣太爺着他前來，有要事面見娘子，慶雲攔阻不住，一鬨都進來了。（旦驚介）這是什麽緣故，好生奇怪！（副浄、浄、丑、小浄同上）走呀！行行去去，去去行行。這裏是上房門，一同進去。大嫂，奉揖了。（旦）列位何來？這等倉猝。（衆）賊兵壓境，無策可退，我等奉本縣太爺之命，要請大嫂出去，救取合邑生靈。（旦）呀，這是那裏説起！

【前腔】恁道是滿眼的蜂屯蟻寨，不忍見生靈被害。臨危制變，做男兒大事須擔戴。我是個女流，有甚用處？不過是未亡人將死耐。（丑）老實説罷，只爲你才貌出群，一時無兩，賊將徐尚朝指名要你，若把大嫂獻了出去，他便禁止殺掠。（衆）故而我等同來奉屈，須索走遭。（貼驚哭介）這事如何使得！（衆）不要你多嘴，還請大嫂三思。（旦冷笑介）原來是這個擺佈，笑群公衮衮，臨陣無將才。認了個匪寇的婚姻，教人將難解。（浄、副浄）大嫂若然不去，那賊將何難行凶劫搶？倒反苦了一方百姓。（小浄、丑）是呀，還得看他百姓分上才好。（旦）便不去也没人將奴遮蓋。罷、罷，既是爲了一人，殃及百姓，我就拚着這條苦命，挺身前去何妨！（衆）好呀，大嫂此去，是合境感戴的！（貼哭介）娘子，這是斷斷去不得的！（旦）便去不妨，我自有道理。你在家中聽信便了。（貼大哭介）（衆）大嫂既肯前去，事在危急，門前備有轎馬，只索同行。（貼牽旦衣哭介）娘子不去的好！（旦）事已如此，不必留戀。有一句話囑咐你，須要記着。（貼哭應介）（旦）我夫婿骸骨倘歸來，要築個鴛鴦冢待。（衆）大嫂，我們快走罷。（貼牽旦衣不放介）（旦欲行，回顧介）慶雲呵，做了你紙鳶兒斷綫去的明妃，算畢了吴絳雪一世的業債。

（衆推貼倒地，擁旦下）（貼哭叫介）哎喲，我那娘子呵！

【風帖兒】平地風波，將人陷害，萬古千秋把恨淚灑。我想娘子此去，决然守正不污，眼見得送了性命。你看這庭前枯杏，便是先幾之兆了。可憐人命花枝同日壞。娘子呵，你何處將屍解，等今宵夢裏來。

（哭下）

第十五齣　墜崖

（净上）新式花枝插兩旁，東塗西抹學時妝。（老旦上）今朝青鳥傳軍令，昨夜紅鸞照戰場。俺李花兒。（净）俺張柳娘。我二人同在本地後塘街居住，都是徐家的近鄰。今日徐家嫂子前去和戎，好個知縣太爺，要把這美人計，救取一方百姓。不想連我這兩品都挑選上了，也陪着徐嫂子一同前往。難道我們也算個美人不成？（老旦）看你面似榴花，眉如桃葉，儘堪充得一頭。（净）就是你腰柳十圍，翹蓮六寸，亦不可妄自菲薄。（老旦）休得混説。你看徐嫂子早策馬來也。（雜二卒引旦策馬上）

【北黄鐘】【醉花陰】百折千磨事完了，苦塵寰從今休到。（净、老旦迎見介）嫂子來了，我們一同前去，好不熱鬧哩！（旦）你待往森羅殿奈何橋，去尋他快活逍遥。怎知俺孤飛鶴向雲表。（净、老旦）想是你騎馬辛苦，故而要想飛去哩！（雜）前面有個驛亭，且去下馬歇息則個。（旦）可知俺苦命不堅牢，還有甚好流連怕丢掉。

（作下馬，坐介）（儀從引小生、末扮文武官上）

【南畫眉序】敵壘影芳郊，地僻無城戰兵少。嘆干戈力薄，粉黛功高。（見旦介）美人前往和戎，我們特來送別。幸留下望夫山怨女殘魂，還望你背水陣將軍捷報。君不見玉門關外生青草，終有個後人憑吊。

（旦）列位呵！

【北喜遷鶯】不煩你旁觀嗟悼，也不用別語嘮叨。煎也波熬，有涯生今番可了。（末、小生）敵將見了美人，必不忍憑空加害。（旦）禁聲！恁道是留戀絲魂未肯銷，怎知俺脚跟兒立的牢，不是那望風驚倒。（末、小生）美人此去，可有甚言語囑咐？（旦）奴有甚言語呵！但願你亂離時正氣休摇，但願你太平時元氣重調。

（末、小生）前途保重，我們回去也。（引儀從下）（外、丑、小旦、貼扮男婦百姓上）

【南畫眉序】何必守城濠，有了佳人便堪保。（外）我等都是本地居民，賊兵殺來，眼見人亡家破，幸得徐家娘子前去和戎，可免刀兵之劫。這是合邑的恩人，大家同去叩送則個。（衆）正該如此。前路不遠，快趕一步。（合）望垂楊影裏，憔瘦纖腰。（同見旦，泣介）我那恩人呵！　難爲伊胭脂淚灑向蒼生，只怕你環佩魂歸來朱鳥。（旦）一人苦楚全城好，還望您他生壽考。

（同泣介）（旦淚介）列位不用傷感，念奴家呵！

【北出隊子】生就這傷心容貌，難爲你路旁人也將清淚抛。不能彀金山戰鼓手中敲，强逼做銅爵春深鎖二喬。（同哭介）（雜）不要哭了，恐怕主帥等久，快快上馬走罷。（净）哭他怎的，到那裏做了個壓寨夫人，還該笑呢！（老旦）你休要緊，我們扶了嫂子上馬罷。（旦上馬欲行介）列位請自回去。（外衆）我們還該送幾步哩！（旦）列位這等難别，可憐我骨肉無人送一遭。

（策馬下）（衆隨下）（兵從引副净上）

【南滴溜子】烟塵裏，烟塵裏，榴花艷照。營門外，營門外，鵲聲晴報。恁時蛾眉才到。俺徐尚朝，兵抵永康，官民驚恐，許以美人吴絳雪獻出議和，已命軍士備馬迎取，敢待來也。權將鐵騎收，待看玉人笑。且整備歡筵，把軍士宴犒。

（雜引旦上）（净、老旦隨上）（雜）前面已是營門，趲行一步者。（旦）

【北刮地風】哎喲，猛見恁旗展驚風帥字飄，沸悲腸萬斛秋潮。看陰森不是人間道，慘愁雲羅刹弓刀。（雜）到了，請下馬稍待，俺先去通報。（净、老旦扶旦下馬）（雜稟介）啓爺，吴美人到了。（副净）着他進見。（雜傳介）進來見了將軍。（旦見副净，背立垂淚介）（副净看旦，驚喜介）嘖、嘖、嘖，真個絶世美人，分明神仙下降。只是因何愁眉淚眼，難道有些害怕不成？（旦）奴若害怕，便不來也。（副净）既不害怕，有何悲苦？（旦）將軍呵，只爲你破城池金帛齊鈔，破墳塋屍骸盡暴，破人家男婦難逃。看着這戰血飛怨氣騰，好教俺難尋歡笑。（副净）原來爲此。如今美人到了，自應禁止殺掠，你可歡歡喜喜與俺成就好事則個。（旦）若要奴家從順，須待全師出境，不犯秋毫，離了這永康地面，方可擇吉成禮。（副净）這却爲何？（旦）保定這故園山，雷霆不許燒，也見的女和戎爲功非小。

（副净）這有何難，待俺傳令，即刻移兵便了。

【南滴滴金】卷長蛇疾走金華道，總不使民間鷄犬擾。衆將官，分付大小各營，速即拔寨起行，往金華積道山進發，一路不得擾害，違者定按軍法！（衆鬨應介）得令！（副净）擁旌旗只算迎花轎，試聽俺擊征鼙吹畫角，權當是壽筵開梨園腔調。美人，俺統大兵前進，你和兩個女伴隨後緩緩而來。軍士們，須要緊緊跟隨，小心擁護，提防墜馬要緊！（二雜）是！（副净）美人，俺先去也。少不得永康人平安保，全仗你菩薩楊枝，把昆明焰銷。

（引兵從繞場下）（二雜）大兵已去，就請上馬趲行。（副净、老旦扶旦上馬行介）（旦）

【北四門子】猛可的貔貅萬帳同移竈，挽回你海上奔濤。試看我亂軍中一現驚鴻爪，弋人羅何處撈？（二雜）前面便是山路，馬上須要小心。（旦）説甚麼山漸高路漸遥，借取這大王風吹奴登碧霄。憑着俺主見牢心膽豪，訴煩冤九閶須叫。

（同下）（雲童引生仙裝上）

【南鮑老催】浮生夢勞，區區歲月湯火熬，區區氣節山嶽高。俺徐明英是也。前生原是蓬萊山中掌管杏花的仙吏，只因那日有個翠水散仙前來游玩，見了杏花盛開，要折取瓶中供養，俺就剪了一枝相贈。西王母聞知大怒，道是情同私授，迹涉嫌疑，立將俺二人謫貶人間，作爲夫婦，受種種苦惱。我今劫滿歸真，娘子吴氏千磨百折，合在永康三十里坑墜崖而亡。西王母憐他素志不移，命俺前去接引，同返瑶池。今乃康熙十三年甲寅六月某日，是俺永康庠生徐明英妻吴宗愛殉節之時，則索駕雲前往者。（衆舞雲行介）（生）待招你苦魂兒莫流連歸來好，嘆朱顔黄土知多少。剩精靈不共骷髏槁，心頭血人間照。

（同下）（二雜帶馬引旦上，净、老旦隨上）（旦）

【北水仙子】俺、俺、俺、俺歸路遥，指、指、指、指鄉樹濛濛青漸了。（二雜）山路漸高，待俺們帶住馬頭，慢慢地上去。（旦）上、上、上、上天梯馬背雲高，（登高處介）望、望、望、望遠曲鵑魂月吊。（作回望介）我家門已是望不見了。把、把、把、把兒郎怨魄招，待、待、待、待和你同騎黄鶴。恨、恨、恨、恨姊妹薔薇一半凋，痛、痛、痛、痛夫妻蘭蕙同時槁。等、等、等、等覓個乾净土去收梢。

（欲墜，衆扶住介）（雜）高山立馬，要站穩些的。（旦）天氣炎蒸，胸中好生煩燥，幾乎暈下馬來。軍士們，快與我取些茶湯，飲了再走罷。（二雜）這裏人烟稀少，却向那裏尋取？（旦）若没有茶湯，斷斷不能走路的了。（雜）既如此，待我們分頭尋取。（向净、老旦介）你二人好生陪伴，不可行動，我們去去就來。（下）（净、老旦）嫂子，想我們婦人家，從没有軍營裏去頑耍，今晚到那裏見識見識也好，勸你開懷些罷。

【南雙聲子】容顔好，容顔好，須隨意尋歡樂。憂傷老，憂傷老，莫隨處尋煩惱。家鄉杳，家鄉杳。軍營閙，軍營閙。且穿他羅綺，吃着脂膏。

（生引雲童暗上）（旦）你們自去受用，怎知俺吴宗愛呵！（净）便怎麽呢？（旦）

【北尾煞】我劫盡風輪望空笑，（净）原該笑的。（旦）則待向懸崖撒手逍遥。（老旦）落得逍遥。（旦指介）你看那邊飛起一片采雲來了。（老旦、净各望介）在那裏，在那裏？（旦）我若是再遷延，還等恁時了。

咳呀，罷、罷！（作投崖死介）（生引雲童擁旦下）（净）哎喲，不好了！徐嫂子失脚掉下去了，我們快快救他才好。（老旦）呀呸，你看這萬丈懸崖，早已跌成肉塊，怎生救得？這便如何是了！（各驚慌介）（二雜携茶上）不是延年酒，聊充續命湯。美人在那裏？（净、老旦）美人墜崖死了。（雜慌介）這還了得！我們怎生回覆將軍？少不得問你兩人要命。（净）他自没福死了，如今我們兩個將就代了他罷。（雜）胡説，還不快走！（净、老旦）美人墜馬倒，（二雜）醜人翻虎跳。（净、老旦）把我伴將軍，（二雜）無奈他不要。（净、老旦）若還没交卸，（二雜）四人命不保。（净、老旦）不如逃去做夫妻，（合）恰恰配得兩雙好。（同諢下）

第十六齣　收骨

（末上）

【仙吕】【醉扶歸】紙錢風裏魂歸去，蒼涼不似舊村墟。亂後家園有還無，到門越越添疑懼。老奴奉了主母之命，接取相公靈柩，一路回來，聽見沿途傳説，賊兵已陷永康，進屯積道山上，又説什麽，獻了一個吴美人與賊將議和，教俺好生疑惑。爲此先將相公靈柩暫寄鄉村古廟，獨自急急奔回，探望我家消息。來此已是後塘街，怎生静悄悄的？不免扣門進去。（敲介）快些開門！（貼上應介）來了！美人長别杏花枯，（淚介）庭前盡是傷心路。

（開門見介）哎喲，你回來了！可曉得娘子信息麽？（末驚介）嗯，便怎麽樣？（貼）原來你還不知！是從你出門之後，不數日賊兵突至。可恨那些紳士，無計退敵，要想送女和親。那日忽然備了轎馬，蜂擁來家，不由分説，竟……（咽住介）（末）竟怎麽呢？（貼）竟將娘子逼送賊營去了！（末驚哭介）哎呀，我那主母，苦死你也！後來便怎樣？（貼）我娘子是個女中丈夫，怎肯從賊？（末）是阿！（貼）

【醉羅歌】他是梅花枝幹無柔懦，任他冰雪鍊肌膚。那時行至三十里坑，（哭介）竟是墜崖而死！輕雲一片委山隅，瓊瑶碎作珊瑚樹。（末大哭介）哎喲，痛死我也！可憐你生爲怨婦，大孤小孤。死爲烈婦，仙乎鬼乎。早難道人間氣節要裙釵補。如今這副屍骸，可曾收取？（貼）兵亂之際，教俺女孩兒家怎生去得？正要等你回來，一同前往。（末）天氣炎蒸，再遲不得，我們快去收殮才是。（合）零星骨，忙收取，比着那沙場馬革更欷歔！

（同下）（老旦、丑村婦上）高山一片月，美人千古心。清光永不滅，照徹萬壑陰。（老旦）我們是這三十里坑村居婦女便是。前日賊兵殺來，把個美人吴絳雪獻去和親。那美人到了這裏，哄着軍士問我們要茶吃，他便墜崖而死。好個烈轟轟的性兒，真是可悲可敬！如今這個屍骨，尚在懸崖之下，我們仰賴貞魂，不遭兵劫，也該替他照顧照顧。姐兒你拿着拂子，我帶把扇兒，不許蒼蠅蚊蟲欺負了他，要驅逐才好。（丑）媽媽説的不錯，待我上前，你隨後來，不要害怕。（走到，驚介）嗳唷唷，嚇死我也！（逃介）（老旦）這丫頭怎生大驚小怪？（丑）你看他臉兒就像活的一般，只怕會得跳起來呢！（老旦）這是他真氣不散，所以長久如生。（丑）原來如此，我們就在他旁邊席地而坐罷。（同坐地，一拂一扇介）（末、貼上）

【醉羅袍】悲風颯颯來平楚，夕烟莽莽起愁蕪。青山寂寞鬼揶揄，哀蟬凄斷無情樹。（末）此間已是三十里坑，不知死在何處？（貼）前面有兩個婦人坐着，問他一聲，便知端的。（問介）借問二位，前日有個殉難的女屍，可曾見否？（老旦、丑）這躺着的不是麼？（末、貼驚認介）哎呀，果然不錯！（同哭拜介）你珍珠淚盡，江枯海枯。琉璃雲散，神扶鬼扶。（貼）你看這容貌一些不改。（合）是天生容貌將伊誤。

（老旦、丑）且慢些哭，請問那位死的是你們甚麽人？（末、貼）是我家主母。請問你二人，爲何守在此間？（老旦、丑）只因他是個烈婦，死的可憐，這屍骨無人收管，恐防作踐，所以時常在此守護着。（末、貼哭介）哎喲，難得二位如此用心，真是感激不盡！（老旦）現在天時炎熱，急宜收殮才是。（末）我們倉猝前來，不曾帶得棺木，如何是好？（老旦）這到不難，老身家中有現成壽具，儘可借用。（只是身上都是些血迹，還得抬到屋子裏去，洗抹乾净，方可盛殮。（貼）這屋子從那裏借去？（老旦）也罷，我家間壁有所空房子，那主人逃難未歸，命我看管。索性抬到那裏收殮，豈不是好？（末、貼同泣拜介）媽媽如此周旋，怎生補報？（老旦扶介）你們不可如此！從來忠臣孝子、義士烈女，就如同神明一般，天下無人不該敬重的，這點點兒值得甚麽？況你主人呵！

【羅袍歌】一片天王净土，讓蘭芳桂烈，磅薄扶輿。他玉容依舊水仙癯，這金身不壞山靈護。姐兒，我同你抬着屍骸，先往那邊料理。你二位隨後便來罷。（丑）看子細些。來阿！（同老旦扛屍下）（貼）這樣好人，真是難得，想是娘子貞魂所感，也未可知。只是官人靈柩現在何處？（末）因急欲回家看望，暫寄鄉村古寺。（貼）娘子遺命，要與官人合葬，如今收拾停妥，須得安放一處才是。（末）正該如此。（同泣介）你鴛鴦共穴，前言不誣。鴛鴦共命，他生不虛。聽秋墳鬼唱同心句。（貼）娘子的遺詩剩畫，是他一生心血，還得送與素聞小姐，不可令其湮没。（末）這是要緊的。（同嘆介）咳，今人稿，後世書，星星文采照寰區。才人筆，正氣扶，千秋憑吊未應無。

（同下）

第十七齣　玩圖

（小旦引丑上）

〔南吕〕【于飛樂】嫩凉生，殘暑戀，看湖上藕花紅透。風吹處暗香籠袖。院無人，簾有夢，爲誰消瘦。是離情乍逗，待抛開心中自有。

奴家吴素聞，從那日聞變回家，與姊姊匆匆分袂，音書阻滯，渺若天涯。前日警報到來，説賊兵進犯金華，從永康假道，不知姊姊怎生下落，姊夫可曾回來。教奴家坐卧難安，十分放心不下。已着家人飛棹前去探問消息，就便迎接來家。只是許久還不見到，好生驚愕。瑞月，你在外邊守候，若是永康信到，速來通報者。（丑應下）（小旦）

【梁州新郎】心兒難按，眉兒易縐，誰寄相思紅豆。峨眉一樣，其間也種離愁。謾憶花前並坐，月下聯吟，此樂安能又。片帆歸去也木蘭舟，從此黄昏獨倚樓。便是奴家别後，也曾寄過兩次書椷，怎生連回信都没有接着？兵戈裏，平安否？便羽書亦有人行走。難道是，雁鴻漏。

記得姊姊臨别之時，贈我回文鏡箔《同心梔子圖》一方，不免取來展玩，遣我離思，多少是好！（出圖展玩介）你看這圖呵！

【前腔】花開六出，珠暈一斗，大小盤中都有。侯文蘇錦，奇才伯仲千秋。任你縱横讀去，顛倒看來，璣運青天走。紅蠶眠乍起繭絲抽，裊出纏綿萬縷愁。些兒意，誰參究？是迴腸組織文心綉。持贈我，淚痕透。

（丑引貼上）姊姊這裏來呀。（貼）

【針綫箱】步倉皇欲前翻後，猛相見悲難啓口。（見小旦，哭拜介）哎呀，小姐，你撇的人好苦也！（小旦驚介）慶雲，你來了。你爲何這等光景？你娘子怎的不見？（貼）我家娘子呵，自從與你來分手，一曲離鸞先奏。（小旦驚介）嗯，你相公便怎麼樣？（貼）已在客中病故了。（小旦哭介）姊姊，你好苦命也！

（貼）那時娘子正在悲傷欲絶，誰想福無雙至，禍不單行，賊將徐尚朝，突然領兵犯境。（小旦）我姊姊便怎生來？（貼）可憐我娘子呵，强逼他玉門關外生和寇，竟做了金谷園中死墜樓。已在永康三十里坑，投崖殉節歸烏有。還待你紅顔白馬，慟哭西州。

（小旦驚哭介）哎呀，兀的不痛死我也！（暈倒，貼、丑扶介）小姐甦醒！（小旦醒，低唱介）

【東甌蓮】他先去，我獨留，梔子同心一半丢。蒼天不許嬋娟壽，還積趲冰霜湊。我遣家人放船來接，可曾遇見？（貼）這裏船來，我娘子已經被難，方纔收殮停妥，慶雲急欲面見小姐，就匆匆收拾，同着來人到此。（小旦）姊姊生前筆墨，你可曾帶來？（貼）都已帶在船中，正欲求小姐評選一番，留點名兒，也不枉他爲人一世。（淚介）（小旦）難爲你一船書畫爲伊收，唤不起杜鵑魂，剩驚鴻爪影雪中留。慶雲，你就在這裏權且住下，等那賊寇平定，和你同到永康，我還得親自祭奠一番。（貼）多謝小姐。（小旦取鏡篋介）咳，不想這圖兒竟成絶筆了。（淚介）

【尾聲】你傷心各樣煎熬透，從今生死兩悠悠，姊姊阿，怎能彀重返仙人白玉樓。

（同下）

第十八齣　霧捷

（内放黄烟，二雜仙裝，一手持劍，一手執葫蘆，引二神獸上，跳舞一回）（外神裝上）

【中吕】【漁家傲】騰騰的風馬雲車向蜃烟，濛濛的霖雨蒼生，春回大千。吾神乃金華積道山山靈是也。此間劫運將銷，賊氛垂敗。現因徐尚朝屯兵五萬，據險負隅，官軍急難摧陷。方今聖主當陽，百靈效順，小神奉西王母之命，帶同仙人李祖和、劉雄鳴，并崑崙、元圃兩處神獸，興作大霧，將賊營迷障，使他不知虚實，協助王師破敵，拯救生靈。大衆們，可將霧氣向積道山放去者。（雜應，舞劍作法，葫蘆放烟，二獸口噴黄烟，繞場走介）（衆合）七里昏沉三里暗，泰嶽當之無見。好教恁欲守的醉眼難開，欲戰的裏足不前。這才是毒瘴妖氛報應年。

（同跳舞下）（末、小生、生、老旦戎裝，各持兵器上）

【舞霓裳】不斬樓蘭誓不還，揮袒鞭。請從車騎勒燕然，畫凌烟。（末）俺李榮。（小生）俺陳世凱。（生）俺副都統鄂申。（老旦）俺鄉勇領隊傅宏基。（末）列位請了。（衆）請了。（各坐介）（末）耿精忠倡亂南閩，徐尚朝連兵東浙。我等督軍援剿，尚未掃除。目下康親王躬承廟算，統領滿漢大軍，安民戢暴，自必剪此朝食，以快天心。叵奈賊營負固憑高，屯扎積道山上，木城四匝，鎗礟重重，我兵艱於仰攻，未能猝下。今日大霧迷天，對面不見，王爺傳令，着我等出其不意，乘機合剿。只是南北兩山，須分兩路進兵，方免漏網。傅將軍熟悉本地形勢，高見如何？（老旦）列公率領大兵，可專辦南山之賊。其北山一帶，待末將率領鄉勇，攀崖而上，但看山後火起，列位即從前路殺入，使他腹背受攻，必然不戰自亂，可獲全勝。（末）正合機宜，就此督兵前進者！（内吶喊，卒子四隊，分紅、白、藍、黄四色旗同上，繞場行介。）（合）層陰積地風云變，訝將軍鼙鼓降從天。只聽的敲金戛鐵馬蹄翻，看日閃旌旗隱現。蚩尤陣，霹靂飛來亂山卷。

（同下）（卒子引丑、净、副净上）

【山花子】登高守險誰來戰，中軍坐鎮平安。（副净）軍師妙計，屯扎此山。敵兵一動，高處已先望見。鎗礟兼施，怎生近得？真是穩如磐石，倚若泰山。（丑）現有大兵在前，還宜小心防備。（副净）北山有王自福督同蕭瞎子、陳蘭花等，領兵守禦。這裏南山有我等大軍在此，不怕官兵飛上山來。（内放黄烟，外引二雜兩獸上）（照前放烟，繞場下）（副浄）好生奇怪，今日大霧彌漫，此時越發弄得天昏地黑，連對面都認不清楚了。眼兒中不見蒼生，頭兒上可有青天。（内喊殺，一卒急上介）報、報、報！不好了，北山火起，不知多少官軍飛奔山寨，王將軍和蕭瞎子、陳蘭花俱被殺死，速請分兵救援！（副浄大驚介）哎喲，這還了得！你們爲何不施放鎗礮？（卒）官兵冒霧而來，等得看見，已上木城，故而抵禦不迭。（副浄）馮將軍，快領本部兵馬前往助戰！（浄）得令！（跳舞下）（末、小生、生引兵上，喊殺介）（副浄、丑急引兵迎戰，各敗下）（末、小生、生追下）（老旦、浄上，合戰，浄敗下，老旦追下）（外、二雜二獸上，立高處放烟）（副浄引兵上）敗了敗了，現在南北俱是官軍，大家性命要緊，奮勇殺上前去。（浄領兵奔上）（副浄、浄自相混戰，副浄敗下，浄追下，兵自相殺害，混戰下）（丑上，逃下）（末、小生、生、老旦引兵繞場追下）（外等從高處下介）山上賊營已破，可將大霧收起，待官軍獻馘奏凱者。（衆應，收烟介）（合）一霎時收雲散烟，似淮西恢復雪中山，崑崙奪來元夜關。兵氣全消，日鏡高懸。

（浄追副浄上，各架住兵器，作看見介）呀呸，殺了半天，原來是自家人！（各收兵器張望介）呀喲，苦也！昏暗之中，我們營寨盡皆殘破，兵卒殺得七零八落，屍積如山，快快逃命罷！（末、生、老旦引兵上戰，擒副浄、浄介）（末）山寨已破，元惡就擒，降者免死！（内鬨應介）某等願降！（小生擒丑上）末將擒得僞軍師胡績在此。（末）一并綁送王爺帳下，聽候發落，就此奏凱收兵者。（合）

【餘文】天山已定將軍箭，壯士長歌奏凱還，（末）想這一番兵火之中，正不知有多少烈魄忠魂同遭此劫，不獨是風雨沙場戰血斑。

（同繞場下）

第十九齣　吊烈

（丑、貼隨小旦上）

〔雙調〕【夜行船】詩逕重來春事盡，腸斷處草緑無人。蝶舞殘魂，鵑啼舊恨，影事凄凉難問。

奴家吳素聞，自從絳雪姊姊殉節以來，珠淚難乾，絲腸寸結。目下寇氛殄滅，道路清平，遂和慶雲買棹永康，躬親祭奠。早起已着蒼頭備辦祭禮去了，且待到來，不免招魂一哭，以洩悲懷。（嘆介）咳，你看風景依然，故人安在？撫今追昔，那一件不增傷感也呵！

〔仙吕入雙調〕【風雲會四朝元】樓荒金粉，我愁生西北雲。闌干無恙，只依闌人殞。猛思量，聲暗吞。記前游似夢，記前游似夢，江上移船，花裏尋君。倚月盟心，臨風鬥韻，轉眼無憑準。（貼）小姐此來，不但舊人難覓，便是庭前這枝杏樹，都已枯死了。（小旦）春，化做水和塵。樹也多情，甘爲嬋娟殉。桃谿莫問津，重來舊游盡。任當時漁父，尋尋覓覓，亂山愁悶。

（末持祭禮上）山川浩氣留香冢，生死交情有美人。祭禮在此。（遞貼介，即下）（貼）我們替小姐陳設起來。（丑）請小姐上香。（小旦上香介）姊夫懷才不遇，姊姊被難完貞，恨事有雙，傷心無二，好痛人也！（哭拜介）

【前腔】旅游消損，天涯落魄人。配紅顔薄命，共悲同憤。待呼天，天豈聞。念盈盈伉儷，念盈盈伉儷，誰料你瓊樹枝埋，玉鏡臺昏。荀令香銷，蘇娘淚盡，一例歌長恨。魂，騎鶴上青雲。

世界傷心，莫再回頭認。（奠酒介）凄凉奠一尊，聊申舊時悃。知道你虛空見否，冥冥杳杳，九泉難問。

（痛哭，貼掩淚扶介）事已如此，小姐不可過慟，還須保重則個。（小旦）慶雲，你那個明妃出塞的風箏，從前哄着小姐題詩，不想竟成讖語。（貼淚介）這是萬萬想不到的。（小旦）

【前腔】琵琶幽恨，千秋兩美人。銷他狼焰，讓伊蟬鬢。紙鳶飛，何處魂。如今王師雨降，賊寇烟消，姊姊烈魄貞魂，亦可九泉稍慰矣。看欃槍掃盪，看欃槍掃盪，也償得熱血蒼崖，冷月黄昏。艷骨青燐，戰場紅粉，勘破你傷心陣。（貼）祭奠已畢，替小姐焚帛哩！（焚帛，撒祭介）（内細樂，生旦仙裝上，向小旦點頭灑淚，即下）（小旦）你聽空中似有音樂之聲，敢是仙靈來享也。聞，清吹隔微雲。或者是跨鳳雙飛，劫盡交仙運。你蓬萊證夙因，我浮生尚勞頓。願莊周化蝶，飄飄渺渺，待伊援引。

（貼）我想娘子這一番艱貞苦節，可惜無人奏請旌表，豈非恨事？（小旦）古來忠孝義烈之人，臨難不摇，止發於性之自然，何嘗有一點名心來呀！

【前腔】赴湯臨刃，從容了此身。是性天激發，各完其分。幾曾見爲虛名，立死根。便披肝瀝血，便披肝瀝血，不過是臣報君恩，妻報夫恩。原不要當世咨嗟，後人憐憫，將筆墨把骷髏潤。人，自有本來真。不死初心，便是無遺恨。你娘子阿，正氣在乾坤，維持世間運。慚愧煞花封鸞誥，庸庸碌碌，世間脂粉。

慶雲，我姊姊無後，以族侄爲嗣，現在襁抱，待他過門，須要小心看管。（貼）小姐分付，謹誌不忘。（小旦）你唤蒼頭收拾行裝，奴明日便回秀水去也。（貼）請小姐再留幾日罷。（小旦）多留一日，止益傷心，不如捨你去了罷。

【尾聲】嘆嬋娟一去無從問，只剩幾點淚替你代舒悲恨，便譜作離騷還愁怨不盡。

（同下）

第二十齣　仙證

（雜旦三仙女引老旦仙裝上）

〔仙呂入雙調〕【忒忒令】下瑶臺輕雲乍移，扶彩仗鳳凰銜尾。海枯石爛，笑浮生容易。（坐介）五雲樓閣起玲瓏，下界清愁上界空。除是有情修得到，長生原要與人同。俺西池王母是也。前因蓬島山中有個掌管杏花的仙吏，將杏花偷折，私贈翠水散仙，以此因緣，謫將永康地面，作爲夫婦，使他閱歷些刀兵烽火、生死悲歡。且喜本性不移，塵緣已了，靈光一點，先後還山。現值杏花盛開，仍命二人同游仙界，一洗凡間苦惱，也見我仙家慎重名節，未嘗無情於人世哩。可憐你兒女夢，太淒迷。有涯生，無窮淚。傷心誰似。（雜旦）耿逆擾亂以來，浙東一帶，與仙姑同時死難者，不知尚有幾人？（老旦）文臣有温處道陳丹赤、雲和訓導謝廷謨、宣平縣尉陸士榮，武將有温鎮游擊魏萬侯、温州城守楊春芳、樂清城守蘇木代、百總崔堯龍，皆盡忠死事。烈女有松陽項繼彝之妻葉氏、毛傑之妻劉氏、景寧陳浩然之女桂姑，皆守節捐軀。其有淹没未彰之人，已令各處土神按名查記。即着仙吏、仙姑分頭導引前來，同赴杏花盛會，敢就到也。（生仙裝引外、末、小生忠魂上）

【沉醉東風】血光中骷髏夜啼，借春風將伊扶起。試聽取步虚詞，向空中游戲。要陶汰人間冤氣。（生）奉娘娘仙旨，接引各處忠魂前來參見。（合）紫雲乍飛，赤鯨共騎。脱除苦海，仗仙靈護持。

（老旦）列位忠貞自矢，患難不渝，這一番擔戴，真乃可悲可喜也！

【佳慶子】你官無大小同一體，但守住山河誓不離。算定人生有死，拚一個苦魂兒，做一個好男兒。

（旦仙裝引小旦、貼女魂上）

【尹令】夢來各人遭際，醒來各人料理，死來各人志氣。各樣煎磨，博得個一笑青雲手共携。（旦）奉娘娘仙旨，導引各處貞魂前來參見。（老旦）看你們愁眉鎖月，弱骨飄烟，這一片塵海風波，虧你恁般禁受也！

【品令】不曾見花封紫封，貧賤有誰知。却看破真身幻身，艱難苦支持。纖腰玉體，撑得住河山氣。冰霜百鍊，凍出梅心香味。吹向人天，少不得化作祥雲萬道飛。

【豆葉黄】向清虚碧落飛舞寫天機。乍掃除雨慘風凄，仍現出花明日麗。爲人苦你，爲仙愛伊。休再問斷腸前事，休再問斷腸前事。還你個雪融春轉，一路芳菲。

（衆）領仙旨。（同行介）（場上設山一座、杏花數株）（衆合）架起雲頭，同往蓬萊山中，賞玩杏花去者。

（生、旦）已到蓬山，請娘娘開宴賞花。（老旦）大衆列坐兩邊者。（内細樂，仙女送酒，老旦中坐，生、旦各引忠魂、烈女分兩邊坐介）（合）

【玉交枝】人天歡喜，便山深春來未遲。（老旦）看這一片杏花，開的恁般爛漫。（問生、旦介）你二人在永康時候，也曾種過此花，如今安在？ 江南二月東風膩，門紅情可還能記。（生、旦各嗚咽介）影曇幻蓮休再提，愁苗恨蕊因他起。 種凡花芬芳幾枝，做凡人團圓幾時。

（同掩淚介）（老旦笑介）癡兒還苦些甚麽來？ 俺有仙醴瓊漿，可以解脱煩惱。你二人各領一巵，與衆英魂分飲此酒，從今長離苦劫，永結仙因。（衆起謝介）願娘娘仙壽無疆。（同飲酒介）

【玉胞肚】愁終歡始，灌醍醐春生一巵。女和男，各盡當爲。卸皮囊，脱却塵羈。（老旦）衆靈歡悦，就命你二人護送昇天，再行回山供職。（生、旦）領仙旨。 靈光閃爍照雲梯，碧海青天任所之。

（引衆靈分下）（雜旦）敢問娘娘，世上庸碌之人，往往坐享厚福；越是那些忠臣義士、才子佳人，偏有許多磨折。畢竟好人難做，還是天地之大，也有些妒忌之心？ 此恨茫茫，古今同慨。尚求指示，以豁迷途。（老旦）你那裏知道！ 只因運會遷流，性天日薄，若無砥柱，誰障狂瀾？ 正欲借彼奇蹤，支撑正氣，惟恐人心欲死，并非造化不仁也。

【川撥棹】人心靡，問誰堪世運維。 待將他頑懦提撕，待將他頑懦提撕。 借英魂從中轉移。是天心鄭重之，要人心慨慕之。

就此回山去者。

【前腔】（换頭）世上荣華轉瞬非，正氣文章永不移。 便神仙飄緲難知，便神仙飄緲難知。護靈根還勞主持。 譜秦娥簫一枝，畫湘妃筆一枝。

【尾聲】志乘未載投崖事，把寂寞鵑魂閒唤起，愁煞你三月桃花雪滿谿。

（同下）

歌哭文章動鬼神，靈絃聲咽大江濱。
星河激盪嬋娟魄，冰雪陶鎔造化春。
香冢百年留净土，落花千點舞愁燐。
離騷本具傷心淚，灑向空山吊美人。

桃谿雪題詞十二首

一雙佳偶荷天成，女貌郎才遂此生。著有緑華詩稿在，春花秋月最怡情。絳雪著有《六宜樓稿》並《緑華草》等集。

生就容華畫不如，鶼鶼比翼最憐徐。我家藏有梅花在，押角圖章愛讀書。予家藏有絳雪畫梅一幅，有小印曰：『懶於針綫因貪畫，不惜精神愛讀書。』可想見其丰采矣。

底事蕭郎愛遠游，杏花春雨感離愁。傷心暫别成長别，深鎖香閨燕子樓。

仙郎赴召杏花枯，血淚頻教染綉襦。鼙鼓攖城軍事急，退兵無策倩羅敷。

從容慷慨保全城，一女能當十萬兵。卅里坑前看撒手，是何清潔與英明。

鏡箔迴文詩綉來，鮑家小妹最憐才。祇今烟雨江南夢，杜宇聲聲唤不回。絳雪綉有迴文詩帕，不亞蘇蕙《璿璣圖》。與族妹素聞最相憐愛，題素聞山水，有『滿窗烟雨夢江南』之句。

絶代才華正妙年，好從錦瑟數芳絃。傷心玉碎珠沉處，夜夜山頭泣杜鵑。俞蔭甫太史編絳雪年譜，至殉烈時，年二十五。

天道茫茫問不真，難將孽障證前因。桃花溪水今嗚咽，總爲和我獻美人。

斷綫風箏語少哀，堅操節烈赴泉臺。徐郎冢似韓憑冢，應有鴛鴦共化來。

黄九詞壇家擅名，玉簫細按譜新聲。杏花亂落飛紅雨，無限凄涼難别情。

天遣龍眠老叟來，六宜樓稿未湮埋。許多緑慘紅愁句，寫出班香宋艷才。

一曲桃谿雪又新，桃花舊扇已成陳。怪他造化渾無賴，慣把紅顔誤美人。

南嶽山樵雪琴

桃谿雪題詞

詩

湖州孫恩保小熙

一谿春水洗鉛華，流恨茫茫未有涯。自是仙源塵不到，東風開遍白桃花。

雪魄凄涼散碧燐，化爲明月照紅塵。不知烽火流離日，赴難從容有幾人？

絲竹中年感慨多，冰池滌筆畫霜娥。文章悲喜關風教，此是人間正氣歌。

黄九詞名海外傳韻珊前製《帝女花》曲，日本人咸購誦之，更看雅樂奏鈞天。分明一掬離騷淚，付與湘妃廿五絃。

吴承勳子述

寄與傷心譜，難辭淚萬行。煩冤屬宗衮，憑吊付詞場。夜半火珠色，秋深銅劍鋩。可憐緯餘恨，舉世已全忘。

詩餘

念奴嬌

嘉兴王逢辰芑亭

冰壺注水，寫淒凉眉黛，楚絃哀裂。小影素娥憐獨處，想像前生明月。心上秋生，耳邊火發，慘澹琵琶別。家山回首，杜鵑花外啼血。　堪笑衮衮群公，談兵兒戲，應變真無策。欲借紅顔銷白刃，不管緑珠飛屑。化石魂歸，成煙夢杳，鸞舞蓬山雪。長歌當哭，大江同此嗚咽。

居官鑑

目録

卷上

海鹽黄燮清韻珊填詞原名憲清

第一齣　授鑑

（生上）

〔黄鐘引子〕【傳言玉女】萬里南圖，羡鵬翮垂天高舉。問男兒何時際遇。閒雲待出岫，商略蒼生霖雨。一片心分縈家國，眷懷君父。

南詔風雲氣鬱盤，過庭詩禮快承歡。讀書不爲科名計，要與天朝策治安。小生王文錫，表字與九。福建侯官人也。家君作宰滇南，洊升郡守。小生與弱弟文璐，隨任官齋，親承色笑。所痛萱凋堂北，未酬寸草之心；猶幸蘭潔陔南，尚有大椿之蔭。小生仰承庭訓，粗識官方，衹以侍奉無人，未敢用行自許。只是父親望兒心切，報國情殷，懼懷安之敗名，以出山爲急務。謂官無大小，能忠勤即是良臣；謂孝在顯揚，有樹立方稱賢子。小生迫於嚴命，遂以鹺使分發浙江。日來催迫登程，只得摒擋就道。且待父親退衙，再求訓示便了。（外上）

【前腔】星鬢蕭疏，難報聖朝恩遇。望兒行早圖進取。名駒看振策，努力先鞭雲路。只索要待伊成立，慰予遲暮。

（生）父親在上，孩兒拜見。（外）罷了。兒阿，你年華方壯，玩愒可憂。今既官發浙江，正該束裝需次，踊躍從公。怎的面帶愁容，却是何故？（生）孩兒非爲别事，只因父親年邁，弱弟沖齡，深恐侍奉難周，是以拋撇不下。（外）這事不須過慮。

〔黃鐘過曲〕【畫眉序】漫躊躇，你弱弟猶堪慰桑榆。況詩腸健飯，老眼能書。就是你媳婦周氏、姬人黃氏，都能孝順温恭，何慮旨甘無著。不愁我鮒轍常枯，抵得你雅兒反哺。男兒若但依門户，虚生世間何補。（生）父親嚴命，豈敢有違！只是仕版初登，諸事未經諳練，再乞訓示一番。（外）我自出仕以來，著有《居官寶鑑》一書，凡用人行政、安良戢暴之法，莫不詳載其中，我兒亦曾檢閲數過。今日就將此書傳你，你可時時尋繹，謹謹收藏。（出書授生介）（生）孩兒拜賜。（外）我再將書中大意指示一番者。

【前腔】治安書，不比文章鍊京都。是安危機括，理亂權輿。切勿言小事糊塗，漸到了大綱舛錯。一椿椿須要精神赴，但疏防便成貽誤。

近聞沿海一帶，島船横行，浙江地接重洋，定籌防堵。我兒此去，必須奮勇當差，切勿稍存推諉。（生）孩兒理會得。（外）

【前腔】蔓難圖，好向樓船射天狐。待洗兵海島，秣馬蓬壺。須索要勉效馳驅，少不得兼襄勦撫。便官卑也有風雲路，叙微功自邀恩數。

（生）嚴訓周詳，謹銘肺腑。只是孩兒此去，未知居官之事，以何爲先？（外）凡事非人不理，自然知人任人是第一要務。浙省英才濟楚，正當虚心物色也。

【前腔】濟艱虞，總仗英才佐良謨。早留意禰衡鸚鵡，庾杲芙蕖。我有門生何咏霓，可惜遠任京曹。此君抱負文章，卓然大器，日後若得共事，定能相與有成也。倘相逢桃李門徒，好共證芝蘭治譜。協恭上下宜調護，要虚衷互相匡助。

明日黃道吉期，已命家人收拾行裝，尅期就道，你可與媳婦輩一叙别懷，爲父的尚有公事，未盡之言，瀕行再當囑付便了。（生淚介）是。（外）正是：垂老不無思子淚，爲官須解報君恩。（下）（生嘆介）行期迫促，離緒紛煩，這襟懷好難安頓。且到房中，與娘子話别則個。（内旦）黃姬，隨我出來。（生）話猶未了，娘子與姬人早則來也。（旦引小旦上）（旦）

【啄木兒】臨别語，説已無，萬疊愁懷何處訴。（小旦）只覺的忽忽傷心，酸得迴腸成醋。（旦）相公真個要去了麽？（生）嚴親催迫，教卑人亦不能自主。（旦）相公呵，你衰翁垂老黃堂府，兒郎遠宦青雲路，只怕你夢裏思親淚也枯。

妾有俚言一首，爲君贈行，伏希賜納。（出詩授生介）（生）待卑人展誦。（念詩介）澄清攬轡望名流，不是尋常賦浪游。堂上白頭翁已老，願君此去早封侯。（淚介）娘子金玉之言，定當敬佩。只是卑人去後呵！

【三段子】你旨甘反哺，好侍奉詩餘酒餘。四時起居，還仗恁修書寄書。便是黃姬呵，你芝蘭同室休違忤，蘋蘩中饋須分做。如若娘子愁悶之時，你要從旁解慰才好，切不要對蹙雙眉數淚珠。

（同淚介）（小生上）官閣傳燈候，書齋放學時。吓，爹爹母親，爲何在此傷感？（生）孩兒來得甚好，爲父的明日便須赴浙，你在家中好生習學詩書，切勿任性游蕩。（小生）爹爹在家好不安閑，偏要出去做官，嘔心費血，欲爲些甚麽來？（生）你懂得甚事！好生聽我分咐。

【滴漏子】爹和母，爹和母，好生愛護。你兒和女，兒和女，要知甘苦。（小生哭介）爹爹要去，孩兒是要同去的嘘！（生）不勞牽衣煩絮，留伊陪母親，隨祖父，休學那劣兒郎嬉游無度。

（小生）孩兒怎敢！（小旦）今晚備有餚酒，替老爺餞行，請夫人同到上房，從容話别則個。（旦）相公呵！

【尾聲】金尊銀燭催離緒，（小旦、小生）可不道銷魂終古是南浦，（生）這袖中《居官寶鑑》須要親自收入行囊，好證取他年施布。

（同下）

第二齣　海警

（副净領卒子夷裝乘船上）

【出隊滴留子】輪船飛走，直到中原萬里游。甬東兒女入邊愁，數聲夕陽刁斗。驚烽壓戍樓，孤城怎守？玉帛金銀，待俺去搜。

俺乃西洋島國渠帥烏延障是也。我國不修文治，專事富强。取士以技巧爲先，升官由負販而起。只因内地閩廣江浙地方，民物殷繁，錢財廣足，我國煉得相思膏一味，偷販中華，誘他吸食。誰知不上數年，弄得那些百姓們朝朝想慕、個個沉酣。不論銀穴銅山，盡付一星楚炬；便有瓊田珠户，都銷三月秦灰。俺這裏糞土化黄金，他那裏黄金變糞土。這種便宜交易，真乃今古所無。再做上一百年勾當，只怕水晶宫還要問我借債，好不興頭！　頗耐近日例禁森嚴，絶我貿易，因此舉兵内犯，擾動干戈。這裏舟山地面，屯有三鎮雄師，十分利害。衆兒郎，與我奮力攻打者！（衆應，同吶喊跳舞下）（末、老旦、净戎裝領卒上）

【滴溜神仗兒】（合）圍城的，圍城的，弄刀舞矛。巡城的，巡城的，揚旗放鬥。憑高一聲長吼。分兵阻險，更番戰守。拚殺到，海西頭。拚殺到，海西頭。

（末、老旦、净）我等三鎮總兵官是也。島賊攻圍，衆軍士一同追殺前去！（副净引衆上，合戰，副净衆敗下，末衆追下）（副浄引衆上）這三鎮兵威，好生凶勇。衆兒郎權將戰船遠遠圍著，須要防他衝擊。且待我國兵礟齊集，再行攻打便了。（衆）得令。（合）

【神仗雙聲子】轟轟戰鬥，轟轟戰鬥，偏偏敗走。長圍密守，提防敵軍暗溜。功未收，且暫留。功未收，且暫留。待兵威再振，踏破滄洲。

【尾聲】孤城背水真如斗，畫旗慘澹大荒秋，少不得不棄珠崖俺也誓不休。

（同繞場下）

第三齣　解餉

（生戎裝引四卒乘船上）滾滾寒濤壓將臺，孤篷斜矗陣雲開。浪花飛過船唇去，帶得靈鼇兩尾來。下官王文錫，以鹾使需次浙江，今因島賊鴟張，舟山危急，奉大憲檄委，解送糧餉軍裝，前往接濟。一路行來，探得三鎮雄兵正與那廝對壘，只有西南一帶，敵兵單薄。軍士們乘勢突圍，不可戀戰，只要沖殺進城便了。（卒）得令。（同駕船行介）（雜夷兵沖上）（生衆接戰，沖殺下）（雜衆）不好了，被他沖殺過去，快快追截！（同繞場下）（末上）

【尾犯引前】落日大旗高，嘆一角危城，煙户蕭條。怕鼠雀搜空，貔貅餓倒。

下官舟山牧徐敬符是也。島匪攻圍，孤城困守，雖有三鎮忠勇，敵軍屢敗不退。現在軍裝疲敝，糧餉空虚，幕友家丁，半皆星散。只有至好秦嗣觀，表字少雯，肝膽過人，相依患難。且待他出來，再作計議。（小生上）

【尾犯引後】滄海上盧循攪擾，圍城内魯連談笑。須商略量沙添竈，畫策粉盤勞。

（相見介）老父師請了。（末）秦兄請了。（各坐介）（小生）連日接仗，敵兵有增無減，城中軍裝糧餉，俱已不支，深爲可慮。（末）下官正爲此事，十分憂急，真乃無計可施！（小生）前日告急文書，早經出去，日上或有接濟，也未可知。（末）如此才好。（小旦門子上）忙將軍餉事，暫解主人憂。啓爺，有王爺解送軍裝糧餉到來，名帖在此。（末）原來與九兄到此，快請相見。（小旦）是。王爺有請。（生上）連城鼓角聲悲壯，照海旌旗影動搖。（小旦）家爺出迎。（生、末各拜見介）（生）嬰城禦敵，足徵良牧之功；（末）冒險資糧，全仗使君之力。（生指小生介）這位是誰？（末）這是禾中秦少雯兄，雙名嗣觀。（生）早耳盛名，幸瞻雅範；（小生）久思御李，愧未識韓。（分賓主各坐介）（末對小旦介）分付外邊，將軍裝糧餉，照數點收，一面備飯伺候。（小旦應下）（生）連日交戰，兵勢如何，尚求試説一遍。（末）

【尾犯序】提起首空搔，恨徐海船堅，孫恩謀狡。（生）聞得三鎮總兵，異常忠勇，可能取勝？（末）雖則是三鎮兵雄，怎當他四面圍牢。堪悼。但聽取雷轟神礮，免不得血腥戰袍。若不是天心厭亂，兵氣怎能銷？

（生）島匪如此猖狂，真好痛恨也！

【榴花泣】叵耐這鯨魚白地動波濤，一霎裏雷霆飛擊海山摇。我這裏蒼生何罪被弓刀，逼得他流離家室各蓬飄。就是禁絶相思膏一事，也是國家愛養群生，栽培元氣，即是古聖王抑洪水、驅猛獸之意，何至反召亂階？爲民生易凋，因此要斬除鴆毒把元陽保。須不比好邊功啓釁天驕，爲甚麽踵倭亂陳兵海嶠。

秦兄高才卓識，看這地方形勢，可能固守？（小生）小弟一介書生，不諳軍務。就管見論之，此地孤懸海外，面面受攻，若得救援師船左右游弈，使敵人彼此瞻顧，則三鎮之兵可以乘間而動，方能得力。

【漁家傲】他戰法車輪氣正驕，恨不把一座舟山，裹入寒濤。我這裏建奇功須待奇兵到。只是風濤不測，即有救應，難以克期，這光景就不堪回想了。只怕的孤軍絶島，犄角全無，便難久保。空把這憂時熱淚拋。

（小旦上）稟爺，酒飯俱已備齊，請書齋上席。（末）如此，王兄請。（生）二位請。（同行介）（末）

【尾聲】烽煙滿地何人掃，（小生）我輩憂天未了，（生）問何日斫地王郎劍出鞘。

（同下）（小旦隨下）

第四齣　議撫

（浄上）煙波江上使人愁，（副浄上）故壘蕭蕭蘆荻洲。（外上）獨使至尊憂社稷，（老旦上）悔教夫婿覓封侯。（浄）俺欽使田臏爵是也。（副浄）俺督師武伯勝是也。（外）俺督臣金鏘珩是也。（老旦）俺提臣施效忠是也。（相見介）（浄）列位大人請了。（衆）請了。（浄）今日有事會議，坐了再談。（衆告坐介）（浄）島夷内犯，擾亂經年，瀕海地方星馳告急。我軍屢戰，未能掃蕩妖氛。列位職重封疆，均當大任，各敷讜論，以濟時艱。（老旦）末將忝列戎行，惟知用武。今島賊所恃者，船堅礮利，若以血肉之軀當其鋒火，斷難取勝。或誘之登陸，出奇兵以要之；或待其入城，伏地雷以殲之。須奪其所長，而攻其所短，庶可振吾兵氣，挫厥兇鋒。

【駐馬聽】他電掣雷奔，一炬空城草木腥。怎當得帆開巨鱟，山走神鰲，浪踆長鯨。功非冒險，不能成軍。無詭道，難言勝。莫笑俺紙上談兵，也見得武臣不惜區區命。

（浄）施兄主戰，不爲無識。只是軍興以來，猛將雄師，不知損折多少，生靈塗炭，敵焰仍張。可見這個戰字，真不足恃，雖有奇策，未敢輕當。（外）下官備位邊疆，只以固守爲上。

【前腔】壁壘高撑，陷陣摧鋒我未能。只辦得煮筋餉士，灑淚登陴，效死嬰城。俺臨危但覺鬓膚輕，失機敢望頭顱剩。守得住固好，便是受不住呵，不過捐生，可曉得文官祇此書獃性。

（净）固守何嘗不妙，但是沿海城池，賊來即陷，那一處是守得定的？徒死無益，亦非良謀。（副净）下官倒有個計議，未知列位意見如何。（衆）願聞高論。（副净）

【前腔】戰守無憑，德服何須用力争？想這島夷呵，非關土地，不爲人民，要賭輸贏。他路隔重洋，本無掠地争城之意，只因禁販相思膏，絶其貿易，故而釀成禍端。爲今之計，不若從權議撫，仍許通商，諒他志在金銀，必然斂兵而退。暫將玉帛奠生靈，不教鋒鏑戕民命。一會價談笑收兵，兩軍羊陸無争競。

（净撫掌介）妙阿，武兄所言，真乃萬全之策，與俺意見相同，竟照此辦理爲是！

【前腔】人極謀生，片語賢於十萬兵。此舉却有三妙，不傷士女，不毁城隍，不費輸征。（外、老旦）某等不能辨賊，如此遷就了事，未免上負天恩，下觖民望。（净）事有權宜，列位不必顧慮。况海島通商，由來已久，只要相思膏不准流入中華，也就無傷政體了。我聖朝只要海隅清，你疆臣未可邊功倖。共樂承平，長纓何必終童請。

計議已定，毋用一三，即日具奏上聞。一面先令通事傳諭該夷，教他退兵外洋，以待修好。所有撫議章程，候諸公臨時商略便了。

【尾聲】封章飛奏邀天聽，（副净）四海爲家待永清，（衆）這就算半壁東南一柱擎。

（同下）

第五齣　憤邊

（丑上）好笑好笑，顛倒顛倒。遇喜成悲，因歡反惱。區區非别，乃王老爺親隨家丁趙忠便是。你道爲何道這幾句？只因我家老爺，辦事忠勤，上司們却都看重，把他差委軍前，好生勞苦。現在島夷受撫，少不得一番保舉，指日高升。那知老爺自江上回來，風風顛顛，哭一回，怒一回，倒反鬧出一場病來。你道好笑不好笑，顛倒不顛倒？今日天氣晴和，不免請他出來散蕩則個。（下，扶生上）（生）

〔雙調〕【海棠春】一腔抑塞難消遣，慚愧煞風塵顔面。搔首問蒼蒼，元髮憂時變。

下官王文錫，揚帆海島，磨盾軍門。指望力保危疆，痛殲海逆；豈料孤城絶援，三帥捐軀，妖氛既逼於甬東，毒焰更流於京口。方謂戈矛偕作，共切同仇，不辭犬馬之勞，誓搗鯨鯢之穴；不意未伸撻伐，遽事撫綏。國家養士數百年，難道竟無一人制敵？説起來好不痛憤也呵！

【桂枝香】跳梁未翦，背城忘戰。不由人斫地哀歌，誰解我登樓悲嘆。（丑）老爺，甚麽悲嘆不悲嘆！如今的公事，都不過是個混字，只要卸得肩子，升官發財就是了。若要頂真起來，只怕嘆一百年還嘆不了了呢！（生拍案怒介）（丑作驚介）怎麽又生氣了？（生）莫胡言亂言，莫胡言亂言。都似恁貪庸私見，怎得承平清晏。（丑）這是小人的朋友，都是恁般説，爺不要錯了念頭，生些瞎氣。（生）多講！際時艱，但謀利禄非吾事，無益君民負此官。

那日江上議撫，下官濫厠隨員，見諸酋叠騎入城，欣欣自得，真乃令人髮指也！

【前腔】鬈毛鬼眼，居然驕蹇。這就是老令公單騎輸誠，很單于五原納款。（丑）那時小人看了，倒也熱鬧有趣。（生）罷樓船戰船，罷樓船戰船。總説是東風無便，南人不反。看龍泉，欲填恨海慚精衛，立解圍城愧仲連。

（小生上）間關離虎穴，辛苦訪鷗盟。來此已是與九兄門首，裏面有人麽？（丑）是那個？（小生）你對主人説，禾中秦少雯奉訪，有名帖在此。（丑接帖介）請少待。（轉對生介）禀爺，禾中秦爺拜訪。（生看帖介）原來少雯到此，説我出迎。（丑）家爺出迎。（相見介）（小生）王兄別來無恙？（生）小弟鬱病多時，今日才覺好些。良友遠來，深慰飢渴。看坐。（各坐介）（生）舟山一別，忽忽至今。後來城陷之時，不知吾兄怎生得脱？（小生）不要説起。那時三鎮臨危，孤城垂陷，小弟駕舟偷渡，求援大營，不想路阻風濤，救應不及，以後情事，就不可復問矣。

【前腔】重洋絶援，餘生幸免。射潮兒半渡無功，背水陣孤軍不返。我扁舟倖還，我扁舟倖還。惶愧煞包胥淚眼，霽雲神箭。小弟躬當險阻，親見亂離，悲鬱之懷，無可與語。今日順道奉訪，正須一傾磊塊。苦顛連，生慚趙璧無奇士，不是吴鈎負少年。

近日島夷議撫，外邊輿論，是非不一，未知吾兄高見，以爲何如。（生）那島夷意在通商，本無大志，譬如猛獸得肉，不復噬人。只是未經痛懲，兵威不振，竊慮戎心易啓，邊徼從此多事矣。

【前腔】未伸國憲，先言柔遠。縱然是鬼母藏鋒，保不定蚩尤乘間。（小生）吾兄遠識，亦是至言。杞人之憂，自今難免。（生）我懷鬱鬱，正復無聊。吾兄惠然肯來，且在敝齋留連信宿，也好彼此排遣則個。（小生）願聆高論，深愜鄙衷。（生）如此，便請書齋小叙。藉良朋晤言，藉良朋晤言。且自消磨詩卷，商量文讌共流連。治安可有長沙策，慷慨應歌老杜篇。

秦兄請。（小生）請。（同下）（丑）晦氣、晦氣！我家老爺連日納悶，正摸不著頭路，今日來了個朋友，正該說說笑笑，寬解一番。那知這位秦官人也是個不會快活的人兒，嘮嘮叨叨，鬧了半天的悶葫蘆、隔壁帳。如今不要管他，且去多燙幾壺好酒，把他肚子裏的牢騷痞塊洗滌一番，好教他們高高興興做起人來。正是：愁人莫對愁人說，心病還將心藥醫。（下）

第六齣　椿訓

（外上）萬里昆明賦宦游，一肩重擔幾時休。浮生半爲浮名誤，未到歸田已白頭。（坐介）（末家人暗上）（外）老夫王鼎亨，表字調父，福建侯官人也。由大挑出宰滇池，以勞績保升郡守，現任麗江府事。且喜到任以來，弊絕風清，民和政肅。雖然老邁，尚可支持。老夫生有四兒，次兒早故，三、四俱在沖齡。只有大兒文錫，遠宦浙江，萬里迢遥，數年暌隔。昨日寄來稟帖，知他現任慈谿縣事。只是操刀不易，製錦堪憂。一則怕他眷戀庭闈，分了做官的心事；二則防他矜張才氣，少了克己的功夫。今日政務清閑，不免愷切詳明，作書訓示一遍，好教他力圖報效，勿墜家聲。髯奴，筆硯侍候。（末）是。筆硯在此。（磨墨介）（外且唱且寫介）

【仙吕過曲】【皂羅袍】父示吾兒，知悉我平安無恙，精力堪支。縱然白了幾吟髭，尚能健飯廉頗似。只要你聲名愛惜，官方自持。功名建立，親懷自怡。這便是老境真歡喜。

【皂角兒】論居官先嚴四知，要各樣清廉克己。切不可博能名逢迎上司，徇人情縱容權勢。須曉得爲官家敷政化，爲閭閻司牧養，治亂因之。懲一惡得情勿喜，用一善推誠勿疑。望伊行陶鎔風俗，袵席瘡痍。

（貼捧茶點上）龍團供小飲，羊棗博歡顔。太老爺在上，大奶奶命送茶點到此。（外）放下。你去對大奶奶説，今日發浙江家信，署中大略情形，自會寫上。不久便要送你們往浙，此次不必另行作信了。（貼）小婢理會得。（持空盤即下）（外）這信尚未結束，且把些家常話補在後幅便了。（飲茶再寫介）

【解三酲】你婦妾能修甘旨，你兒郎解讀書詩。我年來已有歸田志，不煩他朝夕扶持。只怕你官齋寂寞無人侍，須索要眷屬團欒慰爾思。休牽記，把家常兒女，附筆言之。（末接書介）老奴知道。（外）書已寫就。髯奴過來。（末）老奴在。（外）這是要緊書函，你可封交驛站，按程速遞，切勿遲延。

【尾聲】家書權當官箴示，不比尋常屬付詞，（捋鬚看介）咳，你看，鬚髮蒼蒼，頹然老矣。兒呵，只怕你他日成名我不及知！

（彈淚下）（末隨下）

第七齣　玩鑑

（生上）

〔南吕引子〕【于飛樂】白雲飛，親舍遠，便夢裏歸途難認。忽忽的年光催鬢。聽烏啼，看燕乳，總成離恨。嘆居官空博顯揚名，子職翻多未盡。

我王文錫，自來浙省，轉瞬數年。勉效馳驅，愧無建樹。前因軍營差委，遂蒙上憲保陞，現任慈谿縣事。地濱海澨，民雜華夷。寇亂初平，人心未靖。不免恩威並用，更宜教養兼施。竭蹶從公，幸無隕越。只是庭闈萬里，定省久疏。未伸迎養之忱，徒益思親之淚。這心緒好不凄感也呵！

【梁州新郎】依依孺慕，悠悠離悃，睡醒都難安穩。虚言禄養，何如菽水晨昏。欲待揚名後世，誰道生前，已抱無窮恨。就是娘子、姬人，曲盡孝養，終替不得爲兒的擔子也！便能修婦職，致殷勤，還恐怕爲我相思意念分。嗳喲，父親阿！韶光邁，衰年近，望孩兒極早名場逞。誰知道凄惶淚，兩邊隕！

今日公餘無事，愁緒紛來，不免將《居官寶鑑》細細尋玩，只當與父親見面一般，豈不是好！有理阿有理！

（據案展書介）

【前腔】臨民治譜，傳家書本，只當親承庭訓。條分縷晰，須知誨我諄諄。此是現身設法，教子成名，救劫開昌運。不同無益事，費精神，是上爲朝廷下爲民。循良傳，忠誠悃，幾年來心血銷磨盡。留一卷，治平準。

（丑持書上）程途經萬里，書札抵千金。禀老爺，太老爺家書到。（生）原來有父親嚴訓，只索望空拜拆者。

（跪拜，拆書讀介）

【節節高】書來卅六鱗，拜嚴親。開封先把平安認，諄詳信。勖望殷，居官論。一椿椿都是身心本，一條條都繫安危運。翻將家事當餘文，特因公務申嚴訓。

父親萬里馳函，諄詳懇到。這紙書，分明又是個《居官要録》，當與《寶鑑》一編，什襲珍藏也。

【尾聲】信和書收藏謹，抵多少萬鎰黄金付子孫，只是遠道提撕，不若面承教誨，須索整備迎養才是。好教俺詩禮趨庭領異聞。

（引丑抱書下）

第八齣　送姬

（末引四雜推車策馬上）（末）男兒事功名，骨肉多離别。何如田舍郎，團欒共一室。自家髯奴便是。奉太老爺、大奶奶之命，送姨奶奶、小官人到浙江任所，今天起程。你們行裝車馬可曾齊備？（雜）都已齊備。（末）如此，門首伺候。（同下）（旦上）

【仙吕入雙調】【步步嬌】嘆今朝銷魂無如我，熱淚更番墮。夫妻别恨多，眼底行人，又添兩個。後會問如何，這官兒一半是相思做。

奴家周氏，自送官人往浙，光陰荏苒，不覺數年。所幸衰翁矍鑠，幼子長成，縱有愁懷，尚堪自解。前日公公因官人在外伺候乏人，命奴携家赴任。我想公公年邁，如何抛撇得下？情願留衙侍奉。只是公公愛子苦心，又不可孤負，只得令黄姬帶了我兒先行赴任。業已禀明公公，定於今日起程，且待他堂上叩辭下來，再行囑付一番，多少是好。（小旦上）嗚咽臨歧語，（小生上）艱難别母心。（小旦）夫人在那裏？（小生）母親在那裏？（各相見，淚介）（旦）你們都别過了公公麽？（小旦）（小生）都已叩别過了。（小旦）賤妾蒙夫人恩待，肩鬢相隨，今日遠離，怎不心傷腸斷也呵！

【忒忒令】念寒簧相隨素娥，形和影夜窗團坐。鏡聽釵卜，做離人功課。今日裏背娘行，依夫婿，一邊歡，一邊兒奈何。

（小生）孩兒自幼跟著母親，一旦分離，委實放心不下。還是母親同去的好。

【沉醉東風】看娘親心傷淚滂沱，何不是移家一舸。長幼共婆娑，要分開甚麼。就是祖公公呵，便解組同行俱可。長途浩歌，長筵競羅。怎的教娘兒兩處，把年光暗磨。

（旦）孩兒不必悲傷。你爹爹迎養在即，不久便當侍奉祖公，一同赴浙。你二人暫且先行，何須煩惱？（小旦）賤妾此去，夫人可有甚麼囑付？（旦）你去見了老爺呵！

【江兒水】但説翁顔好，休提妾恨多。眉梢莫爲思鄉鎖，淚珠莫爲思爺墮。好官總要精神作，須事事親裁停妥。只望伊迎養休遲，此際支撑有我。

（末引雜上）夕陽催别語，芳草認行蹤。天色已晚，快請登程。（小生、小旦各淚介）

【川撥棹】銷魂頗，便依依一霎那。（旦）望前途珍重關河，望前途珍重關河。報平安休教信訛。早晚一别，你們就此起程罷。（小旦）如此，夫人請坐，容某等拜别。（小旦、小生各拜介）戀慈雲，怎别他。（旦）送征雲，暫别他。

（小旦登車，小生上馬介）（旦）

【尾聲】你舟車眠食須調妥，（小生、小旦）别後淒凉可若何，（合）只落得兩處纏綿夢境多。

（分下）

第九齣　花頌

（生上）

〔雙調引子〕【金瓏璁】白雲親舍遠，早晚思量千遍。極目關山，未酬烏養願。閒愁閒恨年年，知甚日，慶團圓。

下官王文錫，自到慈谿，忽經兩載。竊喜勸農課學，吏治一新。輿論翕然，人心愛戴。近捧檄委，調赴鎮海。卸篆有期，起程在即。只是官民相習，已如骨肉之親；舟楫重移，轉動別離之感。這也不由自主。下官於上歲曾具家稟，請父親投簪就養。嗣奉嚴訓，以公事未能卸肩，先令黃姬帶了孩兒來浙。屈指行期，這早晚敢待到也。（丑引末上）（丑）行人經險阻，（末）仙眷望團欒。（丑）老伯伯這裏來，見過老爺。（末見介）老爺在上，老奴叩頭。（生）呀，髯奴，你來了麼！（末）正是。姨奶奶同小公子已進宅門了。（生）如此，你去照料行裝，外邊將息則個。（末應下，小旦上）

【海棠春】離人但覺程途緩，到今日纔容相見。老爺，賤妾叩見。（小生上）仔細認爹行，可似當初面。

爹爹，孩兒叩見。（生）罷了。你們坐了講話。（各告坐介）（生）黃姬，你出門之日，太老爺光景如何，精神可好？（小旦）太老爺呵！

【正宮過曲】【刷子序】雖然暮年，幸廬陵詩酒，豪興如前。（生）畢竟何時可以辭官就養？（小旦）待了公家，來看浙水湖山。（生）可有甚麼分付？（小旦）傳言，但看取居官寶鑑。忠與孝，盡在其間。（生）夫人近來作何排遣？（小旦）他只是諱離愁笑語如常，奉高堂菽水無愆。

（生）孩兒年已長成，近來讀書一道，可有些領會麼？（小生）爹爹容稟！

【雁過聲】（換頭）青年慚無遠見，詩書義粗通未全。算賢師教法無他擅，不過是學時文，做詩篇。畫葫蘆，没甚新鮮。古今宜貫串。濟時先讀循良傳，報國何須錦綉言。

（生）你二人路途辛苦，且到裏邊安息片時。俺有多少言語，急切説不出來，且待公事完了，再來問你。（小旦、小生）是。（小旦）正是：别久難爲語，（小生）詞多轉易忘。（同下）（副净上）

【傾杯序】（换頭）排船，到化疆，迎好官，先把門公騙。門上大爺在這裏麽？（丑）你是那個？（副净）晚生是鎮海縣書辦錢充便是，帶同差役人衆，前來迎接新官到任。手本在此，相煩通報。（丑）候着。（禀介）啓爺，鎮海書辦錢充，帶同差役，迎接到任。（生）着錢充進見。（丑傳介）（副净）小人叩見大老爺。（生）你鎮海地方可有甚麽害民之事，從實説來，候本縣到任，先行整頓。（副净）别的倒没有甚麽，只有兩椿事，一椿可怪，一椿可憂。（生）怎生可怪？（副净）近來忽然有個三脚猫，每到黑夜之時，往往出來唬人。但是天黑無星，地黑無人，他便舞爪張牙，吐霧噴煙。把鄉村男婦，人人驚竄，處處顛連。恨妖麽，擾來鷄犬不安閑。

（生）這是妖人幻術，即豆人芻馬之類，借此恐嚇愚民，爲掠取錢財之計。你回去可備民壯二十名，於暗中埋伏，等那三脚猫過去之時，必有歹人尾在後面，即可突出擒拿，以穢物加之，自然妖術立窮，罪人可得。只是那一椿可憂的，畢竟又是何事，快快説來！（副净）那椿可憂的，乃是海盗猖獗，渔人不能安業，營弁不肯巡洋，將來恐釀大禍。（生）這事却真可憂慮也！

【玉芙蓉】横行有盗船，無處停渔艑。怕清平海島，又動戈鋋。錢充，你即去整備文書，申詳水師提帥，速速發兵巡洋。如若不允，待本縣下車，再行面禀便了。網羅未可開三面，忍放吞舟入大川。安良善，要鯨鯢先翦。試臨淵，珊瑚認取釣鰲竿。

（副净）小人理會得，就此遵諭趕辦便了。（下）（外、老旦携詩卷上）（外）父老歌來暮，（老旦）兒童解去思。來此已是宅門，門上那裏？（丑）是那個？（外、老旦）本邑紳士拜會。（丑轉稟介）（生）就請相見。（丑）請。（外、老旦見生介）（生）二位光臨，有何見教？（外、老旦）老父師德化涵濡，人民安業，今將移篆，實切依依，因此特來話別。

【小桃紅】一霎裏陽春遠，只落得臨歧戀。怕一錢不入劉公選，送行但有新詩卷。老父師在慈湖一帶，種花成林，我等借此爲題，以代甘棠之頌。（呈詩卷介）這風流賽過河陽縣，留得住春色年年。

（生展閲詩卷介）真乃寫作俱佳也！

【朱奴兒】好書法春風桃倩，好詩句初日蓉妍。只是兄弟呵，培養根苗愧宰官，枝與葉，雨露難全。翻勞你芝蘭贈言，折楊柳，驪歌餞。

（外、老旦）我等告辭，臨行再當遠送。（生）已拜佳章，勿勞芳躅。（外）好官難得心如鏡，（老旦）公道猶存口似碑。（別下）（生）紳士已去。趙忠，你把這詩卷收入行裝，明日良辰，便須交卸起程也。

【尾聲】勞勞宦轍如郵傳，只辦得帆隨湘轉，怎能彀整備仁風到處扇？

（同丑帶詩下）

第十齣　緝妖

（副净引四雜上）猴兒怕高竿，差役怕新官。高竿防跌壞，新官要捉怪。自家鎮海縣的書辦錢充便是。只因近來出了一個三脚猫，驚擾民間，奉新任太爺鈞諭，要着我們身上拿捉妖人。没奈何，只得帶着些伴當，來此偵探。你道這差使難不難？（雜）哥呀，你是個極能幹的主兒，新官未到，先去獻殷勤，怎麽就獻出這個苦差使來？（帶累我們受罪。如今没有別的，先把你捆了，送官究辦。（副净）這却爲何？（雜）公門中的精怪極多，你這個書辦便是精怪的頭兒。只怕那三脚猫，還是未成形的書辦；你這老書辦，倒是個修鍊過的三脚猫呢！（副净）休要胡説！新官新府，公事不當頑耍，你們棍棒繩索可曾齊備？（雜）俱齊備了。哥呀，你認真要捉妖怪？想是三脚猫吃了人，你就没得吃了，所以恁般上勁。只是你要躲在後面，要我們上前纔好。（副净）如此踊躍最好。（雜）不是踊躍，怕你趕在頭裏，先和三脚猫走做一路，連弟兄們的性命都不管了。（副净）閑話少説！天色已晚，快往前面埋伏去罷。（諢下）（丑道裝持劍上）

【正宫調子】【四邊静】家傳妙術真靈異，只要些兒紙。立地化妖魔，瞞天弄神鬼。區區張術的便是。向來頗有些小家私，只因嫖賭煙花，弄得精光雪白。剛留得一本秘書，乃是旁門左道的勾當、豆人紙馬的幻戲。小子窮得没法，就蔚了一隻三脚猫，念動些符咒試試，他就張牙弄爪，登時飛舞起來，連俺自家也着實詫異。那曉得實至名歸，便有些弟兄們知俺法力高强，引我通連海盗，教俺在沿海地方擾亂人心，好等他海中弟兄乘機劫掠。區區有此妙技，豈不是理當發迹？且喜此間僻静無人，不免把這三脚猫驅遣起來。（持劍畫符介）囉嗹囉嗹，白晝生烟。隨風變化，飛行人間。（喝介）劍鋒所指，速速向前。（内烟火，扮三脚猫跳舞上）（副净）妙阿！這邊游戲，那邊驚避。認做老蟾蜍，多了一長尾。

（同下）（衆扮男婦老幼奔上）哎喲，不好了！快逃命，三脚猫來了！（急繞場下）（猫、丑同上，繞場下）

（副净引四雜上）

【前腔】黄昏月黑人聲沸，定有妖氛起。躲在土墻邊，安排捉魑魅。（副净）你看遠遠望去，那話兒來了！後邊有個影子，必是個妖人。弟兄們，伏在暗中，等那猫兒過去，出其不意，把這妖人縛住，須要着力！（雜）這個自然。（作伏介）（猫驅衆上，繞場，同下）（丑上）（副净、雜突出擒介）（丑叫介）我是好人，爲何捆將起來？（副净）既是好人，怎的跟三脚猫走？（丑）我靠着這個三脚猫本事，不過想弄些油水。（副净）油水油水，不要貪嘴。送到官裏，一刀一塊。（丑）這却苦也！（衆）繩兒縛腿，棒兒敲背。你養虎自傷身，捕鼠仗吾輩。

（挾丑下）

第十一齣　漁鬨

（净引衆持械乘船上）

【水底魚兒】出没重洋，時時劫客商。生涯絶妙，金銀用斗量。

（净）俺楊霸便是。亡命海濱，忝膺盗首。在這浙東洋面，做些没本錢的經紀。商船過去，關税讓我先完；生口擄來，性命要人回贖。因而財源廣有，夥伴日多。近日又結了個内地朋友，唤做張術。他有紙人豆馬之法，俺就教他在沿海一帶，擾亂人心，以便我等上岸劫掠。只是這幾日不見動静，那些客商船隻，又弄得不敢出頭，只有那起不怕死的漁户，還在洋面上下網捕魚。連日生意清淡，不如將就把這幾個漁船，發個利市。諒這些官兵，也管我們不來。衆弟兄，快快跟我前去！（衆應，同繞場下）（外、四雜扮漁户乘船上）

【前腔】一葦輕航，閑來把網張。風平浪静，全仗海龍王。

（外）我們都是沿海漁户，今日天氣晴明，正好出洋收網。（雜）你看遠遠望去，倒像是群盗船來了，須要防着。（外）我們是風浪裏頭的生活，管甚性命？就有强盗，也要和他併個死活。（净衆上）哇，你們這起狗男女，怎敢在我地界捕魚？好好留下船隻，饒你性命。（外）天王的水土，良民的生路。賊强盗焉敢横行？（同打介）（外衆敗下）（净衆追下）（外衆奔上）哎喲喲，這直娘賊，好生兇横，我們的船隻，都被搶去，怎生是好！（衆）向來漁户出洋，都有營船保護，如今營兵不管事，所以海盗恁般猖獗，我們往營裏請兵去！（外）不错，有了這些强盗，就絶了我們的生路，拚着這幾條老命，好歹要弄他們出洋去。快走快走！（同急下）（雜扮二卒上）

【前腔】海口提防，何人敢出洋。三餐飽飯，銷他一日糧。

我們水師營的老將便是。閑暇無事，剛剛過了烟癮，且在轅門外打個盹兒，養養神罷。（各欠伸睡介）（外衆上）行行去去，去去行行。來此已是轅門，你看静悄悄的，只有兩個兵兒在此打盹，好不舒服。（叫介）喂，快快醒來。（卒夢話介）請來作甚？（外）要你們巡洋。（卒）尋娘？叫你兒子去。（外）這厮們吃了皇家的錢糧，青天白日，只在睡夢裏過，你道可恨不可恨！大家拖他起來。（衆應，各拖介）（二卒醒介）你們是甚麽人？這裏是甚麽地方？擅敢大驚小怪！（外）我們是本地漁户，被海盗劫掠，不能營生，要禀請官府，發兵巡洋。（卒）好自在話兒！新任縣太爺來過幾次文書，不曾見個動静，諒你們這幾個漁户，怎敢在此胡鬧？快走娘的路，讓老爺好睡覺。（外）水師巡洋，保衛漁户，乃是舊例，怎麽一概不管？（卒）如今的公事，那個照着舊例來？我們還有新例呢！（外）甚麽新例？（卒）新例你聽我道來。【西江月】性命非同兒戲，髮膚愛惜爹娘。若還要試礮和鎗，只要煙燈一亮。（外）這等説來，你們竟不巡洋了？（卒）豈敢！（外）恁般可惡！那些盗賊明明都是你們作養成的。（卒怒介）你敢辱罵營兵？不知王法！只怕强盗就是你這起狗男女。和你們見本官去！（扭介）（外衆）本官是要蔽護他的，我們拉他見縣太爺去！（扭二卒介）

【前腔】盗縱民殃，天天白吃糧。（卒）你們擅敢動手？（外衆）今朝拚命，動手也何妨。

（衆扭二卒下）

第十二齣　靖盜

（儀從、隸役引生冠帶上）

〔中吕〕【繞紅樓】整理絲綸學釣鰲，看魚龍曼衍春潮。亂後維持，灾餘補救，王事敢言勞？

解纜慈湖到此間，天教看盡浙東山。蛟門鎖鑰防秋重，敢學河陽但賦閑。下官王文錫，由慈谿調任鎮海。人經夷亂，地界重洋。頑莠不除，嘉禾難植。下車伊始，必得先除奸宄，以静民心。昨已拿得妖人張術一名，即日午堂勘問。左右，帶張術進來。（役）是。（外、四雜拉二卒喊上）青天大老爺救命！（二卒）青天大老爺伸冤！（生）外邊何人喧嚷？先帶進來。（役傳介）（外衆扭卒同跪介）小人們都是漁户，今日出洋收網，被洋盜劫去船隻。小人無以爲生，情急向營中叫喊，請發兵巡洋。（指卒介）那兩個營兵，反把小人當做强盜，要拉去會官。小人們氣忿不過，就扭稟大老爺，求大老爺先把這兩個吃糧不管事的，照例革辦，一面詳請水師營發兵捕盜。若是大老爺再不作主，小人們生路已絶，只好和那厮拼命了！（生）下去，帶營兵。（二卒）營兵叩頭。（生）你們既不巡洋捕盜，怎的誣辱良民？（二卒）大老爺，一面之詞，聽信不得！他們糾衆闖轅，小人們攔阻不住，反遭兇横毆辱，扭稟臺下，伏乞伸冤。（生冷笑介）捕盜護漁是水營分内之事，本縣到任以前，業經詳請數次。若是早能振作，何至洋匪猖狂？今衆漁户情急投轅，你們尚敢攔阻，激成事端，實堪痛恨。本應將你二人重杖一百，革去錢糧，恐傷你本官體面，如今就借你兩口，轉稟帥府，即請出隊巡洋。若再因循，釀成巨禍，本縣惟有稟憲申奏，公事公言。你可聽得明白？（卒）小人明白，即當遵諭轉稟。（生）待俺手繕一稟，付你帶去，

立取回音便了。（據案寫稟介）

【尾犯序】海國樹旌旄，保障生靈，鎮壓波濤。忍縱萑蒲，化跋浪長蛟。除暴，射潮礨犀軍弓燥，淩波陣燕檣帆飽。膺專閫，要先機防患，萌櫱庶潛消。

承差過來。稟封一件，你押他兩人，同往帥府投遞，立等回批銷差。（役）是。（對二卒介）快快同去。（帶卒下）（生）叫漁户。（外雜）小人在。（生）你們毆辱營兵，大干法紀，以後若再聚衆滋鬧，必得究辦！（外衆叩頭介）大老爺恩典，下回不敢。（生）此次稟請，必有好音，你們外邊聽信便了。（外衆）再不發兵，總要大老爺做主。（生）本縣自有道理，去罷。（外衆叩謝起介）（外）官兵真白打，（雜）父母是青天。（同下）（生）帶張術。（副净押丑上）張術當面。（生拍案怒介）哇！你用何幻術擾害民間，從實招來！（丑）小人是個道士，從小出家，並無幻術害人，恐是拿錯的。（生）你仗劍夜行，爲着何事？既是道士，在那個廟宇安身？（丑）小人游方到此，萍蹤无定，昨日因李四家要遣個飛煞，所以帶着口寶劍，不想回去天晚，吃官人拿了。（副净）稟大老爺，小人親眼見他跟着個三脚猫走，那邊人家稀少，也並無李四居住。（生）你這妖賊呵！

【番馬舞秋風】蹤迹蹊蹺，明鏡安能鬼魅逃。你既是不棲庵觀，若個尋伊，遣煞除妖？左右，將他身上搜檢一番，有無禁物挾帶。（役搜出書本，呈介）稟大老爺，那厮藏有符咒一本、紙猫一隻，呈驗。（丑）哎喲，小人並無携帶，這是栽贓！（生看書，怒介）現有妖書實證，尚敢抵賴？不打如何肯招！左右，用大板重打四十！（役）是。（行杖介）（生）暗藏禁物罪難逃，明搜贓證詞猶狡。（丑）阿唷唷，打死了，求大老爺開恩！這原是小人不法，借此妖術，惶惑人心。可憐小人是個初犯，格外施恩罷！（生）去惡應需斷根苗，怎説得寬容好。

帶去收監，候定案詳辦。一面出示通衢，説妖人已得，教百姓們安堵無恐便了。（副净）是。（押丑下）（役上稟介）帥府已有回批，即日發兵巡洋，一切遵諭辦理。（生）如此甚好，分付退堂。（内鳴鼓，衆吆喝，各散下）

（紅旗隊子引中净戎裝上）戈矛如雪照長空，點綴江山氣象雄。（黑旗隊子引老旦戎裝上）安得銀河看洗甲，扶桑枝上挂天弓。（中净）我乃總兵是也。（老旦）我乃都司是也。（合）請了。（中净）我等備員水師，未經風浪。向來尋洋捕盗，原不過是個虚文。誰知來了個不解事的知縣，幾次三番，請兵出洋。昨日爲了漁户被劫，聚衆鼓噪，又來饒舌。俺提帥拗他不過，因此命我二人，率領紅、黑兩隊兵船，分巡南北。此次公事，游戲不來，需要彼此策應纔是。（老旦）這個自然。來此已是海口，不免分頭下船，奇正合擊便了。（各乘船分下）（净引众乘船上）奇怪奇怪，旱兵落海。俺楊霸横行劫掠，只道官兵不敢出洋，誰知他不怕死，竟來尋我晦氣。説不得，只好努力一戰。弟兄們，迎殺前去！（衆應介）（中净領紅旗兵殺上）（互戰，净衆敗下）（中净領兵追下）（老旦領黑旗兵上）前面喊殺連天，想與盗船厮鬥，不免兜裏上去。（净領衆上）（中净領兵追上）（老旦領兵合戰）（净衆奔下）（中净、老旦領兵追下）（净衆逃上）哎喲喲，官兵畢竟利害，這個地面看來容留不得，快快逃往别處營生去罷！（中净、老旦領兵追上）（净衆逃下）（中净）那盗蹤已去遠了，只索收兵回營者。（衆）得令。（繞場行介）（合）

【餘文】海隅清，餘腥少，壯士長歌膽氣豪，似這等出力巡洋有幾遭。

（同下）

第十三齣　閨憶

（末行裝負包傘上）又從浙水到滇池，精力雖衰尚可支。閲盡風波頭漸白，主人恩重乞身遲。我髯奴，奉家爺之命，重到雲南，迎接太老爺、夫人，同赴浙江任所。登程以後，不覺三月有餘，且喜水陸平安，前途已到，只索趲行幾步。正是：江山形勝猶前度，家室團圓在後頭。（下）（旦上）

〔商調〕【風馬兒】睡起開簾見落紅，高樓外又東風。嘆朱顏冉冉華年送，啼痕多少，問取鏡奩中。

奴家周氏，自送黄姬赴浙，忽又經年。綺歲如流，芳華易暮。閒庭紅雨，送他幾次殘春；高閣清輝，看過百回明月。離人善感，遠夢無憑。這心緒好不煩悶也呵！

【金絡索】閒愁細雨通，别恨斜陽送。夫婿微雲縹渺真如夢。無聊倚綉櫳，數殘紅，一度花開一度風。我玉簫孤負秦樓鳳，你錦字虚勞塞上鴻。妝臺空，這寶釵明鏡爲誰容。好年光已苦匆匆，一半爲相思用。

想我别後情懷，百般抑鬱，未知黄姬到彼，曾否告訴一番？咳，不告訴他倒也罷了。

【前腔】單愁正苦濃，雙恨何須種。爲我傷心又慮妨公冗。況且老爺呵，思親淚已溶，忍重重，打叠纏綿亂寸衷。只恐黄姬不説我的心緒，也瞞不過老爺痞痳耳。早經蝴蝶通離夢，不待鸚哥訴曉風。銷魂共，算夫妻蘭蕙素心同。又何須形影相從，始著疼和痛。

前此老爺有信到來，説已專差赴滇，迎接眷口，這幾日好令人盼望也！

【前腔】眉顰兩點鬆，書札千金重。十載離居計日團圓共。只是來信許久，那接眷的家人還不見到，未知是何緣故。分明信已動，滯行蹤，耽誤程期罪怎容？早難道打頭風急帆檣凍，莫不是到手金空道路窮。將人哄，昨宵虚報燭花紅。玩來緘一再開封，反添我無聊夢。

（貼上）忙將歡喜信，報與寂寥人。禀夫人，我家老爺已着髯奴到滇，迎養太老爺，并接夫人到任。太老爺已許辭官就養，不日便可啓行了。（旦喜介）嗄！原來髯奴已到。現在何處？（貼）太老爺正在問話，少停便來叩見夫人。（旦）如此，却是喜也！

【前腔】商量子職供，報答親恩重。萬里安輿事事宜珍重。只是公公春秋已高，此去浙江路途遥遠，擔憂正復不少也。關河道路，叢累衰翁，惟願春生杖履中。侍兒，你隨我到太老爺跟前，禀請行期，以便收拾衣裝，侍奉上路。（貼）是。（旦）我們此去呵，看山好遂逍遥夢，破浪還須澹宕風。平安頌，正西湖花柳拂行驄。合家兒一笑相逢，便淚點都無用。

（引貼下）

居官鑑卷上終

卷下

海鹽黄燮清韻珊填詞原名憲清

第十四齣　哭灾

（净神裝跳舞上）天曹賞罰本無私，明鏡高懸不可欺。只爲人心乖正道，故教灾厄警明時。我神乃浙江城隍司神駕下判官是也。近因東南一帶，民情不古，風俗日偷，天降灾祲，俾知警懼。是以本年自春徂夏，霪霖累月，洪水横流。家室漂摇，田疇湮没。天公垂戒，豈無仁愛之心；人力回春，要具感通之理。今有仁和縣令王文錫，循良愷惻，誓拯顛危。待他到此，不免於夢中略示因由，以副其悱惻誠求之念。話猶未了，那王縣令早則來也。（虚下）（生上）

〔北正宫〕【端正好】赤輪埋，蒼天漏，瀉銀河倒挂長流。恨茫茫，誰把瘡痍救？長嘆息，空搔首。

下官王文錫，新任仁和縣令。正擬栽培民氣，提倡文風，不料淫雨爲灾，流離滿目。自顧官卑職小，拯濟無權，惟有虔禱司神，默祈靈祐。爲此却從，徒步登山。來此已是郡神廟門，不免徑入。（進介）噯呀，神聖阿神聖，你血食一方，光昭祀典，生靈疾痛，悉賴神庥，今日遭此鉅灾，怎不一施救援也呵？

【滚綉毬】忍見那莽江湖動地流，忍見那很雷霆連陣走。忍見那市廛間蛟龍徙竇，忍見那樹林中舴艋移舟。忍見那美田園荇藻浮，忍見那好禾苗根株朽？百忙裏生拆開誰家骨肉，一霎間死縱横各樣骷髏。（淚介）嗳喲，神聖呵！你從來四時祈福三牲受，早難道百姓遭灾一概丢。也須要共樂同憂。

哎喲，神聖阿！我與你分隔陰陽，職均司牧。人間苦樂，彼此同之。如係墨吏貪官，沉冤枉獄，上天鑒察，罪有攸歸。百姓何辜，罹兹慘劫？惟冀哀忱上籲，默挽天心。凡有灾殃，願以身代。

【叨叨令】聽了這風兒雨兒，蕭蕭瑟瑟的凑。逼拶得江兒海兒，滔滔泊泊的漏。看著那男兒女兒，啼啼哭哭的走。一霎裏身兒命兒，飢飢寒寒的瘦。（哭介）哎喲，神聖呵！你把這魂兒魄兒，重重叠叠的勾。可不道蟲兒蟻兒，也要哀哀迫迫的救。（大哭介）哎喲，兀的不痛煞人也麽哥，兀的不哭煞人也麽哥。願早具章兒疏兒，真真切切的奏。

叩頭許久，不覺疲倦起來，且在神前假寐片時，再行下山便了。（作隱几睡介）（净上）善哉善哉。人有善願，天必從之。王公聽者：你爲民請命，具見一片至誠。本司神自當代籲上蒼，維持浩劫。你可速籌賑濟，力救沉灾，爲斡旋造化之計。快快蘇醒，我神去也。（下）（生朦朧醒介）呀，好生奇怪，方纔睡夢之中，明明見一位神道，教下官速賑灾黎，以甦飢溺，洋洋如在，真乃靈爽式憑。不免望空拜謝一番，明日面見上司，禀商賑濟便了。（拜介）

【倘秀才】謝神靈指示根由，把灾祲暗中援救。（起介，儀從暗上）俺待要挽轉狂瀾憑赤手，扶起那溝渠瘦，道旁朽。才不愧共安危著疼熱的父母。

（儀從擁下）

第十五齣　争賑

（儀從、副浄門子引外冠帶上）兩行畫戟樹江城，雨後西湖山氣清。帖子祈晴晴未得，隔煙愁聽鵓鴣聲。（升坐介）下官浙江藩司汪平簡是也。地連江海，任重錢糧。紅籥屏藩，有察吏安民之責；黄金鎖鑰，兼持籌握算之勞。下官寵綰銀符，時深冰惕。未種甘棠之蔭，偏逢洪水之灾。蒿目時艱，焦心日昃。今當屬員謁見之期，左右們，傳諭各官，有事進參，無事回衙理事。（副浄）是。（傳介）大人傳諭各官，有事進參，無事回衙理事。（内）仁和縣知縣有事稟見。（副浄轉稟外介）（外）請。（副浄）請。（生上）

（進參介）大人在上，卑縣稟參。（外）貴縣少禮。來此有何公事？（生）稟大人：近來淫雨爲灾，田禾淹没，飢饉載道，家室流離。卑縣履勘所周，傷心慘目，特來稟商大人，設法賑濟。念卑縣呵！

【黄鐘】【西地錦】五月江城風雨，釀成秋氣蕭疏。慈航誰把蒼生渡，咳，東南民困難蘇。

【降黄龍】司牧攸關，親到鄉村，遍歷灾區。凄凉道路，滉漾田園，併合江湖。菰蒲，哀嗷鴻羽，尋不出稻粱禾黍。願仁天放光垂臂，拯伊疾苦。

（外）灾民失所，我豈不知，只是國家經費有常，度支不給，本司亦無從爲力。

【前腔】躊躇，欲拯夷傷，庫項錢糧，國家有數。新規難創，舊例須循，從何支取。倉儲，縱然移用，問日後如何彌補。須知道救荒無政，持論休迂。

（生）大人，此言差矣。國帑雖艱，灾危宜恤。朝廷積貯，原爲緩急之需。若但守陳規，不顧民命，殊非聖朝愛養黎元之意。

【前腔】嗟吁，數郡生靈，困苦顛連，不異嬰兒待哺。但言律例，坐視流亡，豈是召棠郇黍。嗚呼，君恩高厚，要不使一民失所。倘明公不憂飢溺，實負唐虞。

（外怒介）朝廷帑藏，本司尚難擅動，怎敢率請移挪，出言唐突？

【前腔】支吾，但博循聲，浪託空談，政體全然不顧。灾多費鉅，官小言誇，看你如何調度。

（生）哎喲，大人呵！妻孥，無分貴賤，一樣是人間男女。是誰教吾曹肉食，若輩溝渠。

（外動色介）貴縣言之痛切，本司豈置若罔聞？只是灾傷遍地，所費不貲，畢竟作何籌款？（生）大人，人臣在外，有利於社稷民人者，專之可也。若必籌款而後賑濟，則溝壑之民豈能久待？據卑縣淺見，目前救急之計，先宜開倉糶穀，設廠賑飢，一面奏請發帑接濟，一面飭通省各員分俸倡捐，并地方紳富出貲助賑。似此官民合辦，上下秉公，事可速成，款有分屬，庶救灾民於垂斃也。

【黃龍袞】要官紳共綢繆，官紳共綢繆，疾痛分調護。絶蠹防奸，事事須公溥。這便是苦海慈航，憑風吹渡。（外）所論甚是。待本司即日面商撫院，據情具奏。至各屬籌辦賑務章程，即煩貴縣擬稿呈核便了。（生）謝大人恩諭。（外）就此退衙。（下，儀從副净等隨下）（生）且喜藩司面允，俺王文錫好僥倖也！要曉得司民社，共安危，非邀譽。

【尾聲】滋培民氣須官府，好接續元陽一縷，尤只望天詔垂恩更賜租。（下）

第十六齣　馳訃

（小生乘舟急上，丑舟子摇上）（小生）哎喲，苦也！（彈淚介）

〔商調過曲〕【水紅花】凄風苦雨出金閶，倚孤篷心神迷惘。五湖煙水接蒼茫，泛寒漪淚痕凝漲。小生王蔚霄，只因祖父就養來浙，行抵江南，奉父親之命，前往迎接。豈料祖父舟次吴門，忽然患病，延醫診治，百計無效，竟於中途棄世，真乃變生不測！爲此飛速駕舟，報與父親知道。（回望，哭介）哎喲，我那祖父呵！誰道看山吴會，夙願竟難償，祇餘魂夢到錢塘也囉。

想我父親朝夕引領北望，竊冀病體早痊，指日父子重圓，親承色笑，豈料竟成永訣！若得此信，怎不迴腸寸斷也呵！

【金甌綫解醒】生離已是傷，死別將何望。半面無由，十載成虚想。煙波咫尺長，恁匆忙，便一刻團圓也不妨。爲甚麽採蘭未許兒迎養，折葦難邀佛渡江。船家，你須速速趲行，不可遲誤才好。（丑）少爺放心，明日早到杭州，好討酒錢哩！（小生）催烏榜，嘆神魂南北，兩處飛揚。

（下，丑急摇舟同下）

第十七齣　夢訣

（神從引外神裝上）生爲循吏殁爲神，認取金剛不壞身。後日功名望兒輩，暫憑飛夢話前因。我神王鼎亨是也。生前歷任滇南，洊升甘肅平凉府知府。只因吾兒文錫遠宦浙江，堅請迎養，自顧衰頽，遂即辭官赴浙。豈料長途風雨，暑濕交蒸，老病孤舟，淹然長逝。冥司以平生居官清正，惠澤在民，奏請天曹，銓授城隍司之職，不日便須赴任。只是我兒文錫暌隔多年，悠悠我思，曷其有極，茫茫此别，不能無詞。爲此御風前來，與他夢中一晤，以了塵緣。侍從們，速往臨安去者。（衆應，同外下）（小旦上）

〔仙吕入雙調〕【忒忒令】碧沉沉庭梧晝寒，香渺渺池荷凉顫。暗中惆悵，怕秋風催扇。妾身黄氏，隨侍老爺在任。吹簫度曲，愧無樊素之才；煮茗添香，幸備朝雲之列。近因水灾遍地，民不聊生，老爺辦賑勤勞，幾至不遑寢食。又因太老爺暨夫人舟抵江南，至今未到，日深盼望，焦灼異常。今日老爺五鼓出門，此時天已過午，尚未回衙，真乃身心俱瘁也！　公私事，兩憂煎。劣襟懷，難排遣。闌干空倚遍。

（生憂容上）

【沉醉東風】拯哀黎鳩形可憐，望嚴親燕檣不返。心一顆，兩邊懸，活將人熬煉。（小旦迎見介）老爺回來了。（生）回來了。黄姬，我家太老爺、夫人，早已行抵江南，前命我兒飛棹相迎，爲何許久不到？好生惶惑。（小旦）想只在幾日内，便可團聚，老爺不必過慮。（生）我連日心驚肉顫，坐卧不安，却是何故？（小旦）這是老爺辦賑勤勞，心力疲困所致。何不暫時假寐，稍養神思？（生）也説得是，我且將息則個，你自回避。（小旦）是。（旁設帳幔，生入睡介）（小旦）咳，嘆冠裳憂深歡淺，憂親幾年，憂民幾年。無多歲月，恁消磨等閒。

（下）（神從引外上）

【園林好】做良臣支撑兩間，做靈魂逍遥九天。是正氣氤氲不散。我兒起來，爲父的在此。兒爲我，活憂煎。咱爲你，死流連。

（生出帳見介）哎喲，原來是爹爹在此，教孩兒盼望得好苦也！（牽衣抱哭介）

【佳慶子】痛庭幃久别空眷戀，看鬢鬢蒼於十載前。不孝還勞垂念。悔年少，浪爲官。嘆年邁，少承歡。

（外拽生起介）我兒不必悲傷，我與你父子情深，特來看你。你前程遠大，務須赤心報國，勿墜家聲。正該打點精神，爲朝廷做一番事業。人生離合，有數存焉，何必嘤嘤作兒女啼耶！

【尹令】你爲民銷除灾難，爲君支持憂患，爲親顯揚門閈。須曉得忠孝同歸，兩字還應併合看。

（生）且住。聞得爹爹行抵江南，曾遣孫兒前往迎接，未見回來，恰是幾時到此？那些侍從的衣冠，又非世間裝束，教孩兒好難分曉。求爹爹訓示則個。（外捋鬚介）你怎知俺的蹤迹也呵！

【品令】你道俺煙波卧游，身寄木蘭船。怎知俺風雲嘯歌，神行太虚天。情真影幻，向石火光中現。茫茫千古，一刻爲伊留戀。你出仕以來，實心爲政，我所悉知，只《居官寶鑑》一書，須要時時記着。俺與你就此撒手也。臨別箴言，了却平生父子緣。

（生牽衣哭介）哎喲，爹爹，久別重圓，正待瞻依膝下，如何便要撒手，却待往那裏去？（外）我已銓補城隍司之職，即日便須赴任去也。（生）城隍乃冥司之職，這等説來，爹爹莫非歸天不曾？（外）靈氣不磨，生死一轍，我兒何必苦苦分辨也呵！

【豆葉黄】嘆輕塵弱草，壽命苦難堅。只除非精氣升天，留得住浮生飛電。心長世短，勞勞百年。但守定靈光一點，但守定靈光一點。且放下形骸世上，骨肉人間。

我兒快快放手，言盡於此，俺要去也。（生拖住不放介）哎喲，爹爹，斷然去不得的噓！（内金鼓喊殺介）（外）你看那邊無數夷兵殺將來也，侍從們快去迎敵。（生驚介）在那裏？（副净領卒子扮夷兵沖上）（外推生入帳，引侍從迎戰。副净衆繞場下，外衆追下）（生驚醒介）我那爹爹呢？我那父親呢？（呆介）呀，原來是一場大夢！（哭介）哎喲，苦也！（小旦急上）方纔老爺在睡夢之中，無端哭叫，快去看來。（見介）呀，老爺爲何在此痛哭？（生）哎喲，黄姬，不好了，方纔朦朧睡去，明明看見太老爺也呵！

【玉交枝】神光一片，爲兒行前來贈言。把居心行政交相勉，誨諄諄宛然如面。（小旦）還説些甚麽來？（生）説現授城隍司之職，即日便須赴任，這話明明不是吉兆。（淚介）冥官不由陽世銓，分明敕下閻羅殿。後來被一隊夷兵衝散，忽然驚醒。陡教人魂顛夢顛，越教人心懸意懸。

（小生素服急上）忙將奇變事，飛報阿爺知。爹爹在那裏？（生驚介）我、我兒回來了，你、你祖公公在、在那裏？（小生哭介）祖公公卧病胥門，醫藥無效，已於六月十一日去世了！（生）已、已去世了？（小生）去世了！（生）阿呀！（哭暈介）（小生、小旦同哭扶介）（小生）爹爹醒來！（小旦）老爺甦醒！（生低唱介）

【玉胞肚】驚聞奇變，苦魂靈隨風亂旋。（放聲哭介）噯喲，我那親爹呵！幾年來望眼將穿，到今朝一面無緣。（頓足介）我爲兒不孝罪通天，定省何由到九泉。

如今的後事，怎、怎麽樣了？（小生）一切後事，母親和兩位叔父俱已料理停妥，只等爹爹作速奔喪，擇日起靈回籍。（生哭介）哎喲，痛煞我也！

【川撥棹】迴腸斷，夢魂中纔一見。不許人活着承歡，不許人死後憑棺。劣殘生何須再延。憶親顔，痛怎言。負親恩，罪怎言。

你們二人趕緊打叠行裝，俺即日詳報丁艱，便往吴門奔喪去也。（小生、小旦哭應介）是。（生頓足介）哎喲，我那父親呵！

【尾聲】你英靈閃爍人天遠，夢尋來雲車怎挽，今後呵，便算有五鼎三牲也枉然。

（哭下，小生、小旦掩淚隨下）

第十八齣　匪變

（净引四雜上）

〔仙吕入雙調〕【普賢歌】呼朋引類聚山坳，棍棒花拳件件高。兵役怕吾曹，能拚命一條，無賴行中算老道。

自家湖州人氏，快馬張三是也。發迹土豪，出身光棍。酒坊茶肆，結些香火弟兄；妓館娼樓，做個煙花蟊賊。始則錢財黑摸，尚畏人知；即而衣飯白吞，漸無王法。有時仗氣，金銀用若泥沙；無故逞兇，里巷避其鋒鋭。似此恩威並用，因而黨與漸多。桀盜儘可窩藏，私鹽何妨販賣。我輩承平之無賴，即屬亂世之梟雄。只因區區武藝出群，喜跑快馬，遂人人唤做快馬張三。官府莫敢誰何，江湖好不敬重。這都不在話下。近來粤西擾亂，延及長江，現在寧國一帶，俱有警報。際此有隙可圖，正好乘機而動。衆弟兄們，平時所習拳棒，可曾嫻熟？（雜）俱已精熟。（净）今日無事，就此演習一番，待俺觀看。（雜）使得。（以次弄拳棒介）（净）妙呵，進退整齊，點撥有勁，儘可去得。你們再把我快馬牽來，待俺馳騁一番者。（一雜應，下牽馬上）馬在此，請老哥騎坐。（净上馬馳介）你們都隨我來。（衆）

【風入松】看飛行絶迹四蹄驕，只覺得紅光一道。天旋地轉塵圍繞，聽兩耳呼呼風嘯。（衆）哥呵，你的馬快，叫我們怎生趕得上？（净）恨不得穿雲出衝開九霄，（墜馬跌介）怎曉得大翻身筋斗轉身高。

（衆扶浄起介）（浄）呵唷唷，好跌好跌！（衆）老哥跑了一世快馬，怎的今日馬上報應起來？也算出兵不利。（浄）胡説，平日好好的，今兒偶然失足。（衆）可不是，一失足成千古恨了。未知跌壞了没有？（浄）還好還好，待我在這塊青石上，略坐片時，你們替我捶捶腰背，舒舒筋骨便了。（浄坐，一雜捶背，一雜牽馬介）這勞什子，把他林子外面放青去。（作牽馬下，副浄上）欲抗錢糧事，來尋尷尬人。小子乃長興縣的有名大阿哥吴良便是。有事要尋張老三，到他家中，説是山下跑馬去了。一路尋來，只見林子邊繫着匹劣馬，想是就在裏面，不免進去看來。（進見介）喂，張兄，你好舒服！（浄）呀，原來是吴良兄弟，甚風吹得到此？（副浄）一則特來奉候，二則有密事奉商。（浄）未知有何密事？這裏都是同夥弟兄，但説不妨。（副浄）只因敝處幾個村坊抗糧日久，都是小弟從中主使，只怕風聞出去，官府要來訪拿，所以特來計議，有甚方兒可以搭救搭救。（浄）既是大家都欠錢糧，若是官府單來拿你，難道竟没人出頭幫助？這也太無義氣了。（副浄）若論幫助，也有三五百人可以出力，只恐寡不敵衆，故此還要商量。（浄）你那裏既有三五百人，俺這裏弟兄也還有六七百，彼此儘可救援。現在寧國一路，正籌防堵，諒這些官兵，也算計不到我們，就是有些發動，我們彼此連結，外邊又有警報，正好從中取事，坐享漁翁之利，你還憂些甚麽來？

【前腔】俺與你兩邊聲援誓同袍，把綫索暗中勾好。況鯨鯢跋浪熊當道，誰再問狐狸多少？

（副浄）多承老兄指教，小弟就此告辭，彼此各自布置便了。正是：猛虎依倀思攫食，老鴉呼伴便生風。請了。（别下）（浄笑介）你們説是出兵不利，誰知又有弟兄前來合夥。可知得馬未爲喜，失馬未爲憂。（雜）這叫做馬倒成功大吉利，果然騎馬勝騎牛。老哥該請我們喝喜酒哩！（浄）當得、當得。（同諢下）

布一個長蛇勢頭交尾交，便不做黄巾賊，也算是緑林豪。

第十九齣　守苕

（小生上）

【憶秦娥】苕谿冷，一奩秋水蘋花凈。蘋花凈，煙波短棹，浪游詞境。

小生秦嗣觀，負才不偶，落拓半生。幸賦鹿鳴，未登雁塔。干戈滿地，書劍何之？且喜故人王與九公祖服闋之官，仍來浙省，因辦理甬東土變，撫御有方，保陞同知，出守湖郡。以小生誼屬故交，遂膺幕掾，紅蓮綠水，相得甚歡。兼有郡士趙孝廉，雙名伯麒，表字語秋，伉爽不凡，熟諳韜略，喜同晨夕，足破羈愁，也算客中一樂。話猶未了，那語秋兄早則來也。（末上）

【前腔】（換頭）畫簾垂地槐天永，軍書纔了官齋靜。官齋靜，暫拋案牘，來尋談興。

（相見介）呀，秦兄原來獨坐在此。（小生）趙兄來了。今日公事完得恁早。（末）今日都是些循例文案，無甚緊要，王公祖又考試書院去了，因而無事，到此叙談。（小生）貴處安定書院坍廢已久，此次重整舊規，恰是非常盛舉。（末）説也奇怪，那日書院起造之時，忽然一陣大風，將郡署古柏一株登時吹倒，經工匠相度材料，恰好配作書院正梁，可見凡事成毀有數。這也是太守精神所感，敝邑文教所關，故而如是。（小生）這却真正奇事。（末）

【孝順兒】風雲合，感召誠，春雷在空驅六丁。柱石賴支撑，傾危仗匡拯。（小生）前日曾見公祖自製題梁贊語，有此奇事，却不可無此奇文。聯奎聚星。柏梁舊製翻新咏，靈光賦手差堪並。認取龍文扛鼎。（末）近日公祖又倡義學，建節孝祠，敝邑公事，可謂百廢俱舉矣。不獨是廣廈千間，寒士同聲歡幸。

（内打點吆喝介）大老爺回衙。（生上）維持風化須文教，匡濟時艱賴武威。（小生、末迎見介）公祖回來了。（生）回來了。兩兄在此，談些甚麽？（末）正與秦兄談及公祖題梁一事。（生）今日院中諸生，也有許多題咏，少停送來評選。（小生）可有出色妙才？（生）好的儘有，只是推頌太過，使弟無以克當。

【前腔】珠和玉，咳唾成，聲聞過情慚令名。就是這柏梁呵，梁棟望諸生，淩寒表堅勁。便是天風吹折，亦復事出偶然，若歸功太守，何以堪之？　嗟余未能。（末）公祖風教主持，郡士同深感戴，只是此間民俗，良莠不齊，竊恐别有隱憂，尚勞廑念。（生笑介）趙兄所言，莫非爲快馬張三，及爲首抗糧之吴良乎？這恰不須過慮。小弟下車之先，早已訪得蹤迹，業經密飭幹捕，授計往拿，誠恐洩漏風聲，是以從未提及，早晚必將就獲矣。　論居官例得兼寬猛，安良先要除頑梗。　趙兄之意，是否爲此？　還望箴言持贈。（末大笑介）公祖料事如神，晚生尚有何説！　（小生）這個不謀而合，恰更奇了。做一篇合掌奇文，不愧同聲相應。

（丑引二雜鎖净、副净上）（丑）秀才考詩賦，差人捉老虎。詩賦不中考，老虎會捉倒。你們小心守候着，待我稟知大老爺。（見生介）稟爺，差役們拿得土棍張三、抗糧吴良，在外聽候發落。（生）爲何不送首縣審辦？（丑）已曾送去，那首縣太爺，因他言語凶很、黨與衆多，未敢處置，故而送到此間，請示定奪。（生怒介）豈有此理！　這等畏葸，成何政體！

【前腔】防凶焰，怕用刑，茹柔吐剛真不平。良善苦輸征，奸頑反僥倖。　如何勸懲？　你傳諭差役，把這兩名棍犯，依舊押發縣署，立時杖斃，以儆凶頑，不得遷延時日。（丑）是。（出封净等介）來、來、來，隨我來。你活老虎要變死老虎。（净、副净）去、去、去，跟你去。我老年人再做少年人。（二雜牽鎖隨丑下）（末、小生）公祖行事，可謂慈心辣手。（生）兩兄有所不知，方今海内多事，奸宄横行，都是這些因循怯懦之員，養癰貽患。始或諱盜爲竊，自顧考程；旋且縱賊殃民，不能收拾。追維亂本，俯仰時艱，好不令人太息也呵！不能牧養全民命，反將芻豢資梟獍。安得烽煙立靖？只辦得一味因循，官事誰知究竟。

（内嚷介）報、報、報！大老爺高陞。（丑急上）稟爺，新任巡撫何大人保奏老爺陞授杭州府知府，有報録人在外候賞。（生）分付帳房領賞。（末、小生）榮遷首郡，管領湖山，是好喜也！（生）兩兄可知道，這位中丞原是先大夫門下，小弟少時曾同筆硯，文章抱負，先大夫素所推許。不想今日就做了小弟的上臺，也算奇緣湊合了。（末、小生）原來如此。可見老大人青眼無花，鑒衡不爽。（生淚介）念先大夫呵！

【前腔】人倫鑒，月旦評，春風在門桃李盈。藥店出蔘苓，封疆握樞柄。難忘舊情。（末、小生）同術同方，正好相與有成，互相匡濟，益發可賀。同舟李郭神仙並，好將肝膽酬明聖。也是東南有幸。（生）都承期望，明日再當領教。（合）請了。惟願取上下和衷，兩浙永無邊警。

（分下）

第二十齣　禱佛

（小旦乘車，雜御車，副凈携香燭，貼執扇同行上）（小旦）

【懶畫眉】湧金門外柳絲風，淡冶青山破笑容，清明上巳過匆匆。病起春寒重，何處鶯聲啼落紅。

妾身黄氏。我家老爺新授杭州太守，隨侍官齋。因夫人家事勾留，到任尚須時日，妾身暫權内政，事事親裁，蒙老爺十分寵待。只是秉質素弱，與病爲緣，藥餌纏綿，迄無神效。命真蒲柳，恐望秋而先零；看到荼蘼，每當春而易感。昨承老爺美意，命我今日天竺進香。一則祈禱佛天，消除病晦；二則流連山水，散盪胸襟。爲此齋戒前來。不覺出城數里，你看長堤界渌，叠嶂圍青，是好去處也！（且行且唱介）

【前腔】好山亂削翠芙蓉，千叠幽篁萬壑松，幾條流水瀉當中。洗滌紅塵夢，（内鐘聲介）吹墮雲邊一杵鐘。

（到介）（末上）恭惟大施主，吃着觀世音。天竺山住持迎接女菩薩。（小旦）師父少禮。（下車介，雜暫下）（末）請女菩薩佛堂拈香。這位觀音大士送子保生，延年益壽，是萬靈萬應的，向來歷任撫藩大人，没有一位不敬信崇奉。所以這所寺院，比別處分外莊嚴體面。請女菩薩拜過了佛，各處隨喜隨喜。（小旦）蒼頭，你去點燭，待我親自拈香，教師父只顧請便。（副净）老奴理會得。和尚，你自請便，不必伺候。（末）阿彌陀佛，待小僧烹茶奉獻。（下）（副净點燭，小旦拈香介）佛天在上，弟子黄氏稽首皈依，焚香祝頌。一保夫君功名顯達，二保大婦福壽綿長，三保自身病魔消釋。（内鳴鐘，拜介）念弟子呵！

【前腔】桃根僥倖嫁春風，三五星兒許在東，夫人德量最寬洪。夫婿多恩寵，惟願佛天呵護，留此蠶絲，稍酬恩德，乞潤楊枝雨露濃。

（丑送茶上）茶煙禪榻静，泉味本山清。（向副净介）老人家，茶在此，少停香錢作福，要格外張羅張羅。（副净）這個自然，你自迴避。（丑下）（貼送茶介）請奶奶用茶。（小旦飲茶介）秋鬟，你看此間石壇幡静，上界鐘沉，但覺萬念俱消，一塵不染。（貼）真乃仙宫佛地，另有一種領會。只是小婢愚鈍，口中却説不出來。（小旦）

【前腔】塵塵色色悟虚空，身在琉璃世界中，浮生如夢太匆匆。歲歲春來送，只覺得起滅楊花一霎風。

天色已晚，蒼頭，留下香錢，就此回去。（副净）是。（雜暗上）（小旦）

【前腔】碧雲漸合寺門松，回首斜陽殿角紅，（上車行介）香車歸趁下山風。一路泉聲送，怎能彀了徹情根佛性通。

（同行下）

第二十一齣 籌防

（生上）杭州刺史最風流，管領湖山似白鷗。可惜東南兵未解，六橋詩酒減清游。下官新任杭州知府。地界江湖，治稱煩劇。看山有願，虚懷蘇白高風；化俗未能，愧乏龔黄善政。近值粤氛尚熾，羽檄交馳，徽寧有逼處之憂，皖豫有連横之勢。此間雖稱安謐，而各路軍需，疲於接濟。今日又奉上臺面諭，委以籌防措餉事宜。（嘆介）咳，度支既已空虚，民力又愁凋敝，真是萬分棘手，寢食難安。兼之黄姬病在垂危，夫人尚未到浙，中心焦灼，殊難爲懷。當此公務紛繁，這也無暇兼顧。且待秦、趙二君出來，商議一切便了。（末上）幕府仙才依緑水，（小生上）詞人秋夢問青山。（合）公祖請了。（生）請了。看坐。（末、小生各坐介）公祖見邀，有何商議？（生）只因邊防緊急，在在均須布置，未知二位有何長策？（末）敵據長江之險，東西聯絡，出入無常，犯浙之途，處處可慮。據晚生管見，與其分防而兵勢苦單，不若合剿而軍威較壯。若徒事堵守而不能進戰，糜餉則一，恐大勢不足恃也。

（中吕）【駐雲飛】賊夥兵稀，門户分支力不齊。况敵兵呵，我出他歸矣，應援翻疲敝。（生）頃與各憲計議，以戰爲守，適與高見相符。業已傳檄各軍，分頭進剿。只是一件，嗏，只怕士心離，賊來先避。

縱合機宜，軍令難遥制。（末）至於成敗利鈍，總在將士用命，公祖殫精竭慮，亦只能吾盡吾心罷了。可不道大厦還須衆木支。

（生）只是有兵無餉，潰散可虞。且目前南漕北行，又須籌備京儲，購運米石，此時無款可移，作何計校？（小生）古來武功拜爵，雖非盛舉，亦屬權宜救急之計，况鄰國猶知泛粟，牧奴亦解輸邊，當今厚澤深仁，涵濡已久，食毛踐土，豈無仗義樂輸？且濟餉所以殺賊，殺賊所以保家，誠將此意，愷諭城鄉，遍檄郡縣，有能納貲助軍者，許其破格獎勵，則聞風踴躍，定不乏人。衆志可以成城，千狐不難集腋。至於京儲籌備，亦可照此施行。一俟海内乂安，即當薄賦輕徭，以培元氣。此亦君民一體、憂樂與同之義。

【前腔】事屬權宜，自古生財善策稀。激發忠和義，未可傷民氣。（生）連歲征輸，民生已蹙，只是事出無奈，舍此殊少良策。頃與上憲面議，目下惟有先勸在任各員毁家紓難，則上行下效，或有影響之捷耳。嗏，仰屋苦嗟咨，非關心計。剜肉醫瘡，利在先愁弊。（小生）公祖呵，這也是點石無方暫試之。

（生）兩兄識量，均有應世之才，淹滯幕僚，殊爲可惜。趙兄素諳謀略，可以贊畫軍門；秦兄閲歷風濤，可以指揮海運。俟有緣法，即代爲荐舉，謬作曹邱，將來建立功名，不特有裨時事，即故人亦與有光榮也。（末、小生）公祖雅愛，適增我輩汗顔。（生）過謙了。

【前腔】卓犖英姿，如此高才合用時。未許風塵置，好吐干將氣。（末、小生）嗏，慚愧故人知，鉛刀難試。落拓江湖，敢望雲霄翅。（生）可知道大鳥沖天只一飛。

（丑上）忙將閨閤病，報與主人知。老爺，不好了！黄奶奶病勢越發沉重，方纔上房傳説，請老爺快些進去，看看光景如何。（生頓足介）哎喲，這是那裏説起！

【前腔】國病難醫，那有閒情更及私。搔首皆無濟，事急空流涕。（末、小生）既是如夫人病重，趕緊看治纔好。（生）嗏，元氣不能支，從何調理。攻補俱遲，棘手多年矣。方纔所説兵餉兩端，其中得失利弊，還求二位細加體察，妥議章程，明日再行酌定。（末、小生）晚生輩自當逐件盡心，公祖只顧請便。（合）禁不住家國焦勞併一時。

（分下）

第二十二齣　化玉

（貼扶小旦病裝緩行上）（小旦）

〔越調〕【小桃紅】西風落葉掩朱門，看世上芳華盡也。算一霎因緣，誰能留住夢中身。（場上設帳，貼扶小旦坐帳中介）（小旦）郁郁澤中蘭，置君玉堂上。託根非不高，秋風易飄盪。奴家黄氏，自嫁琅琊，瞬逾十載。雖爲側室，恩寵有加。争奈賦命不辰，浮生易盡，日來病勢日增，多分是不濟的了。（淚介）（貼）奶奶不要心焦，等灾晦過了，自然就痊好的。（小旦）咳，嘆嬋娟命薄怕承恩，當不起玉兒偎珠樣珍，錦裁衣釵横鬢也。到今朝福與灾鄰，早難道好年光容不得可憐人。

（隱几睡介）（老旦、雜旦扮諸姬上）

【下山虎】同來問信，異樣傷神，心緒難安頓。（老旦）妹妹，黄姊姊病象愈重，不知此刻如何，同去看來。（入唤介）姐姐病體覺得怎樣？（小旦抬頭看介）原來各位妹妹在此，奴的病體呵，蠶絲尚存，縱欲斷還聯，不多時分。（老旦、雜旦）方纔請過老爺，待他進來，再訪名醫診治。（小旦）咳，那有名醫會返魂。

各位妹妹，奴與你相處一場，今當永别，尚有片言奉囑。（老旦、雜旦）姊姊有何分付？（小旦）妹妹呵，你侍帷房須謹慎，做人家須儉勤。萬事宜和順，休分愛嗔，惟望你根葉同心報主恩。

（生憂容上）

【五韻美】事焦心，秋生鬢，還愁風雨催花緊。（老旦、雜旦）老爺進來看姊姊了。（生入，看小旦介）看伊行頩頳淚難忍。（淚介）黄姬，你怎生就病到這個光景？（小旦）老爺，你來了麽！容顔休認，已改盡年時脂粉。（生）你心裏覺得怎樣？（小旦）只覺得心頭暈眼底昏，試聽取殘喘絲絲，我生有盡。

（生）秋鬢，早起湯藥可曾煎服？（貼）纔吃得一口就睡下了。（生）咳，這都是我連日公事匆忙，把病癥耽誤了也。如今却怎的好！

【五般宜】每日裏，爲邊防，但言用軍。誰知道，誤閨房，漸滋病根。到今日醫禱兩因循。（小旦）死生有命，豈是人力可以挽回？但未知今日邊事如何？（生）寇焰仍張，兵疲餉竭，真乃異常掣肘。（小旦）咳，想不到國運命運一般疲頓。老爺呵，你爲蒼生發憤，莫爲紅顔納悶。則一副薄福的形骸，死和生，何足憫？

（生）這是甚麽説話！現在夫人尚未到浙，署中諸事，全賴主持，怎生割捨得你？（小旦）夫人幾時可到？（生）已令大兒前往迎接，大約只在數月之間。（小旦淚介）此生不及見矣。

【山麻稭】塵世事，看看盡。盼不到南海飛來，一朵慈雲。（大哭介）嗳喲，我那夫人呵！今身，追隨釵閣知無分。只辦得眼前熱淚，夢中别語，死後歸魂。

（作昏暈介）（老旦、雜旦扶住介）哎喲，姊姊暈去了，快快醒來！（生）黄姬甦醒！（小旦作醒，低唱介）

【黑麻令】纔脱去幽魂瘦魂，驀勾住癡根愛根。老爺呵，承受你深恩厚恩，到今朝欲報無從，只好等來身後身。（生）黄姬掙扎些才好，快不要如此。（二旦）姊姊，扶你帳中安睡罷。（小旦）妹妹呵，我與你情親意親，竟到了生分死分。惟願你解勸傷心，慰藉我夫人主人。

（二旦下，帳内細樂，小旦從帳後仙裝上，繞場下）（二旦）呀，你聽空中仙樂悠揚，好生奇怪。（生）待我看他怎樣了。（揭帳看介）哎喲，黄姬去也，兀的不痛煞人也！（大哭，衆同哭介）（生）

【江神子】只一霎罡風翦彩雲，爇蘅蕪難返香魂。（生）方纔仙樂飄空，此去定離凡垢。你等閒了却塵根，我憂時痛哭已沾巾。（大哭介）更爲你淚珠兒亂滚。

（二旦泣勸介）老爺暫免悲傷，安排後事要緊。（生）你二人且往裏邊，將他衣飾料理穿戴便了。

【尾聲】金釵翠袖般般恨，舊妝奩不堪重認，秋鬟，你可傳諭書房，請周軼舫師爺替奶奶寫取遺像。

（貼泣應介）是。（生）哎喲，黄姬呵！今後要省識春風只好向畫本。

（同掩泣下）

第二十三齣　疏薦

（外引副净、丑上）（外）

〔越調引子〕【霜天曉角】艱難時事，理亂疆臣寄。閭里正宜撫恤，湖山未暇題詩。

東南節鉞鎮封疆，軍國憂勞鬢易霜。欲爲生靈培氣脉，好除資格進賢良。下官何澄宇，表字咏霓。出身翰苑，拜職封疆。蒙聖上隆恩，建牙撫浙。矢勤矢慎，隕越滋虞。竊念行政莫如用賢，任官必先察吏。到任以來，查覈各郡縣官聲治績。只有王文錫識力俱優，賢勞懋著。當此需才孔急，何敢壅於上聞？自宜專摺保奏，以待朝廷不次之用。今日公餘稍暇，不免親自草疏則個。左右，筆硯伺候！（副净磨墨，外展紙書介）（丑暗下）

【入破第一】浙江省，撫臣啓。匡濟須才哲，奏爲薦賢之事。查有烏衣家世，閩海英奇。歷仕雙名文錫，鹺官小試。捧檄軍前，曾禦洋匪，犯艱危。海上風濤親履，勞績原稱最。膺保陞，民社寄。

【破第二】後調仁和，煩劇牛刀試。政令兼寬猛，德化湖山漸被。時逢大水，流離家室，哀鴻滿地。倡賑周飢，溝瘻重起。

【衮第三】因遭父憂，歸鄉里。廬墓三年制，重來是鄉，農和士，如望歲。竹馬兒童聲沸，父老歡呼，都喜使君來矣。按此時，正土變甬東，仗恩威料理。

（丑送茶上）（外飲茶，復寫介）

【歇拍】遂擢分府，擁麾苕水，俗易風移民享利。培士氣，靖奸回。外禦邊烽，内患暗中消弭。此才稀，首郡須賢，非他不支。

【中衮第五】這杭府任，最衝疲。又值邊氛逼，羽書馳。籌餉迫，練兵遲。安撫巡防，各事宜賴支持。似此奇才，何堪小知。

【煞尾】況乃父滇池，久著循良治。這治譜能傳子，忠與孝，兩無虧。伏念微臣，本屬通家孔李。遇明時舉不遺親，任宜勿貳。

【出破】願明聖鑒納愚忱，破格官賢士，佇見那地天交泰風雲會。臣無任低徊望闕，待命倉皇之至。

疏已草完。左右過來，分付賫奏廳，明日五鼓，伺候拜摺。（副净、丑應介）是。（外）正是：破格用才明主意，薦賢爲國老臣心。（同下）

第二十四齣　亭判

（末上）殘葉下空林，遥山瘠寒緑。梅花何處香，春意暗回復。眷彼素心人，幽懷寄空谷。跌盪磊塊胸，洗此塵襟俗。我趙語秋，與秦少雯同應府掾，贊畫軍書。蒙郡伯國士相看，異常契合。近因郡伯有朝雲之戚，秦兄有海運之行，感逝傷離，彼此不無鬱鬱。今日空閒無事，擬約靈鷲清游，一則與郡伯排愁，一則與秦兄道别。話猶未了，少雯早出來也。（小生上）壯行游子意，戀别故人情。（見介）（末）秦兄來此，正好同行。（小生）良朋雅興，敢不追陪！（末）郡伯輿從業已先行，我們就此前去。（小生）請。（末）閒裏放歌消白日，（小生）醉中留客有青山。（同下）（雜儀從差役引生上）

【生查子】山色似峨眉，只是慵慵睡。楓葉不多紅，化作相思淚。

下官從公碌碌，感逝依依。解脱未能，幽憂奚極！今日趙語秋兄邀游靈鷲，藉遣愁懷。侍從們，前往冷泉亭去者。（衆應，行到介。生入亭坐介）虚亭幽曠，佳客未來。左右，秦、趙二位師爺到了，即便請見。（雜）是。（末、小生上）

【前腔】聯步縱幽尋，屐齒苔痕碎。一徑寺門寒，仰面飛空翠。

（同進見介）公祖冠蓋早臨，我輩來遲了。（生）天色尚早，正好閒坐清談。（各坐介）（生）你看此間叢樹陰山，畫闌俯水，真乃一塵不染也。

【玉山頽】靈峰飛起，矗芙蓉煙横翠微。雅稱俺賦閒游灑落官場，誰是個佐中興清凉居士。（末、小生）且挹取寒泉漱齒，好洗滌胸中塵滓。到此詩情遠，鷺鷗知，端的是心鏡空明總不淄。

（外、净携酒餚上）（外）一勺西泠水，（净）釀作尊中酒。（外）區區父老心，（净）來爲好官壽。（外）本府大老爺，民事勤勞，合郡戴德，今日偶爾游山，我等特備酒餚奉獻。哥呵，你可知道現在何處？（净）現在泠泉亭閑坐。（外）如此一同前往。行行去去，（净）去去行行。此間已是，不免徑入。（同進介）大老爺在此游賞，本山居民，敬獻酒餚，藉資清興。

【前腔】山醪村味，佐恩官看山賦詩。稍盡俺芹獻微忱，權供你棠陰小憩。（生）父老多情，未便推却。左右，可將酒餚擺上亭來，每人各賞白金三兩。（二雜取酒餚擺列，賞銀介）（外、净叩首介）謝大老爺賞。只不過戔戔薄意，猜不到反叨隆賜。山野無虚禮，拜恩施，方信道官府清廉不受私。

（同下）（末、小生）官民相得，有如父子家人，真乃一時佳話。（生）言之惶愧。酒餚在此，何不各盡一觴，以佐游興？（末、小生）妙極了！（同飲介）（生）

【玉抱肚】飛觥浮蟻，縱幽懷固應如是。不信他世外人家，來醉我座中高士。（末、小生）冷泉亭有此雅舉，當與醉翁亭並傳矣。廬陵太守幸同時，山水中間樂可知。

（内喊介）青天大老爺申冤理枉！（生）外邊何人叫喊？左右帶進來。（二雜應下，帶副净、丑僧裝上，跪稟介）稟大老爺，是兩個和尚在那裏叫喊，候大老爺發落。（生）你們是那處僧人，因何呼喊？（副净）小僧是靈隱住持。只因本寺地方幽僻，但有隨喜游人，却少布施檀越。惟有天竺山香火極盛，向來例有歲幫，本寺藉以敷衍度日。如今他們要改换舊例，本寺無可資藉，將來僧衆都要圓寂了，所以斗膽喊稟。（生）你怎麽説？（丑）小僧是天竺山住持。靈隱向有齋飯船，那羅漢堂、飛來峰的和尚又會勒索游人香燭錢，比强盜還很！天竺的香火雖則盛些，却都是施主自發心願。近因年歲不佳，大非從前可比，故而裁汰别寺幫款。怎知靈隱的和尚只圖現成，硬要悉照舊例。本寺力不能支，因而喊稟。（生）你出家人四大皆空，那一件是你掙下來的？不過是借佛生財，撞鐘度日。千佛萬佛，總是一佛，豈容門户分争；前生後生，只看今生，何不慈悲方便？既沿舊例，自應挹彼注兹；若少餘財，亦可量入爲出。無須饒舌，切戒貪心。

【前腔】你動言布施，佛心腸先講慈悲。權借伊大士齋糧，接濟他如來種子。如實係所入不敷，理應酌減，候本府吊核總目，再行判示便了。你空門第一戒貪癡，幻影何須較瘦肥？

靈隱僧人過來。舊例相沿，自宜照給。只是年歲不無豐歉，香火亦有盛衰。候本府吊核天竺山出入總帳，再行酌判幫數。（副净叩頭介）謝大老爺恩典。（生）只是你那羅漢堂、飛來峰惡僧横索香金，出言無狀，本府早已訪知，以後再不整頓，仍前兇很，先把你住持枷號山門，以爲管束不嚴之戒。（副净）從此再也不敢。（生）

【前腔】佛門歡喜，豈容這惡頭陀逢人便欺？再不解菩薩低眉，提防着金剛裂眥！你做和尚呵，一身以外甚家私，莫等到棒喝當頭悔悟遲。

去罷！（雜）出去！（副净、丑分下）（末、小生笑介）昔坡翁冷泉亭判事，不意八百年來，風流再見。（生笑介）冠蓋游山，恐爲雅人所笑。天色已晚，可以遄歸。（同起介）（生）趙兄贊策軍門，出山在即；秦兄督辦海運，判袂在兹。將來宦轍分馳，今日之游不可多得。（末、小生）鴻泥無定，良會不常。勝地良朋，正多離合之

感。（生）兩兄稍坐，小弟先行了。（侍從簇擁行介）（生）

【尾聲】暮雅殘照催歸騎，請了。（末小生）請。（生）俊游回首總依依，（下，侍從雜同下）（末）秦兄，我和你步出山門，再行乘輿便了。（小生）最好。（合）俺與恁出岫閑雲不知向那處飛。

（同下）

第二十五齣　舟棹

（丑上）（雜船家摇櫓上）（丑）錢塘江上山横翠，斷續琵琶聽來醉。僥倖今朝得美差，便中好看桐嚴妹。區區趙忠便是。我家老爺遣大公子迎接夫人來浙，昨日信到，將抵嚴州，家爺命往前途伺候，只索駕起江船，溯流而上。船家，快快迎上前去！（雜摇櫓同下）（内鳴金行船介）（小生上）送人閩海月，迎客浙江潮。篷底生烟翠，青山不待招。小生王蔚霄，奉父命迎接母親到任，且喜道途平順，已達嚴陵，你看兩岸重山、一條曲水，不免請母親出來賞玩則個。（向内請介）母親有請。（旦上）

【商調】【山坡羊】畫眉啼烟鬟初掃，玉龍飛水春閒搗。碎鄉愁七里灘聲，寫雲容一路山迴抱。孩兒，向聞嚴陵山水甲於東南，今日身到畫圖，真乃應接不暇也。（小生）便是。（旦）蒼翠交天然圖畫稿。（小生）怪不得西臺擊竹遺民老，東漢垂綸遁迹高。（合）飄飄，把塵心逐漸消。迢迢，引詩情逐漸遥。

（小生）帆輕風飽，前面已是桐江了。

【前腔】纔過了富春江嚴陵祠廟，早來到富陽江桐君山島。這壁厢倚清虚水閣臨波，那壁厢盪空明歌舫移殘照。(内作絃索聲介)(旦)絃索調悠揚餘音繞。只見他兩枝花影金釵裊,漸覺得四柱秋聲翠袖撩。(合)烟潮,聽風檣燕語嬌。雲霄,指泉塘塔影高。

(雜摇丑上)遠波明似練,飛棹疾於梭。你看前面來船,打着家爺旗號,只索過船便了。(作過船介)(雜摇櫓暗下)(丑入見介)小的趙忠,請夫人、少爺安。小的奉老爺之命,前來迎接。(旦)起來。老爺可好?闔署安否?(丑)老爺公事雖忙,精神却好,衙署亦還平安。只是黄姨奶奶,於去冬病故了。(小生、旦驚介)嗄!黄姨奶奶病故了?(丑)病故了。(同哭介)(旦)哎喲,我那黄姬呵!

【梧蓼舞金風】只道重相見,相見定非遥。誰想玉煙飄。偏吝今生一面,將我等閒抛。我瘦魂兒禁不得恁般消也囉。(大哭,小生泣勸介)姨娘賢淑,素爲母親眷愛,難免傷心。只是死者不能復生,哭也無益,還求保重要緊。惟望娘親自愛,稍抑焦勞。若見椿庭,强悲爲笑。

(丑)少爺的説話不差,夫人若是悲傷,被老爺看見,反提起他的心事,還是寬解些纔好。(旦)你們雖説得是,只是我心上怎生割捨得下呵!

【金梧繫山羊】聞言已淚飄,强制難成笑。斷送桃根,虚泛春江棹。可憐他薄命人,做側室也難偕老。(淚介)塵海茫茫,短夢他偏了。(内鳴金喊介)天色晚了,前面六和塔下靠船,明日進城哩!(小生)觀潮,把憂愁且暫消。停橈,喜團圓在這遭。

(同下)

第二十六齣　傳鑑

(生上)

〔雙調〕【北新水令】聽連朝靈鵲報檐前，乍迎來蓬壺仙眷。瑶釵重合燕，玉鏡喜翔鸞。久別纔圓，怕的是驀相逢還認做夢中見。

下官自悼黄姬，不無鬱鬱，祇以軍書旁午，未暇傷心。所幸夫人已到錢江，團圓在即。早起命媳婦同了諸姬前往江船，伺候夫人上岸，敢待到也。（小旦上）慈雲來萬里，（老旦、雜旦上）明月照三星。（同見介）（小旦）稟公公，媳婦同諸位姨娘拜接母親進署，乘輿即刻到門，先來稟白。（生）媳婦，你可料理酒筵，整備家宴。兩姬鋪飾上房，檢點行李去罷。（三旦合）是，曉得。（小旦）壺觴預備團圓宴，（老旦、雜旦）琴瑟重諧静好音。（同下）（内打點吆喝介）太太進宅門。（丑上稟介）夫人到。（即下）（生）喜也！（旦行上）

【南步步嬌】別後星霜匆匆變，彼此朱顔换。離悰且慢言，幾載顰眉，今朝纔展。（生迎見，喜介）阿喲喲，夫人來了麽？（旦）老爺在那裏？（相見，同拜介）（旦）老爺，宦轍賢勞，别來無恙？（生）夫人道途辛苦，到此方安。（拜，起介）（旦）奴此來呵！一路看青山，幸愁懷到處堪消遣。

（生）夫人，俺與你别後呵！

【北折桂令】鏡中絲幾换華年，時事焦勞，别緒憂煎。苦爲你遠夢纏綿，倚枕支愁，對鏡思鬢。離恨悠悠，正多牽挂，誰知又有黄姬之戚。（旦淚介）可惜黄姬竟成永别，真乃變出意外。（生）夫人呵，我與你盼秋期未填河漢，誰知道送朝雲更泣巫山。（旦）情之所鍾，正復傷心難免。尚望珍重，爲國愛身。（生）可憐他風雨長眠，不能彀星月重圓。知他在那處仙游，却丢我夫婦塵寰。

（小生上）

【南江兒水】江上初停楫，陔南好采蘭。願庭闈歲歲長康健，干戈處處都銷散，湖山日日堪游燕。（見生介）爹爹在上，孩兒拜見。（拜介）且喜高堂相見。（生）罷了，你遠道舟車，身體可好？（小生）全仗着椿蔭扶疏，一路平安清晏。

爹爹，近日江上軍報如何，賊勢能否掃盪？（生）你不説也罷，説起時怎不教人愁悶也呵！

【北雁兒落帶德勝令】八公山草木黯烽煙，九江關波浪浮星漢。擁高牙誰控上游船，斷中流絶少麾軍扇。呀，散兵糧無奈度支艱，括民財又恐生靈怨。甚將軍決策解籌邊，便司農仰屋難操算。凄然，（淚介）空灑淚新亭宴。雖然，（憤介）待揚眉祖逖鞭。

（貼、雜旦童裝上）

【南僥僥令】把袂來堂上，牽衣到母前。雁序聯行同相見，最好是喜孜孜放學天。

（同見旦，拜介）孩兒們拜見母親。（旦拉起介）這是二、三兩兒，許久不見，都恁般長成了！（貼、雜旦牽旦衣，入旦懷介）母親怎生此時纔來，教孩兒們望得好苦！（旦笑介）你兩個倒都會哄我。（生）

【北收江南】呀，你看他挽娘衣袂繞娘肩，可知道孩提至性總由天。别時能憶見時歡，（旦）他二人近來攻書，資質如何？（生）幸書中音義粗知辨。你母親初到，要斯文些纔好。夫人呵，恃萱堂愛憐，恃萱堂愛憐，只怕你笑顔相待越疲頑。

（内嚷介）報、報、報！大老爺、少老爺高陞。（丑急上）恭喜老爺蒙撫院大人保奏，奉旨以監司陞用。少老爺急公助餉，奉旨以司馬補用。報喜人在外吵賞錢哩！（生）分付賬房酌給銀兩便了。（丑）小人理會得。正是：國恩看叠叠，家慶自重重。（下）（旦）原來老爺官階叠進，大兒也要出山，是好喜也！

【南園林好】謝皇恩江寬海寬，振家聲名全行全。才不愧烏衣賢宦。當世事，好仔肩。先世澤，好流傳。

（生）夫人，想我出仕以來，黽勉從公，幸無隕越。半生宦績，全仗先大夫《居官寶鑑》一書道其先路，日置座右，朝夕不忘。今孩兒初歷仕途，即當傳授此書，俾知準的。（旦）正該如此。（生取書置案介）我兒，你可敬謹拜受，毋忝祖訓，努力前程。（小生）是。（作拜受介）（生）這書呵！

【北沽美酒帶太平令】是先人濟世編，是先人濟世編。望兒孫要象賢。今日個風木蕭蕭冷墓田，剩遺書幾卷。重檢視，淚潸然。奉昇平，心肝一片。救瘡痍，藥石千言。天下事，半傷巧宦。枕中秘，須悟真詮。恁呵，守官方家傳祖傳，好幹濟艱難時變。呀，是忠孝循良左券。

（内）請老爺、夫人和各位少爺後堂家宴。（同行介）（合）

【南尾聲】居官寶鑑非虚誕，燕翼詒謀啓後賢，待付與當代龍門演成循吏傳。

出山心事爲蒼生，不取人間顯宦名。
欲使瘡痍登衽席，好施霖雨化欃槍。
傳家書卷惟忠孝，經世文章本性情。
聊借管絃鳴吏治，他年歌舞祝昇平。

居官鑑卷下終

跋

先外舅黄韻珊先生，以綿麗之才，負經緯之志，發而爲文，蓋自抒其所得，非苟焉以也。所箸《倚晴樓集》《續詞綜》及《帝女花》《桃谿雪》傳奇，僚婿錢唐宗子城太守官鄂時，重爲鏤板行世。《脊令原》一編，以絲緒紛如，精采少減，並《居官鑒》上下卷，藏稿未刊。《茂陵絃》《鴛鴦鏡》《凌波影》舊附《外集》爲五種。晚年自悔少作，懺其綺語，燬板不存。然要皆防情之作，不失乎禮儀之正，海内通人亟稱之。肇曾自維陫質，學殖無成，不足以表彰先生之盛業。幽居無那，常取數種讀之，實足以啓發善心，而懲創逸志。商諸子城，請任刻貲。子城守正學，又夙聆先生之言，未之許也。去歲子城卸蘄陽篆，養痾鵠垣，又屢致書以是編爲言。子城鑒余之誠也，屬其門人武昌柯孝廉蓀安、錢唐翁茂才式如校讎附梓。甫開雕，而子城遽謝世。柯、翁二君爲促成之，以竟厥志。先生工駢偶，文稿多散佚，存者僅十數篇，容續刻焉。

光緒辛巳上巳日，子婿海鹽馮肇曾。

絳綃記

目録

絳綃記

海鹽黄燮清韻珊填詞

第一折　龍游

（雜四水卒，小旦侍女，引老旦扮王妃上）（老旦）

〔中吕引子〕【菊花新】瀟湘雨過片雲飛，盡日靈風滿畫旗。世界碧琉璆，看曼衍魚龍游戲。

（坐介）萬頃煙波瀉洞庭，古絃清佩憶湘靈。朗吟飛渡湖天月，遥見君山一點青。我乃洞庭神君王妃是也。神仙世外，逍遥蘅杜之天；宫闕雲中，封拜芷蘭之國。俺夫君學兼文武，威震湖山，近因征伐蚩尤，帶兵遠出。老身閒居水府，唯有愛女楚仙，承歡朝夕。這孩子姿容絶世，聰慧異常，能讀父書，兼通武藝。生女如此，頗足自怡。素書那裏？（小旦）小婢在。（老旦）可宣公主來見。（小旦）是。（向内介）王妃有旨，宣公主進見。（旦宫裝上）裙拖六幅湘江水，鬢抹巫山一段雲。母親在上，女兒楚仙叩見。（老旦）罷了。昨兒命素書賜你絳綃巾一方，可曾收好？（旦）孩兒敬謹收藏。（老旦）此綃乃鮫人所織，須要珍重。（旦）是。（老旦）今日閒居無事，欲往湖上游玩一番，我兒可權掌水營，好生在意。（旦）母親如欲出行，須令水營將卒護從前往，孩兒才得放心也呵！

〔中吕過曲〕【馱環着】借雲車風轡，借雲車風轡，電擁星馳。羽蓋金支，往來無滯。未可

單身游戲，魚服空江，怕的是老漁郎暗排鈎餌。（老旦）隨帶多人，轉恐駭人耳目。我兒不必過慮，俺只
帶了素書同行，就此變化去也！（内放煙火，老旦、小旦下）（雜扮猪婆龍、鯉魚沖上，繞場下）（旦）呀，你看母
親帶着素書，竟自去了。衆水卒，各歸營伍者！（衆應，同跳舞介）（合）牢守着江湖天地，同混着煙雲身
世。霓旌展，翠葆飛。漢水兼天，楚雲無際。（同繞場下）（生戎裝佩劍上）定遠須投筆，終童待請纓。
文章無用處，且復賦從征。小生陳弼教，表字明允，燕臺人也。才華蓋世，勛業未成。恥爲伏櫪之鳴，願賦從軍
之樂。今因將軍賈綰征討楊蛟逆寇，小生入參帷幄，襄贊軍機。但願賊匪早平，藉展男兒素志。將軍即時升
帳，恐有商議，只索伺候。（虚下）（隊子引外戎裝上）（外）仗鉞登壇衆所尊，銀刀列隊肅風雲。重開日月銷兵
氣，盡掃欃槍報國恩。（中坐介）本帥賈綰是也。今有楚南逆賊楊蛟，擁衆作亂，擾害生靈。本帥奉命專征，督
師進剿。喜得參謀陳明允，胸嫻韜略，志切同仇。待他進來，一同商議則個。（生上）將軍升帳，就此進謁。（見
外介）小生陳弼教打恭。（外）陳兄少禮，請坐！（生）有坐。（旁坐介）（外）本帥擇日開兵，吾兄有何見教？
（生）將軍久歷戎行，小子敢參末議？惟念兵爲凶器，所過傷殘，百姓苦兵，轉思從賊，民情愈涣，賊焰益張。今
將軍奉命征南，首當禁暴。願先以好生之德，安撫閭閻，然後以有制之師，翦除妖孽。則人心既定，賊勢自孤，
不難克日蕩平矣！

【前腔】念兵爲凶器，念兵爲凶器，刀過魂飛。欲翦鯨鯢，先甦民氣。若是不嚴軍例，擄掠
奸淫，則盗賊與官兵一般無異。（外）吾兄仁人之言，可勝銘佩！（四小軍扛猪婆龍、鯉魚上）禀元帥：軍
士們在湖上射得一個大猪婆龍，又有一鯉魚銜尾而上，因此一併取來，獻與大營。（外）可即烹宰，分餉軍士。
（衆應介）（生）呀，且住！你看這龍口翕張，似有求援之意；那鯉魚銜尾而上，更屬奇怪。乞將軍縱之大壑，以

遂其生，此亦仁武不殺之一端也！（外）言之有理。軍士們，作速放去！（生）你看龍背尚有箭傷，我有金創藥在此，何不替他敷上？（敷藥龍背，龍點頭介）（生）忍見你過河垂涕，但願恁悠然而逝。揚鱗去，點額飛。尊俎江湖，霎時生死。（衆放介，内放煙火，魚、龍向生點頭下）（外）衆將官！（衆）有！（外）後日乃黄道吉期，整備進兵。沿途不得擾害，如有妄傷一物者，軍法從事。（衆）元帥仁及水族，我等敢不恪遵！（合）

【添字紅綉鞋】蛟龍影動旌旗，旌旗。壺漿共迓王師，王師。摩敵壘，靖潢池。平禍亂，救瘡痍。剪妖氛無遺，無遺。露布看星馳，露布看星馳。

【尾聲】（外）棘門灞上嗟兒戲，（生）看臺上平明大將旗，（衆合）願瀉銀河把兵革洗。（同繞場下）

第二折　蛟變

（卒子引净雉尾戎裝青臉上）（合）

〔越調過曲〕【水底魚兒】戰鼓三通，戈矛照太空。氣吞雲夢，看咱一世雄，看咱一世雄。

（净）俺楊蛟是也。祖父楊幺，威揚七澤，雄據三湘，被岳家兵飛渡而來，竟爾全軍覆没。那時俺年紀尚小，幸遇一道人救至深山，教俺學習兵書，并煉期門變化之法。且喜韜鈐嫻熟，法術精通，因此重霸洞庭，再恢祖業。近日朝庭命將進剿，必得先挫其鋒，方可乘機進取。孩子們，與我奮力殺向前去！（衆吶喊介）（外率衆喊殺上）（净衆迎戰介）（净）來將通名！（外）俺乃欽命大將軍賈。何物幺麽，敢來抗拒？（净大笑介）如今真將軍都不中用，靠你這假將軍濟得甚事？（外）天兵到此，尚敢口出狂言，教你碎尸萬段！（同戰介）（净敗下）（外追下）（卒衆以次戰下）（外追净上）（净衆敗下）（外衆追下）（净衆上，合）

【前腔】卷電飛虹，驚疑草木風。仰天長嘯，三軍怒髮衝，三軍怒髮衝。（净）官兵十分利害，只索退兵湖中，待他追來，俺就變作老蛟，鼓起風浪，管教他全軍驚竄。孩子們，船隻伺候！（内雜應介，各駕船上）（净衆上船介）（外衆追上）（外）賊兵下水，軍士們駕船追趕！（雜掉船上）（外衆上船，追下）（生駕船急上）將軍追賊湖中，恐墮詭計。軍士們，快快趕上前去！（急下）（净衆上，外衆追上）逆賊，往那裏走！（净）休得逞强，叫你來得去不得！（各戰介）（内放煙火，净變介）（雜扮蛟沖上）（四卒擁水旗上，作風浪介）（外衆逃下）（蛟衆追下）（雜駕船，生急上，作翻船介）（雜作落水下）（場上預設竹籠）（生作浮水介）哎喲，一霎時風浪覆舟，性命休矣！這、這便如何是好？（見竹籠介）這裏有一竹籠在此，我且抱着竹籠，隨風飄去便了。（抱竹籠浮沉下）（外衆急上）賊子變作長蛟，陡起風浪，戰船幾乎淹没。軍士們，快快登岸，把守城池者！（場上設城）（外衆登岸入城介）（净引衆追上）（净）官兵逃入城中，就此攻打。（衆攻城，城上發箭，净腿上中箭倒介）（衆扶起介）（净）哎唷唷，了不得！不提防腿上誤中一箭，好生疼痛！且待箭傷平復，再行攻打。孩子們，將他遠遠圍困便了！（衆）得令！（同繞場下）

第三折　遇獵

（末仙裝執拂塵上）【如夢令】渾沌鑿開一竅，便有許多情好。兒女太纏綿，都要紅絲穿到。胡鬧、胡鬧，忙得老夫不了。我乃月下老人是也。只因陳生弼教與西湖公主有因緣之分，現在洞庭遇難，不免御風前往，搭救前來，指引他到公主花園，替他暗中撮合便了。（内作風聲）（末引生抱竹籠上）（末）陳生醒來！此間已登彼岸，從此信步前行，自有報德之人前來救你。我神去也！（末下）（生作醒介）哎喲喲，嚇死我也！

〔南吕過曲〕【香柳娘】剩殘魂一絲，剩殘魂一絲。（徐起介）非生非死，迷離忽墮亂山裏。呀！恍惚之中，已在岸上，只不知此間是甚麼去處。顫花枝柳枝，顫花枝柳枝。山翠擁參差，不似人間世。且住，方才朦朧中似有人説，從此信步前行，自有生路。只是腹中飢餓，如何是好？（内）走阿！（生）且喜那邊已有人來，待我慢慢迎上前去。（徐步介）（外上）美人生來好騎射，（副净上）區區願變一隻馬。（净上）只怕騎了走不動，（丑上）一日鞭他三百下。（合）請了！（外）我們都是首山獵户，今日西湖公主到此射獵，不免前往清道。（生）呀，列位請了。（丑）唷、唷，斯斯文文，像個酸丁。這裏不放主考，你來趕甚功名？（生）小生在洞庭湖覆舟，被大風刮到此間，可憐飢餓難堪，性命不保，望列位垂救則個。（副净）你腹中飢餓，何不大柵闌上館子去！（生）落難之人，那有錢鈔？（丑）想是館子票多了。（外）既如此，俺有些少乾糧，你且帶去充飢。西湖公主即來射獵，犯駕當死，須速回避。（遞乾糧介）（生）多承照顧，感謝不盡，只是避往何處才好？（衆）你且跟着我們，緩緩而來便了。（下）（生）嘆旁皇路歧，嘆旁皇路歧。蓬飄絮飛，驚魂猶悸！

（下）（四女兵各執兵器引旦雉尾戎裝上）

【前腔】閃霓旌翠旗，舞霓裳翠衣。戎裝小騎，好春山恰對蛾眉細。我乃洞庭君之女西湖公主是也。今日深閨無事，春色悶人，因此帶領侍女們射獵首山，聊以遣興。你看山青樹緑，絶妙圍場。侍女們，縱放鷹犬，待俺登山觀看者！（衆）得令！（作放鷹犬介）（雜扮狐、兔各獸上）（衆以次殺介）（旦）看飢鷹側飛，笑群狐亂啼。鶯燕莫猜疑，春夢休驚起。（内作風聲，雜扮虎上，跳舞介）（旦持鎗鬥殺虎介）（衆）公主神威，親格猛獸，真乃巾幗英雄也！（旦）就此回宫去者！（外等四獵户抬各獸皮上）（旦）聽花陰馬嘶，聽花陰馬嘶。雕鞍過時，一路粉香雲氣。

（引女將下）（外）這個大蟲，我們多時不曾拿得，今日恰被公主殺死了。（副浄）這個毛蟲，定是個公的。（外）怎見得？（副浄）大凡公的見了母的，那骨頭先是酥了一半。這孽畜碰着公主，就這等不經打，所以知他是個公的。（丑）據你説，那公主定是個母的，怎的不叫母主，却叫公主呢？（外）休得胡説，快走罷！（浄）不管他是公是母，今晚打死老虎去罷！（諢下）

第四折　題巾

（場上設假山一座、花柳數株）（生上）走阿！空山不見人，但聽流鶯語。風信過櫻桃，殘紅落無數。小生飄泊餘生，幸而不死，只是窮途躑躅，孤影無依，正不知今夜棲身何處。（望介）你看，那邊望去，亭臺掩映，定有人家，只索趲行前去。（行介）

【雙調】【清江引】數殘紅踏遍蘼蕪徑，斜陽忽現樓臺影。呀，原來是一座大花園。你看園門半掩，俺且捱身進去，憩息片時，再作道理。（進介）繞朱欄綉楹，度雕廊畫屏。悄悄悄知道是那處神仙境？

且住！你看數重簾幕、一架秋千，分明是内家閨閣。倘有盤問，其禍不小，快快出園去罷！（内）公主回來了！（生）哟、哟，不好了！外邊已有人來，怎、怎生是好？（看假山介）罷、罷！這裏有座假山，且在山後暫時躲避，待他過去，再行出園便了。（躲山後介）（女兵引旦上）已到園門，請公主下馬。（同下馬，去兵器介）（二雜上，牽馬帶兵器下）（旦）

【前腔】卸雕鞍扶下嬋娟影，輕鬟墮馬妝慵整。（貼持紅巾上）小婢阿念迎接公主，請公主更衣。（旦更衣去雉尾介）天色尚早，且往亭子上歇息片時。（上亭介）聽啼鶯幾聲，數飛花幾星。步瑤階不覺的汗濕羅衣領。

（貼）絳綃巾在此，請公主拭除香汗。（旦接紅巾拭汗介）呀！你看惠風送暖，麗日薰花，好一片悶人春色也呵！

【前腔】看游絲飛絮渾無定，花枝欲睡嬌難醒。釀春陰乍晴，問春來怎生。好樓臺只可惜閒了秋千影。

（衆）公主鞍馬勞頓，尚能秋千否？（旦）你們各去裝束停當，隨俺同上秋千者。（衆）是。（各暫下）（内細樂，臺上設秋千架）（旦引諸女各綉襖紅褲上）（衆）我們先送公主上去。（旦）侍女們，可將《倚晴樓新詞》隨便唱他幾曲。（衆）是。姊妹們來吓！（同上秋千，隨打隨唱介）（合）

【浪淘沙】春柳爲誰青，雨曉煙晴。千絲萬縷剪裁成。願織美人衣上帶，繫住離情，繫住離情。

【前腔】春草爲誰生，緑滿江城。年年寒食踏歌聲。願化美人裙上蝶，作隊同行，作隊同行。

【前腔】春鳥爲誰鳴，好夢頻驚。曉妝樓外兩三聲。願化美人釵上燕，作對今生，作對今生。

（各下秋千介）（衆）公主困乏了，房中將息去罷。（旦）你們可將園門鎖上，隨我進來。（衆）是，曉得！

（作鎖門介）（旦）閑情誰解湘妃怨，（遺帕介）（衆）好夢難招楚岫雲。（同下）（場上撤去秋千，生從山後出介）唷，唷，急煞我也，喜煞我也！ 方才那位公主分明上界天仙，看他送上秋千，真飄飄乎有凌雲之氣。咳，他們已是進去了。你看這一庭芳草，都是美人鞋尖兒踹過的，俺且跟着香蹤，也到亭上留戀一回，多少是好！（行介）

【前腔】向平蕪尋取遺鈿影，銷魂庭院斜陽静。（拾帕介）呀，這是一方紅巾。（作嗅介）妙呀，則一股香氣，不是那美人肌膚内透出來的麽！ 待小生携到亭中，細細展玩則個。（上亭介）畫欄兒暫憑，悄蹤兒暫停，冷鮫綃織就了一幅相思境。

且喜有筆研在此，待我把這紅巾題詩一首。（隨寫隨念介）雅戲何人擬半仙，分明瓊女散金蓮。廣寒隊裏應相妒，莫信淩波便上天。（笑介）妙呵，非此新詩，不能寫此奇遇。美人呵美人，你身上的温香，已在小生襟袖間矣！ 吓，天色漸晚，不免尋路出去罷！（貼急上）方才公主掉去絳綃巾一方，想在園中，快快找去！（尋介）呀，怎生不見！（生潛出，作吟詩聲介）（貼見，驚介）哇！ 你是何人，擅敢到此！（生）哎喲，姐姐！ 失路之人，幸祈垂救。（貼）你可檢得紅巾没有？（生）檢得在此，只是被小生玷染了，如何是好？（貼接巾看，驚介）你該死了！ 竊看宫儀，罪已不赦；復敢信手塗鴉，定無生理！（生）總求姐姐慈悲，送小生出去，造德無量。（貼）門已扃鎖，往那裏走？ 且在此間待死便了。我去也！（急下）（生驚，哭介）哎喲，苦也！ 這、這便如何是好？

【前腔】痛孤身誤落胭脂阱，天涯生死無人省。 哎吓，賈將軍呵，甚將軍論兵，甚書生請纓，到今朝都分是兩地捐軀命。

（貼挑燈，一婢携燭持酒食上）（貼）胡麻仙子飯，楚佩美人香。（生迎見介）阿喲，姐姐！ 不知小生性命如何?(貼)且喜有些生路了。(生)嗄,有生路了!(貼)公主看了紅巾,展玩再四,并無怒容。(生)這、這就好了!(貼)我就乘間說,園中秀才,如其可恕,便放了罷!不然,就要餓死了。(生)你那公主便怎麼說?(貼)我公主說,天已昏黑,叫他往那裏去? 因此命我備些酒食,與你充飢。你就在亭上將就吃些罷!(婢携燭臺、酒食置案介)(生拍手介)妙極了! 承姐姐周旋,小生誓不忘報。(貼)你且息心等候,那亭後東廊下有空房三間,無人居住,今晚就在那裏安歇。我回覆公主去也!(同婢下)(生)正在餓焰中燒,不想有此酒食,俺且權時果腹,再作區處。(據案隨食隨唱介)

【前腔】正枯腸雷轉難消領,胡麻權當充飢餅。那瓶酒定是玉液瓊漿,索性喝他一醉。(飲介)倒琉璨净瓶,把珍珠細傾,好春宵醉卧羅浮嶺。

你看夜已深了,風露欺人,我且乘着微醺到後面房中睡他一覺,明日再作道理。(作起行介)想今夜呵!

【尾聲】獨枕無聊數斷更,把袖中香氣權消領,(回望介)咳,忍見那月底秋千花弄影!(下)

第五折　玩巾

(副净上)好笑好笑,(丑上)鬼頭鬼腦。(副净)開門揖盜,(丑)事有顛倒。(副净)妹子。(丑)阿姐。(副净)我和你都是西湖公主的丫頭,費上幾百年功夫,修成了這黄花閨女。如今年紀也不小了,雖是生得粗蠢些,若嫁個蝦兵蟹將,也算得女貌郎才。争奈公主把我們管得十分謹嚴,連一條雄鰻魚也不放他進門,可不活活的悶死了人!(丑)這也是命該如此,再熬上百來年,少不得也要打發了。(副净)只可恨那阿念小蹄子,一般是個丫頭,他偏打扮得妖妖嬈嬈、嬌嬌的的,仗着幾分姿色,連我們不放在眼裏,公主偏當他是個好人。如今,好人鬧出事來了。(丑)鬧甚麽事?(副净)我昨兒從園中回來,聽見那丫頭和一男子説話,我遠遠站着,只聽見説甚麽公主的紅巾,又説題了甚麽詩句,可也不狠明白。後來到了晚上,又看見他悄悄的掌了燈,拿着好些東西,往園中去了。你想他無事便充假道學,背人恰占大便宜,可恨不可恨?(丑)怪道公主偏護他,原來他會幹這些事!(副净)如今我們且去告與王妃知道,坐他個風流罪案,也好舒舒那口惡氣,豈不是好!(丑)説得有理,一同去來。正是:明鎗容易躲,(副净)暗箭最難防。(同下)(旦持紅巾上)冰柱春寒廿五絃,落花冉冉送華年。明珠羞託良媒獻,翠袖惟邀侍女憐。(坐介)奴家昨日在花園中丢了絳綃巾一方,即命阿念尋覓回來,誰知被一狂生題詩塗抹。看他情詞譎謔,未免唐突西施,而唾屬風流,定是才人之筆。且喜無人在此,不免展玩一番,有何不可?(展巾念前詩,作點頭沉吟介)咳,秀才阿秀才,你好癡也!

〔仙吕入雙調過曲〕【朝元令】蘭因絮因,錯認閒脂粉。春痕夢痕,忽惹閒愁恨。爲我纏綿,爲伊沉悶。是誰引到劉晨?想我娉婷玉質,縹緲瓊樓,路隔仙凡,竊恐虛勞繾綣。秀才,你恁地没分曉也!我深掩朱門,花枝柳枝空自春。咫尺隔紅塵,相思不當真。這詩呵,怎做得定情詩本?飄飄渺渺,尚無憑準,太無憑準。

想這秀才不知因何到此,如今藏躲花園,倘或走漏風聲,取禍不小。且待阿念商量,怎生放他出去才好。

【前腔】朝雲暮雲,未鑄鴛鴦印。癡魂瘦魂,恐陷魚龍陣。蝶夢難留,鮫絲休引。且住!若是放了出來,不知他投往那裏,又不知何時再到此間?四海茫茫,失此佳士,豈不是終身恨事麽?(淚介)咳,料伊再到無因。各自黄昏,這愁兒夢兒要兩處分。我這裏寶瑟怨湘君,他那裏金支望洛神。這絳巾呵,只落得思量有分。絲絲縷縷,字兒紅暈,淚兒紅暈。(小旦急上)忙將意外事,報與畫中人。曖喲，公主，不好了！方才有人告知王妃，説阿念妹子勾引男子在花園中，將公主的絳綃巾題了甚麽詩句。王妃聞言大怒，命小婢前來，立取絳巾回話。這、這便怎處？（旦驚，哭介）哎喲，唬死我也！（小旦）公主且免驚慌，快把就裏根由説個明白，待小婢設法解救。（旦）哎喲，素書阿！昨日我在園中把絳綃巾一時丢了，即命阿念尋取回來，不想被一狂生題了詩句。只不知那人怎生到此，何時混入花園，連阿念也不知底細，要姐姐替他方便則個。（小旦）如今絳綃巾何在？（旦递帕介）這不是麽？（小旦接帕看，驚介）呀，這還了得！狂生譫語，真乃不知死活。事已如此，隱藏不得。公主的心迹，小婢自當代爲分剖；只是那書獃的性命，就保不定了。（旦驚，哭介）（小旦）公主且自寬懷，王妃立等回話，未便久留，少不得相機行事便了。（旦）全仗姐姐作主。（小旦）這個不勞公主叮囑。正是：生憎鸚武舌，驚碎鳳皇心。（急下）（旦）呵喲，這是那裏説起！阿念，快來！（貼急上）來也！公主爲何這等慌張？（旦哭介）哎喲，你還不知，那秀才題巾之事，有人報與王妃知道，王妃大怒，方才命素書前來，已把絳綃巾取去了。（貼）何不藏過此巾，以滅其迹？（旦）若是有心欺騙，顯涉私情，還是據事實陳，任從王妃處置便了。只是那園中秀才，眼見得性命休矣，如何是好？（淚介）（貼）公主且到房中將息，待小婢往花園中報與那人知道，教他早定主見。（旦）如此，快去，快去！（欲分下，旦復轉介）阿念回來！（貼）公主怎麽説？（旦）你就報他個信息，他也不過坐以待死罷了，怎生脱得此禍？（貼）這、這便怎處？（作躊躇介）罷、罷！小婢拚着斗膽，竟自放他出去，豈不乾净！（旦）好、好！如此，快去，快去！（欲分下，貼又轉介）公主請轉！（旦）又有甚麽計較？（貼）若是放了這秀才，那絳巾上現有詩句，王妃必不干休，倘然追求根由，公主只推不知，讓小婢一力擔承，就是赴湯蹈火，斷不連累公主。（旦）這個如何使得？酒飯盤餐，都是我教你送去，與你無干，豈可使你一人受屈？（貼）哎喲，公主有所不知。此事小婢擔承，與公主便無干涉；若是公主得罪，小婢總無生理。况且公主乃王妃愛女，倘死於不白之冤，那垂暮衰親，何人娱老？豈可兩人同死，轉致名節有虧？公主切無依違，小婢方好前去。（旦哭，福介）哎喲，你如此用心，便是我的親妹子了！（貼扶旦介）公主休得如此，小婢就此去也。（各掩淚分下）（生上）

【前腔】無因有因，忽與仙山近。才人美人，恰被游絲引。一飯淮陰，三生元稹。只愁未渡行雲。小生胡亂題詩，險遭不測，幸荷仙姬原恕，翻蒙酒食之貽。只是匿迹花園，終非了局，這心緒好不惶惑也呵！銜去紅巾，還恐怕鶯兒燕兒要漏泄春。縹緲夢中裙，迷離月下尊。（望介）只指望花陰蟬鬢。言言語語，暫來消悶，再來消悶。

好了！你看遠遠望去，那姐姐早則來到，都分又有酒饌吃了。（拍手喜介）（貼急上）秀才在那裏，（生笑迎介）姐姐，小生在此候久了，可有好酒帶來？你大禍臨頭，兀是不知死活！（生驚介）禍從何來？（貼）你亂題詩句，有人稟知王妃，王妃大怒，已將絳綃巾取去，早晚拿你問罪。這不是一場大禍麼？（生驚哭，跪介）哎喲，姐姐！可憐小生一命，搭救則個！（貼）事在危急，别無他法，你快快跟我到花園門首，若是無人攔阻，便放你出去，自尋生路。（生忙起介）是、是、是！若得如此，感恩不盡。快走，快走！（欲行復止介）呵呀，且住！我便走了，若是王妃根究何人釋放，這便如何是好？（貼）這個干係，不過拚着我的性命，一身擔當罷了！（生）這、這是甚麽説話！信手塗鴉，乃小生自取其禍，怎好貽害卿卿？況且小生一走，不但姐姐性命有關，就是公主的名節，也是洗刷不清。豈可活一人而害兩人之命？這個萬萬使不得！（貼）依你説，便怎麽樣？（生）依我主見，情願面見王妃，將此事剖析分明，然後生死惟命。（貼哭介）我的冤家，你若不走，眼見得有死無生，不要太偏執了！（生）小生波浪餘生，蒙姐姐垂憐，得延旦夕之命。如今孽由自作，决不忍連累好人。我是斷斷不走的了。姐姐，你自回去，垂救之德，雖死不忘！（貼急介）嗳喲，這可不是磨難煞人了！

（内）快拿人去！（貼急介）那邊已有人來，教我也顧你不得了！（急躲下）（四雜執械上，鎖生介）（生頓足介）哎喲，今番苦也！（雜）這是甚麼地方，你敢胡行亂闖！如今苦也要去，樂也要去。（生）列位阿，小生誤入花園，不過胡謅一首七言詩句，別無他罪，還望照顧則個！（雜）你秀才家做做時文，寫寫卷子，也就彀了，誰叫你做甚麼七言八言？你要做詩，就該受苦。（生）喲、喲，罷！始知詩是窮人物，（雜）你不會吟詩就不會窮。（帶生下）

第六折　尚主

（四侍女引老旦上）（小旦隨上）（老旦）

【雙調】【海棠春】驚魂才趁煙潮轉，幸未化瀟湘雲片。珍重武陵春，莫使漁郎見。（坐介）

我洞庭王妃，前日往湖上閑游，被軍士們暗傷一箭，禽向軍門，幾乎性命不保。虧了那個陳姓秀才，從旁力救，將我主婢二人，同時釋放，又把金創藥替我敷了傷痕，遂得虎口生還，真是恩同再造！這都不在話下。今日花園中有一賊子，竊看宮儀，並將小女紅巾褻詞玷污，謔浪閨闈，罪不容誅。立命捆縛前來，敢待到此。（四雜鎖生上，見老旦介）拿得花園賊子，聽候王妃發落。（老旦拍案怒介）哇！好大膽的狂徒，怎敢擅入宮闈，玷污綃帕？與我斬訖報來！（雜應介）（生）哎喲，王妃阿！小臣陳明允冒犯威嚴，罪應不赦，尚容一言剖白，緩死須臾。（小旦急問介）你就是陳明允麼？（生）正是陳明允。（小旦）你們住手，待稟與王妃知道。（稟老旦介）稟王妃，這狂徒不是別人，就是救命的陳郎。（老旦）嗄，就是救命的陳郎！快快鬆綁，請來相見。（雜釋綁散下）（小旦）王妃請陳郎相見。（生）王妃在上，難臣叩見。（老旦答拜介）誤犯尊顏，尚乞原恕。分付看坐。（生）微臣罪該萬死，荷蒙不殺，爲幸多矣，怎敢抗禮宮庭，自取重戾？（老旦）足音空谷，幸接高賢，尚有衷曲之談，坐了方好細説。（生）既如此，只得告坐了。（分賓主坐介）（老旦）老身不遇君子，無以有今日，再造之恩，恨無所報。小女蒙題巾之愛，當是天緣，今夕即當遣侍帷房，幸勿推阻。（生）吓！這是那裏説起？小生乃斷梗飛蓬，貴主是瓊枝璧月，蒹葭倚玉，何福當之！（老旦）休得過謙。素書，你可傳諭公主，作速催妝。侍女們，整備筵燕花燈，伺候新人合巹。（衆）是。（小旦）信傳青鳥使，（侍女）曲唱紫雲迴。（同下）（生）過蒙眷愛，可不折殺微臣也！（老旦）陳生呵！

【桂枝香】勞君垂援，將儂脱免。欲待做黄雀銜環，恰正好紅鸞引綫。這一方紅巾呵，是冰人暗牽，是冰人暗牽。便做了天孫錦段，御溝詩片，成就了美因緣。好乘采鳳雙飛翼，不索牽牛十萬錢。

（内鼓樂，丑披紅儐相，衆侍女持各色花燈，小旦、貼提紗燈同上）（小旦）稟王妃：花燈筵燕，俱已齊備。（老旦）請陳郎更衣，就此交拜。（生更衣，丑贊禮介）伏以二月桃花樹樹開，引他阮肇入天台。三生石上因緣分，一首詩中撮合來。今請人間奇士、天上仙娥，出堂交拜。（貼扶旦新人上，同生拜老旦）（復交拜畢）（老旦、生各定席，老旦中坐，生、旦對坐，小旦、貼行酒介）（衆合）

〔南吕集曲〕【梁州新郎】垂楊樓閣，飛花庭院，暢好瓊卮春滿。良宵燈月，人間天上團圓。説甚玉臺翡翠，金谷珊瑚，看得浮華賤。海棠紅倦也夢游仙，青鳥殷勤爲探看。珠塵墮，錦雲暖，任銅壺漏點催銀箭。歌吹地，忘了夜深淺。

（老旦）夜已深了，侍女們掌燈送入洞房者。（衆）領旨。（内細樂，老旦先下）（衆簇擁生、旦入洞房）（衆散下）（旦以扇障面介）（生）惝怳之中，衆人已各散去。（看旦介）你看公主還遮着扇兒，待我把扇兒去了，方好說話。呀，公主，小生放肆了！（作去扇看介）咄、咄、咄，妙吓！今夕何夕，見此粲者？教小生好不顛倒也呵！

【前腔】秋烟籠鬢，春紅吹面，兩點眉痕山遠。蘭皋楚岫，依稀月下雲邊。才得微聞香澤，遥領神光，已覺魂消散。（旦羞避介）（生）（看旦足介）襪羅微步也欲生蓮，可許淩波便上天？金佩解，玉荷剪，這羅浮好夢無人見。星在户，商略翠衾展。

敢問公主，小生乃羈旅之臣，生平不省拜侍，玷污芳巾，幸免斧鑕，反賜姻好，却是爲何？（旦）妾母乃湖君妃子，前游湖上，爲流矢所中，蒙君脱免，又賜刀圭之藥，一門感戴，常不去心，郎勿以非類見疑也！（生）原來如此！（旦）

【前腔】曾蒙援救，時常依戀。相逢患難，翻成一段奇緣。（生）那婢子怎的認得小生？（旦）那日洞庭舟上，曾有小魚銜尾，即此婢也。（生）昨日既不見誅，何又遲遲不放小生出去？（旦羞介）實憐君才，但不能自主耳！看你斜行淡墨，密意柔情，寫出相思券。令人顛倒也鎮無眠，這一夜迴腸百樣牽。（生嘆介）卿真我之鮑叔也！（旦）不想今夕呵，肩共憑，手同挽，做鴛鴦仍列神仙傳。羅帕結，把我兩情綰。

只不知陳郎怎生到此？乞示來因。（生）小生從將軍賈綰征剿楊蛟，那日追入湖中，不料這妖賊善能變化，簸弄風濤，小生遭風落水，扶着一個竹籠，隨波漂蕩，不知怎的落在此間，好生奇怪哩！

〔南吕正曲〕【節節高】驚濤裂紙船，去無邊，猜不到仙槎倒引來銀漢。小生過蒙寵愛，喜出非望，只是賈將軍爲妖賊所敗，多分是凶多吉少，還求公主搭救則個。欃槍現，風浪顛，旌旗變。怕孤軍難逞元黄戰，零星敗局誰能挽？乞借青鋒斬鯨鯢，雲臺恰畫春風面。

（旦）陳郎不必憂慮，明日即令小婢阿念前去探聽軍情，再行設法往救便了！（生）若得如此，真乃感激無地。閑談許久，已近四更，請公主安歇去罷！（旦）陳郎請！（生）公主請吓！（旦羞介）（生携旦手行介）

【餘文】輕紅薄暈梨花面，（旦）訴温存今宵比肩，（合）不許他簾外流鶯語曉天。（同下）

第七折　探營

（貼艷服勁裝執令旗上）

〔北雙調〕【新水令】弄烟潮遥趁渡江雲，步虚聲半天風緊。波光明玉佩，烟縷綯羅裙。則幾點遠山痕，圖畫出翠眉本。

我乃西湖公主侍女阿念是也。奉公主之命，往湖上探聽軍情。衆將官！（内應介）（末、副净、小净、丑同執旗跳舞上，站立兩旁介）（貼）駕起靈風，隨俺渡湖去者！（衆）得令！（同跳舞介）（貼御風行介）

【折桂令】馭天風游戲紅塵，點點飛花，渺渺餘春。只見那萬頃沉浮，東南吴楚，日夜乾坤。慘悽悽湘絃寫韻，夢昏昏神女行雲。哭長沙誰吊靈均，醉高樓可有仙人。則一搭戎馬關山，説不盡杜老酸辛！你看前面殺氣騰空，定有賊兵屯積，則索登岸一望者。（衆應，同下）（净領卒子上）我楊蛟，箭瘡已愈，就此進兵。衆孩兒，努力向前者！（衆吶喊，同繞場下）（末衆引貼上）（貼）那賊勢好生兇狠也！

【雁兒落帶得勝令】障南雲貔貅萬竈屯，撲西風鷹隼三秋迅。掃不開昆陽虎豹軍，振不起彭蠡魚龍陣。我想這些賊寇，本是蒼生，若非大吏養癰，便是地方激變，先事既無覺察，到得寇勢鴟張，驚惶失措，不是殺民代賊，即思掩敗爲功，説起來好不痛心也呵！　呀，養癰疽遺害豈無因，痛瘡夷歷劫真堪憫。做庸臣先學抱頭奔，做忠臣博得捐軀殉。良民，苦征輸還要授鋒刃。奸民，正好趁干戈擄掠人。我們再往賈將軍營盤一望者。（衆應，同下）（外領隊子上）我賈縮自從兵敗湖中，軍鋒大挫。我參軍陳明允，中途失散，久無下落，好不傷心。現在困守孤城，援兵不到，欲待出戰，争奈楊蛟妖術利害，難以取勝，這便如何是好？（探子上）報！楊蛟率衆圍城。（外）再探！（探子下）（外）軍士們，多備擂木礮石，分門固守，不得有誤。隨俺閲視城垣去者。（衆應，同繞場下）（末衆跳舞上，貼上，登高望介）

【收江南】呀，你看那跳梁亂走兔狐群，則一片蚩尤毒霧障晴雯。猶幸得亞夫細柳肅營門，却不道孤城援絶無人問。怒轟轟戰氛，哭啼啼難民，怎能彀魯連談笑却秦軍。就此回去，報與公主便了。

【尾聲】人間擾擾風雲陣，兵過處千家灰燼，誰似我世外桃花避戰塵。（同下）

第八折　蕩寇

（生戎裝挂劍，旦雉尾戰袍挂劍，携手同上）（雜旦持大旗隨上）（生、旦）

【北黄鐘】【醉花陰】月墮簾陰夢初覺，亂鶯啼瑶宫春曉。拈花朵，整雲翹，兩温存眼底眉梢。寫不出癡和醉，迷離稿。（生）公主，我兩人柔懷繾綣，形影難分，何物情絲，牽連如是！（旦笑介）這都是那一方絳綃巾在那裏害人也！（合）誰把這蛛網織烟綃，却把我兩人心暗粘了。

（生）小生是鄉甚樂，願老温柔，只是賈將軍音信杳然，好生惶惑。（旦）且待阿念回來，自有分曉。（貼執旗上）霓旌開綉纛，翠羽遞軍書。報公主：賈將軍困守孤城，賊衆四面攻打，十分危急。（生驚介）嗳哟，公主，可憐一邑生靈，早些搭救則個！（旦）陳郎不必驚惶，我想賊衆併力圍城，其湖中水寨必然無備，只要攻其巢穴，則陸路之兵不戰自解。此圍魏救趙之計，尊意以爲何如？（生）公主妙算，極合軍機。（旦）阿念過來，你可帶領水卒，徑搗賊巢，縱火焚之，若楊蛟回兵，其心必亂，即可乘機迎擊，不得有誤！（貼）得令！（下）（旦）陳郎，你可渡湖登岸，乘賊兵解圍之際，即便入城，與賈將軍領兵追擊，使他腹背受敵，即可一鼓蕩平。我在君山接應，到彼相會便了。（生）只是小生撇不下公主，怎生是好？（旦）你敢違夫人將令？（生）是、是，小生就去！正是：暫撇鸞皇侶，重張虎豹軍。（下）（旦）侍女，隨我往君山督陣去者！（雜旦）是！（同登高處介）

（旦）你看這江山，好不雄秀也！

【喜遷鶯】望不盡三湘綿渺，淘不盡千古英豪。波也麽濤，亂轟轟魚龍喧鬧。那裏是澧芷沅蘭泣楚騷，那裏是解明璫贈漢皋，但想像斜陽芳草。楊蛟阿楊蛟，則一片瀟湘雲夢，乃是神女嬉游之地、才人歌哭之場，豈容你齷齪幺麽，腥我疆土！試看你做英雄刀下魂消，翻教俺做神仙馬上功高。

（内放火、吶喊，雜扮賊兵逃上）（貼引衆追殺下）（旦）那賊巢早則破也！

【出隊子】俺這裏乘風飛到，他那裏亂紛紛將戈甲拋。不煩俺夫人戰鼓手親敲，早則是赤壁東風一炬燒，渾不數綉口談兵大小喬。

（浄引卒子乘船上）俺楊蛟正在攻打城池，忽聞湖中巢穴被人燒燬，因此急急回兵救護。（外、生領衆乘船上）呔，楊賊，往那裏走！（同戰介，浄衆敗下）（外、生領衆追下）（旦）

【刮地風】哎喲！你看那陷陣酣呼戰氣高，困長圍羅刹弓刀，漸壞雲頽壁旌旗倒。一邊兒健鶻摩霄，一邊兒病獸離巢。一邊兒兩軍合搗，一邊兒孤注難逃。任憑你檣櫓堅，礟石靈，怎敵俺軍機神妙。俺便要瀉銀河將他兵火銷，還我個碧雲天洞庭春曉。

（貼率衆上）賊巢已破，前面喊殺連天，定是楊賊回兵，只索迎擊便了。（净領卒子上）呔，你這孩子，爲何不守閨門，却來阻我去路！（貼）咏，你的巢穴已被俺燒燬，還不快快就縛！（净）原來被你暗算。看刀！（戰介）（外、生領衆沖殺上）（净衆敗下）（貼衆追上）（外）陳兄，這位女將想就是新夫人了？（生）此時還不是夫人，將來恰要加個如字。（外笑介）原來還是個處女。（生笑介）可曉得行兵之道，守如處女，動如脱兔。（外笑介）這等説，如今不是處女，竟是脱兔了！（生）休得取笑，一同追趕。（同追下）（净衆奔上）阿唷唷，利害、利害！前後夾攻，把我的兵將殺傷殆盡。不免用法術敗他，以洩此憤。（貼、外、生領衆追上）（净虚下，内烟火，雜扮蛟沖上）（衆繞場逃下，蛟追下）（旦）

【四門子】猛可的臨風一晃舒牙爪，霎時間怒立驚濤。好比那蜿蜒陣勢長蛇裊，破滄溟，跋浪驕。仗着你頭角高，山岳摇，全不想送殘生飛來周處刀。結束住翠錦袍，拴扎定白玉縧，（拔劍介）細腰邊神龍寒嘯。

妖人左道，當以青龍寶劍破之。（貼、外、生領衆上，繞場下）（蛟追上）（旦擲劍介）（内放烟火，雜扮青龍沖上，與蛟鬥，蛟敗下，龍追下）（净逃上，貼、外、生各領衆上，斬净介）（外）陳兄，且喜逆渠授首，餘寇蕩平。請尊嫂夫人下山一見，拜謝救援之德。（生）是、是。公主有請！（旦下介）（外）末將甲冑在身，恕不全禮。（旦）將軍戰守功高，可勝忻賀！（外）末將蒙公主垂救，倖免失機，還望仙馭下山，待末將奏請朝廷爵賞。（旦）妾乃世外釵裙，無意人間富貴，只因陳郎與將軍有同袍之誼，特遣小婢略助軍威。今幸克奏膚功，將軍即宜撫恤瘡夷，招集流散，爲國家調養元氣，慎固封疆，愚夫婦即便還山去也。（外）公主指示，末將敢不恪遵！只是陳兄決然舍去，何時再得相見？（生）後會方長，再容趨謁。（外）如此，只得告别了。衆將，收兵！（領卒子下）（生）公主神算，阿念奇功，真令鬚眉愧死！（旦）過獎了。就此御風回山者。（同行介）（衆合）

【水仙子】喜、喜、喜、喜兵氣消，看、看、看、看一霎風雲都過了。泛、泛、泛、泛煙波兒女逍遥，弄、弄、弄、弄花月神仙飄渺。曳、曳、曳、曳瓊裾上碧霄，向、向、向、向世外同驂鸞鶴。嘆、嘆、嘆、嘆下界紅塵枉自勞，問、問、問、問情天紫極誰能到？但、但、但、但只見湘水碧楚山高。

（水卒先下）（生）公主，我想阿念前有饋食之勞，今有破敵之勇，教小生何以爲報？（旦笑介）你要報他麽？（扯貼與生介）喏、喏，我就把他交付與你，憑你怎樣報答去罷！（生）喲、喲，可不折殺小生也！（扯貼介）快過來謝了公主。（貼作羞介）（旦）只是你怎生報我呢？（生笑介）公主是自然不消説了。（執旦、貼手行介）（合）

【尾聲】皎月明星夜同照，證盟香一幅鮫綃，我與你住温柔還比白雲好。

花消英氣酒消愁，世事茫茫漢水流。
春女纏綿秋士烈，游仙枕上覓封侯。

附一[一]

爲何大驚小怪？（貼）有人將你題詩之事，報與王妃知道。王妃索取詩帕看了，登時怒發，大罵狂徒。即刻便來拿你，多分是死多活少。（生驚跪介）還得姐姐救我則個。（内）快拿人去！（貼）那邊已有人來，我不能救你了。（急下）（四雜執械上，鎖生介）（生頓足介）阿喲，今番姓名休矣！

【尾聲】兒女英雄兩不能，怕仙緣鬼趣同消領，（雜）快走！（生）哎喲，知道我一片歸魂何處影。（四雜）走吓！（帶生下）

附二[二]

諢筵

（末上）一頭撞龍門，（副净上）四脚踏乾坤。（小净上）水母跟我跳，（丑上）吏部見我笑。（末）我魚參謀，（副净）我鱉元帥。（小净）我蝦先鋒，（丑）我蟹將軍。（合）請了。（末）我們都是洞庭君部下水營將弁。昨夜公主招了駙馬，今日我輩賜了喜筵，大家暢飲一番，須要盡興。（衆）這個自然，一同入席。（場上設席，同入坐介）（副净）我們是官場宴會。（丑）是阿，可不都是官麽？（副净）喝酒要喝得雅道些。（小净）怎麽才叫做雅道？（副净）行令喝酒，這就叫做雅道。（小净）罷了，我從不曾雅道過。這不是喝酒，竟是受罪了。（副净）亂令者先罰三大碗。（小净）不敢、不敢。依你，行什麽令？（末、丑）好、好，倒要請教請教。（副净）依我説，大家輪流猜拳，猜着的唱個曲兒。（末、丑）猜不着呢？猜不着的，喝一杯酒，把自己的原形，現出來瞧瞧。（末笑介）那尊形也就可觀了。（小净）喝了酒要現原形，也就不見狠雅道。（丑）這個還不打緊。大凡不喝酒的時候，大家還撑着這付假面目。到得喝醉了，總要露出本相來的。只要别囉唣，别説心事話討人嫌，别殺酒風打架兒，也就算飲中上品了。（末）既如此，我與鱉翁先猜起來。（小净、丑）好、好，我們也瞧瞧樣兒。（末、副净猜拳介）（副净）是我猜着了，你先喝一杯，變個原形來罷。（末飲介）酒令嚴如軍令，説不得且變一下。（虚下）（内煙火，雜扮大魚繞場下）你該唱了。（副净）我唱、我唱。

【黄鶯兒】活現一糟魚，腹兒中有甚書，居然也把參謀做。但逍遥江與湖，但浮沉藻與蒲，隨波逐浪把軍機誤。眼模糊，難分皂白，偏要混明珠。（末）好罵、好罵。我這參謀竟説得不值一錢，回來少不得要恭和原唱。（又猜拳介）（副净）如今是我喝酒了。（末）請公入甕，快變、快變。（副净虚下）（内烟火，雜扮大鱉上，繞場下）（副净上）你唱罷。（末）

【前腔】酒鱉一團團，大規模局面寬，相君之背真非賤。（副净）承贊了。（末）氣昂昂甲胄堅，暗昏昏泥土鑽，龜頭縮進何曾見。出蹣跚，旗開元武，也要學登壇。（副净）噯唷唷，把我這元帥恁般奚落，可惡、可惡。（末）如今該輪到你們二位了。（小净、丑）來了。（各猜拳介）（小净）呀呸！偏是我猜不着，喝杯酒也好。（丑）快變來罷。（小净下）（雜扮蝦跳上，繞場下）（小净上）如今你該唱了。（丑）

【前腔】一個醉蝦跳，晃明盔兩刃刀，戟須風弄旗杆裊。（小净）倒還有些樣兒。（丑）岸灘邊伏的牢，水波中迸的高，賊兵未到先跑了。墨青袍，隨時卸去，長脚最能逃。（小净）依你説，不是先鋒，竟是先逃了。（丑）逃得了也算你武藝高强。（小净）不要强嘴，少不得也罰你一大杯。（又猜拳介）（丑）我輸了。喝一杯算了罷。（衆）這個不能。大家都變了，怎麽你不變？（丑）咳，諸公的本相算是不像人形，還是有頭有面。若區區變將出來，真是愈出愈奇了。（小净）愈奇愈妙。（丑虚下）（内烟火，雜扮蟹上，繞場下）（丑上）見笑見笑。（小净）聽我唱來。

【前腔】醃蟹酒猶新，本無腸要横行，兩邊戈甲排齊整。冒餘糧稻一莖，戀微光火一星，有何顔面充軍政。可憐生，沙場廓索，猶恐月兒明。

（雜持旗上）呔，公主有令，命你水營將弁，隨同阿念姑娘，往湖中探聽軍情，不得遲誤！（衆）得令！（雜下）（丑）完了，正在飲酒開懷，弄出甚麽軍務來了，掃興、掃興。（小净）你不知道如今的軍務，都在這幾個醉漢身上，也只好勉强支持一下。（末）將在謀而不在勇。有我參謀在此，你們不必驚慌。（副净）你的謀略也只平平。我元帥三軍司命，只要我福運亨通，你們一個個都要得軍功哩！（衆）如此全仗鴻福，全仗鴻福。（同諢下）

注

〔一〕此段文字原在第五折《玩巾》末，原注：『此半張删去，直接下折。』

〔二〕此折原在第六折《尚主》後、第七折《探營》前，原注：『此折删去，直接《探營》一折。』

玉臺秋

自序

《詩》三百篇，皆言情之作，而《關雎》首夫婦，以其得乎情之正也。顧人莫不知有夫婦，而情則往往難言之。彼反目而詬誶者無論矣，或溺於燕私，昏於嗜慾，則亦登徒子之所好，曾何足語於情哉？吴君康甫，情種也，篤于伉儷，得《國風》之正。宜人張氏温雅柔順，善侍君子。康甫病疫，常二十晝夜目不交睫，侍湯藥不稍懈。夜静輒焚香禱佛，願以身代。宜人固善病，以病者侍病者，及康甫病愈，而宜人遂至不起，其亦以身殉情者歟？康甫既痛其逝，而又憫其代己也，囑爲樂府以傳之。予不文，何足以傳宜人，而康甫請之堅，予益信康甫之情之摯，有不以生死久暫逾者，遂不忍却其意，爲填是本，既重康甫之託，且以風世之爲夫婦者。

丁酉送春日，韻珊黄憲清識於擊空明室。

序

桐城姚惜抱之言曰：『著書者欲人達其義，故言之首尾曲折，未嘗不明貫，必不爲深晦也。』夫著書之不深晦而明貫者，莫院本若矣。一人一家之事，非單辭短章所能盡，而悲慨鬱勃，必使首尾曲折以出之，此《玉臺秋》所爲作也。吴君康父悼亡不已，其友海鹽黄韻珊爲譜此本。書中所稱惲士珍，即韻珊自謂也。君喜交文士，同時復有蕭山陸璣。三人者，特見契於陳碩士學使。陳故惜翁高弟，主持風雅，得人特盛。書中所稱高斗華即碩士，樂奇即陸璣次山也。

君娶於張，外姑姚氏，蓋惜翁之猶女，而石甫之族妹。書所稱姚公祠在西湖蘇公祠側，祀前明杭州守芳麓先生，爲惜翁石甫之嫡祖。而君配宜人，實姚所自出也。宜人既生長巨族，深明詩書大義。既歸君，事孀姑，和妯娌，戚黨無間言。素虔奉大士，嘗夢老人偕白衣者授以兒而感孕。宜人初未見君舅，醒以其狀告君，乃知爲君父咏泉先生。故長子候選訓導福崇之生，初名志祖，以志其異。及長女式順生，宜人病甚，其弟夢白名長庚者，禱於神，願減己壽十年，以延姊算。既感夢大士，病霍然愈。生次子福成、次女式柔，以迄於没，適符十年之禱。《禱佛》下本擬有《麟兆》《試啼》二闋，以著大士之顯應，韻珊以上下卷次不匀故闕之。君少好博覽，不得志於有司，謂當讀有用之書，不宜逐逐於詞章之末，益發所藏古書金石文字，沉浸穠郁，多識前言往行，宜人復爲之收掌編纂。及宦游至浙，受知大吏，所交多賢儁士，座上客常滿，宜人主持中饋，脱簪供客，無難色。有如皋張壽承者，爲故方伯張朝覲之子，巡查錢塘門外，老病且貧，臨終以身後託君。君爲經紀其喪，供給乞貸以歸其孥，宜人復解手釧以濟之。如《情叙》《哭弟》等篇中所及，皆實事也。宜人既以力疾侍君之疾，又感念君姑、慈母不置，鬱鬱不自解。君疾益危，宜人禱天，願以身代，竟得請而死。君之所以悲傷不能自已者，蓋不特婉孌伉儷之重，自念生平以道義忠孝爲己任，使非宜人鋭然請代，設中道而廢，則未竟之志，何暇慎始圖終？

蓋君於世味淡，嘗權知杭湖屬縣，授平湖丞，而君不以爲意，嘗曰：『吾幸不爲煩劇，得以專力闡揚，爲世道人心計。』所至必表彰節烈，修復祠宇。今杭城内外，石碣相望，皆君所表古聖賢仙佛廟祀舊址，或已修復，或尚榛莽，行路者皆欷歔感嘆，以爲君莫大之功也。尤盡力於岳忠武，考出初瘞舊地，重新廟貌，扶植忠裔。每有所興作，必請於神，神必許之。君之精神洵足貫金石而動神明矣。次子福成助君籌購忠骸舊址，奔走督率土木尤力。宜人二子二女皆能金石繪事，諸孫多有入黌序有聲者，而次君贊成闡忠之功甚偉，益見宜人教澤之深矣。

予於咸豐戊巳間識君，君已白鬚飄然，迄今二十餘年，勁健猶昔。頃以此本乞序，因得并及其生平如是。桐城固多名儒，惜翁尤以斯道自任，有契聖賢之旨。而君之以神道設教，亦推廣聖賢之餘意。韻珊此作，曲盡纏綿悱惻之情，與惜翁論文之言合。而予尤有感者，表忠義、復祠宇，皆爲有司供職中之一端，乃有司者不爲，而君獨毅然爲之，宜人之奇節懿行，感應即在門内，可以風世之爲有司者，則《玉臺秋》之關繫實大，又豈特美其不深晦而明貫矣乎？

光緒六年歲在庚辰冬十二月，婁縣楊葆光譔。

題詞

徐維城韻生

龍眠數名族，映照張與吴。合併圭璧雙，邦彦静女姝。一解

之子于歸，宜其室家。荏弱清癯，乃召病魔。脊令在原咨以嗟，亟假之年延春華。二解

從夫作宦，奉尊章命，鴻案輟舉。二十晝夜侍夫病，弟假年之姊，乃請以身代厥夫，禱於我佛無躊躇。夫竟起，身竟殂。三解

展如之人邦之媛，生天侍佛語非讕。慈雲之中金童變，信女突爲善男善。四解

眷似續，無死生，成仙成佛猶人情。愛子偶弗豫，降壇定方藥，一服霍然愈。五解

揚芳表忠隨而翁，積勞甚，不有躳。愛子今亦歸蒼穹，想見執事蓮臺中。休沐之暇，侍母洩以融。六解

白首黄門壽未艾，大耋期頤靡有害。眷思故侶輒感喟，表彰賢淑述靈怪。屬予一言彤史綴，濡墨毫迅掃，首舟帆將挂。辭不文，敬再拜。七解

目録

卷上

卷下

陽湖楊晉藩蕉隱審定　孫婿程雲驤子良參校
海鹽黃燮清韻珊填詞　桐城吴廷康茹芝校訂
婁縣楊葆光古醞評點　男福崇、孫祥麐付梓

卷上

情敘

（生上）

〔南吕〕【一剪梅】寶鏡空明照比肩，人要花憐，花要人憐。一官吏隱當游仙，是出山泉，是在山泉。

【如夢令】樓外曉陰猶膩，樓上曉眠才起。呼婢捲疏簾，無奈落紅如此。春思、春思，都在子規聲裏。卑人吴仲泰，字情軒。世籍安徽人氏。祖父以詩禮傳家，伯仲則壎篪同調。娶妻張氏，小字存真。齊眉比德，居然梁廡高風；熨體生香，頗有荀家韻事。這都不在話下。卑人素耽古癖，不近名場。要身閒何用官爲，貧原非病；但親老不爲禄養，識者所譏。爰納相如之資，遂捧毛生之檄。近因告假省母，暫賦歸與，不久擬赴浙江需次。趁此閒居無事，不免請娘子出來，小敘一回。話猶未了，娘子早則出來也。（旦上）

【前引】人似垂楊起更眠，愁也纏綿，病也纏綿。藥爐香裊落花天，春事年年，春病年年。

（見介）相公起得恁早。（生）娘子近日舊症可好些麽？（旦）妾素體弱，小恙何足挂念。（生）娘子從前病危之時，幾乎不省人事，虧了令弟夢白虔禱于大士跟前，願減己壽十年爲娘子延壽，後來遂得漸漸甦醒，那時光景，還能記憶否？（旦）説起這事，好生奇怪。請相公坐下，待奴家細細説知。（各坐介）（生）願聞。

（旦）想那日呵！

【宜春令】傷心序，短命天，慘模糊秋燈黯然。靈隨風颺，游絲一縷空中旋。（生）後來便怎樣？（旦）那時妾身恍惚在祖姑舅跟前，半空中有位菩薩，將浄瓶内柳枝，向奴家額上灑了幾點甘露，因此漸醒過來了。灑楊枝未許長眠，放曇花回來一現。全仗恁慈悲，銷去勾魂牌面。

（生）那事果然奇怪，想是我二人伉儷情深，故爾佛天憐佑，兀的不教人頂禮也呵！

【綉帶兒】珊珊影春雲帶轉，收回紫玉殘烟。難爲伊菩薩心腸，成全我眷屬神仙。我與娘子定情之前，母親命拈鬮于先大人之靈，三卜皆吉，可見前生注定，非比等閒也。良緣，紅顔薄命差可免，對韶光愁眉須展。俺二人呵，只算形和影，卿憐我憐。須不比再生來，玉簫重見。

（旦）蒙君繾綣，願共白頭，竊恐荏弱之姿，不能久侍君子，殊可恨耳！（生）呀，娘子，我與你綺歲方長，情好正篤，何爲出此傷心之語！（旦凄然介）念妾身呵！

【宜春樂】愁無緒，病易煎，最傷心匆匆少年。綺羅一霎，怕凉風不準留飛燕。只恐我怯早寒蒲柳秋先，只恐你尋前夢芙蓉路遠。倘情深分淺，還要費香山描寫，長恨詩篇。

（生）娘子休得憂煩。我二人同在盛年，正該及時行樂。卑人假滿之後，仍擬需次錢江。旅館寂寥，當與娘子一同前去。湖山名勝，大可洗滌愁腸也。

【醉太師】紅船六橋泛遍，認淡妝濃抹，西子顔面。呼鶯侶燕，買青山不用輸錢。流連，徵歌對酒聊自遣。扶殘醉尋取金鈿，同攜手紅邊翠邊。是一葉鴟夷，少伯家眷。

（旦）相公深情雅趣，妾願同之，争奈老姑在堂，未便飄然遠去。

【瑣窗寒】我難安頓堂上高年，怕門閭，易挂牽。相公赴官去了，有妾身在家，尚可承歡破悶。算桑榆菽水，要婦替兒肩。況且奴家父母，又素鍾愛妾身，一旦遠離，於心何忍？怕冷落謝家亭院，鮑家詩卷，一星孤路長愁遠。欲待不去，又是放心相公不下。一般骨肉總纏綿，去留難定成見。

（生）這也怪你不得，連卑人都有些委決不下，且待母親之命，再定行止便了。（副净上）枝上時棲同命鳥，階前盡種合歡花。老爺、宜人原來在此閒話。（生）孫媽來此何幹？（副净）老太太房中無事，要取老爺所購的金石古磚賞玩賞玩哩。（旦）這些東西都是奴家收藏的，待與相公同去取來。（副净）老爺會弄磚頭，宜人自然會弄瓦的，真正是弄瓦之喜了！（生、旦各笑介）這老婆子到會打趣。（旦）相公，和你到書房中檢點去來。

（副净）老太太等着要看哩，檢出了待老婢送去。（旦）

【尾聲】日長無事閒消遣，（生）勾搨秦碑與漢磚，（旦）相公，還得你淡墨斜行注幾篇。

（生）鄉里相依號比肩，（旦）靈根縹渺託情田。

（净副）願將金石文章壽，長與香閨祝永年。

（同下）

飲樓

（小生乘舟，丑摇櫓上）

〔雙調〕【秋蕊香】自笑吟懷疏放，春風影尋過隨楊。吊翠憐紅暗惆悵，知我者閒鷗一兩。

少小清狂不合時，自家悲喜自家知。閒來陌上扶殘醉，笑覓流鶯唱艷詞。小生惲士珍，字拙菴，浙江嘉郡人也。總角論文，先聲奪幟。離騷濁酒，自高名士之風；樂府清歌，曾下美人之拜。偶戀湖山之勝，遂載書劍而游。春色可憐，已有垂楊等我；名心未淡，不無流水笑人。今日天氣晴和，煙花綺麗。爲此出城唤渡，鼓棹西湖。近有一個新交，姓欒名奇字步衡，在姚公祠喬寓。此人頗工詩畫，大有性靈，不免乘興一訪。船家，把船兒摇過北山去者。（丑應，摇舟行介）（小生）

〔仙吕入雙調〕【忒忒令】縱短橈來紅天翠鄉，飛絮外游絲十丈。好山一笑，喜詩人無恙。

遠遠望去，前面已是姚公祠了。過盡了幾家樓，幾家莊。那人何在，聽吟聲漸響。

（丑停船介）船已停泊，相公上岸耍子罷。（小生上岸介）船家，你可在這裏候着，傍晚載我回去便了。

（丑）相公只顧耍子，我到岳墳吃點心去了。（下）（小生）這裏是姚公祠，不知欒兄可在裏面，待我叩門進去。

（扣門介）（副末上）

【沉醉東風】牡丹開春風乍香，問誰尋鬧紅門巷。（開門見介）呀，原來是拙菴兄，小弟正愁寂寞，甚風吹得到此，我好喜也！（小生）欒兄，久不晤面，近日作何消遣？（副末）言之可笑，不過是眠時夢，醉時狂，算清閒無兩。（小生）吾兄選勝尋幽，定多佳製，不知可以賜讀否？（副末）筆墨之興，生平亦頗自負，現逢畏友在前，只好焚硯藏醜了。論才名定應相讓。（小生）兄何過謙若此！（副末）這是實話，不要説别的，就是吾兄那幾種樂府，不過游戲生活，已是公卿馳譽，婦豎知名，才子文章，豈兄弟所能夢及？看你倚聲幾行，著書幾章。人情戲稿，描摹盡傀儡場。

（小生）休得過獎了。今日天色晴明，春光正媚，與兄湖堤一步何如？（副末）小弟喬寓西泠，應爲東道，既有雅興，正該奉陪，我們同往琴鶴樓一醉，豈不有趣？（小生）如此，一同去來。（同行介）（合）

【佳慶子】看一堤軟碧春思莽，野草閑花各自香，紅雨飛來衣上。芳樹合，水邊房。青旗轉，柳陰窗。

（到介）（副末）已到湖樓了，酒保那裏？（副净上）醉翁意不在，君子交淡如。二位可是飲酒的？（副末）便是。（副净）如此，請樓上坐。（同上樓坐介）（副末）可有好酒？（副净）有、有。不知二位愛那一種酒？（副末、小生）説來任憑揀取。（副净）哪！【西江月前】東浦新豐都備，玫瑰香雪俱全。女兒紅勝惠山泉，只恐劉伶量淺。（副末）可有下酒東西？（副净）益發都有。【西江月前】蒓菜絲絲青翠，醋魚尾尾新鮮。無論火肉與湯圓，各樣貨高價賤。（副末）只檢好的取來便了！（副净）是哉！喂，夥計們，取好酒好菜來嗄！（取酒餚置案即下）（副末、小生對飲介）（小生）樂兄，良辰美景，勝地名流，借君酒杯，澆予磊塊，此興正復不淺。（副末）狂奴故態，正復爾爾，請兄痛飲一觴才好。（小生且飲且唱介）樂兄呵！

【尹令】豪情隨風飛颺，艷情隨風飄蕩，幽情隨雲來往。牢騷醉鄉，只索要笑放長鯨飲越江。

（副末）你看那邊一群游女緩緩來也。（老旦、小旦、貼游女上）

【品令】衫飄步輕，花氣奪衣香。亭亭顧影，春流照紅妝。西湖十景，配羅裙新樣。（小旦）喂，妹妹，我們那裏去逛才好。（貼）姊姊，我們到小青墓上踏青去罷。（老旦）如此，一同前往。（合）認玉埋何處，蝴蝶替人尋訪。試問他老鶴孤山，可能彀乞借春陰護海棠。

（繞場下）（副末）春光似錦，游女如雲，好不繁華熱鬧哩！（小生）樂兄，吾想千百年來，這兩堤芳草，不知印過了多少美人蹤迹，青山解語，定能一一言之也。（副末）吾兄癡情韻語，使人感慨係之矣。

【豆葉黄】嘆南朝山色，老閲韶光。依然是緑水紅樓，送盡了游裙歌舫。問不出闌干幾處，幾人倚妝。不但此也，就是那些忠臣豪傑、學士文人，也是逐時代謝，都瞞不過這青山睡眼中哩！算甚麽美人前帳，算甚麽美人前帳。便毅魄吟魂，一例滄桑。

（二雜摇舟，净、外游人摇扇，各乘舟上）

【玉交枝】南屏鐘響，剩雷峰遷延夕陽。看布帆一幅東風上，誦殘經靈隱齋航。（外）我們要子了一日，也該回去了。老兄，你進那一門？（净）小弟是湧金門。（外）區區是進錢塘門的。（净）如此，且到照膽臺分路，明兒再叙罷。（外）説得有理，這幾日湖上是日日好頑的。（同行介）（合）追歡取樂花柳鄉，算阿獃意興，大該相像。醉醺醺百年幾場，鬧轟轟十天九忙。

（同下）（小生）天色已晚，那些游船漸漸散去，小弟也該進城了。（副末）既如此，待小弟送兄上船。酒保那裏？（副净上）來了來了，阿是要添酒？（末）不消了。（擲銀介）銀子一錠，權且收賬，改日結算。（副净）只顧請便，小店理會得。（下）（副末、小生下樓行介）好一派晚景也！（合）

【川撥棹】湖烟上，翠迷離，暗緑楊。（小生）俺與你呵，恕酒徒一個荒唐，恕詞人一個清狂，問韶華誰堪主張。（副末）樹和山，各自蒼。燕和鶯，着甚忙。

（小生）已到渡頭，船家那裏？（丑欠伸上）等的好長久，快上船，好趕進城去。（小生上船，作别介）欒兄請便，小弟就此返棹了。（副末）請。（丑開船行介）（小生）

【尾聲】逸情濃，清歌響，背駝新月進錢塘，（副末）只見他縹緲烟波一葦杭。

（小生）俊侣閒來共一觴，（净副）縱談往事太蒼凉。

（丑）阿儂生小煙波窟，不解尋春爲底忙。

（各拱手介）請了。（分下）

絮　別

（末上）兩岸垂楊折漸稀，（貼上）西風吹淚上征衣。（末）傷心骨肉中年別，（貼）不及征鴻一處飛。俺張存美，字夢白。（末）俺吳季良，字淡如。（同）請了。（貼）今日情軒姐婿同家姊赴浙，特往郵亭送行。（末）小弟也要送兄嫂一程。（貼）如此，一同走遭者。（末）正是：人生難得惟兄弟，（貼）天下傷心是別離。（同暫下）

（雜摇櫓，生、旦乘舟，副凈抱兒同行）（生上）

〔中吕過曲〕【粉孩兒】依依的戀家園遲去棹，看蒼山紅樹，送行詩稿。卑人吳仲泰，遠違故土，不卑小官，雖然挈眷而行，不無離鄉之感。娘子，你夙昔心情，多愁善病，今日之役，能不黯然！（旦）慈命難違，使人無奈。（合）便同眠一舸歸夢遥，淚珠兒分付秋潮。（内）行船暫住，我們在此送別哩。（丑）啓爺，岸上家四老爺和張舅爺在那裏送別。（生）如此，把船停泊，我和宜人上岸叙叙。（副凈）讓老身和小公子艙中將息一回去。（雜泊船介）（生、旦合）咳，採芳蓉難寄相思，種垂楊偏近官道。

（上岸介）（雜摇舟，同丑、副凈各暫下）（末、貼趨上）（合）

【紅芍藥】烟水外别路蕭條，短長亭閲盡勞勞。（各相見，悲介）看半樹垂楊艤征棹，莽離懷一時難告。（生、旦）無聊薄宦同繫匏，把連枝輕輕丟掉。（衆合）四人心一樣魂銷，斷絲腸不因猿嘯。

（末）哥哥、嫂嫂去後，家中之事，可有甚分付？（生）兄弟呵！

【耍孩兒】只有萱帷春秋老，捧檄慚毛義，慰晨昏要你勤勞。（末）兄弟理會得。還有甚麽言語？（生）别緒茫茫，一時也説不出來。心焦，無窮意别有家書到。（旦）叔叔呵，我遠行人難把姑恩報，仗弟婦獨行孝。

（貼）姊姊和姊婿此去，不知何時再得相見！（凄然介）（旦淚介）我那兄弟呵！

【會河陽】我身遠庭闈，心憐故鄉，夢魂歸來，去趁江潮。（生、旦合）從今後呵，路遥，算半子蕭疏，一星縹緲。言不定，歸期早。（旦）兄弟，你回家去呵，寄言我父母休煩惱，寄言我姊妹通音好。

（末、貼）備承諄囑，我倆人自當敬佩不忘。只是眼下呵！

【縷縷金】離緒迴，去愁遥。大江流别夢，落日上征袍。疼熱的枝和葉怎生分了，只望你相如素志遂題橋。名成賦歸早，名成賦歸早。

（生、旦合）

【越恁好】都承期望，都承期望，敢負聖明朝。縱然官賤，隨處可盡微勞。（生）只是一句，未能供菽水，咎難逃，敢希陞調？天色已晚，只得告别了。（各拜介）（生、旦）家園事，今後望伊看照。（末、貼）湖山夢，今後爲伊顛倒。

（雜摇舟，丑、副净暗上）（生、旦上船介）我們就此解纜，相見有期，不須遠送了。（各灑淚别介）（生、旦）

【尾聲】難分難捨如何好，（末、貼）離愁只索切并刀，（合）今夜裏各處心兒各様焦。

（生）薄宦催人去路遥，（旦）斷腸才識可憐宵。
（貼）休言離别尋常有，（末）無限傷心付短橈。
（分下）

花　警

（副末、小生持扇行上）（外蒼頭隨上）（場上預設荷花）（副末）
【商調引子】【鳳凰閣】昨宵微雨，種出青萍無數。（小生）曉蟬先已占西湖，都在柳陰深處。
（合）繫橈尋句，寫一幅招凉畫圖。（小生）步衡兄，今日見招，有何雅興？（副末）長日無聊，正愁枯寂，近有新交吴情軒，翰墨精通，性情古雅，因需次在浙，就在姚公祠前種了一帶荷花，今日乃吴君三十初度之期，池荷開得正茂，爲此特備小酌，賞花介壽，并邀知己暢叙幽情。（小生）原來如此。這一派荷花果然開得好茂盛也！（作賞玩介）
【二郎神】紅香浦，倚欄杆愜幽人心素。看萬柄摇風花氣午。凉生小院，問羅紈秋信何如。
（副末）勝地名花，果然雙絶，難怪當初南宋君臣流戀不去也。笑江左偏安無遠慮，只解放龍船，拋不得兩堤烟雨。莽欷歔，莫問他鳳凰山幾點青蕪。
（生上）人影不離花左右，吟聲如在水中央。今日同人招集姚公祠賞花，兼爲卑人慶壽。來此已是，不免徑入。（外禀介）啓爺，吴爺到！（副末迎見介）嗳唷唷，吴兄來了，教人好生盼望。（生）既荷寵招，焉有推却之理？（指小生介）這位是誰？（副末）這就是兄弟時常説起的那個惲拙菴兄，才華絶妙，兼擅倚聲之樂，吾兄還未領教呢。（生揖介）久聞盛名，今日得親雅範，真乃三生之幸了。（小生）樂兄謬獎，言過其實，小弟何以克當！（副末）天已向午，蒼頭快看酒來，我們該暢飲暢飲。（外應，作斟酒，衆送酒，坐席介）（副末）吴兄爲何來得恁晚？（生）今日新學使高公莅任，兄弟有事禀謁，故爾來遲。（副末）那高公學何如？（生）那高公呵！

（且飲且唱介）

【前腔】鴻儒，文章氣格，江西家數。（副末）賞鑒何如？（生）他老眼看花偏不霧，燃犀照海，能收一網珊瑚。（副末）如此説來，拙菴兄的才學，自然必邀賞鑒。（小生）果如所言，兄亦不在王後。這湖上騷壇應割據，論不定錦標誰取。（生）兩兄自然一時瑜亮了。定聯裾，睹光華一對明珠。

（小生）雲水勝區，忽動浮名之念，殊令邱壑笑人，還是賞玩荷花的好。（副末）言之有理。蒼頭，斟酒過來，待俺酹花一杯者。（外應，遞杯介）（副末）

【集賢賓】紅裳雅淡青蓋疏，賽西子臨湖。（澆酒介）看一滴濃酣仙掌露，笑佳人薄醉難扶。

（小生）你看那邊，有一枝並頭蓮，開的好不齊整！（副末）這是吴兄篤于伉儷之情，故爾花呈佳兆。（生）休得取笑。（副末）纏綿心緒，好一似人間兒女。（小生）吴兄性喜栽花，將來高升之後，這枝並頭蓮當與潘安仁金雀齊名了！ 花縣住，最相稱河陽夫婦。（內作風聲介）（生驚訝介）呀，你看一陣狂風，把這枝並頭蓮吹折了一半，好生奇怪。（副末、小生）果然吹得奇怪。（生）

【黄鶯兒】秋氣警芙蕖，一雙花影忽孤，怕玉人團風凉風妒。（凄然介）（副末、小生）吴兄爲何傷心？（生）兩位兄長呵，緑波終古，紅顔易枯，算蓮房多子心偏苦。嘆蕭疏霞裳水佩，零落倩誰扶？

（副末）吴兄是個情種，故爾觸景傷懷。（小生）既如此，我們還是飲酒遣興罷。（副末）使得。（斟酒，各就坐介）（副净上）手頭無物弄，（丑上）弄些假古董。（副净）搓灰上蠟騙銅錢，（丑）磚頭瓦片笑開縫。（副净）區區是個販磚瓦的名家。（丑）小子是個搨碑版的妙手。（副净）老兄，一晌没有生意，自從近日到了一位安徽的吴爺，他最喜的是那些晋磚漢瓦，今日聞他在這裏賞荷，因此弄得幾塊好磚瓦，去换他幾個銅錢，倒是一樁倍利的好買賣。（丑）有了磚瓦，必須拓本，還得借重拙手才好呢。（副净）自然全仗幫襯。來此已是，一同進去。（進介）（外）是那個？（丑）我們一位是販古磚的，一位是拓碑版的，要見吴爺，煩你轉達。（外）且少待。（轉稟生介）（生）正在惆悵，得此頗堪遣興。（副末、小生）妙極，快著他進來。（外轉介）唤你們進去。（副净、丑入見介）（副净）吴爺，恭喜賀喜，爲了你費了好些辛苦，弄得幾方好磚瓦在這裏，倒要試試法眼，看出磚瓦。（副末、小生同看介）（生）果然精雅。（生向丑介）就煩摹搨起來。（丑）當得效勞。（作摹搨介）（副净潛坐席上，偷食酒餚介）（丑）這方搨得如何？（生）妙呵！

【琥珀猫兒墜】嘆飄零銅雀，年號認模糊。（丑）銅雀瓦，一些不差。這一紙呢？（生）五鳳三年字可摹，（丑）呵，是清清楚楚個。這一張更好呢！（生看介）這是永和建造暮春初。（丑）三件可都是難得的。（生）未識伊行，價值何如。

（丑）待小子問他一聲。喂，老兄。（副净醉倒介）（丑）嗒，糊塗鬼倒吃醉了，要問你價值多少哩！（副净醉語介）不是假的，是真的！（丑）呸，那個問你真假，問你要多少銀子！（副净）要翎子還要高升呢！（生）他已醉了，我且先付你三兩銀子，你扶他回去，明日再算罷。（丑）倒也使得。（生递銀，丑接銀，背介）乘他醉着，區區先明擾他一兩後手，這是古董場中老法兒。（轉扶副净介）我們走罷。（副净）有酒還要哩。（丑推副净行介）貪嘴的饞貨，還不快走！（同諢下）（小生、副末）吴兄賞鑒果然不謬！（生）不過性之所耽，焉敢自居識者。這三件東西，權寄在樂兄處，明日遣人走取。天色已晚，就此告别了。（小生）小弟也要進城去，正好同伴。（末）良會匆匆，殊未盡興。（生、小生）已是醉飽，改日再叙。（作别介）（副末）

【尾聲】晚煙織水成輕素，（小生）碧天外美人云暮，（生回看花介）花呵你等我重來莫便枯。

（副末）開尊盡日對西湖，（小生）絶妙谿堂避暑圖。

（生）偏是惜花心太重，罡風吹墜忽須臾。

（分下）（外捧磚瓦隨下）

禱佛

（副浄執籃置香燭上）樓臺金碧指叢林，幾隊香車出柳陰。百歲扶持全仗佛，好隨龍女拜觀音。老身孫媽媽便是。自從跟隨張宜人到浙，悠悠度日，忽忽經年。喜的那位宜人，百樣柔嘉，諸般聰慧。不但米鹽井臼，悉賴支持；而且金石圖書，皆其管領。慈和御下，常存仁愛之心；慷慨周貧，頗有鬚眉之氣。所以連老身也是心悦誠服，因此幾番要想回家去，終是依依不捨。這都不在話下。只是一件，那宜人到浙以來，日日愁眉不展，不是記念吴家的太太，就是思想母家的眷屬，真教人没法散解。今日天氣晴明，家爺勸他天竺去進香，借此散蕩散蕩，省的悶壞了心兒。爲此老身先在城外預備香燭供果。話猶未了，宜人的香車早出城來也。（貼御車，旦乘輿行上）

〔南吕引子〕【于飛樂】嫩陰開，秋氣迴，止留得殘荷聽雨，趁一路清風飄去。蝶裙寒，蟬鬢薄，瘦人時序。望白雲親舍，驀回頭亂山遮住。

【西江月】樹色遠含烟翠，波痕略洗塵紅。荷衣不耐早秋風，冷了鴛鴦清夢。奴家張氏，往天竺進香，爲家人祈福，筍輿迤邐，早出城來。孫媽，香花供果，可曾完備？（副净）都完備了。（旦）天已傍午，就此前去。（衆應，行介）（旦）你看佛國仙鄉，好一派幽景也呵！（合）

【梁州新郎】空潭瀉影，疏篁流韻，看水看山詩本。樓臺幾點，依微路入秋雲。時有猿啼嶺背，鼠走松梢，静趣閒中引。鐘聲何處也上方聞，遠見紅墻識寺門。嵐光藹，香烟暈，只覺得心生歡喜無愁悶。靈山路，此間近。

（到介）（末上）一生不插塵中脚，竟日惟看畫裏山。老僧天竺寺住持，迎接宜人。（旦）有勞了。（内鳴鐘）（末上香設供介）請宜人禮拜。（旦）呀，這位大士，到像哪裏見過一般。嗄，是了！

【前腔】旃檀輕裊，楊枝微潤，病裏曾邀憐憫。（禮拜介）秋魂不死，重來稽首慈雲。惟願我孀姑健飯，二老添籌，弱弟無灾疢。鏡臺常照我比肩人，要連理枝頭一樣春。花和葉，休黄隕，免兒夫彈淚歌長恨。慈悲念，料應準。

（末）拈香已畢，請宜人佛堂隨喜一回，待老僧引道。（旦）有勞長老。（末）這是歡喜殿，中間這位歡喜菩薩，是學使高大人起新裝修的。（旦）塑得來好光采也！

【節節高】公然丈六現金身，莊嚴堪作名山鎮。他愁緣盡，本相真，天機引。美禪心一點能安穩，空空闊闊無纖暈。早知煩惱本無根，世人何苦尋憂悶。

我們就此回去罷。（末）老僧送宜人。（旦）免勞了。（末先下）（旦上輿行介）

【尾聲】賦清游，通禪蘊，回首琳宫但白雲，只覺得鼻觀香來悟妙因。

（旦）九蓮座下瓣香熏，骨肉求憐念念紛。

（副净）普鑒有情惟我佛，楊枝灑上藕絲裙。

（同下）

麟兆闕

試啼闕

得士

（儀從引外上）（小旦門子隨上）（外）

〔仙吕〕【奉時春】東壁文昌耀六星，滄溟外遺珠無剩。風雅提衡，詞章釐定，量才玉尺評來整。

泥沙珠玉各紛陳，逐字推詳辨始真。莫負諸生心一片，自家也是過來人。下官高斗華，字仰峰。江西人氏。簪纓世胄，詩禮名家。由翰林官至禮部侍郎。現蒙聖眷，提學浙江。且喜關防謹肅，士習整齊。衡文之餘，兼及金石。適有桐城吴生同此古癖，相得甚歡，因此納在門墻之列，引爲忘形之交。前試嘉、紹兩郡，又得二人，一名惲士珍，一名樂奇。二人均有才譽，嫻于詞賦。今日即命吴生引他們相見，敢待來也。（生引小生、副末上）（生）他日文章驚海内，（小生、副末）此時桃李屬公門。（生）門上有人麽？（小旦）是那個？（生）大人傳見各門生等,均已齊集轅門。名帖在此,有勞通報。(小旦)請少待。(小旦應,轉對生介)大人有請。(生、小生、副末同進見外介)老師在上,門生們叩見。(外)阿唷唷,諸位賢契常禮罷。(衆見畢,外着坐,各告坐介)(儀從暗下)(小旦送茶介)(外)那一位是惲賢契?(小生)門生便是。(外)賢契才華妙麗,獨出冠時,場中閲卷,决爲奇士。昨又得賢契所箸樂府一編,彌覺嘆賞無已。(小生)尚求老師正誤。(外)你那樂府呵!

【桂枝香】滄桑泡影,仙禪意境。吊河山曲演瓊花,寫兒女神追玉茗。只是一句,文人之筆,易叢口孽,詞雖小道,亦須有關世道人心爲佳。要維持氣運,要維持氣運。須不在風雲馳騁,煙花齊整。筆落鬼神驚。才見得游戲關風教,文章本性情。

(小生)多承老師教訓。(外)樂賢契霸才雄横,不可一時,只是偏于好奇,究屬賢者之過。(副末)是。(外)

【前腔】看你蒼茫畫景,飛揚詩興。好才華肆則難醇,好魄力奇而詭正。要從容就範,要從容就範。莫順少年情性,莫學狂徒行徑。不在逞聰明。但求法度前人合,自有光芒後世驚。

(副末)蒙老師迷津指引,門生自當敬佩勿諼。(外)吴賢契與惲、樂兩生,可曾相識否?(生)平時好友,竟日同行。(外)倒也難得。賢契金石之學,與惲、樂二生詞章書畫,合之可稱三絶。(生)老師過奬了。(外)賢契呵!

【前腔】你秦銅漢鼎,摹文繪影。寫殘碑一字珍珠,訪遺磚六朝宫井。况同心考證,况同心考證。照出温家玉鏡,載出米家書艇。雅趣盎然生。怪不得縞袂聯奇士,山川曠古情。

天色近午，衆位賢契同到書房小酌去。（衆）謝老師。（各起介）

（外）一樽濁酒共論文，（衆）醉座同叨知遇恩。

（外）寶劍光華才拂拭，（衆）登時聲價長龍門。

（同下）

哭　弟

（旦上）

〔商調〕【風馬兒】一縷西風上鬢絲，傷懷處，少人知。倚妝臺忽忽生秋思，家書修得，鴻雁偏遲。

奴家張存真，自隨吴郎來浙，不覺數年。湖山名勝，頗足徜徉；金石因緣，聊供消受。昨有吴郎寅友張某身故，臨終時託其照料家事，無奈吴郎妙妙空空，甚形掣肘。今日奴家脱些釵釧付他，變賣些銀錢，替他打點喪殯去了。目下金商乍動，秋氣感人，獨坐無聊，頗生鄉思，未知堂上老姑，可還安健，怎不教人思念也呵！

【金絡索】高堂念最慈，異地蹤偏滯。寂寞南陔，擬採芳蘭寄。霜風欲上衣，好扶持，料得秋來白髮知。你斜陽定向閒門倚，遠道應愁夢境非。前年吴郎曾寄家稟，意欲辭官歸養，無奈婆婆回書切責，執意不許，目下真是去住兩難也！　難提起，問兒夫薄宦幾時歸。噯喲，我那婆婆呵！　要官兒造就孩兒，爲官兒割捨孩兒，知一日腸迴幾。

便是奴家父母，春秋已高，千里迢迢，不知何日再得一面，好不悽惻人也呵！

【前腔】桐陰小鳳飛，花外啼鵑起。鄉樹浮雲，打叠愁千紙。當時未遠離，鎮相依，猶記爺娘喚女時。到如今大時憐婿終非是，早難道夢裏尋親也當歸。空悲憶，算女身向外本心非。借吴江幾夜風兒，借西湖幾折波兒，流不盡思鄉淚。

奴家從前病危時，夢白兄弟禱于大士之前，願以身代，此情至今未酬，不知怎生是好。

【前腔】蟬衣未肯離，蝶病重扶起。多謝脩羅，添與愁年紀。誰纏續命絲，禱神祇，一卷金縢不許知。最難姊妹歌棠棣，贏得慈悲灑柳枝。從前事，一回追想一淒迷。可憐他禱碎心兒，可憐他索轉魂兒，把壽數從權賜。

(生上)才完寅好淒涼事，又得姻親黯淡書。娘子在那裏？(旦)相公回來了。爲何神色淒楚？(生)適纔淡如四弟自家來浙，現在書房將息，他説家中均各平安，惟令弟夢白因病身故，是以思之淒惻。(旦驚哭介)哎喲，我那兄弟呵！(作昏暈，生扶介)娘子醒來。(旦醒，低唱介)

【前腔】三千里外悲，一十年前事。我病他愁，你病誰來替。家書到恁遲，不曾知，未向觀音代禱之。(大哭，生扶住介)娘子，事已如此，且免悲傷，還宜保重爲是。(旦)哎喲，相公呵！人間可厭他先死，地下相逢我已遲。(生)且到裏邊將息，不要弄出病來才好。(旦哽咽介)相公呵，我心傷矣，怕琉璃雲氣一同飛。哎喲，兄弟阿！我從前病劇時，你願減己壽十年，延我之算，不想今日適符你禱貸之數。我因他再做人兒，你爲奴早做魂兒，活得我無滋味。

(生)人生難得是連枝，惡耗傳來透骨悲。

（旦）欲報替身今已矣，憑棺空墮淚千絲。

（大哭，生扶下）

散　瘟

（内放黄烟，净青臉仗劍背葫蘆，雜扮四神將，各怪臉執葫蘆跳舞上）（净）

【北正宫】【端正好】赤虬飛，蒼龍嘯，布陰雲遮掩青霄。撞着俺黑煙兒，弄得人顛倒，才見俺神通妙。

俺乃散瘟使者是也。目下這吴山地面，應受一番疫氣，特來散布瘟藥。左右們，聽令施行。（雜）上帝以好生爲心，爲何使人間受此苦惱？（净）這也是劫數使然，我們不過順天行事罷了。

【滚綉球】只弄個大葫蘆把藥燒，用不着美蔘苓將水泡。苦灾殃倚羅注好，惡磨難氣運輪到。任憑他清魔障武帝力，任憑他療病根神農草。怎禁俺靈氛飛擾，不論他貴賤老少。可笑你凡人枉把神明禱，試問他幾輩能將大劫銷。這才是天數難逃。

衆神將，就此施放瘟氣者。（雜）得令。（各持葫蘆跳舞放黄烟介，净執劍、葫蘆舞介）

【叨叨令】只見那黑風旋，怒雲驕。只見那紅日低，昏烟裊。把這些陰寒暑濕一肩挑，不管你農工商賈皆嘗到。急得他迎神賽會把鑼敲，騙得他祈籤問卜焚香鬧。添了些新魂魄剪紙招，那裏有美姮娥將藥擣。兀的不苦煞人也麽哥，兀的不怕煞人也麽哥。只看我沿街交付，派得都公道。

（雜）這番大疫，那些世人可不磨難煞了！（净）或生或死，都有定數，且自由他。

【倘秀才】例死人難赦冥曹，再生者依然安好。喜的那瞎眼醫生誇技高，怎知他蒙恩詔，不應天。這都是病魔君作弄人的圈套。

（净）錯亂陰陽任爾曹，網羅密布豈能逃。

（雜）除非忠孝迴天力，吹散雰雰立脚牢。

（同跳舞下）

玉臺秋卷上終

陽湖楊晉藩蕉應審定　孫婿程雲驥子良參校
海鹽黃燮清韻珊填詞　桐城吴廷康茹芝校訂
婁縣楊葆光古醖評點　男福崇、孫祥麐付梓

卷下

侍疾

(旦病容上)

〔越調過曲〕【小桃紅】一天風雨送殘春，吹過了荼蘼信也。我寂寞窗紗，只落得半簾藥氣伴愁人。奴家他鄉哭弟，竟日思親，鬱鬱不歡，懨懨成病。這幾日吴郎又染時疫，呻吟在床，奴家只得力疾扶持，因此衣不解帶，十餘晝夜，好生狼狽。哎喲，天呀天，何苦把人兒恁般做難也呵！嘗試我各樣艱辛，弄得俺意兒煩，眼兒昏，心兒碎，頭兒暈也。爇靈香難禳灾氛，分明是活折磨，渾不辨甚來因。

(副净上)隔簾人語細，閉户藥烟深。老爺睡醒了，要請宜人哩！(旦)老爺醒了，恐要服藥。孫媽，你把藥爐子緩緩的煎着，待我去扶他起來醒醒罷。(副净)老身理會得。(場角設爐，副净煎藥介)(旦扶生病裝上)(生)

【下山虎】眠如醉醖，醒若行雲，小步難移寸。(作跛跌，旦扶介)相公看仔細。(生)摇摇瘦魂，便靠着香肩，還愁未稳。(旦)相公此時覺得輕鬆些麽？(生)咳，嘆人與燈花一樣昏，活教人肝氣悶，活教人心緒渾。(旦)請坐了定定神兒罷。(扶生伏案坐介)(生)我霧眼空濛，合看花未真。娘子阿，難爲你百樣方兒體貼人。

（副净）藥已煎好在此。（旦）待我遞與相公服了。（副净遞藥碗與旦介）（旦）請相公用盞藥兒。（生）生受你了。（作服藥介）（旦）相公呵！

【五般宜】只願你善調持開除病根，只願你漸支撑平安夢魂。（生）娘子，你也好像有十幾夜不睡覺了，還是那樣勤苦。（旦）倒不覺得怎樣，這也是應得的。須不比無益費精神。十夜五夜，幾曾疲困。便睡了翻嫌不穩。（生）到底也該保重才是。（旦）相公，慢愁奴瘦損，但得你化盡了灾星，小勤勞何足惘。

（生悲介）哎喲，娘子呵！

【五韻美】萬温存，千勞頓，把心頭熱血都用盡。你爲郎憔悴，憔悴我何忍？（旦）相公不須煩悶，待奴家依舊扶你進去將息罷。（生）又難爲娘子了。（旦）好説。（扶生起介）（生）游絲乍引，趁着你低徊蓮印。娘子，我和你呵，真個是肩相比，影不分。只可惜瘦弱夫妻，一般病損。

（旦扶生下，即上）且喜相公又睡着了。孫媽，你把我親手綉的那尊大士像懸挂中間，待我替相公焚香祈禱一番。（副净應，取佛像供介）（旦上香祝介）我佛在上，信女張存真虔心叩禱，乞菩薩大發慈悲，保佑吴郎病體早早痊好，奴家願以身代。

【黑麻令】我拭不盡啼痕淚痕，訴不盡傷春怨春，只頂禮慈雲佛雲。願將奴消瘦朱顔，替轉伊詩魂酒魂。須鑒俺情真意真，結果我蘭因絮因。拚着這一個身兒，擔戴着愁根病根。

（副净）宜人如此至誠，眼見得佛天保佑，老爺的病兒自然就痊愈好的了。（旦）但願如此，便是萬分之幸。孫媽，你收了佛像隨俺進去罷。（副净）曉得。（收畫介）

【尾聲】年來恁地交愁運，亂心情如何安頓，咳，只怕我薄命的人兒要折挫盡。

（旦）荆樹催傷更念親，迦陵垂翅觸酸辛。

（净副）九京誰肯將身替，造化能回妙手春。

（同下）

別師

（貼上）水天水地水人家，楊柳芙蓉四壁花。送盡往來多少客，隨風吹去即天涯。我掌船婆是也。今日高大人任滿入都，備船伺候。水手們，把船排向馬頭者。（内鳴金，净、副净跳舞上，作排船介）（各暫下）（儀從引外上）（小旦門子隨上）（外）

【出隊子】離亭祖帳，一路旌旗帶夕陽，遮轅攀道送壺觴。別後西湖誰共賞，回首鴻泥，悠悠自傷。

下官高斗華是也。采風兩浙，視學三年，今因任滿入都。你看青山留客，流水送人，離思黯然，銷魂真個。一路行人，不覺已到馬頭了。（小旦）啓大人，各船停當，請大人登舟。（内鳴金，貼暗上，坐船尾把舵介）（水手上，搭扶手外）（衆同行上船介）（雜扮四官員上，遞職名介）各府官員叩送大人，相煩通報。（小旦轉禀介）（外）請登舟相見。（小旦傳介）（雜登舟叩見介）（外）諸公撫字辛勤，有勞遠送。（雜）使星遠去，不勝離緒依依，臨別贈言，還求大人指教一番，使卑職們得所遵循，免滋官謗。（外）列位呵！

【畫眉序】元氣不宜傷，士習民風要培養。縱一官一邑，各盡其長。（合）人心不外清廉，存天理勿私刑賞。讀書肯學名臣樣，便清風歸去何妨。

（雜）多蒙教誨，就此叩別。（拜別下）（末、老旦、丑上）各府生員叩送大宗師。（小旦稟介）（外）請。（小旦傳介）（衆上船，叩見介）（末、老旦）蒙大宗師栽培樂育，生員們感激涕零，今日遠行，好生依戀。（丑）大宗師去了，倘然換了一位風厲學憲，我們就該吃苦了。（頓足哭介）我那滴滴親親的好宗師，恨不得留在這裏，考上幾百年才快活哩！（外）聚散無常，諸生不必悲戀。坐了，聽我分付。（衆）請大宗師教訓。

【滴滴金】儒生第一廉隅尚，詞訟漕糧休管帳。閉蓬門耐得清貧況，不怕你青雲無路上。

（衆）文章如何取法爲是？（外）讀聖賢書，所志者大，至於時藝一道，不過各隨性之所近做去，亦没有甚麼定法。無須摩仿，只求他理明詞意暢。要盡己長，休尋代槍。

諸生各自回去用功罷。（衆嗚咽介）如此，只得叩別了。（同叩別下）（副末上）感恩何日報，（小生上）分手此時難。老師已到馬頭，我們一同上去。（見小旦介）門生樂奇、惲士珍，叩送老師。（小旦轉稟如前，即傳見介）（副末、小生）門生們受老師知遇之恩，未曾圖報，一朝分手，何以爲情！（淚介）（外）賢契們各抱鴻才，終飛鵬翮，公車北上，相見有期，老夫當拭目以俟也。

【下小樓】羨桃李春風吹放，願花開艷帝鄉。（副末、小生）蒙老師栽植多年，門生敢不努力！

（外）看青萍結綠吐光芒，莫負年老盼望，早抒經濟文章。

前日吳賢契遞到禀函，說他夫婦俱病，不能送行，未知刻下病體若何？（副末）吳兄已略略輕些，倒是他的室人益發沉重些了。（外）原來如此，將來見着時，替老夫道候。天色已晚，就此分手了。（副末、小生）門生們再送老師一程。（外）不消了，請自回去罷。（副末、小生）既如此，只得謹遵師命。（各拜別介）（外）

【尾聲】依依各自添惆悵，（副末、小生）負笈何時重訪。（同上岸介）（内鳴金，水手開船介）（副末、小生淚介）老師去途保重。（外）賢契們前程努力，只望你捷報金泥字幾行。

（副末）風塵誰更識驪黄，（小生）相馬前身定九方。

（外）獨有丈夫羞别淚，眼看驥足早騰驤。

（分下）

病訣

（生愁容）【點絳脣】捱過殘春，東風盡日飛花片。悶人庭院，瘦損啼妝面。寂寞蘭閨，多病難消遣。游絲顫。畫簾休卷，不許愁魂遠。（卑人自染時疫，虧了娘子百般調護，刻已漸就痊可。）不想娘子本是病軀，又爲了卑人之病，憂勞備至，有二十晝夜目不交睫，這幾天病勢越加沉重，醫藥無效，真叫人輒唤奈何。話猶未了，孫媽扶着娘子出來也。（副净扶旦病裝上）

〔黄鐘過曲〕【畫眉序】殘夢散成烟，花外啼鶯銜不轉。（生）娘子病體還是在裏邊將息的好。（旦）嘆浮生有限，一刻流連。（生）還該服藥調理才是。（旦）且休提竊藥飛仙，早繪取銷魂便面。（生）孫媽，你扶着宜人坐穩了罷。（旦）身裁自覺輕於燕，一似柳絲風旋。

（旦伏案坐介）（生背介）你看他神情惝怳，怯弱難支，怎不教人疼痛也呵！（淚介）

【前腔】鬢翠凍寒蟬，秋水星星開一綫。咳，娘子呵，難道我二人的情分，就是恁般了結了麽！嘆書生命薄，無分纏綿。不願人鳳瑟無絃，不信你蠶絲易繭。天哪，願東風得與周郎便，好把春魂吹轉。

（小旦、貼上）暫乞書房假，因看阿母來。吓，母親爲何病到這個樣兒！（副浄）哥兒姊兒都來看宜人哩！（旦抬頭看介）嗄，孩兒們都進來了麽！

【前腔】驀地把衣牽，細語嬌音啼乳燕。（小旦、貼）母親，病體覺得怎樣？（旦）只怕未必好來，把孩兒拋撇，多分長眠。（衆嗚咽介）（旦）我若死了，孩兒們須要努力成人，有些長進才好。但願伊後母哀憐，勝見我親娘顔面。我癡魂雖去終依戀，保汝聰明强健。

（小旦、貼哭介）（旦暈介）（副浄）宜人被你們鬧暈了。哥兒姐兒且到外邊静静去罷。（小旦、貼掩淚介）（生撫旦背介）娘子醒來！（旦醒介）（生）好了，醒過來了！（旦）相公，妾身蒙君繾綣，十有餘年，自知病骨將灰，不能復侍帷帳。從前所掌金石翰墨，皆相公心愛之物，都一一封固，妾死後，便於携取，幸善藏之。（生嗚咽介）只要娘子病好，這些事不要放在心上。（旦）

【皂羅袍】你各種秦碑漢篆，記輕羅細裹，彩縷親纏。不但此也，還有那些玉臺詩句定情篇，青山眉黛生香硯。驪珠寶釧，鴛琴素弦。蝶裙金綫，鸞釵翠鈿。你摩挲只當見春風面。

還有一言，妾死之後，那個棺兒必載歸故鄉，勿使飄流異地。（生悲介）娘子不要轉這些念頭，保養些自然就會好的。（旦）相公，妾身這幾年呵！

【玉山供】思親夢遠，到三更愁聽杜鵑。活勾留半爲湖山，死歸來重問鄉園。迷離可辨，還認得舊時亭院。哎喲，我不能歸見婆婆了。料得庭帷，眼望欲穿，再不想珮環和月到窗前。

（生哭介）娘子還得掙扎些，何苦作此斷腸之語！（旦）自慚薄福，未報深情，妾自負君，死後弗復爲念，善自珍重，妾可放心逝矣。（生淚介）娘子休得如此！（旦）

【川撥棹】你休哀戀，好朱顏，容易變。可憐人體弱如綿，可憐人命薄如烟，不稱你才郎比肩。（昏暈介）（生）不好了，又暈去了！　孫媽，快扶到裏邊去安睡罷。（副净扶旦，旦醒看生介）相公！（生）娘子醒轉來了！　（旦淚介）咳，路茫茫離恨天，想非非再世緣。

（副净扶旦下）（生）看他這般光景，多分是不起的了。（哭介）哎喲，怎麽好！

【尾聲】你看那癡男獃女都成眷，偏是你紅塵緣淺。（内副净唤介）老爺快進來，宜人又暈去了！

（生）來了！　（頓足介）咳，我如今只願死作鴛鴦不羡仙。

（生）貧賤夫妻事事憐，况兼圖籍共丹鉛。

返魂香滅鴛衾薄，前路茫茫離恨天。

（掩淚下）

送　眷

（末上）

〔雙調過曲〕【鎖南枝】荒烟迥，秋樹寒，碧雲修竹思故園。客路怯衣單，天空叫孤雁。我吴季良從安徽來浙，適值兄嫂多病，等至哥哥的病兒略略痊可，不想嫂嫂的病兒越加沉重，竟不能生，丢下一班兒女，好不凄楚！哥哥現在客中，又難照管，止益傷心。因此命我同了孫媽，送侄兒侄女們扶櫬回里。咳，嫂嫂呵！你歸家去，道路難。不知你一絲魂，幾絲斷。

（向内介）孫媽，同着哥兒姐兒趕路哩！　（内應介）來了！　（副净引小旦、貼素服上）

【前腔】歸心急，哀思煩，零星淚染楓樹丹。生死路漫漫，長途發悲嘆。（小旦、貼）叔叔，母親的靈柩現在那裏？（末）那前面去的不是麽？你看西風外，颺素幡。紙錢灰，逐烟散。

（小旦、貼悲介）親娘呵！（且行且唱介）

【前腔】慈烏去，乳燕酸，當初兒輩皆喜歡。今日個誰問夜臺寒，未報春暉暖。燈兒下，痛父鰥。夢兒中，把娘唤。

（副浄淚介）宜人呵！

【前腔】你浮生夢，頃刻間，常思念歸故山。不想此時呵，未遂合家歡，先赴招魂宴。（小旦、貼同泣介）（末）不要悲傷，且自趲路罷！咳，他騎鶴，不肯還。我聽猿，易腸斷。

（末）如此歸裝觸鼻酸，（貼、小生）麻衣淚血染成丹。

（副浄）來時春水蘭橈膩，去日秋風繐帳寒。

（同行下）

魂　歸

（魂旦上）

【正宫引子】【破齊陣】冷曳半肩斜月，輕隨一縷微風。吴岫煙深，楚臺雲散，忍憶綉床殘夢。

我存真長病懨懨，絲靈渺渺，不知不覺的丢下吴郎，飄然遠引。一路行來，風雲慘淡，好生怕人，欲待回去，又認不得來路，如今不知往那裏走才好呵！（悲介）哎喲，自覺蛾眉銷活翠，愁聽鵑聲吊落紅，望夫山幾重。

（作悶倒介）（貼魂裝上）

〔正宮過曲〕【泣顏回】瘦影墮虛空，趁羅雲一朵冥濛。女嬃歸也，待喚醒幽蘭春夢。我張夢白是也。存真姊姊去世之後，姊婿替他在省城隍廟內，請得文書一道，護送歸魂。冥司憐我二人生前篤于姊弟之情，就命我領了牒文指引姐姐回去。只是泉途杳渺，不知他的魂兒現在何處。北邙無縫，莽紅塵何處搜香冢。（作見旦介）呀，那邊不是我的姊姊麼？待我喚他一聲。存真姊姊起來！（旦）是那個？（貼）姊姊，你不認得了麼？ 是生前掩映連枝，爲尋伊縹渺幽蹤。

（旦猛省介）你是我夢白兄弟，原來還在人間麼！（貼）兄弟却不曾活得。（旦）嗄，如此説，莫非我也死了？ 哎喲，我那兄弟呵！（同抱哭介）（旦）

【前腔】（换頭）你從前何苦惜殘紅，荆花春病，代殉東風。而今一樣，一樣的魂惺忪。（貼哭介）姊姊呵，你朱顏短命，比書生薄福尤堪痛。只思量活著相從，（合）不提防死後相逢。

（旦）泉路茫茫，如今待往何處？（貼）姊姊放心，兄弟領有冥司牒文在此，送你回去便了。（旦）既如此，只索同去。（同行介）（合）

【長拍】一路同行，一路同行。非烟非霧，早過萬壑千峰。（雜扮二鬼卒上）殘羹無一碗，幽火費三更。我們守關鬼卒便是。何處游魂，在此亂闖？（貼）有浙省城隍路憑在此，何得攔阻？（鬼怕介）哎唷，既如此，只顧請便，我們去罷。正是：買路無錢看鬼臉，討關有帖怕官銜。（下）（貼）且喜過了此關，前面已是家鄉了。（旦）那邊不是從前送別之地麼？ 好凄凉也！ 你看郵亭一角，問當初誰餞孤篷。今日裏衰柳泣秋風，剩零星殘葉，尚把斷魂摇動。（貼）這裏已是我家中了。（旦）果然。認舊日妝樓花影凍，還飄弄一株桐。阿母綺窗都如夢，記少時學綉，曾唾紅絨。

待我飛了進去罷。（貼）且到了你婆婆家中去了，再來未遲。（旦）如此，快走罷！

【短拍】翠竹吾廬，翠竹吾廬，問舊徑花陰可通。（貼）這邊便是姊姊和姊婿結禮之處了。（旦悲介）吳郎呵，記那時却扇朦朧，情事恁匆匆，脩不到同騎彩鳳。（貼）這邊是你婆婆的卧房了。（内哭媳婦介）（旦聽，淚介）婆婆呵，忍聽你白頭哀痛，俺待趁爐烟，直到你夢兒中。

（貼）且喜到了家中，姊姊只顧進去，待我赴本邑城隍案下批了回文，再來相見罷。（旦）兄弟呵！

【尾聲】我絲魂未定猶驚恐，（貼）怕荒村易打晨鐘，（合）只覺得月下歸來寒氣重。

（旦）人間無路更相逢，姊弟來依怯曉鐘。

（貼）難寫泉臺團聚意，輕煙淡月沍重重。

（分下）

感逝

（生上，丑隨上）（生）

【仙吕引子】【唐多令】殘夢墮紅樓，微寒略似秋。一春孤負賞花游。鸚鵡不知人去久，猶解訴，玉臺愁。

卑人自娘子去世以來，幾及一載。酸心萬縷，處處傷懷；恨淚兩行，朝朝洗面。久思握管爲娘子略述行狀，無如伸紙茫茫，悲來填溢，真是無從説起！當此日長無事，春去可憐，撫景懷人，倍添嗚咽。不免借伊剩墨，寫彼芳蹤，略抒卑人的哀思。童兒，取筆硯過來。（丑）老爺天天愁眉不展，思念宜人，還是散蕩散蕩的好，何苦再弄這些眼淚文章？（生）你休多管，筆硯伺候。（丑應，取筆硯介）（生）我那娘子呵！（且寫且唱介）

〔南呂過曲〕【紅衲襖】記得你奉萱堂將菽水謀，記得你侍蘭房把琴瑟奏。記得你裙釵樸素能將就，記得你井臼勤勞没怨尤。記得你念鄉山悔遠游，記得你脱簪環賙親舊。記得你爲郎辛苦神疲也，風雨黄昏卧病樓。

到如今呵！

【前腔】誰料你玉簫寒咽綺樓，誰料你彩雲飛歸遠岫。誰料你吟鸞寶瑟停仙奏，誰料你簇蝶羅裙賦夢游。誰料你採芙蓉渺十洲，誰料你葬蘅蕪香半畝。誰料你荷衣不耐秋風也，枉向西湖種並頭。

（副末上）問字人家無俗客，餞春門巷尚流鶯。門上有人麽？（丑）是那個？呀，原來是樂相公。相公來的正好，家爺正在書房納悶，請進去談笑，好替他解釋解釋。（副末）這個自然。（作進見介）吴兄久闊了。（生起介）原來樂兄枉過。這幾日爲何不見？（副末）自從憚拙菴兄回去之後，兄弟獨居無聊，不過在故紙堆中尋些生活。今日天氣頗佳，乘興奉訪，不知吾兄爲何淚痕在面？（生）只因思念亡妻，今日替他叙一行略，草稿已全，煩兄筆削。（副末接稿看介）纏綿樸摯，情文相生，誦之使人增伉儷之重，是好手筆也！

【解三醒】美姻緣王昌配偶，美郎君荀倩温柔。誰知道紅顔例注無長壽，好湖山不肯勾留。吴兄呵，難怪你哀蟬落葉思羅袖，冷蝶閒花吊玉鈎。銷魂够，嘆飄零秦嘉詩札，秦女簫樓。

（生）從前在姚公祠賞荷，那枝並頭蓮無端折了一半，誰想今日却應在兄弟身上。

【前腔】他恁匆忙芳年不久，忒惺忪香夢難留。便俸錢略備招魂酒，不知伊艷魄來否。樂兄呵，可憐他嬌癡兒女無人守，難道是貧賤夫妻要幾世修。從今後，早勾除白頭盟誓，紅粉春秋。

（副末）哀慕之思，有情不免，尚望吾兄善自排解。（生）向聞拙菴兄嫻于詞章，意欲寄呈此稿，費他一番翰墨，爲亡妻一傳行事，未知可否？（末）兄弟日上本擬買舟探望，即將尊稿帶去，面懇新詞，當無不允。（生揖介）若得如此，感激不淺。（副末袖稿介）就此告辭，回來再見。

錦瑟華年實可哀，（生）相逢除是問瑶臺。

（末）嫦娥小傳誰能寫，（生）須倩江郎賦恨才。

（分下）

徵　詞

（小生上）

【中吕】【青玉案】讀書庭院茶烟鎖。憶舊詩，無人和。欲待留春春不可。半簾花氣，一床離夢，情緒難停妥。

（小生）自别吴山，言歸海國。青雲有路，笑他花樣文章；白日無聊，付之悲歌慷慨。目下離群索處，頗覺悶人，回憶西湖舊游，怎不教人感觸也呵！

【泣顔子】芳事近如何，閒煞那回詩舸。相思不見，美人遠在烟波。雙柑斗酒，怕流鶯忘了從前我。問青山付託誰堪，讓漁樵拍掌高歌。

（副净上）門前遠客到，慌忙走來報。啓相公，欒步衡相公前來探望。（小生）快請相見。（副净應下，引副末上）（副末）好將良友意，去索故人詞。（生迎見介）喲、喲，欒兄遠來，真是喜出望外！（副末）小弟思念吾兄，特來探望。未知吾兄近日將何消遣？（小生）悶坐無聊，正想着西湖舊游，適值枉臨，正好細談積愫。家僮，烹茶伺候。（副净送茶介）（小生）聞吾兄仍在湖上讀書，看此比從前何如？（副末）不要説起。自從吾兄回來了呵！

【前腔】（换頭）蹉跎，豪興已無多，只合看山閒坐。蕭疏舊雨，誰來一引高樓。（小生）原來吾兄意興也略略減些了。（副末）説也可笑，吾兄去後，不但我輩吟觴日形蕭索，就是當初那些吟詩閨秀、度曲女郎，也都零落可憐哩！　羅消綺減，便紅船月下無燈火。　一班人雲散星稀，一般春燕慵鶯惰。（小生）從前買醉樓頭，看花陌上，何等繁華熱鬧，不想今日恁般零落了。

【榴花泣】當日個一堤芳草襯裙羅，人影花香膩遠波，醒時宜畫醉宜歌。（副末）那時原是極盛之秋了。（小生）韶華彈指迅于梭，咳，懷人奈何。　寄芳蘭忽忽幽期左，易牽人恨别情懷，易添人傷春思課。

桐城吴兄今日情况若何？（副末）他自悼亡之後，悲腸抑鬱，意興闌珊，前日做了一篇張宜人的行略，託兄弟帶來，要求吾兄妙筆，替他譜入樂府，藉以流傳。（出稿遞介）這是他的原稿，望吾兄留之案頭，以備採擇。（小生）小弟俗塵三斗，筆硯久蕪，恐難報命。（副末）他再三諄懇，幸勿見辭。可憐那吴兄呵！

【駐馬泣】一介情魔，除却傷心事事多。安得招魂宋玉賦，恨江郎痛哭長歌。他是難忘秋扇舊時羅，難參柳絮前生果。因此要吾兄呵，借紅腔月底推敲，費黄昏簾下燈火。

(小生)吴兄伉儷之情,煞是難得,既蒙諄囑,自當勉力爲之,幸恕不文。吾兄遠來,請到書房小酌去。(副末)叨擾了。(小生)好説。

【尾聲】垂簾預備西窗火,(末)喜舊友聯床唱和。(小生)兄來自省城,可曉得高老師近信麽?(副末)高老師入都之後,聞有因病告假之説,未知確否,再當細細打聽便了。(合)我與你是知己恩深莫忘他。

(小生)舊友才多恨亦多,商量綺語慰悲歌。

(副末)憑將傷逝黄門賦,寫入鸞箋笛韻和。

(同下)

演　曲

(外佛裝上)

〔北中宫〕【粉蝶兒】眼展眉開,笑人間悶天愁海。最逍遥寶座瓊臺。悟前因,參後果,無牽無礙。大光明金粟如來,小游仙白雲自在。

俺乃歡喜佛是也。小謫人間,六十餘載。提撕文教,一迴既倒之瀾;宏獎風流,頗愛能文之士。前在下界得士三人:一爲安徽吴生,一爲浙東欒生,一爲浙西惲生,皆與俺有一段翰墨因緣。俺因劫滿返真,仍歸蓮座。近聞吴生喪偶,哀思纏綿,囑惲生譜得新詞一册。俺既愛惲生之才,兼憫吴生之癡,將所譜新詞,教座下仙女演成歌舞。頃着夢神引吴生夢魂到此,一觀新樂,敢待來也。(副净夢神引生上)(副净)大夢誰先覺,(生)癡情我未删。（副净）吴生到。（生）我佛在上，弟子參拜。（外笑介）吴生，你還認得我麽？（生恍惚介）呀，不是高仰峰老師麽，爲何恁般裝束？（外）吴生休得驚訝，俺本是歡喜佛下降，刻已歸真。你原是俺座下弟子，你室人也是大士跟前的玉女下凡，如今塵緣已盡，自應重返靈山。聞你喪偶以來，悲腸莫釋，俺因憐你癡情，將惲生新詞演成歌舞，引你夢魂觀看，你可侍坐一邊者。（生叩介）謝吾師。（旁坐介）（外）衆仙女何在？（小旦、貼、老旦、正旦舞衣上）我佛有何法旨？（外）樂府新譜，可曾嫻熟？（衆旦）都已嫻熟。（外）如此，照着譜兒演習一番。（衆旦）領法旨。（生）敢問吾師，天上清歌，人間少有，尚望指示名目。（外）第一篇名爲《孝順歌》，是寫你室人侍奉庭闈之事。衆仙女照譜唱來者。（衆旦應，合唱介）

【南泣顔回】蘭草問南陔，素手風前閒採。周旋杖履，庭闈事事親裁。羅裙綺袂，影蹁躚抵得萊衣彩。少年人至性誰同，老年人笑口常開。

（生點頭嘆息介）（外）第二篇是《雙飛舞》，寫你夫婦閨房静好之情。衆仙女們，須要舞得風流婀娜。（衆應，舞介）（外）

【北石榴花】一個是許飛瓊吹影出蓬萊，一個是蕭史戀秦臺。只見那畫眉簾子艷金釵，同聲花外語，雙笑鏡中來。説不盡意纏綿，説不盡意纏綿，算秦嘉夫婦而今再。月來照見，教嫦娥没奈。注定的好因緣，注定的好因緣，住緊了温柔界。真個是連理枝，比翼謾分開。

（生泣介）旖旎風情，回頭如夢，好可憐也！（外）第三篇《思歸曲》，是寫你室人隨宦西湖，繫戀家鄉情況。衆仙女可以曼聲度之。（衆旦介）

【南泣顔回】（頭换）傷懷離緒翦難開，故國青山天外。零星淚點，杜鵑枝上紅灑。白頭夢裹，嘆雙親老矣姑衰邁。望鄉雲不盡相思，趁天風何日歸來？

（生）哀怨之音，使人不堪卒聽。（外）第四篇《散金舞》，是寫他生前憐貧濟困、蕭疏豪傑的胸襟，須舞得灑落方妙。（衆旦舞介）（外）

【北門鶴鶉】可憐恁急匆匆轍涸魚枯，急匆匆轍涸魚枯，苦凄凄無門告貸。虧了他怯生生一念慈悲，意殷殷千金慷慨。只見伊脱釧全無鄙吝懷，不比那沽美酒拔金釵。爽英英巾幗鬚眉，爽英英巾幗鬚眉，翻笑他寒瑟瑟書生氣慨。

（生）豪情激越，如見其人，是好舞也！（外）第五篇《藥爐吟》，是寫你夫婦病中光景。衆仙女們，要唱得悠揚凄婉。（衆旦合）

【南撲燈蛾】悶懨懨花陰冷鏡臺，瘦亭亭春寒褪衣帶。嬌怯怯晚妝無心理，淚盈盈纏綿恩愛。酸惻惻教人無奈，顫巍巍形影不離開。悄沉沉焚香誓佛，恨悠悠把兒郎替轉九泉來。

（生嗚咽介）凄涼沉痛，何異三峽猿啼，能不使人腸斷！（外）這末篇《離鸞舞》是寫你感逝哀衷。衆仙女，一并演完了罷。（衆旦舞介）（外）

【北上小樓】扯斷了青鸞帶，敲斷了紫玉釵。冷落了花裹珠簾，月裹紗窗，夢裹瑶臺。苦得人淚盡腸酸，苦得人淚盡腸酸。心煩意亂，魂銷鬢改，渡不出蒼凉情海。

（生哭介）我那娘子呵，你果然撇得人好苦惱也！（外）吴生不必悲傷，人世因緣，脩短有數，你前程遠大，正須雲霄奮志，忠孝爲心，勿因兒女之悲，致墮功名之念。夢神，領他回去者。（副净）領佛旨。（生）謝吾師迷途指引。（衆合）

【南尾聲】你前生略欠傷心債，戲樣因緣夢樣來，虧了這一卷的長歌，替他當情淚灑。

（外）指點前因唱玉臺，（生）遺蹤歷歷有餘哀。

（衆）而今悟徹無生旨，打破情天解脱來。

（分下）

何處空山泣杜鵑，聲聲掩抑思華年。

偶因才婦三生迹，歷訴塵寰百慮煎。

比翼頻伽原共命，埋幽紫玉竟成烟。

白頭夫婿談忠孝，親寫烏絲付管絃。

玉臺秋卷下終

附録

補玉臺秋下場詩跋

吴君康甫昔嘗刻《桃谿雪》院本，許叔平以缺下場詩，爲之補綴於後。今復刻此本，屬予評校。踵許君之例，亦爲補作小詩。許君謂每齣一遵詞之原韻，係沿《桃花扇》舊例，今亦如之。惟《得士》《感逝》二齣詞後原有詩，雖非原韻，不敢更作，以亂前人之真也。

光緒六年歲在庚辰冬十二月，葆光並記。

侍疾圖書後

海鹽張開福石匏

歲甲午五月，桐城吴康甫之妻張宜人殁於武林。及期康甫將釋服，思宜人不置，繪《侍疾圖》，賦四截句以自寫其悲情，并索友人之能文與詩歌者，覼縷其懿行，書於册。

予甫識康甫於辛卯之秋，壬辰復來湖上，康甫款予别館，每食飲則造其盧，中饋精潔，一準乎禮。迨予歸，康甫重有所贈，予不得辭，乃以知康甫内助之賢也。癸巳中秋，予亦至省會。次年聞杭城大疫，康甫病，病兩旬，宜人以侍湯藥憂勞過甚染疫，不數日而卒，傷已！然康甫之疾賴宜人以生，則宜人雖死猶不死也。

宜人姓張氏，桐城望族。姑程太夫人嘗悉宜人之賢而定昏媾。既歸吴，事姑以孝，相夫子以禮，處娣姒以和，門以内無間言。逮康甫官于浙，宜人承姑命偕以行，五年于兹矣。間輒念其親與姑，時時憂見顔色，且多致疾，康甫常慰勉之。及康甫疾甚，宜人心益焦勞，猶撫其所出子女，力遂以不支。嗚呼，可哀也已！

方宜人之初歸康甫也，産後病幾殆，其弟禱于神，願減己算十年以益姊。至是弟病卒於里。耗音至才年餘，悲痛未已，而宜人繼死，適符弟禱十年之期。噫，亦奇矣！

然宜人既死，猶託侍其夫疾以傳，此康甫所以報宜人也。康甫好學而篤志金石，嘗欲追摹漢晋文字，遐搜古磚數百種，點畫揚搉，晝夜不倦，至廢寢食。家政巨細，宜人手自經紀，無分康甫心，斯又宜人之善成康甫也。

予交康甫深，習聞宜人壼行，筆之於册，以復康甫，未知其能釋康甫之思念否耶？

桐城吴君夫人權厝銘

嘉興錢泰吉輔宜深盧

道光十有四年五月十三日，桐城吴君康甫配張宜人卒于杭州官舍。其明年三月，歸厝于縣南五里廟上塥之東。吴君熟于金石文字，出所撰行述以示泰吉，其言甚質，乃叙其意而爲銘曰：

桐城大姓，若姚若張，與吴頡頏。宜人張女，姚之自出，爰歸吴室。伊昔吴公，重三綱首，慎于擇婦。吴母協趣，遺言是遵，乃擇良辰。告于禰廟，將加之卜，禮儀孔肅。惟我康甫，人材足依，鄉里稱之。願嫁女者，日凡幾家，導言孔多。母曰不然，惟張氏女，先靈所許。既嫁宜吉，果協巫言，歡笑盈門。逾年免身，幾以乳死，弟願代姊。夜夢神君，祖妣先舅，在神左右。摇手令去，霍然而蘇，起事君姑。君姑命之，聿來武林，五年于今。二十晝夜，侍夫君疾，默禱而吉。竟以身代，年三十三，歸瘞城南。君姑父母，不得終養，臨絶悽愴。敬事夫君，積年不替，宜昌其世。志祖紹祖初名，改名福崇、福成，有二男子，宜人不死。女子二人，式順式柔，姆教是脩。我爲殯表，其辭無愧，康甫所記。此載《甘泉鄉人文稿》卷二十。

茹叟漫述

康族自七世祖玉華公諱應琦仕明爲南京大廷尉，與侄六世族祖大司馬本如公諱用先同居金陵城北之六朝松，復結鄰於桐城之南園，往來其間，以避明季流寇。六世祖遺民公、高祖在之公入國朝，匿迹不仕。至曾祖登年公，家益中落。祖屏山公以貧俠名，有子侄三十一人。先君子咏泉公字聖田，行二十九，身長六尺，秉性端方，少時即以孝弟自勵。嘉慶五年，蛟發水灾，公施粥月餘，全活甚衆。有稱貸者，焚其券不取償。東郭舊有紫來橋，工巨久頹，邑宰吕幼興募貲復建，請公督其事。橋去所居二里外，每日徒步沙灘間，雖風雨寒暑，無稍間迨。石工將竣，遍體發暑豆，竟以疾革，壽僅六十有二。鄰人夢公爲豫谿總河副使，蓋爲河神矣。遺命捐置東鄉祖宅良田二百畝爲義莊以贍族。

公中年乏嗣，念降生與東嶽同日，因禱於東嶽神，遂得子康，爲程太宜人出，序居三。稍長，延程菉漪舅氏課之。先君子督課嚴，先母復於女紅篝燈間日講指畫，以是多知孝義、掌故、金石、六藝之事。康弱冠失怙，猶未授室。先母擇配慎，媒妁言張氏者三載矣，及後告於先君子之靈，三卜皆吉，乃往聘。道光初年來歸。外父硯峰公爲文端公族孫。外母姚孺人爲端恪公裔孫女、惜抱先生猶女、石甫先生從妹。幼聞端恪爲大司寇，力減前明酷刑，一意欣慕，奉大士，茹素樂善。張宜人習聞母訓，事孀姑，和妯娌，未嘗有忤。逾年夢先君子伴白衣人抱兒至而孕。次歲復夢如前，長男生。故長男名志祖，字曰慈伯。及乙酉生女，經風病篤。其弟夢白長庚禱於城隍廟，願減己壽十年，以甦姊病。瞬息間，張宜人語曰：『頃至先公姑厝所，咸搖首，令勿留，而神迷無所往，大士忽至，以楊枝水灑額，引之南行，遂還。』言之娓娓，若忘身在沉疴中，逾月就痊。次年丁亥，次男生。戊子，長女生。

康少不喜帖括，多識前言往行，以是久困場屋。援例縣佐，筮仕浙江，首詣棲霞岳忠武王廟、三台山于忠肅公祠、孤山姚芳麓公祠，俯仰感喟，慨然於立身行事，必求踐履篤實，有裨於國計民生，不徒生膺爵禄，死隆廟祀已也。旋回籍省親，挈妻子至浙。凡生平所嗜書籍金石，皆張宜人主之。康則樂與諸名士考據經史，旁及隸篆繪事，春秋佳日，過從無停趾。復以從役學轅，桃李門下向有阮文達公隸額，其時舊植零落，乃捐種三百株。花時夾道紅白，舊雨新知，益多來憩。時學使爲道州何文安公。公既愛才重士，公子子貞、子毅，復皆風雅淹貫，相與考索，吉金樂石，結契甚厚。繼文安者爲新城陳碩士先生。先生本惜翁門下士，又與石甫丈有兒女親，以康亦與外姻，每值展謁吴山西湖芳麓公祠、蕭山端恪公弟斐菴公賈姚祠，必令偕往。間作詩文紀勝，添泐碑碣。先生既胎息桐城，經學深邃，大江南北講求實學者聞風遠至，康以是益得廣交焉。姚氏族人有來訪先生者，多爲康家携平安書。張宜人益念慈母慈姑，惓惓不已，夙感大士，靈佑再生。因詣三天竺大士前爲兩老人祈福，並展拜芳麓公祠。祠本民建，修理則歸祠裔，皖浙遠隔，往往失時。康以戚誼代興修十餘年，遍種桃柳梅柏，芙蕖盈沼。嘗與海鹽張石匏開福、黄韻珊憲清、蕭山陸次山璣結詩社於中。張宜人亦携子女流連光景，以遣鄉思。會夢白凶耗至，宜人痛手足之情，復觸禱代之誼，感悼彌甚。

甲午杭郡大疫，康染疫卧病，張宜人侍疾二十晝夜，撫子女，司湯藥，竭盡心力，潛禱於神，請以身代。迨康病良已，而張宜人積勞病發，遂以不起。彌留之際，語侍疾者曰：『我不及見慈母、君姑矣！』少間又曰：『收藏秘笈何人經理？子女年幼何人撫育？』因呼子女至前，已瞑目矣，呼之不應。爲易公服，逾時，忽又開目，遍視家人，含笑良久，合掌坐逝。同人莫不稱其赴義之勇。於是海昌錢警石泰吉爲撰權厝銘，石匏題《侍病圖》，韻珊譜《玉臺秋》傳奇，皆激揚咏嘆，可傳後世。

適值四弟淡如來浙，因挈子女扶柩回里。康仍隸學院，姚薦青以司寇來司文柄，蓋即芳麓公之族孫，素擅書畫，公餘授以用筆寫生諸法，有殊趣。時同里尤孝廉次樓公朝奎以三女許康爲繼室，復携子女至浙。長男已聘同里李海帆方伯孫女爲室。長女式順字孟英，性素慧，遠離數載，依戀尤甚。摹各家書畫，及鄧頑伯篆隸數十幅，無不酷肖。乃延盧小彭爲之師，指授畫法，參以張孟皋北派，每一紙出，見者驚詫，不知爲初學也。程晴峰、陳芝楣兩公相繼爲蘇撫，咸來乞取所畫金石花供。復因祖母七十壽辰，製四時花供屏寄祝，鄉里傳觀，率皆嘆異。嘉興張叔未題寫韻樓額并楹帖，以賞其慧。同時習繪事者，有錢塘孫孝根之猶女蓮芬，字誦清，後聘爲次男之室。

康權永康丞三年，眷屬在杭。會英軍犯浙，乃送歸故里。調權長興丞，復庖代浦江、孝豐、新城、於潛諸縣事。久困瘠區，益慕平淡。嘗過湖州荻港，謁雲怡壇，瞻仰睿廟御題石額并吕祖殿前欽頒『協元贊運』扁額。竊嘆聖人以神道設教，用意綦深。及還會垣，私念事權不屬，無可利濟，惟借表揚忠孝，亦足挽回世道人心。由是仿雲怡大意，設雲鶴壇，虔奉大士、吕祖垂訓勸善。蓋康家世崇尚仙佛，宋時由休寧遷邑之麻谿，始祖葬麻谿口老人膀，相傳祖墳來脉有仙人峰，故六世族祖廣信公爲元代真人，曾在廬州府禱雨靈應，事載邑志。又有先鋒公，在明初年十二，奉母避兵，爲明太祖役神兵退寇，太祖封爲先鋒，辭不就。始祖祠前有麻埠寺、真人祠，即祀此二公也。本如公從父宫諭公諱應賓學兼西向，著有《宗一聖論》。本如公得其傳，初仕臨川，與紫柏國師、湯義仍爲師友，見憨山大師所撰《紫柏語録》三十二卷。嗣以部郎主試閩闈，拔周忠惠公爲榜首諱啓元，後六君子之一。陳臯之江，與蓮池大師結淡社交。嘗請宫諭公爲《放生池碑記》，立石武林門，見《雲棲志》。輯有《武林梵刹志》。撰《蓮居菴記》，刻石清泰水門。轉左方伯，與右方伯賓子倆同建理安寺並寺後松嶺閣。時紫柏尊者卓錫嘉興楞嚴寺，爲鑄大小銅佛，高各數丈。倡刻藏經全部，向貯寺東河檐浄室中，咸豐九年，康猶及見之。後復立功遼、蜀，與孫高陽督師、楊忠烈相往來，爲莫逆友。以璫忌乞歸。凡浮渡山七十二峰、三十六洞間，各鑄吉金神聖仙佛像，羅列無虚隙。兵燹後有從土中出者，康亦嘗親見之。自雲鶴壇興，本如公來降壇，稱桂宫司爵仙卿，書『人道難得』扁示康。載聆祖訓，益深黽勉。尤可異者，張宜人皈依大士，爲天竺捧花童子，方次男自龍眠來，病垂危，張宜人降壇定方，服之漸愈。其壇中詩詞述生前事，獨康知之耳。自來修浄土者，謂一登九品蓮臺，無作女身者，今張宜人稱童子，其信然矣。次男化去已五年餘，近以繼室之病，開鸞乞方，次男自隨壇學習，深究醫理，兹稱奉吕祖諭令降乩，爲母治病，並稱已自桂宫轉入天醫院。嗟乎！以康凉德，無濟於世，而謂妻子蠢愚，接蹤仙佛，殊鄰荒誕。然以張宜人鋭然請代，次男隨康建復岳祠，不辭况瘁，亦有可爲世勸者。

咸豐初，康遭母憂還里，遇匪被創，不死，避至浙。庚申，浙亦亂，移眷屬於金、嚴山中，永康、東陽、縉雲山澤間，舊聞康名者咸相保衛。迨左恪靖伯統浙軍，見金華庭柱間石刻，知爲康作，深相賞得。以是得於吳山募建倉聖廟以開文運，又建玉皇、真武等殿於玉龍山頂，鑄七星鐵缸於石臺，並興吳山伍相國廟，增塑楚江漁父、溧陽貞女各水神。杭城向苦火災，至是頓減十之七八。康以天道雖遠，而愚民無知，最爲傾聽，大忠大孝，婦孺皆知，轉移風教，莫此爲易，故於修建祠宇，不遺餘力。名勝基址，皆爲題志；孝義節烈，皆爲表彰。而於岳忠武王尤若夙契。伏讀純廟《御批通鑑輯覽》，綱目下分注『九曲叢祠』，係忠骸始瘞處，在今衆安橋之贏蛳山，七百年來淪爲民產，精忠碧血所遺，乃爲句容倪姓所據。方康在學院時，長白富海帆尚書撫浙，與何文安公爲同官，嘗屬康收回建廟。乃以問價居奇，久而未果。至亂後，司獄柏臺，始得籌購舊址，推廣餘基。而棲霞岳墳爲精忠禁地，劫後義冢林立，高與墳齊。言於林聽生廉訪聰彝，移義冢於東山衖之高坡，隨修殿廡如舊。恪靖伯屬訪忠裔，資以牛種，增置白沙泉祭產，撥番銀以千計，復爲請於方伯蔣果敏公給與奉祀生憑照。銀瓶井地，初爲臬署吏役所侵占，邑紳鳴於官，王補帆中丞時爲臬司，清其址，捐建孝泉亭，撰文於中，康題記於亭側。臬署忠佑廟爲岳王家廟，紹興十三年改爲太學，理宗封爲太學土穀神，後加封正顯昭德文忠英濟侯，肖向岳家祖孫父子將佐遺象。康爲補肖金身并立署內。精忠柏址碑、風波亭分立柏圖碑記張統制瘞地在署東兔兒園菜地，康募造石墓以護之。左側巨石傳爲良馬石槽。銀瓶井旁馬坊泉爲良馬往來飲水處，至今泉水不竭。向有安福社廟，康亦爲肖象立祠，以崇忠迹。岳王部將張烈文侯、長子繼忠侯與王同日就義於衆安橋之南棗巷，民建忠烈二侯祠，正德年石碑猶存。康據以請築圍墻，清四界，與現建之教忠孝堂爲鄰。凡此者，次男無事不共，無役不先。至光緒二年重修于忠肅公廟墓，次男栖止山中，積受風濕，然猶奔走隨壇，四方延請，雖遠必赴，病極而殞。自是康捐刻岳王墨劄、新舊遺象，因請升竹珊廉訪泰書刻純廟御撰《武穆論》爲石屏，復摹富海帆節帥夙製御賜『偉烈純忠』扁。考明太祖時曾以岳王從祀歷代帝王廟，萬歷四十三年有封岳王爲靖魔大帝岳武王敕文，實與關聖伏魔大帝照耀湖山。是以康於衆安橋廟增塑靖魔大帝金象，以彰舊典而肅觀聽。然薄宦空囊，作而復輟者屢矣。幸富尚書公孫德曉峰方伯莅浙，慨念前型，與孫稼生廉訪鋭意玉成其事，蠲俸爲倡，兼勸寅僚，艱鉅之工，遂以獲濟。竊以爲杭州爲南宋盛衰之所係，而岳王又爲南宋存亡之所係，時代雖遠，正氣常昭。康幸身際中興，遭遇大吏又多賢達好義，贊成盛舉，其爲後世瞻嘆觀感所裨益，正復匪淺。虔念祖德神佑，益友維持。今年逾八十有三，實張宜人危疾求代之餘。次男竭蹶從事，爲之左右者三十年。雖救民之心，取道迂遠，而瞬息尚存，不敢稍懈。以示人生在世，不可虚度歲月，俾長男諸孫觀此梗概，各知所樹立云。

光緒七年辛巳春日，茹叟述。

浙江補用縣丞吴秀峰遺像記

君諱福成，字秀峰。皖之桐城人也。自宋至明，世傳纓紱。父字康甫，游宦於浙者垂四十年。君在皖省籌防，奉檄儹運軍火，由皖至浙。時蔣薌泉方伯戰賊方劇，君運裝先到，大獲勝仗。方伯録其勛，留營委用，得隨侍焉。同治甲子，方伯圍賊富陽，每於風雪搏戰，夜方半，檄令兼程轉餉，往來數百餘里，君餉先至，衆皆歡呼。再戰再捷，復隨大軍克復省垣，以功擢用縣丞。肅清後調赴塘工，奔馳烈日風雨中，以致積勞成疾，於光緒二年十月二十五日病亟，遂不起。

康甫博雅好古，採訪鐘鼎金石，多至四百餘器，其鈎摹勒石，秀峰與有力焉。每遇古來忠孝節義事未闡揚者，康甫必竭力表彰之。先是，岳忠武王初瘞處在嬴蛳山，或云賈宜人墳，七百餘年，未有墓表。康甫嘗與戴文節公請大憲議定岳王祀典，并及于少保祠祀、墓碑，以浙省戒嚴，未暇舉辦。至省城克復，秀峰從康甫採訪得實，先後經營，載離寒暑，始購得九曲叢祠基址，立廟繪像，增塑兩廡諸將。呈請大憲建教忠孝堂，祀王三代，添設王弟及五子一女，并祀岳王孫以崇配享。凡康甫監造忠顯廟精忠殿，並置墓亭，增廣前後餘基，拓橋亭，建照墻及教忠孝堂，前後殿宇，崇麗宏壯，規畫黼藻，悉令秀峰董其役。廟既成，康甫謂余曰：『忠顯廟工雖創始於予，吾年已八十，值此鉅工，需人襄助，福成實踵事以成之。』僉謂不可以無誌，王裔孙彤等亦致書康甫曰：『秀峰爲先忠武王事，採訪監督，往來二十餘載，厥功始成。今彤祖廟焕然一新，將佐神儀燦然森列，七百年前之忠蹟，至今日始得表彰。康甫之功，亦秀峰之力也。彤忝居王後，敢不記其勤勞盡瘁之蹟，附於從祀諸君之列？并請將彤附名碣尾，以永其傳。』適古歙汪君柳谿在浙，知君事特詳，鐵筆精妙，願助刻焉。康甫出此書示予，并述衆議，屬文於予。因書其事於石。至君奉別檄赴三台山修于忠肅公祠墓，另見碑記。君眷屬皆工書畫。妹玉卿殉難杭城，載《兩浙忠義録》。至其接物之和、孝友之篤，具詳家乘，不復記焉。

光緒三年二月十五日，陽湖楊晉藩拜撰。

列女傳已入《浙江忠義録》

吴氏名珩，安徽桐城人。浙江縣丞廷康女，歸候選府同知蘭谿蔡鉦。廷康故以金石學有重名，珩少從父讀書，恒舉古節烈遺事，若甚艷之者。長而工畫，得者珍之。咸豐十年，珩隨廷康在嚴州與金華。是冬，嫁於鉦，仍依廷康以居。明年四月，賊犯金華、嚴州。珩奉姑登舟，於桐梓灘遇賊，罄其所藏書畫裝斂。珩恐不免，即躍入水。賊去，姑挽救之，得不死。寓杭州五福樓。十一月城破，鉦間道逸去，珩與姑又相失。賊入室掠，珩奮身罵賊，賊殺之。初，廷康嘗題珩畫楓鞠云：『奇節皆從血性成，文章婉娩見真情。畫圖省識冬心冷，留取人間清白名。』殆詩讖云。

浙江文化研究工程成果文庫
浙江文獻集成

浙江文叢

黄燮清集

〔第四册〕

〔清〕黄燮清 著
杜運威 叢海霞 整理

浙江古籍出版社

國朝詞綜續編

序一

詩之流而爲詞，肇始於唐，至南北宋而盛，自後體製隨時變易。《欽定歷代詩餘》一百二十卷，賅博精審，自唐迄明，共采詞人九百餘家，大旨歸之『無邪』一言，義藴閎大，體裁嚴正，焯乎懋矣。國朝人文蔚起，詞學之盛，亦復遠逴張、柳，近凌楊、高，王蘭泉司寇《昭代詞綜》一書，沿竹垞太史《詞綜》之例，搜采大備。而百年以來，海内詞人鱗集麕萃，尚少續刊善本。

黄君韻甫以文章著稱兩淛，尤邃於詞學，所箸《倚晴樓集》，漱芳味腴，務合閑軌。邇來敱門著書，日事觚翰，取乾嘉以來《詞綜》未及登者，蔚成巨編。其規式悉依竹垞、蘭泉兩先生選本，故名之曰『詞綜續編』。集中詞人幾及六百家。君嘗言，詞選最少，而詞學則嘉道間尤盛，兼羅博收，以防湮没，宗草窗《絶妙好詞》、叔暘《花庵詞選》例也。

夫《白雲》《黄竹》，却曲迷陽；《雅》《騷》之餘，代有謡唱。古不以詞名，而詞意已濫觴於是，凡皆不詭於正而已。是編所録，悉以雅麗藴藉爲準，求合乎無邪之旨，庶使工於詞者，知我朝文治蒸蒸，經術詩賦而外，詩餘一家，亦實能超軼曩軌，津逮來學。鼓吹揄揚，體莫大焉，豈直發潛闡幽，其苦心爲不可及哉！書成索予言，因約其大概而爲之序。

年愚弟吴縣潘曾瑩撰。

序二

長短句肇自唐人，顧其時如李青蓮之《菩薩蠻》《憶秦娥》，白樂天之《竹枝》《柳枝》，張志和之《漁父》等篇，皆載之詩集，不别爲一體。洎乎五季，詞格乃成。其歧爲别集，始於馮延巳之《陽春詞》；其彙爲總集，則始於趙崇祚之《花間集》。自宋初以迄明季，選家林立，雅俗互陳。國初吾禾朱檢討彝尊，采輯唐、宋、金、元詞五百餘家，編爲《詞綜》一書。於各家專集及諸選本外，凡稗官野紀中有片詞足録者，輒爲掇拾，故多他選未見之作。《四庫全書總目》稱其簡擇不苟，遠勝《花間》《草堂》諸編。迨嘉慶初，青浦王侍郎昶復有《國朝詞綜》《明詞綜》之刻，選擇大旨，一以檢討爲宗。雖其書晚出，不及登諸《四庫》，而近世倚聲家之奉爲準則，則一如檢討之書。

顧自嘉道以還，詞人輩出，名章俊句，流播旗亭，而未有薈蕞之本。吾友海鹽黄君韻甫病之，於是採摭討議，研覃數年，纂成《國朝詞綜續編》。其姓氏已載前編者，概不復列，有補人而無補詞，得五百八十六家，凡二十有四卷。甄録澄汰，一踵前規，以繼侍郎者繼檢討，遂以集千古詞學之大成。

韻甫篤學好古，自其少時已擅文譽，尤工倚聲，分别節度，窮極窈眇。所撰詩古文辭，及其他著述，填溢篋笥。其女婿宗子城太守爲言，咸豐辛酉，賊再陷浙，兩家相携，引避鄰邑，一夕寇至，倉皇具舴艋，既盡室以行矣，子城乘間復返，至則逆旅主人先行，曛黑無所睹，觸手得一篋，携之出，則是集稿本在焉。後三年，韻甫殁，無子。又八年，子城謀梓是集，囑予重加訂證，而校讎點勘之役，則屬之諸遲菊孝廉。

嗟乎，粤逆之亂，幾遍海内，舊家藏稿，散佚殆盡，獨是集於轉徙流離之際，歷劫幸存，又得子城刊布而昌明之，蓋不獨詞客有靈，要亦檢討侍郎之靈有默爲呵護者矣。昌黎云：『莫爲之前，雖美弗彰；莫爲之後，雖盛弗傳。』今是編告成，適際武功大定、文治日新，他日重開四庫，行見與侍郎之書同登天禄，又不僅倚聲家之奉爲準則爾矣。是爲序。

同治壬申十月，平湖張炳堃。

序　三

自秀水朱竹垞太史選唐、宋、金、元人詩餘爲《詞綜》三十六卷，後之言詞者咸取則焉。繼之者青浦王蘭泉少司寇，復選《詞綜》，補人二卷，《明詞綜》十二卷，《國朝詞綜》四十八卷，以補太史之所未及。海鹽黄韻甫先生旁搜博採，始順治，訖咸豐，集國朝詞家之大成，爲《詞綜續編》二十四卷，補少司寇之所未備。嗚呼，盛矣！

先生文名卓著，冠絶一時，而是編之取舍大旨，潘星齋侍郎、張鹿仙都轉已詳言之，不復贅，余獨論是書之存，有異焉者。先生薈萃群書歷十餘稔，採取五百餘家，彙鈔成帙，將謀付梓，而粤賊擾及江浙，藏書家罔不焚如棄如。先生以謄録得縣令，官湖北，凡生平稿本悉付其婿宗子城太守。子城居杭之候潮門外，倉皇避寇，挈眷遠徙。將去而復返，視其家無一物可携持者，顧几上有書一囊，遂挾而出，藏諸行篋，蓋即先生所付諸稿本也。他日與先生眷屬同徙鄰邑，一夕寇至，是書又失，而復得事詳子城題跋中。先生游鄂久，子城亦避難而來，旅况蕭條，無力開雕。迨先生檄委宜都，繼署松滋，期滿回省，遂歸道山。又無子，子城爲歸其棺。先生所著《倚晴樓詩詞集》及《帝花女》《桃溪雪》諸傳奇，子城已次第刊行之。蓋距先生之殁已逾十年，而海内詞人日新月盛，有爲是編所未及甄録者，子城又屬鹿仙都轉從而增訂之，是書得蔚成鉅觀而無憾。然則是書之存，殆先生精靈之所呵護，而不令其銷沉磨滅也夫，亦異矣！梓既成，余嘉子城付刻之功，與汪氏晉賢之刻《詞綜》埒，而遲菊勘讎之力亦與周子、柯子同其勞也，爰紀其顛末而爲之序。

同治十二年歲次癸酉夏六月，永康胡鳳丹序於鄂垣之紫藤仙館。

序四

《國朝詞綜》之有續編也，韻甫黄先生實創之。網羅百家，紀録當代，穠纖畢具，堙翳罔闕。既免楚炬之難，未謀宋劂之精，遺書在簏，荏冉十稔，宿草已豐，綿邈百武，悲已！爰逮客臘，群圖贊成。都轉張公，從爲裒纂；同里宗丈，實任剞劂；走以不敏，厠顓校勘。越歲蕆工，屬之贅序。

余維鷸冠之飾，資以衆羽；狐襲之輝，集諸千腋。良以雜組匪獨繭之剥，良琴有百衲之稱。物固如斯，文亦宜爾。是故岑樓命友，事創昭明；文苑裒華，繼之李昉。填詞後起，抉擇載繁。《花間》《草堂》，蜚聲於曩喆；竹垞、蘭泉，標雋於今世。外此種别，愜心尚奢然。而蛾眉動魄，則倩盼之貌不同；芳草説魂，而馝馨之氣各異。譬諸秦鑑受影，難絶嚜嫫之來；秋蘭被塗，孰禁蕭艾之長。

詞選之難，厥蔽惟五：夫其翠謔紅笑，好搜艷歌；粉怨珠啼，但羅妍唱。溺志丁孃之索，塞耳秀師之訶。雅音不存，哇響競奏。古怨寫意，閒情署題。此則强鬋眉之容，塗飾粉黛；襲閨房之語，評騭履舄。此一蔽也。或者矯宗辛劉，蔑視秦柳。累牘塊壘，乏縱横之才；連篇叫嚚，無雄放之氣。謂竇瑟不韻，矜其箏琶；謂瓊琚可捐，崇其劍佩。斯猶囊牖畸士，引怒蛙爲鼓吹；幽并少年，結屠狗爲賓客。此一蔽也。迺至抗心邁古，肆力式靡；吹花嚼蕊，相炫虛華；模山範水，自詫澹遠。拗姜、史之清俊，等郊、島之寒儉。韻要眇而不幽，思纏綿而易盡。是謂宋子名句，僅此蘋末見賞；南威淑姿，必以蓬葆稱美。此又一蔽也。握玉麈者，惑清談之習；唱銅鞮者，忘正始之源。鬲指之聲，呰石帚多事；殺尾之字，以夢窗太嚴。取快喉舌，毀棄鍾吕，又何啻冠笏倚胡床之座，絃匏攙羯鼓之撾。是曰逾閑，難語同律，則亦一蔽也。又吹求過刻，鶩博或夸。光耀沉落，非無天外一鶴之表；聲氣標榜，不皆春初萬花之觀。謝客山居，未登削簡；南郭朝位，乃備吹竽。况之潮汐軒流，則羼雜蚌蠣；培塿孤峙，而希樹松柏。此雖賢者之過，亦一蔽也。

今兹選録，悉袪五蔽。祖《國風》之好色，體《楚辭》之緣情。秋風起而雲飛，明月墜而煙語。擊轅之節，迺中韶濩；叩槃之音，斯協宫徵。遐邇傳述，凡飲水而能歌；甲乙秩如，可畫壁而賭唱。以之頡頏宋元，研索顯晦。哲人有作，靡得而譏。

下走幼耽舒嘯，長習徒歌。江湖尊酒之游，遭之而未已；風水霓裳之聽，譜之而不成。輒敢参騁筆舌，攻彈雅鄭。夏蟲之知，嚋責冰雪；斥鷃之笑，不逾枋榆。其説得毋傎乎！嗟嗟，先生往矣，知音蓋希。秋水樓臺，闃寂無主；曉風楊柳，咏畬有人。所願後之斫鱠取芳、聚珠成采者，引申其琴趣，循守其玉律，匪特繼承之功易，抑亦先生之志與！

同治十二年閏月，錢塘諸可寶、遲鞠甫識於鄂州寓盧。

目録

國朝詞綜續編卷二

國朝詞綜續編卷四

國朝詞綜續編卷六

國朝詞綜續編卷七

國朝詞綜續編卷八 …（二〇九）

國朝詞綜續編卷十……（二七三）

國朝詞綜續編卷十三

國朝詞綜續編卷十四……（三八六）

國朝詞綜續編卷十五 …… (四一五)

國朝詞綜續編卷十六 ……（四四三）

國朝詞綜續編卷十八 ……（四九九）

國朝詞綜續編卷十九……（五二九）

國朝詞綜續編卷二十

國朝詞綜續編卷二十一……（五九〇）

國朝詞綜續編卷一

海鹽黃燮清編纂

吴縣潘介繁襄校
仁和徐慶銓編次
平湖張炳堃增訂
錢塘諸可寶校勘
永康胡鳳丹監刊

李昌垣

字長文。宛平人。順治四年進士。官侍讀。

鷓鴣天 重陽晚眺遇雨

十里平蕪帶晚霞，蕭蕭歸雁宿汀沙。雨迷村外行人渡，花滿溪南處士家。思往事，負年華，夢魂飄泊任天涯。西風吹换江州鬢，獨醉東籬數暮鴉。

南鄉子 秋窗獨宿

風急透疏櫺，翠帳香消夢乍驚。獨擁寒衾疑是客，淒清。露冷桐花月滿庭。四壁亂蛩鳴，古寺鐘聲半夜燈。偶憶舊時今夕約，傷情。起弄秦簫曲未成。

踏莎行 冬懷

翠幕煙沉，珠簾月小，枝頭未雪梅開早。憑闌無計遣新愁，亂鴉飛盡歸鴻杳。霜杵敲寒，風燈破曉，漏聲滴盡鐘聲悄。香殘酒醒不成眠，流蘇好夢天涯少。

孫允恭

字子肅。丹陽人。順治六年進士。官按察使。

菩薩蠻 新柳

眉痕淡蹙嬌無力，依依欲向愁邊説。腰細不勝春，東風愁殺人。　隋堤人去後，秀色還依舊。倦起倩誰憐，風風雨雨天。

董文驥

字玉虬。武進人。順治六年進士。官御史。

憶王孫 春閨

空庭芳草憶王孫，高院梅花早閉門，欲報私書帶淚痕。正銷魂，春風春雨又黄昏。

錢　珵

字紫曜。武進人。有《白雪齋詞》。

南歌子 春暮

怕對韓憑魄，愁聽蜀帝魂。柳綿吹盡閉朱門。斜倚鳳花簫局，度黄昏。

周積忠

字子厚。松江人。

生查子

昔年君在時，兩兩飛春蝶。同倚玉紗窗，不道還離别。今年君去時，楊柳花如雪。酒後憶前情，那忍看明月。

宋實穎

字既庭。長洲人。順治八年舉人。

鷓鴣天 新聞

南浦驚鴻賦洛神，床前銀燭照佳人。海棠乍濕胭脂雨，豆蔻輕翻蛺蝶春。百寶帳，鏤金裙，緑楊鶯囀畫堂曛。合歡羅勝初裁剪，低唤卿卿細不聞。

賀　寬

字瞻度，號拓菴。丹陽人。順治九年進士。官大理寺評事。

沁園春 與吴門錢均歷話舊

天懶雲癡，積雨經旬，孤舟未回。想楊梅紅綻，火齊顆顆，枇杷黄綴，金彈累累。著屐難行，西園何在，情思昏昏眼倦開。凄凉甚，偶閒評往事，節節堪哀。　當年興致佳哉，儘狂客風流好放懷。憶湘靈年少錢山銘，諧辭雋語，虎頭癡絶倩來吏部，酒急詩催。花裏韋孃，樓頭子晋，吴四娘、王昭、王紫稼之屬，一曲新歌暖玉杯。經過處，只墻牽蘿薜，徑掩莓苔。

錢陸燦

字爾弢。常熟人。順治十四年舉人。有《圓沙集》。

鷓鴣天 北固晚眺

楊柳蕭條水拍天，漁舟落網就人煙。野田一半連魚扈，估客逢迎换蜑船。　南郭璞，北焦先。西風窣到葉紅邊。莫將日暮登臨恨，去聽伊家十四絃。

張一鵠

字友鴻。華亭人。順治十五年進士。官司李。有《春詞》《秋詞》。

生查子 春閨

愁生芳草煙，不共飛花掃。雛鳥試春嬌，睡起添煩惱。　妝已成，香未了，簾卷晴光好。一望柳條新，遮住斜陽道。

束廣

字疏先，號雲菴。丹陽人。順治十四年副貢。有《池上生詞草》。

生查子 閨思

相思懶下床，春夢迷蝴蝶。入柳又穿花，去去輕如葉。　可堪歧路長，不道關山隔。無賴是黃鸝，喚起空愁絶。

趙　鑰

字千門，號南金。萊陽人。順治十五年進士。官司李。

浣溪紗 春懷

二月輕寒江上知，黄昏驛舍雨絲絲，燭花人影兩相欹。柳挾黛煙千縷散，桃霏紅雨一枝垂，晝長香閣憶當時。

王又旦

字幼華，號黄湄。郃陽人。順治十六年進士。改庶吉士。

浣溪紗 紅橋懷古和阮亭韻

幾點漁航映碧流，群鳬野浦叫清秋，隋家宫闕是揚州。山外寒煙封舊恨，亭前暮雨滴新愁，何人吹笛酒家樓。

黄　京

字初子。武進人。有《續花菴詞》。

浣溪紗

月滿閒庭玉漏遲，檻前疏竹影參差，夜深秋氣到階墀。　閉閣細尋愁裏夢，挑燈重看寄來詩，倚屏無語斷腸時。

董　含

字閬石。松江人。順治十八年進士。有《藝葵草堂稿》。

點絳唇 晚妝

燕語鶯啼，困人天氣當初夏。斜陽欲下，樓上閒妝罷。　漸漸黄昏，霜冷鴛鴦瓦。冰蟾挂。濃熏蘭麝，笑撚冰綃帕。

孫鉌

字古喤。嘉善人。順治十八年進士。

浣溪紗 贈妓

蘭比風姿蕙比心，畫樓人倦罷金針，霓裳一曲古瑶琴。　細小鶯聲愁雨滑，淡黄楊柳怕秋深，蘼蕪隨處悔教尋。

管捷

字膚公。吴縣人。順治十八年進士。

鷓鴣天 贈歌姬

曲院疏簾笑倚筵，搓瓊撚玉露華鮮。柘枝未舞閒拈帶，金縷纔歌怯應絃。　鶯睍睆，燕翩翻，應將顧誤博人憐。最愁絳蠟消殘處，夢作巫雲一縷煙。

葉世倌

字星期。吴江人。

浣溪紗 秋林晚眺

簾捲回廊挂玉弓，草根切切響吟蟲，前林黄葉起西風。　橘刺牽衣花架礙，菱絲織水畫橋通，釣魚船尾小燈紅。

徐允貞

字麗冲。松江人。

鳳凰臺上憶吹簫 聽雨

柳濕迴塘，煙迷曲院，簾櫳半作秋聲。況黄昏時候，影暈孤燈。倦倚闌干無伴，驚幾陣、斷續檐鈴。難排遣、閒抛玉子，斜按銀筝。　凄清。瀟湘何處，任蕉扇荷裳，繞遍池亭。看無情芳草，南浦青青。樓外遠山沉翠，應似我、愁夢難醒。疏簾外、蕭蕭未休，寒透窗櫺。

王　著

字宓草。秀水人。

郭頻伽曰：『朱鐵門於金陵市中，得詩稿二册，其人爲秀水王宓草。詩中有與曹實菴、王昊廬、高念祖倡和，意是國初人也。後附小詞數闋，其《卜算子》詞甚工。』

卜算子 送别

明月送君來，新霽催君去。莫恨無情雨與風，爲我留君住。　畢竟去難留，怕譜傷心句。萬叠青山一綫愁，秋草殘陽路。

季式祖

字孚公。泰興人。官縣丞。有《吏隱詞》。

一剪梅

初長天氣困人時，花一枝枝，柳一枝枝。朝來慵起夜眠遲，日上窗兒，月上窗兒。　沈郎漸減瘦腰支，愁也絲絲，淚也絲絲。不堪訴説是相思，有個人知，没個人知。

查容

字韜荒，號漸江。海寧人。布衣。有《漸江集》《浣花詞》。

陳廷敬序曰：『君少時應童子試於有司，例有搜檢。君怒曰：「朝廷以之取士，而有司以不肖待人。人之不肖固至此耶！」遂不應試，以布衣終生。有異稟，讀書經目不忘，以文名於世。』

金縷曲 追答李十九沅南見寄，次朱十原韻

少日壚頭醉。正飛揚、不知嵇阮，何論高李。七載浮萍分南北，遥想真如天際。問雙鯉、鑾箋誰寄。金筑風煙珠海月，數交游、脱略空時輩。吟未罷，色先喜。江潭行處多顛頓。況年來、鬢絲漸長，舌鋒虚敝。老屋三間渾無賴，唯有高眠而已。看世上紛紛兒子。玉柱朱絃彈絶調，更何人好事傳流水。想作者，可知矣。

小重山 與徐髯話舊

詩酒清狂二十年，兩心同一意，轉相憐。吴頭楚尾路三千，東西望，消息總茫然。紅雨送歸船，依依情話久，又樽前。楝花風起夕陽天，春如水，流恨到誰邊。

燭影摇紅長水女郎

鬆鬟新梳，隨身小鏡看還又。玉葱時露玉樽前，尚覺花枝瘦。欲唱眉峰頻皺，唱將殘、眼波微溜。今宵翠被，後夜青燈，可知紅豆。

丁裔沆

字函巨。嘉善人。監生。有《香草堂詩詞》。

黄韻甫曰：『先生爲魏塘世胄，弱歲能文，瓌麗絶俗。黄九煙稱其「鎔漢魏之精，入初唐之冶」。姜西溟至欲鈔其集代王孝伯下酒物。爲四方名士推重如此。康熙初徐學士乾學舉應鴻博，以親老不赴。性慷慨好施，以是家日落，死之日，圖書數簏而已。集毁於火，存者十之一耳。』

虞美人别思

磯頭月出明如練，花照春風面。歌聲催上木蘭舟，無那玉簫金管盡離愁。征帆却共晴雲挂，路轉春山罅。歸來亭畔柳依依，應記盧家艇子石城西。

滿庭芳秋江夜怨

煙接平岡，帆沉遠浦，斜陽紅樹蕭蕭。啼鴉影裏，秋迴雁聲高。惆悵江南詞客，青衫淚，又灑河橋。蕪城遠，寒燈斗酒，蛩語伴離騷。　迢遥思往事，雲迷漢壘，月照秦濠。嘆五陵裘馬，空滿蓬蒿。多少古今幽怨，羊腸路，九折停鑣。琴心悄，移情海上，落葉待歸潮。

喬　萊

字子静，號石林，寶應人。康熙六年進士，舉鴻博。官翰林侍讀。有《使粤》諸集。

鷓鴣天

僻處門無剥啄聲，故人何幸款柴荆。因山架屋苔常滿，倒樹成橋葉尚生。　新筍迸，午風平，飛花誤入煮茶鐺。倏然相對清如水，坐聽林間春鳥鳴。

湯思孝

字次曾。宜興人。

荷葉杯

看盡夕陽西去，無語，何處玉簫聲。秋風吹送未分明，莫也訴離情。　簾外草深蟲絮，微雨，蘸破碧波天。輕紈記得共憑闌，雲月似當年。

陳孝逸

字少游。臨川人。

人月圓 吊古

吴宫蒲柳青如故，燕子話空梁。江南多少，無情花月，誰識滄桑。　山河入眼，歌騷譜怨，銜恨君王。楊花一曲，梨花半樹，太覺倉黄。

吴曹直

字以巽。宜興人。舉人。有《秋英詞》。

多麗 桂花下作

嫩涼天，西風遍滿郊原。正樓頭、輕羅欲冷，泬寥秋氣堪憐。緑陰稀、漸彫黄葉，亭臯下、落盡紅蓮。秉燭心期，褰裳逸興，小山叢桂最清妍。招尋處、陵霜挺秀，秋思在花前。欣滿座、酒徒飛屑，惱聽鳴蟬。　對芳樽、香浮金粟，晚風吹出嬋娟。喜幽芬、疑招月魄，餐沆瀣、好共花眠。今日相逢，明年此會，知予萍梗在誰邊。多應向、水程山驛，茸帽控絲鞭。花如憶，年年聚散，怕也潸然。

張台柱

字砥中。錢塘人。有《洗鉛詞》。

賀新郎 感懷，爲袁籜菴先生賦

歲月難留住。嘆回頭、功名萬里，盡成塵土。我已銀絲生雙鬢，何況秋娘眉嫵。待還問、舊時歌舞。無限傷心言不得，解金貂、且醉青樓暮。歌乍闋，淚如雨。　西風歷歷傳更鼓。倩江頭、曉來鴻雁，漫催行路。十五年間天涯客，纔是歸來一度。早又向、北燕南楚。馬上濛濛寒雨下，指萬山樹黑無人處。獨自個，掉鞭去。

李葵生

字西雯。嘉興人。

醉花陰

惱亂離腸秋草色，人比天涯隔。相約柳初黄，望到而今，滿樹催殘碧。斜陽鴉背西風急，判醉眠無力。欲待不思量，酒醒香寒，怎不思量得。

顧景星

號黄公。蘄州人。有《白茅堂詞》。

柳梢青 題《邊庭夜宴圖》

定遠功名，李陵魂魄，何處天涯。帳外雲山，樽前明月，膝上琵琶。長城高隔中華，費版築、秦家漢家。一片金笳，數行榆柳，幾陣黄沙。

孔衍棪

字炎木，號慎先。歲貢生。官青城縣訓導。

憶漢月

紅杏幾株風暖，占了黄鸝多半。聲聲細雨近清明，人倚緑楊堤畔。雙柑兼斗酒，游興好、又誰拘管。漫將愁思織金梭，天際雁鴻書斷。

孔毓珽

字鍾輿，號宏輿。襲翰林院五經博士。有《蕉露詞》。

轉應曲

楊柳，楊柳，送盡行人知否。去時雨雪紛紛，來日依依曉春。春曉，春曉，人與緑楊俱老。

偷聲木蘭花 桐淚

亭亭孤幹依金井，每伴銀床摇月影。不耐秋涼，纔見春歸已斷腸。臨風多少無聲淚，沾向美人身上膩。因甚傷心，只恐將來斷作琴。

湯　寅

字谷賓，號漁客。丹陽人。諸生。

最高樓題張氏隱居

金門路，聊自謝牽縈。投老趁秋成。新巢細認前年燕，好花頻囀去時鶯。羨逢迎，僧惠遠，友於陵。　時則向、柳邊高咏雪，時則向、籬邊閒論菊。農與圃，總忘情。草平煙渚還宜釣，雲横山路不妨行。足平生，看酒甕，與茶鐺。

永遇樂元旦迎春，大雪新霽

銀燭舒紅，金樽拈碧，錦帷寒少。彩勝齊簪，玉笙微暖，處處辛盤早。試尋山館，重來竹陰，滿徑梅花初老。儘春城、珠簾十里，盡説豐年佳兆。　東鄰隊子，吴國妖艷，百戲魚龍争巧。過處樓臺，擔頭花柳，笳鼓移三島。從今細數，紅肥緑暗，隨著東風都到。又贏得、兒童笑語，今年春好。

賀國璘

字天山，號遯厂。丹陽人。由太學生考授州同知。有《載道堂集》《飛鴻閣詩餘》。

滿江紅 答陽羨陳其年，時游都門，並寄兄子孟循

天地吾廬，更不向、山靈問價。任來去、東風吹遍，花開花謝。隨意扶筇邱壑待，放懷潑墨煙雲灑。笑狂夫、自詡句驚人，庸庸者。　攜柑酒，深林罅。停絲管，啼鶯下。放高僧據座，閒鷗入社。昨夜江南聞早雁，此時塞北嘶秋馬。便因風寄語耦耕人，歸來也。

鶯啼序 焦山懷古

突兀中流橫柱，被焦生雄據。君王其奈布衣何，三詔催人不去。留得雙峰淩萬里，天將一鶴同千古。只斷崖孤嶼撑住，驚濤跋扈。玉敕模糊，石碑剥蝕，雷劈痕如鋸。尚依然、周鼎斑斕，閱盡滄桑無數。拱金陵獅象猶存，跨鐵甕魚龍何處。到如今、冷落江天，淒凉雲樹。

水田漠漠，又見梵宇深深，一徑煙霞路。忘却此身，今在江心浪濤間住。更上危巒，重驚巨浸，回頭不覺身如霧。望海門隱隱樓船聚。悲笳戰鼓，憑渠牧馬揮戈，閒殺扁舟漁父。

二三狂客，千百芳樽，莫把興亡訴。但問草鋪曲徑，花護前溪，鷹掠遥天，蝶窺新圃。江網魚

鮮，僧寮茶熟，我來正值三春暮。却萍蹤又問斜陽渡。去時長揖，山靈應笑，茫茫半生真誤。

洞庭春色發岳陽，雨中過洞庭，揚帆二百里，泊白魚磯，上有湘君祠

駕轂波濤，捲旗風雨，帝子欲來。看東南吳楚，乾坤日夜，龍堆貝擁，鮫室珠埋。明月大江歌嘯後，更雲海心胸萬里開。黏天遠，正帆檣箭激，雪浪高排。平生五湖涉遍，向何處、釃酒舒懷。笑秋瀾彭蠡，春流震澤，參差池沼，畢竟塵埃。供奉拾遺飛艦去，問誰復人間八斗才。空回望，見湘君山影，縹緲銀垓。

賀對達

字兼山。丹陽人。有《皺水軒詞稿》。

浣溪紗秋懷

楊柳絲絲已半黄，芙蓉如面映朝陽，小橋流水繞門墻。雨後遠山晴色好，霜邊征雁怨聲長，一年愁緒到秋凉。

景物當年自足誇，緑楊紅杏是儂家，石闌干護四時花。零落只今争似舊，小樓虚受夕陽斜，夕陽影裏數歸鴉。

蔡文熊

字楚繹，號紉蘭。丹陽人。

蝶戀花 春暮閨情，和李世英

細膩香塵曾學步，鏡影圓冰，相對憐遲暮。風定危花安不住，春歸好爲携愁去。　斜捲珠簾新月度，小叠紅箋，細署辛酸語。柳樣眉痕蕉樣緒，銷魂橋在銷魂處。

張發祖

字孝舒。丹陽人。康熙十一年舉人。官濬縣知縣。

望遠行 立秋

朝來一陣凉颸度，井上梧桐非故。瓊簫遺恨，紈扇懷愁，猶記舊時芳樹。雲漸成鱗，水共長天，凝碧日暮。佳人何許，最堪驚、明月清砧院宇。　無據。試把凉亭煥館，繁華往迹從頭數。芳樂名妃，臨春狎客，都被蟬聲催去。贏得悲來宋玉，登高望遠，慘淡此情今古。怕天涯衰草，别離風雨。

葛筠

字柬之，號湘湄。丹陽人。康熙十四年舉人。官長洲教諭。有《名山藏詞稿》。

長相思 閨情

惜花殘，又花殘，抛却箜篌淚忽彈，相思視指環。　望春山，畫春山，空折幽蘭帶露看，妝成静日閒。

釵頭鳳 初秋宴坐

梧桐影，銀床井，轆轤聲斷空階冷。藤花落，吹簾幕，池塘蛙響，絶勝清柝。閣、閣、閣。　中宵寢，湘紋枕，玉壺香泛深杯飲。凉風弱，侵珠箔，蕭蕭絡緯，疏籬間作。索、索、索。

念奴嬌 七夕聞促織

滿庭蘿薜，正黄昏、冰簟未消殘暑。怪殺莎蟲，忙底事、早訴傷秋情緒。賣盡秋絲，抛離剪尺，夢斷關山阻。征衣須寄，月華未照砧杵。　却恨淚濕鮫綃，回文難織，何事頻催苦。此夜銀河雙鵲渡，天女尚停機杼。枕上巫雲，屏間洛浦，正好歌金縷。空勞凄切，一聲聲逗疏雨。

荆 搢

字慈衛，號盟石，又號石門。丹陽人。布衣。有《盟石齋集》《寄醉詩餘》。

搗練子 花月詞，用秦少游韻

香細細，影雙雙，浪瀉明河浸綺窗。私語却忘聽玉漏，解衣原不藉銀釭。

念奴嬌 過洞庭

洞庭青草，近中秋、更無一點風色。玉界瓊田三萬頃，著我扁舟一葉。素月分輝，銀河共影，表裏俱澄澈。悠然心會，妙處難爲君説。　應念嶺海經年，孤光月照，肝膽皆冰雪。短髮蕭疏襟袖冷，穩泛滄浪空闊。盡挹西山，細斟北斗，萬象爲賓客。扣舷獨笑，不知今夕何夕。

徐 賓

字虞門。華亭人。康熙二十七年進士。官給事中。有《芝雲堂詞》。

南柯子

昨夜桃飛雨，今朝柳作綿。曉窗不卷緑珠簾。又是亂鶯啼處，惱人眠。　鸞匣開妝鏡，雲鬟貼翠鈿。來看女伴戲鞦韆。驀地一番閒恨，入眉尖。

金　烺

號雪岫。山陰人。有綺霞詞。

笛　家 渡揚子江

沙草拖青，汀蘆凝白，秋江波静，扁舟擊楫中流半。兼天水勢，動地濤聲，荆吴九派，人家兩岸。西接南徐，東連北固，一片征帆亂。佛貍祠，武帝宅，不禁感傷目斷。　望遠秣陵，形勝金山，落日瓜步洲前，鐵甕悲風，石頭城畔。回思昔日，雄姿英發，都作浪飛蓬轉。六代鶯花，繁華佳麗，多少浮雲幻。空極目，對蒼茫，早聽雁行聲唤。

吴秉鈞

字炎青。山陰人。有《課鵡詞》。

海棠春

昨宵枕上堆紅淚，聽雨打葉兒都碎。漏静悄寒生，夢破燈花墜。　曉來正憶相思味，被鸚鵡笑人孤睡。强起畫雙眉，瘦到春山細。

林企忠

字中水，號寓園。華亭人。諸生。有《翠露軒詞》。

生查子

寶鴨畫屏深，鸞篆消沉水。纖手試重燃，煙裊成心字。　細縷散隨風，願入君懷裏。不貴寄芬芳，須識纏綿意。

南鄉子

細雨近紗窗，陣陣輕寒怯晚妝。珍重添香深夜語，難忘。紅豆拋殘淚幾行。　路遠隔瀟湘，雁信魚書並渺茫。無限心期何處訴，凄凉。絳蠟欺人影不雙。

閔榮

字湘衡，號漁村。德清人。諸生。有《缶笑集詩餘》。

浪淘沙 記夢

鶯語隔簾櫳，一笑相逢。羞人曾記粉腮紅。行過長廊人小立，月影朦朧。　離恨正無窮，細語難終。高唐驚散五更鐘。蘭麝未消鴛枕暖，去也匆匆。

邵錫榮

字景桓，號二峰。錢塘人。有《探西詞》。

一葉落

夜寂寞，單綃薄，玉簫聲斷空絃索。彩雲招不來，皓月窺樓閣。窺樓閣，驀地思量著。

諸葛義和

字西秩，號敬亭。丹陽人。諸生。有《雲曲山藏集》。

沁園春見秋篴有録余海陵觀劇詞感賦

雲斂巫陽，佩解江皐，填成小詞。縱春風楊柳，萬條離緒，桃花人面，兩處相思。玉惜青衫，才憐金粉，似夢年光暗裏移。閒惆悵、把冰絃浪撫，淚滴金徽。愁來獨倚罘罳，渾不辨心情醉復癡。想流觴亭畔，波澄似鏡，迷仙閣外，山遠如眉。名揀香呼，姓堪絲綉，翩若驚鴻天外飛。沉吟久、嘆才人厮養，自古同悲。

黄儀

字子鴻。常熟人。有《紉蘭集》。

吴子律《蓮子居詞話》：『鈕玉樵言：「三吴詞家，稱朱、陳兩檢討，陳以蒼雄擅奇，朱以生新標雋。若黄子鴻，可追響東堂，齊蹤西麓矣。」』

風流子

柳岸試維舟。蒼苔路、仿佛認層樓。想曉燕催妝，春鶯教伎，雲翻舞掌，雪噴歌喉。誰曾管、疏簾難隱笑，小扇不遮羞。紫陌塵香，重停五馬，紅墻月冷，悄候牽牛。風流渾不作平省，韶光又去也，是事休休。忍看雕甍畫棟，冷落山邱。但雲去雲來，有時有夢，花開花謝，無地無愁。題取斷腸詞句，當我纏頭。

水龍吟

霜容莫笑龍鍾，少年曾是推豪興。高陽伴侣，三春逐日，聯鑣飛燈。山北山南，芳菲賞遍，别尋幽勝。記披襟直上，雲峰絶頂。渾欲唤，青天應。　誰道多生蹭蹬。舊情懷、都來難稱。十年回首，交游嚼蠟，功名墮甑。除却枯吟，酒腸棋膽，消磨無剩。但秋來、猶愛斷鴻聲苦，把危樓凴。

王一元

字宛先。無錫人，占籍鐵嶺。康熙四十二年進士。官内閣中書。自訂存詞一千六百餘首，釐爲二十卷，名『芙蓉舫集』。

吴子律《蓮子居詞話》曰：『宛先有詞癖，顧大半散失，然晚年自存稿尚有一千六百餘首之多。王選《詞綜》未及採録，亟登數章，以見梗概。』『宛先初爲錢塘趙恒夫給諫吉士所拔士，久居寄園，《芙蓉舫集》二十卷，今在錢塘趙氏。』

卜算子

無計遣春愁，簾外紅成陣。綉對鴛鴦配並頭，花下長交頸。欲綉漫停針，心上還重省。數盡歸期又不歸，綉著鴛鴦怎。

綺羅香 將别西湖，用梅溪韻

對月魂銷，尋花夢短，此地恰逢春暮。絶勝湖山，能得幾回留住。吊蘇小紅粉西陵，咏江令緑波南浦。看紛紛油壁青驄，六橋總是斷腸路。 重來樓上凝眺，指點斜陽欲下，扁舟歸渡。過雨垂楊，换盡舊時眉嫵。牽愁緒、雙燕來時，縈别恨、一鶯啼處。爲情癡、欲去還留，對空樽自語。

國朝詞綜續編卷二

海鹽黃燮清編纂

吳縣潘介繁襄校
仁和徐慶銓編次
平湖張炳堃增訂
錢塘諸可寶校勘
永康胡鳳丹監刊

孔傳商 一首
孔傳中 一首
荊人鳳 一首
吳　檠 三首
趙　昱 一首
金　蓉 一首
孔繼汾 一首
顧光旭 五首
姜　藻 三首
張宗松 三首
王　昶 九首
荊大鼎 一首
郭　濼 一首
任兆麟 二首
姚　鼐 二首
董　潮 六首
吳　珏 二首
何承燕 二首
余　集 一首
張春苞 二首
印昌世 一首
魏晉錫 一首
嚴駿生 二首
陳　朗 三首
吳　俊 一首
許肇封 一首
劉奎年 三首
顧宗泰 一首
徐志鼎 一首
張　誠 六首
程衛芳 二首
陳　珏 一首
程　瑜 四首
張　槎 二首
宋葆淳 一首
汪　憲 一首

孔傳商

字振子，號雪村。雍正二年臨雍，欽賜縣丞。有《藕絲詞》。

憶王孫

無端春色鎖閒庭，柳困花慵薄霧輕。傍著闌干悄地行。月三更，隔院誰家笑語聲。

孔傳中

字振一，號允執。諸生。雍正二年臨雍，特授冀州知州。

人月圓 中秋後一夕

月輪皎潔還如鏡，莫説昨宵圓。笙歌今夜，酒杯今夜，相對嬋娟。　纖雲微暈，一聲鐵笛，吹破瑶天。斜飛露脚，懷人千里，休再閒眠。

荆人鳳

字振翔。丹陽人。

鷓鴣天 題張天申宅

柳罩荷塘岸種麻，土垣崩處積薪遮。鷄雛護母階留粟，蜂乳分王徑自花。　籬引豆，屋牽瓜，太平生活小煙霞。醉翁植杖携青笠，野水牛亭笑聽蛙。

吴　檠

字青然。全椒人。應乾隆元年博學宏詞科，十年進士。官刑部主事。有《陽局詞鈔》。其子烺詞，王選前集已采。

吴子律《蓮子居詞話》云：『青然詞王選《詞綜》遺之。其子吴烺荀叔有《杉亭詞》及《學宋齋詞韻》。』

鳳銜杯

花落空廊湘簾覆，滴不了、畫檐懸溜。怪凉雨拖煙，緑楊也爲傷春瘦。鎮日把，腰圍鬥。

倚屏山，看白晝。漫閒吟、蜀箋題就。正萬轉千迴，甘蕉一寸心兒透。是骰子，安紅豆。

霓裳中序第一

青楓冷露泫。一抹銀灣光歷亂。此日針歛彩綫。記月地雲階，茜裙紈扇。雙星夜看。又暗中、芳序偷换。重提起、斷腸往事，壞壁候蛩嘆。凄怨。擘釵分鈿。誰密證、憑肩私願。如今仙亦不管。悵贈枕啼衣，玉顔霄漢。寄詩何日見。怎忘了、人間郭翰。空凝望、魚天皴碧，徙倚畫闌畔。

點絳唇

簾局煙寒，夢魂無據如飛絮。殘紅一樹，幾點黄梅雨。　屈戌重重，偏放愁來路。啼鵑住，王孫何處，芳草連天暮。

趙昱

字功千，號谷林。仁和人。貢生。乾隆元年舉博學鴻詞。有《愛日堂集詞》一卷。

水龍吟 甲辰春暮，倚樓，見海棠葉底殘花，用黄雪舟韻，玉几、樊榭同譜

飄零又過清明，畫簾淺揭湘紋翠。雲妝卸却，纖膏餘在，還句蝶睡。國色留情，紅心訴恨，

無那重携鳳蠟，照妍姿，臨風掩袂。垂垂小住，婷婷獨殿，無多別淚。依約丰姿，玉肌香減，醉顔紅退。悄憑闌不語，嬌慵誰伴，隔盈盈水。緑陰滿地。數芳叢寂歷，一痕殘艷，嘆春事，今休矣。

金蓉

字蘅擷，號采江。秀水人。乾隆十年進士。官檢討。

解佩令

芷堂煙暝，柳灣人静，看輕蓑、亂堆漁艇。白板橋邊，早飛上，玉蟾如鏡。愛惺忪、滿身花影。柴桑清境，輞川幽興，把長鑱、緩歸三徑。穩卧芳檐，但覓取、深宵酩酊。笑紅塵、一鞭秋冷。

孔繼汾

字體儀，號止堂。乾隆十二年舉人。十三年幸魯，進講，特授内閣中書，遷户部主事。有《行餘詩草》，詞附。

行香子

燈影將闌，衣影還單。望星影横轉闌干。蓮籤漏滴，數到更殘。更竹廊幽，花塢暗，草窗寒。人意閒閒，遠道漫漫，黯離魂千里關山。雁聲渺渺，蓼渚蘆灣。况月溶溶，雲淡淡，露漙漙。

顧光旭

字華陽，號晴沙。無錫人。乾隆十七年進士。官至甘凉道。有《清溪詞》一卷。

風蝶令 溪上見鴛鴦

烏桕門前樹，鴛鴦水上家。翠横波遠漾輕沙。日暮一雙飛過，白蘋花。楊葉侵魚浪，蒓絲上槳牙。都將凉思入琵琶。今夜一襟明月，好風斜。

夢江南 京洛緇塵，素衣欲化，每憶故園溪山幽處，偶拈小令，有觸即成，異日歸山，當相對驩然也

江南好，吟望碧雲低。但是花邊蝴蝶住，更無人處鷓鴣啼。流水客東西。

金縷曲

常熟芙蓉莊紅豆樹，明曲江處士手植，後歸錢牧齋，適牧齋八十稱慶，其花盛開結實，因以爲瑞，有詩載集中，今又百餘年矣。辛巳秋，吾宗培九主政，邀同人賦詩，皆妍麗可喜，余填此曲

尚有前朝樹。幾摧殘、無多枝幹，不情風雨。可似淮南叢桂在，零落小山人去。問花月、而今誰主。知有銅仙能下淚，倩淚痕、迸作梢頭露。紅一顆，恨如許。　不須憑吊傷今古。也知他、改柯易葉，冰霜正苦。半壁江山空故國，盧橘上林誰賦。換幾樹、冷楓紅舞。況自日南遺種外，付絳雲、一炬皆塵土。華胥夢，早應悟。

憶秦娥

杏花白，人家板屋青山色。青山色，鳩啼欲雨，冷風寒食。　單衣小試寒猶怯，輕煙不散愁如織。愁如織，萋萋芳草，水平天碧。

蝶戀花　秦淮水榭

玉樹歌闌江月曙，小倚紅亭，亭在花深處。依舊畫船桃葉渡，一條春水鴛鴦路。　屏上樓臺陳後主，紅是春愁，碧是春愁聚。欲問愁深深幾許，年年流下空江去。

姜　藻

字元章，號春江。丹陽人。乾隆十八年舉人。有《韻石齋初稿》。

買陂塘 紅橋懷古

渺邗溝、盈盈一帶，春暉低映明秀。喚將畫舫摇波去，静啓碧紗窗牖。凝眺久。愛曲折、筠廊蘿館，沿溪構。紅橋渡口。正人影鶯窺，歌塵花擁，香沁玉壺酒。朱闌繞，瓊岸金波似綉。蜿蜒虹卧清溜。雷塘煙草無多路，試訪迷樓在否。佳咏有。問孰繼、揚州薄倖樊川後。沉吟俯首。又殘笛船迴，夕陽簾卸，餘意付煙柳。

祝英臺近 憶别，次印羲嵎韻

最銷魂，江水渡。别恨惹南浦。羅袖香分，贏得淚如雨。當年門外蕭郎，至今零落，借一帶、愁城閒住。　憑闌覷。依舊斷雁西風，情悰怕重數。一枕梨雲，深夜向誰語。知他門對江聲，舊曾游處。拚夢繞、月波東去。

南浦 秋水，次玉田春水詞韻

凉露散遥川，漸西風，攪碎白蘋清曉。沙净雁初飛，邊愁寄，縱有蘆花難掃。驚秋意緒，柳溪猶聽蟬聲小。行盡池塘青已暮，不是春時芳草。　誰人游倦緇塵，夢煙波苦憶，蒓鱸不了。楓色點吴江，垂虹路，曾記月寒帆到。雲湖佩渺，蓮娃散去鷗汀悄。忍把眼中消息問，畫裏悟禪多少。

張宗松

字青在。海鹽人。諸生。有《捫腹齋詩餘》。

小重山 賦别

蠟炬將殘酒未空。自憐無好計，淚痕濃。眼波斜溜臉波紅。相思意，偏不在言中。　此别恨重重。幾番幸密約，恁時逢。靈犀只許夢魂通。天邊月，相送鷀湖東。

掃花游 重過硯園有感

舊時門巷，記竹樹蕭疏，徑荒庭悄。幾回昏曉。怕凄風苦雨，斷垣傾倒。新署園官，補葺經營俱了。寸心攪。看殘柳池塘，飛絮猶嫋。　天際雲縹緲。聽潑剌魚聲，碎萍浮沼。雪泥印爪。認分明，前度飛鴻曾到。燕子重來，梁上巢痕已掃。亂塵少。比年時畫檐還好。

疏影　賦竹影，用玉田梅影韻

低檐漏月。正檀欒弄影，相對幽絶。只兩三竿，摇暝摇晴，那怕西風敲折。疏疏落落墻陰下，且莫待、黄昏時節。慣攤書、緑字攲斜，雲過小窗明滅。　空際纖塵不挂，幾番拂拭處，臨水清潔。寒雀飛來，欲踢難棲，轉向花枝啼徹。輕鸞鏡裏誰描得，訝壁上、琅玕如活。又幾時、添許微痕，薄暈更留殘雪。

王　昶

字德甫，號蘭泉，晚號述菴。青浦人。乾隆十九年進士。官至刑部侍郎。有《紅葉江村詞》。

黄韻甫云：『先生提倡風雅，愛才若渴，士藉品藻以成名者甚衆。生平重倫紀，尚名節，從征大小金川，自科爾沁王以下皆親重之。所箸詩詞文集《金石萃編》《湖海詩傳》《青浦詩傳》《琴畫樓詞》《續詞綜》等書皆梓行於世，其未刊者尚數十種。論詞亦深得南宋宗旨。前輩風流，令人想望。』

河傳

翠浦，香雨。梨花飛雪，柳花飛絮。緑波春草小河橋，魂銷，可憐歸路遥。　瓊窗話别還斟酒，今分手，忍聽歌紅豆。上南樓，望西洲。離愁，楚江雲外舟。

法曲獻仙音

白苧衫輕，青羅扇小，約略春歸時節。竹浦横橋，荻溪短棹，曾經去年離别。記款語雲屏底，匆匆帶愁説。　遠山叠。問誰遣、泝紅題葉，空剩取、幾點蘚階印屧。細檢舊香羅，寫相思、付與吟篋。冷院黄昏，忍更聽、玉笛聲咽。伴殘燈孤榻，只有一丸凉月。

月華清　長至後舟過溧陽作

雪颭蘆花，霜酣楓葉，枯楊摇曳殘縷。一片西風，長伴愁人羈旅。宿山城、客枕燈寒，過水驛、板橋月苦。聽取。又幾番哀雁，幾聲柔櫓。　篋裏征衫如許。望翠黛彎環，故鄉何處。矮屋香茅，忍負泖湖煙雨。須收拾、蔗棱瓜塍，重料理、竹溪梅隖。歸去。把苕箋吟寫，小園詞賦。

高陽臺天平山

載酒輿輕，尋詩筇健，芒鞋早踏天平。山剪秋眉，煙中八字斜横。幺禽警月苔梅謝，款東風、初語吳鶯。看春光，過了燒燈，漸近清明。　周郎游記重吟寫，嘆熏香新莽，誰續茶經。一道寒泉，飛來空和松聲。草堂西崦荒基在，念生涯、忍負鷗盟。又何時、石磴花龕，長伴殘僧。

遠朝歸歲暮倪米樓自錢塘來訪，留宿山莊，剪燈話舊，因填此解

鴉陣啼寒，正催去作去、殘年雪意。橋横疏柳，不分仙舟來檥。相看一笑，還帶西泠風味。長檠底。訴分携兩載，舊侶天際。　猶憶塵軟東華，在小閣平津，新詞頻遞。雲林顛額，莫話吳城楚水云有江漢之行。老夫老矣，料此後、圍爐能幾。情難已。須住到、玉梅香細。

曲游春登靈岩山

雨後春山潤，向巉村西去，煙樹零亂。蠟屐衝泥，傍禪林試訪，館娃宮苑。幾曲寒松偃。問石徑、采香人遠。嘆當年，玉井銀床，都付蒼苔碧蘚。　凄惋。繁華夢短。剩響屧廊邊，幽鳥啼怨。重上琴臺，望孤篷雪浪，青螺千點。登眺情何限。漸殿角、殘陽一綫。又早佛磬煙

沉，梵燈風顫。

洞仙歌 自題小照

梨雲夢遠，悵春愁誰省。自寫吟魂伴梅影。念暈紅詞句，慘緑年華，都付與、小閣輕寒薄病。　雨絲風片裏，顑頷相如，懶踏尋芳舊香徑。小榻颺茶煙，碧葉愔愔，好占取、松溪蕙磴。只一片傷心，畫難成，怕點鬢秋霜，又添明鏡。

月照梨花

畫棟香重，畫簾風動。幾叠離愁，幾番幽夢。芳草緑遍王孫，近殘春。　湘奩檀畫無人共，玉簫數弄，淚濕輕衫鳳。柳花如雪滿苔痕，細雨重門，又黄昏。

好事近 題張柳洲侍御《羅浮夢》畫册

溪外小梅花，初破一林殘雪。最好酒家門掩，映疏煙微月。　夜深皴玉爲誰温，相對正佳絶。不奈翠禽朝語，又夢中人别。

荆大鼎

字光遠。丹陽人。乾隆二十一年舉人。

鷓鴣天 送春

九十春光逐水流，紅稀緑暗雨初收。盈堤柳綫空牽恨，滿地榆錢只買愁。　　嗟寂寞，嘆沉浮，忍教麗景等閒休。桃花落盡春歸去，肯爲羈人一日留。

郭濼

字季特，號菉崖。丹陽人。歲貢生。

垂楊 本意，懷舊

紗窗夢覺，記數聲睍睆，好音嬌小。寶馬空嘶，斷橋摇曳東風悄。攀條前度津亭道。翠雲鎖、玉樓深窈。倚斜陽、煙縷絲絲，問甚時還到。　　堪恨清明過了，又剪剪青青，淡眉如笑。人遠天涯，幾回空悵蘇堤曉。多情只有飛花早。引春夢、隨風縹緲。贏來一片閒愁，誰爲掃。

任兆麟

字文田，號心齋。震澤人。諸生。

鳳凰臺上憶吹簫題散花女弟《浣紗詞卷》自度腔

碧窗人悄，寶篆香微，豆蔻心紅漫撚。恨舊夢無憑，新愁難剪。亦知第一損人，争還奈、風光無限。劇可憐，起自徘徊，眠還輾轉。　誰伴。才子風流，叠新詞錦字，香生蘭畹。算幽恨離情，種種撈人，魂斷吟遍。月樓風徑，只恁處、天涯人遠。人遠也，怕是緑新紅晚。下半用元人吴元可填本。

又

夢裏談禪，醉中學道，幾曾堪著浮生。詫難傾情海，不下愁城。春色又還如許，燈黯黯、冷掩銀屏。獨自向，窗兒守著，怎得天明。　難平。古來才子，嘆紅粉青衫，一樣飄零。教新聲翻出，争逗芳情。妒殺五更風雨，驚曉看、紅墮簾旌。憑闌也，清明又近，隔院簫聲。昨過小寶晋齋，散花出示《寄懷》詩，中有『爲報春光容易老，聽殘紅雨到清明』之句，小維摩謂標致逼真晚唐，潘文衡榕皋先生亦咨賞不置，有『沈紅雨』之目。

姚鼐

字姬傳，學者稱惜抱先生。桐城人。乾隆二十八年庶常，改主事，官至禮部郎中。有《惜抱軒集》，附詞。

臺城路 秋蝶

粉墻雙翅尋芳處，蘧蘧夢回情老。冷露垂乾，微陽烘暖，一徑西園重到。寒枝自抱。恍穿入深深，壓簾春曉。甚又驚飄，却和輕葉墜霜草。　流年偷换漫道。雙飛經幾度，而今黄了。砌暗蘭衰，籬荒菊瘦，故侶相逢應少。樓陰静悄。正欲向東家，又依殘照。倚檻誰看，滿庭風細嫋。

定風波 遲吶堂將入都

最多情，折盡垂楊，絲絲依舊縈路。冷夢青蕪，醉魂黄葉，記送君歸處。緑窗人，疏影句，轉想天涯甚情緒。拚與，儘春山無伴，流鶯同住。　碧煙弄縷，乍隨風，又拂清淮浦。恁波生雲鎖，天長路闊，人共江鴻舉。待爲君酌芳醑，掬取金波浣空霧。衣屨，料應猶帶杏花春雨。

董潮

字曉滄，號東亭。海鹽人。乾隆二十八年庶常。有《漱花集詩餘》一卷。黄韻甫云：『太史本武進人，少孤，祖母陳撫之成人，贅於海鹽，遂占籍焉。性至孝，讀書慷慨負志節，工詩文六法。詞如冷蝶秋花，自饒凄艷。』

謁金門

東風早，吹緑一庭芳草。寒擁香篝深閣悄，夢和煙縹緲。　昨夜雨聲催曉，試問亂紅多少。二十四番花信了，蝶癡鶯已老。

菩薩蠻

流蘇好夢匆匆遇，東風吹斷無憑據。睡鴨冷沉煙，起來聞杜鵑。　捲簾春草緑，晚雨梨花浴。樓閣暮生寒，凄凉獨倚闌。

一枝春 吊老梅

瘦影横斜，步珊珊、記得縞衣如雪。紙窗凍破，微逗暗香幽寂。紅闌倦倚，鎮相伴、醉吟殘日。愁玉笛、吹散香魂，夢斷叩門聲絶。　春風爲誰輕拂。但根封蘚紫，枝凝苔碧。啼殘翠羽，似吊玉肌冰骨。花猶瘦損，更休問、素娥蹤迹。簾幕静，一種凄凉，舊時月色。

青玉案 用賀方回韻

小橋流水西塘路，記淚眼，匆匆去。一片春帆雲外渡，亂煙芳草，遠山殘照，知道人何處。　紅藕香銷秋欲暮，苦憶當時臨别句。一寸柔腸餘幾許，那堪今夜，斷鴻聲裏，點點芭蕉雨。

東風齊著力 法源寺同狄解元雪衿、彭孝廉樗亭作

穀雨纔過，牡丹還早，步屧疏林。石壇風静，幡影晝沉沉。闌角嫣然一笑，凝眸處、黛淺紅深。君知否，桃花燕子，都是禪心。　竹榻伴微吟。看一縷茶煙，鬢影斜侵。夕陽樹外，啼鳥破春陰。欲趁游蜂去也，誰憐我、别思難禁。知今夜、燈殘有夢，定許重尋。

瑶　花 咏芍藥，和劉退谷韻，時退谷將出都

緑陰乍滿。庭院深深，看紫藤開謝。筠籃紅藥，堆曉雨、又是陌頭初夏。携來棐几，似鵲尾龍涎燒罷。井華清、插向軍持，灧灧露珠輕瀉。　芳名怪底將離，但吹老東風，送人歸也。年年此際，依舊是、燕子楊花簾榭。穠香一種，問幾處、銀箏翠斝。怎凄凉、酒畔愁

邊，相對璅窗燈下。

吴　珏

字並山。歙縣人。乾隆二十八年進士。官中書。有《香草詞》。

清平樂　春郊

紅嫣紫姹，著眼春如畫。衆裏偏他迴避乍，十五盈盈未嫁。　湘裙六幅微拖，見人生怕情多。賴得紙鳶飛起，賺他遥轉横波。

浣溪紗

鳩婦啼時穀雨晴，鼠姑開後麥風清，絲絲楊柳送行旌。　六憶未能忘沈約，四愁謾擬賦張衡，一生長悔是多情。

何承燕

字以嘉，號春巢。仁和人。貢生。官訓導。有《春巢詩餘》。

高陽臺 題齋臼管二《燕子磯秋泊圖》

漁火連江，蘋波漾月，布帆又卸磯頭。載得琴書，三年幾度來游。金風吹老靈和柳，望臺城、一抹煙浮。莫勾留，便是盧家，未必無愁。　勞勞亭畔初揮手，想蘭橈一去，直擬歸休。漫掩篷窗，閒眠好共沙鷗。景陽夢斷空樓遠，甚鐘聲、偏到孤舟。荻花洲，說是初秋，已似深秋。

虞美人 春暮送王澹菴之武昌

萋萋芳草迷鸚鵡，好句多懷古。故人何處最相思，大別山前落日卸帆時。　逢迎到處知君有，醉倒潘生酒。南樓登眺與誰同，無限鄉心應在月明中。

余集

字蓉裳，號秋室。仁和人。乾隆三十一年進士。候選知縣。徵修《四庫全書》，授編修。歷官侍讀學士。有《憶漫菴剩稿》，詞附。

摸魚子 梅妃里

怪千秋、粉痕蘭迹，無情黄土消盡。鑾煙引我尋吟興，來探天涯芳信。天怎忍。便一例、馬嵬淒寂驪宫冷。殘梅吊影。看冉冉天風，珊珊環佩，時送舊時韻。

樓東賦，惆悵鳳奩香燼。蛾眉曾寄孤憤。漁陽驚破長門夢，故國那堪重省。君莫問。若説與、英雄感遇同紅粉。春風舊徑。尚依約荆門，群山萬壑，吟動杜陵恨。

張春苞

字竹如，號蓮海。歸安人。國學生。封榮禄大夫。

張應昌曰：『謹按：先大父榮禄公，爲竹溪沈坳堂方伯之婿。外曾王父坳堂先生，諱世楓，爲學淹博，無所不通，有《十笏齋詩鈔》行世。大父從游受業，頻隨宦轍，晨夕唱和，並制藝，文辭書法，皆深得傳授。平生詩文，前以遭家多難，零落殆盡，不自存稿，今第就所見者，掇拾存之。』

桂枝香

雲籠寶地。降玉女翩翻，香飄紅芰。弱骨輕盈，含得海棠花氣。臨風小步腰肢裊，現天仙者般游戲。月痕花影，凄凄戚戚，素心難寄。帶無限、紅情緑意。看半墮雲鬟，橫窗斜倚。折柳歌殘，鐃有玉簫餘味。我生興緒隨流水，剩剛腸過眼容易。嫣然一笑，無情宋玉，也留情未。

念奴嬌

花鈿初整，愛盈盈目笑，天然丰格。鸚鵡歌調銀管細，渾覺東風無力。好夢驚回，香魂欲散，含怨聽啼鴂。花前共賞，就中誰是佳客。　　最憐瘦損腰肢，東陽年少，暫醉朱絃側。重試霓裳勞顧曲，曾與蟾宫相識。惱殺情郎，怪他詩老，傳出真消息。從今腸斷，澧蘭愁和吟闋。

印昌世

字希愚，一字羲嵎，號潼明，一號東明。丹陽人。歲貢生。

蝶戀花　姝麗

一顆櫻桃樊素口，不愛黄金，只愛人長久。學畫鴉兒猶未就，眉尖已作傷春皺。　　撲蝶西園隨伴走，花落花開，漸解相思瘦。破鏡重來人在否，章臺折盡青青柳。

魏晋錫

原名晋賢，字澤漪，號夢溪。丹陽人。乾隆三十四年進士。官户部郎中、汝寧府知府。

買陂塘甲辰清明後五日，游二宏院，追憶納川逸字濱石諸友

繞城坳、一痕新緑，野棠開遍無主。游絲吹送垂陽浦，遥指梵聲飛渡。憑記取。認石上清泉，長印禪心古。閒愁萬縷。算重到元都，劉郎老矣，白髪鏡邊數。　三生夢，當日鸞箋秀句。碧紗誰罩塵土。雲中鴻爪東西聚，輸與故園鷗鷺。君小住。看排闥青山幾叠，松楸路。零鐘斷鼓。怕遠水平蕪，斜陽短笛，又入酒壚賦。

嚴駿生

字小秋。上元人。諸生。原籍嘉興。有《餐花吟館詞鈔》四卷。

南鄉子

斷夢度紅橋，蝶翅禁風怯路遥。緘就花箋憑寄恨，迢迢。叮囑雙魚趁晚潮。　書去促歸橈，知是歸期訂那朝。便訂歸期期不準，無聊。耐盡寒更又一宵。

賣花聲 秦淮秋泛

雙槳板橋灣，軟趁潮還。簫聲冷咽夕陽殘。一角眉痕黄葉外，瘦了秋山。

花裏小門關，零落漁竿。玉人不耐晚風寒。窣地湘簾鈎不上，閒殺闌干。

陳朗

字太暉，號夢歐。平湖人。乾隆三十四年進士。官撫州府知府。有《集漢魏六朝句六銖詞》二卷。

蝶戀花

滿酌金卮催玉柱陳徐陵《梅花落》，弱腕纖腰齊謝朓《侍華光殿曲水宴》，别有傾人處梁車𣪊《洛陽道》。可惜可憐空擲度陳後主《東飛伯勞歌》，紅顔素月俱三五陳江總《雜曲》。

懸目挂心思越路梁沈君攸《雙燕離》，灼灼春花魏阮籍《咏懷》，流亂無端緒宋顔師伯《自君之出矣》。輕片有時敲竹户隋煬帝《湖上曲》，風吹水動俱難住梁庾肩吾《咏曲水中燭影》。

長相思 懷王錫公

路悠悠宋西曲歌《壽陽樂》，兩悠悠梁武帝《鳳臺曲》，各自東西南北流宋鮑照《擬行路難》，飄然不繫舟隋陳政《贈竇蔡二記室入蜀》。　出亦愁，入亦愁漢樂府《古歌》，不覺年頹秋更秋隋釋慧英《一三五七九言》，秋來只自愁陳陰鏗《秋閨怨》。

生查子 秋夜

單眠夢裏驚陳陰鏗《班婕妤怨》，朔氣傳金柝梁無名氏《木蘭詩》。庭樹已先知梁王筠《和孔中丞雪裏梅花》，風捲隨秋籜北周庾信《和張侍中述懷》。　川路恨成遥陰鏗《登百花亭懷荆楚》，念别猶如昨梁何遜《寄江州褚諮議》。月送可憐光梁簡文帝《倡樓怨節》，萬里相思各梁吴均《酬蕭新浦王洗馬》。

吴　俊

字蠡濤，號曇綉。吴縣人。乾隆三十七年進士。官山東布政司。有《榮性堂詞》。

小闌干

去年今夜月當頭，獨自棹孤舟。彈指秋風，又揮别淚，依舊月如鈎。

江花江草江南路，暮靄隱紅樓。便説相思，何如相見，還恐訴離愁。

許肇封

字州山。海寧人。乾隆三十九年舉人。官望江縣知縣。有《旎香詞》。

浣溪紗 鴛湖舟中作

杏子輕衫鬢貼鈿，鞋頭新鳳裹金蓮，妝成背鏡怨春天。楊柳千條郎馬上，桃花一樹妾門前，小橋流水夕陽邊。

劉奎年

字藻初，號雲石。丹陽人。乾隆三十九年舉人。官易州同知。有《桐花館詞稿》《金鹽詞稿》。

眉峰碧 春思

一水分雙岸，弱柳輕遮斷。鎮日蘭房不耐寒，怎郎處、春偏暖。抱影登樓看，拄頰聞微嘆。花外車輪井轆轤，分明直向心頭轉。

鷓鴣天　晚晴

雨過前溪漲晚潮，携筇偶訪百花橋。兩行宿鷺明沙嘴，一縷斜陽上柳梢。　微浪皺，薄煙銷，依稀螺殼酒船遥。輸他待月誰家女，閒倚紗窗弄玉簫。

江南春　旅況

雲歷亂，雪闌珊。異書愁借盡，濁酒恨澆殘。芭蕉葉大酴醾謝，翠掩重門燕子寒。

顧宗泰

字景嶽，號星橋。元和人。乾隆四十年進士。官高州府知府。有《月滿樓詞》。

鳳凰臺上憶吹簫

月入羅幃，風吹綉幕，夢回强起窗前。倚鏡臺不語，自卸珠鈿。却怪伊人别後，無情緒、寒夜如年。最相思、私然紅粟，暗卜金錢。　堪憐。桃花一枕，這懊惱心懷，怎奈孤眠。念玉關人遠，偏隔雲天。恨殺當年柳陌，青驄馬、駕去羅韉。羅韉好，送將人去，不送人還。

徐志鼎

字調元，號春田。平湖人。乾隆四十年進士。官南溪縣知縣。有《玉雨詞》。

好事近

深院響梧桐，剛逗半簾孤月。踏遍蒼苔心碎，怕春痕難滅。　分明佳約在今宵，愁聽銅壺歇。疑是玉人來也，又風敲檐鐵。

張　誠

字熙河。平湖人。晚號嬰上散人。乾隆四十二年舉人。候選知縣。有《嬰山小園詩文集》。王侍郎昶采入《湖海詩文傳》。

黄韻甫曰：『余不及見先生。文孫海門、鹿仙兩太史述先生性倜儻，好游名山，九州歷其七，五嶽登其三，所至賢士大夫如袁隨園、畢弇山、洪稚存、孫淵如輩，皆傾襟倒屣，相見恨晚。詩由三唐上溯漢魏，晚悉屏棄，專意窮經。著《鶴厂詞》一卷，附詩集行世，高邁蒼艷，能擷蘇辛之精。選録數首，以誌景行。』

鳳凰臺上憶吹簫 渡揚子江

浮玉山高，投金瀨古，大江一葉扁舟。想海門東下，萬里洪流。多少帆檣翼翼，無非爲、蝸角蠅頭。何人識、臨風把酒，慷慨悲秋。　悠悠。今來古往，蕭寺數聲鐘，六代浮漚。看妙高臺畔，海嶽瓊樓。玉帶山門依舊，斜日下、燈火瓜洲。移情處、江湖滿地，笑指閒鷗。

感皇恩 新豐店馬周獨酌　以下五闋題《吟風閣傳奇》，應梁溪楊笠湖刺史屬

風雪滿長安，酒樓徙倚。火色鳶肩少年士。唾壺擊碎，腹有經綸誰似。看功名異日，垂青史。　燕市酣歌，皇都得意。只有常何是知己。曉鐘金闕，望見天顏有喜。小臣來草莽，朝天子。

薄命女 邯鄲郡錯嫁才人

明月皎，翻羡嫦娥無伴好，一炷沉檀裊。　聽得椒房虛左，聞得宫娥宣召。夢斷邯鄲燈悄悄，冷落天涯渺。

東坡引 换扇巧逢春夢婆

春風多戲弄，花開有情種。功名富貴人間夢。把浮生斷送，把浮生斷送。　羅浮一覺五更鐘，動宦海客聲名重。天涯猶憶君王寵。當年曾供奉，當年曾供奉。

漁家傲 西塞山漁翁封拜

萬頃恩波春浩蕩，一竿釣取蒼生望。蓑笠歸來風五兩。江濤壯，片帆高挂青雲上。宦海茫茫塵世網，閒鷗獨愛煙波長。只合漁樵來供養。低聲唱，斜風細雨桃花浪。

十二時 寇萊公思親罷宴

感親恩、天地高厚，寸草春暉難報。樹欲静、凄風驚擾，慘殺私情烏鳥。玉碗瑶觴，鐘鳴鼎食，逮養人偏少。君請看、昔日萊公，蠟淚滿前，棖觸孤兒懷抱。　憶往時、慈闈訓子，夜夜寒窗燈悄。指望成名，寵榮褒大，苦奈黄泉早。痛哭復痛哭，人間幾許無告。　晝錦堂，擎天赤手，緬想相州忠孝。自嘆餘生，空懷孺慕，淚血憂心擣。又顯揚莫卜，何堪誦瀧岡表。

程衛芳

字篔浦。歙縣人。有《蘭阿詞》。

好事近 記夢

遥夜玉屏閒，雲漏半窗斜月。欹枕夢魂撩亂，更露蛩風咽。　朦朧樓閣鎖春陰，花氣侵蝴蝶。暗拍畫闌十二，墮辛夷如雪。

木蘭花

昨宵一陣風和雨，落盡碧桃春又暮。綺寮深掩篆香縈，綉幌斜搴箏柱語。　垂楊似傍前溪舞，酒伴飄零和雁去。赤闌橋外水平堤，又是湔裙芳草渡。

陳　珏

字西霍。嘉興人。有《瑶林詞》一卷。

菩薩蠻

檀槽忍把離懷訴，依依欲上扁舟去。執手淚猶多，明朝更若何。滄洲凝望斷，帆影和雲遠。微雨又黄昏，亂鴉歸遠村。

程瑜

字去瑕，號少海。仁和人。乾隆四十五年舉人。官義烏教諭。有《小紅樓詞》。黄韻甫曰：「《小紅樓詞》，筆意超雋，脱口如生。」

鷓鴣天

啼老芳園樹樹鶯，新煙迷緑過清明。風消絮雪春無影，雨碎梨雲夢有聲。　人悄悄，晝冥冥，丙丁帖子寫初成。單衣小扇荼蘼徑，笑問姮娥索晚晴。

菩薩蠻

芳塘驚起鴛鴦宿，春波雙槳粼粼緑。別恨暗隨潮，暮帆飛夢遥。　漏沉清夜午，燈語人無語。怕近合歡床，綉衾前度香。

夢横塘女郎王青翰，幼以目眚失視，而明慧過人。工彈詞，清吭諧婉，間爲激昂悲壯語，令人色動神飛，然不輕發也。曾見賞於杭堇浦，王夢樓賦詩投贈，聲價益高。性耽飲，持觴政極嚴，客無敢犯。尤善諧謔，偶一語入妙，四座爲之傾靡。名流讌集，必招致偕飲爲快。或非其當意者，餌以重幣，弗顧也。既與孝廉某善，出橐金促赴南宫試，旋聞孝廉試不利且死，一慟幾絶，自此長齋杜門，不復弄潯陽江上琵琶矣。同人嘉之，傳諸吟咏，予亦載賡

澹雲遮月，薄霧籠花，却疑妝倦如睡。幾曲春風，總付與、匆匆彈指。歌扇邀凉，酒襟留暖，未成歡計。漸徐娘老矣，冶思都銷，銷不盡，憐才意。　青青楊柳樓頭，想天涯弱婿，遠夢千里。覓甚封侯，空折了、孤飛鴛翅。伴燈影、長明證佛，冷雨重門夜深閉。萬古傷心，一分才色，便一分憔悴。

木蘭花慢落梅

向孤山嶺畔，問仙侣，被誰招。但碎玉塵埋，殘香水逝，鶴夢清宵。河橋，柳眉未展，怪東君容易把春抛。偷墜宫檐粉額，倩魂猶助妝嬌。　啾嘈，翠羽無聊，人欲别，酒初銷。對奩月昏黄，鏡波清淺，笛怨迢迢。青梢，蜕痕幾豆，是相思留得舊情苗。何遜風流旋減，瘦餘一度詩腰。

張　槎

字猶渠，號香賓。丹陽人。乾隆四十五年舉人。新淦知縣。有《差木軒倚聲初稿》。

菩薩蠻 偶咏

冰蜍緩趁珠絲隙，緗桃扶影當窗立。良夜正迢迢，隔樓何處簫。啼鵑聲訴急，一枕江南憶。游子奈愁多，玉人愁奈何。

解語花 寒食重訪不遇，爲雨香賦

分幃貯愛，斷袂償憐，別院韶光逗。晚風垂手。移人處、畢竟小馮韶秀。重尋邂逅。空自有、曲闌依舊。思那回、碧唾青衫，目極頻搔首。鎮日籌花醉柳。教別人消遣，伊家清晝。爐煙噴獸。無情物、幾見情絲熏透。單衣時候。也應念、韋郎消瘦。芳興闌、燕燕歸來，替說相思久。

宋葆淳

字芝山。安邑人。乾隆四十八年舉人。官解州學正。

張叔未云：『芝山與鮑渌飲皆贍聞耆宿，阮儀徵開府浙江時，嘗專置酒泠泉亭讌二老，道古竟日，二老席帽單衣，風貌閒遠，武林傳爲韻事。』

眼兒媚 張叔未所藏天寶七載斷碑硯

張生好古廣搜奇，何處獲殘碑。移來新鄭，傳流秀水，東里之遺。　琢成石友日臨池，築室號清儀。八分大字，僅存天寶，識是唐時。

汪　憲

字千波，號魚亭。乾隆甲子舉人，乙丑進士。官刑部員外郎。著有《易説存悔》《振綺堂稿》。

吴仲雲《續杭郡詩輯》云：『魚亭比部官京師數年，以親老歸，不復出。居父憂，食苴服糲，期不變制，遽以毀卒。錢文端公比之荀顗、謝貞云。性耽蓄書，點黈丹黄，終日不倦。乾隆三十七年，詔求遺書，其長君汝瑮以秘籍經進，御題《曲洧舊聞》《書苑菁華》二種，恩賜《佩文韻府》一部、文綺二端，足爲海内儒學之勸矣。

瑶花慢

南屏一叠。縮本吾廬，染山僧殘墨。王郎兄弟，携嶺上、幾點宿雲相借。非邱非壑，也成就、煙霞泉石。傍水邊，箕踞科頭，者個風流吾識。　山樓共倚晴初，有空翠層層，湖影同羃。須彌芥子，收拾到、檐裏半弓几席。卿能過我，便畫入圖中也得。待更添、兩樹枯楂，三十六鷗浮拍。

國朝詞綜續編卷三

海鹽黃燮清編纂

吴縣潘介繁襄校
仁和徐慶銓編次
平湖張炳堃增訂
錢塘諸可寶校勘
永康胡鳳丹監刊

顧　澍　二首　　姜景華　一首　　秦恩復　一首　　沈振鷺　四首
孔憲堃　一首　　詹應甲　二首　　舒　位　二首　　阮　元　二首
石韞玉　二首　　張師誠　二首　　洪　梧　一首　　許桂林　一首
錢師曾　二首　　陳　新　一首　　左　輔　二首　　戴敦元　五首
孫　錫　二首　　葉紹楏　三首　　余尚德　一首　　邵　源　二首
劉汝完　一首　　瞿紹堅　一首　　蔣慶增　一首　　程　寬　一首
朱　鑑　二首　　沈蓮生　六首　　李　澧　二首　　朱步沆　一首
姜　安　二首　　李汝章　二首　　楊大章　一首　　徐豫明　一首
荆鳴昌　一首　　邵豐城　二首　　陳孟周　一首

顧澍

字伴槃。錢塘人。乾隆五十一年舉人。官蘄州知州。有《金粟影庵詞初稿》一卷、《二稿》一卷。

南柯子 題畫蘭便面

媚極思偏淡，香濃意自温。迎風一笑静無痕，只許珊珊引出麗娟魂。　作態低垂葉，忘情淺露根。携卿重訪趙王孫，好與水仙同伴，月黄昏。

菩薩蠻 荷軒度曲

芭蕉雨過秋雲緑，嗚箏低按伊凉曲。殘暑退池塘，白蓮花正香。　殷勤重勸酒，袖捲輕羅皺。紅豆莫低拋，天涯魂易消。

姜景華

字藝洲，號湘浦。丹陽人。諸生。

一剪梅 閨思

別緒幽懷那可論，新恨三分，舊恨三分。銀荷膏膩玉爐温，香盡黄昏，燭盡黄昏。下

却珠簾掩却門，花也愁人，月也愁人。羅衣何日斷啼痕，春也銷魂，秋也銷魂。

秦恩復

字近光，號敦夫。江都人。乾隆五十二年進士。官編修。有《享帚詞》。

卜算子

料峭怯殘寒，花事全無據。零雨斜風斷送春，隔住前溪路。金獸爇沉檀，鎮日重簾護。青

眼逢迎是柳條，緑暗鶯啼處。

沈振鷺

字君白，號江田。嘉興人。諸生。有《紅樹山房詞》四卷。

夢揚州 舟次廣陵

暮帆收，指緑楊城郭揚州。細雨乍飛，估舶蟬聯津頭。舊家臺榭臨溪路，影匆匆，人過香留。春歸也，疏篷外，一林啼鴂牽愁。猶記紅橋燕游，曾醉感蕪城，夢賦迷樓。遍倚藥闌俊賞，時聽清謳。七年不到鍾情處，判詩筒，流斷邗溝。空恨惹，珠簾十里，縹緲孤舟。

蝶戀花

朔地春寒花事少，穀雨初晴，緑潤山城曉。燕子不來簾幕悄，一襟幽恨隨芳草。錦鯉波沉鄉信杳，莫聽啼鵑，歸思催人老。吹盡風檐紅杏小，生香空賺游蜂到。

清平樂 春晚東郊游眺

雨餘春靄，跨馬重闉外。細麥連疇青似帶，斜日亂山凝黛。緑楊古道平沙，村墟歷落人家。指點風簾酒肆，門前一樹桃花。

憶真妃 感舊

海棠淚浥臙脂，雨如絲。深院嫩寒春曉，畫眉遲。瑶瑟怨鳳簫短，兩心知。聽取韋郎腸斷，浣花詞。

孔憲堃

字載元，號厚齋。曲阜人。乾隆五十三年臨雍，欽賜直隸州州判。有《逸友堂詩》，詞附。

浣溪紗

花半開時酒半醺，碧闌干外獨逡巡，艷陽天氣滿園春。樂府空憐劉碧玉，美人還憶薛靈芸。閒中贏得暗銷魂。

詹應甲

字鱗飛。吴縣人。乾隆五十三年舉人。官漢陽縣知縣。有《絃秋續詞》《清江詞》。

浣溪紗

花外樓臺一角紅，綉簾不捲暗香通，十分春色鏡當中。鐵馬敲殘深巷月，紙鳶吹落隔墻風，此時抛枕倚熏籠。

又

香徑斜通第五橋，鈿車羅帕漫相邀，移家好問海棠巢。　蓮子東西南北葉，柳枝高下短長條，都應無地著魂銷。

舒位

字立人，號鐵雲。大興人。乾隆五十三年舉人。有《琴尾詞》。

太常引

一層楊柳一層鴉，水屋似浮家。簾捲晚湖霞，剛曲録闌干半遮。　遠峰梳髻，微波開鏡，人面借桃花。照影浣溪紗，去買個春舟若耶。

清平樂 微雲

微雲不語，向晚孤飛去。燈火高城知幾許，記得畫橈停處。　滿天鴻雁歸秋，羅衣織薄須愁。忽作横空一抹，和煙遮斷紅樓。

阮　元

字雲臺。儀徵人。乾隆五十四年進士。官至大學士，加太傅。謚文達。

百字令重摹《曝書亭圖》，用太史原韻

先生歸矣，記江南春雨，扁舟初泊。自種垞南千个竹，老讓懶雲閒託。藕綫牽絲，弓枝射鴨，足伴填詞樂。畫圖長在，肯教蹤迹零落。　今日水淺荷荒，岩低桂蠹，殘址難斟酌。何處墻邊樓影小，曾展秋窗風幕。儒老乾坤，書懸日月，莫漫悲亭壑。重摹横卷，遠山還染三角。

又丙辰重修曝書亭，屬伊小尹太守及司、何兩大令董其事，秋日落成，仍用原韻

南垞荒矣，問書船潞水，何人停泊。經卷詩篇零落後，魂夢向誰棲託。把酒能招，披圖相慰，畢竟歸來樂。結成亭子，我今重爲君落。　纔見五馬行春，雙鳧漾水，携畫同斟酌。尚有孫枝桐葉在，護爾秋風蓮幕。叠石栽花，引墻圍竹，依舊分枝壑。者番題柱，夕陽休礪牛角。

亭柱易之以石，以冀永遠。

石韞玉

字執如，號琢堂。吴縣人。乾隆五十五年進士及第。官至山東按察使。有《花韻菴詩餘》。

鷓鴣天 稚柳

學畫修蛾尚未成，翠樓相望已關情。尋花客過將停馬，載酒人來欲聽鶯。　吹玉笛，撥銀箏，蠻腰一舞便傾城。却憐薄命應飄泊，萍是他生絮此生。

側犯

小庭蟋蟀，夜來訴盡秋心苦。幽處。有澹月窺人入瓊户。蘭釭迎照壁，孤館無人語。微雨聽蜕葉，蕭騷漸辭樹。　吴歌欸乃，一棹江南路。忽小犬吠花陰，歸夢又驚寤。坐起推窗，桂輪方午。延佇明河，正迎織女。

張師誠

字心友，號蘭渚，晚號一西居士。歸安人。乾隆四十九年南巡，召試一等第一，賜舉人，授内閣中書。五十五年進士。官至倉場侍郎。有《省緣室全集》十六卷。

念奴嬌 贈湯友琴

瑶臺仙侣，記散花天上，似曾相識。笑指前身明月影，照到舊三生石。對酒當歌，籌花鬥草，都是鴻泥迹。翩翩年少，五陵大半豪客。　還記剪燭西窗，連床夜話，心事和君説。意氣年來疏宕甚，欲把西江全吸。誰説封侯，白頭無分，珍重年華惜。秋光雖去，且休孤負游屐。

賀新郎 友人贈龍泉

三尺芙蓉艷。笑年來讀書未就，翻思學劍。瞥聽星鐔鱗甲吼，飛出霜花片片。費幾許工夫鍛鍊。愧我及鋒猶未試，喜秋風識得英雄面。聊起舞，引杯看。　幾番投筆思焚硯。問誰是千秋歐冶，當年薛卞。爲爾雄心空咄咄，付與一痕秋練。耿耿向長天倚遍。倘遂化龍飛去也，上青雲不藉風雷便。還仗爾，掣虹電。

洪梧

字桐生，號東湖。歙縣人。乾隆五十五年進士，授編修。官沂州府知府。

郭頻伽曰：『桐生太守自罷郡歸，寓居廣陵。目失明後始學爲詞，工於慢調。詞成，口授侍史書之，都爲一册，皆用《一萼紅》調，數叠其韻。「次山尊學士韻」一首最爲凄婉。』

一萼紅雲山閣藏書，次吴山尊韻　按：太守積書五萬卷，藏於揚州湖上之雲山閣，此詞所以志也

嶺雲隈。望廣寒宫裏，任我載書來。中聖相逢，避賢未去，且學綉佛長齋。喜地主、鄱陽不拒，遣彦和、翻帙譯經臺。雙寺紅邊，五橋高處，萬卷樓開。　漫擬河陽温石，計十年推轂，多少英才。祭侄韓文，悼妻潘誄，先生逆旅誰陪。幸知我、飄蓬無藉，道湖山、送老不須回。怕説邱原零落，籤𨰲空排。

許桂林

字月南。海州人。孝廉。

郭頻伽曰：『月南清詞麗句，不減温韋。』

攤破浣溪紗

子舍歡言蠟炷長，妝臺温語粉痕香。説著秋聲嫌冷淡，况他鄉。　風打窗櫺推夢醒，雨淋檐角説天凉。此刻争能家不憶，又重陽。

錢師曾

字唯傳，號蕙窗。錢塘人。乾隆五十七年舉人。

齊天樂題《南湖華隱樓圖》

白蘋門巷來時路，簾波近秋凉捲。瀹茗甌香，簪花鏡小，消盡吟芬紈扇。流光暗轉。問樓上妝臺，影空塵罥。一樹垂楊，舊烏啼到緑窗换。　名流歡飲未散，記尊前落月，紅豆清婉。幾片閒雲，連番艷雪，揚得天涯春遠。迢迢翠館。算鸚鵡還山，十郎猶見。野水殘陽，忍將圖畫展。

蘇幕遮春寒特甚，汪小米經旬卧水北樓中，填此以當問訊

五湖寬，三月暇。天與煙波，深處留精舍。一樹鵝黄楊柳下。有個紅樓，有個人如畫。　瑣窗虚，奩影射。遠近眉山，描得春無價。風緊梨花寒食夜。記得攤書，記得銀釭灺。

陳新

號秋江。海鹽人。乾隆五十七年副貢。官綏寧縣知縣。有《清舉樓詞稿》。

黄韻甫曰：『先生遺稿，令子笠雨刺史携至深州任所。咸豐三年，城陷，刺史殉難，稿亦烏有。此詞於所題畫幅上録得，纏綿樸摯，迥絶時趨。惜乎吉光片羽，不可多得也。』

解連環

意真情切。看鈎簾半捲，疏疏獨立。恨離愁多上眉峰，任淫雨凄風，柳啼花泣。些子根苗，待忘却如何忘得。看寒潮一練，江北江南，亂山重叠。　前歡不堪再説。但人前啓口，便嫌狼藉。鎮無聊、悶步西園，把短鍤隨身，掘地千尺。密語濃恩，打併作、一方埋没。拚來生、泉下相逢，同來尋覓。

左　輔

字仲甫，號杏莊。陽湖人。乾隆五十八年進士。官至湖南巡撫。有《念宛齋詞鈔》一卷。

浪淘沙　曹溪驛折桃花一枝，數日零落，裹花片投之涪江，歌此送之

水軟櫓聲柔，草緑芳洲。碧桃幾樹隱紅樓。者是春山魂一片，招入孤舟。　鄉夢不曾休，惹甚閒愁。忠州過了又涪州。擲與巴江流到海，切莫回頭。

菩薩蠻　螢

殘陽送雨疏猶落，煙痕已上瀟瀟竹。深院點燈時，捲簾初見伊。　秋風能否耐，舊夢池塘在。魂小不禁吹，月殘星又稀。

戴敦元

字士旋，號金溪。開化人。乾隆五十八年進士。官刑部尚書，贈太子太保，謚簡恪。有《漚塵詩餘》二卷。

點絳唇　與夢隱話春燕樓舊事

玉砌生寒，舊游已落東風後。露香盈手，花與人争秀。　聞説而今，更比年時瘦。歡難偶，碧雲停否，梁月低徊久。

清平樂

尊前咫尺，背面都陳迹。回首高城煙水隔，人在西風簾隙。　萬千心事誰知，挑燈細琢新詞。便没青鸞寄與，不曾誤却相思。

揚州慢 廣陵中秋

星漢希聲，露盤擢影，暮寒最近中秋。漸行雲送遠，又夢繞揚州。怪啼鴂春風不管，玉人今夕，多少離愁。任遥天圓月，能看江水東流。　桂華譜恨，料三生、難問靈修。讓淮海驚才，瓊枝絶艷，長占紅樓。剩有滿襟殘照，都判與、一葉扁舟。便煙波回首，芳塵何處汀洲。

二郎神

捲簾翠濕，修竹外、嫩寒還又。記粉碓脂濃，玉篝香暖，蘭氣纔融凍九。却笑溶溶、梨雲影悄，不比咏梅人瘦。消幾度倦游。情懷長似，阻風中酒。　回首。穿針鬥草，前塵依舊。奈愁替花償，夢催春短，閒却書裙俊手。錦瑟年華，瑶琴心事，低訴緑窗知否。借一段、殘墨模糊，付與醉鶯眠柳。

點絳唇

新淥平堤，桃花缺處曾添種。踏枝鶯動，舊恨新愁共。　住也無端，去也成何用。誰相送，冷泉情重，替洗鉛華夢。

孫錫

字備衷，號雪帷。仁和人。乾隆五十八年進士。官寧州知州。有《韻竹詞》四卷。

金縷曲 暑意稍倦，踐湖舫之約，荷意已狼藉矣，斷波圓蓋間，殘蕊一莖，亭亭掩映，爰賦是闋

一陣跳珠雨。作輕凉點，摇平碧嫣紅無數。捲地萍飈，翻露蓋，舞到香鬟似霧。剩倩影幾番回顧。孤艷不争團扇寵，恨游人全忘花心苦。欹翠袖，且相護。　尋花較晚花無主。裊凌波絲風太弱，款花不住。密柳疏蟬漁艇外，我擬將家賃去。理舊怨，爲花低訴。千里美人江水暮，望蘭皋誰肯褰裳渡。蘅佩遠，在空渚。

玉燭新 白鳳花

玉娥窺素牖。正窄樣桐花，褪翎時候。翠瓷細搗，宵幃静、一掐酥融纖手。鉛華謝久，訝小字、女兒呼就。心事傍、白鶴臺邊，西風互憐清瘦。　幾回欲挂釵梁，染葉底新霜，冷光飛瀏。秦樓聚首。人歸也、浣斷紅塵能否。珍珠論斗。唤不起、寂寥宫袖。旋學取、碎灑金膏，寒生臂藕。《花史》：『宋宫中避光宗后小字，呼鳳仙爲好女兒花。』《北礀詩》：『飛花只合秦樓去。』《群芳譜》名『旱珍珠』。又：『謝長裾侍兒，以金膏灑鳳仙，明年花開，金色不去。』

葉紹楏

字琴柯。歸安人。乾隆五十八年進士，授編修官。至廣西巡撫。有《謹墨齋詞鈔》二卷。

風入松

屏山曲處綉簾遮，幽夢惜韶華。羅襟偎得闌干暖，算春風、也到天涯。試問蕉心捲緑，幾時重上窗紗。　畫檐無處抹殘霞，暝色又歸鴉。庭陰立盡如鈎月，怕影兒、壓損梨花。正是銷魂時節，隔墻低訴琵琶。

綺羅香 題胡研農觀察《吴門却扇圖》，即送之任蜀中

柳暗銀塘，花圍玉阜，隱約畫樓芳樹。百斛量珠，選得兕桃眉嫵。愛幾番、倚竹微吟，更消受、吹蘭低語。向簾陰，重展冰紈，彩毫應寫舊題句。　年來未厭輕別，屈指落梅風裏，綉驄歸去。小住江鄉，重問錦帆開處。好相將、共倚蘭橈，定話到、緑窗離緒。記春前、門掩梨雲，小樓聽夜雨。

長亭怨 紙鳶

雕檐外、嫩晴如拭。燕子風輕，誰家巷陌。彩繩低曳，緑楊影裏裊空碧。暮霞斷處，閃幾點、斜陽明滅。欲墮還飛，好認取、驚鴻標格。　清絶。更冰絃斜挂，依約玉箏聲咽。閒情似訴，逗幾處、晶簾微揭。度樓陰、一縷春痕，早報與、踏青消息。怕冷雨黄昏，誤了錫簫時節。

余尚德

字式南，號嘯山。休寧人。有《碧水詞》。

金菊對芙蓉 中秋夜坐，月色皎然，孤影無聊，因成此解

桂院流香，冰綃織素，幾番款步留連。聽緑鬟鄰女，私語纏綿。夜深清露涼如水，冷芳叢、一片寒煙。瓣香燒了，巧排花果，深拜簾前。　情知夢也徒然。念相如多病，久客天邊。算吟箋賦筆，種種堪憐。今宵縱有多情月，甚相逢、不似當年。疏碪聲裏，燈光一點，禁甚閒眠。

邵　源

字崑源，號虚白。平湖人。諸生。有《紅柳詞》。

碧桃春

清陰漠漠柳絲絲，日長簾幕垂。畫樓南畔曲闌西，落花紅滿溪。　人不到，燕空歸，無情懶畫眉。幾番往事怕重提，愁深只爲伊。

清平樂

綉床無那，懶去添爐火。一種凄凉誰似我，只有玉梅幾朵。　雙鬟未解閒愁，笑來窗下凝眸。昨夜春歸柳上，教他放下簾鈎。

劉汝完

字荆有，號笛漁。杞縣人。有《蘆中語業》。

謁金門 湘江夜泊

風側側，誰在夜船吹笛。一岸柳條攀未得，月斜帆影直。　湘水無情自碧，孤枕客懷凄惻。如夢遠山歸路隔，露凉燈外滴。

瞿紹堅

字夢香。昭文人。諸生。有《吹月詞》。

江南好 西湖

西湖好，人住水邊樓。疏影暗香闌倚夢，斜風細雨笛吹愁。詩約付閒鷗。

蔣慶增

字如川。長洲人。

蝶戀花

露井蛩多闌夜静，薄酒欺寒，又是年時病。記得醉中頻索茗，玉纖親試團龍餅。　往事淒凉難再省，頓覺如今，愁與星河冷。殘月四更人睡醒，一簾風顫秋花影。

程　寬

字裕堂，號芋塘。太原人。有《雨琴詞》。

生查子 邱次夜感

門外馬嘶聲，夢醒家千里。一剪透窗風，暗落金釭穗。　作客不知鄉，飛雁如何至。高樹月猶斜，殘柝催人起。

朱鑑

字明涵，號阿顛。元和人。有《卷石山房詞》。

惜瓊花

春風惡，歡情薄。恁名花一朵，何處漂泊。憶曾深夜臨妝閣，酒罷燈昏，軟語堅約。　誰知孤付託，嘆匆匆別後，往事成錯。舊時池館皆寥落，欲訪仙蹤，如夢無著。

長相思 黔中

曉雲生，暮雲生，淅淅騷騷風雨聲，天無三日晴。　遠山横，近山横，叠叠重重離別情，地無三里平。

沈蓮生

字清愛，號遠亭。平湖人。官阜陽縣知縣。有《香草溪詞》。

屈韜園云：『遠亭詞屏絶穠纖，獨抒清雋。』黄韻甫曰：『遠亭詞旨幽微，宜於秋燈疏雨時誦之。』

八聲甘州

東湖别四年矣，扁舟重棹，蘋花菱葉，秋思渺然，因有感於舊游，倚聲爲此，新朋故侣，棖觸兮予懷也

倚危樓倒影瞰澄湖，一鏡晚風寒。正潮生前浦，六橋柳老，三寺鐘殘。楚客漫驚摇落，楓葉未成丹。指點携筇處，石冷雲閒。　多少天涯倦旅，夢青門瓜圃，白水魚竿。但黄蘆苦竹，賓雁帶秋還。畫疏林、淡煙孤榜，待尋來、都在夕陽山。重回首，舊時鷗鷺，拍遍闌干。

蝶戀花

年去年來江上燕，紅了桃花，緑了垂楊岸。鎮日闌干天樣遠，畫堂簾幕陰陰見。　墻外誰家吹玉管，絮亂絲繁，天亦如人倦。香夢無邊尋欲遍，夢回只在閒庭院。

暗香客久未歸，春事冉冉盡矣，成此解，再寄韜園

蕙蘭芳歇，向瑣窗喚醒，聲聲啼鴂。莫是春歸，問取嬋娟二分月。顛頦天涯倦羽，怕還聽、丁寧將息。想故侶、門掩雲蘿，閒夢抱香蝶。　寥寂。望江北。正懶倚畫簾，絮飛如雪。雨花暗泣，一地鞓紅綉顔色。曾憑闌干亞字，何處也、高樓橫笛。又却怨，湖上柳，那回共折。

疏簾澹月得家人書，詞以報之

墻陰那角，有小小幽花，乍牽籬落。露脚斜飛，坐久袖羅嫌薄。一年一度填河鵲，只年年瘦腰如削。晚妝重理，娟娟楚楚，半簪涼萼。　問因甚萍飄絮泊，誤緑溪秋釣，畫檐春酌。往事驚心，塵滿玉窗羅幕。行雲縱有刀鐶約，怕相思、歸夢難托。但教説與、來鴻去燕，幾曾忘却。

揚州慢鶯花一夢，游倦知還，子青作《芍藥卷》以贈，因憶白石自度曲有『念橋邊紅藥，年年知爲誰生』句，繼聲如此

婪尾杯空，掃眉人老，十年重夢揚州。已芳心漸減，未許説春愁。念前度、橋邊載酒，一枝低插，風露當頭。惹煙痕輕注，調鉛殺粉都羞。　采香路杳，怕將離、欲贈還休。認月地雲

算盈盈官柳，逢人猶解攀留。後日緑陰無數，劉郎去、暗了芳洲。階，簫聲簾影，隔斷紅樓。

望湘人 秋聲滿耳，因動江湖之思，欹枕成吟，不自知其淒咽也

耄柳荒荷，乍簾衣織暝，琴薦拖涼，帳空幽夢如雨。漸咽疏蛩，更催遠杵，換了吟蟬前度。惆悵人間倦羽，料蘆漪月冷，未斷橋曲港，無尋秋處。又怎知秋在南樓，暗帶雁聲飛去。迷歸路。認蘋葉蘋花，只有舊愁無數。苔磯鷺管，釣船沙護，試與重尋煙語。怕醉後、棹入蒼茫，一笛漁天吹暮。

李　澧

字蘭友，號篁園。嘉興人。有《意香閣詞鈔》。

踏莎行 落梅

第一番風，偏留不住，落花如雪中庭舞。美人未肯斷春心，餘香幾點猶黏樹。索笑無從，招魂難據，佩環此後歸何處。小樓夢破角聲殘，微雲澹月相思路。

南鄉子題張竹隱《幽篁坐愛圖》

三徑繞篔簹，翠幄風開別有香。畫裏分明無六月，陰涼。小坐莓苔滑不妨。　塵事儘堪忘，閒作詩狂更酒狂。便擬從君談夜雨，商量。寒玉叢中結草堂。

朱步沆

字沁泉。長興人。

瑣窗寒題湯德媛女士《寒閨病趣圖》

雪綴疏林，風淒曲院，畫檐虛静。零脂剩粉，換了藥囊茶鼎。炷熏爐、雙飄篆雲，轉因小極塵根净。但翠帷半捲依依，相對玉梅嬌影。　芳徑。煙霏暝。又幾日不來，屐痕苔凝。刀圭試剖，自繕蕭閒心性。證三生、天遠四禪，綺年錦瑟還暗省。倩檀奴、檢點神方，好駐璇閨景。

姜安

字淳甫，號怡亭。錢唐人。官訓導。有《冬碧樓樂府》。

郭頻伽曰：『淳甫與白樓、米樓，同以詞名浙中，爲蘭泉先生所賞。淳甫詞委折自道，不作囁嚅耳語。』

疏影 柳影

長亭短驛，正春光一片，滿地狼藉。飛絮飛花，蕩漾參差，幾度臨風難折。絲絲遮斷河橋路，悄不礙、踏青游屐。漸魚雲斂了斜陽，尋遍亞闌無迹。　曾伴紅窗簸弄，那人愁瘦損，描上香額。細雨吹絲，倒映漣漪，莫辨層層深碧。秋懷剩付鴛鴦渡，算只有斷魂相接。怕亂鴉飛入寒林，未省舊巢端的。

清平樂 湖墅秋曉

菱絲翠瀲，衫影紋漪蘸。小朵黄葵籬角占，輸與黑牽牛淡。　曉涼露滑蒼苔，石橋北折門開。一陣水風吹過，白荷花上秋來。

李汝章

字心碧。秀水人。有《餘霞樂府》二卷。

奪錦標 題周文矩《春愁圖》

細雨空濛，輕寒料峭，冷落海棠庭院。惆悵韶光易老，紅杏初殘，緑蕉微展。正凝愁如許，又添得、新愁無限。怕東風、再送愁來，不把湘紋簾捲。　小曲闌干斜畔。杜宇聲聲，唤起幾多幽怨。况是雲窗人静，香鴨煙消，冰絲塵滿。恁芳菲時節，盡輸與、西園鶯燕。更無心、爲試春衣，疊損砑花金綫。

洞仙歌 秋柳

絲絲顫顇，傍荒寒亭堠。遠岸芙蓉共消瘦。悵弓腰舞袖、都化煙雲，斜照外，唯有紅橋依舊。　凉蟬聲斷續，棖觸離情，白下門前怨分手。繫馬向誰邊，烏夜啼殘，正月冷霜清時候。想垂老桓公、在金城，應凄慘、江潭不堪回首。

楊大章

字文載，號斐園。丹陽人。諸生。

添字昭君怨 夏晚遣懷

林外斜移雨脚，雲聳一峰如削。怕因望月又思家，任雲遮。　煙重小庭窗暝，且喜愁人無影。呼童遲上讀書燈，看流螢。

徐豫明

字簪盍，號有堂。丹陽人。諸生。

浪淘沙 春暮

幾夜雨聲中，春去匆匆。殘英滿地曉園空。蝴蝶不知花事了，猶戀芳叢。　遲步出簾櫳，幽意難通。欲抛離恨付東風。奈不解將愁帶去，但解飛紅。

荆鳴昌

字若貢。丹陽人。諸生。

蝶戀花

聽説傷心今又去，細雨丁寧，盡是消魂句。別後春歸留不住，落紅偏傍闌干聚。　芳草迷煙聞杜宇，雁杳魚沉，誰寄閒書素。數遍歸期重又數，畫橋柳色纔飛絮。

邵豐城

字龍光，號懶漁。嘉善人。諸生。有《蕉隱詞》。

郭頻伽曰：『偶於故書攤上得詞稿一册，自署風溪邵豐城，前有王鐵甫題字，與許濬人、張遠春交游。詞雖未能清靈婉約，然著題處頗用意，蓋學辛劉而未成者。』

清平樂 渡泖

潮平風静，水色明於鏡。縹緲波心浮塔影，更著遥山相映。　呼舟徑渡蒼茫，櫓枝劃碎秋光。浦口日斜漁散，白鷗飛近船窗。

臺城路 秋草

芳痕怨入東風裏，曾經唤愁多少。緑尚含滋，青將變色，次第商飆吹到。池塘夢杳。奈吟黄雲横亘萬里，想霜飛遠塞，沙冷先槁。記否裙腰，一條斜斷春情，頓孤懷抱。落日閒門，伴他疏柳影低照。悵游子天涯，故園荒了。征袍漸老。雨洗凉螢，煙迷瘦蝶，更有幽蛩相弔。更好。

陳孟周

梁晉竹曰：『陳孟周，瞽人也。聞鄭板橋填詞，問其調，爲誦太白《菩薩蠻》《憶秦娥》二闋。不數日，即填《憶秦娥》詞。』

憶秦娥

光陰瀉，春風記得花開夜。花開夜，明珠雙贈，相逢未嫁。　舊時明月如鈎挂，只今提起心還怕。心還怕，漏聲初定，玉樓人下。

吴縣潘介繁襄校
仁和徐慶銓編次
平湖張炳堃增訂
錢塘諸可寶校勘
永康胡鳳丹監刊

國朝詞綜續編卷四

海鹽黃燮清編纂

曹言純

字絲贊，號種水。嘉興人。貢生。有《種水詞》四卷。

黄韻甫曰：『種水詞慢聲樸老堅潔，自饒嫵媚，非時下輕攏漫撚者所能學步。小令觸緒生情，瑣瑣如道家常，深得古樂府神理。禾中朱、李以來，斷推作手。』

鷓鴣天 永興道中

驛樹參差石路微，客程遥指亂山西。明波觸動江鄉思，野店門前白鷺飛。　重對酒，更沾衣，山窗斜日鷓鴣啼。楊花不管傷飄泊，祇與行人絆馬蹄。

瑞鶴仙 代書答吴蠙巢

老懷消意趣，祇羅帕題情，舊痕如故。輕衫酒頻污，又西風銷黯，醉眠何處。蓬飄客路，料應念、天涯伴侣。向滄江一點，相思屢逐，白雲飛渡。　重數黄花開落，赤雁回翔，九秋遲暮。凄凉更苦，空書裏寫愁去。算湖田村墅，得成歸計，共唱尊前金縷。也難辭、短袖翩翻，爲君起舞。

聲聲慢甲寅秋，會歸安鈕錦莊、山陰何師曾於錢唐，酒闌對月，相與歡甚。別去八年，不復通問。去秋錦莊重游西湖，傳語憶我殊極，因填此解寄之，時壬戌十月六日

簾分冷月，酒散寒波，愁心燭淚懸珠。人去前溪，關門柳色千株。香生鄂君綉被，付當時、醉夢模糊。負深約，更山陰乘興，一棹同呼。　重省書裙題扇，記筆裝銀管，墨蘸金壺。再砑紅箋，難憑斷雁沉魚。留連送行舊地，又梅花、開滿西湖。花瘦也，問相思、人也瘦無。

三姝媚初夏

薔薇花作酒。問扁舟歸裝，定成行否。望遠樓頭，但緑陰遮斷，滿汀楊柳。別語分明，曾記約、櫻桃開後。不道如今，青子離離，已成紅豆。　倦聽檐聲垂溜。任焰盡薰爐，碓殘茶臼。懶卷重簾，正觸屏思睡，掃愁無帚。帶減衣寬，誤幾度、疑緣詩瘦。甚識團圞，扇裹新題未有。

蝶戀花京口道上

花外蕭疏寒食雨。客裏垂楊，插向誰家户。馬上征衫燈下作，東風細細吹愁縷。　不問閒游何處所。小榭幽亭，到處句留住。回首來時天際路，山横水斷雲無數。

步蟾宫　和李旭齋紅橋即事

柳絲兩岸情難繫，但作得、空濛無際。團紗舊扇認前題，奈已是、青春隔歲。　相逢不語看凝睇，更莫問、迴腸深意。落花傳恨水傳愁，却多在、東風影裏。

又　觀荷，同沈匡齋作

凉簪碧玉青絲紵，記人在、緑雲深處。紅燈未上月來時，正相對、荷花欲語。　十三低雁黄金侶，幾零落、秦筝寶柱。尊前莫更唤調絃，怕不是、當時眉嫵。

望梅　惲正叔仿倪元鎮《十萬圖册》，原係元鎮爲陶南村所作。萬竹山居即南村竹居，萬卷書樓即元鎮清閟閣也。又『萬荷深緑』亦册中圖名，汪經農來邗上，携是册出示，余愛之未能奪也，因題其後

峭然孤鶴。認江船客到，短橈初泊。定不羨、十萬腰纏，看粉本籤題，錦囊條縛。懶瓚風流，那更有、南田描模。似篁村、舊隱浄榻，留賓夜雨新作。　閒門好成寄託。暢安排樹石，懸挂簾幕。待甚日、清閟圖書，並梧翠陰陰，静鎖亭閣。漲水荷塘，儘放遣、緑雲吹掠。便廛衫、把來卸也，醉眠跂脚。

河傳 重送經農

螢苑秋滿，上蕪城臨水登山。遠情絳河西流，天未明，催程人先。鴻雁征，莫滯梁園。吟雪賦叢桂樹，要著淮南、勾玉連錢。速回鞭。月圓，更尋泛月船。

師師令 咏鏡

花光粉膩，認芳華通體。寶釵相並寄書來，人正在、水晶簾底。十二巫山新夢起，對曉雲梳洗。常隨歡笑同心意，鎮回眸凝睇。月中應使妒嫦娥，三五夜、團圞情味。有日妝臺難覓你，向阿誰懷裏。

綺羅香 送項友花歸里

歲晚歸心，天遥客思，話放津門清溜。款款南征，從想虎山胥口。度莼鄉、玉破鱸鱗，指柳舍、翠凋鶯脰。記孤吟，一棹荒寒，去年來是此時候。佳期多少誤却，屈指園收紫筍，池開紅藕。雁底霜前，纔過菊籬黄後。視刀頭、空逐回環，移帶眼、暗驚消瘦。待問訊、溪上梅花，冷香吹到否。

木蘭花慢

乍蘭橈泊處，望密雨，灑如麻。正引入清愁，陰陰暮吹，城上孤笳。紅牙，數聲短拍，唱吴腔小鼓更誰撾。曲岸垂楊巷陌，小樓賣餅人家。　燈遮。檣影颭空斜。夜雪犯寒沙。悵重來又是，杏花風裏，芳草天涯。辛他翠幃静掩，夢雲汀煙渚客程賒。鳳斷灰心蠟燭，燕窺塵面琵琶。

疏　影 和旭齋，懷剩舫早梅

苔枝似鐵。倚繚墻側畔，横翠庭石。洗研池邊，清影離離，柴門最記幽絶。疏窗縱比蓬舟小，自暗領、春風消息。慣未經、臘雪紛飄，已有數椒先白。　緣底香醪剩却，歲華冉冉裏，長是爲客。寂寞霜天，斷角江城，更入凄凉殘笛。何郎興緒空愁減，漫俯仰、水曹陳迹。算不如、歸去題詩，醉度草堂人日。

惜餘春慢 重賦芍藥

梵寺聽鐘，市樓沽酒，游冶易驚時序。湔裙水影，照鏡波痕，猶認宛虹橋柱。誰省尋春杜郎，身到揚州，夢曾無據。漫銷魂，惟有江淹傷别，滿前新賦。　甚又是、邃館闌干，香階茵薦，幾處留人尊俎。銀瓶剪葉，金帶盤枝，芳事更還如許。多怕陰濃翠深，一霎園林，亂蟬吟暑。悵持緘花片，遥情難寄，楚天雲暮。

胡擣練

深枝密葉樹迷人，只聽鶯鶯聲囀。水闊天長雲斷，不抵屏中遠。七盤舞似近前來，又忽隨風飛轉。對面猶遮團扇，知許何時見。

天仙子

渺渺菰蒲秋幾許，蕩舟相遇銀塘浦。殘荷猶有兩三枝，休折取，好留與，遮蓋鴛鴦來睡雨。

好事近

敲折玉鸞釵，暗數盟言深誓。一枕珊瑚寒入，到豔痕雙臂。相思人在小樓頭，心在暮天際。亂攪落花流水，作一江紅淚。

菩薩蠻

去年花下同携手，玉交杯底傾春酒。自別去年人，今年睡過春。關山相隔絶，千里同明月。此意更凄凉，客中思故鄉。

又

扁舟送向東南去，東南紅豆生何處。有翅苦難飛，空成孔雀衣。　愁蛾愁不展，憑得闌干暖。花下獨凝思，人來答語遲。

踏莎行

鳳餅香寒，鵲爐金暖，沉檀小几迴廊畔。笙歌鬧裏避歡來，夜深拜月深深院。　濕翠憑闌，圍紅坐片，兔宫誰見嫦娥怨。楊花直是解人心，無風猶作千回轉。

蝶戀花

寒食清明花炫晝，小扇銅鐶，小院無人叩。曾折一枝春在手，至今香氣餘襟袖。　六幅屏風山叠就，畫裏瀟湘，蹴起愁紋縐。城上三更聽打後，垂垂蠟燭紅珠溜。

南歌子

澀粉消金帶，流霞浸玉壺。馬蹄望斷隔蘅蕪。枉喜紅羅巾子，上蜘蛛。　一一回文字，雙雙織錦書。休嫌近日寄來無。都被思君時節，費工夫。

鷓鴣天

樹底花飄滿地殘，馬頭鞭影路漫漫。夕陽酒醒東風急，飛上春衣客袖寒。　融翠點，濕螺丸，萬山眉黛更千山。不如親畫雙蛾色，鎖閣中閒自在看。

謁金門

花前讌，記得年時相見。舉酒屬杯杯再滿，此情猶道淺。　回首如今人遠，對酒看花都懶。續紙成書書複卷，此情猶道短。

海棠春

鏡臺塵網慵窺拭。剩一個、黄衣粉拂。玉箸兩行啼，濕淚沾襟臆。　當時曾畫丹青色。便自看、認他不得。莫與寄書知，客裏傷眠食。

一落索

背燈坐把銀屏界，鎮歸來休采。彩箱檢與石榴裙，有淚點、行行在。　打了鬱金床壞，損流蘇雙挂。那回原是錯思量，睡不著、將伊怪。

南樓令

獨自怯空房，還愁病體凉。把珠簾、揭下疏光。買就桃花生紙幅，寒事了，早糊窗。脱葉映斜陽，梢檐老樹長。透玲瓏、紅果新霜。昨夜被風吹一陣，又幾個，落銀床。

踏莎行

酒色浮觴，餳香撥箸，常年樂事今無據。三分春色斷腸時，海棠花下啼紅處。被浪愁翻，眉峰恨聚，楚王臺畔空空雨。斑斑湘竹暗湘江，鷓鴣聲裏行人去。

鷓鴣天

辟惡生香懶屑塵，錦帷空有獨眠人。笛傳心孔雙雙引，鎖在眉梢一一顰。孤似月，散如雲，如何猶説掌中身。搔頭玉冷仍連夜，芰尾花濃不屬春。

步蟾宫

鳳燈脛小添油灼，夜垂盡、不歸香幄。趕裁白紵作春衫，任兩手、春寒都著。佳期已誤虚前諾，算孤負、花陰池閣。逃禪服散儘歸來，也拚與、燒香丸藥。

傷春怨

冉冉清溪曲，一片春波新緑。日對碧紗窗，兩隻飛鳧來浴。　好枝沉香木，作了行雙陸。看爾幾時休，又去上、琉璃局。

袁　棠

字甘林，號湘湄。吴江人。國學生。嘉慶元年舉孝廉方正。有《洮瓊館詞》一卷。

菩薩蠻

薄雲流過疏疏雨，亂蛩堆裏尋秋去。茅屋半依村，夕陽紅到門。　不知嵐翠積，只覺蕉衫濕。如此好煙蘿，昏鴉寒奈何。

鳳凰臺上憶吹簫書《青溪惆悵卷》後

巷樹鈎衣，陌花闌馬，幾曾直得魂消。只石城艇子，打槳堪邀。猶是薄眉緩鬢，疏簾底、入畫南朝。難忘處、酒邊低唱，暮雨蕭蕭。　迢遥。夢魂來也，六百里關河，少個輕橈。怕白門秋柳，分瘦宫腰。何况那時送别，憐扶病、骨比香桃。重回首、斜陽亂山，一片寒潮。

渡江雲自燕磯放船至京口，夜泊不寐，憶戊申仲秋，偕鐵門、頻伽同舟聯句，江月依然，故人在遠，余懷渺渺，情見乎詞矣

津頭猶疊鼓，舵樓晚飯，落日一帆懸。半川霞散綺，著色山多，金碧暖蒸煙。誰拈鐵笛，向中流、吹暝魚天。剛幾點、松梢塔火，京口照停船。　依然。濤聲破睡，篷背聽秋，只盟漚人遠。猶記得、坐來鐺脚，對聳詩肩。舊題重省昏於夢，覺而今、老大堪憐。江月底，腸迴二十年前。

沈一誠

字步傳，號香笠。平湖人。諸生。

更漏子寒宵

漏初沉，燈欲斂，門户幾家深掩。鄰犬吠，隔籬坳，柝聲穿巷高。　檐雪重，硯冰凍，竹屋紙窗誰共。香裊裊，酒懨懨，衾寒夢不甜。

孔廣根

字心仲，號小菘。曲阜人。諸生。嘉慶三年臨雍，署翰林院五經博士。有《秋蓼山房詞鈔》。

踏莎行 息影園秋居

蛩語庭階，螢穿籬落，輕飔漸透羅衣薄。夜深酒醒始歸來，月斜已過闌干角。　曲曲銀屏，森森翠幕，良宵好景空耽閣。依稀有夢到秦樓，夢中似見人如昨。

張思孝

字南陔，號白華。長洲人。歲貢生。有《白華草堂集》《鶯邊詞》。

臨江仙

幾日畫梁無燕子，惺忪懶揭簾鈎。露華葉上已先流。月沉將冷砌，人倚可憐秋。　夜永未嫌羅袖薄，西風悄似春柔。酒醒不耐數更籌。雁聲銜斷月，燈影聚鄉愁。

張惠言

字皋文。武進人。嘉慶四年進士。官編修。有《茗柯詞》。

黄韻甫曰：『皋文先生工古文辭賦，於經無所不通，尤粹於《易》《禮》。所箸《虞氏義》《虞氏消息》《儀禮圖》，儀徵阮相國刻於嫏嬛仙館。又《易事》《易言》亦皆梓行。官翰林時，敝車羸馬，日給不繼，唯學是求，不見憂喜。年僅服政，病疫卒官，士林惜之。詞宛轉有致。』

相見歡

年年負却花期，過春時，只合安排愁緒送春歸。　梅花雪，梨花月，總相思。自是春來不覺去偏知。

木蘭花慢 游絲，同舍弟翰風作

是春魂一縷，銷不盡，又輕飛。看曲曲迴腸，愁儂未了，又待憐伊。東風幾回暗剪，儘纏綿，未忍斷相思。除有沉煙細裊，閒來情緒還知。　家山何處栖遲，春容易，到天涯。但牽得春來，何曾繫住，依舊春歸。殘紅更無消息，便從今，休要上花枝。待祝梁間燕子，銜他深度簾絲。

玉樓春

一春長放秋千静，風雨和愁都未醒。裙邊餘翠掩重簾，釵上落紅傷晚鏡。　朝雲捲盡雕闌暝，明月還來照孤憑。東風飛過悄無蹤，却被楊花微送影。

袁　宬

字仲容，號山史。吴江人。有《餅桃花館詞》。

浣溪紗

剪剪輕寒似暮秋，絲絲細雨織春愁，朝來生怕上簾鈎。　又是去年時節近，落花飛絮滿汀洲，憑闌目斷小紅樓。

錢之鼎

字君鑄。丹徒人。有《雙花閣詞》。

浣溪紗

衣上霜痕鬢上沙，一鞭絲裊帽檐斜，山城古驛見桃花。　剛是暖風吹絮路，南飛燕子總還家，誰憐人少在天涯。

憶少年

桐花庭院，梨花魂夢，楊花蹤迹。　相逢乍成笑，醉桃花顔色。　夜静凉波涵影白，度瓊簫、幽情微咽。　天涯已愁斷，更如何眠得。

錢　枚

字枚叔，號謝盦。仁和人。嘉慶四年進士。官吏部主事。有《微波詞》。

郭頻伽云：『《微波詞》步武南唐，神韻超絶。』楊蓉裳序云：『調逸千秋，情深一往。』

風蝶令

好夢難重作去，春愁又一年。　東風吹起夜窗眠，依舊初三月子不曾圓。　曉霧凝香濕，游絲惹恨牽。　桃花開近翠簾前，花外一重凉雨一重煙。

蝶戀花題家筠友《春風憶舊圖》

萬條金縷和煙種，似起如眠，綠到春無縫。可奈長條迎又送，天涯誰繫青絲鞚。　他鄉聽斷江城弄，人似楊花，愁比楊花重。一種曉風吹不動，淒涼十五年前夢。

洞仙歌題袁大蘭村通《南園春夢圖》

困人天氣，又落紅成片。不是東風不留戀。奈子規聲緊，底死催春，春去了，花也被他啼倦。　最難排解處，花落春歸，好盼明年再相見。偏是夢無憑，夢裏相逢，還不是、舊時人面。悔不學、楊花化浮萍，看點點圓波、不曾分散。

樂鈞

字元淑，號蓮裳。臨川人。嘉慶五年舉人。有《斷水詞》三卷。

黄韻甫曰：『孝廉喜爲奇麗之文，兼工韻語。鄉薦後，屢試不第，橐筆江湖，鬱鬱以歿。才人偃蹇，殊堪浩嘆。詞境朗秀幽峭，別具會心。』

浪淘沙

歌罷酒顔紅，船小江空。仙仙衣袂惹輕風。玉臂雲鬟波上影，明月當中。沙渚淡煙籠，隔岸聞鐘。流蘇羽帳夜香濃。唤起侍兒教瀹茗，燈隕釵蟲。

南鄉子題《水南村舍圖》

何處水南村，緑是溪光白是雲。飛過一雙閒翡翠，柴門。十里桃花不見人。雙槳蕩吟魂，來看揚州月二分。冷雨寒風兼小雪，黄昏。一樹梅花不算春。

三姝媚秋陰釀雨，庭卉漕然，聞湖上藕花盡矣，賞會無端，詞以遣意

凄風連夜響。料芙蓉吹殘，水雲空蕩。鷺冷鴛寒，向敗荷深處，暫時偎傍。待覓纖鱗，早收在、漁竿漁網。縱有垂楊，難繫游驄，怎停歌舫。只算金焦無恙。又墮影江心，和潮來往。細雨乾時，把舊愁千縷，寄還天上。草草庭花，更何事、爲伊惆悵。正似南樓秋夢，迷離半晌。

一萼紅春夜聽雨，和慈仲作。前夕夢泛紅船，仰見江月，遽然以覺，竹雨正喧，爰並述之。時客真州

蕩蘭橈。正江天闊處，和月看金焦。樓鼓催歸，塔鈴傷別，夢醒身世迢遥。只闌珊、幾竿窗竹，甚風葉、吟得太蕭蕭。水氣成煙，梅魂隔霧，已近花朝。　有客夜深剪燭，把新愁細譜，舊恨重挑。野店鷄聲，荒汀雁語，捱過多少今宵。嘆華年、空如錦綺，被春風、剪作幾千條。近日心腸都死，那有魂消。

宋翔鳳

字于庭，長洲人。嘉慶五年舉人。官新寧縣知縣。有《香草詞》。

高陽臺次龔定庵韻

雲疊離情，風牽別緒，過來幾個今宵。人在天涯，芳時各恨飄蕭。尊前莫唱傷心曲，有年時、種種無憀。怕蹉跎，冷到瓊花，咽到瓊簫。　休憎一水盈盈隔，喚蘭舟渡去，瑶想全抛。如此相逢，淚斑總漬冰綃。消愁説是杯中酒，爲愁多、酒也難消。又無端，玉頰微侵，却暈紅潮。

滿庭芳

酒境難尋，歌塵如夢，水路山路迢迢。謝伊珍重，留我住今宵。春在銀屏一角，何曾見、絮墮花飄。啼紅處，春風十里，好認女兒腰。　魂銷。思此後，曉風殘月，野店村橋。有無限離情，暮暮朝朝。只願香痕不散，依然是、豆蔻初梢。隋堤路，重城極目，門掩玉人簫。

鳳凰臺上憶吹簫

曲賦深情，絃傳幽怨，幾回慢撚輕攏。到十分寥落，訴與春風。不信春風無賴，還吹起、片片飛紅。人間恨，拋來一刻，又積千重。　濛濛。似花帶雨，揾不盡、羅巾珠淚瓏瓏。要錦文機織，心字香通。縱有神仙未死，雲霞散，樓閣都空。閒吟遍，瑶林玉樹，却是匆匆。

盛大士

字子履，號蘭雪。鎮洋人。嘉慶五年舉人。官山陽教諭。有《琴竹山莊樂府》。

木蘭花慢題黃少霞孝廉詩卷

問天寒翠袖，倚修竹、悄無言。有十幅鮫綃，那時織就，宮樣雙鴛。瓊仙。彩鸞去也，定相邀捧出衍波箋。一曲清商夜半，泠泠十指朱絃。　吟邊。花色總堪憐。春信憶年年。每參橫斗轉，羅浮翠羽，遠夢如煙。泠然御風海上，望春山窈窕畫屏懸。流水桃花萬片，武陵溪上魚船。

多麗　落花

悄無言，憑誰勾引詩魂。玉鈎斜，爐煙細裊，溶溶院宇黄昏。倚蕉陰、濃還欲滴，鎖苔翠、澹不成痕。香送餘寒，人扶殘醉，彩雲深處掩重門。今宵是、可憐宵也，留伴可憐人。悵明日，春陰如夢，春夢如塵。　太凄清，問花不語，春愁黯黯傷神。未消除、平生綺業，誰排遣、寂歷花晨。一瞬光陰，十年情緒，尊前愁鬢已如銀。回頭望、殘紅狼藉，風色上津亭。有多少、天涯倦客，遠道王孫。

熊德慶

字蘭坡。山陽人。有《浣花閣詞鈔》二卷。

菩薩蠻

珠簾半捲銀鈎控，流鶯喚醒殘春夢。細雨鎖輕煙，落花紅可憐。　憑闌人寂寞，愁入秋千索。蝴蝶一雙飛，因風吹上衣。

李若虛

字實夫。錢唐人。爲秋藥太常女夫，故又襲姓馬氏。官銅仁府正大營巡檢，代理松桃同知。有《海棠巢詞稿》。

吳仲雲《杭郡詩續輯》曰：『實夫去官後，游蜀。性伉爽重然諾，談詞如雲，一時賢豪樂從之游。烏斯藏距蜀西邊萬數千里，實夫繩行沙度，窮歷荒渺。晚乃終老成都。詩多雄偉悲壯之氣。别撰《海棠巢詞》，膩柳豪蘇，兼有其勝。』

金縷曲

屈指將重九。笑狂奴、風前脱帽，放顛依舊。行過荒凉三晋地，塵土滿人衫袖。正秋老、懷人時候。記得年時騎塞馬，對黄沙、一片迷晴晝。山萬叠，水千畝。　歸程兩月猶嫌久。更誰知、瓜期已熟，人生分手。珍重臨行惟一語，石闕含辛滿口。那忍醉、尊前别酒。太息畸人天賦就，剩凄凉、獨咏章臺柳。樂昌鏡，再圓否。

少年游偶拈佇月樓韻

乍過靄日午晴天，人費買春錢。燈火簾櫳，管絃歌舞，客滿畫堂前。　老年情緒還多病，禪榻枕書眠。鼻觀參來，心香定後，花影伴爐煙。

董邦直

字古魚。婺源人。有《小頻伽集詞》二卷。

夢江南

春寒悄，睡起怯生生。獨倚銀屏思昨夢，懶調箏柱譜新聲，無奈別離情。

袁　通

字達夫，號蘭邨。錢唐人。官汝陽縣知縣。有《捧月樓詞》一卷。

浪淘沙客瓦梁不寐作

回首小長干，花未開殘。別原無奈見應難。剩遣夢魂尋覓去，夢又闌珊。　蠟淚夜深彈，倚遍屏山。宵深先怯被池單。不是客中渾不覺，如此春寒。

浣溪紗

卍字文窗亞字闌，犀簾一桁鎖輕寒，春魂扶不上屏山。　倚曲翻成鴝鵒舞，檢香熏盡鷓鴣斑，錦衾争奈半床閒。

玉蝴蝶 九月望日感舊

零亂濕雲拖雨，西風吹斷，閣住林梢。倒影殘陽，染就半幅紅綃。裹蟬聲、一梳寒柳，早驚秋、瘦了纖腰。最無聊。羊燈欲上，又近長宵。　迢迢。負伊燕約，空勞馳夢，辛苦文簫。春影迷離，更從何處覓藍橋。便紅葉、堪題恨字，怕丹鱗、不渡霜潮。惹魂消。去年明日，今歲今朝。

浣溪紗

鏡裏驚鸞有淚痕，枕邊夢蝶影初分，春魂不暖倩香熏。　烏骨簾遮花外路，魚鱗鑰鎖月中門，略無消息又黄昏。

馬公儀

字仲威，號棣園。上元人。

郭頻伽云：『蘭邨以詞鳴白下，一時無與抗手。棣園多與蘭邨唱和之作，獨得兩宋風格，清和諧婉，不愧雅詞。』

南浦春煙，用玉田生春水韻

風定緑窗深，裊游絲，怕倚南樓晴曉。花氣雨餘攙，閒門閉，滿地殘紅未掃。香温茶熟，一雙燕子飛來小。喚鶴不歸人又倦，碧裏半簾芳草。　前村茶鼓輕敲，欠分明幾樹，梨花落了。垂柳鎖横塘，眠纔穩，驚醒紙鳶吹到。春痕縹緲，連宵潑火寒猶悄。日暮淒迷寒食近，報道踏青人少。

菩薩蠻

䠀窗花氣烘初日，緑雲低挽嬌無力。不許敞銀屏，粉脂紅未勻。新梳翻燕尾，春在菱花裏。倒影閃金釵，妒伊雙鳳開。

一萼紅 上巳日修禊隱仙庵，飲老梅花下

勒餘寒。恰今年春好，未許借春殘。閣夢苔濃，停煙雪古，疏香吹上吟肩。便説道，花朝過也，占春心、休共萬花看。青粉墻陰，紅泥亭角，淺步疑仙。　闉住瓊英促席，甚浮橋問渡，曲水紉蘭。倦倚雲和，狂呼蠟蓋，酒星低照尊邊。儘扶醉不嫌歸晚，鬥眉痕、凉月戀西山。遮莫一聲清磬，敲破松關。

齊天樂 汪海樹瑚之官練水，錢叔美杜爲作《倉山話别圖》，題此贈别

幾年占得名山住，英英白雲堆裏。借榻延蟾，梳苔款鶴，消受更番吟醉。闌紅十二。儘闉著斜陽，柳深花媚。萬緑依依，晚峰癡暈一奩翠。　無端催散萍梗時蘭邨入都謁選，余亦將之吴門，最難禁，畫出離别情味。酒袂香消，詞箋墨瘦，凉到雙湖烟水。飛花滿地，怪春不留，人也將行矣。夢逐江聲，候潮移舵尾。

菩薩蠻

煙蟾隱隱纖蛾鬥，瓊閨袖了穿針手。薄换越羅衫，何曾怯嫩寒。　吹簫人去遠，綉被連床卷。猶是泥心腸，爲他熏異香。

程□□

字水南，淮安人。

張仲甫云：『程水南先生屢見於頻伽詩文集中，而皆未著其名字履貫。汪已山刻水南遺集，頻伽作序，並不著集名。此闋《靈芬館詩話》所采。』

洞仙歌 早起

晨光乍啓，閃霞紅成片。海底飛烏影先見。最關情、此際一霎清華，拋不迭、翠被餘温香淺。　問檀郎何事，輕犯朝寒。盡把疏窗綉簾卷。雪樣有新霜，又被風來，全不管、冷侵人面。待日上三竿有何妨，好挽起鬟雲，溶溶庭院。

國朝詞綜續編卷五

海鹽黃燮清編纂

吳縣潘介繁襄校
仁和徐慶銓編次
平湖張炳堃增訂
錢塘諸可寶校勘
永康胡鳳丹監刊

汪世泰　三首　車持謙　一首　邵廣銓　六首　汪　度　二首
彭兆蓀　二首　龍光斗　一首　史錫賢　一首　陳咸慶　二首
孔昭虔　五首　葉紹本　二首　李富孫　一首　謝學崇　二首
王慶瀾　二首　柴　源　一首　崔景偘　一首　馮如璋　一首
嚴學淦　一首　舒夢蘭　三首　汪繼熊　一首　孫熙元　一首
鮑文逵　一首　胡　敬　一首　汪全德　二首　諸嘉樂　一首
吳存楷　二首　葉以倌　二首　陳鴻墀　一首　許乃嘉　二首
周　旭　一首　沈廷炤　一首　朱　彭　一首　汪奏雲　一首
劉會恩　一首　吳錦燦　一首　劉嗣綰　二首　孫顥元　三首
孫家穀　一首　吳　騫　一首

汪世泰

字紫珊。六合人。有《碧梧山館詞》一卷。

浣溪紗 憶邗上舊游

舊夢揚州最可憐，畫船艤處水如天，玉簫吹破緑楊煙。　曾隔簾衣通燕語，爲彈淚雨濕箏絃，送春去也又今年。

高陽臺 春風欲去，絲雨滌塵，偶憩小石梁，漫歌此解，傷春念遠，情見乎詞

柳拂煙蓑，花埋雨屐，送春人倚橋闌。剩幾番風，可憐換却輕寒。榆錢滿苑飛蝴蝶，買愁來、不買春還。恁無端。鏡匣朝開，瘦了春山。　年時嫩約成閒事，有合歡扇小，空畫乘鸞。冷落琴絲，淒凉欲向誰彈。辛勤紅了江魚尾，只能傳、兩字加餐。望長干，天樣迢遥，啼損香蘭。

玉蝴蝶

一穗釭花摇影，可憐時候，又是新秋。閒了半床冰簟，誰伴蘭幬。下鶯簾、自温燕夢，尋魚

鑰、欲鎖蛩愁。恁綢繆。迷濛隱事，都上心頭。　江樓。送他歸去，畫帆摇曳，風軟波柔。未知今夜，繫纜何處霜洲。望吴山、幾重寒碧，問滄海、可有迴流。不如休。鏡裏紅顔，肯爲人留。

車持謙

字秋舲，號子尊。上元人。

摸魚子 別馬仲威

一聲聲戍樓畫角，吹來多少離緒。凉蟾半露迷濛影，今夜照人何處。君且住。看漁火零星，紅出江楓樹。萍蹤無據。向雲水光中，蕭蕭槭槭，爪印認前度。客歲送春卿兄赴羊城，亦泊此地。　連宵聚，三五酒龍詩虎。勝情跌宕如許。爲誰欲跨揚州鶴，又費醴陵詞賦。君且去。博十萬腰纏，慰我窮愁侣。帆開瓜步。數明日郵程，驚心南望，鍾阜隔層霧。

邵廣銓

字蘭風。

八聲甘州 秋海棠

悵華清舊夢杳難尋，一枝逗秋痕。是愁腸曲曲，愁心點點，結就愁根。耐得香寒翠減，便算十分春。照取珊珊影，涼月侵門。　還憶雨零鈴夜，傍碧闌十二，細與殷勤。恰卷簾人瘦，相對綰嬌雲。又西風、一般顦顇，剩冷螿、酸語到黄昏。誰知我，揾殘紅淚，滴向清尊。

菩薩蠻

鏡湖記得春風好，蘭橈泊向西陵道。香霧繞羅衣，雙雙蝴蝶飛。　楊絲千萬縷，不綰韶華住。忍見緑波斜，迴環蘇小家。

又

廿年斷夢飛鴻杳，蘭成蕭瑟關河老。一度一思量，愁波江水長。　紅牙重按拍，碧月傷心色。瘦影怯秋芙，露寒金鷓鴣。

又

珠簾不放愁雲展，相思轉悔長相見。彈盡十三絃，哀絲怨綺年。　前塵遮碧落，一樣傷飄泊。羅袖淚痕斑，江南千叠山。

南　浦

前約記分明，倚屏山，聽徹車鈴聲碎。雪意正溟濛，渾忘了、一角斜陽鴉背。金猊香裊，何因結就雙雙穗。驀地湘簾鈎細戛，還認玉釵輕墜。　　本來弱不禁寒，出珠櫳，定怯酸風吹袂。真個不來時，生憎殺、昨夜燈花銀蕊。平生細數，凄凉幾度消清淚。聽盡更籌斟盡酒，獨自怎生成醉。

又

無計可消愁，扣銅鋪，重訪雲英瓊閣。清夢繞梅花，料應許、一笑巡檐同索。曲闌行遍，蒼苔清睡惟孤鶴。前度燈紅携手處，遮却重重簾幕。　　年時取次尋芳，悵東風，一霎別離成各。密意似卿多，也難道、陌上絮飛無著。聲悽凍笛，良宵直恁情寥落。拚倚熏籠閒坐等，無奈催人寒柝。

汪　度

字白也，號鄴樓。上元人。有《玉山堂詞》。

清平樂 水西亭側，楊柳一株，依依可憐，倏爲驚風所折，悵然賦此

小亭紅轉，春水斜陽岸。一樹相思隨意遠，記得眉痕深淺。　嫩黄柔緑絲絲，好春曾不多時。何事東風吹驟，小蠻損了腰肢。

高陽臺 馬仲威秋闈報罷，龍江話别，賦贈

宿霧沉波，寒星抱月，蘆花兩岸飄蕭。醉不成歡，分襟準是明朝。酒痕便説如前緑，怪孤燈、一寸紅銷。影摇摇，斷雁聲來，催夢無聊。　亂山堆裏秋如畫，恁柴門輕敂，借問歸樵。秋初棣原自廣陵歸，訪余於棲霞山中。彈指酸心，離情又逐江潮。歡場爲爾更番數，儘年年、鳳泊鸞飄。莫魂消，江北江南，賴有今宵。

彭兆蓀

字湘涵，號甘亭。鎮洋人。太學生。有《小謨觴館詩餘》。

浣溪紗

雲鬢花鈿顫步摇，采蘭時候蕩輕橈，闌心一帶小紅橋。　飛雁傳書香宛宛，驚鴻留影夢

迢迢，困人天氣可憐宵。

點絳唇

一徑蘼蕪，絶無人處闌干亞。重簾不挂，漠漠苔花惹。生愛閒行，生怕閒亭榭。消魂乍。碧梧桐下，殘月昏黄夜。

龍光斗

字劍庵。

清平樂

鶯嬌燕綺，絮語東風裏。一桁珠簾纔卷起，滿院新紅鋪地。憑誰留住韶華，停針倦倚窗紗。只有多情明月，夜闌還映梨花。

史錫賢

字海查。溧陽人。

賀新涼 歸舟遇雨，和馬仲威韻

紅墮燈檠雨。擁黄綾、寒鷄腷膊，喚誰起舞。不分他鄉顦顇慣，問遍六朝三楚。只消受、韋郎筆嫵。排日追歡歡苦短，又匆匆、江上拏舟去。身世感，悟飄絮。　蔚藍天憶留春聚。炙鵝笙、借雲款客，延花結侶。無恙青山横北郭，信美奈非吾土。恁空付、茶經酒譜。盥讀新詞香滿掬，裊秋心、合伴行縢住。訪清夢，叩君户。

陳咸慶

字雲柏。海鹽人。嘉慶五年舉人。官睢寧縣知縣。有《紅蕉仙館詩餘》。

念奴嬌 拜鄉得古方鏡於廢壙中，有『天康』年字，填詞索和，次韻

江心鑄錯，嘆茫茫沉鎖，照來千古。結綺臨春仙子影，除是嫦娥堪數。狎客朝酣，瓊箋夜擘，璧月無心主。芳魂遥殉，只應添汝坏土。　那更捧出秦淮，雷塘西去，香草年年腐。一樣妝臺宫漏緩，一樣土花凝雨。怨殺東風，吹殘桃葉，淚灑胭脂露。蟾光暈濕，琵琶哀咽誰訴。

水調歌頭 守風，燕子磯登眺作

飛燕悄無語，江渡斷顛風。怒潮吞齧磯渚，釃酒浪花中。我欲吹將鐵笛，却怕江南江北，驚浪拜魚龍。拂袖且高眄，青嶂自排空。　鷺飛下，水田遠，緑雲濃。茫茫六代，天塹到此也長通。指顧金焦門户，彈壓龍蟠虎踞，穩卧看征篷。日脚盪胸紫，歸鳥墮煙鐘。

孔昭虔

字元敬，號荃溪。曲阜人。嘉慶六年進士。官貴州布政使。有《繪聲琴雅詞》。黄韻甫云：『方伯詞幽秀婉約，塵障一空。每誦一過，如身在緑陰芳草間也。』

疏　影 花影

誰描淡墨。剪暖雲片片，吹上窗槅。空色涵香，活脱玲瓏，一枝未許攀摘。横斜不礙尋芳路，算夢蝶重來曾識。恨曲塘流水無情，照老鏡中春色。　依約離魂倩女，曉鶯唤未醒，嬌重無力。碎月香苔，如此闌干，底事看朱成碧。清陰只到西厢下，誤幾度、玉人消息。又等閒，籠霧和煙，捲入水晶簾額。

湘春夜月

又斜陽，數峰紅近黄昏。可奈一片飛花，春瘦已三分。燕子帶香歸去，任撲簾狂絮，不管殘春。悵小橋曲水，流紅信杳，愁到湔裙。　天涯萬里，今宵片月，何處孤村。聽徹啼鵑，應念我、故園芳草，曾憶王孫。愁寬夢窄，怪緑陰、空鎖鶯魂。寄別恨，倩東風一夜，游絲亂蝶，都化行雲。

踏莎美人 江采蘋

奩鳳銷香，鬢蟬凋翠，樓東花共人顦顇。疏英已過早春時，春在沉香亭北牡丹枝。　長信詞工，玉階怨古，豈無人解相如賦。君王枉自費恩波，一斛珍珠那抵淚珠多。

長亭怨慢 延平署中，有修竹館，小具幽勝，自壬午暮春到官，日日坐卧其中，甲申二月，量移臺海，行當別去，撫循花竹，不禁惘然，爲賦此解

記吹絮飛花時候。乍憑闌干，緑天清晝。兩載勾留，鷗沙鴻雪又回首。花時人去，春似惜、花枝瘦。立盡玉千竿，只凉翠雙攜襟袖。　知否。聽明朝津鼓，一派亂灘風吼。重回望眼，更珍重、今宵樽酒。算片月猶送輕帆，也分到新陰花柳。剩燕子歸來，惆悵風簾依舊。

暗香 花夢

倦紅酣碧。正錦幡護穩，嬌春無力。倩影一簾，葉底流鶯總岑寂。何處愁春未醒，都不管、東風消息。趁淡月、香到池塘，眠柳定相識。　蹤迹。片雲隔。料徑遠夜深，睡蝶難覓。斷魂自惜，芳約羅浮幾回憶。吹度燈窗有信，曾艷入青蓮吟筆。漏乍定，憑唤起、小樓怨笛。

葉紹本

字仁甫，號筠潭。歸安人。嘉慶六年進士。

高陽臺 潞河秋思

天抹微青，水皺細黛，西風作意凉侵。嫋嫋層波，白鷗夢墮湖陰。一年好景從頭數，乍瞢騰、已到秋深。最關情，幾疊清笳，萬户疏砧。　蒼茫難認長堤樹，只鬖髿瘦影，凄瑟空林。霜冷烏篷，月珠摇蕩波心。滄江滿目催詩思，怕詩成、清怨難任。聽寒潮，淺泊沙頭，又轉煙潯。

百字令花影，和小蘇潭韻

襹褷萬朵，乍晴光照曜，嫣紅深處。幻出整斜疏密樣，掩映溪亭江步。風過微摇，月明有暈，丰韻雕闌午。紗窗暗上，墨痕疑沁金縷。　最是枝颭西廊，玉人行去，淡拂湘裙素。隔著重簾渾不辨，訝道花光似霧。倩女魂香，巫山夢悄，莫訝相尋誤。鏡中同看，芳姿原似前度。

李富孫

字薌沚。嘉興人。嘉慶六年拔貢生。

玉漏遲題湯德媛女士《寒閨病趣圖》

瑣窗寒正峭，西風幾剪、怯臨清曉。玉鏡臺邊，半臂最宜添早。翠羽驚回夢遠，更懶把、雙蛾濃掃。梳洗了，畫屏倚倦，鎮垂簾悄。　最憐病枕難抛，似中酒年時，傷秋懷抱。强和簫聲，催雪譜成雙調。檢點茶爐藥碗，儘一炷、心香煙裊。還自笑，瘦比苑梅多少。

謝學崇

字仲蘭，號椒石。南康人。嘉慶七年進士，授編修。歷官開歸陳許道。有《小蘇潭詞》六卷。

水龍吟 秋草

平原一霎西風，等閒吹上蘼蕪早。飄零倦蝶，凄凉暗蟀，紅心易老。三徑斜陽，半泓寒碧，更無人到。又添來幾點，殘花墜葉，煙痕外、愁難掃。　記得蘭州春曉。趁鈿車、馬蹄聲杳。文通别去，惠連夢醒，恁時懷抱。轉眼飛蓬，一聲啼鴂，銷凝多少。剩芳魂再世，流螢熠熠，但空簾繞。

長亭怨慢 秋柳

漸摇落、江潭如許。弄影蕭蕭，亂鴉無數。揀盡寒枝，幾番消受暗煙雨。繫船津鼓，渾不記、旗亭路。翻似借西風，爲剪斷、愁絲千縷。　凝佇。向斜陽逝水，誰認舊時飛絮。哀蟬更苦。和玉笛、一聲何處。料此際、望遠登樓，尚依約、雙蛾偷聚。已瘦損腰肢，羞對重來張緒。

王慶瀾

字安之。夷門人。有《枕霞詞》《鏡虛詞》《巢睫詞》《菱江詞》，共四卷。

相見歡 二首，用李後主韻

窗紗褪盡輕紅，忒匆匆。不管楊花無力，嫁東風。　絨情淚，難謀醉，意重重。生恐流鶯還在，畫樓東。

誤人簾幕當樓，下金鈎。猜道暮春天氣，不如秋。　爐煙斷，楊絲亂，總添愁。最是夢回時節，怕梳頭。

虞美人 有懷，集古詞句

馬嘶人語東風岸，觸目愁腸斷。回頭煙柳漸重重，自是人生長恨水長東。　亂紅飛過秋千去，宛轉留春語。問君能有幾多愁，別是一般滋味在心頭。

柴　源

字自昆。桐鄉人。有《桐陰草堂詞》一卷。

瑶　華 題《桃花舊雨圖》，爲仇又村作

東風吹遍，絳萼初開，記那人顔色。仙源曾到，赤闌橋、一縷夢魂猶識。彩雲易散，算往

綃水墨。春光爛漫，同短榻、重聽曉窗檐滴。桃根桃葉，料未許、名登仙籍。但流連露井，穠華點染，生事、都成陳迹。剩水晶枕上脂痕，琥珀杯邊香澤。鈿車又駐湖西，記一片紅雲，遞來消息。

崔景侃

字瘦生。武進人。候選府經歷。

梁晋竹曰：『昔有崔黄葉，王桐花之弟子也。近崔曼亭觀察次子瘦生紅葉詞，洪稚存太史呼爲崔紅葉。可與陳簾鈎、鮑夕陽同傳。』

如夢令 紅葉

爲愛吴江晚景，渡口斜陽相映。點水似桃花，無數游魚唼影。風定、風定，一樣落紅堆徑。

馮如璋

字秋君。德清人。嘉慶九年舉人。有《秋君遺稿》，附詞一卷。

踏莎行 聞蟬

籬落陰邊，邨墟斷處，數枝倚水無情樹。可憐薄暮欲何依，一聲聲唤斜陽住。　吸雨餐霞，談風説露，緑榆門巷思前度。行人去去不堪愁，江南七月吴門路。

嚴學淦

字麗生。丹徒人。嘉慶九年舉人。官武岡州知州。

摸魚子 寄題范白舫《苕溪漁隱詞》

剪青衣綃痕半幅，有人閒寫琴趣。少峨頂上雛雲緑，是我垂髫伴侣。箋荔譜。憶膚褪中單，側艷携蠻女。划船六柱。認消夏灣頭，鷺鷥雪色，凉蘸水雲去。　天涯誤。應問西湖西子，黄金此錯誰鑄。軟揉罨畫溪邊水，好個松陵煙浦。移雁櫓。倩霄竹孤吹，響答菱花語。新詞記取。有玉笛樓中，銅溝殿角，選就六朝句。

舒夢蘭

字白香。靖安人。有《天香戲稿》。

南鄉子常山舟中

終夕爲君愁，愁到天明也便休。貪看梳頭忘早睡，嬌羞。滿鏡芙蓉一笑秋。　五日到衢州，風雨多情阻客舟。聞説順風翻墮淚，難留。浙水緣何不倒流。

摸魚子惜别

記來時野梅方笑，疏香林下尋我。鴉翎未整楊枝弱，簾底玉搔應墮。剛病可。寄一紙新詩，字字渠能和。偏教悶坐。看燕子飛飛，桃花片片，春恨兩眉鎖。　鴟夷舸，且漫停橈轉舵，煙波清興難果。蕉衫透濕懷人淚，似向雨中行過。猜不破。回首處，雙鬟耳語嬌無那。歸帆裊娜。任一水聰明，千山惆悵，終日抱愁卧。

減字木蘭花題定娜殘扇

癡魂怨魄，六度秋風抱殘月。顦顇芳姿，想見桃花落扇時。　憐卿憶我，爲寫閒情付漚舸。並寄羅巾，好向他年索淚痕。

汪繼熊

字芝亭。嘉善人。太學生。有《語花樓詞》。

臺城路 寒鴉

天邊墨點紛無數，蕭蕭暮天風裏。冷踏殘雲，乾棲古樹，畫出江村愁意。荒寒萬里。剩一綫斜陽，暖烘雙翅。閃閃林梢，游人休認酒旗字。依稀鬟影可擬。訝飛來成陣，無數椎髻。破曉啼煙，銜寒兕雪，暗老西風身世。荒陂凍水，只片月蒼茫，照伊棲止。醒枕休聽，帶寒聲去矣。

孫熙元

字致雍，號邵庵。仁和人。嘉慶九年舉人。官國子監博士。

疏影 題汪小米《松聲池館勘書圖》

風濤破寂。正半林冷翠，吹近簾隙。棐几安排，簡點牙籤，珠璸笙典堆積。琅嬛勝地神仙福，况世業、青箱遺澤。趁小庭、晝永如年，坐擁百城還得。何日雙燃椽燭，雪中冶思在，紅袖和墨。此際蕭閒，小隱岩阿，雅稱研朱讀易。披圖仿佛書堂静，記鄴架、曾窺篇籍。奈吾廬、老盡龍鱗，悔却半生虚擲。

鮑文逵

字野雲。丹徒人。嘉慶九年舉人。官海陽縣知縣。

百字令次韻，和張仲甫

楝花風起，送春歸，難問重來時節。新燕忽銜餘恨至，夢裏聲聲唤徹。蝶粉才濃，鶯簧未老，芳草何曾歇。聽君絃促，頓教霜鬢飛雪。　休悵韋曲花稀，渭城柳折，驥足塵空絶。道是勛名堪不朽，非是勛名難必。叔夜琴尊，志和煙水，畢竟難磨滅。及時行樂，嶺雲不管今昔。

胡　敬

字以莊，號書農。仁和人。嘉慶十年進士。歷官侍講、學士。

水龍吟汪小米分貽張叔未所餉檇李

色香誇説離支，東坡眼未西施見。纖纖一掐，纍纍千顆，爪痕都遍。丁字溪頭，語兒涇畔，望中津咽。喜故人分餉，數枚珍重，纔著齒，驚衣濺。真個花如人面，載鴟夷，五湖歸便。柔條初坼，春泥猶帶，舊根留戀。天許張星，種分仙李，此緣非淺。想晨凉、正值浣紗時候，把風枝剪。

汪全德

字修甫，號竹素。儀徵人。嘉慶十年進士。官吉南贛寧道。有《崇睦山房詞》。

唐多令

春水細紋生，春雲緑未成。趁東風，第幾山程。溪上碧桃開又落，啼不住、舊時鶯。來日是清明，天涯節序更。一年年，飛絮關情。南國不歸春又晚，逢社燕，説飄零。

探春慢

薄靄籠寒，低雲破曉，雨絲吹上簾額。迎社榆錢，定巢燕子，長記江南此日。無那人顦顇，儘閒殺、吟箋賦筆。倦游懶起看花，風情惆悵非昔。殘睡流鶯喚醒，剛報道、禁煙時候岑寂。研粉懷香，濺蘭祓夢，付與天涯凄惻。紅板橋邊路，問繫馬、當年舊宅。春水無言，照人愁鬢先白。

諸嘉樂

字令之，號秋士。仁和人。嘉慶十年進士。官泰興縣知縣。

百字令哭吴子律教授

連朝夢惡，忽罡風吹墮，斗間光氣。卮瀝未乾英彩逝，嗚咽落花風裏。目斷江雲，心酸薤露，搏控真無計。誦君遺製，曲闌惆悵憑倚。　君既放下牢愁，來餐苜蓿，窺破升沉意。辛苦營巢棲甫定，詎料玉棺先遞。病本模糊，官尤潦草，天直和君戲。問誰長在，昔詞君可能記。

吴存楷

字端父，號曼雲。錢塘人。嘉慶十年進士。官當塗縣知縣。

菩薩蠻

纈衣簾軟東風緊，複衾吹皺鴛鴦影。遠夢落春江，燈花昨夜雙。　相思花上鳥，啼破梨雲曉。小妹看梳頭，難藏滿鏡愁。

浪淘沙 讀南唐後主詞戲作

重按舊紅牙，人隔天涯。斷腸流水送飛花。不似砑羅裙子上，金屑琵琶。　煙散玉鈎斜，曉樹啼鴉。已催青鬢染霜華。多謝秦淮三月水，載夢還家。

葉以倌

字雨輈。錢塘人。嘉慶十年進士。官廣西潯州府知府。有《洗心書屋詩餘》。

釵頭鳳 閨中女兒以筆管吸皂莢水吹五色泡，爲戲咏之

春歸悶，眠難穩，閒來吹個團團暈。虚空界，圓光藹，窗邊纔過，又飛簾外，快、快、快。　朱唇吮，香泉潤，笑拈湘管郎肩噴。風前擺，兒曹待，明珠無數，霎時何在，再、再、再。

一剪梅 盧溝道中

城角拖雲淡不收，天作新秋，人作新愁。一官了我十年游，來也盧溝，去也盧溝。　晚店琵琶撥不休，曲似凉州，淚似江州。長空瑟瑟思悠悠，月挂眉頭，人挂心頭。

陳鴻墀

字範川，號小夢。嘉善人。嘉慶十年進士。官翰林。

摸魚子 題《珠湖漁隱圖》

怪江湖浮家泛宅，罟師青鬢如許。扁舟一棹人何在，三十六陂煙雨。君且住。看小宋才名，珂馬朝天去。軟紅塵土。恐甓社波涼，嘯臺響寂，風月便無主。琅嬛館，玉軸牙籤無數。輕舠兼可携取。漁經漁具天隨子，笠澤叢殘同譜。添一語。願盡借藏書，載入春潮櫓。煙波深處，算射鴨光陰，賣魚生計，讓我儘容與。

許乃嘉

字頌年。仁和人。諸生。有《琴語軒詩餘》一卷。

滿庭芳 贈别劉大芙初

衰草縈青，暮雲糝白，極目已是殘秋。遠天如墨，寫得幾歸舟。人世可憐萍梗，西泠水、那只東流。閒凝佇，櫓聲飛處，一雁下南樓。　悠悠。記昨夜，爐煙茗串，相對齋頭。莫忘了、湖山寒到盟鷗。但聽啼螿凄切，闌干外、猶訴離愁。憑相約、劉郎重到，前度夢中游。

紅娘子古翠軒夜坐

滿地松陰繞，四壁蛩音悄。讀畫疑仙，敲棋破夢，一絲琴裊。韻泠泠認是暮山泉，借行雲流到。　林際秋聲老，墻角清光早。簾捲隨風，闌憑待月，暝愁多少。怕蕭蕭落葉滿空庭，又昏鴉啼了。

周　旭

字莫如。吴縣人。有《雙雪修桐譜》。

蕙蘭芳引宣城道中

煙樹晚晴，有千點、亂鴉催暝。漸月放明眉，來寫半江清影。暮程倦旅，盼不到、故園三徑。早雁聲别浦，引得秋人秋病。　料是今宵，鸞釵私卜，幾度難準。怕風峭衣凉，還上畫樓露憑。曹騰前約，那堪重省。歸便休，已負五湖煙艇。

沈廷炤

字鏡卿，號芷橋。吴縣人。諸生。

南柯子

鏡影波平帖，生香路細通。踏花心軟斂春弓。偎定蘼蕪小徑、蹴殘紅。　裾颺時飄蝶，鬟傾數避蜂。神光難定是驚鴻。又被柳絲扶入、緑煙中。

朱彭

字亦籛，號青湖。錢塘人。貢生。有《湖船簫譜詞》。

百字令 曉過長橋，荷風扇凉，清芬襲人，遥望煙村，頗羡湖居之樂，作此寄興

椶鞋桐帽，向湖灣散步，蔚藍天朗。舊有濂溪祠宇在，門外芙蕖正放。千柄摇風，魚驚燕避，翠蓋圓珠盪。披襟散帶，水邊容我蕭爽。　隔浦網户漁村，緑楊影裏，有煙蓑來往。如此幽居良不惡，忽動水天閒想。放鴨莎汀，撈蝦荻渚，合作西湖長。移家何日，擻波柔櫓遥響。

汪奏雲

字今韓。金山人。貢生。

蝶戀花 暮春

江上還尋芳草路，綠水紅橋，多是曾游處。深院沉沉人不語，枝頭漸見飄香絮。　開罷牡丹無意緒，縱有垂楊，難綰愁千縷。燕子不歸春已去，重門聽盡瀟瀟雨。

劉會恩

字時庵，號又綸。丹陽人。嘉慶十二年副貢生。有《曲阿山房詞稿》。

浣溪紗 懷友

樓倚長溪遠遠斜，布帆飄處想歸槎，又看秋水動蒹葭。　一抹愁煙偏挂柳，半窗情月慣銜花，憶君真切勝思家。

吴錦燦

號雲裹。丹陽人。

虞美人 秋夜即事

閒窗小坐秋宵永，漫管西風冷。一燈含焰漏將沉，尚有聲聲蛩語絮墻陰。　無聊忽憶黄花酒，爲近題餻候。没多幾日便重陽，不識籬邊叢菊可生香。

劉嗣綰

字醇甫，號芙初。陽湖人。嘉慶十三年會元。官編修。有《箏船詞》。

黄韻甫云：『太史以相門子，績學能文，早歲落拓不偶，及入木天，官亦不顯，然著述宏富，自足名世，詞亦幽雋絶塵，不涉凡艶。』

高陽臺

夢尾燈紅，情邊水緑，斷腸又是蘭舟。消幾帆風，離人吹下西洲。春波依舊鴛鴦路，甚孤眠、占斷閒鷗。漫回頭，翠被天涯，冷了香篝。　消魂不是長亭怨，是深盟玉鏡，款語瓊鈎。

小疊吟箋，匆匆著得多愁。闌干膩雨還應在，怕朝來、梨苑成秋。等閒休，團扇圓時，何處秦樓。

清平樂舟宿水仙墩

燈涼如畫，繫纜叢祠下。水佩風裳魂欲化，碧月迢迢殘夜。　曉來零落明璫，鏡中生怕思量。手把一絲煙柳，不知秋恨多長。

孫顥元

字花海。仁和人。諸生。有《異撰齋詩詞稿》。

張仲甫云：『花海，吾老友也，樸率幽雋，工詩詞，精鑒賞。所居碧山棲，占園亭之勝，吟嘯其中。歿後十餘年來，故廬及所蓄圖書盡棄散，所著詩詞全稿亦未見。予僅於其女公子處得見隨筆剩稿，亟録數首。』吴仲雲《杭郡詩續輯》云：『花海與弟邵庵熙元，薄浮榮，樂恬靜。花海尤精鑒别，蓄書畫甚富，煙雲供養，妙悟遂深。』

綺羅香春寒

棐几偎香，銀屏殢酒，惻惻東風如許。不定陰晴，欲訂冶游還阻。釀花心、漸露嬌憨，窺柳年年韶景逝水，猶記園林晝暖，輕衫意、似含悽楚。想蘭閨、怯試新妝，黛眉常斂恁情緒。最愁他、將息都難，更忍説、天涯羈旅。鎮懨懨、深擁香衾，延佇。怎奈而今，寂寞燕簾鶯户。畫樓今夜雨。

水龍吟 碧紗橱

花紋槅子玲瓏，裝成面面冰綃砑。有關常掩，纖塵隔斷，空明無罅。遠襯桐陰，低侵竹影，緑煙如畫。愛堂深晝永，疏風暗逗，渾不許、飛蚊惹。　最好幽人消夏。占清凉、壺天可借。琴床硯几，安排楚楚，儘容瀟灑。屏展琉璃，簾垂翡翠，從今都舍。待宵來坐看，中央四角，月盈盈射。

减字木蘭花 清明日湖上即事

紅樓小小，日滿窗紗匀面了。催上蘭舟，薄鬢春衫約共游。　落花風軟，花外游絲吹不轉。堤柳籠煙，畫出清明雨後天。

孫家穀

字曙舟，一字幼蓮。進士。官襄陵縣知縣。有《種玉詞》一卷。

姚野橋曰：『吾郡近世詞學，推周小厓先生世緒暨先生，一時有雙南金之目。小厓著有《壽蓀館詞》，才氣肆逸，出入東坡、稼軒兩家。先生之詞，情婉意約，的宗秦、柳，其穠麗俊雅處，又與夢窗、西麓爲近。』

酷相思 惜別

聽得幾聲留客住。又幾日、廉纖雨。任丁屬、東風難作去主。人覷著，花無語。花覷著，人無語。　楊柳絲絲煙幾許。兀自戀、微微絮。有多少、閒愁無著處。分一半，卿將去。留一半，儂將去。

吴騫

字槎客，號兔床山人。海寧人。貢生。有《萬花漁唱詞》。

定風波 湖上

一片濃雲罨碧流，萬家紅雨帶煙收。野鳥啼殘蘇小墓，如訴。勸君何不少年游。　獨憑危闌空憶舊，知否。衣香人影望湖樓。柳絮渾忘身似夢，風送。等閒飛上玉搔頭。

國朝詞綜續編卷六

海鹽黃燮清編纂

吴縣潘介繁襄校
仁和徐慶銓編次
平湖張炳堃增訂
錢塘諸可寶校勘
永康胡鳳丹監刊

周之琦 三十四首　屠　倬 五首　趙植庭 三首　蔣　澐 一首
徐保字 三首　李紹城 一首　黃安濤 四首　吴慈鶴 三首
葉申薌 二首　孔昭恢 一首　孫若霖 五首　張應昌 五首
沈　濤 二首　章　黼 二首

周之琦

字穉圭。祥符人。嘉慶十三年進士。官廣西巡撫。有《金梁夢月詞》。

黃韻甫云：『《夢月詞》渾融深厚，語語藏鋒，北宋瓣香，於斯未墜。』

蝶戀花

門外垂楊千萬縷，不繫春光，只繫春愁住。文杏巢空雙燕去，紫簫聲裏屏山暮。　恨別江郎渾懶賦，一抹煙痕，舊約無尋處。五里東風三里雨，蘼蕪吹冷天涯路。

聲聲慢　偕邵季若自窯臺步至江亭，菰蒲蕭蕭，殊有濠濮間意

鈎藤礙屐，帶草牽衣，循途恰轉回塘。境曲幽尋，疏磬漸引雲房。倏然半郊半郭，浣塵纓、慣咏滄浪。聽醉語，只山僧一笑，識我清狂。　回首前游幾日，又西風吹換，石冷苔荒。倦柳依依，猶戀澹薄秋光。沙鷗漫留後約，怕重來、老却斜陽。歸未得，但憑高、還睨舊鄉。

踏莎行

勸客清尊，催詩畫鼓，酒痕不管衣襟污。玉笙誰與唱銷魂，醉中只想瞢騰去。　綺席頻

邀，高軒慣駐，悶來却覓棲鴉語。城頭一角晋陽山，怪他青到無人處。

醜奴兒慢 九月十九日望都縣城外書事

輕塵倦馬，酒醒今宵何處。最愁説瓊簫花外，半壁儲胥。恨入初程，劍歌聲悄壯心孤。圍棋乘興，遲回命屐，一著先輸。　鼓吹未聞，凄凉官燭，顛頮軍符。更誰向、平原飛騎，笑挽雕弧。廢壘秋笳，怨吟曾到帳中無。傷心休問，遼空唳鶴，殘月鳴狐。

月華清 初夏

燕乳飛遲，蠶眠香老，一番芟尾吟後。怕檢羅衫，還怯曉寒襟袖。蘸簾影、緑蔭方重，尋履迹、艷陽難又。孤負。聽鸝鷊花外，那回携手。　伴侣停針話久。但强啓窗紗，悶添晴晝。梔子同心，忍見素紈描就。悔拋却、吹絮光陰，任閒到、熟梅時候。依舊。試榴紅裙衩，爲伊消瘦。

高陽臺 長椿寺明田妃畫像，慈聖李后像並藏寺中

葉落秋槐，花零素奈，驚鴻省識啼妝。月影揚州，禁他燕館清霜。九蓮寂寞閒房共，黯殘僧、黄帊司香。儘關心，小閣承乾，前度昭陽。　霓裳未破哀蟬詠，指環妃葬地，金碗銀床。

天壽幽宫，珠旒翻托明璫。相從好奏西陵伎，比人間、椒殿春長。漫魂歸，一幀芝龕，冷話興亡。

思佳客

檢點嬌紅瘦幾分，含情重問可憐春。誰教南浦愁中絮，却化西樓夢裏雲。吟翠管，步香塵，小闌花影易黄昏。從來怕見初弦月，纔學蛾眉便學顰。

帕上新題問舊題，苦無佳句比紅兒。生憐桃萼初開日，那信楊花有定時。人悄悄，晝遲遲，殷勤好夢托蛛絲。綉幃金鴨熏香坐，説與春寒總未知。

寂寞湘簾下玉鈎，一春清景似殘秋。粉消蕙帳情空寄，花褪蘭釭恨未休。銀鑿落，鈿箜篌，歡場那更問朱樓。雙蛾已是生來淺，禁得西窗此夜愁。

夢語惺忪記未真，起來還倚退紅茵。緑腰枉自翻新曲，藍尾誰能惜好春。金剪歇，玉爐熏，懶將纖手試寒温。人間無著相思處，剩檢羅衣看淚痕。

夢横塘『荷葉似雲香不斷』，白石句，以慢詞寫之

液池擎艷，渌沼含馨，濕雲飛滿凉翠。千葉香心，蕩三十六灣秋意。倚蓋天長，浣衣人杳，卷波無際。認珠盤冷浸，一抹横塘，重重碧、重重水。嫣紅半落誰憐，但參差遠影，還醮吟

袂。鷺送鷗迎，料未許、夕陰吹碎。唤小艇、青奩摇夢，待覓風痕過煙尾。甚日開門，藕花多處，約詞仙同醉。『藕花多處别開門』，亦白石句。

菩薩蠻

映門衰柳無顔色，長條一夜西風急。人倚小紅樓，闌干天際愁。　愁來天又暮，艇子衝波去。打槳問鴛鴦，鴛鴦秋夢長。

天　香水仙花

水艷吟香，花情眷夢，湘皋記共游冶。盞側塗金，簪横削玉，霧帶碧痕低亞。通詞試託，問甚日、仙魂初化。翠羽明珠不見，依然冷雲凝夜。　銀釭舊愁自寫。倚冰籢、薄寒吹麝。一掬茜窗清淚，粉妝慵卸。還恐春風唤起，又暗憶、扁舟古祠下。素襪無聲，淩波去也。

緑　意冬蕉

墻陰翠擢。記緑天深處，題翰曾約。黯黯吟魂，惻惻寒宵，禁他瘦倚闌角。多生已苦秋窗雨，况夢影霜華凋落。儘故人、書葉留看，早是怨懷難託。　誰倩瑶函，寄語寸箋，料未許、春信偷覺。一束相思，可奈伶俜，慣與西風梳掠。緘愁緘恨還緘淚，任蠟樣、芳心抛却。待雪殘、重結清游，好覓輞川池閣。

滿庭芳 遼后洗妝樓

眠柳梳煙，荒池洗月，翠簾不卷春愁。暗塵珠絡，芳艶未全休。飛燕新詞漫擬，簪花格、墨妙誰偷。憑闌處，韡金帕玉，腸斷舊風流。　凝眸佳麗地，脂函鏡匣，鄉冷温柔。但捺鉢，當時諫草還留。可惜琵琶調苦，回心院、枉費綢繆。焚椒恨，天書練影，三十六宫秋。

瑣窗寒 集賢院遇雨

潤逼窗紗，凉侵簟竹，頻添顦顇。將徐乍緊，作出幾分秋意。對銀屏、幽懷暗牽，素衾清夢誰料理。最憐他此日，紋疏静掩，裌衣初試。　空指。前游地。又冒石苔滋，井闌愁倚。回波漲晚，翠點一池萍碎。帶蒼煙、歸鴉倦飛，暝陰未破雲更起。但虚空、冷蕩柔絲，遠天都是水。

風蝶令

琴語回瑶軫，簾波暗玉鈎。芳心一寸鎮難留，消得三分病與七分愁。　藥裹拋仍在，苔箋卷未收。薄寒無賴倚羅裯，可是禁愁禁病又禁秋。

催雪 衎石抵京，招同吾亭水部、陳友石農部、錢味根孝廉消寒小集，同雲如幕，雪意垂垂，坐客各有新句，余亦繼聲

簾罨重陰，燈暈半花，密坐貪依屏背。話冷宦心情，竹深門閉。客似寒鴉瘦影，慣倦羽、相偎銀雲底。琴邊試問，清宵款語，冶游知未。　　燕市。十年矣。是幾度分襟，幾番搴袂。又朔雪關山，歲華如此。儘覓紅螺換酒，釀不到、鱗鱗鴛鴦水。料只有、藤角吟箋，猶認月波題字。

瑞龍吟 擬周美成

吟香路。重認淚點娟筠，唾痕芳樹。依然咫尺天涯，斷魂絮影，知他甚處。　　信音佇。還是墜蛛塵網，半捎窗户。無聊强折紅箋，醉來試倩，流鶯寄語。　　惆悵雕闌猶在，晚花羞眄，垂楊慵舞。應想舊時堂前，巢燕非故。琴心贈別，顛倒閒詞句。何曾見、珠幃夜悄，銀屏微步。佩解人歸去。帕羅尚綰，愁絲怨緒。簾底波千縷。空負我、西窗秋衾涼雨。話殘夢裏，一燈誰絮。

高陽臺

鵲語偷傳，烏棲暗警，宵分又駐鸞車。七載重看，秋期彈指無差。瑶階擁帚知何事，勸鳳翎、休掃閒花。話仙都，小劫匆匆，愁裏年華。　巫雲漫逐西風去，聽黄鷄怨曲，往事空嗟。酒冷芳尊，可堪殘醉消他。盈盈儘隔牽牛渚，問情波、流恨誰家。但思量，咫尺銀灣，不是天涯。

金盞子

彩筆休拈，錦字慵題，病餘無力。又墜葉吟秋，疏欞外、閒了翠雲消息。懶聽桂苑啼烏，引瓊簫凄惻。西風淚、花冷素蟾，偏是廣寒人隻。　倦燕忽如客，待歸去、蒼煙暗故國。沉沉綉簾易隔，宵來夢、比似曲屏還窄。看取小扇塵生，嗟空箱抛擲。消魂處、愁縷恨絲，機聲催織。

梅溪、夢窗、竹山、碧山皆有《金盞子》詞，而調各不同，此按《花外》譜爲之。

應天長

鶯花近甸，鴻雪去程，依稀夢境堪覓。記否那回携手，汀波戀餘碧。垂虹影，還自直，有幾許、倩魂消得。畫眉冷，走馬人來，鷗鷺曾識。　回念別離時，陌上香泥，羅帶爲誰拭。怕説綉韉行處，鞭絲墮秋色。前蹤認，如過翼。儘喚起、暮愁千尺。斷橋外，細雨㦓㦓，重問村驛。

一枝春

珂里新晴，試清游、過却愔愔坊陌。歡期暗數，艷景易成陳迹。旗亭喚酒，倩評跋、好春顔色。吟遍了，紫曲塵香，惟是燕鶯曾識。幽蘭素芬堪摘。怕東風、認作尋常標格。琴心倦倚，夢裏水波空碧。何人寄語，但花外玉簫知得。重看取、小字銀鈎，冷綃翠拭。

解連環和片玉韻

寸箋休託。訴幽襟忍見，賦情綿邈。耐晝永、閒拂蛛塵，但錦羽夢孤，翠綃緣薄。似水春陰，總化作、殘秋蕭索。對厭厭病枕，悶損鏡妝，誰寄靈藥。芳尊自開下若。帶顰蛾酒暈，猶倚闌角。枉盼斷、淮上青山，渺天際黛痕，等閒迷却。浪迹依然，把柳絮、看成桃萼。勸清游、半晴半雨，趁花未落。

瑞鶴仙四月六日出都小憩，蘆溝橋偶述

柳絲征袂綰。試錦羽初程，玉驄猶戀。銅街佩聲遠。向天邊回首，故人如面。藤陰翠晚。還看。珠巢題字，墨暈初乾。酒但怪得、琴尊夢短。有游蜂、知我心期，剛是裾紅曾見。

痕微泫，晴雲乍展。春已在，驛橋畔。問柔波一樣，仙源流下，爲底人間較淺。要重尋、京邑塵香，素襟漫浣。

青山濕遍 道光己丑夏五，余有騎省之戚，偶效納蘭容若詞爲此，雖非宋賢遺譜，音節有可述者

瑶簪墮也，誰知此恨，只在今生。怕説香心易折，又争堪、燼落殘燈。憶兼旬、病枕慣曹騰。看宵來、一樣懨懨睡，尚猜他、夢去還醒。淚急翻嫌錯莫，魂銷直恐分明。 回首並禽棲處，書帷鏡檻，憐我憐卿。暫别常憂道遠，況悽然、泉路深扃。有銀箋、愁寫瘞花銘。漫商量、身在情長在，縱無身、那便忘情。最苦梅霖夜怨，虚窗递入秋聲。

月下笛 晨出錢唐門，乘小舟沿緣至蘇公祠

野艇摇煙，生衣蘸渌，鏡波圓折。湖菱翠貼，最苦新凉猶怯。話離愁、髯仙未知，雨花露蕊淒步屧。漸嬌雲墮砌，芳魂冉冉，暗窺窗月。 柔鄉戀否，枉薦菊泉荒，冷香棲蝶。三生净業，試與長眠人説。算年來、紅塵倦游，好山畫裏緣再結。黯消凝，又早蘆灣，夢落秋半雪。

翠樓吟

篋冷脂函，窗閒粉拂，簾鈎静摇霏霧。金颸鏘翠竹，是誰在、虚廊微步。芳蹤偷溯。認暖玉欹床，横波窺户。依然誤、剪刀聲裏，唤人鸚鵡。　幾度。風外吟香，攬斷魂，飄落一篝花絮。嬌啼驚夢覺，碎珊枕愁紅千縷。釵蟲垂處。盼曉月吹來，仙裙留住。離情訴。錦屏深掩，不教飛去。

金菊對芙蓉

山渌棲煙，城陰卧水，半湖冷畫秋容。奈湖波清淺，不似愁濃。多情風信天邊下，問故人、何處芳蹤。佩聲依約，知他見否，月桂香中。　追念往事矇朧。早齊紈淚漬，并剪塵封。過虚堂悄悄，屐迹誰同。思君只有蘭衾夢，但夢來、未抵相逢。向無眠夜，金徽怨曲，彈與疏蛩。

清平樂

曲瓊風細，寂寞簾垂地。消得西堂煙一穗，隨分閒眠淺醉。　象床羅簟關情，梧桐葉葉秋聲。還向人間惆悵，不知幾日浮生。

慶春宫 余將去杭，屬安之弟率兒子送淑人柩歸里，前夕宿湖上作

虚閣留仙，孤檠銜夢，舊歡忍問槐柯。寥落羈魂，踟蹰遥夜，半輪初泛金波。未圓先缺，最愁見、亭亭素娥。殘霞吹盡，南北高峰，依約雙螺。　秋衾信宿煙蘿。已蜕吴蠶，猶戀修蛾。天際含顰，雲中飛佩，更堪此日離歌。砌蛩吟苦，替人唤、尊前奈何。相憐無計，看取青衫，泣下誰多。

多麗 八月十三日北新關道中

古錢唐，翻成此日凄凉。薤歌中、灰飛紙蝶，翩翻吹上牙檣。峭帆風、迎來柳翣，離筵語、递入椒漿。緑蠟凝愁，素帷搴怨，更無人影到船窗。嘆吾谷、舊山雲樹，歸計苦參商。經行過、女墳湖水，淚灑吴閶。　問從今、關河萬里，可堪重著思量。鮑家詩、繁臺夜雨，江淹恨、嶺嶠秋霜。西去啼烏，南征哀雁，斷魂容易便分行。願留取、鏡盟釵約，心字各焚香。塵緣了，與君携手，片月金梁。

最高樓

微吟罷，我亦去錢唐。宦海路茫茫。春寒容易吴蠶死，秋風依舊越禽忙。酒鱗邊，燈影

背，細思量。　且莫説、長安蘿補屋，更莫憶、長沙人倚玉。塵世事、總堪傷。孤衾不暖殘年夢，征衣空疊舊時香。算前途，須忍淚，過瀟湘。

十拍子 重過湖上

缺月閒尋昨夢，圓波錯認吾鄉。萬點漚珠參佛果，一瞬天花作道場。清鐘聲未忘。錦鷁浮生忍託，哀蟬冷句重商。見説殘秋如過客，從此高樓傍夕陽。歸人歸路長。

屠倬

字孟昭，號琴隝，又號潛園。錢唐人。嘉慶十三年進士。官九江府知府。有《耶溪漁隱詞》二卷。

南浦

離恨滿春潮，怨東風，不把去帆留住。又負一年期，便歸也、已是落花前度。杜鵑啼瘦，幾曾勸得人歸去。連日閨中，聽厭了、試問杜鵑知否。　天涯夢斷梨雲，只游絲綰得，閒愁如許。簾幕晝沉沉，春山遠，低鎖一痕眉嫵。春陰傍午。心情懶，更調鸚鵡。望望長安，何處是，吟罷眼中春樹。

小梅花

停瑶瑟，横長笛，尊前往事悲今昔。惜奴嬌，念奴嬌，清歌一闋，無計慰春宵。秋千冷落閒庭院，飛盡楊花春不管。夢如煙，月如烟，些子清光，今夜落誰邊。　東風惡，浮雲薄，人間咫尺天涯各。南峰青，北峰晴，疑雲疑雨，兩處不分明。屏山遮斷眉痕緑，醉不成歡別離促。自杭州，到蘇州，流水無情，消得幾多愁。

珍珠簾 寓秦淮水閣旬日矣，商飆送秋，殘暑漸退，夕陽簫鼓，闃咽青溪，賦小詞題壁

凉雲緑浸簾波膩。滿雕闌，添了斜陽煙水。一桁六朝山，尚遠横眉翠。不是垂楊容易瘦，又早是、新秋天氣。閒憩。看燈火星星，畫船銜尾。　依舊一角紅樓，記前番小住，銀箏閒理。蕩漾軟琉璃，把月光摇碎。梁燕笑人棲未穩，却幾度、誤他歸未。迢遞。正夢繞鄉園，紫薇花底。

踏莎行 滇生出示令兄玉年《墨竹草蟲合卷》，題此奉懷

話別燈前，携尊竹所，蟲天一夜秋聲絮。天寒日暮碧雲深，對床記聽瀟瀟雨。　湘水啼痕，國風章句，池塘春草休重賦。滄江虹月照誰多，秋風亭上懷人處。

思佳客 維舟天津，重五前一日，風雨薄寒，對花獨醒

無分南薰一例吹，謾從畫省鬥風姿。角飛城外看花處，丁字沽前聽雨時。　銷薄醉，怯生衣，蒲香蒜影水窗迷。依然艾虎欹鬟小，只怪鰣魚出網遲。

趙植庭

字仲槐，號樹三。宛平人。嘉慶十三年進士。由庶常改刑部。

疏　影 畫夫容

西風木末，著冷霞幾縷，都暈寒碧。洗盡鉛華，清絶娟娟，天然謝去雕飾。相思鏡裏人消瘦，更不許、愁根重覓。恰素秋、留取香痕，日夕儘容珍惜。　前度蘭橈步遠，美人怨日暮，羅袖輕挹。六六鴛鴦，夢醒波明，水佩風裳遥憶。空江一掬胭脂淚，替染遍、蓼花顔色。看一枝、點上青霜，耐得衆芳消歇。

滿庭芳 羅浮蝶

香絮黏衣，情絲裹繭，碧雲吹暖春山。萬花圍住，夢不到塵寰。草草人間脂粉，斜陽裏、也

自争妍。還應羡，瑶臺香使，小隊舞煙鬟。　游仙曾此地，梅魂乍醒，紙帳飛還。任天涯芳草，一例都删。剪彩空描艷影，朱絲繫不上釵鈿。憑誰識，春駒名字，錦樣感華年。

齊天樂 雪影

凍雲一徑霏瓊屑，紛紛玉階輕駐。冰鏡空黏，霜花細颭，閣外陰陰寒沍。荒苔路古。恐看到斜陽，便成煙霧。蹤迹天涯，籠衣消息幾回誤。　珊珊瑶佩認取。奈相思似水，清淚遥注。梅月留痕，梨雲款夢，合稱清寒情緒。迴闌憑處。看鶴影微茫，有人延佇。暗换晴春，幾絲防作雨。

蔣澐

字季雲，號秋舫。平湖人。嘉慶十三年舉人，召試二等。官通城縣知縣。有《睫巢詞稿》。

南鄉子 雨

鎮日坐無聊，細雨空濛暮又朝。滴破愁心千萬點，瀟瀟。半是梧桐半是蕉。　痛飲讀離騷，如豆青燈影動摇。可奈夜闌人静後，寥寥。清磬聲微玉漏遥。

徐保字

字頡書，號沅舲，又號宛梅。歸安人。嘉慶十三年舉人。有《抱碧堂詩餘》。

念奴嬌

歸鞍辛苦，又無人伴我，蓬門常閉。叠被熏香還昨夜，幾點夢餘清淚。弱不勝衣，病猶勸酒，總是凄凉味。梨花陌上，淡魂一平縷空瘗。　當日捧硯官窗，調羹旅館，有紅薔依倚。杏姊難逢梅姊嫁，好事而今已矣。簾底釵聲，燈前衫影，誰寫傷春意。月移花動，隔窗偏照孤睡。

山花子

紅板橋西白板門，吴娘暮雨唱黄昏。還向東風花下醉，不堪聞。　天上月明悲素女，馬頭草色怨烏孫。同是天涯淪落意，最銷魂。

蘇幕遮

歲偏新，人似故，楊柳樓西，依舊青無數。二月鶯花三月雨，無限傷心，便是重來路。

會良虚，愁莫訴，若再相逢，没個銷魂處。但到銷魂魂不去，算是今生，只有相思苦。

李紹城

字築初，號澹畦。仁和人。嘉慶十三年舉人。有《澹畦詞稿》。

甘州 香篆

悄無人、小鴨畫屏幽，絲絲篆煙浮。正茗碗停煎，琴絃罷弄，暖護羅幬。縹緲碧雲凝處，心字裊悠悠。窗罅微風觸，詰曲旋收。　倏見亭亭湓起，幻鸞環釵脚，小樣銀鈎。剛配天邊雁，凉影一簾秋。撥芳灰、閒臨古帖，願温馨、長伴墨香留。更何處，熏爐錦字，旖旎紅樓。

黄安濤

字霽青，晚號葵衣老人。嘉善人。嘉慶十四年進士。官至潮州府知府。有《緑箋詞鈔》。黄韻甫云：『先生慨直豪宕，愛才若命，而虚衷延納，尤近世所希。所著《緑箋詞鈔》二卷，皆屬燮清手定，未及梓行，而先生下世。其稿本爲袁氏子携往湖北，粤匪陷武漢，袁僅以身免，稿亦烏有，良可嘆惜。集中所録係曩日投贈之作，存之以見一斑。』

水龍吟 紅蕙

楚江二月春濃，東風不管桃花色。尋來草際，蝶和香醉，露啼珠滴。襯得霞明，休將雨洗，心傷騷客。悵招魂何處，聽殘鷤鴂。楓根下，無人拾。　認取華光點筆，把離憂、調脂拈出。爐煙欲斷，無言凝睇，看疑成碧。霜冷空閨，玉壺盛淚，縫衣相憶。正迴文製就，小名朱字，待璿璣織。

摸魚子 萍

嘆浮蹤者般飄泊，此生難著根蒂。天涯海角歸何許，柳絮前番多事。波浪起。算一世遭逢，斷梗飛蓬是。疏花采未。想細雨開時，微風約處，屑屑有秋意。　輕橈撥，鏡面縈青拂翠。江湖摇動幽思。無心更向虚舟觸，還剩霸圖餘氣。游倦矣。奈聚散雲情，那得如匏繫。青青數里。但伴取鷗眠，留將魚閾，斟酌半池水。

齊天樂 笛

耳根何物閒情惹，桓伊踞床吹乍。怒截龍鬚，輕携鶴骨，爲愛尊前花下。腸迴淚灑，更感逝傷離，借他陶寫。送老浮生，只消幾度玉梅謝。　歌臺誰復下馬，任新聲按罷，幽咽遥夜。

赤壁空明，黄樓縹緲，風月天然無價。塵心欲化，聽遠韻悠揚，四山如畫。髣髴蘆中，掉孤舟去也。

桂枝香 蟫

居然白小。訝額粉留痕，多在緗縹。若果耽書成癖，豈徒求飽。味於無味偏知味，問蟲天、有誰同好。只應愁那，熏衣侍史，剔來纖爪。　認殘字、身輕一鳥。藹芸閣回頭，蹤迹如掃。墮地迷漫浪走，失居堪吊。囊中幾度螢乾死，嘆神仙、讓伊修到。塵編猶是，餘生安託，也拚枯槁。

吴慈鶴

字韻皋，號巢松。吴縣人。嘉慶十四年進士。官翰林侍讀。有《蘭鯨録》《鳳巢山樵詞》一卷。

高陽臺 新鶯

鑄柳塗金，裝花傅粉，東風多少商量。幾處芳菲，流鶯暗度宫商。天涯不是無春到，奈長堤、只有斜陽。剩相憐、高士雙柑，款語詩腸。歌場舞榭匆匆换，有風翻翡翠，雨老鴛鴦。争似丁寧，數聲猶繞銀墻。高樓也肯珠簾捲，怕幽懷、未慣雕粱。一任他、燕子雙棲，長傍流黄。

賣花聲

往事記惺忪，昨夜燈紅。斷腸猶有一尊同。今夜畫船星月小，立盡東風。　羅帶影匆匆，暗減香筒。薄情卿誤有情儂。各抱屏山天一樣，殘漏聲中。

念奴嬌 松鶴廬聽林徵士彈《瀟湘水雲》

幽廬春遠，借冰絃，唤醒平湖煙月。七澤三湘曾未到，淼淼銀流千尺。紺玉波寬，錦鱗風小，此地人初別。楚天濃暖，香蘭將老時節。　早又蓼嶼全衰，蘋煙半冷，聽蕭蕭楓葉。雲水無憑千萬疊，恐與高人長絶。驚起湘妃，暗彈清淚，斑竹秋生血。銜杯罷撫，子規啼夢江國。

葉申薌

字維彧，號小庚。閩縣人。嘉慶十四年進士。歷官河南府知府。有《小庚詞存》。

漁家傲 羊城留别芷汀六兄

水驛山郵經歲度，匆匆又别珠江去。江上木棉花正吐，千萬樹，紅雲遮斷羊城路。　波面漂萍風裏絮，游蹤宦迹渾無據。十載分離旬日聚，腸斷處，鷓鴣聲急斜陽暮。

滿庭芳 緑萼梅

染黛嫌濃，銷冰訝薄，春波淺蘸芳魂。天寒修竹，翠袖倚無痕。鳥羽襹褷遥映，羅浮夢、好與温存。横斜影，巧偷苔暈，清絶月黄昏。　前身。還認取，仙人萼緑，小字同新。數頭番花信，略較逡巡。倘向含章點額，撩雲鬢、鈿碧輕匀。東風惡，一簾花雨，腸斷墮樓人。

孔昭恢

字景度，號鴻軒。曲阜人。嘉慶十五年舉人。有《春及園詩》，附詞。

如夢令 題歌郎韻蘭、畫蘭

染黛添莖時候，一點癡情暗逗。慧業認前身，恰似董家娟秀。娟秀、娟秀，數筆憐他醉後。

孫若霖

字伯雨。江寧人。有《雙紅豆閣詞》。

黄韻甫云：『雙紅豆閣喜作南唐小令，疏香細艷，結想綿緲，自是雅音。』

賣花聲 雲波樓感舊

酒冷又香殘，風襲衣單。薄情明月爲誰圓。今夜三層樓閣上，如此春寒。　離合總無端，夢也都難。人間天上兩漫漫。曾是昔年雙倚處，獨自憑闌。

采桑子

寒檠有焰挑難起，一枕支床，敗葉敲窗，今夜鴛鴦瓦定霜。　覺來舊夢無尋處，紅樹銀墻，淡月回廊，纔著思量已斷腸。

菩薩蠻 和南唐後主韻

深沉院落霏香霧，背人轉過秋千去。清夜立瑶階，露凉侵鳳鞋。　花陰陰處見，小語還驚顫。會面後應難，儘伊心上憐。

喜遷鶯 和南唐後主韻

煙影淡，露華微，柳軟趁風欹。隔花宫漏正依依，天朗曉星稀。　清歡散，離愁亂，惆悵落紅庭院。當初深悔不留伊，自放好春歸。

臨江仙 和南唐後主韻

落紅滿地誰憐惜，傍檐燕子飛飛。柳絲搭在石闌西。更無人處，寂寞晝簾垂。　芳草天涯長短路，無邊風雨凄迷。臨分拋與淚珠兒。枉留香夢何日却相依。

張應昌

字仲甫。錢塘人。嘉慶十五年舉人。官内閣中書。有《煙波漁唱》。黄韻甫云：『舍人性情誠懇，好學不倦。是編網羅考核，得力居多。詞亦清迥絶塵，使人自遠。』

朝中措

參横斗轉漏聲沉，微步立花陰。月淡煙濃庭院，緑肥紅瘦園林。　朦朧夜色，珠簾悄悄，玉户愔愔。芳夢池塘何處，等閒又是春深。

生查子

垂楊送客行，芳草隨舟緑。舟客與林雅，暮共荒村宿。　已恨大河長，更恨長河曲。千里路千彎，歸夢如何逐。

八聲甘州 餞秋

正輕寒薄暖袷衣時，秋將去人間。甚黄花傲影，烏衣作客，清夢闌珊。蘆浦楓江斜日，冉冉到鷗邊。無限棲遲意，紅葉青山。　玉碗葡萄細酌，愛雲深古徑，霜滿遥天。勸龍車駐飲，悲賦采蕭篇。記春歸、醉酣棼尾，算者番、心緒更淒然。西風裏，有征鴻唳，飛過樓前。

一萼紅 甲午初春，余既和葉小庚孤山探梅詞，旋有廣陵之游，仲春歸至湖上，梅已殘矣，用石帚韻再和之

緑成陰。點梅英如雪，殘萼不堪簪。千里歸遲，二分春去，凉夜影瘦香沉。破清夢、參横月落，小樓外、啼老翠衣禽。孤嶼流紅，四橋凝碧，已誤登臨。　滿目湖煙湖水，有飛來新燕，掠到波心。寶馬花郊，玉壺茅屋，芳景何處堪尋。早寒食清明近也，綻桃花如粉柳如金。禁得東風畫闌，玉笛愁深。

疏　影 丁亥十二月十九日雪後孤山探梅，先詣蘇祠，拜坡公生日，用白石翁原韻

雙峰凍玉。向斷橋曉佇，深處雲宿。雪後春痕，淡粉輕朱，含颦俏映疏竹。荒亭鶴去天寒

千古高風自在，詞壇舊倡和，甚，剩鵲點、枝南枝北。指一泓、清淺黄昏，照見美人幽獨。想羽同飲湖緑。一掬寒泉，一瓣清香，供養神仙祠屋。娟娟風露空山裏，似聽得、醉翁絃曲。衣，月下飛來，定寫冷煙盈幅。

沈濤

字西雝，號匏廬。嘉興人。嘉慶十五年舉人。官福建興泉永道。有《洺州唱和詞》。

玉女迎春慢 雪美人

銀液調成，前身是、綽約藐姑仙女。倚竹寒生袖薄，欲倩輕羅相護。盈盈無語。渾不解、弄齧伴妒。拚教消受，殘月曉霜，休怨遲暮。還疑剗襪兜鞋，閒階佇立，夜深風露。合是人天小謫，只有瓊樓堪貯。夕陽紅處，灑點點、夢雲飛雨。絮果難留，已早捧花歸去。

月華清 秋蟲

古甃苔荒，空階月冷，一聲聲伴吟苦。吊夢歌離，掩抑向人低訴。已難禁、杜老吟懷，還更續、庾郎愁賦。無緒。剩孤燈凉暈，亂摇窗户。似怨歲華遲暮。奈金井銅鋪，斷煙零雨。絮到更殘，客鬢已無絲處。嘆半閒、夕照銷沉，都付與、亂莎荒圃。延佇。更滿庭落葉，萬家哀杵。

章黼

字次白。錢塘人。嘉慶十五年優貢。官松陽教諭。

臺城路

余慈柏爲余畫梅花帳額，郭頻伽、屠琴塢、李西齋題詞於上，今裝成卷，故人零落，殘墨猶新，因次頻伽韻追感

輕綃隔斷羅浮夢，空留舊時明月。玉笥雲埋，逋仙鶴化，零落曉風殘雪。看成畫壁。愛小幅生春，折枝寒徹。剩榻依然，素琴絃冷渺難覓。　還教翠禽喚起，有芳魂暗戀，林下苔屐。別院香殘，深宵酒醒，恍倚重檐霜色。相思倩説。任偷學宮妝，那勝清絶。謾綉孤鸞，黛痕愁斂夕。盧照鄰詩：『生憎帳額綉孤鸞。』義山詩：『掃黛開宮額。』

水龍吟　碧紗櫥

涼軒銷夏清幽，嵌空別有玲瓏格。湘筠六柱，冰紋四面，輕籠蟬翼。也小於舟，恰低於屋，更虚於壁。正薰風暗逗，營營白鳥，飛吟處、難鑽隙。　休認琉璃簾額，擬禪龕，者般閒寂。通中徹外，欲除綺障，一層還隔。几榻蕭然，梧陰竹影，映來無迹。任掩關獨坐，生綃數幅，寫遥峰碧。

浙江文化研究工程成果文庫
浙江文獻集成

浙江文叢

黄燮清集

〔第五册〕

〔清〕黄燮清 著　杜運威　叢海霞 整理

浙江古籍出版社

吳縣潘介繁襄校
仁和徐慶銓編次
平湖張炳堃增訂
錢塘諸可寶校勘
永康胡鳳丹監刊

國朝詞綜續編卷七

海鹽黃燮清編纂

吳衡照	二首	張湘任	二首	孔昭薰	二首	孔廣廉	一首
魏　襄	二首	楊士昕	四首	管貽葃	二首	鮑廷博	五首
張　琦	一首	吳振棫	二首	李　堂	二首	戴銘金	一首
改　琦	三首	程梓浩	二首	唐維埈	一首	楊文蓀	二首
查奕照	一首	任安上	一首	周　迪	一首	汪潮生	三首
徐蘭生	一首	何其章	五首	楊夔生	七首	潘曾沂	二首
沈秉璆	一首	汪遠孫	四首	蔡春雷	二首		

吴衡照

字夏治，號子律。仁和籍，海寧人。嘉慶十六年進士。官金華府教授。有《辛卯生詩餘》。吴仲雲《杭郡詩續輯》云：『子律性蕭淡，通籍，以縣令用，請改官冷局。精於倚聲按譜之學，所著《蓮子居詞話》，研究宗旨，非泛事鈔撮者比。』

蝶戀花

揉碎芳心團作絮，飛入重門，遥挂櫻桃樹。人在可憐春裏住，樓臺金粉無尋處。　聽得雕梁新燕語，隔著簾櫳，掠過雙紅縷。花底閒愁愁幾許，銜愁不去銜花去。

疏　影　碧梧畫梅遺迹

香生色活。誤翠禽兩兩，飛近花缺。幾筆横斜，相對無言，却稱淡妝初抹。離魂倩女依稀是，倚縞袂、林間清絕。把一枝、玉笛吹來，唤起舊時明月。　誰料天寒日暮，謝庭正咏罷，珠樹輕折。冷落餘芳，何處溪山，忍見粉痕重叠。還愁素壁春光早，便化作、羅浮癡蝶。待恁時、縹緲鸞迴，認取九疑仙骨。

張湘任

字笠溪。平湖人。嘉慶十六年恭應西巡召試，欽取二等。二十四年舉入文穎館，議叙知縣。有《抱璞亭詩文集》。

黄韻甫曰：『先生幼擅才名，長立行誼，廓然有當世之志。乃荏苒文場，中年後始得一第，又以母老不赴春官，息影家居，摧頽終老。余與哲嗣海門、鹿仙昆季游，獲親言論丰采。讀《滿江紅》一闋，蒼涼激楚，可以感其遇矣。』

金縷曲 戊子仲春，携敦瞿、萊柱赴彭城，毓達侍薌畦送至梁溪，偕楊劍門鶴秋父子、顧竹勛秩卿硯恩同舟，作慧山之游，晚泊黄埠墩話别，爲填此闋，兼寄芝亭

勝地遨游舊。嘆鰥生、中年多故，前盟寒久。今日重携鷗鷺侣，奈值將離時候。看遠岸、垂垂楊柳。淡月疏風帆欲挂，問諸君、此際魂銷否。聊繾綣，一杯酒。　平生壯志多孤負。爲飢驅、新霜盈鬢，天涯奔走。草長鶯飛春似錦，不許在家消受。悵一霎、良朋分手。更念能詩高仲武，想連宵、聽雨凄凉又。緘此闋，置君袖。

滿江紅乙未四月三十夜，敖陽店中作，用岳忠武韻

素鬢飄蕭，歸去也、雄心盡歇。回首望、帝京縹緲，長歌激烈。十六年來餘舊夢，三千里外看明月。趁此時、早作下場詩，休凄切。　想前事，鴻泥雪。從今後，都消滅。擁殘書，也當兔營三窟。濁酒千鍾澆塊壘，名山萬卷留心血。算吾儕、草野出經綸，酬金闕。

孔昭薰

字惠如，號琴南。曲阜人。嘉慶十八年舉人。官臨邑縣訓導。道光三年臨雍，署翰林院五經博士。有《貯雲詞》。

浣溪沙辛卯二月十四日，對倩春小影偶題，是日其亡辰也

芳影輕盈畫裏春，舊時眉嫵淺螺痕，一杯僇落酹香魂。　聽雨簾櫳疑雨夢，釀花天氣惜花人，此情偏覺幻中真。

浪淘沙

曉月恰弓彎，一點銜山。盧溝橋畔水潺潺。小憩旗亭微醉也，暫解征鞍。　花事未闌

珊，魂夢鄉關。輪蹄八度又長安。争奈踏青時節好，客裏春寒。

孔廣廉

字季直，號静吾。曲阜人。官刑部主事。

浣溪沙 大通橋泛舟

通惠河中鼓枻行，紅船白板水盈盈，茶煙半縷颺波輕。　兩岸風摇蘆荻影，一篷雨結鷺鷗盟，槐村樹色暮雲横。

魏　襄

字曾容。

八聲甘州 秋海棠

比亭亭倩女立蒼苔，啼痕是前身。剩千般幽怨，含情欲訴，約住離魂。我是悲秋宋玉，賦艷總傷神。凄絶西風裏，一晌酸辛。　耐得閒庭寂寂，更黄昏獨自，誰與温存。算生來低亞，不分接青雲。捲珠簾、佳人悵望，又幾曾、插向鬢邊新。多情月，三更時候，照到墻根。

菩薩蠻

河陽三月東風遍，潘郎才思何郎面。相照世無雙，來時花滿堂。曇紅纔一現，天上難重見。煙雨灑平蕪，春殘香夢疏。

楊士昕

字劭起。

菩薩蠻

蜀琴漆斷梅花綉，海棠枝上生紅豆。料得賞音難，好花如此寒。蓮根蓮葉碗，鳥語提壺勸。別境醉迷離，重逢定幾時。

又

閶門白下吴歌遠，馬蹄又踏平沙淺。鬟影動雙橈，風流廿四橋。寶奩金翡翠，刻玉玲瓏珮。羅帶鎮雙垂，腰圍亦自知。

南　浦

極目碧雲深，怨重城、好夢新來都阻。深院悄無人，闌干外、燕影幾番來去。銀屏舊約，暗塵吹滿傷心句。露氣團霜霜浸月，獨對爐香銷炷。　此時那可無卿，向鸞箋裁雪，秦箏調柱。早是怯新寒，春風遠、尚有重簾能護。花期短短，天涯容易年華誤。相見因循相別暫，已是今宵虚度。

又

短夢不分明，起來時、舞碎一庭花影。樹杪亂昏煙，霜花暗、吹入庾郎愁境。斜陽逝水，幾多身世問名姓。衣上酒痕巾上淚，争忍自看明鏡。　銅壺凍徹無聲，任漫漫長夜，寒鷄休醒。畫角動城樓，龍沙外、衰草可銷風勁。關心歲暮，黄金馬骨燕臺冷。那更故鄉消息斷，併作客愁千頃。

管貽葄

字樹荃。陽湖人。

齊天樂雪意

凍雲銷斷瓊樓影，淒淒又驚冬晚。遠浦波凝，前村樹渺，認取荒寒天半。斜陽恁短。剩畫角聲中，暮鴉零亂。下却重簾，添衣人正在深院。　天涯幾番望遠。奈玉龍唱徹，芳信頻换。暗月迎愁，尖風破夢，何處酒濃香暖。春魂待轉。怕勾起梨花，隔年清怨。料理幽尋，灞橋詩思滿。

南　浦

門卷緑楊深，款香塵、記得舊時朱户。徑悄碧苔封，空惆悵、前度曲闌鸚鵡。銷魂咫尺，殢人何必天涯路。剩有閒情消不得，尋遍畫屏題句。　遥憐岫裏輕雲，出孤峰一例，便隨煙霧。底事别匆匆，含愁問、還恐西風無語。暮鴉飛盡，淒涼暝色催歸去。却待遠天新月上，依約認他眉嫵。

鮑廷博

字以文，號渌飲。歙縣人。諸生。家錢塘。藏書甲於浙右，校刊書籍亞于汲古閣，刻《知不足齋叢書》二十八集。嘉慶十八年，欽賜舉人，年已八十六，逾年卒。工詩，有《花韻軒咏物詩存》。

沁園春

急管哀絲，誰解玲瓏，新聲可憐。儘南箕北斗，量珠簸玉，東阡西陌，問舍求田。老冉冉兮，是栖栖者，總怕春寒夜雨連。芳堤上，鎮青青不改，草色年年。　如何醉買江天，載鷄犬圖書共一船。借柳陰横笛，消磨風月，花間小令，商略雲煙。帆去帆來，潮生潮落，只在斜陽白鳥邊。從人唤作，瀟湘漁父，瀛嶠神仙。

前　調　題陶篁村西湖泊鷗莊

我羡南村，卜築西泠，東籬數椽。恰林逋老去，梅花冷落，陶潛小住，楊柳依然。三徑初成，兩峰相對，喜見山人放鶴還。忘晨夕，儘多情魚鳥，作態雲煙。　先生何許人焉，看鬚鬢飄飄總欲仙。趁竹窗風度，微欹酒面，柴門月上，私倚吟肩。笑把綸竿，閒堆蓑笠，管領滄波一釣船。漁郎誤指，桃源又是，同泊鷗邊。

玉樓春

光明藏放

桃花面暖芙蓉冷，著意端相都未肯。隔簾偷眼太匆匆，對鏡凝妝空整整。

琉璃境，一片春冰沉古井。請君深掩碧窗紗，分付驚鴻來照影。

沁園春 題《殳山卜居圖》

卜宅南村，我羡君歸，偏饒勝情。指平岡迤邐，雲連野寺，遠林明滅，煙隔層城。竹裏樓高，茶邊屋矮，闌檻蕭閒水石清。經營遍，還舊時月色，別館秋聲。　遷鶯短棹尋盟，喜生客門前熟犬迎。恰山僧初去，一枰棋亂，春風先到，滿樹花明。位置壺觴，安排筆硯，爲我西窗小榻橫。披圖笑問，主人何日，日就園成。

秦樓月 二分明月女子《折枝墨桃》

風吹折，惱人半面曾相識。曾相識，年年一笑，清明時節。　玉臺小試簪花筆，無端點點臙脂黑。臙脂黑，多應錯弄，畫眉顏色。

張琦

字翰風，號宛鄰。陽湖人。嘉慶十八年舉人。官館陶縣知縣。有《立山詞》一卷。

南浦

冰雪冷關河，最驚心、到了歲寒時節。魚雁信沉沉，還只是、望斷天涯消息。千重離恨，不曾細與征鴻説。窗外梅花應笑我，換却舊時華髮。　殷勤惟有何郎，向琵琶絃上，訴將幽咽。淪落最堪嗟，分明似、庾信平生蕭瑟。鶯花燕市，卅年春夢成陳迹。眼底榮枯都莫問，且醉尊前明月。

吴振棫

字宜甫，號仲雲。錢唐人。嘉慶十九年進士。現官雲南巡撫。

八聲甘州 得張仲甫書，寄西齋、蓮生二家詞集，賦答

正加餐無計覓吴蒓，翻勞故人書。喜瓊函雙贈，靈芬沁骨，如味雲腴。漫嘆清才侘傺，百劫總空虛。笙鶴瑶京遠，仙唱今無。　欲約煙波漁侶，更賃將青舫，尋向黄壚。怎年年浪迹，鷗夢撇西湖。抗緇塵、午衙袍笏，不成聲、吟思澀寒竽。無聊甚，小闌微雪，梅樹花初。

南樓令題孫嫺卿女士《停琴佇月圖》

簾捲墮明星，凉痕上畫屏。照秋衾生怕流螢。待訴琴心華月裏，盼不到、小樓明。　嬌伴憶娉婷，孤彈恨轉生。便姮娥也是愁聽。悶倚秦箏尋舊夢，偏斷雁、又聲聲。

李　堂

字允升，號西齋。仁和人。布衣。有《梅邊笛譜》《篷窗剪燭集》各二卷。

探芳訊西湖秋感

暮蟬咽。漸樹減清陰，荷餘敗葉。對一奩秋水，霜痕已侵髮。經年不到湖西路，倦更停蘭楫。怕空簾、蝶夢難尋，燕愁重説。　池館海棠發。記金縷徵歌，翠尊留别。門掩西風，芳信久消歇。那堪更灑黄壚淚，欲去翻凄絶。柳蕭蕭，冷挂蘇堤片月。

小重山

一枕凉生殘暑徂，秋風先瑟瑟、弄菰蒲。櫓聲疑是雁相呼。西樓過、寄有素書無。　病骨近何如。尋常簾下立、要人扶。淡雲微月影模糊。銀屏夢、怎得度江湖。

壺中天 鄱陽湖中，古柳平沙，村居幽絶，賦此調以答漁唱

輕帆葉葉，趁西風、點破湖天秋色。曲渚人家星散住，望裏猶明斜日。當户懸罾，並檐堆稻，老柳無多筆。蕭蕭凉殺，兩鳧沙際閒立。　疑是濯魄冰壺，空明一片，迥與飛塵隔。如此浪游殊不惡，清夢還憐今夕。露滿船頭，月窺篷底，卧我吹長笛。茫然何處，葦花無際摇白。

戴銘金

字銅士。德清人。諸生。有《日湖漁唱》。

疏影 正月十八日，雨生都督招同鶴田學博、榆樓鈕瑶圃洎公子壽民西崦探梅，倚此紀游，用石帚韻

溪流漱玉。趁乍晴携槳，微雨經宿。路憶重游，雪密雲深，横斜半倚修竹。冷香又結羅浮夢，渾不辨、山南山北。看一雙、瘦鶴梳翎，守個小樓幽獨。　可是朦朧睡起，壽陽粉額上，輕點蛾緑。覓覓尋尋，聽著鐘聲，春入老禪茅屋。瑶琴却好成三弄，誰解得、鞠通仙曲。倩舊傳倒暈花枝，翠墨寫來長幅。宋開禧時，湯叔雅與弟叔用俱工墨梅，各出新意，謂之倒暈花枝。時都督作《西崦探梅圖》。

改琦

字七薌。華亭人。有《玉壺山房詞選》二卷。

曹種水云：『七薌詞，清空處如冰壺映雪，飛動處如野鶴依雲，讀之神爽。』

浣溪紗 憶虞山

聽雨僧廬今幾年，推窗卧看劍門山，紛紛紫翠落屏間。　紅豆花開詞客老，絳雲樓鎖柳枝殘，蘼蕪香夢一身煙。

黄金縷

背倚羅屏燈影瘦，雨又瀟瀟，攙入銅壺漏。難熨吴孃眉葉縐，芳情釀得濃如酒。　盼斷人歸歸燕後，亂落梨花，最是愁時候。三起三眠人似柳，枕函不合安紅豆。

齊天樂 塔鈴

泠泠細響從天墮，絲絲寶繩摇曳。九子聲圓，千花輪轉，影卧夕陽空地。香林暮倚，有放鴿閒心，護花深意。綺習難忘，佩環飛下碧霄裏。　僧寮留客結夏，話關山曉月，馱夢驢背。

梵唱高提，潮音静答，煙語郎當遥遞。枯禪定矣，正佛火初殘，寺門斜閉。已斷聞根，任他風過耳。

程梓浩

字瑶波。昭文人。諸生。有《餝華館詞》。

憶少年 人日草堂獨飲，是夜即擬俶装，悵然賦此

辛盤春老，丁簾人隔，辰年情倦。青尊對誰飲，只梅花能勸。　風颭珠幡春影暖，引相思剪紅深院。今宵已如此，况來宵天遠。

彩鸞歸令 東風老矣，緑慘紅凄，獨憑空闌，閒愁難狀

緑鎖閒門，吹瘦苔紗舊綺紋。春殘誰遣酒心温，看衫痕。　游絲罥絮牽鶯夢，鈴索判花蕩蝶魂。闕簾幺月漏微雲，又黄昏。

唐維埈

字悟真，號春橋。諸生。有《静虚室詞》。

清平樂

藕花風峭，涼露蟬先飽。浴水鴛鴦雙影小，照眼一枝紅蓼。　西風落葉蕭蕭，秋衾魂夢迢迢。偏是那家庭院，月明夜夜吹簫。

楊文蓀

字秀實，號芸士。海寧人。

綺羅香　題馬棣原《倚雲亭填詞圖》

薄霧簾櫳，餘寒庭院，又近濃春天氣。詞客心情，偏惹傷春滋味。聽疏雨、獨夜誰眠，看艷影、隔墻還倚。好安排熨翠緘紅，花前商略到花底。　無端故園拋却，贏得江湖載酒，知音餘幾。回首林亭，只怕閒愁難記。且銷磨、減字偷聲，恁消受、冷吟殘醉。儘撩儂千里鄉心，笛聲吹又起。

暗　香　題陳心壺女史《梅邊待月圖》

香疏雲薄，正巡檐獨笑，倚闌孤酌。且忍輕寒，休誤姮娥舊時約。争奈宵深酒醒，尚隔斷瓏簾箔。佇弄影、忽到窗前，照見守花鶴。　妝閣。捲羅幕。似那夜黄昏，夢回籬落。春痕瘦削，好寫苔枝上墻角。凝盼花梢徐度，剩一片、淡煙籠著。料只有、雙翠羽，伴伊寂寞。

查奕照

字麗中，號丙塘。嘉善人。原籍海寧。有《媵琴館詞》。

蝶戀花 送春

枝上殘紅留不住，屬付東風，緩緩吹將去。窗外流鶯嬌自語，一般也恨飄香雨。　斜陽滿地胭脂絮，話是傷春，詩是傷春句。尋遍横塘無舊侣，斫羅猶記湔裙處。

任安上

字澧塘。

賣花聲 鶯

緑到柳絲間，便已綿蠻。猜來話有幾多般。似説流光飛電逝，轉眼春殘。　何不日憑闌，儘著追歡。雨偏容易日偏難。儂與林花同命薄，只遇春寒。

周　迪

號藕墉。

疏　影 舟中緑陰

煙霏柳港。正濃陰匝岸，畫橈輕漾。小拓窗櫺，一碧空明，篷背緑圍成幛。薔薇開處酴醾老，尋舊約、但深惆悵。恁春酣碧透紗櫥，何處挂帆重訪。　猶認津亭古樹，看黄鸝兩兩，相喚飛上。夢繞山陰，酒盞含情，添得櫓聲摇蕩。暮雲層叠江村隱，映一縷、紅霞微颺。待幾時、棹影歸來，定有新蟬催響。

汪潮生

字汝信，號飲泉。儀徵人。有《冬巢居士詞》四卷。

長亭怨慢 玉勾斜

恨吹到、秋風秋雨。寂寞離宫，夜深歌舞。寶鏡光寒，玉簫香冷委塵土。淚痕銷盡，應灑遍隋堤路。綉户影重重，怎剩得青山無數。　凄苦。嘆荒煙滿目，不見昔年眉嫵。春光老矣，倩誰覓、殿中鷃鵡。最怕是、郭外寒潮，咽殘月、香魂無主。算夢裏君王，留得深恩千古。

高陽臺鴛鴦湖春感，用玉田生《西湖春感》韻

浪蹙鱗圓，裙拖鴨裹，春心蕩起吳船。六柱窗低，愁風愁水年年。來時笑指垂楊問，問而今、芳草誰憐。意茫然，夢醒高樓，一碧如煙。相思最是東風薄，共傾脂河水，流下晴川。鏡裏雙禽，幾時飛去湖邊。蘋花拂破空留影，誤佳期、只剩鷗眠。卷晴簾，纔聽流鶯，又喚愁鵑。

又草色

陌上春歸，窗前晝静，芳塵只覺芊眠。帶著花陰，便教一碧如煙。吹來認得春風面，倩風光、點染春蕪。是誰將、別樣丹青，賦到吟邊。　慵留蝴蝶飛還住，正紅肥緑潤，相映新鮮。無那離情，幾分顛頫堪憐。夢回河畔青青路，惹相思、望裏綿綿。鎮愁伊、那處遥看，那處低連。

徐蘭生

上元人。

八聲甘州 草色

甚東風吹轉舊池塘，回首碧迢迢。是幾回煙夢，幾番夜雨，點染春朝。一徑踏花歸去，軟襯馬蹄驕。寂寞長亭路，凄黯魂銷。　那更憑高望遠，嘆夕陽人去，淺淡無聊。想江南前日，新漲接裙腰。恁而今、數聲啼鴂，恨青青、未抵暮愁饒。誰知我、鬢痕顛頽，對影空描。

何其章

字小山，號琢甫。青浦人。有《七榆草堂詞》。

黄韻甫云：『《七榆詞》清淺横斜，一空俗障。』

菩薩蠻 題《西溪漁隱圖》

玻璃冷浸蓮湖月，鱸魚風起秋波闊。流水繞漁村，蓼花紅到門。　言尋棲隱處，客向煙中去。疏柳挂斜暉，扁舟猶未歸。

黄金縷 憶金陵舊事

往事不堪回首處，野草閒花，踏遍長干路。惆悵杜郎年已暮，板橋誰共聽秋雨。　猶憶妝樓楊柳樹，挽得青青，按拍歌金縷。夢覺十年桃葉渡，斷魂猶逐江潮去。

蘭陵王 咏柳，和美成韻

翠塘直。波底柔條沁碧。東風軟、眠起再三，漠漠含煙弄春色。何年返故國。應識風塵倦客。溪橋畔、千里去程，散作鞭絲恨三尺。　回頭又陳迹。况馬踏寒蕪，歌徹瑶席。賣花聲裏過平寒食。空一徑風絮，一簾風燕，傷心人自度水驛。隔江影南北。　惻惻。亂愁積。正遠渚舟横，妝閣燈寂。溪流有盡愁無極。問月曉誰弄，一枝羌笛。黄昏疏雨，聽點點、淚共滴。

暗香 金陵歌伎金福色藝雙絶，庚午秋曾兩見之，越三載，復往訪，不知零落何所，追念前游，不勝凄惋，爰賦是解

一枝竹笛。算幾番倚檻，吹醒秋夕。記取淚痕，脉脉蘭情耿相憶。桃葉重尋小巷，問前度、籠紗窗槅。早换得、渡口愁蓮，香冷忍攀摘。　消息。竟寂寂。待寄與好花，路隔江北。畫闌醉拍，溪水迢迢去無迹。何處聽鶯度柳，眉嫵認、白門春色。但一片、簾底月，舊時淡碧。

疏影 竹影

幾番看竹。有翠雲一片，低覆茅屋。凉意參差，踏遍蒼苔，染得鬢眉都緑。羅窗誰畫横枝小，恰推上、一輪寒玉。待好風、吹折琅玕，滿地碎痕堪掬。　猶記謝池緑篠，一枝浸到底，孤媚溪曲。收了斜陽，又背殘燈，日暮天寒袖薄。輕盈倒挂憐幺鳳，恰對鏡、清眠初熟。甚亂梢、敲户無聲，衹自伴伊幽獨。

楊夔生

字伯夔。金匱人。官薊州知州。有《過雲精舍詞》二卷、《真松閣詞》六卷。

八聲甘州 蘭村自癸亥來游都門，倡和甚樂，尋復别去。逾歲，余至白下，相見欣然，遂招飲於隨園，瑣花旋竹，衆緑吹楚，感念舊歡，即席爲賦是解

記玉關横笛暮寒初，雁起雪吹蕪。争送君歸後，詞箋蕭瑟，燈暗琴孤。幾度屋梁殘月，鶴病北山書。片葉無題處，斷夢雲疏。　那分江皋重遇，且竹深過酒，波淺尋蘆。問灣頭春水，曾約小憐無。想修蛾、也添新緑，傍垂楊、倩仿麗人圖。還相許、星河後夜，蘭棹明湖。

菩薩蠻

蘼蕪吹老吴山色，無情團扇西陵别。門外柳絲橋，夢回生晚潮。　蕭蕭金雁雨，腸斷琵琶語。何處是離愁，春寒江上樓。

木蘭花慢同蘭村泛舟秦淮，即事書感

緑波浮兩槳，長干曲，畫橋邊。更飄盡楊花，一江春水，摇夢成煙。我欲種蕪南浦，怕拋愁容易夕陽天。憶自流鶯老去，落紅飛近箏絃。　尊前。蕭瑟數華年。何處罷歌船。料有人歸後，鏡西題月，簾底尋鈿。似此斷魂纖草，便無多殘碧也堪憐。遲問桃根消息，曉來陌上啼鵑。

高陽臺殘月

隱霧蛾消，鏤雲額淺，清輝不耐團欒。銀漢初斜，瑶姬佩解闌珊。玉笙吹徹新凉夜，掩紗櫳、翠影層瀾。最關心、三五良宵，十二迴闌。　一鞭曾記來時路，過曉風疏柳，野水荒灣。畫角聲中，古今無限河山。半規淺暈傷心白，渺離愁、天上人間。捲簾衣，苔冷秋痕，花約輕寒。

一萼紅 秋霖乍晴，同人泛舟環溪

溯空明。好輕移吟鷁，迤邐過環溪。十里新晴，半汀殘靄，蘭橈細劃秋漪。翠藤翳、凉穿水曲，見數點、煙際瞑鷗飛。載酒頻來，棹謳唱徹，西塞魚肥。　極目沙邊凝佇，渺雲圓松髻，霞剪荷衣。側帽吟商，當歌吹竹，幽思約上雙眉。看暮色、蒼然林表，好湖山、彈指入斜暉。只有西岩漁父，鎮是忘歸。

減字木蘭花 蓉湖泛舟

芙蓉湖口，凉淺淥波蘋葉瘦。渚尾停橈，風颺飛花出畫橋。　晚晴天氣，竹漏新蟾明濕翠。霞罨樓陰，小玉開簾按碧箏。

藤橈劃水，淺碧疏籬搖短葦。凉暈單紗，渚暝蘭風漾玉沙。　林藏石屋，松頂月高飛水鶴。野色依微，獨夜尋詩一舸歸。

潘曾沂

字功甫。吳縣人。嘉慶二十一年舉人。官内閣中書。有《功甫小集》《東津館文集》。

聲聲慢 秋葉

霜前雁後，砌角盆頭，無多敗紅淒碧。百感因秋，心上合成消息。山間樹容漸老，獨淒然，向人顏色。看鬢底、話西泠舊事，剪楸詞筆。　記得翠深初夏，行藥去叢中，路迷樵客。事到回頭，萬種寂寥難説。墻根短檠廢久，有蟲蟲、慘慘唧唧。小坐久，見疏枝、還抱冷蝶。

暗　香 延秋小集分賦，得夜來香

小樓人獨。鬢雲邊敲碎，横斜青玉。媚晚輕妝，減筆羅衣水痕薄。楸葉門前喚賣，漸勾起、傷秋心曲。《竹屋癡語》立秋日賣楸葉詞：『吹上玉人雲鬢底，無限新涼意味。』但怪得、軟語商量，釵朵抱寒緑。　香閣。月一角。配翠袖夜涼，絶代空谷。冷芳華屋，未嫁靈芸耐離索。長記迎來玉葉薛夜來好石葉之香，見崔豹《古今注》，還自製、生衣同宿。又怎奈、花睡去，曉來羞落。

沈秉鏐

字春橋，號貢粱。長洲人。嘉慶二十一年舉人。官江西知縣。

瑣窗寒冬日同沈蘭如訪戈順卿於楓江

凍翠遥峰，斷紅野彴，乍寒天氣。江楓作冷，無限古雅啼碎。指橋灣、斜陽半林，暝鐘漸緊西風寺。認凄凉一片，蘆洲釣艇，野雲流水。　　提起。傷心事。慣對酒言愁，看花彈淚。青袍草草，怕容易鬢絲鬅顇。更銷魂、銅笛數聲，離筵客去梅花未。等落梅、飛遍江城，杜鵑春老矣。

汪遠孫

字久也，號小米。錢唐人。嘉慶二十一年舉人。官内閣中書。有《借閒生詩詞》。

玉漏遲題孫嫺卿女史《停琴伫月圖》

纖雲吹盡也。圓蟾欲吐，光生林罅。自解囊琴，分付畫簾休下。怪底冰絃帶澀，定凉露、前宵沾惹。清景乍。紅蓮池沼，翠梧庭榭。　　怕是小小流螢，慣照近蚊幬，晚妝初卸。篆字香縈，逗起秋心無那。一自廣寒侣散，久閒却、金徽慵寫。珠淚瀉。憶著舊時清夜。夫人諸姊皆多才早世。

又題鎮海姚野橋燮詞卷，用草窗題夢窗詞集韻

俊才何太少。霜腴罷唱，吹簫人杳。不料逢君，重見風流襟抱。付與金荃艷筆，看夢裏、江花圍繞。休自笑。浮名誤盡，消磨年少。　年時我亦清狂，記幾處亭臺，幾回歌嘯。彈折冰絃，同調半歸衰草。謂吴子律、李西齊。寂寞心情甚處，只怨著、啼春林鳥。幽思悄。殘編短檠孤照。時輯近人詞。

鳳凰臺上憶吹簫題黄韻甫《帝女花》傳奇後

瓊樹花殘，寶輪月缺，故宫遺事凄凉。記粉侯初選，兵火倉皇。那更情牽羅綺，判永伴、綉佛閒房。前緣在，釵聯鏡合，重協鸞凰。　雕梁。西風換了，便燕子飛來，也感滄桑。况深秋人病，藎篋衣香。一霎曇華墮影，應顦顇、緑鬢潘郎。愁中寫，新詞一編，江夏無雙。

八　歸餞秋

偎花蝶瘦，黏苔螢冷，惆悵送却秋去。登臨别有銷凝意，還值敗蘆飄雪，碎蕉敲雨。已是秋人腸欲斷，况又是天涯羈旅。恨不倩、萬叠青山，遮斷夕陽路。　慣惱悲秋宋玉，秋今歸矣，可奈愁偏留住。一聲城角，一聲鄰笛，訴出離情無數。鎮倚闌望久，石畔微吟庾郎句。明

朝起，暖爐酣飲，分擘朋箋，銷磨閒意緒。

蔡春雷

字雲卿。青浦人。有《西虹漁唱詞》一卷、《畫船聽雨集》一卷。

探春慢《舊院尋春圖》，爲王春字作

樹老烏棲，花殘蝶倦，青溪重問游迹。簫局塵封，笛床歌冷，猶是那時油壁。月影團圓在，料無分、照伊顔色。但憑舊日流鶯，怨情一一偷説。　前度記曾游歷，有六曲闌干，一重簾額。水榭荒凉，露臺寥闃，難掃新愁堆積。鉛淚猶傾瀉，還惆悵、淮流嗚咽。樓外垂楊，依依是否相識。

清平樂

雨僝風僽，傳語君知否。一枕夜深還未就，却是爲誰消瘦。　南枝春事將闌，惜花幾度同看。争得閒時相倚，翻教人妒闌干。

吳縣潘介繁襄校
仁和徐慶銓編次
平湖張炳堃增訂
錢塘諸可寶校勘
永康胡鳳丹監刊

國朝詞綜續編卷八

海鹽黃燮清編纂

尤維熊

字祖望，號二娱。長洲人。拔貢生。官蒙自縣知縣。有《二娱小廬詞鈔》二卷。

醉公子

簟舒心自捲，被冷香猶暖。急雨送殘更，燈昏天未明。　宵長愁夢短，夢醒宵初半。有恨總無情，蛩聲和雁聲。

柳梢青

未解嬌羞。簸錢年紀，纔學梳頭。十二琵琶，十三錦瑟，十五箜篌。　杏花屋角鳴鳩。飛過處、誰家畫樓。一桁珠簾，數重花影，滿鏡春愁。

應天長

懨懨人病了，又幾日妝臺，未梳蓬鬢。人遠天涯，只怕心期難問。黄鶯枝上語，偏没個、雁兒來信。空盼到、乍暖還寒，熟梅天近。　睡也幾曾穩。便夢著些兒，杳無憑準。枕上斑斑，都是淚珠紅印。新來諸女伴，渾未解、舊來愁悶。錯道是、醒後朝慵，舞餘春困。

蝶戀花 題畫

開遍藤花無意緒，庭院深深，日日吹香絮。花裏驚鴻飛不去，簾波窣地通眉語。　團扇畫羅衫白紵，金屋金堂，分是儂家住。明月去人纔尺許，夜風凉到銷魂處。

屈爲章

字含漪。平湖人。諸生。有《竹滬漁唱》一卷。

探春 三月間得趙艮甫梁溪書，越半載矣，燈下作報札竟，即書紙尾

柳織煙空，蘆摇雪暝，吴帆吹到昏曉。醉不成歡，吟還有淚，遠杵並將愁擣。檢點相思字，憑春水鯉魚流到。半年閣住閒雲，添來別緒多少。　一片描殘秋稿，正雁語燈青，魂夢驚繞。歇馬亭荒，鼓琴臺冷，剩與幾回斜照。我也傷離甚，滿凉意、西風懷抱。何處尋君，扁舟同泛紅蓼。

金學蓮

字子青，號手山。吴縣人。諸生。

西子妝 春雨乍霽，集梅花下，譜夢窗自度腔紀之

春酌沉雲，孤香逗月，一霎殘英辭樹。青衫翠袖各生塵，拂冰絲、替人愁語。單衣試舞。但歲歲、將春送去。繞屏山，又幾回夢斷，天涯如許。　傷羈旅。草緑平煙，記踏雷塘路。不堪歌吹與重論，最分明、亂紅如雨。閒情欲賦。問俊侶、相思何處。認春痕、猶有闌干落絮。

徐準宜

字仲平，武進人。

鵲橋仙 寄題清蓉『落花人獨立，微雨燕雙飛』小照

午風釀暖，暝陰送冷，作得韶光如許。一分絲雨二分煙，還逗起、十分愁緒。　無情春去，有情人苦，飛燕雙雙自舞。思量無計，阻人歸、空目斷連天芳樹。

董士錫

字晉卿。武進人。貢生。有《齊物論齋詞》。

木蘭花

一秋涼夢催離别，好與鴛鴦池畔説。落紅愁對鏡中鸞，拾翠記分釵上蝶。　柳絲不作同心結，風雨連宵都未歇。玉階何事最銷魂，羅襪沉沉浸涼月。

江城子 丙寅里中作

寒風相送出層城，曉霜凝，畫輪輕。墻内烏啼，墻外少人行。折盡垂楊千萬縷，留不住，此時情。　紅橋獨上數春星，月華生，水天平。鏡裏芙蓉，應向臉邊明。金雁一雙飛過也，空目斷，遠山青。

胡金題

字品佳，又字瘦山。平湖人。諸生。有《金屑詞》，又《酒邊詞》一卷。

徐雪廬云：『《金屑詞》出入唐宋，爲懷寧余伯扶所傾倒。』

浣溪沙

楊柳風多卷綉幃，杏花雨重濕銖衣，等閒看盡燕雙歸。　騰帳猊兒翻白雪，網檐蟢子罥紅絲，日長無事畫眉遲。

踏莎行

羊侃歌姬，延年女弟，當初鍥臂留盟誓。一朝庭院鎖葳蕤，綠陰枉費羅巾淚。　蛺蝶雙飛，蕙蘭並蒂，替人苦寫相思意。何曾有夢到瑤臺，不須更怨重門閉。

點絳唇

夢裏分明，平橋流水門前路。絳紗窗户，掩淚通愁語。　忽忽醒時，祇是難清楚。渾無據。一燈涼雨，斗帳如籠霧。

菩薩蠻 寄内

樫塘水淺無些子，思君祇隔樫塘水。水淺足風波，水深可奈何。　十行書已滿，猶恨鸞箋短。不是怨輕離，離情無已時。

生查子

深院草蟲鳴，獨坐看牛女。螢火閃星星，照見人私語。　角枕綠雲香，斗帳清無暑。涼露滴風簾，月白天疑曙。

胡金勝

字夢香，號東井。平湖人。諸生。有《笛家詞》四卷。

生查子

銅壺漏箭稀，燈炧爐香燼。翠被夜寒多，好夢無憑準。　秋氣入蛾眉，秋色欺蟬鬢。雁字滿天涯，不帶天涯信。

江城子

緑楊城郭小紅樓，捲簾鈎，漫凝眸。却恨那回草草上扁舟。可惜斜陽如弱水，還只管，向西流。　至今南浦水悠悠，問悲秋，幾時休。可恨千絲萬緒在心頭。不信區區方寸地，偏著得，許多愁。

解佩令

丁丁檐鐸，沉沉門鑰，恁無聊、離筵杯酌。曉月窺窗，又悄被荒鷄催落。忒匆匆、驪歌聲促。　城頭霜角，船頭霜柝，只愁人、每先聽著。　枕冷衾寒，便夢也霎時難作。恨歸鴻、無書可託。

菩薩蠻

柳條撒絮春歸矣，春歸可惜人千里。千里夢迢迢，相思朝暮潮。　銀鉤緘錦字，分付雙紅鯉。不是不思量，思量人斷腸。

顧廣圻

字千里，號澗蘋。元和人。貢生。官訓導。有《鷗邊詞》。

水龍吟紅蕙

此花身是三閭，遺形乍蜕神依舊。江皋獨立，鵑聲啼血，行行染袖。翠葉凝寒，低遮瘦影，與添眉皺。想佳人不見，含情無際，剛沉醉，瓊觴酒。　百畝荒來應久。對斜陽、幾堪回首。風光轉盡，朱顏枉駐，霜飛正驟。短些招殘，半林楓落，斷魂迷又。儘年年洗恨，如鉛湘水，也殷痕透。

余鼎

字伯溉，號鐵香。新建人。諸生。有《秋夢詞》。

八聲甘州 秋海棠

悵秋空凉露又零零，啼痕染蒼苔。想鏡中脂暈，夢中粉態，恁好情懷。一樣東風名字，無意上春臺。凄切霜花裏，獨自徘徊。　記得楚江簾畔，對軟紅一抹，約鬟分釵。恁匆匆人去，此日又天涯。畫墻陰、纖纖瘦影，最魂銷、前度月痕來。料得是、清尊薄醉，倦眼慵開。

菩薩蠻

寶檀閣上開晴旭，雕櫳掩映玻璃緑。長日綉羅襦，一雙明月珠。　院深行迹杳，風落榆錢小。未肯學秋千，防人拾翠鈿。

南浦

殘笛咽凄風，畫樓前，吹墮凄凉眉嫵。幾度繞闌行，難尋覓、竹外梅魂一縷。殷勤鞋印，緑苔空證相思苦。愁看銀屏臨别句，剩得淚痕無數。　問伊有甚心情，忍抛零鈿翠，獨尋春去。寒信正匆匆，怕一例吹冷，薜裳無主。丁寧凍蝶，有愁索向珠簾訴。月小香温，消受得、鬢角露華如許。

陳　琮

字應坤。青浦人。有《碧雲香雨小樓詞稿》。

浣溪沙 春日

草色青青柳色新，東風偷换一番春，年華如水恨如塵。　三月鶯花成過客，一宵風雨總愁人，不關離别亦傷神。

江義田

字晴帆。上元人。有《夢筆樓詞鈔》。

菩薩蠻 偕胡漁溪司業、胡蘭川太守，坐楊存齋園中，紀事

花花日午迷蜂蝶，垂楊費盡東風力。香氣入簾櫳，幽蘭三兩叢。　綺窗風細細，晝暖鶯聲膩。人意正無聊，誰家吹玉簫。

黄士珣

字薌泉。錢唐人。諸生。

瑣窗寒題湯德媛女士《寒閨病趣圖》

寶鴨留温，文鴛倚軟，畫簾深静。雲屏檢點，一縷藥香濃沁。倩紅娃、扶窺鏡中，玉肩戌削描清影。怨吟成恰恰，聳來山字，被伊偷並。　霞暈，新妝整。又力怯愁拈，翠奩脂凝。斜欹鬢朵，試拓紅窗閒憑。問庭梅、幽葩吐時，也應素貌同瘦損。忒多情、熨體荀郎，耐得深宵冷。

醉太平湖上新柳

蘭橈畫橋，紅簫綺寮，東風著意來描，有長條短條。　歌腰舞腰，眉梢眼梢，一般鬥取妖嬈，溜鶯聲更嬌。

馬　汾

字澹于。嘉興人。諸生。有《槈雲軒詞草》。

踏莎行 苔

屐齒留痕，裙腰比瘦，落花紅點風吹後。阿誰翡翠墮輕釵，碧雲滿徑追尋久。　一番漸欲上階來，閉門細雨今年又。色潤鸜哥，文沿蝌斗，冷清清地何人綉。

念奴嬌 題冒巢民《樸巢幽賞卷子》

茫茫煙月，問當年、遺恨如何陶寫。狎客平章鈎黨酷，急淚新亭誰灑。邗水通潮，蜀岡連黛，辦個書巢且。青山紅粉，一時重整風雅。　曾説老友迦陵，儒官司理，修禊開吟社。塵世朝雲驚再見，翠袖天寒來也。圓鏡埋春，方袍瘞恨，我是悲歌者。啼烏催暝，夕陽無語西下。

吴　會

字曉嵐。泰州人。有《竹所詞》一卷。

深院月 春暮

春事晚，客愁閒，乳燕歸來上巳天。聞道落紅鴛甃滿，海棠花雨濕鞦韆。

夏尚志

字静甫。吴縣人。現官武康縣丞。有《關河清嘯詞》一卷。

南歌子 訪舊

軟語紅襟燕，驕嘶白鼻騧。冶春曾過那人家，記得門前一樹小桃花。　　贈佩情如昨，量珠願已賒。重尋好夢渺天涯，剩有綉絨殘唾在窗紗。

鳳棲梧

裁幅雲箋呵筆凍，不界烏絲，只畫雙飛鳳。我有相思千萬種，思量寫遍休教空。　　盡寫嫌多纖指痛，縱使書完，誰爲儂傳送。路闊天長難寄夢，雁兒飛過全無用。

董基誠

字子詵。陽湖人。嘉慶二十二年進士。官開封府知府。

菩薩蠻

桃花漲暖桃根渡，廿年重問章臺路。細雨繞芳叢，春衫小隊紅。晶簾金絡索，簾底珍珠萼。舞罷鏡中鸞，五花青玉盤。

屏開雀尾拖金綫，隔屏暗識春風面。仙佩解明珠，采雲留得無。雛鶯絃外語，幺鳳釵頭舞。新月上簾遲，隔簾花倦時。

許乃賡

字念颺，號藕舲。仁和人。嘉慶二十二年進士。官庶子。

長亭怨七夕

更休憶昨宵風露。天上人間，别離都苦。鵲去橋空，夜深銀漢可能渡。廣寒宫樹，只合讓姮娥住。皓月有時圓，幾照見星妃歸路。雲暮。嘆秋來作客，蟲語背燈如訴。秋陰未老，已怕説鏡窗前度。聽桐井、落葉聲聲，盡分付、一簾凉雨。願乞取靈梭，爲織愁絲千縷。

滿庭芳

孤枕驚秋，虚簾對雨，客愁無限悲凉。遠天如夢，雲氣總蒼茫。重到舊題詩處，任荒苔、緑上雕墻。閒相憶，殘更燈火，幾度月昏黄。 焚香。清晝静，篆煙不斷，似我迴腸。記昨宵、銀漢烏鵲成梁。塵世休談往事，待追尋、便悟滄桑。君知否，空山松桂，招隱是江鄉。

程嘉杰

字卧梅。宜興人。嘉慶二十三年舉人。現官鉛山縣知縣。

長亭怨慢將往金陵，賦此贈別小南、月坡

盼林外、歸鴉飛側。驀地官符，偏余行役。木落霜濃，幾枝柔櫓盪寒色。渡頭衰柳，曾送盡天涯客。故里近長干，且當作、暫時游息。 淒寂。得孫陽一顧，山水如逢金碧。新詞贈我，説前往青溪南陌。抛不了、淮海微雲秦雪舫兵部，更難忘、茗花蹤迹湯都督雨生。章貢去滔滔，爲寄懷人詩筆。

秦耀曾

字雪舫。江寧人。嘉慶二十三年舉人。官兵部主事。

探春慢 同月坡游秦淮

柳意將蘇，凍澌漸活，且把扁舟重理。鳥勸人歸，花愁人去，欲遣相思無計。纔説聽津鼓，早夢斷、一篙春水。也知咫尺吴淞，片帆疑到天際。　滿路笙歌羅綺。甚盼得春來，拂衣先起。贈扇題詩，修簫譜曲，曾向紅闌同倚。六代江山好，試屈指、詞人留幾。話别匆匆，記取梅花簾底。

瑶華 同月坡青溪水榭坐雨

游蹤暫阻，積水冥濛，恰又添凉雨。三間茅屋，人兩個，共倚敗闌延佇。眉峰一抹，已墮入、濕煙深處。看平矼、絲網都收，悄立窺魚幽鷺。　還思别院樓臺，早望不分明，花底歌舞。誰來此地，細領略、半晌凄凉閒趣。垂楊暗矣，漸冷到、棋奩箏柱。沉陰久，悶損愁人，總是送春歸路。

莊梧鳴

字來儀，號鄂五。秀水人。嘉慶二十四年舉人。

張仲甫云：『鄂五爲胥園方伯肇奎曾孫、芝階中翰仲方侄孫，績學工文，以早殁無子，著作不傳。愴懷舊友，可勝嘆惜！僅存昔年寄示一詞，録之。』

鵲橋仙 白木香

心兒紫小，蒂兒青小，越顯花兒純白。嬌嬌怯怯，倩東風，把一搦纖腰扶出。　梨花一半，梅花一半，占盡十分春色。夜深青女不禁香宋晁咏之句，只合配素娥簪得。

沈沂曾

字宗晳，一字鈢羹，號雩門。吴縣人。嘉慶二十四年舉人。有《春風廬詞》。

惜餘春慢 武陵寓館送春

作夢陰晴，病人寒暖，草草光陰如許。湖山大好，花柳多情，没個商量留住。同是天涯倦游，待得春來，又看春去。試携將杯酒，和誰同餞，但澆塵土。　曾記省流水華年，幾番消損，半是相逢羈旅。斜陽院落，燕子樓臺，況有故園飛絮。吟侶西泠儘多，選勝徵歌，都無情緒。只庭前新緑，斷腸煙草，織成愁句。

浪淘沙 秋夜聽雨

窗外雨瀟瀟，一樹芭蕉。秋來魂瘦不禁銷。記得畫屏紅燭冷，不似今宵。　往事斷蓬飄，珠淚空拋。佩環消息玉人遥。一枕夢痕凉似水，何處吹簫。

孔傳鉞

字節倩，號錯餘。曲阜人。嘉慶二十五年進士。官吏部主事。有《片雲詞》。

南樓令 甲戌出都途中題壁

官柳兩行斜，征人到處家。嘆浮生、容易天涯。錦片前程渾不似，但撲面、有風沙。　探斗少星槎，殘棋著屢差。論豪游、五度京華。只此青衫堪濕透，又底用、奏琵琶。

菩薩蠻

西風簾影人顦顇，銀釭冷照拋紅淚。本自夢難成，恨他長短更。　月凉鋪似雪，屈指歸時節。不會説相思，算儂曾負伊。

馮登府

字勺園，號柳東。嘉興人。嘉慶二十五年庶常，改知縣。官寧波府教授。有《種芸仙館詞鐫》。

長亭怨慢 自題《楊柳岸圖》，依白石中吕宫調。按《詞源》道宫是乙字結聲，若折則帶尺一雙聲，即犯中吕宫。考白石詞旁譜，換頭及尾結韻皆用一五，而第一句用尺，非韻也。玉田從之，是矣

又聽到、棲鴉時候。冷雨疏枝，秋聲來驟。送別年年，亂條攀盡忍分手。銷魂短艇，早催度、河橋口。柳縱有青時，却不管、離人消瘦。　馬首。悵殘陽千里，倦向西風沽酒。一絲影裏，已換了、暮蟬亭堠。問那處、夜笛樓頭，恐歸去、緑陰非舊。但月曉風尖，付與鶯僝蝶僽。

洞仙歌 落梅

翠禽夢外，悵餘香早歇。吹起東風一堆雪。望故園心眼，禁病愁陰，渾不似、舊日樓頭月色。　玉兒應瘦損，歲晚山空，來伴年年苦幽寂。只管唱江南，縱訴飄零，問笛裏、何人知

得。况雨淡煙輕，不多時，剩葉底餘酸，愁鶯能説。

唐多令過梅溪老屋感賦

老屋梅溪東，頽垣碎雨中。付誰家、燕子西風。一段斜陽深巷裏，但認得、板橋紅。

携火捉秋蟲，抛書趁晚鐘。卅年前、雙髻兒童。酒市漁扉都换過，衹白髮、有鄰翁。

張祥河

字元卿，號詩舲。婁縣人。嘉慶二十五年進士。現官刑部侍郎。有《詩舲詞録》。

憶舊游癸未六月廿又四日，黄霽青太守招同陳丈石士，吴丈蘭雪，許青士，潘芸閣，李蘭屏、蘭卿觀荷净業湖上，先是己卯以是日舉詩社於此，荏苒四年，舊侣重來，閒鷗亦喜，歌此爲花壽兼爲太守贈也

記開尊看雨，策騎尋香，一水紅邊。净業湖頭月，有荷花自主，邀客年年。小樓碧紗籠處，題句玉堂仙。喜五馬能來，重招勝侣，一話詩天。　依然。曲闌外，正鏡净窺梟，柳暗聞蟬。欲唤紅衣舞，更何人銀甲，解唱田田。暮霞幾回飛去，凉殺釣魚船。衹感到西涯，誰家畫槳湖水偏。

慶春宫 出廣渠門，游金氏園，歸柬徐少鶴、李芝齡丈

編槿籬疏，結茅亭小，畫中勝宇初闢。無地尋詩，停車欲問，鳥聲知喚過客。翠灣虹斷，蕩孤艇、微波自碧。關心重到，如許溪山，故鄉迢隔。　好時嫩約難憑，解道封姨，柳絲工擘。飛了殘紅，輕陰門巷，寂寞梨花寒食。酒醒春老，又還是、青簾向夕。而今何事，招我閒鷗，泥人脉脉。

思佳客

碧鎖窗前玉漏長，游仙一枕夜茫茫。紅雲供奉修真館，鶴扇歸來尚早凉。　濡宿墨，爇名香，錦袍春用萬花裝。掃除筆底山林氣，封事朝朝寫緑章。

卜算子 出德勝門，沿堤過雨，輕塵不飛，新緑在樹，淡以夕照，縱轡叢薄間，極瀟爽之致

縱馬去何之，獨自鞭絲颺。狼藉秋陰滴晚凉，幾點輕衫上。　何處遠香歸，堤畔幺禽唱。碧受風斜不見花，薉薉枯荷響。

沙白净於銀，潤遍青青草。過雨何須潑水來，官路垂楊掃。　暮色轉冥冥，多恐西風早。亦有松閒解帶人，數騎尋秋到。

甘州 渡河，憶己巳夏南歸，值午節競渡，今來秋莫，夕照西風，撫序感懷，曷云能已

卸征鞍一席挂長風，河水拍秋高。望彎環似帶，東南巨塹，勢障雄濤。同是客星今古，天上溯源遥。直導崑崙下，大海滔滔。　回首中流簫鼓，駕龍飛彩楫，電迅雲驕。嘆侵尋時序，游記墨徒勞。向滄溟、燕來鴻去，動晚風、容易荻花梢。長堤畔、明年明月，照我停橈。

減字木蘭花 揚州寄題康山

遥山雨隔，閒却尋秋花外屐。樹密藏門，石磴茶煙夢尚温。　竹西佳勝，別緒文通還記省。臘盡來游，瘦鶴寒梅雪滿樓。

周樽元

字華農。嘉善人。有《寶晋甎室詞集》。

洞仙歌 有憶

錢江渡了，漸風餐露倦。摇夢程程怎生遠。記蠟燈別淚，雁柱離聲，分明語、須要料量寒暖。　文窗今日裏，話到天涯，幾度愁停小金剪。落拓舊情懷，醉也由他，更没個人兒拘管。

儘放眼江天恣閒吟，只數點煙鬟，算伊清伴。

南柯子

瘁葉飄無定，涼蛩絮未休，羈懷已是不禁秋，又況懨懨餘病在心頭。　夢雨銷銀管，情雲憶翠樓，天涯同此月如鈎，不似玉釭單照一邊愁。

虞美人

釀寒天氣疏疏雨，蛩絮零星語。菊花從不鬥春妍，簪向玉人頭上便堪憐。　秋雲黯黯連朝暮，塞斷鴻來路。鬢痕先帶二分秋，那不一番鄉思一番愁。

鳳棲梧 秋院

秋影沉沉池半面，紅褪蓮衣，碧凈藤蘿罥。花刺鈎人雙鬢亂，記尋蟋蟀鎗籬畔。　菊花縱好無心玩，枉殺新涼，剩怨秋風扇。桐子零星吹又遍，拾來試數單雙看。

祝百十

字筱山。江陰人。

念奴嬌 録别，用東坡韻

故人初見，擬當年、湖海元龍人物。一再題襟，重認取、司馬還鄉四壁。愛日心懸，淩雲筆健，忍卧袁安雪。周郎無恙，有人懷想英傑。　無奈渺渺扁舟，荻汀楓岸，儘吴歌催發。旅雁西風天半語，一片斜陽明滅。雨笠煙蓑，歸裝珍重，且捧觴華髮。青山依舊，舉頭同此明月。

汪福辰

字致堂，號芷塘。吴縣人。諸生。有《春水詞》。

八聲甘州 秋日泛舟虎阜，感憶舊游

又飄然一棹趁西風，無聊事清游。傍蕭疏衰柳，蒼茫斷壁，是處尋秋。見説吹簫人去，怕倚水邊樓。只有淒凉月，還照樓頭。　記共嬉春伴侣，向花前顧曲，燈畔藏鈎。悔幾番飄泊，蹤迹等閒鷗。漸銷磨、當年艷冶，嘆此來、不是舊風流。憑闌處，聽蕭蕭響，落葉飄愁。

陸麟書

字子愉。太倉人。舉人。

采桑子

水精簾捲棠梨院，曲折房櫳，淺淡芳叢，過雨桃花滿地紅。　宿酲未醒春情倦，昨夜晨鐘，飄冷東風，夢到銀墻第幾重。

朱　縉

字來錫，號也娱。元和人。諸生。有《喁喁詞》。

虞美人　送别

絲鞭遥指長亭近，又把歸期問。生來不解唱驪歌，只恨垂楊緑處别離多。　東風吹遍天涯路，愁見斜陽暮。不知今夜宿誰家，殘夢依稀一半在梨花。

汪　潭

字夢鶴。錢唐人。太學生。

蝶戀花

料峭寒侵幽夢醒，塞雁無端，叫徹霜天冷。落葉打窗蓮漏永，沉煙一炷銷金鼎。　望斷鄉關人卧病，未識孤山，可有梅花等。翠浪叠衾眠不定，半爐殘月欺燈影。

季士訢

字尚迂，號問紅。常熟人。布衣。有《問紅詞草》。

揚州慢 梅花

修竹園林，向陽亭館，住家也傍山村。有横斜瘦影，儘留得春痕。趁香裏、題詩興動，那時相對，曾厭清尊。换東風幾度，情邊添種愁根。　別來翠帳，問天涯、誰與温存。便縞袂堪尋。凄迷斷夢，何處重門。一樣畫闌明月，三千里、冷落吟魂。更聲聲玉笛，今宵人又黄昏。

菩薩蠻 姜白石遺像

揚州薺麥春風老，合肥巷陌秋風早。楚尾更吴頭，扁舟只載愁。　新詞歌一曲，艷倚人如玉。花發馬塍西，山禽不住啼。

潘士淳

字拙民。吴縣人。諸生。有《天香齋詞》。

木蘭花慢 春雨悶懷

恨韶光易老，都斷送、雨聲中。剩院宇淒涼，梨花黯淡，柳絮溟濛。簾櫳舊時夢影，算而今、已有幾分空。閒和愁吟短句，玉樓瘦損芳容。　殘紅。零亂似飄蓬。往事太朦朧。更綠水侵階，青苔沿榻，碧草成叢。惺忪。艷陽天氣，但小樓日日倚東風。聽取杏花枝上，一雙燕語匆匆。

金棨望

字藹春。吴縣人。諸生。

菩薩蠻

亂鶯啼破煙光曉，東風吹綠江南道。別夢繞天涯，春歸燕子家。　好花紅幾日，忙殺迎春筆。有酒且高歌，年華逐逝波。

戈成傑

字曉薇，號孝維。吴縣人。諸生。

搗練子　題畫

煙樹遠，水雲賒，黄葉敲風夕照斜。雁影兩三人寂寂，一天秋思在蒹葭。

昭君怨

垂柳絲絲煙裊，風裏絮雲飛繞。小雨濕闌干，正春寒。　朱户銅龍深閉，莫把紋簾鈎起。簾外即天涯，況飛花。

顧　翰

字蔺塘。金匱人。官□□縣知縣。有《緑秋草堂詞》。

黄韻甫云：『蔺塘以縣令分發安徽，輕財好交游，卒以官逋罣誤。其性情肝膽，亦可想見。道光己酉，晤於皖江旅舍，蒲團養寂，有蕭然出世之心，吁可悲也。』

喝火令廣陵懷古

緑水閒歌苑，青山舊酒旗。秋風板渚柳依依。人去花留，紅橋夢斷玉驄嘶。香冢埋金碗，春墳葬玉衣。六朝遺恨是耶非。一片錦帆，何處問隋堤。一片曉陵煙月，歷亂早鶯飛。

念奴嬌再過蓉湖感舊

烏篷當日，記閒盟鷗侶，曾問幽浦。抱郭疏香争透水，隔斷南湖煙渡。翠帔相扶，紅衣欲蜕，單舸尋秋路。仙源重到，漁郎空省前度。　那便夢隔雲波，蕭疏水驛，零落今如許。不信繁華容易散，只有寒潮今古。髡柳橋荒，枯荷苑廢，野鴨西風語。何年此地，一蓑來卧煙雨。

虞美人

鏡塘三月明如玉，春水晴漪緑。夕陽江閣嫩涼添，兩岸人家齊上水晶簾。　笙歌一隊歸來早，白袷俱年少。楊花飛作滿湖煙，斜趁東風亂撲酒人船。

蕭師度

字晋卿。太倉人。諸生。有《杏花疏影閣詞》。

踏莎行

睡損鴉鬟，慵添鴨炷，舊愁都向眉峰聚。一春長自掩窗紗，而今已是春歸去。　枕上啼痕，屏前別緒，鶯期燕約都無據。畫廊清晝悄無人，倚闌閒共鸚哥語。

月下笛 秦淮水榭，賦本意，用玉田格

雁底懷人，蛩邊語恨，旅窗情味。疏風外、何處悠揚笛聲起。梅花自向秦淮落，蕩一點、涼煙暗墜。乍秋魂吹醒，銀蟾冷照，碧空無際。　人意。清如此。奈脆韻飄來，暗縈離思。寒鴉病翅，倦飛無限心事。月明酒醒天涯夜，第一是、闌干怕倚。甚此曲、已淒涼，還又移宮換徵。

王　斑

字西文。鎮洋人。

浪淘沙 秋夜聽雨

儘彀得傷心，雨又沉沉。秋燈涼逼小窗陰。窗外芭蕉剛幾葉，響到孤衾。　還說甚佳

音，別緒同深。好留香夢慰而今。偏自含愁渾不寐，夢也難尋。

裴鏞

字迪君。句曲人。

春風裊娜 送春

底今年春事，忒殺匆匆。金帶解，玉盤空。倚珠簾、對此落花庭院，欲言無語，堆上眉峰。燕子銜殘，鶯兒啼老，酒不澆愁愁更濃。別緒絲絲柳摇緑，閒情種種水流紅。花信連番數遍，低徊暗憶，撩人處、總是春風。憎春好，釀春慵。催將春去，難爲春儂。無可奈何，人間天上，記曾相識，闌角樓東。今年去了，問明年今日，多情再見，可肯從容。

吴縣潘介繁襄校
仁和徐慶銓編次
平湖張炳堃增訂
錢塘諸可寶校勘
永康胡鳳丹監刊

國朝詞綜續編卷九

海鹽黃燮清編纂

馬　洵　四首
汪元浩　六首
汪元治　三首
張爾旦　十四首
王嘉福　十一首
馮承輝　一首
許乃穀　一首
林奕構　一首
梁紹壬　二首
張維屏　四首
趙慶熺　六首
陸我嵩　一首
孔昭煊　一首
祝壬林　三首
徐金鏡　二首
董用濟　二首
沈璧璉　二首
倪　淵　一首
朱聲希　二首
于鳳陽　一首
項映薇　一首
劉福疇　一首
江　介　一首
徐　覽　一首
儲世臣　一首
蔡　偁　一首
陳希敬　一首
王柏心　一首

馬　洵

字伯泉，號小麇。海寧人。有《五千卷室詩集》，附《瓶隱詞》。黄韻甫云：『先生居梅里，慕竹垞、秋錦之風，詩酒流連，慷慨好客。家霽青觀察序其遺集云：「體逸心冲，居安游樂。清不染塵滓，儉不狃豐愉。得同志之朋交，著名山之事業。」可以想見其生平矣。詞亦清微，有繪影繪聲之妙。』

菩薩蠻

銀河只隔紅墻右，畫樓行處金釵溜。驀地小迴身，影兒如有人。　海棠花下路，羅襪輕塵步。今夜月明多，月明寒奈何。

瑶花慢　玻璃窗

冷光垂地。寂寂層闌，護輕寒深閉。空明一片，看蕩漾，影碎滿庭花蕊。湘簾纔押，悄不覺、有人檐底。映紅顔、便欲低頭，已露半痕眉翠。　水晶宫裏藏嬌，燦五色新裝，金屋差擬。雲英打疊，方小拓、裊裊爐煙香起。春風篆縷，訝表裏、都成心字。惹梁間，雙燕遲疑，認道剪冰初試。

摸魚兒 盪湖船

問生涯、浮家安穩，山塘七里延佇。從來未慣江湖險，那識嚴灘黄浦。頻唤渡。算只載郎歡，不載郎愁去。消磨何處。認緑水橋邊，冶坊浜口，似織競柔櫓。波光好，燈火千船簫鼓。驪珠蕩漾無數。舵樓人隔窗紗外，斜倚更添眉嫵。朝復暮。恁酒地花天，占斷春如許。留君且住。記鬟影尊前，粉香扇底，分付斷魂語。

綺羅香 柳東購得朱竹翁分書《綺羅香・並頭蓮花》詞箋，乃第二闋也，與集刻略異，當是初稿，乃裝池成册，爰依韻繼聲，邀余同賦此闋

鷗國新秋，漁蓑舊夢，水調翻成宫體。小築溪亭，却對六峰螺髻。掀翠蓋、蓮座雙擎，划畫舸、蘭橈齊理。想嫣然、一鏡明妝，采芳人在緑雲裏。　輸他池上鷺侶，曾見紅衣白髮，詞場游戲。此日重尋，剩有露痕如洗。銷不盡、老柳煙凝，吹欲斷、白蘋風起。剩涼階、葉葉梧桐，滴殘疏雨幾。

汪元浩

字孟然。鎮洋人。

齊天樂 秋煙

非雲非霧非嵐氣，遥看半空籠住。冷冷清清，尋尋覓覓，秋在極模糊處。輕綃萬縷。織一幅瀟湘，畫圖如許。踏葉人歸，斷紅橋外易迷路。　依稀漁艇過也，聽歌聲緩緩，柔櫓摇去。水際將消，林端又起，欲斷還連情緒。蒼茫釣浦。問短笛誰横，唤醒眠鷺。幾陣風絲，滿天篩細雨。

南浦 荷葉

圓碧鏡中摇，逗微香，最愛銀塘才曉。轉側欲扶花，承凉露、翻把盤珠傾了。平波浸影，幾枝猶擲遺簪小。常護文鴛雙夢穩，也算緑雲修到。　年時水榭憑闌，甚亭亭、勸我箭杯傾倒。青入砑羅衣，還相對、簾底黛眉初掃。團圞最好，借他書寄新詞稿。惆悵秋來喧夜雨，溪畔蕩舟人少。

慶春宫『小屏殘燭』，葆酚句也，爲湘霞賦

雪叠綃鸞，煙凝蠟鳳，中宵静照愁顔。被浪翻紅，爐雲漾碧，帳深猶怯餘寒。忍寒癡坐，且休卸、蘭翹翠鈿。低徊重卸，夢或逢伊，伊定能憐。　争奈玉箭偷懸。淚濕銅壺，一樣潸然。

月轉罘罳，風摇屈戌，夜烏還自聲喧。幾回欹枕，怨虬漏、迢迢似年。拚將今夜，著意尋思，索性無眠。

浪淘沙 春盡日送别苕仙

流水蹙羅裙，中有愁痕。畫船雙槳載春人。著意留人留不得，何况留春。　軟語記温存，燈火黄昏。賺來離緒總紛紛。魂向當時銷盡也，怎又銷魂。

清平樂 夢過落花庭院，留題粉壁，約略記之，不勝凄眷

斷無人處，花落閒庭宇。一桁簾衣垂暮雨，梁燕也都飛去。　只餘滿徑蒼苔，依然緑上階來。分付奚奴休掃，記曾襯過弓鞋。

憶舊游 苔

記香泥潠雨，濕翠棲煙，院落庭空。研粉闌干外，有蘼蕪一剪，低襯蒙茸。愛伊似憐春去，辛苦受殘紅。待長遍瑶階，清清冷冷，又怨秋風。　吟悰。漫凄惱，任軟綉勾鋪，緑卷簾櫳。悄憶墻陰下，定圓紋點點，啼殺寒蛩。忍看廢陵遺址，深淺土花封。奈最惹思量，弓弓畫屧留舊蹤。

汪元治

號珊漁，又號仲安。鎮洋人。

憶少年

斜陽院落，飛花窗户，冷清清地。闌干尚如昔，認斑斑殘淚。　不見舊時簾卷起，況淒然卷簾雙髻。傷心向誰訴，有東風燕子。

國香慢　珍珠蘭

一樣幽芳，認疏花隱葉，種異湘江。倚風幾絲斜裊，色染輕黄。誰串纖莖魚子，壓蘭雲、恰稱新妝。鉤簾坐瑶砌，翠縷亭亭，掩映釵梁。　比肩相對處，算圓珠顆顆，十斛難量。樓東舊恨，料花也解淒凉。不是淒凉意緒，恁零星、香淚成行。仙姿怕重憶，剩有餘芬，空斷柔腸。

《花譜》：『珍珠蘭葉能斷腸。』

齊天樂　墮歡似夢，别事等塵，月約未圓，星期又阻，獨夜追憶，不勝淒眷

分明約阻銀潢路，重逢更知何地。駕鵲無靈，藏珠有巧，空惹相思難已。今宵過矣，便捱

到明朝，怎生情味。一點孤燈，照儂冰簟冷如水。　針樓定添別恨，賺離愁多少，還賺香淚。瘦影偎花，嬌鬟溜玉，猶記那回梳洗。春人夢裏。縱略繫春懷，已饒秋氣。甚處瑶笙，夜凉吹怨起。

張爾旦

字信甫。常熟人。有《種玉堂詞稿》。

黄霽青云：『能爲此種詩詞者，是洪稚存、黄仲則一流人也。生同斯世，恨未見之。』黄韻甫云：『《種玉詞》纏綿凄遠，言外恨長，弱柳啼煙，疏花蠸雨，讀之低徊欲絶。』

三部樂　予以今春來吴門，宿吴氏之甆簫館，主人邀爲看花之游，自春入夏，歌酒追逐，歸舟有靈巖之約，用夢窗體填寄

緑淺波柔，聽欸乃數聲，蕩愁無力。半帆詩夢，又趁隔湖風急。記同訪、春巷閒門，問酒盟冷落，鷺邊相憶。柳枝作絮，報我化萍消息。　脱巾醉倚歡筵，燭花暈小，響綉床箏笛。却憐亂紅舞後，吟懷消歇。約看山、再移畫楫。尋雪爪、秋鴻舊迹。日暮浪疊，芙蓉弄、千朵寒碧。

瑣窗寒旅泊梟溪，夜中自題寓舍之壁，秋士多悲，聊用自遣

水樣年華，星星鏡裏，鬢添霜縷。何郎易老，忘去却梅花詩句。但年年、看春去來，惜花儘有閒情緒。又怎禁永夜，天涯孤冷，一燈風雨。　萍絮。憐羈旅。問此後歡場，更消幾許。人間夢短，散了不如休聚。暗驚秋、衰柳病蟬，抱枝咽、露涼自語。臥禪寮、半榻茶煙，此味須諳取。

生查子

欹枕聽蕭蕭，落葉敲愁重。燭瘦冷紅摇，風入秋簾縫。　井樹醒棲鴉，驚起疏鐘動。滿帳漏纖痕，斜月窺殘夢。

山亭宴秦淮秋泛

鷗波蕩得秋無際。弄蘭橈、夕陽明裏。一角小紅樓，乍吹度、流鶯語細。樓邊老柳忒多情，挂瘦月、作去將眉意。何處問南朝，正渺渺、潮生矣。　玉簫水上吹摇曳。甚今朝、酒醒偏易。殘雨洗寒螺，算從古、銷魂此地。閒花開落不知名，便重到、零星誰記。客爲避愁來，不道愁難避。

虞美人 春盡夜

玉簫凄弄誰家院，暗把東風怨。擔愁惹病作去相思，算是不曾閒過好春時。　煙梢濕卸殘紅重，香徑鶯呼夢。打窗幾陣下如潮，酒醒落花聲裏又今宵。

南　浦 餞闇鄉之浙東

春水滿前汀，問閒鷗、甚亦分飛無奈。柳外是斜陽，遥山影、更在斜陽紅外。長箋賦别，銷魂燭剪西窗再。一半清愁留夜榻，一半蘭橈分載。　看花路出西湖，見孤山病鶴，寄聲君代。觸惹舊游情，相思夢、和了輕帆先挂。風簾颭緑，登樓一醉聊同買。開過芙蓉歸莫誤，漁笛隔江吹待。

八聲甘州 舟泊丹陽，追悼亡友王子陽。子陽元和人，名玉桂，試白門，病歸，歿於丹陽道中，其時爲辛巳秋七月，距今乙酉，已四易寒暑矣

正關河笛裏到新凉，愁思滿江城。又推篷夜泊，懷人此地，淚忽縱横。燈外青磷照夢，鬼語答寒更。落葉凄蛩畔，夢已難成。　還記聽歌水閣，只秦淮病柳，曾證鷗盟。問昨歡何處，瘦月隔煙生。更誰知、旅魂飄泊，但楓林吹雨黑殘程。扁舟去，西風天末，都作去秋聲。

憶舊游白門晤茗香，流連道舊，數日別去，既又自鳧溪寄書相問，復申結鄰湖上之約，答之以詞

正風欺病葉，露泣孤蛩，愁掩瑶尊。舊雨憐幽寂，話山中昨夢，何忍重温。背君記摇柔櫓，欸乃夕陽村。便寄與相思，秣陵秋樹，都是銷魂。　閒身。更誰問。嘆浪擲黄金，難買青春。縱有春長好，怕花前愁鬢，易染霜痕。避人狎鷗湖上，除與素心論。待縛個漁船，山光樹色青到門。

浣溪紗

簾外東風不肯晴，一層寒透袷衣輕，梨花吹雪過清明。　篘管欲拈無氣力，瑶箋頻展没心情，夢回凄悄又聞鶯。

南　浦城北荒無居人，十畝五畝，皆栽荷花，其外垂楊合抱，亦幽境也。六月廿四日，子瀟師偕過其處，朝旭乍紅，露光猶泫，徘徊花側，日高始返，述此調以志佳游

露滴萬珠圓，蕩微風，一鏡霞天清曉。荷氣化凉煙，煙汀外、都是空濛青杳。紅衣艷照，美人影弄玻瓈悄。楊柳陰環香百頃，只有白鷗尋到。　飛來倒浸空明，更遥山一朵，瓊奩迎

笑。花映翠芙蓉，無花處、剛插亭亭孤峭。鴛鴦正鬧。冷蟬先自吟秋了。還怕重來吹短笛，紅剩隔溪殘蓼。

八聲甘州

亡友屈寅甫，名頌滿，弱冠時書畫絶妙，殆有夙慧。其配季湘娟亦才媛，結褵一載，寅甫病殁，湘娟集其手箋爲一册，朝夕展視，未嘗不泫泣也。礪之爲湘娟之弟，以册見示，予亦不能無宿草之感，爲題此詞

似落花狼藉故人魂，孤飛不能招。認銀鈎樣瘦，香濃墨淡，頻展無聊。忍憶十年前事，除是夢相邀。凄雨寒煙裏，夢也迢迢。　爲有吹簫舊侣，把零箋斷素，讀當離騷。嘆情長緣短，彈淚濕生綃。問天邊、玉樓今夕，對素蟾、還記可憐宵。相思字，蠹魚能蝕，此恨難消。

浣溪紗

落葉西風作去晚晴，到黄昏又冷清清，秋聲一院剪燈聽。　守著紅窗天怕黑，吟蛩初歇酒初醒，不堪殘夢憶零星。

緑　意

招真治梅花下感舊，同季礪之賦，時道光庚寅二月二十日也

春煙弄色。正香霏玉瘦，落花盈尺。花下闌干，花外迴廊，一片夕陽紅徹。絶無人解相思

意，算只有、東風相識。剩古苔、泠碧零星，碎了夢痕難拾。不信山深夢隔，又飛到、一縷斷魂招得。暝入空山，都化離愁，笛怨數聲飛出。商量此恨憑誰寄，待喚起、青天蟾魄。總舊情、憶著淒涼，怕與翠禽重説。

洞仙歌 題趙闇鄉《桃花春影》卷

濃春時節，記頻來雙燕。花裏比鄰好庭院。正莫愁年小，巧笑無猜，難忘去却、曾踏落花相見。

鬱金堂易主，燕子天涯，何況東風舊人面。一樹緑陰陰，帶了殘霞，還認作、隔墻花片。但約略、芳姿畫嫣紅，更觸我、傷心謝家團扇。

王嘉福

字穀之，號二波。長洲人。蔭襲騎尉，官儀徵守備。有《二波軒詞選》二卷。

黄韻甫云：『《二波詞》如落花戀樹，飛燕依人，語不求深，使閲者自醉，情勝故也。』張石樵云：『《二波詞》哀感頑艷，悦魄盪心。』

桂殿秋

新水碧，落花紅，吹殘春事幾番風。舟移穲柳嬌鶯外，人在珠簾細雨中。

闌干萬里心

垂楊庭外晚煙籠，十二闌干卍字空，檐馬聲聲細雨中。一簾風，花在苔衣緑上紅。

相見歡

蘭舟夜泛紅橋，醉停橈。忘却樓邊燈火，已深宵。玉漏静，綉衾冷，儘無聊。只隔一重窗子，彀魂銷。

慶春宫從陳允平體，即用原韻

雙鬟花嬌，單衫霞艷，斷腸一寸横波。惆悵多時，凄凄脉脉，酒邊無奈愁何。夜闌人静，漫彈出、相思怨歌。雲萍身世，深訴飄零，暗損蟬蛾。　三更露下高柯。香潤熏篝，扇濕輕羅。玉砌盟心，瓊闌携手，别時翻悔情多。夢回人遠，淚空漬、迴文錦梭。天涯何處，凝望翠樓，一抹銀河。

高陽臺題《涉江感舊圖》

桂楫摇煙，蘭舟佇雨，年時曾采芙蓉。綉被香疏，流光直恁匆匆。涉江重覓煙鬟影，但斜陽、一抹愁紅。更禁他、昨夜微霜，瘦了秋容。　天涯多少傷情事，算青衫淚漬，都是歡悰。水遠山長，關心秋燕春鴻。無聊借酒澆愁思，奈閒愁、比酒還濃。忍回頭，一笛黄昏，吹怨遥空。

又余自杪春來客京江，忽秋已深矣，風懷蕭索，情見乎詞

泛艓評香，携花寫艷，當年勝侣如雲。誰信天涯，吟懷瘦了殘春。杏花疏雨梧桐月，好亭臺、都負琴尊。恁無憀，水皺笙寒，腸斷司勳。　酒闌底事添惆悵，悵歌樓笛榭，短夢如塵。留得青衫，印他多少啼痕。分明一角秋河影，向天邊、隔斷春人。又誰知，蕭瑟江干，獨自銷魂。

憶舊游將别秦淮，又薌置餞於雲波吟榭，别後無聊，漫填是解

記桃囊擁翠，杏靨啼紅，黯黯尊前。略記銷魂語，道今番歸客，翻在春先。酒醒五更風露，輕换木蘭船。悵帆葉牽雲，櫓枝摇雨，涼送漚邊。　凄然。向誰訴，是瘦影依燈，斷夢偎煙。絲柳河橋外，甚緑波春草，都是愁天。怕看昨宵明月，還是十分圓。料一樣無聊，熏籠畫閣寒未眠。

高陽臺 記别

瘦荻摇煙，枯荷鬧雨，離愁滿載蘭橈。聽水聽風，知他何處今宵。尋尋覓覓淒淒思，但傷心、隱隱迢迢。料無眠，一枕冰痕，啼濕紅綃。　明知此别尋常有，奈今番酒醒，直恁魂銷。夢上江樓，依稀帆遠天高。不知誰畫煙鬟影，認微茫、兩點金焦。又驚回，四壁秋蛩，替訴無聊。

一萼紅

盼汀洲。正叢蘆如雪，低颭萬梢秋。枯樹棲雅，平沙落雁，斜陽紅墮高樓。裊天際、征帆千葉，問西風、幾葉是歸舟。誰畫淒凉，幾株衰柳，幾個閒鷗。　回首江潮滚滚，縱沙痕淘盡，難浣離愁。何處清鐘，誰家殘笛，兩三星火瓜州。爲問伊、故山猿鶴，應笑我、塵海苦淹留。舊日心期消散，都付東流。

長亭怨慢

記前度、湘紋簾底，鏡艷羞鸞，粉香迷蝶。一夢成煙，小園重到怨離别。曲闌幾折，空落盡、花如雪。欲問舊歡悰，祇剩有流鶯能説。　淒絶。看雲階細草，暗損墜鈿遺迹。紅愁緑慘，忍回憶、那年春色。訴不盡、苦語相思，是風外、金鈴嗚咽。只短柳依依，青眼還如相識。

南柯子

簾額秋痕瘦，琴心舊恨長。闌干曲似九迴腸，不用淡煙疏雨作凄凉。　笛畔拋紅豆，尊前挽緑楊。苕華小字記眉娘，但見一鈎新月便思量。

馮承輝

字少眉。婁縣人。有《古鐵齋詞鈔》。

望海潮 海鏡樓觀海，和研北韻

蒼蒼山遠，濛濛雲疊，當空萬里秋懸。鵬擊千尋，舟移一粟，溟波盪漾無邊。日月浴迴瀾，問揚塵何日，復變桑田。我欲乘槎，手捫星斗，半天寒。　蒼茫鹿渾伊連，正洪濤縹緲，一抹蒼煙。重譯人來，扶桑日近，遥遥水色長天。雙眼望中寬，想登高極目，身似神仙。何日移情，與君同倚碧闌干。

許乃穀

字玉年。仁和人。道光元年舉人。官甘肅敦煌縣知縣。

買陂塘 同人詣孤山，議建和靖祠，並補梅放鶴，詞以記事

暮蒼蒼、斷垣衰草，無人來吊和靖。山中眷屬空梅鶴，滿目斜陽淒冷。君試省。算七百餘年，舊迹依稀剩。重來繫艇。想一角添樓，二分宜水，位置到疏影。　紅塵境，仕隱都難自定。不如沉醉無醒。買山有願非虚語，笑指西湖爲證。高處憑。把去住心情，訴與先生聽。夢來雪嶺。更挈我登臨，隨君歌嘯，月下四山應。

林奕構

字基成，號少霞。長洲人。道光元年舉人。

菩薩蠻

菱花净拂銀屏底，秋懷曲折簫聲裏。樓上晚寒多，天涯人奈何。　三更蛩暗語，又是風吹雨。心事問誰知，孤衾入夢時。

梁紹壬

字應來，號晉竹。錢唐人。道光元年舉人。有《兩般秋雨菴集》。

金縷曲 春陰

春在冥濛處。怪東風、無端收拾，蜂情蝶趣。淡殺梨花濃殺柳，嬌殺海棠一樹。更何俟、緑章乞取。庭院深深簾窣地，膩熏爐、潤逼沉檀炷。香篆外，逗飛絮。　佳游已誤尋芳侶。好繁華、樓臺十里，鶯花無主。剗厚濃雲癡不醒，竟把韶光勒住。更不放、斜陽一縷。梁燕呢喃聲未定，似猜詳、明日風還雨。鎮相對，話愁緒。

漢宮春 咏漢趙倢伃飛燕玉印，文曰『倢伃妾趙』，『趙』字鳥篆，蓋寓飛燕意也，龔璱人藏

一寸于闐，有漢宮春色，千載紅殷。何時暗抛玉匣，流落人間。如絲鳥篆，似摹他、小字蹁躚。真恍見，蠻腰一搦，縐裙襞襞留仙。　長樂建章何處，問金刀傳璽，幾姓曾遷。瓊函緑綈，小印認取蠶眠。宮銜署也，想當年、賜並釵鈿。知佩向、石華袖底，幾回紺唾猶鮮。

張維屏

字子樹，號南山。番禺人。道光二年進士。官松滋縣，擢同知。有《聽松廬詞鈔》二卷、《玉香亭》一卷。

黄韻甫云：『先生善文詞，所交皆海内知名士。著《國朝詩人徵略》一書，發微闡幽，各繫小傳，使後之人知人論世，得所依據，其用心遠矣。詞亦秀雋不凡。』

闌干萬里心　九江阻風，賦此撥悶

九江城外雨如煙，九派茫茫送客船，不聽琵琶已黯然。水連天，一夜江聲人未眠。

壺中天　題金正希先生畫《研山小册》，吴雁山孝廉得於書肆中，款識剥蝕，小印可辨

文壇尊宿，問何時游戲，圖成拳石。石破天驚文字在，都是一枝椽筆。煉或媧皇，化疑星宿，不似人間墨。殘縑斷楮，滄桑多少陳迹。　爲想當日江南，守陴鏖戰，此紙應拋擲。若遇仙人能煮熟，便與三軍同食。毅魄雲埋，忠肝鐵鑄，濺血痕猶碧。讀公文者，定知同此珍惜。

浣溪紗

讀畫翻書悟夙因，綠窗餘事作針神，從來不負百花辰。　廿四番風輕似燕，十三行字瘦如人落，紅和淚送殘春。

綉得花幡且避風，懨懨人倦唾殘絨，新愁如霧壓眉峰。　藥勸加餐添半夏，漏嫌驚夢減丁冬，可無銀液鎮心忪。

趙慶熺

字秋舲。仁和人。道光二年進士。選陝西延川縣，改金華府教授。有《香消酒醒詞》。

憶蘿月

夢魂如絮，隨定東風去。一堵紅墻闌不住，直到畫樓深處。　落花小院池塘，鸚哥喚醒迴廊。誰道晝長春永，只消幾炷沉香。

柳梢青

薄酒微醺，水晶欹枕，擁被思君。雨雨風風，昨宵人病，今日春分。　憐他静掩重門，料打叠、梨花夢魂。六扇文紗，兩枝紅燭，一個黄昏。

鵲橋仙 夏閨

愔愔庭院，沉沉簾幕，坐到黄昏無那。玉爐片腦已都消，剛剩得、一星兒火。　蛾燈剔罷，蚊幮掩却，斜扣金訶待卧。恰愁夜短夢偏長，含笑約、檀郎分作去。

憶蘿月

不茶不酒，鬆了衣雙鈕。心是梧桐身是柳，到得秋來都瘦。　日間略可眉顰，一燈上過銷魂。偏是天公無賴，近來只慣黄昏。

生查子

青溪幾尺長，中有雙枝櫓。楊柳小於人，便解留船住。　歌聲按暮雲，酒氣蒸香霧。吹落碧桃花，紅了來時路。

臺城路 三月中旬，吴夢蕉約同人作皋亭之游

一春好似黄梅雨，今朝嫩晴天氣。櫓響離城，雲移出樹，拂面繂絲風細。船頭舵尾。看水

碧羅羅，野塘十里。一路桃花，淺深紅到半山裏。年來花事有幾。再消停數日，枝上如洗。歡喜橋邊，甘墩村外，都是曾經游地。尋春倦矣。問前度劉郎，鬢霜添未。有約重游，酒杯還自理。時有果熟重游之約。

陸我嵩

字萊臧，號芳玖。青浦人。道光二年進士。官南臺海防同知。

摸魚兒 寄懷周華農

悵江湖故人星散，當頭惟共蟾魄。周郎家近鴛鴦渚，繞屋芡田三百。長苦憶，要烏榜青簾，遍置花間驛。芙蓉四壁。想艫艙紅腮，鷄缸緑面，醉影畫苔格。慳芳約。秋雨茂陵倦客。香消酒醒今夕。旗亭未睹雙鬟唱，凄咽滄波長笛。煙水隔。應念我、油衫皂帽緇塵積。詩塵夢蹟。在放鶴洲邊，賣魚橋外，愁斷暮雲碧。

孔昭煊

字温甫，號小蘅。曲阜人。道光二年舉人。有《半舫詞》。

憶舊游

聽鶯聲嚦嚦，燕語喃喃，陡惹閒愁。待把重簾捲，奈無人撲蝶，響戛空鈎。悶來酒傾三雅，薄醉暈雙眸。偶倦倚吟窗，春寒料峭，怕賦登樓。　　悠悠。記前度、共暢叙幽情，兩意綢繆。瞥眼韶光換，問神仙伴侣，解憶儂不。儘饒二分春色，美景付誰收。只黯黯魂銷，吹香院落花氣浮。

祝壬林

原名懋成，字鞠門。仁和人。道光二年舉人。覺羅漢教習，候選知縣。有《長蘆秋笛譜》。

高陽臺

戊戌報罷，許季眉乃常招同葉素庵金書、黄韻甫燮清游城南看花，午後至尺五莊小飲，爲賦是解

柳褪輕綿，莎平軟薦，隔花啼老鶯聲。酒病詩愁，可憐顦顇蘭成。落紅不耐春拘管，趁東風、飛出高城。最無情、流水飄香，猶自盈盈。　　傷懷不在題箋素，在燈邊聽雨，月下聞筝。舊隱西湖，未應冷落鷗盟。行將散髮滄江去，算人間、何用浮名。借金尊、一洗牢愁，醉學長鯨。

百宜嬌 蒲河寓齋，背臨曠野，軒窗洞開，昌黎諸山皆在一室。居民數十家，傍樹爲屋，炊煙高下，浮若白雲，柳林遠近，時縱游牧，極北方之勝概。小住匝月，人事觸忤，欲歸未得，仍回都門，賦此以記一時鴻爪

山淺留雲，林深閣日，恰對小窗如畫。細草平沙，斜陽古柳，閒放一群蕃馬。人家幾處，羨鷄犬、也都清暇。指蒼涼廢壘前朝，倩誰短幅描寫。　曾醉卧令支城下，策騎又龍堆，塞笳吹罷。花鳥前盟，湖山舊隱，苦憶故園臺榭。輕裝料理，且覓個、吟瓢消夏。早心知、買賦長安，近無高價。

疏影 緑陰

濛濛濕翠。看雨晴萬樹，凉合如水。浄洗春痕，略綴殘香，試問東風餘幾。雛鶯乳燕還來否，料不戀、枝頭青子。記恁時、載酒江南，壓遍吳娘船尾。　遮斷郵亭十里，早斜陽遠近，亂蟬催起。那處人家，深掩重門，都在碧陰陰裏。而今歸踐溪山約，慣自愛、眠琴閒憩。任晚來、月上西窗，影暗一燈簾底。

徐金鏡

字芸峴。武康人。道光二年舉人。有《山滿樓詞鈔》。

探春慢　仲子湘《東湖餞春圖》

畫舫臨波，垂楊拂檻，樓臺多少煙雨。正是江南，芳菲時節，漸被鶯聲吹暮。流水長堤外，更目斷、征帆歸路。曉風吹送，離愁天涯，無數飛絮。　未肯和春留住，又一晌春歸，人隨春去。曲岸題襟，旗亭倚棹，畫裏韶光如故。前度吟魂在，還認得、沙邊鷗鷺。回首斜陽，銷魂長在南浦。

洞仙歌　武昌郡南門外鮎魚套，古鸚鵡洲也，正平祠墓在其上，由來久矣。自前漢陽守裘公修郡志時，毅然以東門外荒洲當之，數十年來，遂沿誤成俗。戊戌閏四月，蔣村丈導游古鸚鵡寺，拜禰公祠，觀明人舊碑，爲述本末，倚此正之

文章太守，漫耽奇成癖。移去嘉名一江隔。怪平沙淺渚，寂寞荒郊，誰與證、往日圖經傳刻。　閒尋來此地，斷碣依然，獨有前朝舊遺迹。古墓易沉湮，三十年來，問沿誤、幾人能識。但認取、洲邊禰公祠，笑安石、新墩不須争得。

董用濟

字蠡舟。烏程人。

賣花聲壬申閏三月二十一日

香燼彩雲消，翠隕紅飄。縱無風雨也蕭條。記取一生腸斷日，前月今朝。　黛色淺含嬌，眉嫵輕描。遺容不待寫吴綃。離去却心頭還眼底，何日能抛。

高陽臺己丑中秋，沉陰微雨，適抱河魚之疾，况味蕭槭，殊難爲懷

苦霧埋珠，嬌雲蝕璧，羅帷閉置輕盈。欲爲催妝，怕伊絃管無憑。庾家減却南樓興，悵良辰、駒過難停。算從今，能幾今宵，便了今生。　無窮身世飄零感，更瘦妻顑頷，弱息伶俜。白髮倪迂，何堪腹疾方嬰。紅螺捲碧應無分，怎懨懨、如殢春酲。拚上餘年，病也難消，愁也難醒。

沈璧璉

字熙之。上海人。有《虚白堂詞鈔》。

浣溪沙

芳草臨風一道斜，夕陽盡處有人家，玉驄何事向天涯。　水遠暮帆分樹去，山平孤店被樓遮，依然門外落桃花。

應天長

玉蘭庭院寒時節，珠簾不捲沉香歇。翠眉淺隔堪愁絶，深深低唱梨飄雪。　歌喉檀板發，紅袖回來明滅。宛轉碧羅裙結，微映杏花月。

倪　淵

字半陶。吴縣人。有《緑静軒長短句》。

天　香 試茶

雨沁新香，苔封嫩玉，峰頭猶恁春淺。側側餘寒，遲遲長日，不放一旗輕展。篛籃試覓，引多少、盈盈結伴。消息清明近也，村歌乍聞堤畔。　南窗未舒午倦。最縈懷、碧雲千片。閒領湖天風味，素瓷宜薦。詩思而今漸澀，賴吹入清芬興俱遠。好屬樵青，殷勤細辨。

朱聲希

字廉夫。秀水人。有《吉雨詞》二卷。

南鄉子

小扇却齊紈，梧葉蕭疏帶雨殘。記得年時携手處，憑闌，笑指秋池並蔕蓮。　芳歲易闌珊，雁過樓頭信杳然。碧掩紗窗愁入夜，輕寒，好夢如雲欲聚難。

醉花陰 春陰

藹藹輕煙浮不動，密似衣無縫。柳色暗妝樓，碧掩窗紗，人壓輕寒夢。　養花微雨枝頭重，花外鶯愁弄。隔塢漏斜陽，如醉難醒，小院梨雲凍。

于鳳陽

字梧岡。金壇人。有《桐花軒詩餘》。

浣溪沙 春閨

一綫東風颺鬢絲，小窗斜日倦眠時，閒愁未許杜鵑知。　香草門成離恨譜，落花排就送春詞，紅泥小印署情癡。

項映薇

字珠樹。嘉興人。諸生。有《藤花館詞》。

掃花游 緑陰

覆檐嫩碧，愛罨畫空階，畫昏山館。素簾乍卷。正青青蔭到，篆爐茶盞。燕子歸來，隔樹尋呼舊伴。柳綿散。看數點剩紅，枝底猶戀。　深院深幾許，但響度楸枰，韻傳絲管。翠陰漸轉。放斜陽一縷，半窗痕淺。入夢池塘，此際水天同遠。小橋畔。掩籬門、酒帘難辨。

劉福疇

號小春。華亭人。優貢生。有《聽香樓稿》。

臺城路 題朗玉通守《香畹樓憶語》後

彩雲不避罡風劫，情天懺愁無計。璧月明妝，環花瘦影，堪嘆流年似水。傷心到此。剩千疊蠶絲，都成恨字。簾卷黄昏，斷腸還有俊夫婿。　迦陵唤歸青鳥，聽哀蟬落葉，夢醒猶未。碧宇秋寒，白門潮咽，贏得銷魂滋味。玉簫去矣。甚草草蘭因，别時容易。海縱能填，待填多少淚。

江　介

字石如。仁和人。有詩集、雜著若干卷，未刻。道光壬辰卒。後瞿氏刊先生《石如吟稿》一卷，附詞。

如夢令 暮春湖上

春在柳花飛處，人在柳花深處。翠袖不禁寒，又被柳絲牽住。休誤、休誤，且與東風歸去。

徐　覽

字啓遠。華亭人。

滿江紅 歲暮泛當湖，舟中書懷

歲暮凄凉，回首處、消魂滿目。猶記得、小舟初到，春江波緑。青粉墻邊楊柳嫩，赤闌橋畔梅花簇。嘆風塵、轉眼一年過，韶光速。　斜日下，寒風觸。傾緑醑，催銀燭。正窮途阮籍，幾番歌哭。有路可求韓衆藥，何緣更貸監河粟。看平生、事事盡傷情，眉長蹙。

儲世臣

字小岩。溧陽人。諸生。有《鴻雪龕詞》。

菩薩蠻

年華暗换天如夢，征程只有愁心送。衰柳暮生煙，鷓鴣啼滿天。　江南秋寂寂，腸斷西風急。吹夢到鄉關，夕陽山外山。

蔡　偁

字季舉。監利人。有《黄樓集詞》。

百字令 吉王宫

桃花零落，指吉王宫殿、斜陽古樹。近了清明寒食節，過客愁聽杜宇。玉碗金蠶，龍樓鴛瓦，芳草王孫去。茫茫一望，西風高下禾黍。　當年金策承家，銀潢演牒，帶礪歸何處。猶剩城東香半壁，七十二坏黄土。禍福侯王，河山感慨，無故情如許。紫金堤上，幽靈夜夜潛語。

陳希敬

字笠甫。海鹽人。道光三年進士。官深州知州。城陷死節，贈道銜。有《菰蘆老屋吟稿》，附詞。

滿江紅 題永和九年七月十硯磚

古甓摩挲，閲千載、滄桑小劫。誰收入、珊瑚鐵網，土花瑩碧。海國秋沙餘故物，山陰春褉空陳迹。拭遺銘，猶辨永和年，分波磔。　青州鐵，雄文泐。銅臺瓦，釜痕蝕。剩畫樓一片，斷圭殘璧。鼠尾磨來星礫紫，螺丸搨處煙濤黑。效襄陽、寶晉舊風流，填齋壁。

王柏心

字堅木，號子壽。監利人。道光二十四年進士。官刑部主事。有《子壽集詞》一卷。

一萼紅 秋花

壓闌干。也澹紅香白，塗抹比春妍。夢謝鶯捎，影辭燕掠，空餘抱葉哀蟬。立盡了、疏煙涼月，嘆芳華、晼晚誤嬋娟。掩涕宫姬，玉階俏影，疑有無間。　休論芳尊錦幄，便斜陽瘦蝶，尋覓都難。除是秋閨，惜芳心事，捲簾同耐清寒。不忍拗、斜枝簪取，願霜前、長作女兒顔。還怕秋痕易褪，描上生紈。

吴縣潘介繁襄校
仁和徐慶銓編次
平湖張炳堃增訂
錢塘諸可寶校勘
永康胡鳳丹監刊

國朝詞綜續編卷十

海鹽黃燮清編纂

吴蘭修　七首　戈　載　一十六首　仲　湘　七首　朱　蔚　一首
吴　贇　三首　王　曦　三首　項名達　二首　葛慶曾　一首
陳來泰　一首　江　沅　三首　戈　堅　二首　朱　鋐　三首
朱紫貴　二十首　汪　鉽　三首

吴蘭修

字石華。嘉應人。舉人。有《桐花閣詞》。

減字木蘭花題王竹航太史利亨畫竹

月痕依舊，著紙亭亭清影瘦。不待成陰，便有瀟湘一寸心。微風索索，轉憶草堂聞墜籜。一兩三竿，莫作秋燈夜雨寒。

羅敷媚

輕陰著意催寒食，風也纖纖，雨也纖纖，半臂吴棉昨夜添。海棠過了梨花病，春也厭厭，人也厭厭，不耐傷心怕捲簾。

黃金縷寄内

十年贏得愁何用。紅豆生生，誤作多情種。病到海棠春忍送，膽瓶自折殘枝供。相思別後何曾空。瘦盡桐花，苦憶桐花鳳。雙鬢漸疏釵漸重，孤燈莫煮宵來夢。

減字木蘭花 過秦淮作

春衫乍換，幾日渡江風力軟。眉月三分，又聽簫聲過白門。紅樓十里，柳絮濛濛飛不起。莫問南朝，燕子桃花舊板橋。

金縷曲 集梨雲閣送黎海槎明經應期秋試報罷歸里

落魄今如此。鎮蕭蕭、重簾夜雨，替人垂淚。聽到琵琶翻入破，最苦纖纖十指。把一片秋心彈碎。身世飄蓬何足恨，算秋娘俊眼猶知己。酸楚語，莫提起。鱸鄉正好尋歸計。有年時、三分柘柳，七分煙水。蘆絮滿湖吹似雪，領取浮家風味。況更有搖船雙髻。我剩飄零書劍在，念家山、亦欲東歸耳。君去也，挂帆矣。

疏影 陶綬之出示葉小鸞眉子硯，背題云：『舅氏自邗上歸，分貽瓊章，得眉子硯。天寶繁華事已陳，成都畫手樣能新。如今只學初三月，怕有詩人説小顰。素袖輕籠金鴨煙，明窗小几展長箋。開奩一研櫻桃雨，潤到湘琴第幾絃。』末署『己巳寒食題』。按此詩《返生香集》中失載，惟近日陶鳧鄉太守有《題眉子硯詞》，所記正同，則零香斷墨，遺佚多矣。以白石自度曲賦之

三生片石。有黛痕隱隱，依舊凝碧。字瘦如人，詩净於春，都是可憐香澤。曇花悴後瑶琴

冷，共一縷、玉煙蕭瑟。最傷心、細雨櫻桃，又過幾回寒食。　猶記疏香舊事，小顰初畫了，無限憐惜。　煮夢年華，寫韻風神，轉盼已成今昔。　彩鸞未許人間嫁，更莫問、蓬萊消息。　算只有、眉月嬋娟，曾照那時顏色。疏影閣，小鸞所居，嘗自號曰煮夢子。

臺城路 雪聲堂硯，陳忠愍邦彦物也，今歸唐直甫明府源準家。先是直甫夜泊羚羊峽，夢老人予之硯，次日得此，與夢符焉。作《夢硯圖》，其子子方孝廉樹義屬余賦之

西風忽斷騷人夢，江聲最憐凄絶。半壁殘山，經年戰鼓，往事那堪重説。金甌易缺。更玉帶飄零，劍花同蝕。月落楓青，暮猿隱隱聽嗚咽。　當年猶記草檄，嘆槐封哭醒，誰吊寒雪。地老天荒，海枯石爛，鸜鵒也應啼血。銷磨瘦鐵。問幾度滄桑，夢痕明滅。譜入陽關，竹聲吹又裂。時予方奉諱，將歸黔中。

戈載

字順卿。吴縣人。諸生。官國子監典簿。有《翠薇花館詞》三十九卷。

黄韻甫云：『《翠薇詞》音韻格律豪忽必謹，能發明紅友之所不逮。予與順卿初未識面，而筆札往來，考論詞學，皆極諄詳懇摯。性真之契，固不在形迹也。』

山亭宴

秋晚游天平山，憩白雲寺外，作停車小讌。千山圍翠，一林染紅，境既清迥，復得寒艷點綴，景色頓異。憶春時游騎如雲，軟塵撲面，至此更無有過而問者。豈結習使然，抑高曠之致，能領之者鮮乎？半醉高歌，當有山靈起舞耳

半山已覺山無路，遍林坳、冷楓紅舞。螺黛遠含顰，翠屏繞、明霞千縷。西風捲葉送秋聲，帶松壑流泉飛去。古寺白雲深，聽緩緩、疏鐘度。　冶春畫出濃眉嫵。記閒游、鈿車如霧。秋意淡林巒，便冷落、歌朋嘯侶。把杯一笑問山靈，誰似我、孤吟愁句。倚樹映酡顏，又雁外斜陽暮。末句從《安陸集》作六字。

霜葉飛

落葉，和吴清如

斷雲秋老蕭蕭意，凉颸催動林杪。半山飛起碎霜痕，舊徑都迷了。乍帶雨、疏窗撼曉，空廊攙入檐鈴鬧。又一縷斜陽映岸曲，殘蛩語處，暮寒留照。　方倚病骨西風，登臨賦倦，怨懷今歲偏早。洞庭波映月淒凉，驚起棲鴉繞。想遠浦、題紅夢杳。高樓誰寄相思到。望故園、荒煙外，堆滿籬根，亂愁多少。

垂　楊題吴伊人《白門楊柳圖》

青青甚處。是漢南舊稿，江南新譜。亂撲香綿，翠陰攙入人智切絲絲雨。六朝山色今何許。暮鴉在、依然終古。有情人、凝望斜陽，攪亂愁無數。　儂亦頻年寄旅。記煙暗畫橋，玉驄嘶去。醉夢如塵，夢魂猶憶銀計切章臺侶。天涯無限相思苦。漫留得、鵑啼鶯語。傷心一幅，春風千萬縷。

春　霽柳影，用周草窗體

眠醒柔魂，向斜陽淡處，蕩起無力。淺鎖眉低，倦扶腰瘦，晴光别樣蕭瑟。闌干暈碧。燕鶯都似驚鴻疾。更遠隔。流水板橋，濃靄暗春色。　瓊疏倚醉，綉徑遮香，暗惹游絲，翠梭飄入。捲長亭、愁痕碎縷，凉雲和霧半庭積。夢繞章臺尋舊迹。畫秋千畔，奈他殘月凄風，薄寒迷曉，絮雲狼藉。

露　華苔痕，用張玉田體

翠陰過雨，引畫溪漲遠，浮向空庭。連錢綴小，玉階移上層層。凉暈短墻晴色，帶蝸涎、蝶粉交縈。迷曉夢，煙含綉紫，露洗蟠青。　寂寂莫愁門巷，記碾罷香車，鴛履曾經。殘紅亂點，唾茸認不分明。只有昔年珠淚，沁寒香、蘿磴猶凝。蟾影瘦，窗紗又飄亂螢。

蘭陵王和周清真韻

畫橋直。明鏡波紋縐碧。輕煙繞，歌榭舞樓，一派迷離黯春色。東風遍故國。吹老關津怨客。長堤畔，千縷翠條，時見流鶯度金尺。　萍蹤半陳迹。記側帽題襟，香靄瑶席。天涯今又逢寒食。嘆携手人遠，俊游難再，飛花飛絮散舊驛。送潮過江北。　悲惻。亂愁積。對孤館殘燈，無限凄寂。青禽望斷情何極。乍倚枕尋夢，怕聞鄰笛。那堪窗外，更細雨，夜半滴。

西湖

形勝地。南朝舊事重記。青山未改繞西陵，暮雲四起。半江聲撼石頭城，連天濤湧無際。　畫橈向誰醉倚，渡頭古柳堪繫。烏衣巷口夕陽紅，夢尋燕壘。後庭遺曲不堪聽，餘音猶怨淮水。　訪花問酒趁近市，認桃根桃葉移社切鄰里。也似武陵人世。剩沙鷗對對，莫愁湖畔，自閒眠秋風裏。

南浦 春水，和張玉田韻

緑意染東風，泮冰澌，十里横塘晴曉。新漲起三篙，煙痕淡，垂柳絲絲輕掃。紅橋路轉，淺沙低護鴛鴦小。洗净麯塵奩鏡啓，倒浸碧雲芳草。　桃花曲岸浮香，記纖纖細掬，湔裙過了。重聽亂鶯啼，無人處、幾片落紅吹到。波流杳渺，粉痕流去天涯悄。蘭舫歸遲斜照晚，一派暗愁多少。

前調 秋水，用王碧山韻

一碧渺煙波，映隔山絳楓，夾岸霜染。磯没舊春痕，鷗眠外、依稀翠瀾流遍。瑶天一色，粉河別是人間淺。采蓮艷曲何處覓，摇漾蘆花千片。　蒼茫雁夢驚凉，早不見雙飛，穿波紫燕。紅浪記層層，相思處、換了白蘋疏點。魚紋織縐，冷風吹起江南怨。最愁宵雨飛帆影，歸趁瀟湘潮遠。

菩薩蠻

畫屏遮斷行雲路，鶯呼殘夢飄香去。絲雨濕闌干，杏花天氣寒。　鈿箏斜倚玉，誰理同心曲。暗檢舊羅襟，淚痕深不深。

步　月春夜閒步

梨月籠晴，柳煙摇暝，綉堤夜景凄寂。嫩寒剪剪，逗一絲風力。記携酒、流水畫橋，聽鶯語、翠陰無迹。如今换、徹曉淚鵑，盡情啼急。　蘼蕪芳徑窄。香影夢模糊，雲暗愁碧。玉簫甚處，正燈飄華席。問知否、門外亂紅，已零落、鈿車消息。歸來也，蓮漏隔花静滴。

惜紅衣皇甫墩觀荷有見，填無射宫一解紀之。是曲殺聲當用下凡，白石則兼借四字。前《杏花天影》詞内，予已論及之。已觀白石旁譜，『力』字起韻，注下凡四，换頭以下至『籍』字始注下凡四，可知『陌』字非韻矣。玉田贈妓雙波一首，不叶是也。予故復指出之，以正詞律之誤

鷺浴新凉，鷗盟舊夢，泫紅摇碧。載酒尋芳，清香沁瑶席。西風未老，還自媚、歌裙游屐。凝立。斜照晚煙，對一蓑漁笛。　驚鴻瞥影，環佩珊珊，淩波素羅濕。吹簫柳外，舊曲采蓮識。可惜粉雲香露，不是故鄉秋色。問九峰螺黛，知否碧城消息。

鎖窗寒秋晚綉蓉水榭坐雨，凄景蕭瑟，孤懷寂寥，言愁始欲愁矣

菊徑蛩凄，蘆汀雁斷，淡煙摇暝。蕭疏萬點，點破一奩明鏡。悄無聲、飛鴉自低，倚簾數盡

西風影。怕歲華迅羽，重陽過了，便催殘景。　幽境。還重省。記月暗梨雲，剪燈人静。芳期暗滅，又是芙蓉開冷。溯空波，愁鎖淚紅，紫鴛竟日香夢醒。聽漁鄉、擫笛凄凉，引動江湖興。

相見歡舟泛横塘，有感舊游

蘭橈一棹横塘，拂垂楊。依舊樓陰斜枕緑波長。　夢痕遠，歌聲斷，惱人腸。只有落花流水冷殘陽。

秋宵吟孟秋中旬九日，董琢卿集廣川書屋，出示籜石老人《秋葉圖》，寫温飛卿『一葉葉，一聲聲』詞意，索座客題咏，予賦此解。

調本白石自製，注曰越調。越調者，《琵琶録》所謂商七調之第一運黄鐘商，是爲琵琶第二絃之第七聲，其聲實應南吕，今俗樂之六字調也。白石集又有《越九歌·越王》一首，亦曰越調，注曰無射商。無射商乃商調之名，越調爲黄鐘商，何以又云無射商？不知宋時燕樂七商一均與七宫同用黄鐘、大吕、夾鐘、仲吕、林鐘、夷則、無射七律之名，越調爲第七聲，居無射之位。故朱子《儀禮經傳通解》云：『無射清商俗呼越調。』張玉田《詞源》云：『無射商俗名越調也。』考白石原詞『古簾空』至『箭壺催曉』與下引『凉颸』至『暮帆煙草』句法既同，旁譜亦無少異。萬紅友疑是雙拽頭，甚是。上應分二段，下作一段，爲三疊。觀前『曉』字用六上四，後『草』字亦用六上四，可悟六字爲殺聲，兼上四畢曲，與石湖仙同調也。其中平仄無一字可移動，且叶韻皆用上聲，諸去聲字尤爲吃緊。予謹謹守之，庶幾與古證合耳，用以質諸主人並同社諸子

黯凉陰，散玉宇。竟夕西窗敲雨。瀟瀟響，問那裏清商，作成凄楚。倚朱樓、望翠圃。怨入風林斜舞。空階畔，剩數點荒煙，倦秋堪數。賦懶登臨，正病擁閒愁閉户。興消棲碧，夢斷題紅，遠被暮雲阻。何幸同尊俎。話到飄零，幽恨又補。但挑燈、驗取霜縑，詩筆詞筆舊畫譜。

浣溪紗

寶獸香殘裊夢魂，差池燕蹴落紅新，飄梭院宇寂無人。柳絮輕霑雙袖淚，梨花深掩一箏塵，如何消遣可憐春。

仲湘

字壬甫，號子湘。吴江人。諸生。有《宜雅堂詞》。

黄韻甫云：『子湘詞婉轉幽媚，堂名宜雅，信乎其不愧也。』

壺中天 春陰

隔簾風峭，訝微茫浪影，盪摇寒意。懶霧憨雲吹不散，閣住冷清清地。一鳥孤飛，萬花同夢，緑釀苔階膩。曲闌干外，夕陽微動如水。　遥想窄巷孤村，餳簫聲咽，酒旆輕摇曳。一角紅樓人悄悄，有甚心情閒倚。命屐行遲，呼燈上早，領略愁滋味。翻開花歷，試猜明日晴未。

緑意 夏首春餘，萬緑如水，雨後意行，默有棖觸

垂楊巷陌。是一條別路，春去無迹。濕暈濛濛，不管傷心，直到天涯凝碧。高樓容易窗紗暗，漫指點、微茫林隙。念那人、婉娩芳年，有此鬢邊顔色。　祗嘆清狂小杜，十年已爽約，閒恨空積。認取青袍，點點痕痕，淚比落花紅滴。雨餘長了無情草，合棄置、尋春雙屐。到爾時、回首東風，剩聽子規啼徹。

月華清 八月十三夜，同人放舟木蘭洲觴月，歌此侑酒

弱槳煙扶，疏篷星瞰，酒人詞客分坐。水月微茫，淡得秋心無那。似垂虹、一舸春寒，只照蟹、幾燈幽火。涼頗。看冰輪吹上，夜風旋大。　拚與醉殘歌破。任荻響騷騷，蛩吟瑣瑣。如此良宵，不合等閒閒過。正人天、萬籟都清，肯心地、一塵還涴。聽我。有高寒水調，

扣舷誰和。

揚州慢題徐雪廬丈《紅橋感舊詩册》

早倦風懷，旋催星鬢，墜歡直恁迢迢。只尋春舊迹，尚宛轉紅橋。話當日歌頭酒尾，幾番題扇，幾度聽簫。算二分明月凄迷，曾照魂銷。　十年再過，剩橋邊、紅藥花嬌。奈酒客漂零，詞人恅悼，同賦無聊。莫問杜郎游賞，青樓外、樹已蕭騷。況樓中人影，何堪重認香綃。

拜星月慢郡城延秋一集，沈西雝丈招集清蔭禪房，分咏秋花，得牽牛花

脆蔓縈愁，圓花承淚，點綴新涼庭院。乍曉天光，正青藍濃剪。伴遥夜，獨自、消磨幾許風露，只怕星期還遠。一度開時，算一平回相見。　較秋娘、螺黛誰深淺。晨妝理、翠鈿都零亂。怎奈淡日微熏，便芳心微捲。況柔枝，不繫香車緩。紅墻隔、依舊銀河轉。剩籬隙、絡緯聲聲，共機絲凄斷。

解語花延秋二集，陳雲伯丈招集鷗隱園觀荷，限賦是調

香清撲扇，影艷窺簾，開到花無罅。嫩涼池榭。垂楊外、早許一絲秋借。搴芳去乍。聞隱約、纖歌散罷。禁幾番、無賴西風，吹老鴛鴦也。　祇有鷗鳧最暇。挈朋儔三五，來補銷夏。

綺懷兜惹。沉沉醉、肯負玉容嬌奼。商量冷話。還只恐、佩裳輕卸。知甚時、葉背跳珠，涼雨空中灑。時望雨頗切。

高陽臺 抱珠水榭有贈

寶髻雲頹，芳姿月滿，羞他時世梳妝。小語零星，一般似説家常。衆中也只無情對，但秋波、暗遞偏長。分去相當。黯黯青衫，淡淡紅裳。　當前怎便狂言發，況難求玉杵，易得珠量。桃葉桃根，空教妒殺王郎。水中曲曲雕闌影，替詞人、折盡愁腸。更凄涼、丁字簾前，一段斜陽。

朱　蔚

字子蘭。海寧人。道光五年舉人。

金縷曲 題蕭笠仙詞卷

生日花朝記。有詞人、歌離吊夢，淚痕沁紙。我亦中年傷哀樂，嘗盡鰥魚滋味。如作者、真憂情死。碧海青天空想像，更何人、記曲呼娘子。仙眷屬，讓蕭史。　賞音並世知誰是。只周郎謂嘯湄、唱予和汝，金蘭結契。著意感秋兼送別，一例青衫顛頓。賴彼此、窮愁相慰。他日旗亭同貰酒，度新腔、要賭雙鬟麗。傳唱遍，井華水。

吴　贊

原名廷鈖，字惠欽，一字彦懷。常熟人。道光六年庶常，改主事。官刑部員外郎。有《塔影樓詞》。

張默成云：『彦懷詞託興遥深，用筆曲折，選言明浄，得詞家三昧。』

八聲甘州　秋海棠

是何人清淚染秋痕，一枝倚西風。想懷人情緒，三更幽夢，星眼朦朧。便道花如人面，心事已成空。凄絶中庭露，濕透芳叢。　乞與輕陰護惜，怕秋陰慘淡，不比春濃。況經霜顦顇，減却舊時容。待簪來、美人香鬢，又低偎、鸞鏡怨殘紅。祇應有，墻根斜月，知爾愁悰。

南　浦　蘆花

幾陣響蕭蕭，悄西風、作出秋聲凄切。浄洗綺羅香，梳妝淡、越見芳心孤潔。亭亭玉瘦，斜陽影裏愁時節。滿地哀鴻和淚聽，一夜白頭如雪。　年年孤負春光，感飄零、懶與楊花細説。只恨不成棉，征衣薄、誤了寒砧刀尺。霜華萬里，殘荷盡後煙波闊。欸乃漁舟歸去也，獨對一湖明月。

浣溪紗

簾隔花香不隔愁，夕陽庭院似清秋，懨懨春病懶登樓。　蝶夢隨風無遠近，鷗波和月共沉浮，天涯何處好勾留。

王　曦

字季旭。太倉人。有《鹿門詞》。

嚴問樵云：『《鹿門詞》得初寫《蘭亭》之妙。』

高陽臺 題徐郎清蓉照

寶髻堆雲，霓裳曳佩，内家妝束宜人。獸炭香濃，相看淺醉微顰。登樓怕見章臺路，掩深閨、花約重門。鎮無言、倦倚闌干，坐對黄昏。　長安一樣春如錦，悵舊游似夢，俊賞成塵。門外天涯，知誰解道温存。落紅飛燕還留戀，算階前、剩有苔痕。伴幽窗、尺幅生綃，幾度銷魂。

壺中天 蔣伯生明府因培招飲燕園，園即李易安故宅也，歸同僚婿吳彦懷廷鈖賦之

外園庭瀟灑，正空階露冷，紅茱香透。苔鎖重門秋更緑，剛是悲秋時候。臺榭猶存，佩環何處，凄絶黄昏後。月明清夜，幽魂知是歸否。一樣滿地黄花，疏簾捲起，更何人銷瘦。流水樓前凉似織，舊日墨痕輕皺。豆蔻歌殘，荼蘼春老，應自傷心久。那堪重認，闌干幾樹垂柳。

暗 香 憶梅

半窗月白。又幾曾照見，舊時顔色。一曲西洲，夢裏依稀寄江北。清影莫教瘦損，况如此、天寒風急。應念我、客邸傷心，無處問消息。凄寂。愁易積。悵紙帳夜眠，誰共遥夕。蒼苔露濕。林下空來鎮相憶。爲問東風何處，怕負却韶華難覓。恰又早吹破也，一聲鐵笛。

項名達

字梅侣。仁和人。道光六年進士。官國子監學正。

祝英臺近 悼亡後作

惱蜂情，慵蝶意，春色又如許。愁立蒼苔，花影亂深塢。如花人已天涯，花開依舊，争忍

見、翠圍紅舞。漫延佇。猶記雙袖憑闌，冷香上詩句。能幾番游，風月竟抛去。只除夢裏歸來，夢醒何處。重簾外、斷煙零雨。

揚州漫 用石帚韻題周澹岩《邗江春泛圖》

煙月隋唐，江山南北，片帆當日游程。指雷塘一角，半付與蕪菁。争忍説英雄兒女，畫樓裙扇，荒野戈兵。祇寒潮、依舊凄凉，猶打孤城。　廿年鴻迹，到如今、清鬢堪驚。早十里邗溝，三生杜牧，老了吟情。回首玉簫何處，紅橋畔、吹夢無聲。奈堤邊楊柳，長條挽盡還生。

葛慶曾

字墨卿，號秋生。仁和人。諸生。

齊天樂 題《南湖花隱圖》

鏡臺不鎖葳蕤夢，於今畫中人杳。黄土埋香，青山荷鍤，一例古今憑吊。吟魂縹緲。剩樓外垂楊，冷煙殘照。獨倚無憀，春風吹盡鬢絲老。　苔痕三徑未掃。憶南湖讌賞，幾度曾到。竹下敲詩，梅邊擫笛，裙屐風流多少。鴻泥换了。笑我亦移家，筆床茶竈。回首前塵，甚時重去好。

陳來泰

字仲亨，號訒菴。吴江人。諸生。有《壽松堂詩集》，附詞一卷。

卜算子 西湖泛月

夜色畫孤篷，秋水鳴柔櫓。惆悵姮娥懶對人，雲幕深深護。　鐘響報三更，催客還歸去。賴有漁燈數點明，指出微茫路。

江沅

字鐵君，號子蘭。吴縣人。優貢生。有《染香庵詞鈔》。

浣溪紗 偶作，贈張石軒

蝴蝶争知夢裏人，曇花一瞥百年身，中間離别又經春。　雙照天涯惟有月，幾番花事總銷魂，最難消受是黄昏。

高陽臺 春將去矣，芍藥盛開，碧水生波，臨風獨賞，以窅眇之韻，寫棖觸之思。僕本恨人，誰爲揾淚，世有情種，定許知音

小雨開晴，暖風吹醉，十分春到人間。流水韶光，看花須趁今年。闌邊一碧盈盈好，小亭臺、閒殺神仙。嫩紅天。情劫三生，蝶夢初圓。　前生種就相思願，化香痕幾縷，猶剩餘煙。留伴黄昏，依然明月秋千。分明錯認天台路，透春心、兩點遥山。恁緣慳，獨倚東風，更與誰看。

浣溪紗

雨雨風風未肯休，輕寒輕暖誤春留，一春心事似凉秋。　飛絮天涯尋遠夢，落花水面漾春愁，杜鵑聲裏怕登樓。

戈　堅

字仲節，號貞卿。元和人。

醉花陰

一角湘簾天易暮，煙柳垂千縷。縷縷盪春風，恨燕愁鶯，總是相思語。　墻陰何處秋千度，紅影迷香霧。屈戌一重重，無數飛花，難鎖春光住。

浣溪紗

爐鴨香煙黯碧紗，嬌鶯囀處緑陰遮，風飄蘿磴又飛花。　綉榻倦挑枝上蝶，歌筵醉嚲鬢邊鴉，翠樓消受好年華。

朱鋐

字震伯。儀徵人。有《月底修簫譜》二卷。

南柯子

簾押犀雙下，闌迴路幾弓。鴛鴦夢冷水西東。零落一池菡萏、不勝風。　坐久衣嫌薄，更闌露漸濃。追歡往事總成空。只有樓頭明月、度征鴻。

看花回 晚秋湖上

涼浥湖邊蕩畫橈，野色蕭蕭。衆芳摇落秋心碎，倦游總覺無聊。芙蓉開自好，空傍江皋。寒影初驚雁陣遥，愁思難銷。西風惟逐東流水，念當時、夢斷歸潮。照人纖月影，斜挂林梢。

南鄉子

情脉脉，夢迢迢，玉爐香燼篆煙消。風過迴廊停綉屧，愁千疊，窗外碧梧秋一葉。

朱紫貴

字立齋。長興人。廩貢生。官杭州府訓導。有《楓江漁唱》。黄韻甫云：『廣文詞如秋水春雲，清微淡遠，是學玉田而得其神韻者。近人徒事修潔，無言外意，輒思附庸玉田，去之遠甚。』

踏莎行

竹影通簾，梅陰隔户，池塘自碧春無主。一窗午夢似楊花，和煙飛入紅樓去。　幕外鶯啼，梁間燕語，醒來箋得梨雲句。玉笙吹徹不勝寒，絲絲又下黄昏雨。

高陽臺

短笛房櫳，單衣院落，沉沉人倦天長。芳草無情，和煙緑暗池塘。垂垂紅索秋千架，有舊時、膩粉留香。早東風，送了飛花，瘦了垂楊。梅陰漸滿闌干曲，任營巢雙燕，樹底商量。爲問榆錢，可能買住韶光。帶圍已是傷春減，更春歸、怨寫銀簧。莫登樓，樓外啼鵑，樓上斜陽。

琵琶仙 雨後北園晚步，至老君堂小憩

絲雨初收，夕陽外、一片煙痕猶濕。扶醉人送飛紅，東風聽殘笛。禁幾度、晨鐘暮鼓，漸零落、鈿車金勒。趁蝶尋香，隨鶯選夢，幽趣還得。算纔過、寒食清明，早初夏園林逗消息。無數柳花如絮，糝單衫零白。休更向，妝樓細訴，怕月眉、瘦損疏碧。便有盈架荼蘼，不成春色。

長亭怨 重過石湖

又重到、垂楊斜渡。雁陣驚寒，魚榔催暮。斷葦荒灣，挂帆低共片雲度。倦游心事，誰念

我、飄零苦。一霎剪江行，早望見、松陵煙樹。　延佇。見遥山幾叠，倒影鏡中眉嫵。弦詩載酒，算舊約、曾盟鷗鷺。甚獨自、水枕風燈，慣題遍、孤篷詞句。漸古戍黄昏，殘角月作平中低語。

高陽臺雨聲滿院，春事闌珊，拈是調譜之

倦柳顰眉，嬌花泫頰，三分畫出春愁。纔放些晴，濃陰又度墻頭。一春縱使無風雨，算幾番、白舫清游。更何堪，風也難休，雨也難休。　自從燕子歸來後，便疏疏碎點，夜夜高樓。賴有鶯聲，不曾認作殘秋。池塘緑染羅裙水，剩飛紅、帶恨還流。最無聊、院宇黄昏，獨下簾鈎。

漢宮春櫻桃，用吴夢窗體

紅粉風流，正江梅露筍，相伴登筵。胭脂冷匀萬顆，入手珠圓。尊前笑口，算樊姬、無此嬌妍。春去也，芭蕉自緑，乳鶯含向誰邊。　我似杜陵詩老，料金盤玉箸，消息難傳。長安看人會飲，絲籠歸鞍。花陰夢悄，被青衣、唤醒華年。還記得，垂垂一樹，個儂鈿閣西偏。

南樓令 自題《吾山探梅圖》

疏影鶴黄昏，花開未十分。倚銀簫、吹暖嬌春。眉樣一彎松頂月，曾照我、水邊村。前事耐銷魂，東風留夢痕。有閒愁、付與行雲。便使青山重載酒，能幾個、舊時人。

點絳唇 武林金氏寓園，同徐咏梅作

一片秋聲，斷無人處閒亭榭。畫闌低亞，絲影青蟲挂。漠漠苔錢，緑近藤花架。魂銷乍。翠衫凉惹，眉月前廊下。

琵琶仙 中秋後一日，偕蘭石、沁泉出湧金門。夕照在山，水雲彌望，小舟喚渡，由西泠橋入裏湖。憶庚辰春寓吴莊，已六年矣。述白石道人黄鐘商調

煙柳絲絲，早摇動、一片溟濛秋色。凄艷金粉樓臺，空簾映斜日。臨淺鏡、峰眉自緑，更雲水斷橋催夕。桂雨飄黄，荷風颭翠，游事蕭寂。　試重喚、雙槳沿緣，算梅鶴孤山舊相識。醒作平我十年塵夢，是鷗邊漁笛。還認取、花墻院宇，有那時、殢酒陳迹。可奈丸月今宵，鳳城遥隔。

凄凉犯 武林晤房琴甫、應亭伯、蔡補梅諸故人，秋風深矣，輒又散去。歸舟泊東新關，倡爲此解，以寄諸君，並約徐咏梅同作

遠城望斷皋亭路，秋聲一片催夕。水風料峭，湖雲靉靆，半帆斜日。愁心自積，正歸艇關頭弭楫。怨前宵、鸞觴象管，回首便陳迹。　何况飄蓬感，破帽征衫，黯然行色。戍樓短柳，但年年、送人離席。後約滄洲，且分付漁蓑釣笠。最銷魂、別浦亂葦颭冷碧。

虞美人 夜雨

露凉庭院重門閉，瘦影簾垂地。感秋人在雨聲中，葉葉怨梧啼碧響西風。　疏疏密密飄無定，添作衣邊冷。有誰聽徹未明天，一樣香銷燭暗不成眠。

琴調相思引 風雨忽來，玉蘭開且落矣

吹墮瑶臺夢裏雲，粉香彈淚總成塵。斷魂前夜，簾角月如銀。　偏是瓊枝零落易，何曾開到十分春。年年幽怨，付與倚闌人。

齊天樂 新秋聽雨，黯然於懷，拈此調譜之

零星碎響催愁到，簾陰暗飄疏雨。蟋蟀籬空，蜘蛛網重，盡日溟濛催去。煙絲萬縷。送一片秋聲，豆棚低處。黯黯魚天，斷雲時向苑墻度。　西風還又作冷，畫闌頻徙，寒意如許。寺暝流鐘，樓高墜笛，惟有雙鳩啼暮。離懷正苦。想凉到羅衣，剪燈窗户。滴入荒階，夜深蛩自語。

淡黄柳 秋柳

荒溝水急，輕蘸愁痕碧。露咽哀蟬啼又澀。駐馬斜陽古道，顛頦年年漢南客。　驛亭側，凉絲綰千尺。帶鴉點、寫秋色。悵天涯人去無消息。葉葉聲聲，斷垣風雨，吹入黄昏怨笛。

秋　霽 秋苔，用周草窗體

輕霧零風，早墻腰一帶，換了煙色。曲院無人，古簾垂地，層層自界愁碧，蝸蜒綉澀。畫闌淺照黄昏月。但慣得，羅襪薄寒，珠露半弓濕。　荒凉舊井，黯上銅鋪，别有傷心，宫樹蕭瑟。算年年、空階冷雨，長門燈暗怨芳夕。腸斷玉顔鉛淚滴。夢華彈指，剩取瘦蝶眠花，倦螢棲草，伴他岑寂。

聲聲慢 秋葉

啼痕洗露，瘦影飄煙，園林盡換愁碧。石磴眠琴，休問賞花消息。西風暗翻隔院，碎秋聲、昨宵簾額。摇落意，正冷螢飛後，雨珠輕滴。　幾度小窗殘夢，被槭槭蕭蕭、唤回幽夕。麂眼籬根，莫又淡黄堆積。零星尚餘半樹，共鴉點、亂扶暝色。霜信緊，怕舊時山徑，悄迷人迹。

泛清波摘遍 殘荷

紅飄錦碎，碧平墜簪輕，斜照半江涼影舞。艷妝全卸，早是西風送南浦。淩波渡。鴛鴦夢短，蟬怨秋深，吹斷鈿篦人自去。葉葉聲聲，付與漁家聽香雨。　試延佇。三十六陂翠連，環佩舊時何處。惟有菱歌漁唱遥，棹船荒漵。黯無語。顛頷酒暈粉痕，飄蕭暮煙朝露。待把珠房採摘，又憐心苦。

八聲甘州 客舟聽雨作

望零星蟹火濕雲邊，推篷雨絲絲。正愁風愁水，闌宵倦客，驚夢催詩。便使羅幃紅燭，過了少年時。何况江湖感，寒到征衣。　樸樹村前茅屋，記玉壺俊賞，悄掩雙扉。甚黄蘆苦竹，蓑笠又天涯。擁單衾、與鷗同聽，有戍樓、霜葉暝邊飛。沉吟想，碧梧桐院，簾軸低垂。

惜紅衣 落花滿地，幽緒無端，譜無射宫一解

舞絮庭空，交枝徑窄，冷紅吹雪。碧樹飄煙，愔愔暗新葉。飛瓊去也，還散落作去零簪殘玦。凄切。人抱綺愁，却颦眉時節。鈎簾小立，風颭幡鈴，鵑聲正啼徹。春濃夢短，頓覺舊情別。剩有惜香心事，肯共柳花輕説。問酒旗村店，流水一灣嗚咽。

點絳唇

空翠簾陰，半樓暝色簫聲暮。畫闌高樹，略下絲絲雨。漸近黄昏，花氣吹香霧。愁來處。桂窗風露，秋共啼蛩語。

汪鉽

字式玉，號劍秋。錢塘人。諸生。詩詞諸稿毁於粤寇。

齊天樂 五月二日，樊榭徵君生日，同人祀於水北樓，酒半觀西湖競渡，聽費五曉樓、金四聽樵度曲，雛鬟琵琶，即席有作，用徵君集中『夏五將歸湖上』詞韻，同人約蘆花時展徵君墓，故及之

詞仙老去音塵渺，圖中乍歸顔鬢。河渚梅香，揚州月色，消受吟懷幽俊。爐煙乍引，且侑

以清歌，碧空流韻。彷彿神來一尊，況值翠鬟近。　琵琶輕攏似訴，笑風流一老，泥他眉暈。謂黃薌泉、家覺所。薄醉樓頭，輕陰檻外，正是江南梅信。　豪情未盡。更競渡聲喧，伴傾芳醞。莫負蘆花，續游期定準。

念奴嬌題《李謨擫笛圖》

姮娥多事，把霓裳新調，等閒傳與。此曲祇應天上有，留下塵寰千古。法曲聲沉，胡旋女倦，催按梨園譜。月明墻外，有人偷劃橋柱。　猶記宴啓昭陽，燈圍華萼，一笑君王顧。慢舞緩歌歡未足，換了漁陽鼙鼓。携笛重來，料應怕聽，宫女花前訴。煙迷高閣，緑波嗚咽流去。

連理枝和子茗作

夢淺翻成怨，憶久翻成懶。燕燕鶯鶯，風風雨雨，最難消遣。便留春，春去太匆匆，尚輕寒輕暖。　惻惻衣慵換，寂寂簾慵卷。吹絮閒情，弄梅前事，黄昏庭院。對舊時月色舊時闌，只舊時人遠。

吳縣潘介繁襄校
仁和徐慶銓編次
平湖張炳堃增訂
錢塘諸可寶校勘
永康胡鳳丹監刊

國朝詞綜續編卷十一

海鹽黃燮清編纂

湯貽汾　四首　朱有源　二首　龔翚祚　六首　嚴保庸　三首
范　鍇　二首　陳山壽　二首　柯萬源　二首　汪　琨　一首
儲徵甲　一首　陳　行　三首　崔曾益　四首　徐　楙　二首
嚴元照　四首　顧成順　一首　錢廷烺　一首　姚　椿　一首
張鴻卓　二首　趙華恩　二首　戴坤源　一首　楊穉雲　三首
李曾裕　二首　江鳳笙　二首　吳　震　四首　謝元淮　二首
俞敦培　一首　秦熾昌　一首　倪偉文　一首　李貽德　四首

湯貽汾

字雨生。武進人。難廕騎尉。歷官浙江樂清協副將。病告歸，寓居金陵。咸豐三年二月，金陵陷，殉節，謚貞愍。

黄韻甫云：『將軍一門風雅，世篤忠貞。臨難從容，猶援筆作絕命詩，遺命以平生所愛書畫册卷殉葬。文章氣節，一身肩之，偉矣哉！』

摸魚子 題屠琴鳴《耶溪漁隱圖》

問何人苧蘿村畔，一竿閒釣春水。朝衫便與從容脱，可有蓑衣笠子。閒似此。怕小小瓜皮，未了屠鯨事。蘆花岸裏。任漁弟尋來，鷗兄約去，沽酒也應繫。　長安市，話盡耶溪鄉思。掉頭今日誰是。蓉湖一片傷心碧，我亦商量歸計。歸也易。甚張翰鱸魚，不抵陶潛米。披圖省記。記昔日波心，擲竿長嘯，風浪等兒戲。余有《秋江罷釣圖》。

玉漏遲 題孫嫻卿女士《停琴佇月圖》

暮禽棲盡了，銅鐶静掩、園林清悄。獨下瑶墀，自把玉琴閒抱。耐得羅襟露冷，向寶鴨、濃熏龍腦。蓮漏杳，秋心一片，問誰知道。　只有月姊多情，慣碧檻紅窗，伴儂嬌小。又恐霜鴻多事，帶將愁到。不忍重尋舊夢，算青斷、裙邊春草。同調少，朱絃暗憐人老。

齊天樂 題《南湖華隱樓圖》

南湖舊侶今何在，披圖令人腸斷。燕幕香殘，蓮塘月冷，寂寞秋娘庭院。流年暗換。悵宋玉多愁，吟魂難返。一樣飄零，翠樓落葉送秋雁。揚州無限舊雨，竟紛紛跨鶴，飛去霄漢。小小真真，朝朝暮暮，誰問蓉城近遠。浮雲易散。趁風月當前，酒尊須滿。莫恨蓬山，有時游汗漫。

好事近

小病鬱春心，心碎一庭疏雨。紅豆誰能剖得，把相思分去。歸期穩在菊花天，緘書漫相許。只怕蒲帆生懶，費高樓凝佇。

朱有源

字月槎。海鹽人。道光八年舉人。

黄韻甫云：『月槎天真爛漫，而窮鬱特甚，寓牢愁於游戲中。道光辛丑夏，禮闈報罷，失意南歸，始與余爲倚聲之學。其神韻幽迥，殆由天授。惜所作不多，而又靳其年也。』

揚州慢螢苑懷古

衰草凄迷，暮煙零亂，夕陽怕近蕪城。問鶯花舊艷，有水影簫聲。念游處、繁華似火，六朝餘焰，同此飄零。算二分明月，一分應付殘星。　廣陵夜泊，望迷樓、紅隱疏燈。縱瘦蝶傳神，寒蛩吊影，難寫幽情。隱約玉鈎斜畔，香魂黯、艷冢留青。嘆長堤誰照，橋邊秋影分明。

憶舊游本意

記瓊樓夜飲，畫舫秋歌，粉黛神仙。忽共流光去，正湖雲縹緲，凉月侵筵。夢魂似識簾影，垂柳舞蹁躚。愛一徑香花，雙鬟綽約，茉莉階前。　纏綿。繫情處，有月下調琴，花下裁箋。愛聽池塘雨，置芭蕉百本，還種秋蓮。鏡中影徹銀漢，微語鵲橋邊。算粉蝶光陰，闌干倚遍人未眠。

龔鞏祚

原名自珍，字璱人，號定庵。仁和人。道光九年進士。官禮部主事。有《定庵别集》《無著詞》《懷人館詞》《影事詞》《小奢摩詞》。

如夢令

本是花宫幺鳳，降作人間情種。不願住人間，分付藥爐煙送。誰共、誰共，三十六天秋夢。

青玉案

韶光不怨匆匆去，祇惆悵、年華誤。目斷游絲情一縷。斷橋流水，夕陽飛絮，可是春歸路。

樓頭盡日還凝佇，欲訴閒愁向誰訴。蕙渚花飛天又暮。醒時如醉，醉時如夢，夢也何曾作。

臨江仙

一角紅窗低嵌月，矮屏山蹙羅紋。梨花情性怕黄昏。淚憐銀蠟淺，心比玉爐温。

事雛鬟憨不醒，冬冬虯箭宵分。起來親手放簾痕。春空凉似水，西北有嬌雲。底

意難忘

凉月珊珊，伴蘭心玉性，試語還難。秋花分小影，秀句寫冰紈。眉意淺，佩聲殘，有珍重千般。略逗伊，隱花裙上，竹葉斑斑。　知音何苦輕瞞。者温存隱秀，慧思華年。明明通爾汝，瑟瑟數悲歡。携手際，試顰間，是意暖神寒。玉漏沉，芙蓉睡也，重靠闌干。

卜算子

江上有高樓，可似湖樓迥。樓外文波曲曲通，不駐驚鴻影。　蘋葉弄斜暉，蘭蕊彫明鏡。剪盡秋花漠漠寒，人卧江南病。

曾在曲闌干，瞥見紗裙傍。花影濛鬆細步回，月底簾鈎上。　重到曲闌干，記起人模樣。萬劫千生再見難，小影心頭葬。

嚴保庸

字問樵。丹徒人。道光九年庶常。改知縣。

黄韻甫云：『太史負才瑰異，兼擅書畫，能自度所製曲。改官後，鬱鬱不稱意，恥爲斗米折腰，尋以病去，放浪江湖間，雖抑塞窮愁，而豪氣不減。壬子三月道出廣陵，太史招予及錢筱南作餞春之會。自江上有警，不知所往，而筱南亦已下世矣，思之黯然。』

滿庭芳 題《亂擲芳英爲簪斜朵事事關心仕女册》

燕蹴還低，鶯銜欲溜，謝娘池閣黄昏。横斜影好，留住鬢邊春。多少零香剩粉，深閨裏、苦費温存。須揀取、入時新樣，低語畫眉人。　丰神。難寫取，紅情怕怨，緑夢愁温。便蜻蜓飛上，也自消魂。深夜小樓初卸，瀟瀟雨、飛度前村。消凝甚，來朝試覓，幾許又飄茵。

喝火令題《雪後尋春仕女畫》

曲曲巡檐遍，弓弓點屐輕。青田素影去冥冥。借問小溪前路，可有賣花聲。簾角殷勤意，墻腰宛轉情。冷香深處最淒清。幾日芳銷，幾日斷清明。幾日高燒銀燭，花夢照難醒。

洞仙歌秋日同月坡游九蓮寺，訪温平南祠墓，歸飲水閣

尋秋何處，有疏鐘相引。幾樹垂楊盪煙影。笑瓜皮一個，日炙風吹，全不似、紅板橋頭秋興。君流寓白門最久。　僧廬聊散步，簫鼓聲中，問訊荒祠溯東晉。慷慨誓長江，麟閣功成。已孤負、當年玉鏡。況我輩、萍蹤最堪憐，問甚事勾留，歸期難定。

范鍇

字聲山，號白舫。烏程人。有《苕溪漁隱詞》一卷、《花笑庼詞》一卷。

浣溪紗乙卯客窗曉起

石葉香添玉鼎温，深深小院閉重門，昨宵輕雨漾池紋。　花怯曉寒如有恨，柳摇春夢已

無痕，天涯何處不銷魂。

百字令題《湘江歸棹圖》

溪藤一幅，寫依依樹影，渺渺雲沉。幾曲湘江帆轉處，投詩誰是知音。水碧鷗邊，山青篷底，歸送別懷深。扣舷歌罷，曲終人遠難尋。　同是溷迹生涯，勝游情緒，莫盡短長吟。客子光陰虚换了，鬢霜多少相侵。擫笛吹愁，挑燈照夢，那不動鄉心。搴蘭披芷，爲君譜入清琴。

陳山壽

字子玉。吴江人。有《衆香庵詞》。

清平樂畫白荷花，贈誦芬女僧

雨斜風細，先作秋來意。一隻鷺鷥飛不起，天水冥冥無際。　幾日蓼花的的新妝，菱花點點方塘。要問菂甘薏苦，蓮臺稽首空王。

瑣窗寒簾波

細織千絲，低垂一桁，小樓深處。微風乍起，吹皺縠紋縷縷。盪春光、微茫可憐，圓痕疊影能描否。似盈盈一水，飛花飛絮，濺來無數。　流去。閒庭宇。正月影中央，冥濛隔住。是誰剪出，半幅吳淞如許。聽聲聲、迎風珮姍，淩波隱約窺細步。瀉苔階一片空明，不管吟蟲苦。

柯萬源

字星廬，號小坡。嘉善人。諸生。有《杏花春雨館詞》。

蝶戀花 由金華至裏溪

行盡川塗波渺渺，青竹兜輕，陡涉空山道。可惜此來時太早，皺紅未見檐前棗。　聞說初平仙迹杳，亂石成堆，莎際羊群少。野景最憐寒食好，麥苗一碧風吹老。

河傳 憶吳門舊游

虎阜，回首，十年前。斟酌橋邊畫船，落花如雪篷底眠。流連，曉風香可憐。　酒後無端牽舊緒，游冶處，柳影仍青否。夢橫塘，意難忘。思量，繫帆春渚長。

汪琨

字宜伯，號憶蘭。錢塘人。太學生。官秀山典史。有《懷蘭室詞》四卷。

水龍吟 送龔瑑人出都

長安舊雨都非，新歡奈又揺鞭去。城隅一角，明箋一束，幾番小聚。説劍情豪，評花思倦，前塵夢絮。縱閒愁鬥蟻，羈魂幻蝶，尋不到，江南路。　從此齋鐘衙鼓，料難忘、分襟情緒。瓜期漸近，萍蹤漸遠，合並何處。易水盟蘭，豐臺贈芍，離懷觸忤。任紅蕉題就，翠�書遍，餞詞人句。

儲徵甲

字紀堂。宜興人。

洞仙歌

梅天過了，尚蕭蕭殘雨。付與羈人作酸楚。憶秋槎、聽遍春國寒餘，都不似、此度凄凉情緒。　瑶臺應不遠，天外朱樓，也聽丁冬鐸鈴語。欹枕度寒宵，入曉行雲，可遞到、鄉關煙樹。怕潤逼衣篝未成熏，欲寄與都梁，斷鴻無據。

陳行

字小魯。仁和人。布衣。有《一窗秋影庵詞》。

梁晋竹《秋雨盦隨筆》云：『小魯負才跅弛，嗜酒，工長短句。家貧，訓蒙賣字以自給。性孤介，不諧於俗，坐是益困。日泥飲壚頭，有伯倫荷鍤之風，竟以病酒卒。詞出入蘇、辛，小令酷肖板橋。』

憶江南 登高望

登高望，望不到天涯。祇有雁排人字去，從無人寄雁書來。風雨下樓臺。

菩薩蠻 湖上晚歸

夕陽西下湖光冷，釣船撑入青山影。何處一聲鐘，遠林斜帶風。　白雲留不住，放我還家去。燈火夜深樓，湖山夢裏秋。

綺羅香 西湖感舊

柔櫓離城，殘星在樹，鷗雪亂翻春曉。佛寺山房，不見惜春人到。神來兮、塔影雲移，魂去也、柳花風掃。十六年、舊夢尋來，短長亭外兩峰峭。　西泠曾指墓草。説高士林逋，美人蘇小。如此聰明，翻被聰明誤了。點樓臺、幾個寒鴉，葬胭脂、一絲殘照。望湖中、煙水冥濛，水仙何處吊。

崔曾益

字仲遷，號芸龕。武進人。舉人。官浙江通判。有《拜石齋詞》。

河　傳

風定，人静，落花輕。才過清明，嫩晴，小窗倦眠春夢醒。傷情，數離人幾程。　寄得音書憑去雁，風似剪，心繫垂楊綫。弄秋千，臨水邊。水邊，照紅顔可憐。

翠樓吟　秋日放舟之金陵

鐵鎖千尋，銀濤萬頃，江涵秋影無底。平皋吹木葉，看落日寒雅聲裏。城頭笳起。念遠客雲邊，歸舟天際。東風利，布帆斜挂，舵樓閒倚。　猶記。江表風流，有故宫花草，後庭羅綺。石頭高峙處，正凝望、蕪城如薺。消磨佳麗，嘆玉壘浮雲，金陵王氣。秦淮水，尚留煙月，照人無寐。

紅情 秋海棠

蘚階露白。看斷垣幾處，嬌紅如泣。暗憶故宮，金粉當年舊顔色。簾幕沉沉乍卷，扶不起、春酲無力。想夜静、醉擁新妝，清夢到香國。　今昔。淚還滴。但訴與亂蛩，月斜離席。斷腸漫惜。還怕秋光去無迹。胡蝶西園不到，空委地、花鈿狼藉。待覓取、春夢影，那曾記得。

梅子黄時雨 舟次石門，月夜夢中聞啼聲似子規者，即口占『人去春歸』二語，醒而成此

梅子黄時，算晴雨幾番，花事銷歇。向枕畔聽來，數聲啼切。誰信江南無杜宇，夢中唤起愁千疊。愁難説，客裏送春，還恨輕别。　凄絶。黄昏時節。怪伊頻斷續，和露悲咽。正霏盡瓊英，抛殘瑶玦。人去春歸留不住，却留枝上三更月。還明滅，那禁麗譙吹徹。

徐楙

字問蘧。錢唐人。諸生。

浪淘沙 道光甲午歲除，日建庚申，餞飲水北樓

無事小神仙，沽酒橋邊。學他司命醉陶然。敝帚千金如我願，先買湖田。　又是晚峰

前，萬井炊煙。不堪青鬢換華顛。守了庚申還守歲，明日新年。

昭君怨　梅

莫道南枝開早，莫道北枝開少。總被占春先，歲寒天。　疑是曉窗殘月，疑是夜窗殘雪。不有暗香來，費人猜。

嚴元照

字修能，一字九能，號悔庵，又號蕙櫋。歸安人。貢生。有《柯家山館詞》三卷。

點絳唇

曲沼蒲深，水楊低映紅窗遠。綉巾香扇，人隔春風岸。　波面紋生，衣上飛花滿。尋常見，好山青遍，未較雙蛾淺。

一落索

一片落花飛絮，送將春去。東風吹斷緑楊絲，斷不得、瀟瀟雨。　回首高樓欲暮，遠山無數。短長亭隔短長橋，甚處是、愁來路。

念奴嬌

紅樓珠箔，護輕寒、四面垂垂不卷。鴛甃幾番連夜雨，添了曉妝春倦。柳待摇波，梅還慳雪，未覺東風軟。横塘路迴，踏青情緒先懶。　望極迢遞春江，歸帆何處，芳草和天遠。欲寄天涯無好夢，夢與行雲都斷。鸞鏡塵昏，獸爐香冷，顦顇無人管。西園花事，一年判付鶯燕。

點絳脣

沉水熏殘，雁燈珠蠟垂垂凍。更無人共，綉被春寒重。　多少相思，不合和愁種。銀屏夢，月斜鐘動，作也成何用。

顧成順

字澹園。南匯人。有《曙彩樓詞鈔》。

長亭怨慢初夏感懷，用王中仙《重過中庵改園》韻

任閒倚、畫闌吟遍。紅雨池塘，緑雲庭院。夢裏繁華，過時重省淚無限。一簾凉影，人病在、荼蘼苑。嫩碧颺晴絲，誰惜我、襟懷消散。　春遠。恨好春去也，況又玉環天遠。翠微

路小，看風帶、落花辭燕。謾唱到、白苧江南，怕樓上、麯塵吹晚。更悵望旗亭，一片離雲凄惋。

錢廷烺

字小謝。仁和人。貢生。官金壇縣主簿。

水龍吟 消寒第二集，分賦得黄華坊明名妓薛素素舊居也

長安九陌飛花，餘香埋却韋娘宅。黄華坊底，粉垣零落，蒼凉斜日。鳳去臺空，燕歸樓圮，問誰曾識。向荒苔尋遍，襪痕屐印，渾不見、行雲迹。　傳説技誇雙絶。控花驄、自調金勒。鬟絲拂柳，舞衫翻錦，一鞭飛疾。波妹弓圓，韓嫣彈去，路人争拾。嘆繁華何處，可憐都付與、蒼苔碧。

姚椿

字春木。華亭人。

摸魚子 題《珠湖漁隱圖》

問揚州珠湖一角，如何容得煙艇。世間多少功名夢，都被漁竿拂醒。波漸冷。嘆十里紅

樓，如此蓑衣興。斜陽煙暝。任江北亭臺，竹西歌吹，且付白鷗靚。秋光净，一道澄瀾似鏡。涼颸凄動詩境。驪龍夜冷驚幽睡，吞破半天珪影。休酩酊。怕天上茅君，鸞鶴空山頂。松江萬頃。只剩我扁舟，蒓鱸歸去，舷唱和清磬。

張鴻卓

字偉甫。華亭人。有《緑雪館詞》六卷、《百和詞》一卷。

綺羅香

琢玉成闌，編珠作幌，難障閒愁來路。燭影垂花，還似那時情緒。縱春風、不隔紅墻，算芳信、又遲青羽。況如今、鶯燕西東，碧雲迢遞楚天阻。　誰人窗外弄笛，不管愁腸易斷，吹來如訴。消到無魂，欲賦也難成句。爲傷心、剪盡芭蕉，奈淡月、攪人尤苦。倘依然、夢裏相逢，淚痕教驗取。

豆葉黄 初秋即景

水雲涼護白鷗眠，野渚無風墮碧蓮。欸乃一聲何處船。板橋邊，獨樹斜陽引暮蟬。

趙華恩

字碩軒。秀水人。歲貢生。有《碩軒詞鈔》四卷。

孤鸞　旅夜

輕颸飄袖。正宿鷺拳蒲，晚蟬吟柳。望遍荷塘，可奈翠凋紅瘦。祇留雨聲幾陣，濺勻圓、滿盤珠走。伴我碧紗窗側，有一燈如豆。　却堪憐、炎夏煩蒸久。道難得西風，西風今又。下了湘簾，半桁素波涼縐。濕螢欲來更去，暗中移、數星微逗。最是惱人意緒，一聲聲更漏。

浣溪紗

誰與南窗伴寂寥，螢燈閃閃出墻腰，蘚拖緑焰上花梢。　楊柳池臺無賴月，梧桐庭院可憐宵，隔簾涼殺一枝簫。

戴坤源

字芝山。

水龍吟 蘆花

回頭一望蒼茫，扁舟棹入煙波裏。纔看似雪平鋪，還又隨風颭起。渺渺伊人，中央宛在，相思未已。嘆飄零客路，丹楓紅映，斜陽外、連天水。　猶憶錢江夜泊，聽颼颼暮潮來矣。良宵露重，長空雲浄，孤篷正艤。誰抱琵琶，四絃嘈雜，暗彈秋淚。怕燈殘夢醒，半床寒逼，擁漁家被。

楊穉雲

琵琶仙 丙子中秋，將客南沙，同人餞於山塘，詰朝始發，晚過泖湖，殘月照篷，滄波無極，黯然有寄

涼意涵空，暮天遠、一雁驚飛殘月。雙槳淺掠輕波，蒼茫入斜碧。寒潮外、風聲棹語，猶道是歌筵嗚咽。兩岸蘆花，滿村樹影，相對清絶。　記昨夜、夢醒湖樓，正隔舫分燈送歸客。勸得玉娥起舞，又櫓聲催別。嘆那日、祇須沉醉，便重來、誰更相識。但看堤下垂楊，青青非昔。

浪淘沙過問樵辟疆園寓，飲酒方酣，驟雨忽至，客咸欲歸。問樵舉杯屬余曰：『雨也聽聽，話也聽聽。』予賞其語。問樵即席成《采桑子》一闋，予亦拈是解。時問樵將游浙江，其弟季常自鎮江來，即之滬瀆。良會不常，旅悰易感，不能不黯然於二語云

雲起晚風生，吹到秋聲。兩三愁侶一孤檠。且莫停杯提近事，雨也聽聽。　才送客登程，重起離情。河梁何限短長亭。難得清歡今夜永，話也聽聽。

洞仙歌題郭慧人表妹畫蝶遺幅，並慰沈朗亭兆霖悼亡

生綃一尺，有螺香輕爇。歷亂春痕眼生纈。想帖衣翅軟，咂鬢鬚柔，添綉稿新様，不從人乞。　鏡奩零落盡，粉本重看，紺脉斑裾畫來別。便解賦、南華曉夢，醒來全不似，雙飛前夕。縱麝幅匀裁，待分遺，怕施剩羅裙，也應成蝶。

李曾裕

字玉之，號小瀛。上海人。現官浙江同知。有《枝安山房詩詞》。

念奴嬌 秋燕

斜陽門巷，悵年年客裏，易逢秋暮。曾記江村初社日，春色匆匆何處。金粉樓臺，鞦韆院落，落葉紅如雨。江南迢遞，幾行鴻雁歸去。　莫道翠幕香深，畫梁巢穩，畢竟依人住。故主多情相護久，留得紅絲一縷。海角烏衣，天涯芳草，流水華年度。不如歸也，夢回無限離緒。

搗練子 野眺

寒食後，柳絲絲，滿路桃花踏作泥。野草春晴香不斷，一雙胡蝶過橋西。

江鳳笙

字韻樓。長洲人。諸生。

一萼紅 秋夜獨坐

步空庭。嘆天街凉月，如此不分明。憶著當時，幾曾歡笑，非關今夜凄清。二十載、風塵撲面，暗思量、惟有淚盈盈。更有何人，支頤和影，似我傷情。　我欲狂歌起舞，念浮漚身世，何用勞生。蛩語愁長，雁歸夢遠，畫角還又聲聲。怕轉眼、風凄雨慘，到重九、無賴作陰晴。

誰寄江南哀思，惆悵蘭成。

憶蘿月 秦淮夜泛訪金佩卿校書

緑楊影裏，深處儂家是。要買石城漁艇子，只隔一湖秋水。　丁簾窗映紅綃，曲闌望見横橋。可惜夜凉風月，無人説與南朝。

吴震

字壽芝。常熟人。有《拜雲閣樂府》。

南浦 萍

還認是春痕，柳陰中，青眼圓窺無數。可惜太零星，隨流水，不似那時飛絮。絲絲鬢老，忍將鈿翠都抛去。抛得銀奩秋意滿，脉脉微波遮住。　無端畫碎紛紛，定教人怨殺，一枝柔櫓。何處不相逢，蹤無定，偏是天涯孤旅。東風幻後，不知能記前生否。若記前生飄蕩過，只合今生常聚。

水龍吟 白秋海棠

爲誰悄立瑶階，凄然一點秋心逗。鉛脂洗盡，羅衣偏著，絲絲紅綉。尋遍墻陰，煙輕露濕，月孤霜驟。正亂蛩愁絮，夜凉如水，繁華夢，驚回後。　任向東風回首，换新妝，丰神如舊。肥環妒否，有人淡掃，别成秋瘦。已斷柔腸，未消清淚，可憐時候。伴玉容寂寞，闌干一曲，倚天寒袖。

念奴嬌 自金陵夜抵燕子磯，捨橈拄策，獨穿松翠中。一峰乍晤，如逢故人；萬葉競飛，忽得警句。陟永濟寺望江亭，明月渡江而來，嶺樹交影，壓我襟袖，置身非人世矣

怒厓疑落，正天風響激，江濤寒勁。石氣蒸雲雲化水，遏得月明無影。漢柳摇煙，皋蘆舞雪，萬葉秋聲併。畫然清嘯，睡龍應被驚醒。　忽聽斷續漁歌，别成商調，隔浦遥相應。可惜遲來山桂謝，負了看花游興。雙屐銜苔，一襟兜碧，手摘星芒冷。鶴尋殘夢，背人飛過松頂。

梅子黄時雨 秋風忽凉，夜月尤皎潔，遂乘月渡江之揚州，雲行有聲，露淡無色，長笛一吹，萬濤怒立

多謝凉雲，吐明月二分，先候江上。甚雁北帆南，旅程分向。倒影不知天在水，忽聞星弄

寒潮響。秋蒼莽。一片雪濤，如馬奔放。　回望。隔江厓嶂。正屏開翠色，嵐氣高爽。聽唳鶴清霄，客心孤蕩。風自無心吹過樹，任他落葉隨風往。沿堤訪。別來浦鷗無恙。

謝元淮

字默卿。松滋人。官廣西左江道。有《海天秋角詞》。

雨中花慢 雪後咏梅花

蕚坼冰檐枝梢，月榭忍寒，獨與尋春。又雨花淅瀝，雲葉繽紛。未入羅浮幻夢，何來姑射仙人。闌干遍倚，一番偃蹇，幾日温存。　記從西磧，曾住東山，支筇野店江村。容易得、閒題碧落，静對黄昏。滴滴嬌紅欲淚，沉沉冷翠無痕。韶光已半，鶯聲猶寂，可奈銷魂。

雨霖鈴 春寒久雨

迷濛煙雨。不分昏曉，兩月如許。東風已過寒食，鶯藏燕杳，都忘韶序。咫尺園亭懶到，料殘紅無主。看眼底、層叠癡雲，若個容將漏天補。　花村貰酒人何處。緑楊絲、好把春闌住。年來愛惜芳景，偏聽此、四檐悽楚。報説江潮，流入桃溪，斷橋深阻。盼爽霽、吟上金焦，借一枝柔櫓。

俞敦培

字芝恬。

疏　影　和月坡言愁之作

江干那日，有野鷗幾點，窺見幽屐。前聞追舟不及。爲問娉婷，誰是真癡，誰擅銷魂詞筆。天意凝寒似此，殘紅不怨封姨妒，怎肯怨、護花幡窄。把禿毫、寫個鴛鴦，却又誤成飛白。　美人翠袖薄，清淚應積。待夢尋伊，夢也難憑，底處更尋消息。新翻一隻相思曲，我亦算、倦游狂客。莫等閒、譜入琵琶，惹起凍雲蕭瑟。

秦熾昌

字笛樵。

祝英臺近　同月坡至東湖，望百花洲

碧天空，啼鳥換，秋影半湖縐。悄望重門，幾點落紅瘦。分明臺榭高低，玉鈎簾卷，怎隔斷、小橋疏柳。　莫孤負。試隨寒蝶尋花，煎茶度晴晝。山水留人，吟興問誰有。笑他也似

秦淮，斜陽影裏，只少個、倚闌紅袖。

倪煒文

原名印元，字笙巢。歸安人。諸生。有《夢文山館詞》。

南鄉子 爲王講泉題舊紅樹館

紅樹寄相思，十二闌干十二時。心字香燒煙乍裊，絲絲。舊恨桃花扇底詩。　往事問誰知，一夢揚州去較遲。剩有畫樓東畔月，如眉。猶照三生杜牧之。

李貽德

字次白，號杏材。嘉興人。道光□□年舉人。著有《夢春廬詞鈔》。

疏　影 秋柳

數枝殘柳。梟湖漘渡外，秋聲初驟。寒迴清宵，葦岸蕭騷，凉蟾一片疏漏。破春已覺纖腰嫩，早舞倦、短長亭堠。況耐他、冷雨酣霜，難怪恁般消瘦。　著屐來尋，舊院白門，鵷鶵裏、吟苦司寇。玉樹聲凉，幾度魂銷，算祇板橋依舊。畫眉人去留圖在，待橋外、東風吹透。擘春雲、綰住征衫，又是斷腸時候。

卜算子 東畹芬

一座小紅樓，蠡殼窗兒裏。鎮日懨懨鎮日慵，可略梳鴉髻。　聞説準歸期，定向樓頭倚。側側輕寒掠鬢多，立漫當風地。

邁陂塘 題《復園紅板橋詩卷》

恁銷魂、武林門近，年時一片秋草。汪倫舊日聯吟地，水榭風廊都好。分曲沼。喜雁齒新成，可可添詩料。箋分諸老。看虹影眠魚，花沙穿水，坐瞑幾紅蓼。　重來也，一代名場過了。夕陽黯黯紅到。小橋卧柳都蕪没，莫怪題橋人杳。遺墨妙。讓吴質多情，收拾零星稿。沉吟鴻爪。認秋雪庵凉謂樊榭，晚鐘煙冷謂恒公，郭外遠山峭。

醉太平 旅枕

風聲隔床，雨聲隔窗。不情不緒時光，祗離人慣嘗。　庭柯葉忙，鄰簫怨長。垂垂紙帳冰凉，正梅花夢香。

吴縣潘介繁襄校
仁和徐慶銓編次
平湖張炳堃增訂
錢塘諸可寶校勘
永康胡鳳丹監刊

國朝詞綜續編卷十二

海鹽黄燮清編纂

朱　綬　三十七首　楊懋麐　四首　戴　熙　一首　吴　珩　二首
曹楙堅　九首　蕭　馨　三首　王三畏　一首　韓森寶　二首

朱綬

綬字仲環，號西生。元和人。道光十一年舉人。有《知止堂詞録》三卷。

黄韻甫云：『西生詞有白石之蒼、夢窗之麗，氣格清渾，不事字句雕飾，當於全體中求之也。大江南北，洵推作手。詩亦古艷深厚，卓然名家。西生與予初未識面，癸巳秋由沈蘭如處寄詩三首，題《帝女花》樂府。予性疏懶，未之作復。今西生已作古人，影契神交，亦成千古。選録遺詞，悵悒不置。』

點絳唇

不種芭蕉，怕他又惹西風住。壞墻蟲語，已覺聲淒苦。　亂葉空階，秋在無人處。横塘路，斷煙疏雨，夢采蘋花去。

瑶華　寒柳

鴉聲自急。蟬蜕初零，老前番秋色。危橋紆渚，風乍緊、一片霜條吹直。江空年晚，剩寂寞、孤舟漁笛。恁畫樓、猶夢春前，悵望玉關消息。　當時記拂鈿車，有萬縷柔絲，催送離席。斜陽似舊，楓葉外、惟有流雲凝碧。依依漢上，問淚點、爲誰頻滴。想莫寒、帽影鞭絲，倦馬尚嘶荒驛。

高陽臺

二月二十二日天陰，度暝薄有雨意，記庚午之年，偕曹艮甫訪艷城西，泛舟虎阜，即是日也，而海棠五度花矣

孤艦浮鴛，叢衫聚蝶，少年扶醉看花。夢覺春空，管絃知在誰家。海棠小折猩紅萼，恰愔愔、暗雨啼雅。記年時、細折吴綾，淡墨欹斜。　休尋杜牧湖州約，笑鬢絲禪榻，如此韶華。紫陌芳塵，依前流水香車。鶯飛草長江南恨，隔屏山、便抵天涯。掩重帷，向晚無人，燭影紋紗。

國香慢

春物暄麗，衆芳弄晴，順卿以春香命題，邀爲同作

燕惜鶯憐。正綉帷雲薄，麗日暄妍。博山舊爐閒爇，不是沉煙。甚處簾櫳翠窈，有穠花、並顫歌筵。東風晚來急，麝屑霏塵，碧月嬋娟。　玉衫游冶地，莫黄蜂猶撲，粉索秋千。綺郊尋珮，空自十里珠鈿。目極汀洲杜若，采芳痕、待寄誰邊。梨雲散遥夢，愁倚熏籠，絮雨吹綿。

緑意 新緑，同順卿作

啼鵑又寂。便冷紅尚艷，不是春色。曲幕團煙，鶯燕飛來，猶問賞花消息。石家金谷珊枝碎，沁一片、玉壺深碧。莫幾番、換了斜陽，但有畫樓陰直。　還記韋孃乍嫁，鬟雲正掩映，燈照華席。重捲紋簾，依約螺痕，露柳千條寒滴。佳人一別生芳草，更暮雨、戍亭飄笛。倚綉櫳、窈窕無言，夢繞舊時晴陌。

眉嫵 草色

共雲光迷浦，柳色分橋，煙染嫩春遍。立盡東風影，銷魂處，江南無限亭館。踏青漸懶。想陌頭、游騎歸緩。糝香徑、幾片柔紅淺，小闌燕飛轉。　還弄輕鬆纖軟。映淥波一抹，芳思歷亂。別是凄涼意，憑樓望、依稀天遠人遠。翠莖又短。寄艷愁、斜照都卷。莫寒雨關河，征客淚、舊衫滿。

高陽臺 廢港沈春層樓度暝，爲畫中人傷別

濃緑分橋，斷紅流浦，看春平倚危闌。玉舞珠歌，冶情不似前番。濛濛香霧垂楊濕，泛空波、艇子蕭閒。恨無聊，三兩愁鵑，啼老荒灣。　蘼蕪一片傷心色，問畫驄誰騁，寶勒雕鞍。

除却西湖，江南無此溪山。翠衫佇立銀樓角，怨天涯、未有人還。定宵深，夢繞蘋花，絲雨催寒。

國香慢

六月五日，偕芷橋、澹懷、閏生泛舟山塘河，女校書文蘭歌以侑盞。琵琶一撥，不風自凉；水波微興，宛有秋意。扣舷成曲，不自覺秋士之易悲也

水曲招香。載畫船桃葉，不是横塘。空波自成蕭寂，纜繫斜陽。多少銀笙翠管，話春游、鷗燕都忘。琵琶動眉語，無計聞歌，直恁淒凉。　深杯休待勸，認衫痕顛頷，如此歡場。采蘭誰贈，目極渺渺荷鄉。堤柳疏凝黛碧，莫重來、已伴啼螿。徘徊甚情緒，鏡檻懸燈，風露昏黄。

選冠子 琵琶

細馬妝殘，明駝影散，初寫漢宫離怨。剜檀木古，緪玉弦高，邏逤紫槽香滿。關塞荒凉路遥，攙入鄉愁，一聲蘆管。正將軍毳帳傳歌，沙漠雁行飛斷。　知甚日流響江南，釵樓稚小，手語漸成嬌軟。匀遮半面，側彈雙鬟，領略酒邊燈畔。惆悵蕭郎，舊時腰鼓纏來，倍添淒惋。莫幺弦撥冷，春風還是，曲終人遠。

西河 曹艮甫秣陵之游二年矣，秋風歸棹，不忘舊歡，歌是贈之，以當古惆悵曲。張叔夏曰：『燕子尋常巷陌，酒邊莫唱西河。』故於斯調有取也

前度客。今年又理歸屐。滿城槲葉妥霜紅，暮愁共積。漫驚短髮漸鬅鬙，青衫無恙如昔。搴薜荔，吟蟋蟀。關河多少寒色。離騷二十五篇中，一聲怨笛。白門冶柳慣牽情，絲絲翻送離席。　百年歲月似過翼。有花枝、當摘須摘。莫到無花空憶。聽煙鴻、唳遍江南驛。燈火高齋秋蕭瑟。

凄凉犯 夜雨高齋，寒不成夢，懷人天末，言愁始欲愁矣

蕭蕭颯颯秋聲起，簾風悄滅華燭。雁飛過也，人欹病枕，暮愁盈掬。殘絲碎竹，度檐際、玲瓏片玉。似曾聞、霖鈴恨語，啼宇暗催促。　閒記歌樓小，淺穗爐熏，暖偎香局。秋鴛夢醒，定朝來、鏡蛾顰緑。歲晚天寒，掩羅帳、無言怨獨。聽疏更一點二點，斷又續。

掃花游 蔣佑卿意有所眷，屬題《畫橋碧陰》册子，櫽括本事，書之簡端，其相視而笑也

佳麗修且阻。悵燕子閒門，更無香杜。幾減沾衣絮。雨暗凝佇，但映岸翠波，冷流花去。　杜郎未老，對碧樹陰圓，便添芳緒。畫橋霽午。度清輝澹冶，訪詩歸路。減一分春，旋去

重綉柱。記醉墨題紈，艷情難賦。似水韶華，剩掐銀彄細數。奈何許。聽啼鵑、又成凄楚。

疏　影

重九前一日，偕閨人游靈岩山，登琴臺小憩，寒雨忽至，石氣凄澹，閨人先成《探芳信》詞，余爲和之，草窗體

林煙暗冪。放橫塘艇子，水風凄瑟。敗柳枯蘆，岸曲堤均，净展一奩殘碧。疏鐘忽斷斜陽外，有翠雨、畫衫涼濕。又井槐、葉落銀床，吹滿故宫秋色。　閒話鴟夷舊事，指平湖樹裏，帆影寒寂。可惜溪山，石古雲荒，付與夜鴻酸戚。闌干曲折無人倚，但蘚綉、塗香塵壁。送暮愁、點點歸鴉，漸起隔村漁笛。

探　春

己卯正月九日，從蘭如處醉歸，露坐庭中，弦月孤潁，賦此自遣，時立春前一日也

催雨風收，融冰水淺，鞭香吹散平野。半醉心情，初寒時候，休説不堪游冶。一片鵝黄月，向簾角、玲瓏飛下。薄妝人正迎春，管弦何處亭榭。　獨自空階佇立，暗悵望春期，芳思慵寫。柳苑燈明，梨街雲艷，消得幾回尊斝。碧海青天裏，漫長是、今年今夜。猶有梅花，一枝留伴清話。

惜紅衣 庚辰秋日，余有西湖之游，琢卿、清如、閏生、小雲、井叔餞别於鷗隱園池上，明日泊舟吴江城外，歌此奉寄，並懷順卿、功甫諸君，方盛舉續延秋集，惜不得移之兩堤煙翠間也

嘿雨花凋，飄煙柳直，畫秋無色。玉净池塘，淥波映離席。零詩剩酒，空數遍、霜風消息。今夕。昏樹亂雅，對孤燈荒驛。　西泠去客，簫謐琴歌，情懷暗寥寂。良期頓杳，水國莫吹笛。可惜段家橋外，冷浸半湖凉碧。料槲衫歸緩，三十六鷗能識。

玲瓏四犯 垂虹橋下，用白石體，音旨清寂，識曲者知之耳

短柳未霜，叢蘆初雪，垂虹亭下秋早。客游殊自苦，倚舵看清曉。絲風暗欺破帽。問江郎、賦情多少。綺岸花疏，畫船燈滿，何似舊懷抱。　橋灣十年重到。剩揉波翠影，凉映孤棹。玉衫香減盡，薄媚聞歌調。不須艷説吹簫伴，試極目、天涯荒草。人意悄。銷凝有、青山夢好。

瑞鶴仙 韜光煉丹臺上觀戊寅年題壁

岩光清到竹。度一拂空煙，芰衫秋緑。飛泉漱鳴玉，聽泠泠仙韻，徑深人獨。崖回翠複，

有風引禽聲斷續。上孤亭，鏡影江湖，千里更窮遥目。　林麓。題詩壁古，暗换前游，幾番涼燠。青山似舊，叢桂樹，散寒馥。算人間、易老鶯花，閒夢不到，雲屏霧幄。步高峰，且荷長鑱，藥苗待斫。

琵琶仙　清曉自烏戍發舟，行支港間，極幽隱之趣，因憶白石道人本調詞，又听然笑耳

初雪蘆梢，短堤畔、昨夜西風涼足。殘露猶泫汀洲，朝光上帆緑。鴉萬點、秋翎散早，遠天静、漸升孤旭。就栅牽菱，移船問藕，吟興幽獨。　漫尋想、苕霅清游，唱雙槳桃根舊時曲。惟有曉煙空黛，映生波凝縠。雲樹外、明霞淡冶，似美人、睡起新沐。自笑寥寂心情，舵樓吹竹。

解佩環　元彭元遜有此體，陽羨萬氏謂即【疏影】，惟以去上叶韻爲少異耳。偶成一篇，寄蘭如湖上，用彭體，故仍其名

吴天霽晚。正汀煙漲雨，斜照初暖。一紙書催，十葉帆懸，負了故人芳餞。湖山約、共看秋去，笑閒鷗、近來無伴。想高樓望遠，憑闌盡日，翠眉愁展。　記取梅花開處，聽玲瓏歌曲，芳字題遍。莫是垂楊，秋影絲絲，别恨不堪重綰。亂蟬吟冷長堤路，抵多少、玉笙金管。剩西泠、斷碧空波，省識柔情深淺。

虞美人 秋夜

亂蛩聲裏過新雁，斷續疏碪遍。不關風雨已凄凄，況有梧桐殘葉趁煙飛。　城頭自響三通鼓，淡月低臨户。露凉深院一燈紅，剛是惜秋人病素帷中。

湘江静 代别思

岸曲西風催戍鼓。把金尊、勸留難住。蘋波漸起，蘆雲盡卷，是離船行處。玉井淚波寒，還分付、煙鴻彈與。千山萬水，書遥夢遥，斜陽外、半帆雨。　佩素璫，搴翠羽。誤神妃、暮臯微步。碧平峰黛斂，瑶流鏡貼，定湘絃頻撫。人已隔天涯，愁今夜、月生南浦。銷魂第一作上，黄陵廟近，猿啼斷樹。

多麗 自來西湖，雨雪間作，余與諸君無日不著屐游也。在理安道中，飛泉横流，褰裳徒涉，亦一奇矣。明日將爲旋里計，歌此留别

聽蕭蕭，風風雨雨朝朝。恁吹寒、還吹薄暖，斜陽慣自迢迢。露亭欹、花遲蝶眷，煙堤暗柳禁鶯捎。綉土香凝，妝樓笑淺，鈿車誰過第三橋。憶芳陌、畫衫扶醉，緩控玉驄驕。閒回首、十年塵鬢，綺想都消。　待山山、霞痕散霽，但須選勝林臯。磴泉飛、翠侵筍屨，雲岩轉、青潑

松瓢。揞策情孤，剪燈話冷，勃姑聲裏喚歸橈。便天許、一春中酒，心事總無聊。西溪月，倦游空約，夢穩梅梢。

瑞鶴仙零雨飄風，秋蕪被野，順卿調《齊天樂》見寄，情辭悱惻，歌不成聲，拈此奉答，義托閨襜，旨兼諷諭，亦《離騷》美人之遺也

笑芙凋淚影。早柳外人家，虚檐秋静。妝眉妒明鏡。記蘼蕪采罷，墜雲難整。啼螿訴病。倚寒幬、凄凉自省。舊題紈、碎墨零煙，萬點怨紅新凝。　芳幐。明璫緘字，换到爐熏，漸銷香餅。重簾度暝。斜照外，雨絲冷。嘆悲黄書蝕，看朱歌斷，幾處銀瓶恨井。最堪憐、嬌稚鄰娃，夢歡未醒。

惜秋華延秋小集，分賦秋花，得海棠

露冷墻根，對秋痕似夢，低花娟楚。綃帕淚殷，佳人怨歌金縷。玉容憶别經年，贈翠佩、無言日平暮。凝佇。記飄燈䧟底，春風芳樹。　腸斷奈何許。是顰枝恨葉，總成塵土。綺夢易闌，憐惜鏡閨私語。脂奩自拾零香，待暈入羞紅嬌嫵。秋去。滴荒階、幾宵疏雨。

琵琶仙 接澹懷泰州書，兼寄艮甫。兩君皆二年前晨夕過從友也，顛頷依人，蹤迹疏闊，頃於秦淮渡頭，小聚十餘日，輒又别去，秋風深矣，不能無懷

霜色關津，夕陽外、凍柳千行飄折。孤雁飛趁蘆花，寒沙散秋雪。吹夢斷、簫聲暮冷，憶江上翠尊初别。十幅輕帆，一陂廢水，心事愁説。　但回首、佳麗秦淮，算璧月瓊枝易銷歇。知有縷金歌扇，向空箱閒疊。十里路、西風夜起，擁敗郵、盡是荒葉。漫剩天末懷人，怨絃彈切。

霓裳中序第一 題生香館女史遺集，同閨人作。閨人與女史素相識也，故有『鈿舄當時』之句

湘芙淚暗滴。舊日仙心銷未得。温鼎蘭熏細炙。想粉澀綫箱，紈疏星席。顰妝瘦碧。付彩箋、離緒凝積。空吟嘆，玉清剩曲，半影弄淒魄。　幽抑。鳳笙聲寂。動怨思、紅深翠隙。人間多少恨迹。早水鏡塵封，綉鋏上苔蝕。夜燈人共惜。是鈿舄、當時夢隔。還惆悵，緑梅花底，脆管度殘拍。

古香慢續延秋小集，董琢卿索題無名氏《秋聲》畫幅，敗葦叢蕉，淒然欲絶，用夢窗自度夷則商調，秋士之懷，概可知也

墜梧謝燕，離薛迎蛩，簾外秋凜。暮杵空城，砌曲露華塵沁。殘醉憶天涯，定腸斷、東陽瘦沈。最宵深院寂，颭影暗燈，又照愁寢。　記舊事、傷情還甚。春樹穠芳，都换清蔭。葉葉聲聲，不入翠蕤香枕。霜艷惜嬋娟，更何處、交柯碎錦。賦銷魂，總無奈、月波寒滲。

雨霖鈴湖風乍寒，天有雨意，斷堤秋柳數株，蕭蕭作響，殆有難於爲情者，而余又何以堪此

西風淒急。近橋堤上，淡日無色。千絲萬縷吹損，頹垣敗甃，啼蛄聲澀。甚處人間感别，夢猶弄哀笛。算此恨、終古依依，未是江潭淚頻滴。　十年困頓青衫客。又那堪、聽雨孤燈夕。天涯便有晴意，秋漸冷，更成蕭瑟。可惜西湖，一片亭臺，盡换愁碧。付後約、驕馬空嘶，斷岸煙蕪濕。

長亭怨慢余來錢唐，下榻蘭如寓齋，湖山之游，頗極幽賞，會蘭如有於潛之行，余將買舟歸矣，賦此誌别

又聽到、愁鴻南浦。短柳飄蕭，便牽離緒。篛葉輕船，水風淒冷送君去。歲華如夢，能幾

度、挑燈語。可惜好湖山，總不許、閒人閒住。　且住。折蘋花贈遠，獨自斷魂難賦。汀洲佇立，但目極、墮煙疏雨。問後約、空指眠鷗，笑修竹吾廬何處。屬采术歸來，料理天隨漁具。

聲聲慢 龍樹菴看桂

溪聲在竹，野色通橋，槲平衫盡化秋碧。一磬西風，庭際暗蛩涼寂。人間自憐夢短，誤嬋娟、吹香瑶席。凝望久，正翠闌微冷，墜煙黄積。　賦遍小山招隱，漸木落淮南，雁鴻淒急。可惜今宵，不是素娥妝夕。年年采花弄蘂，想天上、佩環消息。知甚處，有紫絲雲障，暮寒都隔。

淒涼犯 荒雅

古譙暮角，悲聲起、斜陽欲下林薄。葉飛盡也，危墻斷堡，片雲吹落。霜風正惡，定何處、離巢換鵲。畫湖天、沙洲凍寂，煙影上山郭。　因念空江畔，野火叢祠，短帆催泊。暝光弄雪。儘淒涼、翠亭朱閣。最苦宵深，吊荒月寒幬夢覺。伴無聊、隔浦雁響，和冷柝。

曲游春

草長湖堤翠，漸暖風初颺，春動芳陌。似水年華，趁梨花酤酒，未成蕭寂。幾日輕陰積。

早晴艷、數枝紅坼。正畫樓、半捲珠簾，人倚露闌吹笛。　小立。官橋路直。對金縷絲楊，飛夢窗隙。鶯燕芳期，恁鈿車去後，更無消息。十載青袍濕。漫分付、釵叢憐惜。向晚一曲山香，舞花帽側。

臺城路《宋于廷詞意圖册》，記揚州舊游也

人生不合江南住，垂楊暗飄霜縷。畫舫燈圓，珠樓笛脆，閒惹淒凉無數。離騷廿五。漫留付人間，斷腸兒女。一片蕪城，夜深明月自來去。　芳期況成間阻。黛蛾謡諑慣，幽夢淒楚。倦馬長郵，初鶯小榭，宜有華尊歌舞。傷情甚處。是望遠登高，翠漣平浦。芳草年年，此愁空寄與。于廷有《芳草詞》二卷。

探春慢二月十二日夜坐玩月，斐然有作

林采銷煙，澗華散雪，園林芳事如畫。綺節逢花，瓊宵得月，須信韶光無價。明鏡開奩小，照一片、流雲池榭。討春翻記年時，雨聲零亂鴛瓦。　還趁東風未老，翦霧縠輕衫，香浣沉麝。燈閣簾疏，簫樓屏暖，宜共飛仙游冶。憑問閒鶯燕，更甚處、人間今夜。剩數闌干，玲瓏幡勝齊挂。

法曲獻仙音校定眉仙《綉篋詞卷》，因題是篇。時予移家古墨池園，廣阤喬木，煙月清真，吟嘯其中，或不似人間伉儷也。近詞多思親之作，外姑方就養衡中，楚山湘水，叠見篇章矣

鏡閣懸花，燈幭收月，記約盟鴛前度。净碧吹魚，冷紅依燕，池亭正堪携侶。漫悵望、春歸早，深宵擁篝語。　紫雲句。料妝樓、露桐吟遍，應未識、天上玉簫新譜。付與按歌人，誤嬋娟、顰怨如許。望極湘江，只無聊、愁换眉嫵。且濃題蕉葉，静賞一園煙雨。

國香慢吴辛生出示《惜花圖卷》，鴛湖翟布衣所作，李丈子仙題絶句六首，綿渺凄怨，有不盡之意。二君謝世皆數年矣，爲譜弁陽老人夷則商一調，鬼唱秋墳，知予悲也

那便傷春。對畫橋煙絮，怨思都陳。看春慣嗟遲莫，况是春人。憐惜江南二月，儘年年、碧樹花新。無端又惆悵，軟綉銅街，暗起香塵。　寂寥前度恨，向粉綃重認，綺想紛紛。蜀絃彈淚，吹濕萬點鵑雲。一片斜陽廢土，掩愁紅、陌上黄昏。人間更何處，道有嬋嫣，未解銷魂。

聲聲慢閏七夕後一日，再爲夢薌題畫

圓姿闕月，密約移星，針樓又度靈夕。一樣銀灣，中有淚潮千尺。天孫料應恨淺，再相逢、今年重七。人世夢，早妒雲吹散，怨懷凝積。記省畫鸞前事，限一角紅墻，便沉消息。説與匏瓜，猶艷傍機槎客。飛仙翠眉易老，换離思、鏡奩秋碧。闌夜裏、剩冷吟閒醉，露凉瑶席。

楊懋麐

字子振，號友麓。平湖人。道光十一年舉人。有《閒雲潭景詞》二卷。

擣練子

人倦後，燕來初，芳草如煙疑有無。蠣粉墻陰蛛網顫，落花聲細夢模糊。

解佩令題黄韻甫燮清《淩波影》樂府

春風蘅杜，春潮煙霧，隔盈盈、生塵微步。除是才人，誰解嘆、匏瓜無侣。笑荒唐、楚天雲雨。　相逢神渚，相思驛路，派閒愁、飛花飛絮。一樣銷魂，只可惜、世間兒女。唤情癡、且從夢悟。

金菊對芙蓉 客中重九

雁蘸楓煙，鷗拳葦露，四天風色蒼茫。正題餻節序，簪菊時光。白雲未約登高屐，但遺愁、隨分杯觴。水村沙驛，幾株卧柳，妝點斜陽。　更有甚事迴腸。指家山畫裏，儘費思量。幸寥寥舊雨，尚共篷窗。酒人休怨詩題盡，付剩吟、蟹舍漁莊。一聲柔櫓，江湖滿地，華鬢清霜。

疏影 齋前芭蕉，用白石韻賦之

涼翻碧玉。愛簟紋似水，先讓雲宿。拂曉風清，墻角濃陰，離披未礙篁竹。瀟瀟幾陣黄梅雨，已數尺、新添窗北。傍畫廊、預作商聲，不管苦吟人獨。　芳意將舒尚卷，蠟緘試暗折，秋夢分緑。篆絶棋殘，鎮日冥冥，冷浸三間林屋。天涯多少孤眠客，料别緒、定抽心曲。更倩誰、墨汁濃傾，翠影寫留屏幅。

戴熙

字醇士。錢塘人。道光十二年進士。官兵部侍郎。

黄韻甫云：『侍郎工寫山水，氣體渾厚，生趣遠出，爲時所貴。詞不多作，兹就所見録之，未足概全豹也。』

浣溪紗 題星齋桃花便面

記得年時忽地逢，粉墻西畔畫樓東，一春無雨又無風。　印枕霞痕撩鬢角，背燈酒暈上眉峰，那回曾覷可憐紅。

吴珩

字佩之，號我鷗。仁和人。道光十二年庶常。改吏部。官四川鹽茶道。有《紘詩讀畫軒詩餘》。

摸魚子 櫓聲

破空江一天秋寂，摇摇何處煙艇。數聲欸乃沙汀外，錯認雁群呼暝。風不定，怕十里圓波，盪碎蘆花影。伊誰慣聽，祇水國鷗鳧，漁家兒女，凉夢屢催醒。　西泠路，最好湖光掩映。綺船都在明鏡。湧金喚渡人歸晚，柔響愛他山應。圖畫勝争。奈我年年，游迹隨萍梗。燕齊路迴。剩夾岸蛩吟，沿溪棹唱，和月伴愁永。

疏影 帆影

溟濛一片，趁澄江景霽，吹落波面。白鳥明邊，悄逐雲飛，斜陽半晌猶戀。樓頭送別銷魂處，任遠近、總迷心眼。正帶他、鷗夢輕移，又被浪花掀亂。 我亦曾經弱水，悵天風引度，俄又吹轉。鏡裏春晴，畫裏秋陰，幾度勞伊相伴。有時掠過溪心去，訝驀地、篷窗遮暗。待晚來、月上潮生，付與船孃凄怨。

曹楙堅

字樹蕃，號艮甫。吴縣人。道光十二年進士。官湖北按察使。有《曇雲閣詞鈔》。陶鳧香云：『艮甫詞在草窗、竹屋之間，至清虚超雋處，尤與玉田爲近。』黄韻甫曰：『《曇雲閣詞》蒼艷處雅近白石，集中諸調，【琵琶仙】尤擅勝場，當以「曹琵琶」呼之。』

眼兒媚 秋試被放，旋有騎省之悼，倚聲自遣，滋益潸然

女墻西畔又啼鴉，門巷認誰家。西風簾捲，更無人影，休説黄花。 從前離恨今番覺，絲鬢透霜華。一杯冷酒，兩行熱淚，了我生涯。

鵲橋仙

啼紅人杳，流紅信杳，芳事知誰商略。一彎蛾影瘦於秋，照不到、畫樓西角。　琴心彈冷，笛心吹冷，燕子輕陰簾幕。春痕如夢著梨花，又記起翠羅衫薄。

減字木蘭花 閨情，分集詩牌

蘭愁壓鏡，鵲鎖沉煙和瘦影。細數花期，一剪春陰護蝶衣。　深深庭院，綠綉苔鋪榆莢滿。人正垂簾，燕子歸來繞畫檐。

六幺令 篷窗孤坐，追念舊游，賦此寄蘭如

明蟾三五，端正照離席。桃鬟最憐嬌小，眉颺柳絲碧。不管東陽瘦損，暗把春心擲。絮雲無迹。江風一霎，催送天涯遠行客。　還記熏爐錦薦，暖倚流蘇側。此後誰砑銀箋，替賦驚鴻格。料得愔愔小巷，軟霧吹簾額。暮鴉荒驛。寒楓幾片，何處樓頭正飄笛。

水龍吟 江口阻風作

夜來聽雨聽風，江潮並著離人淚。杯深酒釅，篷低燭暗，都無詩意。逝水年華，傷秋懷抱，

釀寒天氣。早葦花吹盡，星星漁火，休驚了，沙鷗睡。　獨自單衾凄擁，又無端，笛聲催起。問他多少，青衫白髮，扁舟同艤。明日天涯，寒雲萬疊，碧波千里。記前番有約，五湖春槳，學鴟夷子。

揚州慢 邗溝夜月

雙槳鴛情，一彎蛾怨，惱人此夜邗溝。對疏星不語，總打叠離愁。聽宵静寒潮自響，去來嗚咽，絲鬢先秋。料闌干西角，斜河還照銀鉤。　艷懷未减，訴凄凉、休問東流。記淺笑尊邊，温香坐側，前度紅樓。夢雨夢雲何處，江關路、穩繫孤舟。唤冰蟾低約，花時重見當頭。

琵琶仙 友人見示《秦淮記事詩》，既有和作，未竟所懷，復填此解

春冷閒門，暖風起、定有楊花吹入。離夢還惹柔香，啼巾寄紅濕。人縱遠、青溪自近，試重語、軟波雙楫。艷影鴛迷，游絲燕惱，無奈今昔。　料依舊、釵霧衫雲，算如此年華半凄瑟。煙鎖幾分殘黛，替秋山描出。題恨杳、霜楓漫舞，付斷鴉、盡是愁色。可記邀月簾櫳，夜凉横笛。

解連環題孫子和《月底修簫圖》

白門秋半。記冰蟾蘸影，晚凉池館。倚畫簾、盼到傾城，有衣上新香，玉簫吹暖。儘説相思，怕未必、黄衫能管。只啼鵑聽去得，悄約花時，訴與幽怨。江城幾番悵斷。把斑騅繫了，緑楊絲短。想翠蛾、消盡春痕，問飄泊誰邊。夢和人遠。莫話前游，總一樣、雪團雲散。又長安、自醒自醉，自題畫卷。

琵琶仙石帚自製，黄鐘商調也。辛丑九日，咏莪招飲，賦呈此解，孤懷泬寥，不自覺商聲之觸指矣

霜葉吹空，宦情冷、奈我棲遲京國。衰鬢還對黄花，西風最蕭戚。秋漸老、江亭怕倚，爲經了幾番離席。月桂緣遲，煙蘿夢窈，心事誰識。　再休負、紅燭開尊，且同把雙螯醉今夕。看到翠荒苔古，早蛩螿聲寂。星暗淡，關河雁去，想戍樓、盡是寒色。試問蒓脆鱸香，甚時歸得。

蕭馨

字笠仙。海寧人。諸生。

慶春澤 花朝

如錦韶華，如絲情緒，東風閒殺鞦韆。鸚鵡前頭，記曾眉語流連。百花生日今年又，便嬉春、懶逐香韉。剩相思，別夢難尋，恨窟難填。　商量酹酒爲花壽，向畫幡颭處，題遍紅箋。彩筆慵拈，應憐多病文園。同伊撲蝶成前度，換番番、淺暖輕寒。到而今，水自迢遥，草自芊綿。

沁園春 花朝爇香亡婦影幃

九十日來，悽斷冬郎，況是今朝。恨金鵝屏展，夢還惝怳，蠟梅花放，香也蕭寥。婦愛花成癖，故靈几亦爲設膽瓶清供。別慘吞聲，魂消握手，道恐情絲綰未牢。思量起，儘一燈無寐，耐可憐宵。　功名腸熱徒勞，只願把金尊供讀騷。算莫催離緒，翻添卿喜，且辜壯志，甘被人嘲。歷歷前塵，茫茫今日，心血愁邊海上潮。東風峭，任庭間撲蝶，分付吟毫。婦常以離別爲憂，去歲報罷日，猶歡然慰藉也。

桃源憶故人 李家谷是與亡婦舊經行處

年年來往携蘭棹，我愛此間偏好。緑意迷離多少，供養啼鶯老。　如今一片相思稿，況是送春懷抱。依舊柳絲風裊，難再人雙笑。

王三畏

字薌穀。錢唐人。諸生。

綠意 賦綠陰，和海門作

晶簾細疊。正曉煙捲起，詩夢清絶。染上蕉衫，黏住苔階，濃雲滿地披拂。闌干十二花迷處，定誤了、飛飛蝴蝶。便嫩涼，不是新秋，小苑更無蟬咽。

春事飄瞥。斗酒雙柑，楊柳樓臺，猶記聞鶯時節。斜陽隔斷青山影，有一縷、碧痕如接。休訴環肥燕瘦，幾番過夜雨，最關心、悄立黄昏，踏碎半庭明月。

韓森寶

字頌伯，一字茶甫。震澤人。諸生。有《茶甫詞存》一卷。

闌干萬里心 簡周祖白

彎彎月挂柳梢頭，曲曲溪劃雙槳舟，有客憑闌盟白鷗。兩重樓，一樣蕭疏各自愁。

百字令題屈笏堂《大别豪吟圖》

滔滔江漢，想金戈鐵馬，英雄多少。大别山頭森古柏，且向青天長嘯。夏口東瞻，武昌西望，只有風帆好。賦詩横槊，阿瞞未許同調。　嘆息撾鼓狂生，登樓詞客，畢竟埋秋草。一掬傷時才子淚，付與亂峰斜照。家住吴頭，身游楚尾，千里關山道。長歌當哭，有情天亦應老。

國朝詞綜續編卷十三

海鹽黄燮清編纂

吴縣潘介繁襄校
仁和徐慶銓編次
平湖張炳堃增訂
錢塘諸可寶校勘
永康胡鳳丹監刊

项鴻祚　六十四首

黄　曾　二十一首

項鴻祚

原名繼章，字蓮生。錢塘人。道光十二年舉人。有《憶雲詞》四卷。

吴仲雲《杭郡詩續輯》云：『蓮生喜填詞，尤工小令。每自度一闋，即付姬人歌之。其風流自賞如此。嘗語人曰：「余詞可與時賢角，詩不足存。」家不戒於火，乃奉母北行，中途又遇水厄，母與侄俱殁。號躃旋里，幽憂之疾益深而詞益工。既領鄉薦，再上春官，不第歸，即病不起。自訂《甲乙丙丁稿》。』黄韻甫曰：『《憶雲詞》古艷哀怨，如不勝情，猿啼斷腸，鵑淚成血，不知其所以然也。懷才抑鬱，以一第終，悲哉惜哉！』

點絳唇　秋意

夢怯秋清，小屏題遍相思句。露濃如雨，不響梧桐樹。　采藥闌空，是舊吹笙處。愁凝佇。暗蛩無語，凉月隨人去。

河傳　秋雨

秋雨，千縷，灑方塘。欹枕西堂夜長。梧桐葉兒風打窗，新凉，薄衾閒半床。　愁裏畫屏天樣遠，銀燭短，夢也無人管。怕相思，越相思。除非，影兒權作伊。

臨江仙

有限春宵無限夢，夢回依舊難留。淚珠長傍枕函流。書來三月尾，燈盡五更頭。　見說而今容易病，日高還掩妝樓。桃花臉薄不禁羞。瘦應如我瘦，愁莫向人愁。

瑞鶴仙 擬夢窗

漏瓊侵鈿瑱。正依依夢別，小坊幽院。熏衣練香軟。掩金蟬組帳，蜜燈慵剪。翠樽自暖。未相思，愁腸寸斷。恨燕翎、不寄雲箋，十二碧城天遠。　葱蒨。螺心睡髻，鳳眼橫釵，賦情難遣。烏絲淚滿。詩寫在，舊團扇。算啼鵑枝上，烘愁淡月，曾識秋娘半面。看今宵、兩處憑闌，是誰病慣。

戀綉衾 擬草窗

漏殘酒醒燈半昏。被池寒、檀篆自熏。想月轉墻西角，悄無人、愁過夜分。　揉藍帕子餘香在，怕如今、添了淚痕。夢不到梨花院，任東風、吹作碎雲。

南　浦 咏柳

春水漲溪渾，是濛濛、昨夜楊花吹遍。走馬問章臺，長堤外、和雨和煙一片。纖腰自舞，料應未識相思怨。可惜笑桃人别後，孤負年年青眼。　怪他眠起無端，好光陰都付，小鶯雛燕。不向陌頭看，争知我、盡日魂銷腸斷。絲絲縷縷，幾時繫得東風轉。且去西泠橋畔等，萬一艤船重見。

水龍吟 秋聲

西風已是難聽，如何又著芭蕉雨。泠泠暗起，澌澌漸緊，蕭蕭忽住。候館疏砧，高城斷鼓，和成凄楚。想亭皋木落，洞庭波遠，渾不見、愁來處。　此際頻驚倦旅。夜初長、歸程夢阻。砌蛩自嘆，邊鴻自唳，剪燈誰語。莫便傷心，可憐秋到，無聲更苦。滿寒江剩有，黄蘆萬頃，捲離魂去。

綺羅香 和碧珊

借病瞞愁，拚閒作夢，單枕又驚春半。小揭珠簾，隱隱似聞微嘆。羅帕重、灑淚成鵑，錦箋長、寄書尋雁。莫因循、誤了芳華，柔腸能得幾回斷。　題紅前事謾省，空任香銷粉蠹，舞衫歌扇。除却榴裙，瘦盡楚腰誰見。防夜約、拜月推寒，厭晨妝、踏青嫌遠。最無情、最是飛花，曉風吹不轉。

浣溪沙 雜憶

曾向西池采玉游，可人天氣近中秋，半年前事到心頭。　今夜夢魂何處去，一重簾幕一重愁，重重遮斷舊妝樓。

卜算子 贈藕卿

花落小樓寒，客散重門静。明月隨人出畫廊，曲曲闌干影。　淺醉幾曾忺，薄睡更番醒。也似相思也似愁，人比秋風冷。

減字木蘭花 春夜聞隔墻歌吹聲

闌珊心緒，醉倚緑琴相伴住。一枕新愁，殘夜花香月滿樓。　繁笙脆管，吹得錦屏春夢遠。只有垂楊，不放秋千影過墻。

湘　月壬午九月，避喧於南山之甘露院，就泉分茗，移枕看山，相羊浹旬，塵念都净。出院不百步，越小嶺，即虎跑也，嘗月夜獨游，清寒特甚。賦《念奴嬌》鬲指聲一闋紀之

繩河一雁，帶微雲澹月，吹墮秋影。風約疏鐘，似喚我、同醉寺橋煙景。黄葉聲多，紅塵夢斷，中有檀欒徑。空明積水，詩愁浩蕩千頃。　乘興欲叩禪關，殘螢幾點，颭寒星不定。清夜湖山，肯付與、詞客閒來消領。跨鶴天高，盟鷗緣淺，心事蒲塘冷。溯風狂嘯，滿林宿鳥都醒。

菩薩蠻

鯉魚風起芙蓉老，金鵝屏展缸花笑。稍覺蒨衣單，玉人心裏寒。　瀟湘天一尺，蹙破眉峰碧。箏雁不能飛，悔將情訴伊。

浣溪沙秋夜夢偕數客過趙氏小山堂，分韻賦落葉詞，余得『斜陽一樹待鴉歸』之句，一座擊節，主人凄然泣下，醒而忘其全，因足成之

淺幘涼樽事已非，西風催换薜蘿衣，小山堂下舊人稀。　秋水滿塘隨鷺宿，斜陽一樹待鴉歸，再來唯有夢依依。

高陽臺 吊舊曲

麝帶愁香，犀帷夢玉，金猊暖壓氍毹。病怯朝眠，凉雲吹度平湖。畫橋煙鎖分携路，正馬嘶、殘雨荒蕪。更銷凝，鶯老花稀，雁到書無。　離情不恨吹横笛，恨琴邊枕瘦，酒後燈孤。側帽垂鞭，臨風可奈清臞。緑楊天半紅泥閣，數舊人、惟有箏奴。待重游，怕聽鈎闌，吊月啼鴣。

燭影摇紅 元夕卧病不出

疊鼓收寒，試燈風小珠簾捲。玉梅消瘦倚窗枝，蟾月窺人淺。十里銀笙鈿管。簇行雲、銅街綉軟。不如休去，花影重門，繁星一院。　誰念何郎，宿醒未解吟詩倦。枕屏清淚濺瀟湘，蜜炬香心短。閒裏華年自换。漏沉沉、天長信遠。春眠困頓，猶夢婆娑，舞葱歌蒨。

清平樂 池上納凉

水天清話，院静人消夏。蠟炬風摇簾不下，竹影半墻如畫。　醉來扶上桃笙，熟羅扇子凉輕。一霎荷塘過雨，明朝便是秋聲。

摸魚子殘春湖上薄游

正鴛機花明晝錦，雨絲織到愁處。杏鈿狼藉青蕪國，前度鳳鈎香污。湖上路，問孤負、良辰美景誰院宇。殘簫倦鼓，剩占岸輕橈，垂簾小榭，煙柳短橋暮。　空贏得、彩壁留題秀句，凄凉醉玉風度。舊時繫馬門前樹，一片緑陰吹霧。聽燕語，漫説道、薔薇後約今在否。銀箏自譜。儘付與紅兒，酒邊緩唱，忍淚看春去。

蘭陵王春晚

嫩陰薄。人在酴醿院落。鞦韆罷、還倚瑣窗，花雨和煙潤銀索。近來情緒惡。遮莫。青春過却。單衣減，沉水自熏，酒病經年忍孤酌。　低低燕穿幕。任箋緑綃紅，心事難託。柳絲繫夢輕漂泊。嘆衾鳳羞展，鏡鸞空掩，思量睡也恁睡著。恨依舊寂寞。　妝閣。閉魚鑰。怕唱到陽關，簫譜慵學。夜占蛛喜朝靈鵲。祇目斷千里，錦帆天角。玲瓏簾月，照見我，又瘦削。

高陽臺 咏馬湘蘭研，背有雙眼，並王百谷小篆『星星』二字，馬自銘云：『百谷之品，天生妙質。伊以惠我，長居蘭室。』

艷曲題裙明鄭之文作《白練裙》院本，演百穀、湘蘭故事，清聲碎玉湘蘭理鬢，墜一寶釵，徐語侍兒曰：『久不聞碎玉聲矣。』，消磨何限歡場。俠骨飄零，當時留贈蕭娘。雲腴鑱得如人膩，掃輕煤、淡寫瀟湘。好收藏，小字星星，舊署王昌。　銀鈎慣寄相思札，問頭陀知否百谷有小印曰『王頭陀』，宿願應償。淚眼盈盈，紅絲不繫柔腸。可憐片石經塵劫，數秣陵遺事蒼涼。最難忘、煙月妝樓，孔雀庵旁湘蘭故居在金陵孔雀庵側。

浣溪沙

青粉墻低柳倚門，疏簾斜日燕尋人，最難消遣是深春。　閒憑綉床思夢笑，怕翻簫譜見啼痕，櫻桃花下又黄昏。

菩薩蠻 春静

春寒不度垂楊樹，風慊澹澹吹香絮。霏雨午天晴，隔花聞笑聲。　嫩篁微解籜，鏡檻新陰薄。斷續水沉煙，燕窺人晝眠。

又 彈琵琶

檀槽細響龍香撥，玉纖攏袖雙條脱。深院落花天，鶯啼楊柳煙。　驟如風雨歇，萬里關山月。眉黛一痕愁，湘雲入鬢流。

虞美人 歸自越中

畫船打槳催將去，愁聽烏篷雨。越王臺上夢迢迢，人在亂鶯聲裏過花朝。　歸來重見東風面，楊柳青如綫。碧桃還有幾分留，爲我一春湖上不曾游。

百字令 將游鴛湖，作此留别

啼鶯催去，便輕帆東下，居然游子。我似春風無管束，何必揚舲千里。官柳初垂，野棠未落，纔近清明耳。歸期自問，也應芍藥開矣。　且去范蠡橋邊，試盟鷗鷺，領略江湖味。須信西泠難夢到，相隔幾重煙水。剪燭窗前，吹簫樓上，明日思量起。津亭回望，夕陽紅在船尾。

木蘭花慢 夜過吴江

櫓聲摇淡月，正人在，洞庭船。望笠澤茫茫，長堤暗柳，曾住詞仙。當年俊游記否，唤銀簫、吹緑一江煙。剩我詩愁萬頃，片帆直上壺天。　流連。玉界瓊田。清露下，水紋圓。怕酒醒波遠，醉魂空戀，第四橋邊。凄然五湖舊約，嘆鱸鄉信美尚無緣。風外魚燈幾點，夜深凉照鷗眠。

浣溪沙紅橋，步《衍波詞》韻

水近雷塘緩緩流，緑楊風軟不知秋，教人無賴是揚州。　畫舫載來歌舞夢，玉簫吹破古今愁，舊時明月照迷樓。

三犯渡江雲余今年正月客山陰，三月客禾中，四月、七月一再至吴門，遂北渡揚子，游金、焦兩山，留維揚六日。揭來故山，怳焉如夢，塵衣未浣，又爲豫章之行，登舟惘惘，扣舷而歌，彌覺旅懷之凄黯矣

斷潮流月去，舵樓碎語，侵曉挂帆初。一行沙上雁，又被西風，吹影落江湖。紅墻漸遠，拂征衣、自嘆清臞。最凄凉、疏萍剩梗，飄泊意何如。　愁余。黄花舊徑，修竹吾廬，是離魂來處。料此後詩邊酒冷，夢裏燈孤。停船莫近投書浦，况路長、容易無書。歸便早，今年總負鱸魚。

一萼紅 瑞洪雨夜有懷

旅魂驚。正鼉鼉催浪，彭蠡暗潮生。隔浦疏林，沿江敗葦，蕭颯齊作秋聲。壓篷背頹雲似墨，灑一天凉雨雁縱横。戍角初吹，村碪漸遠，漁火還明。　何事流連吴楚，嘆銷磨多少，風月凄清。倦枕支愁，寒衾貯夢，客路到處傷情。想今夜、孤舟漂泊，更有人、樓上數殘更。應是玉釵敲斷，難問歸程。

八聲甘州 重陽游百花洲

更不須携酒看黄花，凄凉勝游稀。但蘇翁圃外，藏鴉細柳，相對依依。回憶西湖舊夢，秋水浸漁磯。今日登臨地，風景都非。　自折茱萸簪帽，嘆沈腰瘦減，淚滿萊衣。况天涯兄弟，不似雁同飛。誤江樓玉人凝佇，盼歸舟我尚未能歸。休悵望，有闌干處，總是斜暉。

壺中天 灌嬰城

滎陽屯後，擁犀渠十萬，販繒人也。今日黄城餘舊壘，風雨捲旗飄瓦。垓下追兵，潁陰封爵，功亦韓彭亞。將軍已矣，廢祠誰奠杯斝。　憶昔此地連營，臨江百雉，戰鼓寒潮打。回首斷煙衰草外，空有荒池洗馬。入粤弓刀，平吴歲月，且聽漁樵話。女墻猶在，亂烏啼破秋夜。

又梅仙祠

市門再見，似千年元鶴，暫來華表。一尉居然稱吏隱，從古神仙官小。丹井泉深，石幢苔冷，絶壁銜殘照。山中匣劍，夜寒猶自孤嘯。　嘆息狐鼠縱横，論奸抗疏，心豈無廊廟。玉馬銅駝驚轉眼，愁望五陵煙草。嶺上吹笙，雲間飛舄，携手成同調。最憐佳婿，羊裘六月垂釣。

又鐵柱宫

神洲聖鐵，鑄東南底柱，地維穿破。井沸生瀾通海氣，中有老蛟愁卧。八索鈎連，孤根撑拄，不許狂濤簸。霓旌羽節，至今靈廟猶妥。　我欲試探重溟，螭文手拓，咫尺風雷墮。斗劍星紅蟠殿壁，十二洪爐剩火。挂屩遺楓，游帷舊觀，歷劫難摧挫。五丁驚詫，浮州萬古長鎖。

又寫韻軒

衍波玉潤，寫銀鈎葉葉，點商分羽。修到神仙貧亦好，寄食幸逢鄒舉。畫閣籠煙，湘簾映水，一硯瀛洲雨。烏絲墨妙，只今流落如許。　當日鏡檻書床，朝朝暮暮，便是瑶臺侣。甲帳綉襦甘小謫，何况世間兒女。紫極人歸，青林虎嘯，遺迹城南路。夜凉應有，佩環月下來去。

又 蘇翁圃

身將隱矣，謝故人無恙，灌園差樂。世事原非吾輩了，且向南州棲託。半畝斜陽，一鋤野水，別自成邱壑。柴門土銼，著書應是僮約。　謾教車騎重來，請從此逝，高舉隨黄鶴。老圃空依徐穉宅，誰薦秋風葵藿。萬柳堤荒，百花洲冷，煙月長蕭索。舊盟鷗鷺，偶然飛下寥廓。

清平樂 元夜作

畫樓吹角，酒醒燈花落。梅未開殘風又惡，今日元宵過却。　更更更鼓淒凉，翠綃彈淚千行。並作一江春水，幾時流到錢唐。

菩薩蠻 偶成小令

草薰風暖天涯路，清明寒食青春度。何處驟驕驄，玉樓人夢中。　一窗花弄影，半被餘香冷。不是倦思眠，起來依舊閒。

齊天樂

南湖徐氏水樓在慧雲寺側，倪米樓顔曰『花隱』，宋芝山爲之作圖，一時朋簪游讌酬唱最多，纔十餘年事耳。近日湖山詞客强半凋謝，惟西齋李子，猶記鴻雪舊痕，值汪又村出示此圖，相與展卷留連，劇談往事，前塵隱約，率爾繼聲。玉笥埋雲，醉魂未醒，深有愴於予懷也

碧雲低蘸紅樓影，如今倚樓人遠。賣酒壚空，題詩壁壞，零落粉奩香碗。緣深夢淺，恨彈指西風，候蛩淒斷。莫問南湖，一袈裟地更誰管。　當時何限俊侶，算填詞李十，能溯歡讌。巷口斜陽，灣頭剩水，記與徐娘初見。重開畫卷，認幾曲疏簾，那回曾捲。柳已無多，曉雅啼到晚。

玉蝴蝶 玉蝶梅

錯認滕王剩稿，禁寒翅軟，膩粉輕匀。幾筆疏枝，冷蕊細寫春痕。翠尊空、吹殘鈿筦，金屋遠、化盡羅裙。搚重門，游蜂未覺，倦舞黄昏。　前身。玉腰小隊，偷將絮雪，綰住梨雲。莫便驚飛，草堂猶有寄詩人。香淡薄、可憐是夢，影迷離、何處招魂。且温存，緑陰青子，難剪愁根。

生查子

堂前緑玉卮，門外青絲鞚。妾淚幾時晴，郎去何曾送。　小雨續輕寒，淺醉聯殘夢。睡損髻心螺，敲折釵頭鳳。

八聲甘州 黄葉樓賦夕陽

界斜紅颺出晚晴天，相看轉凄然。甚匆匆只是，横催雁陣，低照鷗眠。樹外山眉襯黛，遠道草芊芊。一段蒼茫意，都付樊川。　漢闕秦宫何處，送幾聲畫角，吹老華年。儘歡游長好，到此黯流連。倚江樓、玉人凝望，帶西風、帆影落窗前。愁無限，近黄昏也，新月籠煙。

燭影摇紅 庚寅秋感

風葉堆廊，露苔凝砌秋凉早。不關情處猛相思，曾印雙鴛小。彈指歡悰似掃，翠幬空、房櫳静窈。鞦韆影裏，一徑蘼蕪，蟪蛄啼老。　休展金奩，淚痕猶沁新詩稿。曲屏低枕卧湘煙，紅破燈花笑。錦瑟華年過了，醉還醒、愁多夢少。斷魂尋去，只有銀蟾，夜深偷照。

浪淘沙　養疴睡石山莊

池面緑生渦，雨打殘荷。茶煙風細漾簾波。枕簟新凉人淺醉，無奈秋何。　懶去聽笙歌，心事消磨。芭蕉聲到睡時多。紈扇紗幮休憶著，只夢漁蓑。

臺城路　咏螢

暝煙寒颭秋星碧，低低傍簾穿户。露洗還明，風吹不滅，團扇輕教黏住。迷藏院宇，正蟾月窺人，又無尋處。畫燭銀屏，墜歡空有碎蛩訴。　清宵漏長夢阻，悄驚梧葉下，凉影飛度。瘦竹虚廊，枯蘭斷甃，曾照離魂歸去。相思更苦，任塵黯書燈，練囊誰貯。解認前生，草根棲暗雨。

浣溪沙

風蹴飛花上綉茵，柳絲無力絆殘春，今年時節去年人。　蟬錦暗銷雙枕淚，雁絃愁鎖一箏塵，不思前事亦傷神。

點絳脣 夜坐

小院秋清，後堂却下葳蕤鎖。玉簪斜嚲，老桂餘香墮。　　總是無眠，判得終宵坐。風吹過。一星螢火，來照凄凉我。

玉漏遲 冬夜聞南鄰笙歌達曙

病多歡意淺，空篝素被，伴人凄惋。巷曲誰家，徹夜錦堂高讌。一片氍毹月冷，料燈影、衣香烘暖。嫌漏短，漏長却在，者邊庭院。　　沈郎瘦已經年，更懶拂冰絲，賦情難遣。總是無眠，聽到笛慵簫倦。咫尺銀屏笑語，早檐角、驚烏啼亂。殘夢遠，聲聲曉鐘敲斷。

壺中天 琴心閣書感

螺屏翠疊，幾重山淺畫，憶他眉嫵。柳外斜陽花上月，都是西風吹去。簾軸雙鉤，鏡奩單鎖，鈔剩閒情賦。瘦琴支枕，卧簫誰理塵譜。　　天際望杳鱗雲，錦書不寄，凉雁鳴煙櫓。我未離家心似客，愁在無人知處。病怯燈明，困消茶釅，灰冷芙蓉炷。黄昏又聽，竹梢彈碎秋雨。

秦樓月 十二月十五夜舟過石門作，是日立春

凄凉夕，片時春夢來無迹。來無迹，醒時難説，睡時難覓。　櫓枝摇碎湖天碧，月圓偏照孤舟客。孤舟客，玉梅窗底，有人相憶。

阮郎歸 吴門寄家書

闔閭城下漏聲殘，别愁千萬端。蜀箋書字報平安，燭花和淚彈。　無一語，只加餐，病時須自寬。早梅庭院夜深寒，月中休倚闌。

清平樂

客中心緒，只怕流年去。纔見河橋飛柳絮，又是榴花端午。　醉眠休恨啼鴉，伴人明月窗紗。歸夢不如不作，醒來依舊天涯。

浣溪沙 京邸秋思

九陌輕塵散鈿車，五更殘夢怯悲笳，西風吹我落天涯。　象筦烏絲題影事，酒旗歌板送年華，夕陽紅到馬纓花。

憶舊游

是鷗波寫夢，雁路尋詩，冷落江湖。問訊東橋竹，悵故人別後，一紙書無。舊家渺渺天末，煙月老菰蒲。甚懶賦長楊，慵吹短笛，側帽騎驢。　何須，怨漂泊，縱不爲鶯花，也戀蒓鱸。昨夜西風緊，憶芙蓉江上，相喚提壺。任教醒了還醉，心事水雲孤。待説與歸期，瀟瀟暮雨啼鷓鴣。

掃花游九日懷歸

趲霜雁緊，送一陣新寒，客衣催絮。歲華易度。憶東籬喚酒，故山游侣。鬢影西風，誰訊長安倦旅。暗凝佇。正落葉滿階，滴碎秋雨。　歸計多間阻。便悶過重陽，幾時能去。錦箋寄語。倩啼螿、爲我織成愁句。翠被餘酲，鄉夢何曾慣作。夢中路。晚蕭蕭、薊門煙樹。

壺中天葉午生比部歿於京邸，以詞哭之。午生名元堦，余同年友，有《海葯軒詞》

句章城郭，有便娟接舞，魂歸來只。夢醒桃根應錯問，蝴蝶可憐花底。夜壑吟孤，絳都春老，餘恨空流水。日湖剩稿，於今誰爲料理。　知我已十年前，素絃彈折，更灑銅仙淚。忍倚新腔西子慢，愁落野鵑聲裏。如此江山，不容詞客，寂寞人間世。貂裘背雪，倦游行且休矣。

霓裳中序第一 檢故篋，見亡姬遺扇

湘筠展翠疊，冷落金泥雙睡蝶。曾伴冰肌素靨，是水榭嫩涼，桐陰微月。清歌易闋，悵麝紈、同鎖吟篋。如今剩、枕奩鏡屜，一樣暗塵黦。　凄絕。自開還摺，怕沁染、啼鵑淚血。經年顦顇恨結，酒膩紅銷，粉蠹香滅。玉京人怨別。聽夜夜、桃笙夢咽。傷心認、飛瓊小字，忍對謝娘說。

壺中天 二十五

《離騷》爲千古詞人哀怨之祖，乃小山之徒，謂其文『昇天乘雲，似若仙者』。噫，然耶，否耶？余伊鬱塊居，頗爲飄風所阨，間有撰述，遂多凄戾之音。捃拾作此，亦將索筳篿而問之，更不願彼狺狺者見也

天乎難問，載雲旗五色，逢迎山鬼。思折瓊枝嗟遠道，羌與蹇修爲理。飲石泉兮，入修門些，上下悠悠只。悲哉秋氣，傷心極目千里。　衆女謠諑蛾眉。無南無北，到處機蓬矢。叢桂連蜷招隱士，歲晚淹留何事。蘭枻蓀橈，螭驂虬駕，我欲歌離世。巫咸夕降，卜居惝怳誰是。

更漏子 擬温庭筠

藕腸纖，花骨軟，一枕淚光紅泫。愁信息，綉工夫，夢殘啼鷓鴣。　當時錯，如今莫，情

比秋羅更薄。霜裏角，月中更，行人聽不聽。

臨江仙 擬南唐後主

亂紅窣地春無主，宿寒還戀屏幃。夢中何日是歸期。玉臺金屋，空逐彩雲飛。　煙月不知人事改，夜深來照花枝。蕙爐香燼漏聲遲。闌珊燈火，殘醉欲醒時。

山花子 擬和凝

醉纈紅綃約翠鈿，碧蘿籠月伴鞦韆。今夜新寒分一半，到郎邊。　鸞蠟同心搖翠幌，蜀箏纖手撅朱絃。學囀春鶯渾不似，似啼鵑。

浣溪沙 擬韋莊

簾軸花陰晚日趖，纖纖蹙損遠山螺，個人歸計太騰挪。　莫待柳綿吹作雪，可憐桃葉去隨波，無情無緒奈春何。

又 擬薛昭蘊

荇帶牽風作晚涼，柳絲拖水濕斜陽，平林漠漠遠煙黃。　雙槳送人何處去，最無情是棹船郎，兒家不合近横塘。

醉花間 擬毛文錫

愁君去，看君去，君去誰留住。明日一帆風，不見長干樹。　曲廊携手處，後會知能否。除了莫相思，那有閒言語。

謁金門 擬孫光憲

留不得，留也不過今日。今日雲帆天咫尺，明朝何處覓。　江上潮平風急，吹斷幾聲殘笛。獨倚小樓寒側側，欲眠燈又黑。

黄　曾

字菊人。錢唐人。道光十二年舉人。現官直隸知縣。有《瓶隱山房詞》。

黄韻甫云：『菊人詞新警詭麗，獨絶一時，其守律之嚴，尤一字不苟。非惟才大，亦復心細。所著《瓶隱山房詞》，予爲手定而序之，蓋詞中之精品也。』

點絳脣

蕉館秋新，麝紈題上相思句。翠屏凉雨，滴盡桃笙暑。　竹訊蘭期，渺渺離人緒。愁凝佇。鈿車何處，昨夜燈花語。

卜算子

道是采芳來，倏過春時節。陣陣東風陣陣愁，吹得花如雪。　瞥見玉釵搖，又背銀屏立。笑謎佳期故不言，手作團欒月。

浣溪沙

渌水灣頭認若耶，猩簾紅處臉窺霞，門前吹遍乳桐花。　蟾影但沉眉史閣，犀株合種膽娘家，微波可許託琵琶。

憶江南

湘簾底，香雪五銖飄。一剪熟羅凉病骨，數行生紙澀吟毫。坐待篆煙消。

清宵永，蠟炬炧遲遲。六尺屏窩藏密語，一枝簫孔漏相思。背地有人知。

妝臺畔，絮語阿鬟親。戲放蘭花燒欖核，巧排梅瓣鬥瓜仁。閒事最宜人。

齊天樂 南屏晚鐘

忽摇疏響林巒裏，沉沉咽殘花霧。冷逼慈雲，圓催寶月，蕩得詩魂無據。煙籠暮宇。借十摺蘿屏，半空留住。塔影頹紅，不多斜照入飛杵。　湖南曾憶結社，嘆春人去遠，歡墜如雨。鐵笛山空，瑶琴石斷，舊韻蒼凉誰譜。船歸畫櫓，剩百八鯨聲，送人今古。佛火黄昏，梵音攙寺鼓。

卜算子

單舸載儂來，一笛吹郎去。幾簇榴花鏡閣紅，都是烘愁處。　閟掩枇入聲杷門，嫩炙芙蓉炷。雙淚何曾一日晴，却似黄梅雨。白居易詩『又見東溪野枇杷』作入聲。

摸魚子 題鄧晴崖志廉姬人錢孅雲《消寒炙硯圖》

正春融半池蟾滴，墨作平雲催得飛墮。詩心怕與冰同冷，寫向小爐餘火。香麝涴。似暖玉生煙，凍暈藍田破。閒情碎瑣。好覓句拈題，夜深不管，門外雪花大。　奇緣合還記，吴淞蠡舸。携歸人是班左。十年影事蘭屏裏，鴿眼那能瞞過。留伴我。問消得寒天，多少紅窗課。

吟成夢妥。更艾艾呼郎，荼荼喚女，同煮一燈臥。

秋霽 固關

山疊蒼茫，看老樹排空，欲墜秋日。堞古雲橫，石高雷動，單車最嫌無力。路盤險陀，是誰立馬英雄色。吊舊迹，惟有斷煙凉暈幾堆碧。　無那倦旅，席帽臨風，怕聞悲笳，吹動遙夕。幸長途，征鞍穩跨，關山烽火久消歇。塵裏一鞭拋未得，望望何處，但記細雨槐花，舊吟詩地，者般岑寂。『細雨槐花過固關』，張説句。

尉遲杯 太原城樓晚眺

崇樓凸。徙倚處、一壯襟懷闊。虞祠隱隱藏煙，汾水湯湯流雪。驚沙暮，語道尚有，前朝舊沉鐵。問誰描北向雲山，萬重齊拱京闕。　斜陽忽墜遙峰，聽蕃馬蕭蕭，畫角同咽。右嶺關頭秋正滿，愁望到、家鄉片月。空贏得、雄心劍外，想一醉葡萄舞回鶻。待山中、獵罷黃麞，短衣歸唱城缺。

水龍吟 夏日偕同人過隱園，納凉荷亭，分賦得此

欣然小住冰壺，十弓幽地瓊池借。有花無草，有風無雨，有秋無夏。石上科頭，林邊跂脚，

鏡裏闌干綠亞，忽蓮歌紫雲吹下。笑萍錢萬個，算來不抵，者清涼價。

水兼山靠，藕兼瓜供，畫兼詩寫。塵外仙心，香中人語，紅衣初卸。

炎情不惹。聽蟬琴高處，一聲聲過，渾疑是，熏絃罷。

高陽臺 花平聽湘雲彈琵琶有感

棲燕香巢，驚鴻小隊，東風特地相招。簾幕看妝，一燈分外紅搖。彈絲絕妙兜娘手，最撩人、紫鳳聲幺。慰無聊，酒伴多情，替索金蕉。

琵琶我亦年時弄，便鬱輪調好，羞換宮袍。人間落魄同塵網，忍甘他、鴛夢今宵。最難消，客裏青衫，淚點飄蕭。

百宜令 虞兮

世局金刀，兵心玉帳，事業只今如此。知己頭顱，零丁魂魄，一劍紅搖霜裏。歌停角斷，引月暈，重重酸起。看深宵酒畔，燈前舞衣，前度空記。

已化作、春花慘紫，漢土尚餘悲。寸芳不作平死。啓闔移權，監宮催幸，千古羞他雌雉。烏江水咽，似訴出、青娥名字。惹而今、風雨靈祠，吊人間淚。

念奴嬌《木蘭從軍圖》

滿綃英艷，看雕弓寶甲，無雙人列。忠孝一肩身萬里，女子原來奇絶。黑水流荒，黄河路險，蓮瓣何曾怯。鐵衣寒重，夜深飛上愁雪。　難得絶塞歸來，軍裝卸也，重檢花黄貼。開到當窗新鏡影，還認關山明月。雌兔雄心，明駝暗淚，十二年中説。爺娘無恙，問添多少華髮。

疏　影　梅影，用草窗韻

冰枝未葉。早畫從水底，清淺如發。夢迹招尋，籬角黄昏，莫認梨雲明滅。模糊素壁疑圈墨，似脱化、小滕蝴蝶。却酒燈紅上屏西，醉裏一枝空折。　未許幺禽覓到，暗中正掩映，摇澹香雪。依樣春痕零落，何曾不怕，笛聲吹月。亭亭可是樓東女，剩一片、寒魂重疊。待悄飛宫鏡，中邊却有，美人憐絶。梅妃有《樓東賦》，見《天寶遺事》。

瑶　花　綉毬花

瓊蕤琢就，玉屑裝成，訝翠叢摇月。朝天素面相望處，虢國才離宫闕。三郎珍重，莫醉後、一般抛擲。盼幾番、約到團圓，費得芳心千疊。　盈盈移上闌干，看蛺蝶飛回，輕粉難别。玲瓏細瓣，是借得、一綫春風穿結。横枝小繫，誤白打人來偷掣。只摘下、蹴向鞋尖，又散滿身香雪。

花心動 秋海棠

凉暈圓姿，倚娟娟、燕支一叢勻淺。煙濇露濃，點點猩猩，薄命畫來妝面。玉屏燒燭春成夢，只蛩砌、夜燈凉剪。儘零落，墻陰暮雨，俏魂誰唤。　寂寂筠簾乍捲。怎一樣看花，别成凄眷。道是淚痕，道是愁根，都作可憐紅泫。檀心已逐西風碎，那更有、離腸催斷。幾多恨，朱絲暗中替綰。秋海棠，一名『斷腸花』。

滿江紅 瓦松

滿目蓬鬆，怕回首、雕檐畫栱。看短短、平連鴟吻，旁穿蟻孔。作字翻宜陪漢當，無根竟似生堯棟。慘夜深飛雨作濤聲，斜溝送。　青瑶片，凉月動。絳埏色，繁霜拱。聽枯龍嘯裂，參差碧縫。窮鼠都嫺升屋技，高螢不照歌樓夢。剩荒寒一帶覆鴛鴦，疑成冢。

百宜嬌 飛絮影

小院無人，倏迷離也，一撲柳花庭户。隔樹鶯窺，當簾燕吊，引得梨魂無主。斜陽又過，閃閃見、竿頭明處。怪東風，吹雪無痕，捉來兒女還誤。　空悵望、煙堤舊路。寒蚓畫條條，月摹前度。春水憐卿，秋蓬轉我，鏡裏一般愁緒。狂情總幻，任幾點萍因參去。只白作平描、合付詞仙，補張三句。

沁園春 魂

曲院虛爐，悄悄冥冥，東風寫將。豈從冰鏤出，十分耐冷，借花團就，一樣生香。縹緲甘癡，瞢騰苦醉，短夢憑騎蝶過墻。驚還定，是犀株小膽，獨怯空房。　仙乎一任悠揚，慣裊向情絲作縷長。却登山便化，神娥暮雨，離家偶伴，倩女斜陽。擫笛防飛，寄書欲斷，殘魄窺人月半廊。雙棲好，有紅衾真個，消得檀郎。

國朝詞綜續編卷十四

海鹽黃燮清編纂

吴縣潘介繁襄校
仁和徐慶銓編次
平湖張炳堃增訂
錢塘諸可寶校勘
永康胡鳳丹監刊

沈傳桂　七首
汪　𤋮　四首
葉元墀　二首
朱緒曾　一首

諸嘉杲　五首
端木國瑚　一首
陳作敬　三首
袁祖悳　一首

胡咸臨　一首
秦緗業　二首
計光炘　二首
方　隝　一首

孫仁淵　一首
許謹身　十二首
蔡宗茂　一首
徐　球　三首

奚　疑　三首
蔣承訓　二首
陶景羲　一首
翁　雒　一首

費丹旭　一首
沈愛蓮　二首
王友光　三首
蔣　蒖　二首

沈傳桂

字隱之，號閏生。長洲人。道光十二年舉人。有《鶯天笛夜吟》《碧瀟蘿月譜》《絮禪居蘭語》。

潘功甫云：『閏生詞如踏葉孤嶺，落花空潭，口香莓苔，食冷煙火，其張王孫之匹歟，抑白石之亞也？』

高陽臺韶景方妍，俊游久歇，言愁真欲愁矣

酒薄欺寒，衣單約暖，輕塵不散春濃。舊夢笙歌，依然十里簾櫳。看花莫問花深淺，有斜陽、總是愁紅。漫憐儂、燕子人家，細雨空濛。　歡盟已誤鈿車約，但閒憑綉檻，倦倚熏籠。廢緑亭臺，一鵑啼瘦東風。能消幾日尋芳去，便翠陰、換了香叢。更惺忪、短草平蕪，怨笛煙中。

疏影春影

香塵散玉，有舞筵綺袖，吹動華褥。如此江南，多少樓臺，都是霧窗煙幄。鈿車約略平蕪外，又滿徑、游絲低撲。剩暝雲、淺碧玲瓏，鏡裏素波流縠。　猶記濃陰薄醉，佳人乍夢醒，

閒倚修竹。縞袂無言，悄捲疏幃，但有一痕蛾緑。惺忪弱鬟春風倦，想别院、正燒銀燭。莫綉簾、過盡楊花，愁損畫闌幽獨。

南歌子

薄霧疏燈掩，單花暗枕香。聽歌人遠笛聲長。可惜今宵明月、正新凉。

澡蘭香 智珠女史寫荷蘭便面見贈，賦詞爲酬

單花蘸雨，穉葉分煙，鏡檻凄香暗撲。柔魂護蝶，綺淚凝鵑，瘦減一絲纖緑。想東風、别院人歸，瀉遍釵叢碎玉。細檢春痕，慢認生綃圖幅。　可是蘅臯解佩，笑靨惺忪，霧懷流縠。莫帷夢遠，筍簟塵疏，倦倚綉簾愁獨。寄相思、芳草天涯，未抵湘江怨曲。正醉裏、袖薄天寒，誰攀蘿竹。

踏莎行 春盡作

細緑迷鴉，疏紅醉蝶，一腔愁倩啼鶯説。東風吹淚過江城，黄昏細雨孤燈滅。　中酒心情，嫩寒時節，踏青人又消魂别。碧煙如夢不開門，門前千點梨花雪。

琵琶仙 清漪一曲，彎環到門，雲水澄鮮，喬木明麗，時聞櫓聲，遠出煙際，天風吹來，不鷗自涼，渺渺兮予懷也

塵外天空，正人坐、古樹閒門愁寂。堤柳低蘸波痕，柔煙破溪碧。斜照遠、湖雲漸暝，悄相對、一蓑漁笛。斷水涓涓，餘懷耿耿，清夢難覓。　更誰省、羅襪來時，有洲芷汀蓮沁顔色。三十六陂何處，問閒雲蹤迹。風又緊、蘋花弄晚，自采香、寄與仙魄。抵似江國吹簫，露凉幽夕。

疏影 新緑

林亭雨歇，正柳枝小小，低舞回雪。日暮汀洲，采盡香痕，漸有聲聲啼鴂。斜陽衹隔長亭外，奈草色、重看都别。算幾番、嫩暝光晴，誤了落花時節。　莫問江南舊樹，杜郎正瘦損，前事難説。是處人家，門掩春陰，一抹煙絲相接。平蕪極望青驄遠，總未抵、玉關凄咽。莫亂紅、斷岸流時，更理鏡波蘭楫。

汪　燾

字子黄。秀水人。道光十二年舉人。候選教諭。

黄韻甫云：『子黄書學華亭，工詩文，神采静穆，使人自遠。懷才不遇，僅以一第終，惜哉！詞筆悽警，所作亦不多也。』

水龍吟 洞簫

更無紫玉玲瓏，别裁粉籜調商羽。漢宫誦罷，秦臺仙後，賞音何許。秋管排星，春芽按節，隨風徐度。怕吹來一曲，樽前折柳，多半是，愁中語。　無限幽懷欲訴，趁微凉，自修新譜。柔腸幾疊，靈犀一點，分明通與。記否揚州，良宵月底，黯銷魂處。倩何人唤取，小紅低唱，款行雲住。

念奴嬌 蕉衫

勝他紈素，向緑天，裁取芳痕同織。小様團欒，懷袖裏、漫認書箋重疊。秀骨磨稜，圓姿入掌，紋展湘裙褶。盈盈一握，照來三五蟾魄。　堪愛暑滌煩襟，輕摇波影凉，映紗籠碧。花徑流螢，閒撲處、凉露和衣霑濕。莫怨秋風，拋將篋底命，薄如蟬翼。西窗陰滅，獨憐聽雨今夕。

月華清 螢火

輕焰然秋，纖魂依草，度來一點寒翠。露冷幽叢，誰把夜珠揉碎。乍成團、弄影波心，時著意、窺人燈背。相對。且紗籠小住，照儂無寐。　寂寞隋宫池苑。看亂落如星，蒼凉苔砌。帶雨還明，空際無風摇曳。似依依、十二闌花，衹了了、兩三行字。猶記。踏金釵雙股，昔年兒戲。

齊天樂 絡緯

暮蟬吟斷秋煙暝，風前又聞鳴杼。黛翼披凉，酸音嫋怨，不入笙歌庭户。雙翹翠股，在瓜蔓叢中，豆花深處。冷逼疏籬，一絲流響急如雨。　清宵攪人夢枕，似腸輪九轉，同織愁緒。韻促繅車，聲殘曳帛，贏得一襟凄楚。更闌倦否，問催紡年年，爲誰辛苦。金井闌空，碧梧凉自語。

葉元墀

字午生。慈溪人。道光十二年舉人。官刑部主事。有《海葯軒詞》。

憶舊游題姚野橋《剪燈詞》

記梨花院落，楊柳樓臺，深掩重門。詞客風流興，把剪燈心事，消盡黄昏。畫簾吟到香絮，摇蕩一層雲。試唤取雙鬟，紅牙按拍，碧玉傾樽。　温存。漫回首，悵甲煎燒殘，子夜歌聞。金縷琵琶曲，問曉風殘月，前度吟魂。紫簫重譜遺恨，春夢了無痕。正一夜無眠，江南腸斷誰似君。

金縷曲賦湖堤新栽春柳

幾度鶯聲悄。問東風、經年別後，舊愁多少。曲曲彎彎湖上路，和雨和煙尋到。更特地、留他斜照。淺蜕鵝兒新製樣，驀青春、作就三分料。橋隱約，被遮了。　詞人漫自吟芳草。黯消魂、殷勤打叠，詩情畫稿。金粉南朝無限意，認取蛾眉未老。莫又是、西湖蘇小。三板紅船摇曳去，對清流、一鏡菱花曉。螺黛影，爲誰掃。

朱緒曾

字述之。上元人。道光十二年舉人。現官台州同知。

百字令庚戌重修曝書亭，和太史原韻

稻花香送，趁秋風帆挂，梅溪重泊。隔歲經營欣始就，柱史丹青堪託。槐泍煙晴，茭池潮減，頗話豐年樂。結聯鷗侶，園亭争賀新落。　憶自七録翁來，研經契古，圖畫頻斟酌。甌舫三楹今拓地，添得筆龕書幕。種樹留鶯，移花引蝶，細認新林壑。竹孫龍護，嶄然思露頭角。

諸嘉杲

字麟士，號子量。仁和人。道光十二年副貢。官江蘇州判。有《秉花簾詞》。

黄韻甫云：『子量向不作詞，自與予交，始致力焉，其一種雋妙之趣，迥非塵想，此事洵有天授。』

惜秋華秋海棠，同韻甫子述作

顦顇西風，恰夢痕晝醒，閒尋芳苑。釀就嫩陰，催開荔墻東畔。拚將數葉紅絲，把秋思、十分勾綰。幽階亂蛩吟，惆悵晚煙孤館。　疏影暮凉颭。認檀心一點，離離凄怨。小睡乍酣，辜負惜花人遠。回思夜雨簾櫳，薦新酒、螺杯頻勸。腸斷。數餘紅、闌干憑暖。

西湖月 本意

分明點破平湖，正玉宇無聲，畫船催發。暮痕如洗，琉璃一櫂，盪開層碧。兒家臨水住，有卅里茭花摇碎白。到夜静、凉入篷窗，吹過數聲漁笛。　問誰夢醒鴻鄉，聽曲唱彎彎，素煙輕織。翠歌珠舞，衣香鬢影，鏡中尋覓。碧雲秋思冷，恁盼到圓時偏又缺。柳陰外、三兩紅樓，倚闌人立。

滿江紅 水仙王祠神絃曲，同韻甫子述作

古碣叢祠，深鎖著、斜陽嫩煙。記舊社、西村橋畔，歌吹年年。細雨柳絲縈畫舫，曉寒花瓣落瓊筵。有詩僧病起打疏鐘，雲半肩。　雲旗颭，秋水邊。靈燈閃，落霞天。寫殘歌剩舞，玉柱冰絃。載酒瓜皮雙槳活，催歸粥鼓一聲圓。借銅琶高唱定風波，月滿船。

金縷曲 題韻甫《帝女花》傳奇

偷换霓裳譜。寫不盡、兒女江山，離詞恨語。生小瑶池瓊闕種，兩字因緣天付。正羅綺年華三五。猛底寒笳深夜警，莽天涯兵氣銷歌舞。燐影裏，落花暮。　芳魂仍遣瞿曇護。仗慈悲、幾番質證，因蘭果絮。故國妝臺圓舊鏡，一霎斜陽今古。又一霎美人黄土。畢竟情天多

缺陷，問笙蛾可有癡雲補。凄斷了，戍樓鼓。

四犯翠連環 和子述自度腔

愁共秋深，詞從病減，天涯雁書空繫。一角畫梁前度月，望斷暮雲千里。舊情句又起，脂痕消盡蘼蕪地。簾寒鏡影，爐沉香氣，領略消魂味。　此際。燕子樓空，記分箋門韻，去時嬉戲。十載鬢絲閒裏白，辜負春風紈綺。玉階清似水，獸鐶冷落朱門閉。悵獨自、凉坐紗櫳月，淚浸羅衫子。

端木國瑚

字子彝，號鶴田。青田人。道光十三年進士。官中書。

黄韻甫云：『先生以堪輿之學由教諭應召入都，以中書用。尋中進士。詞不多見，於附刻中收録之。』

百字令 殘菊

水精簾卷，恁西風吹老，難開笑口。白糝籬邊霜信早，又遇啼螿時候。破帽粘苔，空庭欹石，漫記重陽就。閉門孤峭，一尊留得殘酒。　獨自歸卧柴桑，鬢絲偷换，秋共長松瘦。車馬人間蜂蝶散，只有南山依舊。落落仙心，棱棱傲骨，静極原宜壽。幽人清苦，夜深襟露凉透。

陳作敬

字湘漁。海鹽人。太學生。

黄韻甫云：『湘漁博學能文，不喜作詞，謂其妨詩格也，然間一爲之，已清雋乃爾，此事固不關人力。』

揚州慢 螢苑懷古

蘭殿花深，鳳城鐘遠，羊車夜碾雕輪。望紗籠解處，閃萬點圓匀。有吴女輕羅扇撲，弄花依草，斜度芳津。漸珠簾飛入，逢人低颭仙裙。　綺樓半炬，到而今、惟有荒榛。剩老樹驚烏，秋星碎碧，依舊黄昏。往日景華何在，玉鈎杳、冷月歸魂。共蘼蕪香冢，年年猶化秋燐。

西子妝 白蓮

遮斷飛塵，翠池消暑，水榭晶簾繚繞。冰荷緑净藕絲凉，照明璫、素痕煙渺。鴛鴦睡了。恍身在、月殘風曉。倚闌干，有靚妝窺鏡，看花人早。　紅蜻小。點水尋芳，旋占鷗汀蓼。滿湖寒氣墮晴雲，乍淩波、羽衣誰好。蓮舟休掉。怕深夜、影疏香悄。更蟾光十里，銀塘共杳。

珍珠簾 影

空庭深護無人境，悄垂簾、閒却犀鈎聲静。花底不分明，瀉幾絲波影。欲向吴淞尋舊夢，奈隔院、迷離光景。宵永。似微雲徐度，銀河清耿。　還看蕩漾湘紋，任風來乍却，月移旋整。一桁度重階，望水痕天迥。回首朱闌低挂處，又那堪、桐花秋冷。誰省。剩香疏紙閣，夢闌孤醒。

袁祖悳

字又郇。錢塘人。官上海知縣。城陷死節。

金縷曲 咏雁

暝色沉寒角。正秋江、茫茫流水，客愁無著。斜日灘頭帆卸早，遠渚平沙漠漠。問塵海、此身何託。底事黄昏風漸緊，祇一繩、來伴儂飄泊。霜意勁，酒潮薄。　低徊往事渾依約。算故園、近來煙景，儘輸猿鶴。却意賓鴻辭海國，一樣汀洲寂寞。感幾度、雲停月落。鷺佇鷗延江上住，甚傷心情緒全非昨。聽津鼓，數寒柝。

胡咸臨

號吉甫。嘉興人。諸生。有《炙硯詞》。

南浦 春水，用玉田韻

江上雪初消，漸東風、作意粼粼吹曉。一片漾空明，窺漁婦、深淺麋痕堪掃。縈青漲碧，斷無人處横橋小。無賴桃花容易落，紅雨亂迷汀草。　絶憐才盡江淹，只春生南浦，離情未了。風景又湔裙，懷人夢、難並閒鷗流到。煙波浩渺，竹枝聲裏魚龍悄。誰共扁舟天上坐，浣得新愁多少。

秦緗業

字應華，號淡如。無錫人。副貢。有《微雲盦詞録》。

黄韻甫云：『戊戌四月，曲阜孔綉山與淡如集尺五莊，與都下知名士作餞春之會，繪圖紀事，座客皆有題咏。嗣後風流雲散，廿餘年來與淡如未嘗一面，情隨事遷，感慨係之矣。』

蝶戀花司馬夢素夫人《百蝶圖》遺卷，孔綉山屬題

活色生香眉乍掃，玉鏡臺前，想像人雙妙。燕燕鶯鶯都已老，桃花影瘦春魂小。　蠹化青陵留舊稿，檢點空箱，金粉無多了。咫尺羅浮仙夢杳，東風又緑南園草。

高陽臺張山人荔門取易安居士《醉花陰》詞意圖其小像於扇，屬填此解

碎玉無聲，淩波有影，分明静治堂中。讀畫凄凉，紗橱寶枕都空。黄花依舊如人瘦，悄無言、秋上眉峰。問緣何、鬥茗薰香，一例疏慵。　新詞自向烏闌譜，紀録成金石，夫婦同功。散後雲煙，怕聽雨滴梧桐。風鬟霜鬢添顦顇，怎琴心老去偏工。莫憑他、野史荒唐，試認驚鴻。

計光炘

字曦伯，號二田。秀水人。有《守甓齋詞》一卷。

高陽臺題唐蕉庵《帆影催詩圖》，圖爲亡友闞繖亭繪

煙水空蒙，林塘晻靄，一樓分占鷗沙。樓外征帆，隨風整整斜斜。分明一片雲頭黑，聽瀟瀟、雨脚如麻。又誰知、畫舫衝波，響出蒹葭。　遥峰九點青描黛，妒殘陽明滅，瞥見還遮。

縹緲詩心，憑闌目斷飛霞。寂寥欲賦懷人句，黯離魂、吹向天涯。更何堪、感舊吟成，掩卷生嗟。

憶舊游

題丁石香遺照册，册中圖四，曰「横江擊楫」「策蹇游山」「隔溪懷舊」「曲巷尋春」。繪者翁君小海，今亦歿矣

悵前塵易杳，舊夢難尋，話也零星。是處江山好，記吟秋策蹇，酹月揚舲。故人早悲黄土，休問碧紗櫺。况哀樂中年，誰能遣此，付與丹青。　傷情。展圖處，見灑落風姿，仿佛平生。最憶年時事，共絃詩觴酒，多少鷗盟。轉眼又殘春夢，鄰笛不堪聽。算爪印長留，秋空望斷鴻杳冥。

方　隲

字玉裁，號雲泉。仁和人。諸生。有《疏影庵詞》。

木蘭花慢

花朝已過，風雨不休，春寒中人，登臨都懶，賦此

一春纔過半，嘆花事，又將闌。奈密雨捎檐，疏風戛牖，料峭新寒。吟邊畫簾未捲，鎮無聊掩卷自孤眠。慵理蘭篝剩火，隔宵猶裊餘煙。　妝殘倦理兩眉彎，絶似霧中山。問有誰伴

侶，踏青南陌，沽酒西園。無言綉窗憑暖，妒呢喃雙燕語飛還。卜得明朝放霽，水亭好泛輕船。

孫仁淵

字筱蘭。仁和人。諸生。官訓導。

洞仙歌 擬竹垞翁體

秋聲多少，奈秋人一個。愁伴秋心甚時可。問那人歸未，曾訂今宵，算芳信傳到，者番應果。　耳邊聽窸窣，一葉飄梧，吹向閒階半珪墮。消息又無憑，冷雨疏燈，誰共我、夜深閒坐。便好夢催成也迷離，況小別經時，夢何曾作。

許謹身

字瑞徵，號金橋。仁和人。道光十三年進士。官兵部武選司主事。

黄韻甫云：『金橋負才卓犖，與予交最摯。詞婉妙聰俊，與《茶煙閣》爲近，充以學力，所造殆不可量。卒年僅二十八歲，何天奪之速也！遺稿未刻，從蘋香女士處鈔得之。』

喝火令

芍藥煙中態，蘼蕪夢後魂。尋尋覓覓只無痕。庭外幾重芳樹，樹裏幾重門。　緣識三生幻，情疑一笑真。闌干閒放在黄昏。可許鈎簾，可許月温存。可許亭亭花影，移上瘦腰身。

齊天樂　落花

春光三月渾如夢，匆匆又催天曙。幡影凄迷，鈴聲瑣碎，冷落幾重芳樹。迴風自舞。便錦樣文章，也埋黄土。癡絶雛鬟，小園尋覓幾回誤。　誰憐茵溷飄墮，算和泥同啄，梁燕辛苦。聚不成萍，散仍如雪，輸與柳堤煙絮。墻陰細語。説昨夜樓頭，剪燈聽雨。到曉愔愔，隔窗啼杜宇。

又　紀夢

西風吹上臨溪樹，霜林乍添寒意。聚不成村，疏疑入畫，三兩人家而已。凉雲萬里。看四面山沉，晚炊煙起。隔岸籬開，老漁收網面微醉。　城頭畫角吹罷，問聲聲凄緊，牧馬歸未。斷石横灘，荒畦没草，太息蒼寒如此。塵襟待洗。恰輸與鄰翁，柴門閒倚。數盡昏雅，茅檐燈上矣。

一剪梅

煩惱心情有萬千，昨夜歡筵，今夜離筵，未成雙是七條絃。人不纏綿，曲自纏綿。作弄多般月影偏，花滿階前，竹滿窗前，黄昏時候總淹煎。醉過春天，病過秋天。

清平樂

低低窗户，獨自和燈語。悔種碧梧桐一樹，簾外只吹殘雨。清晨慣聽凄笳，黄昏慣聽啼鴉。不解自家顦顇，無端埋怨菱花。

買陂塘題黄韻甫燮清《西湖萍合圖》

漸西風蕭蕭瑟瑟，長堤楊柳吹冷。才人天遣漂零者，蹤迹慣如斷梗。呼小艇。載三兩吟朋，先向鷗邊等。流光自省。算磨鐵生涯，悲秋心事，我輩有同病。西泠路，曾擘蠻箋題贈。樓頭十日豪飲。醉來狂脱青衫數，襟上酒痕還醒。離思警。又抛此湖光，去逐征帆影。余將入都。重游未整。怕買棹歸來，畫圖宛在，人瘦舊時鏡。

洞仙歌

明燈上了，是懨懨時節。獨自登樓定愁絶。看書床蟲網，鏡檻蝸涎，梳裹處、依舊晶簾還揭。　那回曾小立，第一銷魂，悄步西階剗羅襪。倚遍曲闌干，往事凄凉，便思著、更和誰説。猶錯認、春宵墮金釵，却秋雨侵窗，幾聲落葉。

臺城路 雨泊長安，寄儉伯、子述、韻甫

黯然誰續江郎賦，魂銷緑波千頃。雁外帆多，鷗邊路熟，催上渡頭征艇。東風漸緊，只作弄春陰，鵓鳩啼暝。一抹雲濃，遠峰齊鎖翠眉影。　故人遥憶此夕，定西窗共話，華燭凄冷。蘆岸疏煙，柳橋斜月，猶記昨宵分領。雨聲又猛。剩獨客哦詩，背燈愁聽。且卧孤篷，擁衾終夜醒。

摸魚子 自題《河梁醉月圖》

記年年旗亭載酒，湖波緑上芳草。而今剩有迷濛月，更著幾絲煙裊。儂漸老。便橋畔垂楊，不似當時好。銷魂畫稿。只檣燕留人，城鴉送客，點綴在林杪。　漂零慣，怕見渡頭帆峭。一樽添作去愁料。三聲玉笛吹殘後，打疊別離懷抱。朋輩少。且笑唤姮娥，共索銀屏倒。

瞢騰醉了。奈小市更闌，遠山鐘動，容易又天曉。

沁園春 懷閨人

擁髻淒然，似怨年年，無端別離。想孤幃倦枕，乍添香後，重簾小閣，未上燈時。脉脉心情，懨懨天氣，三月春陰柳絮飛。增惆悵，更聲聲杜宇，啼近樓西。　萱闈賴爾扶持，且歡笑人前强解頤。怕清愁難遣，休教停綉，長吟易苦，莫要填詞。玉鏡頻窺，金錢暗卜，多少思量但自知。憑誰慰，但抄詩婢幼，學語兒癡。

高陽臺 春事成煙，舊歡若夢，黯然賦此

蝸篆粘窗，蛛絲界户，依然六曲文紗。夢不分明，門前一樹枇杷。離筵但諱相思苦，説人間、何處天涯。記魂銷，酒冷燈昏，雨細風斜。　十年未踐尋芳約，奈如雲情緒，如水年華。舊日啼鶯，而今没個啼鴉。重來難覓春人面，况東風、落了桃花。太淒寒，幾杵秋碪，知在誰家。

珍珠簾 咏氈簾，與戴醇士贊善熙同作

鋪茸疊毳溶溶院。伴燈青、今夜書幃寒淺。料峭晚來風，憑小鬟慵捲。待到黄昏明月上，

也難漾、波紋如綫。遮斷。怕誤了春來，玳梁歸燕。還記看罷梳頭，最魂銷、窗下一聲銀蒜。寂寂舊房櫳，甚水晶都换。半縷幽香閒約住，更護得、唐花開滿。窺遍。隔一桁重重，便愁人遠。

蔡宗茂

號小石。上元人。道光十三年進士。官翰林。

浣溪沙 題星齋桃花便面

流水三分月二分，冰紈買得寫春痕，露華吹夢鎖簾陰。燕子樓臺琴語膩，枇杷門巷酒燈昏，江南何處不銷魂。

徐球

字咏梅。德清人。諸生。有《環翠樓詞》《寫碧軒簫譜》二卷。

水龍吟 重九箬溪道中

秋陰濃到重陽，遠山木葉紅猶欠。畫船蕩槳，平橋殘柳，酒旗茅店。回首西風，尋常小别，未應淒黯。看雙雙弄影，蹁躚白鷺，渾不受、紅塵玷。漫訝年華荏苒。塞鴻飛、穿雲點點。登舟極目，鄉山迢遞，湖光瀲灩。舊侶菰城，遲回菊圃，剛收菱芡。指前程暝色，蘆花深處，有漁燈閃。

淒涼犯 武林金氏園中勾留匝月，瀕行填此留别

倦游滋味，西風外、垂楊不綰歸楫。暗蛩碎語，孤鴻遠影，共添淒切。鄉愁淡絶，漸重九、茱萸冷節。顫危檣、荒汀夜泊，隔浦聽潮咽。　回首聯床地，剪燭評詩，故人輕别。廿年席帽，話飄零、酒腸空熱。倘許重來，看湖墅霜楓墜葉。羡閒鷗、隔水弄羽，萬點雪。

卜算子 題畫

畫棟燕歸時，滅燭房櫳静。蟾影遲遲上海棠，留得驚鴻影。　别思易經年，紈袖琴邊冷。明日花陰拾翠翹，露濕蒼苔徑。

奚　疑

字虚白，號榆樓。烏程人。太學生。有《方屏樵唱》。

菩薩蠻 張大吟樓屬題仕女

梧桐院寂秋如許，黄昏忽聽瀟瀟雨。獨自倚闌干，羅襟生薄寒。　一燈紅似豆，展卷消殘漏。何處送新愁，雁聲樓上頭。

又 姚二野橋索題《倚梅圖》

玉梅花底人如玉，水邊林下疏煙緑。日暮怯春寒，東風羅袖單。　生綃留媚影，小倚冰姿冷。舊夢幾時圓，月明聞珮環。

憶舊游 二月上旬，西泠汪二又邨來苕，招同銅士曉樓游道場山，吊太白山人，小憩歸雲庵，分得『歸』字

正東風散暖，梅萼飄香，儁侶相携。好放嬉春棹，艤小溪深處，來叩禪扉。曉煙隔嶺初霽，嵐翠落吟衣。待小憩空堂，煎茶讀畫，掃壁留題。　依依恁懷古，嘆宰木蒼凉，斷碣依稀。指點疏林杪，訝凌虚孤塔，還訝天低。冷吟倚遍闌檻，鐘打夕陽西。漸數盡昏鴉，閒雲送客花外歸。

蔣承訓

字澹人。吴縣人。有《棲碧詞》。

摸魚子 秋暮舟發婁江

唳長空幾聲哀雁，秋灘驚起鷗侶。濺衣濕翠寒於雪，人在水天深處。還問取。甚岸柳、芳痕減盡添凄楚。蕭疏倦舞。剩煙外争棲，啼鴉數點，殘照自來去。　輕帆曳，小艇飄然比鶩。中流一棹容與。聽風聽雨江湖味，閒了茗爐松麈。愁萬縷。遥指點、紅心草滿横塘路。情懷更苦。嘆回首天涯，暮雲重叠，鄉樹渺何許。

高陽臺 秋日重游陸氏意園

臨水欹闌，穿林坐葉，幽探又趁霜晴。記否年時，凄凉此地曾經。楊花縱是離人淚，但紛紛、猶弄春情。甚重來、不見楊花，只見浮萍。　舊愁還比新愁重，奈蘧蘧蝶夢，欲唤難醒。往日題詞，如今怕已零星。煙梢一樣廉纖雨，只紅心草長閒庭。又西風、吹上梧桐，化作秋聲。

陶景義

字吉甫，號琴子。宛平人。原籍會稽。國學生。有《茶煙禪榻詞》。

菩薩蠻

雕鞍夜走章臺路，花枝嬌小留人住。潮暈漲霞腮，新聲入破纔。　三條絃子澀，暖炙銀簧舌。一曲斷人腸，柳花滿店香。

翁雒

字穆仲，號小海。吴江人。

黄韻甫云：『小海善繪，尤精於草蟲，神致栩栩欲活，爲世所珍，詞則畫之餘也。』

南浦　咏秋水，次張玉田春水韻

波静淡煙澄，浸遥空、一鏡菱花常曉。闌檻盪凉陰，池塘柳、慵照眉痕重掃。伊人不見，眼穿孤鷺天邊小。新緑三篙曾送别，又是荻苗如草。　扁舟恍入香溪，問南渠、莫是芙蓉謝了。許渾詩：『何處芙蓉落，南渠秋水香。』還有涉江人，圓渦動、前日襪羅親到。予懷渺渺。所思猶復增憂悄。雙鯉魚書風倘便，還恐晚潮來少。

費丹旭

字子苕，號曉樓。烏程人。

黄韻甫云：『曉樓精畫理，樹石蒼秀，仕女能盡其神態，詞亦清敻，不著纖塵。』

菩薩蠻 題畫

畫羅裙換秋紋襉，齊紈扇底秋痕淺。歸夢卜秋期，釵頭燕子飛。　瘦鞋弓窄窄，立近闌干側。惆悵晚來風，海棠花未紅。

沈愛蓮

號遠香。嘉興人。諸生。有《小靈蘭仙館詞抄》。

百字令 邑侯朱述之先生緒曾倡修曝書亭，落成紀事，用太史原韻

釣船坊近，記閒携琴鶴，仙舟曾泊。海宇孤亭留寂寞，真契千秋遥托。晚稼屯雲，秋絲擷繭，儉歲江村樂。己酉夏大水，田禾盡没。八月，垞南晚稼忽生雙穎，野蠶成繭，人以爲太史之祐。分來清

倖，松陰池館新落。　喜看叠石編筠，鄱泥種藕，幽事重斟酌。勁節清芬圖主客，俯仰水窗風幕。亭西建四忠、清芬兩祠。　醽舫延尊，梧桯點筆，高韻傳林壑。詩靈如在，夕陽紅戀樓角。

減字木蘭花　題朱彦廬《長溪釣艷圖》

寒波似鏡，一瞥驚鴻曾照影。　夢膩香醺，芳草閒情記錦裙。　難窺人面，流水無心天更遠。　前度劉郎，落盡桃花已霜。

王友光

字海客。華亭人。諸生。

減字木蘭花　澆花

補天好手，一枕晚凉人醒後。　且作去花奴，顛頏時光憶我無。　醍醐灌頂，顛倒芳魂都唤醒。　萬顆珠圓，深院斜陽小漏天。

水調歌頭　病起代書答友人

卿自用卿法，吾欲任其天。諸君時復念我，聽我品幺絃。　坐有清風明月，行有素箏濁酒，此境倘如仙。躡屐作名士，定值幾文錢。　時放顛，時作達，一年年。胸中紫棘三斗，妄語怕人憐。吾謂殘杯冷炙，何似黄齏苦筍，揮手亂雲邊。列種白楊樹，直到寺門前。

行香子 分咏新柳

長短亭邊，歌舞筵前。只初黄、情便纏綿。偷遮樓閣，低護鞦韆。一絲風，一絲雨，一絲煙。　鶯又鶯眠，花又争妍，問風流、可似當年。夢中腰瘦，鏡裏眉纖。有人妒，有人恨，有人憐。

蔣　篔

字楚亭。江寧人。有《瀟湘館詞抄》。

金縷曲 夜登浦口敵臺，用壁上秦雪舫韻

又宿荒臺上。收拾起、一天星斗，一江風浪。不信烽煙衝折地，空見孤城叠嶂。都付與漁歌樵唱。夜半風來聲吒叱，認當年、萬馬軍中撞。搔短鬢，漫惆悵。　勸君且盡杯中釀。想千古、幾番争戰，不堪眺望。七尺昂藏真可笑，莫説男兒難量。誰慰我半生豪放。眼底盛衰原似夢，問江山、可是從前樣。殘月影，黯相傍。

蝶戀花 秋草

怨葉愁苗芟不得，目斷天涯，總是傷心色。路入蒼茫殘照黑，可憐衹有霜花白。多少樓臺蟲唧唧，瘞玉埋香，瞥眼成今昔。暮雨寒煙渾不識，踏青何處尋游迹。

吳縣潘介繁襄校
仁和徐慶銓編次
平湖張炳堃增訂
錢塘諸可寶校勘
永康胡鳳丹監刊

國朝詞綜續編卷十五

海鹽黃燮清編纂

姚燮

字梅伯，號野橋。鎮海人。道光十四年舉人。有《疏影樓詞稿》。黄韻甫云：『梅伯予同年友。丙申之春，訪予於宣南坊邸，始訂交焉。嗣後每北上，輒往來無間。負才豪放，徐蓮峰師數稱賞之。善洞簫，能自按所製曲。詞極跌盪，新警如山鷄舞鏡，顧影自妍，能獨樹一幟，而不屑屑於模範者。』

浣溪沙

叠帳凉雲燼鳳篝，夫容花隔去來愁，冷香如夢盪簾鈎。　欲種長春天不雨，誰歌子夜月當樓，銀河風露浩然秋。

鵲橋仙天竹子

葡萄様子，櫻桃顔色，珠網墻陰籠住。緑翎瘦雀乍飛來，又帶雪、一紅銜去。　松枝共互，梅花共吐，時節天寒日暮。分明翠袖倚闌珊，恰添上、淚痕如許。

浣溪沙

不盡銀河向北流，水精簾卷最高樓，鐵簫如鶴唱涼州。　千里關山千里月，幾家歡樂幾家愁，人間天上此時秋。

高陽臺

拭唾題裙，横箏坐酒，湖樓影事闌珊。兩地鵑愁，十年紅雨關山。重逢丁巷春如夢，病夭桃、褪了煙鬟。淚偷彈，紫玉犀釵，敲遍闌干。　舊歡那忍重提説，剩柳鶯曉箔，桐鳳秋紈。黯到香魂，墻陰誰護情幡。西風明日錢塘路，散蘋花、吹聚應難。悄無言，兩道愁青，抹上眉彎。

尾犯

泛舟鱛門，尋荷花未開，夕色微起，涼風乍迎，天靄水煙，若斂若合。命舟妓王五齡停槳西灣水亭側，散步移晌，日薄而返。《曝書亭》句云：『坐愛水亭香氣，是藕葉最多處。』此景彷彿之。因兼懷月湖攬碧莊同吟諸子。按：錢氏《養新録》云：『蘇州之葑門，讀「葑」如「富」聲，相近而訛也。』余考范氏《吴郡志》云：『越軍開示浦，子胥以濤蕩羅城開此門，有鱄鯙隨潮而入，故以名門。』蓋名鯙門也。《史記正義》云：『吴東城鱛門，謂鯙門也，今名葑。』是鯙門亦名鱛門，普姑反，與『富』字音略同。『葑』讀如『富』，當因『鱛』而誤

水平天爽。有斜陽不了，帶煙迴盪。越鷗楚雁何娟媚，曳蘋絲來往。誰家亭館，向冷翠多

春甕銀魚，嘯歌無恙。扇影漪雲衫，香吹露近誰招賞。又無奈、聽拍吴歌，眉山凉月初上。那識客心摇漾，倚孤篷，縈舊況。問風流攬碧，邊傍。恁枝枝葉葉當風，未秋已作秋響。

水調歌頭 太湖曉渡

三萬六千頃，七十二芙蓉。曉煙浩浩不盡，曉水更濛濛。帆影蘆蒲深處，人影琉璃明處，雁影界長空。山色互縈繞，一百里東風。迷離樹，是嶺橋，是江楓。晴雪摇旭其上，黄色亂青葱。坐我舵樓横笛，不見蕪塘走馬，哀響激蛟龍。破浪羨伊穩，四扇側罛篷。

賣花聲 酒深燈灺，春人欲離，愴成短闋

疏鬌䩞珠蟬，翠帔紅娟。春宵似海誤伊眠。窗月有香花在水，人語吹煙。一語一生憐，黯絶離筵。明朝要上越江船。又是匆匆如夢裏，莫説當年。

又 和小譜

春雨怯單衣，春夢燈知。春痕顴頰到眉姿。只道寒深耽病久，諱説相思。斜日下罘罳，鶯語迷離。碧闌干外記逢伊。笑撚桃花佯不覺，泥立移時。

隔溪梅令

春心一縷細難傳，裊紅絃。故倚銀屏，默默鎮相憐。緑鬟垂到肩。　飄零錦瑟半成煙，感韶年。腸斷鶯聲，夢斷澥棠邊。月斜樓上眠。

菩薩蠻

依依人語花雲叠，鳳鈿墮響迴停屧。瘦影可憐妝，一枝秋海棠。　昨宵涼思闊，坐夢樓西月。月好怯風尖，捲簾還下簾。

好事近

帆隔幾重山，雁語莫潮聲裏。酒醒不知人別，但斜陽千里。　煙帆雲雁各微茫，湖水接江水。愁搦一枝秋管，坐荻心吹起。

憶舊游 寄沈東岑吴中

記緑蘋槳短，紅藕簾疏，共倚春詞。一曲傷離後，問燈雲榻雨，夢瘦還肥。只愁畫梁如昔，巢燕已全非。莫宿酒痕青，羅襟待浣，又蘸新啼。　依稀。那回事，算值得人人，眉楚鬟悽。

煙水東流盡，便等身金好，難鑄相思。試看女墳湖上，日夕鷗鵠飛。恁一路江南，楊花亂落人未歸。

謁金門《枕函殘夢圖》，爲韻仙女士題

花壓臂，懶把斷雲扶起。一髮東風知甚意，更吹來細細。　怯怯懨懨天氣，了了昏昏情味。眼底綠蕪千萬里，是煙還是水。

琵琶仙 憶余偕王雨耕、史雲坪，因錢唐之役，詣舟蘭江，時羽烏怡晴，葩藹寫艷，媚歌靚酌，滌愁盪歡，留連彌旬而别，辛卯三月事也。越歲壬秋，孤舫重溯，尋登孫氏水明樓，盼遠憶游，悵焉今昔

白石重來，總無那、曲裏風情消息。江上涼雨微吹，簾鈎挂初夕。殘柳外、樓臺似舊，甚添上、水雲愁碧。晚絮馱鶯，春絃叶鷓，佳麗空憶。　但飛到、天角孤鴻，弄秋語凄寒向蘆荻。撩起荻陰漁管，唱西風無力。煙槳遠、兜孃去也，倚畫闌、目斷回汐。又見東峴斜暉，淡黄遥射。

問梅花

登樓眺兩湖，五磊、大茗諸峰，玉龍蜿蜒，上絶飛鳥，雲白天晶，千里一色，疑置人玉壺冰鑑中，清且冽也。自製此聲，倚浮碧館緑萼梅下歌之，節拍婉楚，頗合越音，因邀蘭士擫箏，小譜擫笛

銀海浩茫茫，問梅花寄我，何處好消息。家山東一角，村樹城巒失遥碧。誰横樓笛。唤醒荒驛棲鴉，馱平蕪冷色。水外沽帘，籬舍兩三恁蕭瑟。　湖煙起，千峰夕。又昏黄、挂上斜日。瓊妃垂縞袂，獨夜空山定余憶。夢須相覓。奈一天、凄風愁月，翠羽明璫總迢隔。曉起重看，萬里依舊寒白。

釣船笛

幾日不登樓，未識春光多少。纔到春風一夜，見滿城芳草。　樓頭日日鎖春陰，樓外春聲悄。纔放春晴一面，聽滿山啼鳥。

浪淘沙

答小譜

晴月上遥山，院落人閒。柳花如夢隔煙看。透得玲瓏春樣子，只有闌干。　琴語急迴湍，怨調微彈。勸君莫種楚江蘭。紉了同心雙佩結，欲解須難。

水龍吟 塔影

曾來策蹇湖陰，鞭絲指點南屏路。諸天秋霽，上方月正，一針寒竪。筍閣經殘，石床茶熟，慣留雲住。更松飈天半，横波皺碧，從煙際，尋鈴語。　莫問銀繩玉柱。恁悽凉、幾經鴿怖。蘿垂薜剥，劫如泡電，伶俜千古。山雨湖雲，樓臺罨畫，不遮高處。恰暝鴉一陣，帶將落葉，向微茫去。

露華春慢

五溪桃花，經春輒甚，怡日悦水，妖靡姝盪，天台武陵，若無以逾。晴時嘗舟詣焉，風景喧寂，因游屢變，忽忽似中感，不能無詞，製商調以寫之。商調者，即俗之六字調也。唐商調曲俱用仩字製音，爲商之宫。仩，商清也。九聲宫四商上角尺徵工羽六，其清聲則宫伵商仩角伬徵仜。羽有下無高，則無清。羽之下即今之合是也。是調以工掣音，由低工序而升之爲商，蓋起於太簇，以夾鐘爲變宫，姑洗爲商，中吕爲角也。《禮》云：『商亂則陂。』余按籥求之，幸不失正，名曰姑洗清商調

櫂迴雲壑。又溶溶流水，緋桃照晴萼。小笠短筇，擔酒自過平横彴。斜陽舊時樓閣。恁無人、閉了珠箔。况青山笑淺，黄鶯語懶，春氣猶弱。　漫思昨。送畫扇鈿車，芳草綉成幄。望斷晚霞，依依此情誰著。嫩香乍颭，小紅欲墮，煙起林薄。歸去也，倚篷延酌。空回首，亂峰崿。

孫宗禮

字定夫。江都人。道光十四年舉人。有《二十四橋吹簫譜》。

菩薩蠻

春風不肯隨人去，江南三月初飛絮。飛絮已無多，相思奈若何。　含情渾不語，眉月纖纖吐。對此莫生愁，團圞在後頭。

高陽臺 次龔定庵韻

雨惹鶯愁，風牽蝶恨，夢中還認今宵。翠箔明珠，那堪先賦飄蕭。櫻桃門巷深深護，便重來、只是無憀。記迷離、花底調箏，月底修簫。　堪憐碧海青天意，甚蘭釭影事，幽怨都拋。十載文園，無端淚滿鮫綃。多情底事工腸斷，數芳期、暗裏魂消。算年年、春去春來，都付江潮。

憶舊游

嘆寒煙薄暝，絲雨撩愁，別後沉吟。此際難重省，已春魂欲斷，何況秋心。玉釵縱應敲遍，誰復認鴛衾。有側側横波，深深款語，夢裏重尋。　難禁，舊游處，半檻落潮痕，户掩苔陰。剩有門前水，照六朝山色，依舊而今。只恐鏡中人老，愁影鬢遥侵。待子夜思量，凄凉怕聽飄笛音。

鳳皇臺上憶吹簫 題金紉蘭卷子

錦瑟芳韶，明星密誓，十年心事都休。念壯懷猶昨，鬢已先秋。依舊釵光扇影，都不似、往昔清游。重來認，雲廊月户，寂寞簾鈎。　綢繆。者回悵望，千萬樹枇杷，門巷空留。問玉人還在，腸斷橋頭。縱是燒燈蘭夜，無奈又、夢遠西樓。凄凉甚，而今怕聞，那日箜篌。

金　濂

字讓水，號穉柏。仁和人。道光十五年庶常。有《不秋草堂吟稿》《壓綫詞》。黄韻甫云：「『讓水詩文雄麗，詞以倜儻勝。道光壬辰秋，與予訂交湖上。次年春，公車北上，留京中三載。乙未捷南宫，以庶常用。未散館而卒，惜哉。其詩詞遺稿存金橋寓齋。予丙申入都，爲什襲藏之，慮其散失也。不數月而金橋亦相繼謝世矣。展卷悒悒，不勝宿草之感。』

金縷曲 余今春入都，宿良鄉旅店，曾和壁間夢塘次農《金縷曲》詞。後笠耕先生過而賞之，依韻見和，有『覓詞伯，遍人海』之句。夏六月，假館先生之淡園，偶出示手書長卷，則余及二君作皆在焉。蓋先生以素紙録歸，且爲之跋。洵一段文字因緣。惜夢塘次農不知何許人也。葉筠潭先生有和作三首紀其事，余因叠前韻以志感

咫尺重闉外。又誰知、軟紅十丈，倦游人在。喜極相逢偏恨晚，回首韶光都改。正毾㲪心情無賴。一榻而今依廣厦，且休愁茅屋西風壞。思面壁，住十載。　讀君詩卷千回耐笠耕先生著有《抱沖齋詩集》數十卷。更不數、元和才子，篇章小碎。吟遍蓬壺春色曉，玉漏千官齊待。羨佳句雞林早賣。箸作等身千古事，算名山業富金難買。觀止矣，浩如海。

徵招 西樓對雨

畫樓人立西風裏，瀟瀟半城凉雨。暝色壓螺峰，只眉痕遥露。天街歸騎數，料香濺軟紅塵土。翠濕溟濛，幾家庭院，幾重煙樹。　秋緒未分明，寒鴉外、淅瀝作成凄楚。點點入愁心，更芭蕉聲苦。登臨嗟倦旅，問鄉思蒼茫何處。又誰見、別淚千絲，隔簾波偷注。

滿江紅 題《秋江釣月圖》

破網千絲，挂一片、玲瓏涼月。看畫出、潮平江上，秋澄練白。木葉聲飛篷背雨，蘆花影撲船頭雪。且安排蓑笠傲王侯，漁竿擲。　星漢迥，浮天闊。鷗鷺冷，偎煙寂。正霜鱗滿斗，村醪換得。醉倚風前橫竹短，狂撈水底明珠濕。奈披圖、笑我負鱸魚，遲歸楫。

偷聲木蘭花

客愁釀得秋陰重，勒住西風吹不動。睡鴨香殘，簾幕深深閉曉寒。　一繩雁字空江冷，相思寫入歸帆影。莫上高樓，天際模糊煙樹浮。

蔣志凝

字子于，號澹懷。元和人。諸生。有《心白日齋詩詞》。

孫蘽田云：『澹懷以詩名江南北。性孤介，阸於所遭。詞學夢窗，稿俱散佚。道光癸卯秋，歿於京邸。遺篋中存此數闋，亦吉光片羽也。』

疏　影辛丑初春，白沙旅廨，購置水仙數盆，屏帷易暄，跗蕚競吐冷香，艷若華月之破夜而翠煙之融晨也。趙艮甫有詞，余亦譜此

盈盈脉脉。伴玉沙瑶草，吟事幽絶。紙閣晴初，棐几燈初，相看世外瑩潔。嬋娟自慣天寒倚，悄换却、銖衣重疊。便賦成、翠羽明璫，佇立渺然難説。　移向西湖廟裏，鏡波試照影，都是冰雪。悵望湘娥，杜若汀洲，歲晚芳華消歇。還愁海上琴心杳，墮冷夢、空江煙月。算似伊、羅襪無塵，那識艷陽蜂蝶。

又艮甫水仙詞《玲瓏四犯》一闋，謝默翁和之，並和余作，皆極凄清綿渺之音。艮甫與余復譜原調以質默翁

春泉動脉。漾素沙滿盎，風味清絶。歲晏孤花，裊裊亭亭，難摹意境娟潔。屏山供養無多地，却似在、瑶臺層疊。抱古愁、别自低徊，獨有楚詞能説。　誰是香修伴侣，玉梅萬樹底，相對晴雪。翠帔黄絁，一種仙心，不與年芳俱歇。雙鈎水墨王孫卷，又現影、江皋寒月。趙子固水墨雙鈎水仙卷，極自喜，嘗泊舟嚴灘看月，呼曰：『吾水仙現影矣！』見《畫禪室隨筆》。向夜闌、呼出冰魂，我欲夢爲胡蝶。

又三疊韻咏水仙

全離土脉。却冒寒吐穎，根性奇絶。不炫娉婷，祇覺蹁躚，淩波細步閒潔。胎紅孕紫方如夢，夢也隔、香雲千疊。似畫圖、空谷幽居，小字儷蘭須説。　昏曉芳菲静會，麝爐屏斷久，銀蒜霏雪。古洗銅斑，掩映横斜，淡到吟聲都歇。尋思萼緑華何處，看女史星連明月。幻縞衣、同入羅浮，便合舞來仙蝶。水仙一名儷蘭，見《三餘帖》。宋楊仲因以古銅洗種水仙數百本，見《花史》。姚姥夢女史星墜地化爲水仙，見《内觀日疏》。

高陽臺張君荔門背臨李易安小影，風鬟霧鬢，恨雨顰煙，真能寫出《醉花陰》《聲聲慢》兩詞悽清意境。秦君淡如題以是闋，婉麗纏綿。余讀而愛之，倚聲爲和

笳拍文姬，琴心卓女，併來愁艷惺忪。柳月梢頭，應輸漱玉詞工。傷春髻子慵梳久，又重陽、簾捲西風。恁銷魂、滿地黄花，窗黑梧桐。　當時眷屬神仙似，想烹茶刻燭，静治堂中。被冷香銷，幾番吹夢無蹤。劫餘書畫雲煙散，憶秦樓、彈淚征鴻。算難摹、一寸柔腸，瘦損秋容。

陸長春

號簫士。烏程人。副貢生。有《眉月樓簫譜》。

南歌子

蝶夢酣難醒，鶯聲澀未調。東風吹放緑楊條。檢點一年春事，過花朝。　陌上香車斷，樓頭錦字遥。無情只恨木蘭橈。記得那時分別，在紅橋。

浣溪沙

小鏡菱花對舞鸞，曉妝樓上怯衣單，一簾微雨作秋寒。　鎖夢暗通金屈戍，倚嬌斜嚲玉闌干，長眉畫了借人看。

孫麟趾

字清瑞，號月坡。長洲人。諸生。有《秋露》《問玉》《叩門》《倚闌》《鳳簫》諸詞。

錢筱南云：『月坡詞婉約清空，纏綿深至，無紛然雜出之語，有往復不已之思。是得力於碧山、玉田，而不屑刻意求似者。惜乎老而不遇，僅以詞名，每一倚聲，輒復自悼也。』

嚴問樵云：『月坡詞芬芳悱惻，音艷神清。』

洞仙歌 移居白下

蘆簾紙閣，料無人尋到。怨蟀零蟬伴昏曉。且移書傍檻，捧鏡當窗，吟嘯處、更比五湖船小。　舊家門巷在，燕子銜泥，懶把繁華問斜照。只隔一重墻，斷柳殘荷，數不出、秋聲多少。笑閉户閒眠似維摩，便花片飛來，也無心掃。

祝英臺近 丁未寒食，偕蔣楚亭雪舫至瑞相院訪馬守貞墓，尋斷碣不得，問土人，無知者，凄然賦此

懶看山，慵喚酒，來訪美人墓。隨著鐘聲，問到水邊路。只從芳草搜尋，斷碑捫遍，總不是、埋伊香土。　恨難訴。可曾月夜魂歸，花底悄吟句。舊日羅裙，化作蝶飛去。自憐飄泊天涯，又逢寒食，便珠淚也無彈處。

又 簾鈎

畫簾垂，銀蒜並，銜絮燕歸未。采索低懸，高下稱人意。誰將一片湘波，付伊管領，儘搖曳、落花風裏。　舊游地。分明倒映池心，游魚也驚避。偶觸金釵，聲比雨鈴細。最憐寂寞

黄昏，柳梢斜露，似新月碧天初起。

洞仙歌 小南移居，詞以賀之

蘆簾紙閣，把琴書閒理。定稱紅閨采鸞意。算題詩寫韻，須種芭蕉，茶竈外、可有幾弓餘地。　神仙多艷福，並坐雙行，咏絮窗深聚香氣。何處好吹簫，何處飛觴，料總在、玉梅花底。笑我亦、天涯屢移家余挈眷金陵，曾三遷寓館，怎此日分攜，夢魂千里。

高陽臺 秋柳

蟬咽殘枝，鴉翻病葉，銷魂不似春前。幾縷衰黄，拂墻難認香綿。西泠莫更呼船去，怕笛聲、吹瘦寒煙。最傷心、小小朱門，曾倚秋千。　携尊舊日人何處，算攀條話别，已是經年。寂寞河橋，空教望斷歸鞭。秋來鏡閣慵梳掠，想眉痕、一樣堪憐。到黄昏、剩有銀蟾，照影愁邊。

琵琶仙 夜色昏燈，花香拂檻，泊舟斟酌橋邊，與同人話别

垂柳無多，畫橋畔、又唱陽關哀曲。殘月催送征帆，依依語偏促。臨斷岸、遥峰數點，寫愁影、睡鬟凝緑。舊鏡餘香，征衫積淚，燈暗人獨。　問何事、拋却湘絃，更不管、天寒倚

修竹。忍把水程山驛，换銀屏金屋。莫此後、江南雁過，寄素箋、怨句盈幅。甚日携酒西園，勝游重續。

瑶　花

久雨乍晴，閒步葑溪間，斷雲千樹，斜照半湖，令人有結廬之想

尋詩屐冷。步入南園，有野畦千頃。平林翠老，新雨過、滿地濕煙還凝。疏籬静掩，記此處、流鶯曾聽。正縠波、淡抹斜陽，又被角聲催暝。　小樓今住誰家，想醉月吟春，多少清興。憑高望遠人不見，但見半湖雲影。凄凉斷岸，怕説是、舊時香徑。更趁風、幾點蘆花，吹上隔溪漁艇。

清平樂

紗窗春曉，睡起聽啼鳥。細雨連番晴自好，休更踏青草草。　東風暗卷香塵，看花懶叩閒門。小巷無人行處，柳絲低裊春痕。

浣溪沙

掩扇羞看小蝶雙，彩雲零亂别愁長，點燈時候儘思量。　閒覓袖香凴畫檻，細尋屧響度迴廊，最繁華地最凄凉。

虞美人病中有懷

東風小院春寒淺，慵把湘簾卷。閒思往事甚分明，半是鈿釵羅扇夢中情。　碧窗樹近聞鶯語，弄暝沉沉雨。畫橋幾日不曾過，未識誰家門巷落花多。

魏謙升

字滋伯，號雨人。錢唐人。歲貢生。候選訓導。有《翠浮閣詞》。

東風第一枝

爆竹晴喧，檐梅雪聚，上元燈事方盛。鬧蛾初出宵分，浴烏乍知晝永。三姝孰媚，更助了、嬉春佳興。向衆中、爭數伊人，聰艷問誰能並。　香未襲、卷簾便省。聲愈熟、轉喉可證。理將清曲珠圓，見來淡妝黛靚。堂深暝早，恐火樹、難同蟾鏡。悵暮寒、城角催歸，此境最難消領。

齊天樂翠雲草

楚臺絲雨飛何處，羅浮又啼春鳥。蘸碧無情，梯青有客，鶴與梨雲同抱。相思路渺。看人意俱遲，緑陰斜照。袖薄天寒，補蘿心事最難料。　苔花深處繞遍，儘山中怡悦，持贈都好。竹粉攙香，茶煙颺夢，是處簾櫳清曉。無端暗惱。甚偷眼蜻蜓，避人尋到。碎剪秋羅，滿階紛未掃。

扁舟尋舊約 泛舟西溪看蘆花

山抱秦亭，橋横西堰，一天晴雪荒寒。雁聲如櫓，咿啞莫辨，瓜皮掉向鷗邊。更無人到處，好煙月、初生半彎。野晴蕭瑟，摇凉織暝，雲影上魚竿。　曾記得、前游春尚淺，有咏梅新句，題遍蠻箋。者番呼艇，尋僧載鶴，水村試叩禪關。絮飛篷背滿，恐迷路、回汀斷灣。萬花無際，秋聲只在空翠間。

曲游春 闌影

界畫閒庭院，看日光頻轉，花壓春晝。寫出雙身，倚東風偎暖，佳人羅袖。卍字苔痕綉。更滿地、竹陰篩漏。印小池、幾折朱紋，魚戲闖蘋摇皺。　負手。巡檐詩就。漸斜過蕉廊，移上桐牖。曾記仙山，繞彎環十二，碧城回首。樓角憑來久。半掩映、陌頭楊柳。量到曲尺縱横，月波浸透。

浪淘沙庭前秋海棠作花，凄艷欲絶，望廬人對之，潸焉出涕，偶倚此調，薤露之音，無以喻其悲也

楚楚玉嬋娟，嬌小堪憐。墻陰幾簇最嫣然。彈盡西風紅粉淚，點點斑斑。　泣露更啼煙，悵隔人天。斷腸秋色是今年。彷佛定情初識面，十九年前。

點絳唇

人去樓空，古槐深巷重門静。月容如病，林外將人等。　舊日巢痕，苔没三三徑。棲鴉定。畫橋煙暝，錯認驚鴻影。

浪淘沙

閨夢落天涯，水遠山遮。浪游蹤迹等飛花。又是一春閒過了，不見還家。　小院緑窗紗，沉麝煙斜。漫將幽怨訴琵琶。月轉西廊添半臂，風露凉些。

慶宫春雪夜懷人魏塘，和樊榭《冬夜泊舟鴛湖有憶》之作

複帳寒搜，危燈風颭，玉霙飛入窗罅。雁闊無書，鴛棲有夢，寸緘何事慵寫。感秋傷别，似

多怨、詩人小雅。分明記得，病酒殘春，午妝初罷。　想當一舸移家。鏡檻箏囊，曲房安乍。千回百折，儂家塘水，流到伊家樓下。香閒心字，撥爐火、重燒沉麝。丁丁虬箭，盼不天明，可憐冬夜。

浣溪沙

獨背屏山一欠伸，愁中强笑夢中顰，櫻桃花謝不開門。　夢影啼香嫌翠羽，愁心怕晚易黄昏，金爐可是解温存。

南鄉子 雪詞，和吴子述

風急峭寒初，春滿梨花買玉壺。折竹小紅闌上壓，難扶。鶴羽襹褷重不梳。　鴛甃白模糊，誰寫冬閨雪艷圖。夜半掀幃驚好夢，貍奴。也畏寒深傍獸爐。

余新傳

字浣花。仁和人。有《盟鷗館詞》。

高陽臺癸未三月，偕菊門游湖上，有懷亡友丁野鶴

闌雨嵐癡，流雲水滑，重堤不散輕陰。湖海歸來，悠然身世難禁。天涯每憶相逢樂，到相逢、轉又愁深。儘東君、花自年年，華髮羞簪。　扁舟搖過西泠路，悵舊時携手，寂寞人琴。煙柳籠堤，漸看緑暗沉沉。重泉應有相思寄，只人間、幽夢難尋。最無聊、香絮溟濛，攪碎春心。

三姝媚陳雲伯明府重修菊香、小青、雲友三墓，詩以紀事，西齋先譜此闋，余亦繼聲

纖紅抽宿草。又東風垂楊，亂鶯啼老。絮酒澆遲，畫冷煙一片，斷碑斜照。護玉深情，問瘞得、落紅多少。淺土留香，月下如歸，珮環聲悄。　楚夢當時初覺。伴聽雨燈寒，想應同調。望裏雲龕，只湖雲低隔，嶺雲輕繞。共結芳鄰，好更約、錢唐蘇小。但到梅花開後，蒼苔替掃。

張泰初

字松溪。錢塘人。諸生。有《選夢詞》。

黄韻甫云：『松溪負清才，而貧特甚，以詩詞噪江淮間。每省試歸，輒偕予游，文酒無間。

家無宿糧而口不言利，高寒如梅花焉。然卒以貧鬱客死淮上，哀哉。今其遺稿，予友許荀仲通守刻之矣。』

蘇幕遮舟行作

夢無端，愁未醒。垂柳垂楊，吹散西風影。野岸溪橋斜復整。蘆葉蘆花，照得斜陽冷。樹邊籬，煙外磬。一度扁舟，一度重思省。欲解離懷天不肯。瘦了吟肩，減了清游興。

蝶戀花記別

驪歌一曲傷心候，今日相逢，明日相思又。秋影可憐容易瘦，短長亭外蕭疏柳。　行人怕執臨歧手，斜照西風，不忍重回首。殘夢迷離霜落後，孤篷孤枕人依舊。

浪淘沙乙未初秋，余自彭城回里，子述招游湖上，偕子良、芷卿、笛樓泛棹裏湖，蘋葉蓼花，一望無際，船行其中，瑟瑟作響，倚笛高歌，風水互答，渺渺兮余懷也

船到雨聲中，聲在青葑。柳條如綫織西風。隔住山光看不見，人倚簾櫳。　高會訴離悰，鷗鷺重逢。夕陽林外漏疏紅。笛裏尋秋秋影淡，煙水溟濛。

彭崧毓

字于蕃，一字漁叟。江夏人。道光十五年庶常。官至雲南迤西道。有《求是齋詩詞》。

張鹿仙曰：『漁叟官滇徼，治行卓然，尤以詩文鳴於時，著有《漁舟紀談》《求是齋全集》，餘事作詞，亦復秀逸奇宕，自成一家。』

沁園春 諫果

懷橘人遥，傳柑節近，青青幸瞻。喜筠籃翠溢，珠丸一掬，瑛盤香漬，玉指雙拈。澀比檳榔，苦同茗荈，齒拒眉攢不避嫌。君休誤，莫信他巧語，口蜜專甜。　試將名字題籤，覺諫院風規婉勝嚴。想丹忱朝啓，櫻厨罷宴，緑章夜奏，蓮炬垂簾。饌撤邪蒿，詔停貢荔，往事思量嫵媚添。卿姑耐，待功收藥石，用汝爲鹽。

滿江紅 琮兒以家計不足，讀計然書而欣慕焉，填《滿江紅》詞以見志，予亦和之，以代解嘲云

散盡黄金，幸畚是、歸來林下。便算有、良田美宅，何堪憑藉。陸賈裝休南粤羨，周郎力不東風借。看江湖滿地弄扁舟，一漁者。　狂瀾倒，真驚訝。浮雲幻，難圖寫。記屠龍射虎，都成舊話。腐鼠徒資鴟鳥嚇，鼓車肯辱騏驎駕。避他人退步自留餘，且三舍。

周敏中

字鞠人。

真珠簾 闌干

四圍待把春闌阻。向迴廊一帶，瓏瓏低護。曲曲似文心，配倚樓人佇。窣地湘簾偏半卷，任花影、幾枝偷度。將暮。剩一角殘紅，斜陽閣處。　恰比十二巫峰，看一層一折，消魂曾數。宛轉縱相通，奈欲通無路。當作紅墻中外隔，轉不隔、蝶蜂來去。尋取。有憑袖香留，爲伊重撫。

周敏惠

字柳生。

瓏瓏四犯 十二月望夜過尚湖，煙水蕭瑟，遥山踴躍林端，若渴而頫飲，山風忽起，月蕩作萬鏡影，兩岸枯蘆有聲，驟聽之，疑鬼嘯也

木落夜寒，煙空人渺，無風先有湖浪。水摇天不動，碎月縱横盪。輕帆帶雲更響。似乘雲、欲飛天上。只恐天高，歸來無路，何處繫孤舫？　蒼然四圍遥望。料魚龍睡穩，幽夢都曠。

弄波還照影，影不隨波往。波心一片飛來碧，訝山影、分明倒放。同拊掌。應不作、人間世想。

賀鳴謙

字竹虛，號嚼梅。丹陽人。諸生。

更漏子 春晝

日痕遲，人意倦，怕向小闌簾捲。香作雪，玉成煙，落花如夢天。　垂楊樹，飛晴絮，又滿離亭別浦。一點點，一條條，春情著意描。

汪秉健

字小逸。錢唐人。太學生。現官廣東縣丞。

柳初新 湖上新柳

湖堤十里煙如織。已逗露，春消息。眼波猶倦，眉痕尚淺，試鬥舞腰無力。眠起虹橋橋側。一絲絲、鵝兒顏色。　轉瞬毿毿弄碧。灞陵秋思都陳迹。好花含蕊，雛鶯學語，依舊水亭山驛。奈少婦、新愁縈積。上朱樓、靚妝相憶。

浙江文化研究工程成果文库

浙江文獻集成

浙江文叢

黄燮清集

〔第六册〕

〔清〕黄燮清 著

杜運威 叢海霞 整理

浙江古籍出版社

吴縣潘介繁襄校
仁和徐慶銓編次
平湖張炳堃增訂
錢塘諸可寶校勘
永康胡鳳丹監刊

國朝詞綜續編卷十六

海鹽黃燮清編纂

錢聚朝

字曉廷，自號萬蒼山樵。嘉興人。道光十五年舉人。官淳安教諭。

慶春宫 春雨遣懷

山影沉煙，湖雲罨樹，曉窗人起簾卷。中酒情懷，惜花天氣，者番愁緒難遣。微吟擁被，奈翠袖樓頭寒淺。思量不信，逝水年華，夢長春短。　却教錯怨東風，故故吹來，雨絲難斷。低徊閒佇，雕闌頻倚，待約尋芳猶懶。散花人去，只一日、迴腸千轉。流鶯催暝，便過今朝，已愁今晚。

水龍吟 阻風瓜步夜泊

危檣獨倚沙汀，江空夜静摇虚碧。蒼茫四顧，星垂天遠，潮生風急。幾點更籌，千家燈火，潤州咫尺。奈歸期猶阻，盈盈帶水，難飛渡，愁如織。　天塹古今誰畫，笑匆匆，蝸争半壁。英雄老盡，惟餘煙外，六朝山色。夢落南徐，凉移西渚，數聲殘笛。問兵橱許借，朝來安穩，鼓横江楫。

章溥

字寶華。嘉興人。道光十五年舉人。有《蘋花閣集》。

酹江月 秋蘆

煙梢織暝，蕩寒波十里，低窺雙鷺。兩岸微茫吹笛冷，界破蓼汀蘋渚。枝染霜痕，花妝月色，葉颭疏疏雨。西風蕭瑟，耳邊涼作秋語。　遥指卅六灣頭，楓酣露白，渺渺人何處。頭白江湖摇落後，無限夕陽洄溯。雁塞聲寒，鱸鄉夢遠，减盡征衣絮。一篷飛雪，漁郎吹火歸去。

翠樓吟 緑陰

紅黯殘葩，緑團叢葉，石闌幽蔭葱蒨。柳塘煙靄鎖，釀天氣嫩寒輕暖。濕痕一平片，看密綴苔衣，濃侵蕉扇。春人遠，踏青路杳，碧雲遮斷。　夏淺。將近蠶眠。作縠雨温風，陰晴剛半。午鳩啼破暝，罨翠羽、滿身涼濺。筍肥梅綻。正書榻琴眠，幽窗棋倦。迷歸燕。濛濛花霧，誤他雙剪。

李光溥

字競白，號儉才。仁和人。道光十五年舉人。

滿江紅題黄韻甫《帝女花》院本，傳明季坤興宫主事

一霎歌場，有無限、纏綿悱惻。渾閲盡、綺羅蓬葆，鐘魚琴瑟。並蒂蓮開心自苦，殘枝藕斷絲難擘。問畫眉深淺入時無，無言泣。　塵劫换，紅羊戹。星度朗，紅鸞吉。怪鵑啼鵲噪，恁般幽寂。完璧一雙存國寶，聘錢十萬邀天錫。大排場、了結再生緣，才人筆。

潘希甫

字補之。江蘇吴縣人。道光十五年舉人。官内閣中書。著有《花隱庵詩詞》。

虞美人燕南道中寄内

馬頭鈴語衝寒瘦，襟上痕翻酒。窺簾斜月夢西窗，親見玉人無語背銀釭。　一緘錦字相思句，要寫無頭緒。記曾花底送行時，分付天涯春去莫題詩。

蝶戀花

又是天涯春去後，和夢和愁，情緒濃於酒。如水嫩寒簾底逗，更誰替把鴛衾覆。　滴盡銅壺窗曙否，推枕徘徊，起倚銀屏久。別院玉簫聲似舊，刺桐花外涼蟾瘦。

王逢辰

字芑亭。嘉興人。諸生。現官訓導。

念奴嬌 題黄韻甫《桃溪雪》院本，傳吴絳雪女史殉烈事

冰壺注水，寫凄涼眉黛，楚絃哀裂。小影素娥憐獨處，想像前生明月。心上秋生，耳邊火發，慘澹琵琶別。家山回首，杜鵑花外啼血。　堪笑袞袞群公，談兵兒戲，應變真無策。却借紅顏銷白刃，不管緑珠飛屑。化石魂歸，成煙夢杳，鸞舞蓬山雪。長歌當哭，大江同此嗚咽。

沈兆霖

字朗亭。錢塘人。道光十六年進士。現官侍郎。

洞仙歌

爐煙不動，倩重簾留住。簾外風篁綠能舞。便蕉衫緩卸，羽扇遲摇，停雲黑、釀就一天涼雨。

家風腰易瘦，藥裹支持，長日如年病中度。六月小桃開，插供瓷瓶，更手折幽蘭聘與。儘坐對無言暗銷魂，也算得閒愁，十分情緒。

霓裳中序第一 南湖早夏

方池水正滿。一綠連天人不管。沙岸紫蒲尚短。儘涼蛤亂鳴，荒鳩閒喚。陂塘見慣。嘆物華、俄頃催换。梅黃近，鬱蒸天氣，白袷已嫌暖。

湖畔。宋時亭館。剩玉照、猶題舊款。青山曾否識面。百本梅陰，閉户銜怨。菜畦誰氏灌。但露薤煙薹長遍。沉吟久，晶宫無恙，濯影自清淺。

秋　霽 秋苔

無限凄迷，正净洗梧桐，密雨纔歇。近石平鋪，傍墻匀砑，暗補海棠紅缺。銅池翠接，恍將銅綉搓成屑。只問爾、蹤迹寂寥，禁得幾霜雪。

遥山定已，點就秋妝，更向疏林，襯了黃葉。記春時、庭中半畝，那堪提起更愁絕。開遍野花娛瘦蝶。蔓延如此，任他漢殿金盤，魏宫冰井，也都埋没。

長亭怨 冬柳

再休問、東風前事。寂寞河橋，一寒如此。數尺殘絲，未全摇落尚淹滯。雪花飄亂，人共説、楊花似。恁不向江潭，更認我、三眠三起。已矣。悟長條折盡，總爲管人離思。徐孃老去，早眉黛眼波難記。但記得、囑咐東君，道千萬早成歸計。便欲問春江，昨夜寒梅花未。

沈宗約

字鶴坪。鎮洋人。有《潭影軒詞稿》。

鷓鴣天 閨情

幾片輕雲薄似羅，庭花開向晚秋多。不知何處凄凉笛，風送聲聲窗外過。心似錦，意如梭，捲簾獨坐懶吟哦。宵來欲解相如渴，夢去君山採碧蘿。

喬重禧

字鷺洲。上海人。貢生。有《宜園詩餘》。

黄霽青云：『《宜園詞》才調富有，情致纏綿，惟酒後花前，一時興到，有聲韻不及檢處。』

西子妝靈隱即事

松雨迷山，竹雲布海，釀得緑天無縫。石氣千秋寒不醒，染苔痕鬢毛俱凍。煙凝霧擁，略微逗、斜陽如夢。洗塵心，泉流琴筑，風篁交弄。　經誰諷。迦陵法喜，鐘磬穿林共。老僧指説伊蒲熟，剩金鍋、銷完南宋。江山秀聳。況湖水濃於酒甕。任風殘月曉，飲來須痛。

鳳凰臺上憶吹簫

視玉偏柔，比簫還脆，春人軟語玲瓏。向畫闌干畔，瘦倚東風。愁説碧桃花落，對流水、幽怨惺忪。渾忘却、黄昏近了，黄月朦朧。　匆匆。這回去也，似柳絮飄萍，蘆絮飄蓬。記昨宵相約，今夜相逢。却又明朝相憶，暮江上、雲樹孤篷。休回首，峭帆緊催，淚滴潮紅。

高山流水金山話别，送毛生甫曼卿還蘇州，余將有揚州之游，分手於此，江山相對，黯然魂銷也

大江東下又深秋。感西風、闌住扁舟。一片好煙波，中含萬疊離愁。愁偏在、揚子中流。分明爲，今日君歸茂苑，我向真州。惹些些客淚，灑上妙高樓。　回頭。雲邊指親舍，忍負了、潔白蘭羞。負米共情深，知爾此去難留。趁迴潮、帆葉先抽。孤悽甚，望斷江天闊外，荻渚

蘆洲。待斜陽晚，渡瓜步、伴沙鷗。

高陽臺 泛舟小秦淮，湯小雲仙史招飲貯雲水閣，酒痕燈影，都在微波瀲灩間也

畫舫衝波，紅闌靠水，美人喚住蘭橈。甚處幽香，隔簾紈扇輕搖。秋陰庭院凉於水，顫芙蓉、紅濕釵翹。莫辜他、昨夜星辰，今夜笙簫。 揚州舊是銷魂地，况二分明月，十里虹橋。略逗歸心，愁痕頻上眉梢。今生甘爲相思死，奈催人、江口寒潮。最堪憐、燈影挑殘，夜雨瀟瀟。時余擇日將行。

沈家模

字芙江。嘉興人。官山西吉州吏目。

玉女迎春慢 雪美人

玉骨冰肌，偏吹墮、十丈軟紅深處。誰與搓酥滴粉，貌出雪兒眉嫵。天寒日暮，問添得、閒愁幾許。瑶臺初下，飄泊自憐，金屋難貯。 傍他錮砌雕闌，斜陽獨立，淚珠彈雨。早自沾泥性定，肯逐天涯飛絮。春風倦舞。漫拍到、霓裳新譜。伴取凄凉，一樹早梅香吐。

瑶　華　茉莉帳

銀絲綴玉，彩綫穿珠，稱蘭床清絶。梅花繭紙，笑只合、酒醒天寒時節。雙鈎緩控，蕩素影、碎霏瓊屑。更有人、浴後妝殘，一樣粉痕融雪。　　不須窣地紅羅，愛深護芳肌，凉沁冰骨。梨雲夢穩，似綃定、前度春愁千纈。花光淡映，渾錯認、滿身明月。却夜來、暗麝香濃，慣惹歸來仙蝶。

邵建詩

字叶辰。嘉興人。諸生。有《聽春閣詞》。

臨江仙　題瘦吟樓女史金纖纖遺研，背有女史小影

一葉銀蕉含露白，玉臺曾結芳鄰。畫樓吹斷鳳簫聲，碧天雲遠，留影認真真。　　寫出吟腰秋樣瘦，數行珠字清新。墨池波冷蕩愁痕，半奩眉月，空自照黄昏。

戴錫祺

字蘭卿。

聲聲慢 自題《楊柳岸曉風殘月圖》

亂鴉催曙，獨雁驚寒，前溪曉色微茫。一抹村煙，不堪點綴秋光。尋常舊經過處，繫離愁、幾樹垂楊。帆乍卸，指青簾飄曳，路認漁莊。　搖落疏星山外，斂眉梢，纖影留照空塘。破帽多情，年來慣歷冰霜。天涯俊游洵美，倚孤篷、無限凄凉。空極目，夢迢迢千里故鄉。

山亭宴 人日集蓮亭之秋雪簃，和沈匏翁

玉盤早韭春初薦，喚提壺、嫩晴池館。彩勝颭雲鬟，看挑菜人歸別岸。青衫添得酒痕新，算佳約、今朝重踐。醉墨快題襟，倚十二闌干遍。　鬧紅冷落鷗波遠，驀回首、採蓮歌斷。雪意釀輕寒，堤柳外、東風似剪。舊游俊侶半天涯謂杖仙、介甫，暗勾起、尊前愁滿。夕照裊吟鞭，綺陌芳塵亂。

勞勛成

字介甫。桐鄉人。官江寧藩倉大使。

甘州 沈匏翁招集蓮亭同賦紀游

記年時結侣漫尋秋，清景太蒼凉。喜闌干重倚，麯塵香暖，十里陂塘。最好盈堤新緑，摇曳幾垂楊。草色裙腰緑，鶯弄輕簧。　一望碧痕無際，被春風吹皺，蕩漾波光。盼田田萬頃，環珮鬥新妝。待花時、嬉煙蕩水，更相宜、添個小吴艭。看歸路、女墻猶剩，一角斜陽。

柳淦

字式如。丹徒人。太學生。有《咏秋軒詞》。

菩薩蠻

東君不管人煩惱，流鶯無數啼春曉。春恨上眉邊，落花飛絮天。　年年芳草緑，惆悵春歸速。獨自奈愁何，黄昏風雨多。

王憲成

字蓉洲。常熟人。官至兵科給事中。著有《桐華仙館詞》一卷。

菩薩蠻洛陽上巳

玉津園裏韶華老，柳花如雪隋堤道。雙燕畫粱飛，相思天一涯。　竹扉青影鎖，雨潑清明火。春暮不歸來，碧桃花亂開。

汪适孫

字亞虞，號又村。錢塘人。候選州同知。有《甲子生夢餘詞》。

七孃子

第三株柳來時記，畫船都把閒愁繫。窄徑相逢，迴廊悄避，一雙蝴蝶知人意。　東風吹過衣香細，斜陽無語花枝倚。金縷鞋邊，玉絲裙底，蘼蕪寸寸銷魂地。

賀聖朝

鈿笙勒住春寒峭，記闌干同靠。除他明月，照儂來去，更誰知道。　天涯有約飛歸棹，說薔薇開了。吳箋雙疊，印文紅押，鴛鴦顛倒。

碧牡丹

畫舸秋江泊。暝樹外，收帆脚。幾點疏燈，隱隱水村山郭。客裏閒愁，算恁生拋却。共潮生，共潮落。　睡難著。埋怨羅衾薄。西風嫩寒先覺。屈指歸程，玉釵已負前約。可奈今宵，更月明如昨。照來同，坐來各。

雙紅豆

住可憐，去可憐，燕子樓臺寒食前，桃花紅接天。　裏湖船，外湖船，祇隔湖堤楊柳煙，緑波平兩邊。

憶少年

新秋天氣，新晴庭院，新凉燈火。甌香沁茶夢，試單衣初可。　花竹琴書風月我，伴今宵漏長同坐。詩成澹無語，有蟲孃低和。

喝火令

頰暈微含醉，眉窩淡掃妝。袖羅風悄夜初凉。何處一枝横笛，吹斷那人腸。　想入爐煙幻，愁和漏滴長。別來如夢説來詳。幾樹梧桐，幾尺小紅墻。幾扇鈿窗臨水，窗外卧鴛鴦。

連理枝

花落鵑啼早，柳暗鶯啼老。玉笛樓頭，玉驄門外，別愁多少。奈一江春水一帆風，更一天斜照。　影也無從抱，夢也無從到。眉瘦山尖，腰寬帶孔，有誰知道。算闌干寸寸繫相思，況相思人靠。

莊縉度

字眉叔。陽湖人。道光十六年進士。官户部主事。

壽樓春星齋以所作《壽樓春》詞見示，即和原詞

聞幽香清宵。鎮芳塘雨歇，蓮葉珠抛。隔著横波畫舫，白鷗誰招。雲態薄，簾絲飄。最愛他、秋聲芭蕉。又玉兔痕纖，銀蟾影瘦，眉意兩邊嬌。　相思遠，貽紅椒。怪牽儂別夢，冷却詩瓢。試訪同心，空谷薜煙蘿潮。愁倚竹，寒瀟瀟。渺翠樓、佳人蘭翹。儘携手花間，飛來一枝青玉簫。

姚斌桐

字秋士。襄平人。道光十六年進士。官兵部主事。有《還初堂詞》一卷。潘季玉序云：『秋士隸漢軍，以進士官中樞。貧且困，不得遷，卒於官。爲人冷雋孤潔，嘗往來於吴越楚黔。其詞沉微悱惻，無世俗温蠖之態。而貧困且不中壽而死。合肥徐懿甫嘗言：「秋士詩慷慨，多幽燕之聲。」而散佚不得見，存世者止此耳。』

國香慢　題清微道人畫蘭

何處湘濱。認清波幾曲，隔斷微雲。誰將兔毫輕寫，現此花身。多少紅蘅碧杜，總輸與、空谷佳人。晴窗静相對，露葉風枝，領遍清芬。　江南南望遠，嘆舊游如夢，春去無痕。仙源路迴，況是解佩殷勤。霜剪輕紈一握，恍認得、楚楚香魂。霜縑自珍重，錦裏晨開，芸餅宵熏。

青玉案　酒醒

秋來怕照潘郎鏡。繁華夢、無留影。百罰深杯拚酩酊。糟邱臺畔，華胥國裏，换個清凉境。　秋深門掩人初定。銀箭丁丁暗中聽。濁酒無情還易醒。爐煙銷炷，殘燈生暈，檐雨絲絲冷。

高錫蕃

字巳生。烏程人。道光十七年舉人。官教諭。

木蘭花慢題《榆樓感舊圖》

渺清溪何處，嘆逝者、水迢迢。恁過眼韶華，春來如綫，春去如潮。河橋那時惜别，黯無言、上却木蘭橈。余赴燕時過柯山話别。尚擬重逢話雨，恁知紅燭難燒。　飄飄。垂柳萬千條。情緒更蕭寥。有吟侶愴懷，素琴絃絶，濁酒杯澆。山腰白雲飛起，故人心、寫不了生綃。試譜招魂一曲，月華伴我吹簫。

滿庭芳同人集余海棠吟館，限調賦秋海棠

弱質煙欹，香心粉嚲，一簾秋翠幢幢。嬋娟幽怨，獨處未成雙。吹過幾番暮雨，唾脂痕、不上紗窗。苔階佇，淚珠如洗，和夢到湘江。　琤瑽還聽取，佩聲來也，訴出愁腔。正寒蛩露咽，瘦蝶風降。記否濃妝沉睡，照深夜、高剔明釭。春歸後，爲君腸斷，空酹酒盈缸。

陳長孺

原名丙綬，字伯章，號秋縠。歸安人。道光十七年拔貢生。有《畫溪漁唱》《紅燭詞》《蕭瑟詞》《寶鈿庵詞》。

憶秦娥 送春曲

春歸急，風風雨雨誰留得。誰留得，芙蓉鏡裏，那時顏色。　天涯幾個同爲客，平蕪目斷傷心碧。傷心碧，斜陽冷處，數聲殘笛。

瑶花慢 風雪客窗，擁爐孤坐，偶拈此解，寒寂頓消

模糊畫本，數點歸鴉，認亂雲堆墨。癡龍睡醒，剛唤起、聽我尊前吹笛。銀燈照處，悵絮粉、淚痕難覓。憑幾番、翠羽飛來，替説瑣窗岑寂。　空懷白石風流，儘寫個、湖天千樹寒碧。騎驢舊興，尋不到、那日灞橋詩客。吟肩瘦矣，但老鶴、仍能相識。記昨宵、夢裏孤山，已探玉梅消息。

鈕福疇

字西農。烏程人。道光十七年拔貢生。官舒城知縣。有《亦有秋齋詞鈔》二卷。

金縷曲 題内子王雲華《白嶽采芝圖》。白嶽在海陽城西，爲新安名勝，與歙之黄山齊名。有桃源洞天，相傳爲邋遢仙飛昇處。雲華在署年餘，厭厭善病。庚子秋病癒，乃事登臨，至白嶽，以爲名山仙境，不虚所聞，流覽忘疲。繪圖紀游，題者甚夥矣。晴窗展卷，譜此題之

爲覓長生訣。問名山、洞天第幾，紅霞一抹。曾記仙人騎白鶴，飛入松濤萬叠。有百歲青猿能説。翠佩銖衣身縹緲，上瑶壇、不響芙蓉屧。濃黛染，露華浥。　雲天雲海排銀闕。看珊珊、飛瓊下拜，雙成參謁。聞説斑龍剛睡熟，摘得靈芝九葉。知不要金丹换骨。付與妝臺清供好，想仙裙、吹皺應留褶。香一路，撲黄雪。

吴嘉洤

字澄之，號清如。吴縣人。道光十八年進士。官户部員外郎、軍機章京。有《蟬前蝶後詞》。

虞美人 贈女郎緑春

芙蓉仙館嬌鶯語，喚起閒愁緒。自開奩鏡掃雙彎，無限惜春心事上眉山。　塵中誰是聽歌者，繫馬章臺下。落花流水不勝情，可惜江南零落庾蘭成。

浣溪沙

一陣歸鴉向晚飛，蒼然暮色到前堤，家家籬落亂煙迷。　人語白雲深樹外，秋心黄葉夕陽西，寒風吹碧下荒溪。

高陽臺 秋柳

幾樹垂堤，兩行拂水，春閨曾致纏綿。能幾回看，滿汀斜鎖寒煙。酒旗歌板都消歇，剩依依、弱態堪憐。最凄然。冷眼繁華，看到今年。　灞橋此日題詩客，更衫痕憔悴，不似從前。閒説攀條，柔情不度溪邊。曉風殘月凄凉地，更何人、解吊屯田。望斜川，敗葉零花，如此江天。

如山

字冠九。滿洲鑲藍旗人。道光十八年進士。官贊善。

黄韻甫云：『冠九同年，能文善畫。與余遇於南昌，依依如舊相識。别後千里馳書，時達誠素。蓋極深於情者。詞亦一往而深，有纏綿不盡之致。』

洞仙歌

錢小南符祚招同嚴問樵、彭小山、孫月坡及小荷、蓮卿兩校書寓齋小集，時予將客撫州，月坡賦詞惜别，予亦繼聲

今番輕别，者銷魂誰語。打疊相思付琴譜。爲春蠶早死，死了還生，絲盡也，應化一星星雨。明知人易妒。不改初心，斷送濃春是歸路。我願作連環，雙綰雙携，但去處，隨伊同去。便海角天涯，又何妨，算浪裏流萍，有風吹聚。

陳其泰

字静卿，號琴齋。海鹽人。道光十九年舉人。官教諭。有《鴻雪詞》。

蝶戀花 拂水山莊

艷福香衣消歇盡，畫舫珠簾，曾過滄桑運。一局殘棋燈易燼，可憐白髮如朝菌。　紅雨埋春飛絮殉，堤畔楊枝，顛頷留風韻。唤起攀條人試問，江南多少蘼蕪恨。

虞美人 宿遷，古下相地，項王故里，祠宇翼然，後殿三楹，美人配焉

亡秦三户含餘憤，子弟江東盡。虞兮一闋最魂銷，留取千年幽怨續離騷。　美人合共英雄死，慷慨重瞳淚。若爲楚舞我爲歌，他日漢宫泣下恨如何。

滿江紅 秋山

秋淡平空，聚佳氣、青山倚郭。畫不盡、翠微煙靄，碧雲叢薄。高士苦吟寒入骨，美人扶病肩如削。拓紗窗、終日卷簾看，誰家閣。　朝不厭，重重崿。暮不厭，深深壑。趁桂林蘿徑，短笻芒屩。石上清泉經雨瀉，門前黄葉隨風落。願諸峰、盡勒雁飛迴，休漂泊。

張　熙

字子和。官知縣。

洞仙歌 病鶴

空山一鶴，問天寒誰共。背立松梢月浮動。算本來消瘦、已到十分，新病起，况復無多清俸。　夜深花不守，花亦相憐，一縷寒香滯幽夢。怯倚小闌干，强自梳翎，也只爲、主人珍重。且莫向、花間避茶煙，恐花底風來，又將寒中。

韋光黻

字連懷，號君綉。長洲人。貢生。

蝶戀花 題戈順卿詞集依緑園諸咏後

幾曲青溪村舍迴，樓閣參差，深鎖春風静。舊種碧桃紅不醒，亂花開得山無影。　有客携樽來選勝，傍柳停橈，獨自披蘿磴。一片閒雲驅夢冷，醉吟又送斜陽暝。依緑園在横塘之范村，余家有荒隴在焉，每春墓祭畢，必往園中暢游。

吴嘉亭

字禮堂。吴縣人。歲貢生。

齊天樂題戈順卿《翠薇花館詞》

碧痕曲護重簾暝，輕陰散成絲雨。絮冷春濃，花深夢窄，喚起吟魂無主。瑶情幾許。拚一寸心香，暗銷蘭炷。箋研烏闌，細研薇露織愁句。　華年暗嗟逝水，東風難繪影，緘恨何處。鏡裏鬟雲，燈前蠟淚，都付紅樓簫譜。宵長月午。怕調轉梅邊，亂英飛舞。寄語雙鬟，漫聲防燕妒。

陳彬華

原名兆元，字元之，號小松。吴縣人。貢生。有《綺玉詞》《瑶碧詞》。

菩薩蠻

蘼蕪小院城東路，弓鞋淺印蒼苔步。虛掩舊房櫳，亂花無數紅。　秋潮江上暮，桃葉蘭橈渡。新燕啄泥香，斷橋流水長。

齊天樂寄朱酉生

年來認遍旗亭路，涼風亂吹枯草。襆被黏塵，征衫漬雨，早把俊游閒了。吟懷醉抱。問幾許琴樽，故園秋曉。舊日鷗盟，暮雲遥憶冷魂悄。　　劉綱仙侣贈荅，翠箋新格子，同寫詞稿。幕隔燈痕，簾圍香氣，消領艷情多少。江南夢好。悵帽影鞭絲，幾番殘照。緑上潮寒，過江歸計早。

憶舊游子鐵取玉田生『斜陽巷陌』詞意繪册誌游，索予倚聲。丙子秋夕，寒焰一星，雨不成寐，新愁舊恨，棖觸萬端，爲譜此解

記衫痕漬酒，扇影招香，往事魂銷。已是傷心别，又秋風吹怨，身世蓬飄。俊游漸多零落，金粉説南朝。嘆襆被聯吟，布帆尋夢，青鬢重搔。　　迢迢。最惆悵，是無數春柔，恨阻江潮。儘有閒情感，只碧雲天末，難遣今宵。甚時夜凉明月，小立聽吹簫。更欹枕愁生，敲窗碎葉燈亂摇。

瑣窗寒九日許蓮友有登高之約，風雨敗興，同人即集其丁卯廬中，談讌達旦，以『滿城風雨近重陽』分韻，予得『滿』字，兼懷吴伊人北道

薄霧欺晴，凉雲礙曉，釀寒還淺。龍山有約，奈是九秋悽惋。買扁舟、楓江路遥，半天滯雨和愁泫。甚閒庭、故種芭蕉，一片商音飄滿。　　人遠。亭長短。料驛路花飛，正多幽怨。長汀衰柳，我亦天涯游倦。趁蕭辰、尊酒故園，鬢絲漸覺霜影换。且傾杯、絮話宵殘，響雜更籌亂。

車伯雅

字少雲。仁和人。貢生。有《酒邊新譜》。

海棠春

曉風微颺簾鈎響，正睡起、錦機閒傍。纖指擘香絨，綉出鴛鴦兩。　落花紅滿苔階上，算春事、暗添怊悵。折得柳條兒，圈作連環樣。

石同福

字叙民，號敦夫。吴縣人。由浙江知縣，歷官廣西梧州府知府。有《瘦竹幽花館詞》三卷。吴枚庵曰：『大旨瓣香竹垞，而小令婉麗，慢詞蘊藉，兼有南北宋之長。』戈順卿曰：『運格於高，取味於雋。』

浣溪紗

清淚無多化海棠，西風總是斷人腸，冷吟閒醉送斜陽。　寒碧一池圍皺水，淡黄幾樹剩垂楊，年來消損對秋光。

洞仙歌

碧湖明鏡，點翠鬟雲動。能得蘭橈幾番共。奈楊花似淚，灑遍秋空。吹不轉、昨夜羅衾殘夢。　故園芳草歇，回首東風。紅豆雙雙甚時種。那不引相思，何苦征帆，著意把、遠人催送。到朝雨輕塵唱陽關，怕松葉、玻璃酒杯先涷。

謁金門

春欲去，無計更留春住。却問春歸歸甚處，落花紅滿路。　回憶俊游舊侶，忍作天涯羈旅。目斷山深深幾許，夕陽江上樹。

南柯子

艷雪飛香徑，愁漪鎖洞門。春陰庭院易黄昏。早是東風吹過，夢無痕。　嫩約空相憶，芳韶剩幾分。一襟幽思倩誰論。知否天涯情味，更銷魂。

河　傳

指與歸路，孤村流水，亂鴉疏樹。炊煙漸暝漸迷離，沿溪數家深掩扉。　吟腰慣是秋來瘦，西風驟，涼意乍來候。酒全醒，夢難成，無情短篷敲雨聲。

嚴 适

字子容。仁和人。

浣溪沙

不飲分明有醉容，個人生小性嬌慵，無聊睡起鬢雲鬆。 鎮日無人庭院静，碧陰如水瀉簾櫳，落花別是一般紅。

好事近

一夜亂蛩聲，添了十分愁緒。争奈芭蕉葉上，又瀟瀟疏雨。 故人兩地苦相思，欲語向誰語。鴻雁不傳遠信，但北來南去。

吳縣潘介繁襄校
仁和徐慶銓編次
平湖張炳堃增訂
錢塘諸可寶校勘
永康胡鳳丹監刊

國朝詞綜續編卷十七

海鹽黄燮清編纂

楊尚觀 十四首
沈彥曾 十首
吳敬義 二首
唐壽蕚 二首
潘曾瑩 十首
潘曾綬 四首
潘曾瑋 四首
管以金 一首
王　漁 一首
王　赤 一首
郭忠訓 一首
褚逢椿 二首
許蘭身 二首
金文淵 一首
金　楷 一首
金　楹 二首
康允吉 一首
宋恭敬 一首
徐睿周 二首
徐士烝 二首

楊尚觀

字改之，號譜香。錢塘人。有《延秋佇月樓詞》。

黄韻甫云：『譜香懷才不遇，習申韓之學，而嗜好殊衆。嘗客海州，買艷載鶴而歸，行囊蕭然也。性酷好飲，醉輒忤俗，每見嫉於豪貴，以此貧益甚。然意興自如，不鬱於境。壬辰冬日，予館西泠，時方嚴寒，譜香過從無虚日。值大雪，邀予泛湖，鑿冰行舟，泊荒亭敗柳間。譜香衣薄寒慄，肌寸寸粟，猶流連不去，填「如此江山」一闋。是夕下榻予齋，作竟夕談。諗其寒甚，衣以敝裘。笑而辭曰：「我鍊此傲骨，好與朔風鬥也。」一日游湖上，聞孤山有哭聲，迹之，則譜香已慟倒小青墓上矣。其牢愁奇恣類如此。後易字改之，然終不能改也。詞亦哀激凄警，讀之令人輒唤奈何。』

垂　楊　秋柳

啼鶯漸老。又暗凋鬢緑，一絲凉早。唤醒煙魂，瘦蘆吹破霜天曉。行人依舊黄塵道，更容易、玉關衰草。待歸時、潭影低回，似去時凄渺。　丰度於今换了。奈梭雨燕驚，集寒鴉惱。幾日銷凝，翠陰門巷西風掃。江湖滿地天涯小，綰幽夢、白蘋紫蓼。任斜陽、不住疏蟬，秋尚好。

高陽臺

撥火通香，移燈讓月，簾波不許風褰。院宇虚明，悄無人在鞦韆。良宵滋味淒凉好，儘消他、苦竹哀絃。奈何天、纔上歡塲，便到愁邊。　春痕化去渾疑夢，問蘭因絮果，説也堪憐。打叠閒情，都來付與吟箋。懺除莫著相思字，怪柔絲、寸寸纏綿。悔從前、慘緑愁紅，一例成煙。

木蘭花慢

高梧剛退暑，乍秋雨、又秋風。向小院追凉，堆籬敗葉，沿砌初蛩。空空。水晶簾子，待良宵界月望玲瓏。衣袂凉沾露氣，桂花低散香叢。　堂東。夜氣冥濛。歌素女，舞金童。算祇應天上，霓裳按譜，一曲纔終。珠宫。步虚聲遠隔芙蓉，似有路斜通。驚醒游仙夢好，綺寮遞過疏鐘。

西湖月 七月既望，吴子述、黄韻珊、許芷卿夜游湖上，各拈是解

青山四面迴環，抱一鑑空明，更無塵撲。畫樓高下，沙堤近遠，六橋三竺。櫓聲鷗夢醒，又泛泛、荷花深處宿。算此際、真在冰壺，風露滿身如沐。　坐深漸覺天低，恍素女調絲，羽仙

吹竹。好良宵也，嚴城漏緊，上方鐘肅。清暉應肯駐，試再閏鷄籌看未足。更還要、雲外潛吹，桂輪香簇。

霓裳中序第一 瑞安東山晚眺，思鄉懷友，依清真體韻

遥峰晚翠叠。冷逼亭皋辭瘦葉。愁與機絲並結。正舞燕避霜，來鴻奔月。蘆花起雪。料擣衣樓上搜篋。歸期阻，旅懷未省，待倩素琴説。　幽絶。寒流嗚咽。送遠影孤帆漸滅。江干誰解賦别。記俊語題瓊，綺情留玦。補餘天更缺。又幾弄關山怨闋。低回處，暗蛩凄斷，唤醒粉黄蝶。

垂　楊 依陳君衡韻

棲烏唤覺，正麗譙響急，月斜燈小。滿地霜華，酒旗風定荒村悄。紅塵遮斷來時道，但煙樹、幾行深窈。翠樓人、應念關山，奈夢情偏少。　惆悵青青换了。看金縷絮空，玉蛾絲嫋。怨笛休吹，可憐幽緒無分曉。長亭一路清陰掃，只留得、纖魂縹緲。殘蟬縱勸人歸，秋又老。

南　浦 秋水，依玉田春水體韻

殘月宿蘆花，倚篷窗、領取鏡霜迎曉。鄉夢白鷗邊，商飈起、吹捲疏萍如掃。沙清岸遠，洞

庭波落吴江小。深溯蒹葭人不見，一片大堤衰草。　於今空憶西湖，把蒓香藕嫩，閒吟過了。誰唱采芙蓉，寒塘外、鴻雁幾時纔到。荒灣古渡，載愁來去河聲悄。曾向宫溝流怨葉，中有淚痕多少。

探芳訊 弁陽翁韻

送清晝。更絮語吹蘭，芳華中酒。看煙蕪生處，新愁又如舊。桃花應被斜陽笑，春向東風瘦。認重門，故燕棲梁，暮鴉啼甃。　光景逝波驟。見初日沉江，斷雲横岫。倚笛臨風，關山繫情否。翠樓慵説凝妝上，鏡裏飛蓬首。甚閒情，更向章臺問柳。

鎖窗寒 春寒特甚，羈懷尠歡，漫賦此解

細雨妨春，窮陰護冷，試燈初過。花風信杳，凍了玉梅花朵。料深閨、熏籠更温，鬢雲未貼釵梁嚲。怕誤他、燕子歸來，難認舊巢塵鎖。　寒破。清明火。待鬧上枝頭，翠紅停妥。明桃暗柳，作暝暄晴都可。遍蘇堤、驕馬綉車，踏青素約偏誤我。記年時、載酒尋芳，共客招輕舸。

霜葉飛寒花，依玉田悼吴立齋體韻

破窗纔有新凉入去，蟲聲啼亂衰草。滿叢小朵綴疏籬，對冷煙幽抱。且莫問、凄昏怨曉。鏡霜容易飄零早。看粉妝啼處，又倩影魂離，幾曾窺見含笑。　一樣萬紫千紅，更無人賞，眼前都是斜照。女兒心性未分明，帶綺愁多少。怕片刻、西風送老。墻陰還剩青苔到。認院宇依稀，十二湘簾，黯然垂了。

慶春宫閨情

斜檻欹茵，空簾黏絮，曉窗怕聽啼鵑。帳掩餘情，衾留好夢，怎生封寄郎邊。粉痕銷淚，厭梳掠、鬟雲半偏。多嫌明鏡，偷照顰眉，還待閒眠。　歸期比燕誰先。休負韶光，紫姹紅嫣。絲雨樓臺，翦風門巷，總成無奈何天。水流花謝，漫贏得、芳心自憐。從來春去，都不相關，争似今年。

洞仙歌

闌干幾曲，在斜陽紅處。畫取天然斷腸句。待清明過了，未準登程，還怕是、燕約鶯期又誤。　可憐春正好，若到春深，纔解傷春便遲暮。問訊幾番風，楊柳桃花，都變作、緑成陰樹。況極目天涯草如煙，又杜宇聲聲，不如歸去。

臨江仙

最是五更殘月墜，起來天氣微涼。水邊亭子藕花香，翠盤擎露重，葉葉覆鴛鴦。　初日漸生猶未暑，與誰同此清光。高樓有夢落橫塘。采蓮人未醒，小艇繫垂楊。

南鄉子

清露下横塘，荷葉荷花各自香。三十六雙同命鳥，鴛鴦。消受湖波瑟瑟涼。　煙柳畫微茫，便不秋來也斷腸。蘭槳一枝帆一片，愁鄉。沿路風蟬送夕陽。

沈彦曾

字士美，號蘭如。長洲人。諸生。有《蘭素詞》。

王井叔云：『蘭如少負殊稟，精研四聲二十八調，又性喜游歷，煙晨月夕，輒以宋人樂府傳之，循節揚聲，動諧律吕。』黄韻甫云：『士美於癸巳秋日與予遇於西泠，同人讌集湖上，歌女陳姍姍，琵琶侑酒，忽忽如前日事。今士美已歸道山，而姍姍亦飄零失所矣。其《蘭素詞》遺稿，由順卿寄示，神清意遠，字字合律。舊游長別，録之如見故人。』

月下笛題許蓮友《白堤話別圖》

秋老津亭，涼生堠館，鼓聲催疊。家山勝絶，畫圖偏又驚别。衡陽雁影知多少，想有客、高樓倚月。更無聊欹枕，初回遠夢，夜燈明滅。　重説。年時節。記釣艇逢時，鷺鷗盟結。陽關唱徹，可憐風景蕭屑。清游莫忘歸來早，怕舊日吟壇漸歇。況嫩柳短長條，堤畔青青盼切。

瑞鶴仙月夜登葛嶺

萬峰凝望極。正瘦蟾吹上，松篁蕭瑟。危梯倚苔石。記平章燈火，半閒秋蟀，軍書漫惜。但逍遥湖山半壁。恁當年、秘印葫蘆，付與暗塵深積。　空憶。丹臺人遠，樂譜瑶天，更誰聽得。龍沙路隔，魂夢去杳難覓。問杜鵑聲裏，杭州新曲，可似銀箏鈿笛。黯春痕、依舊梅花，斷堤夜寂。

高陽臺戊寅試燈後三日，偕蔣濟懷、曹艮甫、朱西生來游湖上，於時寒雨初霽，微雪間作，湖樓吟眺，清寂殊甚，分用宋人西湖詞韻，余得玉田

側帽欹風，支篷聽雪，琴裝移上湖船。莫是嬉春，匆匆换了芳年。吹簫艇子飄燈箔，憶前塵、事事生憐。恁蕭然，襆被重來，絲鬢如煙。　水莊清況誰消得，有龕鐘隔岸，漁火平川。

問訊垂楊，甚時緑過橋邊。梅花淺笑圓孤夢，怕高寒、易醒愁眠。且鈎簾，霽後溪山，未有啼鵑。

又 留別西湖

酒市哦詩，僧廬話雨，西泠十日流連。能幾番游，無端飛絮漫天。家園不少傷春地，過江來、春亦堪憐。最凄然。畫舫笙歌，零落年年。　吴門倦客將歸去，便閒携蠟屐，緩控吟鞭。更待何時，重尋山水因緣。回頭長短旗亭路，倚斜陽、別恨如煙。盼湖邊，羨殺閒鷗，冷抱波眠。

浪淘沙 秦淮水榭，和戈順卿韻

柳暈碧於紗，簾外輕遮。蘭燈初上月初斜。花影隔墻曾一見，不似盧家。　水夕又昏鴉，倦聽琵琶。沈郎絲鬢未全華。已覺秋心容易碎，何況天涯。

綺羅香 錢塘某氏子，年十六，悦鄰家女，各以白頭自矢，繼爲父母弗許，潛約並縊一所，遂合葬之，以終其志，人呼爲鴛鴦冢，作詞吊之

散麝房虛，埋香徑小，中有雙魂凄楚。悟得曇雲，化作怨情千縷。好盼郎、竹馬頻來，空照

妾、鏡鸞慵舞。懺相思、暮暮朝朝，幾重芳草瘦如許。　幽宫休更怨咽，定有鴛鴦飛到，春風前度。片石苔痕，綉出舊時眉嫵。澆絮酒、未暖斜陽，護花鈴、暗銷絲雨。但重尋、一樹棠梨，杜鵑啼最苦。

齊天樂 宿韜光寺

看山看竹深無路，陰陰四圍濃緑。雨氣侵衣，泉聲引屐，中有三椽茅屋。登高望獨，指一綫湖光，卸迴帆幅。夕起天風，半空鐘磬墮林谷。　閒來探勝自往，怪松梢野鶴，相見都熟。虚影籠燈，輕塵掃榻，好與閒雲同宿。前緣夢續。想昨夜霜飛，半林紅足。欲問蒼猿，素書容借讀。

露　華 葛嶺聞蟋蟀聲，凄惻無限，感賦此解

又逢凉夕，認故園草長，廢緑煙收。頹垣敗砌，絮蛩先解工愁。爲問半閒遺事罷，笙歌商略吟秋。喧笑語，蛾眉鬥寵，催下妝樓。　惆悵滿園蒼翠，嘆扇影釵光，一霎都休。兒童未解，漫尋淺露衣兜。似諷蠻天迢遞，更何如、曲唱杭州。人定後，聲隨亂螢四流。

清平樂 辛巳花朝濬州山館作

冶桃開了，陌上生芳草。纔放嫩晴天氣好，休説尋春還早。　今年客裏花朝，匆匆詩酒都抛。生怕緑肥紅瘦，玉驄歸也無聊。

西湖月 湖樓感賦，用戈順卿見懷韻

新年乍試蘭燈，早雪點衫輕，雨飛帆濕。水仙祠冷，錢王廟古，鷺鷗重覓。柳絲吹不斷，莫瘦鬢疏疏愁共織。儘眼底、緑膩紅嬌，只道過江春色。　相思悵望何時，記月地雲階，斷無消息。鏡臺寒淺，琴裝夢遠，想同幽寂。幾番風信换，怕舊地濃陰都化碧。料應盼、新燕重來，暗窺簾隙。

吴敬義

字恬菴，號薇客。仁和人。道光二十年進士。官詹事府贊善。

黄韻甫云：『宫贊與予爲同年友，品學粹然，詩文皆以藴藉勝，詞獨豪邁近蘇辛，顧所作不多，兹從家菊人孝廉處録寄若干首，皆少年筆也。』

大江東去　陶侃運甓

中原一望，正漫天烽火，驚心鼙鼓。擊筑投壺安樂甚，不道官家如許。抱甕生涯，拊膺時事，刺史蓮花府。指根成鐵，他年來挽强弩。　不奈滿目凄凉，江山半壁，眼見成灰土。一慟將軍投甓起，有日黄金鑄汝。畫角聲中，運船百戰，横塞欃鎗路。杜弢陳敏，可憐若輩如鼠。

金縷曲　謝安圍棋

金鼓連天響。甚匆匆、鸛鵝兩陣，烽煙十丈。一笑携枰來賭墅，容我東山疏放。更莫問干戈擾攘。兒輩英雄堪破敵，問先生屐齒如何樣。應未免，涉名想。　可憐滿目煙塵障。待何時、重收覆轍，江山無恙。太息長安渾似弈，雙劫轆轤來往。奈老去白袍飛將。四海蒼生都額手，算中原大局資屏障。絲與竹，謾陶養。

唐壽萼

字蕙伯。吴江人。有《緑語樓倚聲》。

玲瓏四犯 雨夜無寐，憶丙戌之歲，同虞堂山塘餞春，聽雨畫船，踏月山寺，撫今感昔，黯然傷懷，效白石翁體賦此

春水緑去波，夜船紅燭，相思今夕何夕。夢衾尋斷雨，醒枕留殘月。誰家水窗横笛。攪離愁、寸腸堆積。梁燕頻驚，鄰鷄再唱，風露曉天闊。　滄浪櫂歌徐發。念五湖人遠，襖靄空碧。流年詩鬢改，舊院繁華歇。杜郎自是尋芳晚，謾贏得、啼痕狼籍。休怨别，判相見、此情難説。

翠樓吟 緑荷花

荇帶輪藍，蘋衣讓蒨，亭亭玉清仙子。翠奩空照影，正十斛涼珠初賜。高華無比。訝瑟瑟江心，愔愔秋思。凌波未。含情還妒，石家姝麗。　此際。聞有扁舟，擁煙簑雨笠，念伊顦顇。櫂歌人不見，但摇盪、碧陰三里。流光如水，話螺黛春痕，鳳雛年紀。西風裏。斷魂誰吊，一尊浮蟻。

潘曾瑩

字惺齋。吴縣人。道光二十一年進士。現官吏部侍郎。有《鷴鵠簾櫳詞》二卷、《小鷗波

館詞》二卷。

斌笠耕云：『惺齋詞雅麗婉約，得秦柳之神，有姜張之韻。』黄韻甫云：『侍郎詞如曉霞媚樹、春水浮花，極幽艷盪漾之致。』

浣溪紗 題朱酉生《黛湖畫卷》

渺渺平林澹澹煙，鷺鷥飛下夕陽天，一竿秋影黛湖邊。　片雨白迷魚榜外，一燈紅到蟹簾前，冷雲將夢過前灘。

又 山塘晚歸

一隊鴛鴦照影明，秋風吹送畫船輕，晚凉水閣護紅燈。　紈扇風來香綽約，羅衣月上影娉婷，桂花濃處玉簫聲。

齊天樂 季秋將同内子北上，作《秋風畫舫圖》，並題

鞭絲乍拂春風裹，鄉園又驚秋老。細雨飄愁，寒煙織暝，此際别懷縈繞。重陽近了。早背却黄花，悄移吟棹。一霎風帆，匆匆那管鷺鷗笑。　安排鏡奩書篋，料長亭短堠，新句多少。幾點寒鴉，一繩歸雁，紅殺者邊斜照。西風料峭。更江上秋潮，催人去早。燈影蘆花，夜凉清夢攪。

暗香暮泊維揚，煙景蕭瑟，寄懷西生、閏生、順卿諸君

暮帆煙濕，指緑楊城郭，斷雲凝碧。廿四畫橋，多少西風作寒色。一片蘼蕪慘緑，又誰問、玉鈎遺迹。驀記得、十里香塵，春影綉簾側。　人寂。愁暗積。更枯樹亂鴉，作成蕭瑟。夢涼古驛，杜牧年來倦游歷。望裏青山何處，早盼斷、雁鴻消息。但訴與、明月下，一聲長笛。

疏影緑陰

湘雲一碧，正幾番雨過，苔徑微濕。覓覓尋尋，冷冷清清，愔愔乍逗簾額。梧桐院落秋如水，漸作弄、西窗蕭瑟。記那時、紫雪飄香，閒倚玉闌吹笛。　留取殘紅數點，畫圖彷彿處，清露微滴。澹寫波痕，濃約煙痕，一帶涼痕疏密。翠箋曾賦相思句，早盼到、夕陽消息。料夜深、月影玲瓏，篩滿畫羅衫褶。

望湘人題葉小庚《本事詞》後

記紅珠帳暖，紫玉釵横，畫中誰認眉嫵。團扇新聲，雲藍小字，別有深情幾許。唤起香魂，梨花春影，佩環何處。又怎知、月冷風尖，换了天涯凄楚。　多少翠嬌紅妒。乍低回往事，細裁箋素。定賭唱雙鬟，贏取玉樓箏語。鴛屏燭黯，蝶綃粉膩，莫問櫻桃窗户。嘆一例、乳燕

雛鶯，都付斷腸詞句。

擣練子

煙漾緑，雨霏紅，好鳥聲聲隔畫櫳。却怪芳園春太懶，柳眠花睡夕陽中。

惜餘春慢

翠羽嬌啼，紅襟絮語，换了緑陰庭院。一年春色，幾處春光，剩有春情難遣。驀見江堤絮飛，織暝摇晴，作成凄眷。更多情、一縷游絲，要把春風闌轉。　可惜是、樹上殘紅，送春歸去，勾起玉樓人怨。澹黄落日，淺碧微波，約住輕陰片片。料得花陰夢回，一種傷春，黛蛾慵展。靠闌干、極目天涯，萬種閒愁誰管。

沁園春 蘆花，同查岑華御史元偁作

黯黯茫茫，槭槭騷騷，西風乍吹。正一方秋水，冷雲鋪遍，半彎晴雪，澹月來遲。葉葉摇涼，枝枝織暝，閒殺前灘白鷺鷥。聞柔櫓，覓孤篷不見，略見帆移。　無端飛絮差池，有旅客搔頭感鬢絲。記柳綿春晚，慣添離緒，蓼叢秋老，同惹愁思。人外蕭寥，畫中點綴，占得煙波讓釣師。江南好，夢太湖千頃，肯負鷗期。

浣溪紗《柳堤秋泛圖》

一樹垂楊淺淺遮，渡頭閒殺小漁娃，半湖煙雨半湖花。　三十六陂秋色好，亂蟬聲裏夕陽斜，水天凉到鷺鷥家。

潘曾綬

字紱庭。吴縣人。道光二十年舉人。現官内閣侍讀。有《秋碧詞》《睡香花室詞》。

本蘭花慢夕陽

向疏林缺處，早畫出、十分秋。偏寸寸移來，漸迷墻角，閒到簾鉤。相望故人正遠，恨斷霞飛盡不能留。鵶背翻成寒意，雁聲催起鄉愁。　登樓。不敢記前游。千里暮煙浮。更幾叠峰巒，幾重臺榭，曾與費冥搜。畫橋緑波欲濕，近黄昏，歸夢又扁舟。曲折闌干倚遍，累他一晌凝眸。

高陽臺題順之兄《秋山行李圖》

驢背尋詩，雁聲催夢，未知秋在誰家。無數離愁，可憐人瘦於花。六朝勝迹今何在，對青山、便隔天涯。最關情，禪榻茶煙，閒却韶華。　軒窗枕水涼如許，傍修篁碎蘚，老屋欹斜。行色匆匆，空教孤負煙霞。名心冷澹秋心碎，寄相思、疏柳啼鴉。更無聊，江店孤燈，山驛寒笳。

浣溪紗

背倚妝臺懶畫眉，緑陰如水雨如絲，新愁衹許侍兒知。　刺綉餘閒兼寫韻，挑燈近課是吟詩，小樓春到賣花時。

慶清朝 題《秋柳鳴蟬》扇面

斜拂危檣，低垂斷浦，絲絲秋影荒寒。風肥月瘦，作成離緒年年。衫上那時被酒，而今换得淚痕鮮。旗亭路，殘聲曳去，秋也堪憐。　回憶艷游甚處，嘆舊家亭沼，冷落疏煙。星星鬢老，銷魂春夢無邊。只有晚蟬自語，玲瓏窗户夕陽天。休忘了，舊情縷縷，同倚闌干。

潘曾瑋

字季玉。吴縣人。現官刑部郎中。有《玉洤詞》。

連理枝

不是驚秋早，不是悲秋老。只恨秋風，送來愁緒，年年多少。算還如落葉滿空階，一般兒難掃。　秋至人難到，秋去人猶杳。庭院深深，簾櫳寂寂，此情誰曉。問天涯消息幾時歸，盼月鈎圓了。

浣溪紗　題胡駿聲畫梨花士女團扇

寂寞春人倚畫樓，羅帷閒挂小銀鈎，冷香吹上玉搔頭。　花影如雲剛夢醒，月華似水有波流，夜凉無睡不勝愁。

洞仙歌　新葉

早春時節，説青青還淺。幾日迎風便輕展。漸林梢、寫出冉冉煙痕，猶未到、一徑凉陰吹遍。　薄寒仍耐否，小雨剛晴，不受纖塵更葱蒨。嫩緑正垂檐，已許藏鶯，嬌軟處、游絲偏罥。但隔著、斜陽半邊紅，怪不把新愁路來遮斷。

憶王孫

疏蟬聲裏一絲秋，不到西風先是愁。錦色華年如水流。恨悠悠，月照黄昏人倚樓。

管以金

字夢笙。歸安人。

乳燕飛 碧瀾堂

墨榜輕含露。醮晴波、天教占得，霅溪佳處。雙燕多情還掠剪，飛到風梁月柱。愛柳色年年如故。落日平堤移短艇，只時聽笛唱翻漁譜。思往事，有誰語。　水嬉聞道誇歌舞。記尋芳、緑陰青子，已傷遲暮。説著前歡渾一夢，詞客幾番來去。再休問舊時眉嫵。歌管樓臺都寂寞，剩蘇潭冷月留人住。凝望眼，空懷古。

王　漁

字二樵。烏程人。

買陂塘 梅雨滌暑，荷風送涼，同人鼓棹夾山漾，勾留竟日，觴咏極歡，各譜新聲，以紀其事

正瀟瀟、初過梅雨，陂塘新漲三尺。招要詞客同探勝，棹入菰蘆深碧。煩暑滌。愛夾岸山巒，飛翠分南北。新荷冪歷。聽隔浦歌來，有人蕩槳，小艇載花出。

拚流覽，不厭篷窗促膝。詩情畫意收拾。無端棖觸前塵夢，何處數聲風笛。乙亥冬同楊丈秋室過此看紅葉，今丈已下世。重曳屐，對清遠晶宮，暫遣離愁釋。閒游難得。看塔影崚嶒，湖光瀲灩，白鷺一拳立。

王　赤

字桐嶧。烏程人。

南樓令 題《榆樓感舊圖》

相送木蘭舟，匆匆又一秋。記篝燈共話榆樓。此日黄公壚畔過，空悵望，緑陰稠。　雲散與風流，凄然憶舊游。幸長箋短札還留。余將惠書裝成一册。孤負柯山聽雨約，燒絳燭，不勝愁。

郭忠訓

字古畬。昭文人。諸生。有《蘭茗館集》，附詞。

菩薩蠻 初夏

垂垂簾幕初長景，落花飛絮全無影。雲外緑成帷，好春何處歸。　簟塵凝積久，欲拂愁攜帚。誰更下階來，櫻桃空自開。

褚逢椿

字錫庚，號仙根。長洲人。諸生。有《午月樓詞》一卷。

徵招 鷗隱園池上早秋觀荷

亂紅留待聽殘雨，亭亭碧雲環砌。小徑引回廊，憶嬉春煙霽。畫闌人静倚。又添了、吟商情思。玉佩飄香，金杯勸影，晚凉風起。　煙際片鷗飛，蘋漠漠、横塘舊游曾記。一樣露華秋，少翠裳羅袂。淩波人到未，笑詩鬢、蕭寒如此。明月下、佳約吹簫問，冷痕誰寄。

好事近 道光辛巳季冬五日，集朱酉生齋中，主人出女兒酒飲客。憶酉生游山陰，倏已十年，中年絲竹，各無好懷。適艮甫下第南歸，今復將之泰州，同人亦多淪落不偶。酒酣寄慨，率填此解

殘臘啓芳筵，玉盞滿浮紅珀。偏道今宵須醉，是越溪春色。　還憐同作嫁衣裳，携尊意蕭瑟。待問畫眉深淺，奈粉郎天隔。

許蘭身

字芷卿。仁和人。諸生。有《蕉石軒詞》二卷。

浣溪紗

淺畫蛾眉澹欲仙，素馨花重鬢雲偏，曉妝纔罷又思眠。　酒後心情嫌我怯，病餘意態要人憐，昨宵殘夢落誰邊。

齊天樂 雨霽，東園晚眺，約譜香笛樓同賦

石闌一帶溪流水，溪邊翠勻蘋藻。喚酒虛村，評花小市，誰共漁樵。終老垂楊瘦了。想半

恨斜陽，半愁衰草。回首南朝，故宫何處付憑吊。　清游正逢雨後，豆籬和菜圃，幽境都妙。春月鵑聲，秋風雁字，併作銷魂詞稿。凉生樹杪。聽敲斷疏鐘，野僧歸早。又是昏黄，晚炊煙自裊。

金文淵

字小覺。吴江人。浙江候補知縣。有《笑吟軒稿》，附詞一卷。

生查子

深坐下疏簾，簾外芭蕉雨。一滴一聲秋，不管離人苦。　底用怨殘更，歸夢無尋處。蟋蟀未知愁，絮絮空階語。

金　楷

字以莊，號露香。仁和人。太學生。有《聽松樓詞鈔》。

踏莎行 和梅玉屏先生韻

午夢初回，春愁仍駐。相思没個安排處。玉簫吹落隔簾花，送愁不去將春去。　紅滿蜂房，翠迷蝶路。燕兒也作傷春語。東風偏不解人愁，一天飛絮濛濛雨。

金睿楹

字覺庭，號柘雨。仁和人。有《味蘭琴趣》。

浣溪紗

鬆髻横釵浴後妝，白荷花滿小池塘，迎凉坐近水邊窗。　月上漸過麋緑竹，琴餘添爇鷓班香，昨宵殘夢費思量。

憶少年

一尊濁酒，一窗殘雪，一燈深院。鎖寒有誰共，念天涯人遠。　紅焰爐灰釵劃遍，數歸鴻、又添離怨。尋思且抛却，奈夢中仍見。

康允吉

原名葉封，號子蘭。仁和人。歲貢生。有《薰可軒詩存》，附詞。

綺羅香　題江蘭圃《蓮鄉感舊圖》

菰葉吹凉，柳陰載酒，一舸曾游鏡裏。灼灼花房，襯出雲鬟緑膩。算只有、西子移家，定未許、鄂君同被。恁禁他、水佩風裳，嫣然流笑暗香起。　重來風景不減，那解愁懷脉脉，莶緘誰寄。第二橋邊，舊日翠門深閉。渾不管、藕孔多絲，生怕是、露珠垂淚。問煙波、住慣鴛鴦，個人曾見幾。

宋恭敬

字勝吉，號惺甫。桐鄉人，居盛澤鎮。有《拜石齋詞》一卷。

菩薩蠻

層層遠樹青如薺，殘霞天際紅於綺。一晌好斜陽，樓頭人斷腸。　無言空有淚，樓下長流水。過盡錦鱗魚，曾無尺素書。

徐睿周

字商卿，號東籬。荆溪人。諸生。有《籬角閒吟》。

霓裳中序第一

迴文錦細織。萬縷情絲和淚擲。顛倒鴛鴦字迹。記那日晝簾，個儂吹笛。歡多轉慼。却爲伊、無限憐惜。雲行處，楚天夢遠，縹緲暮山碧。　　沉寂。一燈寒逼。問何事、生花報吉。鱗鴻如有信息。便好語相寬，新愁愈窄。妾心猶是昔。怕鏡裏、朱顏減色。從今後，支機一片，也化望夫石。

高陽臺 絮影

晴雪團風，輕煙弄暝，漢宮攪散春魂。院落濛濛，晝陰虛度長門。甚時撲帳窺鸞鏡，但迷離、細認啼痕。悄難憑，暗逐游絲，輕漾湘紋。　　依依張緒添霜鬢，便逢白眼，偏趁紅塵。夢影依微，硯邊誰與傳神。六朝依舊斜陽裏，蕩空江、不見桃根。最堪憐，纔化新萍，又逐行雲。

徐士烝

字嗣根，號祖香。荆溪人。監生。有《息庵詞》。

高陽臺

雪謝荼蘼，香飄杜若，者番花事將闌。倚遍紅樓，好春尤覺堪憐。關情只有雙飛燕，戀殘英、猶自蹁躚。漫消凝，幾樹垂楊，幾曲闌干。　佳期空費前宵夢，盼伊人消息，杳隔重山。記得燈昏，綠窗同話春寒。無端吹作天涯絮，念萍蹤、甚日吹圓。驀驚心，纖月窺簾，誤認眉彎。

蝶戀花

挑菜人歸芳草碧。放下湘簾，隔住尋香蝶。飄瞥紅絲開夜合，驚心枝上先啼鴂。　聽到窗前涼雨歇。無計留春，怕問春消息。燕子不來門巷寂，空餘滿地楊花雪。

吴縣潘介繁襄校
仁和徐慶銓編次
平湖張炳堃增訂
錢塘諸可寶校勘
永康胡鳳丹監刊

國朝詞綜續編卷十八

海鹽黄燮清編纂

張金鏞

字海門。平湖人。道光二十一年進士。官編修。有《绛跗山館詞録》。

黄韻甫曰:『余與海門鄉社密邇,論詞尤有神契,顧以羈宦睽隔,絶少倡酬。其詞清微窅眇,矜鍊之極,歸於自然。蓋於此事積畢生之力爲之,所解悟深也。王少鶴農部比之清真、中仙,殆非虚語。原稿篇什繁富,故兹集收録特多。』

菩薩蠻

絲絲夢颭星星雨,冷鶯愛學傷心語。似説去年闌,今年人影單。　峭寒渾未減,雲釀春愁釅。蝴蝶坐儂衣,茜痕雙袖低。

暗香

梅花煙舍,爲先大父纂《梅花詩話》處,階前舊有梅十數本。大父逝世十年,寒枝無復春矣。甲申冬,補栽緑萼二株,嫩枝初試,暗香已盈。用白石韻以紀,不勝客兒述德之思也

證空即色。嘆小窗韻杳,當時銅笛。數點乍開,弱蕾盈盈恐人摘。重按山中舊譜,渾難續、高寒吟筆。尚剩得、一片宫商,哀響溢芳席。遺集存《鶴厂詞》一卷。　香國。夜正寂。甚

夢裏雪去痕，到曉還積。玉去人暗泣。呼起詩魂道相憶。依約疏闌斷礎，偏換了、煙青苔碧。問此際、飄渺想，有誰悟得。

疏影 前題，用白石韻

冰絃喚玉。把夢中翠羽，驚起雙宿。一縷清愁，拋入東風，飛來又繞湘竹。凄凉路絶瑶空久，漫再問、山南山北。倩曉雲、暫作輕綃，與護小亭幽獨。　惆悵塵凝蠹笥，瘦蟫縱未死，叢簡凋緑。檻外籬邊，病鶴逡巡，尚認香中茅屋。坡仙笠屐今何處，更莫唱、大江詞曲。倘舊時、殘月能明，替寫折枝圖幅。

翠樓吟 宋宫人餞汪水雲處

翠軫彈哀，黄絁懺夢，冰絲切切空訴。家山翻恨曲，又攙入、歸鴻凄譜。漂零歌舞。剩比色寒雅，多情鸚鵡。銀尊舉。肯辭霑醉，鬢霜如許。　是處。明月離宫，記紫錢朱絡，舊經行路。玉闌荒莫蘚，嘆不平見、懸香秋樹。金銅仙去，但目極蕪煙，淚花霏雨。離懷苦。五雲紅斷，照人酸楚。

浪淘沙 出居庸關馬上作

病騎蹋層巒，馬足雲蟠。北風五月撲茸衫。今日霜林紅葉盡，一倍衣單。長句讀遺山，俯仰悲嘆。上頭詩在續應難。况有填詞朱秀水，鐵板敲寒。

金縷曲 顧晴芬先生請急旋里，朱虹舫先生繪《潞河送別圖》贈行，命題此詞

帆影斜陽駐。滿征輪、隨身藥裹，賜書無數。卅載朝衫爐香染，鼇背高寒如許。奈潘鬢新添霜縷。公新有黄門之悼。我自梁鴻溪邊至，盼公歸、帶得雙鷗語。水楊柳，卷殘絮。故鄉畫裏柴門路。有青青、九龍山色，蜿蜒窗户。一艇瓜皮人三兩，小約煙波儔侣。署箬笠簑衣盟主。金碧觚棱彤廷曉，卧滄江、忽憶新年酺。未敢下，鲙鱸箸。

齊天樂 黄韻珊《帝女花》院本紀故明長平公主事，刊成見寄，輒書卷端

銅駝石馬淒涼意，滄桑頓驚如許。鶴市煙甦，鸞臺鏡返，重訂月邊簫譜。仙音誰獻法曲，聽哀彈宛轉，疑對張女。愁顰怨緒。剩九死芳心，淚摻花雨。掩抑悲歡，十三陵上黯雲樹。粉泫巾紅，香煎篆碧，字字並成酸楚。秦樓鳳侣。只冷玉深薶，羽衣黄土。草翳秋墳，瘦鵑闌夜語。

金縷曲 沈遠亭丈自津門來，相見京邸，出示《香草溪詞》屬題

細數真珠字。算弓衣、綉殘黑蝶，繼聲惟此。《黑蝶詞》，同里沈岸登著。君其族孫也。病酒愁春渾如夢，飄入曉雲無際。只合倩洞簫吹起。莫雨瀟瀟吴孃曲，道而今、聽到孤篷底。千萬感，且休矣。　當筵幾點琵琶淚。認漬痕、誰深誰淺，各憐顦顇。宦海名場都摇落，付與斷霞秋水。但贏得冷吟閒醉。花謝鸚湖詞人盡胡瘦山、錢蘙庵、屈韜園諸先生相繼游道山，剩舊歡如影燈前墜。且莫把，紫琴碎。

憶舊游 重過影梅夢鶴山房，簾櫳如故，燕子新來，低徊墜歡，頗感今昔，述此索同游諸子和

甚芙蓉曲榭，薜荔疏闌，驀地重經。略記湘簾畔，乍隃麋小試，學寫黄庭。長憐病身如葉，飄墮曉風輕。只一曲凝雲，繞梁幾日，猶剩歌聲。　漚盟，漸消歇，便更續芳游，難喚青青。過了春時節，儘梅邊吹笛，斷韻愁聽。舊尊怕成新醉，酒夢總零星。有前度冰蟾，依依照客今夜明。

賣花聲　香㬈蕙爐

絲雨畫闌前，鶯唤春眠。羅衣曉怯换輕綿。寒勒海棠花一樹，不放紅嫣。

煙，鏡側琴邊。憐伊生小愛詩篇。艷體西崑三十六，自寫鸞箋。

沁園春書《生香館詞》

誰檢焚餘，碎錦零璣，殘紈剩箋。想翠珉鎸恨，病深秋後，紅絲綉影，人瘦春前。綫篋愁封，脂奩淚洗，鏡裏螺紋淡作煙。傷心極，只墨花幾點，百樣凄妍。　月憔雲悴年年，奈金殿名香五夜煎。嘆銖衣化蝶，蝶飛芳土，瑶琴瘞處，鵑吊荒阡。割漆情懷，熬膏身世，一例蛾眉倍可憐。婆嬋泣，正斷腸花吐，怨入哀絃。

憶舊游博陵署齋與友人話塞上舊游

記龍堆臘盡，雁磧年初，猶戀茸氈。狎獵征旗底，又黄鶯唤夢，減了春寒。最宜試燈風裏，銀樹照檀欒。正紫暈邊雲，青蘇戍草，偷控雕鞍。　尊前。鎮相憶，是玉指搓絃，珠走瑶槃。掌上盈盈意，似華鬘纔現，好月將圓。緑驄易催人别，星斗夜闌干。便北地重游，燕支恨染紅已殘。

高陽臺素月流魄，桐陰夕涼，瑟居尠歡，不能無秋士之感，作詩非必此詩，益覺予懷渺渺矣

澹影成秋，遥情入暝，夜涼還佇伊人。夢境零星，而今夢也無痕。小紅樓角當時月，減清

輝、依舊孤輪。轉虛廊，風露先淒，何况黄昏。　木犀香悟三生果，奈六根除凈，未剗愁根。墜葉能飛，寄將別緒平分。瑶天渺渺靈修怨，記前悰、如雨如雲。儘裴回，一帶疏陰，悄倚吟魂。

邁陂塘丙申小除夕，過楊酉麓聽潮山館，命酒論詞，殊慰契闊，並出《餞鞠圖册》索題，怊悵秋緒，低徊昔游，賦此以贈，即書圖後

悵分飛東勞西燕，尊邊難得携手。緑痕各嘆秋眉换，君尚疏狂如舊。君記否。記江岸殘箏，襆被孤篷候。春燈薦韭。看月落杯深，煙啼燭小，良會正非偶。　聰明誤，悔把靈根參透。生天休問先後。畫禪一種無憀意，特借霜風重九。花下酒。便未過中年，也覺漂零彀。空憐敝帚。剩有怨琴絲，不平棋局，題恨遍襟袖。

念奴嬌蘆溪訪徐問亭，賦贈

菰蒲深處，有溪流幾折，斜通菱港。銀鹿青猿都灑落，料理天隨漁網。人説南州，詞吟西塞，新署垂綸長。蘋洲吹笛，荻花楓葉皆響。　堪笑馬背船唇，蠅頭蝸角，似我空流浪。薑蔗湖田荒亦好，一頃煙波無恙。雁外詩痕，鷗邊畫稿，誰把荆關仿。與君偕隱，夕陽同打雙槳。

菩薩蠻

壓簾飛絮和煙重，蛛絲網得愁無縫。了鳥戛朱門，晝長春笑人。夢懷胡蝶寫，小雨鶯聲啞。芳意乍闌珊，一花紅半闌。

賣花聲

雲髻挽雅雙，小小年光。料來錦瑟似伊長。只恐江干黄竹子，容易成箱。花影上西廊，纖月微茫。夜凉心事寫紅墻。兩字相思難寄與，何况明璫。

浣溪紗

六幅湘幬霧影籠，舊愁新夢曉來濃，緑雲低擁海棠紅。兩載相逢纔一度，十年能得幾相逢，相逢時候况匆匆。

又

容易梅花聘海棠，阿誰真個嫁王昌，不曾輕約五湖航。未肯將伊儕謇姐，可能許我賦秋孃，司勛頗頷鬢先霜。

風蝶令

茜槅深留霧，篔櫳薄透煙。倚涼胡蝶撲湘絃。應有纖纖指印，在琴邊。　碧篠銜風暝，斑苔甃雨鮮。屧廊約略院西偏。又是今宵雲淡，月初弦。

滿江紅 晚渡揚子江偶作

畫槳春潮，有幾個、傷心才子。想當日、控絃百萬，陣雲橫紫。商女曲中猶玉樹，佛貍祠下仍流水。笑閒漚、冷眼覷興亡，干何事。　衛叔寶，蒼茫意。祖士雅，英雄淚。更銅琶鐵板，珊瑚敲碎。天塹豈容蛟蜃卧，醉吟欲唤魚龍起。又鐘聲一杵滿空江，寒煙裏。

浣溪紗 雜憶

電閃星飛廿四秋，海波如夢魘離愁，夕陽紅斷舊妝樓。　自昔望夫應化石，而今呼婦怕聞鳩，檜花送雨濕簾鈎。

又

春雨春潮促渡江，年年相送木蘭艭，采藍時節掩紗窗。　斑竹淚痕凋夏薦，緑荷幽焰灺冬釭，百年幾夕影成雙。

又

入鬢湘雲黛點深，鴨爐香裊蕙煙沉，碧紗窗槅静愔愔。　長愛秋涼支病骨，偶看春月悟詩心，憶裁小句不成吟。

又

棋局安時約小姑，簟紋清潤翠簾疏，不知幾道笑檀奴。　何必鴛絲工織錦，戲摹蝶影却成圖，拋殘尚有斷箋無？　婦幼習繪事，偶作小箋，頗有生動之致。

又

著個朝雲錦瑟長，冷蟬殘菊正驚霜，薄寒分與嫁衣裳。　親寫緑箋教識字，替揎紅袖倩添香，纖纖娥月在西墻。

又

蘿屋西風莫雨天，料量歲晚典釵鈿，一裙悽黯十餘年。　篝火替兒裁越紵，倚裝催我換吴綿，不曾自製砑羅鮮。

又

一笫蹉跎鬢已絲，歸來雨雪未嫌遲，瘦眉愁喜夜禁知。　纔卸衣裝佽小住，忽驚風鶴悵分飛，盈盈又隔幾多時。辛丑十二月，余自京師旋里，旋以海警，亡婦即奉我母避兵嘉善之清風涇，余在家度歲。

又

半榻枯禪剗六根，楊花何事染愁新，天涯今日又殘春。　定向桃邊憐女弱，似聞枕上説姑恩，喘絲扶住幾黄昏。

長亭怨慢用弁陽嘯翁韻

記一帶畫廊迴處。月黑幽闌，露寒秋宇。斷韻零音，脆箏凄雁，弄琴趣。扇香濃聚，休更寫花邊句。飄瞥歲星流，問往日、怨思何許。　延佇。念衣凉佩冷，定隔幾層窗户。玉霄咫尺，總難把別懷重賦。夢痕已逐燕泥空，甚還説、紅鸚能語。只替客言愁，滴滴芭蕉疏雨。

情長久 芳序將半，絲風弄寒，姬人爲檢理春衣，感而賦此

駸駸韶序，天涯乍怯風如箭。渾記得、碧桃吹雨，凄悄庭院。傷春還病酒，問何事、幾度帶圍銷緩。鏡奩畔、舊裁輕袂，裝絮裝綿，拚一晌、商寒暖。　恨別人天，鉛淚星星濺。重認取、湘羅顔色，吟鬢同換。近來塵土黦。襟袖底、難覓那時針綫。何況是、荀郎老去，減盡芳香，空剩有、離愁滿。

凄涼犯 錢唐項蓮生孝廉工詞，有甲、乙、丙、丁稿四卷行世，其自製《弁言》曰：『不爲無益之事，何以遣有涯之生？』真古之傷心人語。余論而悲之，輒題是解。余與孝廉生不相見，言愁欲愁，詞客有靈，定應識我

乘虯已逐埃風渺，凄涼玉樹摧折。茝蘭恨斷，淚花空剩，碎珠瓊玦。塵凝暗篋，積多少、人天怨咽。甚傷心、愁迷夢魘，説與夜深月。　牢落悲身世，碧草秋彫，蟪蛄啼歇。清霜一鏡，又驚看、鬢絲堪鑷。粉墜香銷，更誰寫、哀吟吊屈。冷蕭蕭，拂卷似有太古雪。

浣溪紗

槭槭金風宋玉悲，夜泉流恨繞琴徽，紉蘭爲佩欲貽誰。　一樹秋聲新樂府，半彎月子古

蛾眉，退紅闌角畫簾垂。

探芳信 秋信

闇情竦，問粉紅蓮房，消息誰玒。向酒邊吹竹，商意入簫孔。燭筵歡處無人報，驚蝶飄簾縫。乍蕭椮素月，凄澄碧繩斜控。　催起綉閨夢。檢剩綺零羅，黯減香翰。病裏初聞玉釵顫，涼先重。冷蛩似約梧宮葉，潛背銀釭諷。漸微霜、一杵鯨鐘夜動。

月華清 秋痕

澗竹黏雲，籬花著雨，那將羅帊輕染。魚墨模糊，剩得一絲煙澹。記當時、題怨雙綃，洉此夜、墜霜千點。闌檻。有纖纖玉指，印餘香黤。　又是簫期過半，悵扇摺芳銷，簾紋波減。唾碧翻殷，比似淚斑還淺。返春魂、夢影低飄，看冷暈、宮蛾凄斂。重檢。只如塵似霧，茜紗屏掩。

無愁可解 秋淚

金簟故情，瑤札舊漬，鮫宮幾許情思。海棠嬌自憐，露啼尚帶粉膩。萬種辛酸彈碎綺，誰識得、日夕滋味。剩點滴、泫夜涼，便化珠顆，向那處寄。　苦恨碧瀣青天，盈盈總難乾，蟾蜍愁死。唾壺深淺紅，換了湘娥冷翠。暗濺西風嘆玉頓，怎忍説、洗妝凄麗。且强制怨抑，將鴛枕瞞，又銀蠟、把人替。

玉胡蝶 秋蝶

換盡南園萋景，爲誰兜引，還自翩翾。未殉春花，而今蕭瑟堪憐。怨年芳、一生太瘦，愁夢醒、半翅禁寒。最無端。貼林罥雨，抱菊偎煙。凄妍。漸銷香冶，玉奴腰細，悄舞簾前。冷笑癡蜂，夜凉猶愛撲鞦韆。謾重認、裙邊壞色，更休憶、扇底零歡。近闌干。謝孃妝淺，墜粉飄鈿。

金縷曲 程稚蘅《風雨懷人圖》，偕子山同用孫蓮士學正韻

暮雨横塘曲。記尊前、脆絲凄管，斷音誰續。淼淼江波魚雁阻，空憶廢池喬木。剩幾個、松陵皮陸。聽到僧廬吟鬢短，且無須、歧路悲南北。尋舊夢，半床足。　哀歌擊碎燕都筑。甚棖棖、冷中獨笑，醉來成哭。閃爍釭花然往事，低顫銅槃一菽。總難忘、少年馳逐。欲倩丹青添貌我，慘衣裳、不是當時緑。響蕭淅，戛窗竹。

賀新凉壬寅四月，因海警避居清風涇，暇日集張氏園，撫景感時，觸緒成咏，與廣甫、西麓同作

風鶴驚心再。忒匆忙、藥爐茶磨，半船輕載。相約依巢飄零燕，有個開簾人待。說前度、泥痕還在。卅里煙波盈盈隔，趁浮家、却好償詩債。尋勝地，解蘿帶。　海山青想垂楊外。嘆無端、蟲沙小劫，引杯增慨。却對園亭雲林畫，一晌且容瀟灑。更商略、五湖鰕菜。倘遂他時比鄰約，縛香茅、那惜蝸廬隘。聊寄意，寸箋矮。

孫鏘鳴

字韶甫，號蕖田。瑞安人。道光二十一年進士。現官編修。有《盤阿草堂詞》。

陌上花題孔綉山《尺五莊餞春圖》，即送歸闕里

酴醾會裏，商量花事，者番消歇。樹暗城南，一路翠陰如接。孱蜂僽蝶都無賴，更聽聲聲啼鴂。問春歸甚處，碧波千里，遠山千疊。　憶年年此際，啼紅怨緑，字滿天涯吟篋。寂寞前游，未必倦鶯能說。生綃怕寫凄迷意，况又綺尊人別。怪東風、只把柳條裁剪，教人攀折。

菩薩蠻題潘季玉《梨花吹笛》便面

新蟾寫出宮眉譜，滿庭香雪春無語。花影瘦於雲，夜深閒閉門。　參差清玉管，似訴春人遠。露氣透重簾，薄寒生指尖。

瑣窗寒題陳瑑如《西窗話別圖》

錦字啼嬌，煙眉鎖恨，玉繩催曙。殘宵倦酒，人在綉簾愁絮。聽分明、更闌未休，鳳箏掩抑春鶯語。更點盤蠟淚，零紅殷碧，伴誰凄楚。　休誤。尊前聚。問後夜滄波，峭帆何處。柔腸萬轉，縱有江郎難賦。最消魂、雲裏素娥，背人怕照情味苦。小窗前、又作秋聲，碎滴芭蕉雨。

葛景萊

字恂伯，號蓬山。仁和人。道光二十一年進士。官同仁府知府。死節。有《蕉夢詞》三卷。

南　浦秋水，用《山中白雲詞》韻

寒碧破湘奩，泛烏篷、領略秋江清曉。舊夢憶鴛鴦，涵雙影、尚對螺痕難掃。迴波斷處，隔溪微漏疏枝小。幾筆蕭蘆描未就，鈎出半灣荒草。　滿湖煙雨空濛，只湘潭月印，鷗盟負了。柔櫓一聲聲，橫橋外、隱約采菱人到。新歌縹緲。暗風凉逼花魂悄。尚有清愁流未盡，催上晚潮多少。

月下笛 秋花，用山中白雲詞體

煙裊籬根，苔黏石罅，故園秋静。斜陽半冷，翠妝猶自交映。迴闌曲曲留殘夢，恐一夜、西風喚醒。看荷珠颭露，蘆綿縈雨，碎紅啼凝。　暗證。尋芳興。只敗籜枯蘭，尚依深徑。濃春艷景，那堪前度曾省。縱教剩點情絲繞，又誤了、蜂媒燕倖。但約略、月明時，描出作去疏簾淡影。

琵琶仙 題江秬香《北渚載花圖》

花裏荃橈，盪絲霧、界出琉璃空闊。雙髻倒寫瑶奩，紅裳破愁纈。螺黛遠屏開華去鵲，正遥認、隔江羅襪。月鏡浮春，雲簾鎖艷，鴛夢凉貼。　儘描到、西子新妝，更添買胭脂認濃抹。猶記六橋煙柳，共閒鷗清澈。還笑止、吴娃贈與用史梅溪詞意，占緑波、送去桃葉。那似飛鷁明湖，素綃香結。

王嘉禄

字綏之，號井叔。長洲人。諸生。有《桐月修簫譜》。

朱酉生云：『井叔四聲嚴密，無一不與古人之製調相合。』黄韻甫云：『井叔詞宛轉幽媚，情景俱深，味之紆徊無極。』

憶舊游

記紗窗枕水，羅襪裁雲，畫舫明妝。生小横塘側，指圓波作鏡，慣照鴛鴦。玉箏細彈銀甲，衣薄五銖凉。愛纖手調羹，笑拈花朵，偷記行觴。商量。泊舟處，有四面風荷，一面垂楊。略説消魂事，是釵光摇玉，扇影兜香。忍教彩雲飛去，煙夢冷瀟湘。算舊約都休，春風畫楫同渡江。

慶春宫

青桐仙館消寒第三集，于廷學博出示所藏陳圓圓小影，豐容盛鬋，麗絶天人，始信『一代紅妝』詩史矣。拈西麓調吊之，微吟一闋，珊珊來遲

璧月呼名，瓊花留影，個儂舊住横塘。桃葉歌殘，柳枝折去，奈他金屋深藏。舞衣行酒，恁天遣、周郎斷腸。銅駝宫闕，流涕長安，恩重韋孃。銀燈夜擁沙場。簫鼓迎來，忍玩啼妝。

紅拂偷携，黄絁貪剪，可憐夫婿侯王。翠蛾留怨，似凝睇、吴宫路長。生綃無恙，誰唤真真，夜半焚香。

凄凉犯 新有軒消寒第五集，分得『破籬』，限白石體

舍南舍北，西風裏、斜連一帶茅屋。雪作上封六作去枳，孤煙度罅，暮禽窺熟。冰苔碎簇，算難鎖、空園壞緑。到黄昏、泥墻漏月，篩影照眠犢。　敧倒柴門下，短筍斜穿，古藤低束。閭蛩絮語，記兒童、夜深呼燭。廢火山橱，又來拾、零星斷竹。盡荒寒、一點瘦紫，冒野菊。按姜詞第八句，『曲』字非韻，《詞律》注『叶』，誤。

曲游春 癡雲閣晴，小雨沉暝，掩關愁坐，孤懷不支，歌此貽同社諸子，並訊探梅之約

院宇春陰峭，又錦燈收盡，閒閉珠箔。暗雨絲絲，畫江南、無數夢雲樓閣。惻惻東風惡，儘撼響、綉幡鈴索。料鈿車未趁芳塵，催展踏作去青佳約。　柳郭。餘寒漸薄。正波活迎鷗，煙暝莫定切招鶴。千樹疏梅，漸香浮澗户，影横溪彴。凄動江城角，怕早遣瓊英飄落。待過來、後日花朝，冷吟翠壑。

虞美人 經舊游地

垂楊缺處妝樓小，門掩東風悄。十年前事驀尋思，記得玉人春病下簾時。　輕塵短夢匆匆

過，蛛網空檐墮。夕陽一角帶愁紅，况有闌干間在夕陽中。

揚州慢

于廷歸自邗江，取玉溪生詩意，作《高樓風雨圖》，寓傷春傷别之感，臨别屬題，爲調中吕宫一解

紅藥埋香，緑陰吹淚，竹西省記前游。認珠簾十里，枕淺碧春流。正曲作平裏瀟瀟暮雨，燕釵圍玉，羅帳熏篝。便飄零，拚得人生，合作平住揚州。　勝情倦也，甚而今、絲鬢先秋。怕水皺笙寒，燈昏簟冷，難祓方肺切清愁。夜月二分無恙，簫聲斷、忍憶高樓。又江風飄笛，明朝孤夢蘭舟。

菩薩蠻

寒食出游

粉墻紅界秋千影，水窗一帶無人憑。空翠畫橋邊，絲絲楊柳煙。　今年花事早，寒食風光好。花外夕陽多，好春人奈何。

又

畫樓如水春陰重，流鶯唤起朝雲夢。雙髻未梳時，鏡花紅折枝。　妝成閒佇立，倚近熏籠側。香潤玉羅衣，薄寒宜不宜。

南　浦草色，從魯逸仲體

東風怨碧，甚年年、吹轉舊池塘。一路花驄嘶去，釵扇趁尋芳。省記麝蘭埋恨，剩紅心萬點涴凄香。又緑波天際，斷腸人遠，煙夢暗瀟湘。　那更倚樓望極，算江南、何處不斜陽。故國相思難寄，空與采蘭茳。換了數聲啼鴂，恨青青、未抵暮愁長。嘆鬢痕顦顇，賦情長自倦江郎。

長亭怨慢斜陽

是誰寫、愁痕天黯。雁背微茫，一絲紅閃。澹抹遥山，六朝金粉剩凄艷。暝雲低接，生怕是、黄昏漸。暮影更無多，但送盡、歸鴉千點。　還念。甚摇鞭客路，極望倦郵荒店。離心挂晚，帶一桁、酒旗斜颭。認幾處、廢井歌闌，儘長共、寒煙分占。又樹樹西風，只作平有凉蟬吟慘。

絳都春緑陰滿院，春事盡矣，感去年邗上之游，拈西麓體寄小雲

秋千乍卸，正柳絨散雪，撲帳香痕。杜宇倦啼，亭臺濃緑暝斜曛。桐花一信東風緊，玉作去篝寒熨衫紋。病懷難遣，凄然更聽，怨笛黄昏。　記趁平山畫舸，愛鰣魚俊味，芍藥濃芬。

勝賞易闌，瓊簫吹冷夢中雲。江南刻意傷春盡，翠尊贏得消魂。斷腸重憶，紅橋夜月二分。

高陽臺 別侍香

雨箔飄燈，煙橈疊鼓，離悰忍續歡悰。抵死催人，花南無奈圓鐘。巢痕只似秋梁燕，便雙棲、都是匆匆。肯消停、門外垂楊，嘶斷花驄。　尋常倚醉鉤簾處，認闌干幾曲，曲曲愁紅。翠袖天寒，殘秋珍重西風。休教更比黄花瘦，到花時、萬一重逢。算今宵、酒醒江干，誰唱玲瓏。

南歌子 别秦淮

紅燭尊前淚，青溪夜半潮。垂楊未解繫歸橈。試問秋來何苦、一條條。　醉墨抛宫扇，清歌咽洞簫。月明不照赤闌橋。誰信短篷風露、有今宵。

金　泰

字改之。英山人。與任邱邊袖石太史合刻《燕筑雙聲》。

石州慢 初寒

鴛瓦新霜，寒到夢邊，絲鬢催白。無邊木葉砧聲，添助半空風力。高樓漫倚，過盡幾陣啼鴉，塵沙吹黯斜陽色。燈影上重簾，儘消魂今夕。　回憶。年時妝閣，篝局香温，鏡臺花密。千里關山，雲樹一重重隔。征衣未寄，只怕倚竹牽蘿，紅絨窗下閒刀尺。待問訊平安，付南飛鴻翼。

齊天樂 塔鈴

不愁吹墮罡風裏，垂垂相輪高處。一火明邊，萬松頂上，摇蕩諸天花雨。珠繩絡護。儘響徹琅璫，寶蓮千柱。齋鴿歸來，踏翻斜照影三五。　浮雲空外變滅，剩哀音怨籟，深夜如訴。竹院停雲，石壇微月，依約步虚聲度。無人自語。肯朝暮隨他，斷鐘零鼓。面壁枯僧，夜香重爲炷。

翠樓吟 眉峰

石黛皴煙，冰奩寫影，梁家窈窕多麗。修蛾舒寸碧，看玉女晨妝初洗。雙尖痕細，似削月生稜，横雲飛翠。層樓倚。額黄相映，夕陽山底。　刻意。深淺隨時，甚筆端偏帶，不平情致。天涯回雁杳，問十樣新圖誰寄。重描螺子，但壓得春低，銜將愁起。添顦顇，倦妝慵挽，半頹巫髻。

申昭模

字範之，號子粱。元和人。諸生。有《織綃廬詞》。

摸魚子 泠雨枯坐，秋風入簾，感時寫怨，情見乎詞

漸昏黃薄寒吹雨，絲絲催動離緒。珠簾不捲重鐶掩，是處剪燈私語。人易去。還約略銀釭，璧月題詩處。歡游漸阻。算絮影空留，蘭期易負，寫入斷腸句。　緘情地，題遍香荃芳杜。治懷無此凄楚。尊邊笛底虛前約，誤了翠篝朱户。情最苦。殘夢裏、吟魂還繞湘江渡。閒愁暗數。有薄霧凝涼，凄煙織暝，迷却舊游路。

南樓令

別思繞簾櫳，歡情對鏡慵。有垂楊不綰離悰。猶記調箏蘭閣裏，花影膩、酒痕濃。　春事太匆匆，衾寒夢轉空。況連宵雨雨風風。斜倚桃笙愁不語，珠箔内、一燈紅。

戈瑩

字倚雲。吴縣人。諸生。有《聊園詞》。

浣溪紗

緑綉笙囊色尚鮮，綉床塵滿畫屏前，半窗明月照無眠。　殘粉空留金鈿盒，濃香已冷玉琴絃，花前曲恨一年年。

趙慶瀾

字笛樓。仁和人。諸生。有《叫雲詞》。

采桑子

垂楊不放鞦韆影，飛絮迴塘，落日斜廊，何處簫聲送隔墻。　笑桃門巷重來换，老了秋孃，瘦了冬郎，如夢春陰又海棠。

河傳

絲柳依舊舞纖腰，綠黯年年畫橋。夕陽半篷雲半篙，歸橈，晚天何處簫。　底事東風吹不斷，聲漸遠，嫋嫋流波軟。莫登山，休倚闌，團團落花蝴蝶翻。

卜算子

一角小紅樓，四面挑窗子。窗外疏簾簾外山，山外人千里。　妾是嶺頭雲，郎是江心水。雲自纏綿水自流，夢也常迴避。

又

懶畫鏡中蛾，羞綴釵頭鳳。折得花枝助晚妝，香壓鬟雲重。　坐久袷衣涼，夢斷紗櫥空。獨上瓊樓倚玉簫，和月和愁弄。

東風第一枝 春雨慳晴，悶填此解

暗水鳴蛙，輕雷啓蟄，匆匆春又催暮。薄寒尚勒花風，濃陰似飄梅雨。蛛懸網重，但買得跳珠無數。驀曲廊微放斜陽，回首片雲遮住。　漸綠潤天涯芳樹，還净洗枝頭香絮。絃膠倦習琴心，燈炧厭聞鈴語。雙鴛慵綉，怪幾次踏青期誤。問西泠載酒何人，愁殺畫船簫鼓。

徐廷模

字直甫。荆溪人。有《直齋詞》。

菩薩蠻

廉纖細雨空階滴，酴醾佳約無消息。杜宇一聲聲，尊前酒未醒。營巢雙燕子，舊縷分明記。何處是陽關，隔江雲滿山。

又

曉妝濃抹遭花妒，花殘剩有相思樹。莫自捲簾看，妨他玉指寒。鴛鴦金縷綉，幅幅羅裙縐。約略步生蓮，香塵到處憐。

卜算子

簾外海棠嬌，簾内胭脂妒。昨夢依稀記未真，芳草斜陽路。燕子却歸來，梁角呢喃語。不説新巢舊主情，似説春遲暮。

高陽臺花魂

春老枝頭，香消葉底，依依恍隔塵凡。剩有濃情，還疑倩影窺簾。芳心未忍埋芳草，渺離愁、軟怯風尖。更難禁、淡月朦朦，細雨纖纖。　殘紅尚逐晴橋絮，綰相思一縷，肯便泥沾。鏡認啼痕，黯然怕拂塵奩。斜陽抹處零金粉，盼煙波、空憶江南。奈歸來、鶴唳淒清，蝶夢沉酣。

孫灦

號次公。秀水人。官訓導。有《澼月樓詞》。

醉蓬萊夏齋孤坐，抑鬱無聊，觸目言情，怊焉賦此

看樹撐鴨脚，蓮放駢頭，小庭吟遍。静展桃笙，正晝長人倦。猊篆銷殘，鳳團試罷，愛蟬聲清遠。夕照沉簾，微風沁枕，嫩涼初薦。　晚眺憑高，澄懷天宇，星影流空，玉繩低轉。何處檐鈴，又十分淒婉。子細聽來，那邊深院。但依稀窺見，花外紅樓，樓頭明月，月中紈扇。

徐　城

字仲堅。荆溪人。有《聽雨樓詞》。

蘇幕遮

畫屏空，羅幌静。一道眉山，淡翠横愁影。睡起海棠紅未醒。欲待尋春，只是懨懨病。
惜分飛，憐薄命。護水鴛鴦，慣向銀塘並。簾外游絲吹不定。莫倚朱闌，小院東風冷。

蝶戀花

幾日春陰遮綉户，枕畔愁聽，竟夕風和雨。曉起黄鶯啼不住，亂紅飛逐枝頭絮。　記得宵深曾睡去，銀燭高燒，儘與殷勤護。遥憶當年游冶處，蘼蕪一碧迢迢路。

恭　釗

字仲勉，號養泉。正黄旗滿州人。博爾濟吉特氏。由廕生補官户部郎中，授甘肅西寧道。有《酒五經吟館詩詞草》。

醉花陰

驛館更籌催玉漏，涼意疏窗透。獨坐對蘭釭，夜雨簾纖，梅子黄時候。　燈花小焰摇紅豆，簾額銀鈎溜。衣怯水沉薰，重叠春愁，一領青衫瘦。

三字令

花事盡，又秋風，太匆匆。芳草緑，夕陽紅。雪泥痕，風絮影，是飛鴻。　從别後，少相逢，酒罇空。煙樹遠，暮雲重。聽銀箏，吹玉笛，總愁儂。

百字令和童硯芸、錫厚菴《過六盤山》原韻

暮雲稠叠，問鄉關何處，蒼茫燕薊。生被青山成間阻，三載邊城羈滯。撲面風沙，染衣塵土，來路分明記。天涯回首，不禁游子垂涕。　嘆我潦倒中年，知交契闊，乍喜輶軒至。握手先談題咏事，留句六盤山寺。鳥道環雲，馬蹄衝雪，誰會登臨意。今宵郵館青燈，他日相憶。

吳縣潘介繁裏校
仁和徐慶銓編次
平湖張炳堃增訂
錢塘諸可寶校勘
永康胡鳳丹監刊

國朝詞綜續編卷十九

海鹽黃燮清編纂

吴廷燮

字彦宣。海鹽人。諸生。有《小梅花館詞》。

黄韻甫云：『彦宣詞胎息玉田，而參以白石之清、夢窗之艷，静好娟潔，自是雅音。』

解連環

峭寒輕閣。正歸來月下，五銖衣薄。鎖黛痕、依約淩波，認瓊佩綺環，是君還錯。一片秋聲，問何處、江蘺摇落。料盈盈待語，碧海青天，總怨離索。　相思錦箋誤託，聽啼鵑萬里，還更棲泊。縱伴我、翠羽明璫，早簾杳香沉，鬟影非昨。夢雨難招，被萬叠湘雲迷著。又誰知、素紈剩寫，舊時瘦削。

瑞鶴仙

去秋偕陳子湘漁寓居西湖，七月既望，同人夜泛湖中，山水蒼寒，煙月交映，湘漁吹洞簫，余與黄韻甫歌詩和之，中流容與，光景絶奇，殊不減白石老仙垂虹之樂也。今春獨客澄江，夜窗苦雨，春思黯然，感念舊游，作此寄黄九韻甫

紫簫留月住。記畫舫尋詩，招來鷗鷺。匆匆話離緒。問山川如此，被誰催去。情懷最苦。尚隱約、清游伴侣。漫銷凝、一點相思，化作斷雲殘雨。　遲暮。長堤垂柳，料得而今，又飄

香絮。天涯倦旅。傷春事，總休賦。且紅牙素手，燕昏鶯曉，倩我韋孃細譜。又誰知、人瘦梅花，剪燈自語。

憶舊游

記庾作平樓載酒，鄂渚行歌，俯仰豪情。底事南來雁唤，扁舟夜發，獨聽江聲。漢潭老却垂柳，消瘦舞腰輕。算歷歷山川，清游萬里，未是飄零。還驚。斷魂處，縱澹月微雲，誰吊湘靈。一唱蘋花怨，怕哀絃和夢，飛入秋冥。翠鬟近日愁損，遥鎖楚山青。待寄折紅蘭，西風落郎好切葉吹洞庭。

西子妝 白蓮

玉作平浦澂秋，銀塘净練，洗出娟娟風露。夢痕澹極不知寒，倩眠鷗、夜深閒護。芳心自苦。問月作平底、幽愁誰訴。褪紅衣，有粉雲凉浸，姮娥應妒。闌干路。甚處香來，冷向晶簾度。隔花遥聽棹歌聲，蕩空明、采芳偏誤。湘皋舊侶。怕羅襪、淩波飛去。認冰魂、莫化沙邊暗雨。

凄涼犯 笛

湘筠翠截，孤吟處、泠泠一片凄切。綺窗夢遠，遥空雁渡，亂山千叠。頻年訴别，想吹暖仙人凍鐵。記銷魂、關河柳折，鏡裏正愁絶。　黄鶴西樓上，醉倚危闌，水摇天闊。舊游唤起，怕梅花、夜寒飛雪。斷續風前，又清和啼猿共咽。悄無聲、碧漢倒瀉，萬里月。

梅花引 擬馮延巳

按瑶笙，理銀箏，記别春風歌渭城。柳條青，柳條青，簾外又聽，梧桐秋夜聲。　蕭蕭偏向閒窗急，凄凄偏在愁心滴。雨零鈴，雨零鈴，孤枕夢回，關山千里情。

憶舊游

丁酉十月廿又二日，吴子述招張松溪、顧升伯暨余泛舟西溪，憩茭蘆庵，謁樊榭山人栗主，暮由秋雪庵而歸松溪。約繪《西溪泛雪圖》，並用樊榭舊調作詞紀游。松溪詞先成，余亦倚聲譜此

對霜楓艷錦，野水皺紋，載酒津亭。未了煙波夢，趁溪山滿目，摇蕩空明。醉魂唤起，何處瑶瑟怨湘靈。任繫我扁舟，漁村釣溆，澹畫詩情。　荒汀試凝望，引野興飄然，飛度秋冥。亂舞瓊妃雪，和白雲千片，冷卷無聲。遠峰倒影，清鏡低擁，暮鬟青。又暝入高寒，閒鷗

碎點三四星。

黄增禄

字伯穀，號穀卿。吴江人。道光二十三年舉人。著有《拜石詞》。

金縷曲

春到堤邊柳。正東風、絲絲煙影，緑波吹皺。如此湖山匆匆去，那禁相思歸後。借摩詰詩情畫手。背地描摹神逼似，算明妝、西子還低首。常出入，君懷袖。　年年閉置如新婦。弄扁舟、煙餐水宿，者番消受。落拓清游誰省識，笑問岩頭靈鷲。更幾度花新月舊。雪滿孤山梅萼破，可重來、夢與胎禽就。操此券，歲寒守。

百字令

迷離煙雨，指湖山暢好，故鄉無此。别後匆匆誰管領，贏得相思滋味。塔影欹紅，柳絲漾碧，約略圖中記。星星春色，落花飛墮懷裏。　遥想東晋頹垣，南朝故壁，都付滄桑矣。剩水殘山猶似舊，笑殺英雄有幾。且任清游，重期後約，莫負吴儂意。澹妝濃抹，只應常比西子。

周學濬

號縵雲。烏程人。道光二十四年進士。現官御史。

鳳凰臺上憶吹簫 題戴銅士《西湖訪秋圖》

遠樹勻煙，凉雲墜水，好秋知在誰邊。甚一湖出翠，也瘦雙鬟。盡把穠華收拾，人影外、如許荒寒。勾留處，幽懷漫訴，妙筆能傳。　流連。舊游尚憶，憶水陌虹梁，小駐吟鞭。共愁荷倦柳，顦顇頻年。算只沙汀鷗鷺，能記我、幾度憑闌。何時約，扁舟葦花，共載秋還。

邊浴禮

字袖石。任邱人。道光二十四年進士。官至河南布政使。有《空青詞》。

絳都春 雁來紅

芳叢旖旎。映六曲畫闌，平添秋意。病葉墜窗，昨夜高齋西風起。羅帷燈暗聞清唳。早霜外、一繩愁字。曉來看取，圍階翠帶，染成霞綺。　絶似。啼鵑吊月，灑枝上、點點淚痕新漬。怨寫暮箏，篩得空庭斜陽碎。相思欲向天涯寄，待摺作桃花箋紙。配他蓼穗萸房，艷妝休洗。

百字令 秋晚，友人招飲，夜半始歸，獨坐成此，舉似改之

年華似水，問能消幾許，天涯芳事。草草逢君，同失路，緻到貂裘如此。斷柳枯蟬，寒花病蝶，愁滿斜陽底。舊游回首，畫樓應有人倚。　縱使鸞扇招香，蝶裙圍玉，難遣尊前意。醉擊珊瑚吟古調，怨入湘娥山鬼。秋老關河，夜凉風雨，飛夢空迢遞。青鞋辦就，甚時商略歸計。

憶舊游 歲暮送改之赴衡水

正幽叢款蝶，穉柳呼鶯，游賞青春。風雪年華暮甚，乍成芳會，先引離尊。錦香背花偷擲，無夢戀行雲。剩一點柔情，酒波摇蕩，隨上雕輪。　臨分。寫深怨，對金屑檀槽，暗惱輕顰。試綰鴛鴦結，怕艷歌十索，添倍消魂。玉樓馬嘶人遠，誰與拂征塵。但密約重來，枇杷樹底，同叩門。

應寶時

字敏齋。永康人。道光二十四年舉人。有《射雕山館詞》。

菩薩蠻

霜華夜逼香篝冷，紅輪曉射書窗静。睡少醒時多，宵長人奈何。　閒階苔色老，葉落西風掃。鎮日小門開，鄉書不見來。

少年游　余豐農《西湖泛月圖》

一丸冷月，一枝柔櫓，蕩漾碧天空。茶夢初醒，琴心乍逗，摇過藕花叢。　江山一覽無今古，美景惜匆匆。秉燭情懷，扣舷風調，都在畫圖中。

董葆身

字寶生。錢塘人。諸生。有《寄廬遺稿》，附詞。

菩薩蠻

小屏紅燭摇寒焰，深深庭院門初掩。羅袂不勝秋，月明人倚樓。　瑶階清漏促，忍傍羅幃宿。莫問夜如何，覺來幽恨多。

王慶勛

號叔彝。上海人。諸生。以海運功官浙江知府。有《沿波舫詞》。

百字令江干步月

秋光入畫，有明星數點，銀河初洗。遠樹沉沉團玉鏡，飛出扶桑海底。露氣横空，江流拍岸，雁語寒煙裏。兩三聲笛，舵樓猶有人倚。　更看帆影微茫，雲容縹緲，極浦潮來矣。著個扁舟來唱晚，攙和凉波音細。楓葉摇紅，蘆花戰白，頓觸詩心起。水天無迹，乾坤原是如寄。

高陽臺陳且陶以《海天味夢圖》屬題，悼其亡姬作也

粉鏡塵霏，璇閨月冷，閒愁何處能消。往日因緣，那堪重話今朝。斜陽江上青溪渡，記雙雙、共載蘭橈。最魂銷，楊柳樓頭，幾度瓊簫。　江城一抹渾如舊，看碧天無際，又上春潮。海樣情深，千金難買良宵。虚窗寂寞誰堪語，覺簾前、雲亦無聊。水迢迢，指點風帆，夢與俱遥。

摸魚子 自題《孤燈遲夢圖》

掩空房、幾回欹枕，纏綿愁裊千縷。銀釭焰冷消殘穗，澹月照窗無語。來也否，聽葉卷回廊，道是珊珊步。迷離意緒。悵粉黯零鈿，塵糊綉幔，都在獨眠處。　宵深矣，總訝仙凡異路。容顔能否如故。一床蝴蝶香堪化，只恨壞裙難據。心獨苦。倘淚眼分明，肯把離懷訴。更殘幾度。奈喔喔鄰鷄，喃喃梁燕，相約唤天曙。

念奴嬌 中秋前夕，同鍾子英、周沁秋、李少雲、錢壽岩、許谷卿暨季平弟鴛湖觴月

輕煙散盡，看凉波萬頃，月華流碧。料峭西風，團桂影，吹得滿湖香溢。神閃樓紅，衫摇水緑，夢落寒蘆白。菱歌甫罷，舵樓誰又長笛。　恰好野局同招，舉杯狂飲，清興融秋色。卅六鴛鴦眠穩未，甘與沙鷗分宅。酒氣摩天，花痕潑地，詩思冰壺滌。陶然一醉，豈容辜此良夕。

吴承勛

字子述。錢塘人。諸生。有《影曇館詞》。

黄韻甫曰：「道光壬辰秋，因許金橋獲交子述。十餘年來，久敬不衰。子述負才自異，於文字交鮮當意者，而與予獨密。所著《影曇館詞》幽膩冷艷，予嘗比之翡翠淩波、珊瑚篆月。至

其音律綿細，毫忽不苟，尤爲近人所難。世有此才，老困一衿，且以幽憂死，遺孤復殤，可爲慘悼。存詞若干首，以壽其身後而已。』

減蘭

夢中知道，墻角杏花紅最早。看不分明，隔著窗紗一兩層。　香零粉瘦，難得花間開笑口。燕子來時，但寄音書莫寄詩。

洞仙歌 題《舊盟月榭圖》，壬辰三月十八日作，新愁舊恨，根觸無端，醉後雜書，不能自已，越歲視之，亦不能辨爲何語也

紅闌翠檻，説梨花幽夢。永夜輕寒玉簫凍。恨鸚哥背面，燕子前頭，人去也、閒殺幾層方空。　初三還下九，俊影雙涵，豈料春波片帆送。私語本難憑，會少離多，莫錯怪、銀蟾無用。便日日回文錦書來，總不抵、當時一聲珍重。

又

美人雲起，望長安不見。一樣如天畫樓遠。想蝶綃粉蠹，鴛綺香穠，鎮日裏、碧唾紅啼相半。　西風消艷雪，玉女池清，算替明湖貯離怨。秋夢故鄉回，夕鏡晨奩，還認否、重來庭

院。可曾記凉生桂花翻，只三兩流螢、綉簾低卷。

又

緑陰青子，懺樊川牽惹。凝黛屏山静於畫。鎮風欺蛛網，霜冷魚扃，銅盤外、遥見銀河偷瀉。吴綾模小像，玉映圓姿，裝就香生半囊麝。圍住紫羅茵，風蠟燒殘，還惱亂、舞紅一架。待唤起姮娥證三生，也憐我無端、酒醒今夜。

又

江郎賦恨，正煎茶時節。風露終宵怨瑶瑟。嘆遺蘅事杳，祝豆緣慳，合併作、滄海明珠痕迹。卷中人未遠，决絶填詞，勾引詩魂墮空碧。别院聽吹笙，亞濕香消，漫惆悵、花天蕪國。浪憑著齊紈寫相思，任月影如盤、小時不識。

四犯翠連環雙調，自度曲

露剪聲輕，風鈴語急，西園亂紅難繫。屈戌漫將春放了，孤負燕歸千里。舞腰慵未起，啼痕濕透鞦韆地。鬥香時節，鬥茶天氣，釀就愁滋味。此際。休説銷魂，祗緑陰芳草，那堪游戲。十二玉笙催夢遠，空誤鳳綃鴛綺。釃寒清似水，垂楊小院深深閉。鎮獨自、閒理霓裳譜，抛盡相思子。

鬢雲鬆令作堆絮體

掩紋紗，開寶鼎。一樹梧桐，一樹梧桐影。絡緯啼煙秋欲暝。翠玉樓前，翠玉樓前井。鳳衾寒，鴛帳冷。好夢無端，好夢無端醒。離別團欒今夜併。愁倚闌干，愁倚闌干等。

祝英臺近

月穿櫺，香結篆，芳思理逾亂。翠袖生疏，凉引綉屏遠。那知絡緯聲中，蜘蛛影裏，早作弄秋成一串。　晚風軟。安排挹露調冰，珍簟北窗展。消損花枝，隨意畫成卷。可憐青粉墻陰，海棠幾朵，最相稱玉人團扇。

鵲橋仙影雲館坐月，補和黄韻甫七夕之作，即示定生

晶簾非近，銀河非遠，人在碧梧庭院。夜闌弦月墮墻陰，怎不似、手中團扇。　瓶花漸彈，爐煙自罥，凉寫一天清怨。回身悄换越羅衣，忽忽地、秋更又轉。

金縷曲題黃韻甫《帝女花》傳奇

打出傷心稿。恁收場、繁華世界，夢兒潦草。憑著蕊珠留幻影，倏忽墓門斜照。有剩水殘山相吊。坎坎箜篌聲斷絕，似宮人白髮談天寶。焚碎玉，鳳凰叫。　風情總被填詞惱。莽銷魂、水邊橫笛，花邊側帽。汙減懷中銀字譜，化却旃檀煙裊。是一樣承平年少。不識悲從何處起，作神仙痛哭瞿曇笑。歌未闋，月輪小。

南鄉子雪詞

吹緊玉塵沙，兩兩三三竹影斜。特地挑燈思好夢，梨花。可惜銀屏半面遮。　風急噤歸鴉，翠袖疏慵酒力賒。怪底小鬟呼不應，煎茶。約略闌陰露髻丫。

又

素練迴難收，失却參差瓦縫溝。漫卷重簾貪望遠，紅樓。鸚鵡嫌寒怨玉鉤。　打散七香毬，滚滚長江凍不流。錦瑟翻成新樂府，扁舟。萬樹梅花擁莫愁。

水龍吟 用樊榭韻

隔簾草夢初醒，鞦韆架底春寒淺。東風幾日，海棠開也，畫墻寫遍。吹絮池臺，試香樓閣，亂愁難遣。況十三絃上，塵消粉蠹，應彈損、參差雁。　擬託深情翠盞。奈遥遥、綉屏天遠。畫臨院派，詩成宫體，温存俊眼。甚到而今，紅羅封淚，紫綃緘怨。問何時、重向冰奩，携醉把銀缸剪。

摸魚兒 題許金橋謹身《湖上勾留圖》，即寄讓水

莽銷魂河橋畫舫，匆匆遥帶愁去。就中別有商量地，十日片風絲雨。春未許。把一串離情，輕付尊前絮。啼鶯亂語。道豆蔻新盟，薔薇後約，摇漾太無據。　紅塵軟，款却玉京人住。西泠消滅游趣。酒徒吟伴晨星樣，祇此煙波留與。君聽取，箏柱裏，凄凉幾曲黄金縷。深沉院宇。想團扇題成，漪簾卷罷，都是夢來處。

虞美人 題錢戲便面

出門西向銅山笑，傀儡牽人倒。薔鳌春盡不知愁，還説腰纏十萬上揚州。　自憐紅豆嵌詩骨，懶問床前物。買花沽酒事無多，且憑闌干日日看新荷。

徵招 檐馬

西風不怕愁人惱，清商畫樓先起。恨鎖碧欄干，奈秋魂難繫。連宵涼露洗。領餘韻、幾回酸鼻。舊市更長，廢廊鈴絮，助他寒氣。　髹几暗香銷，梧桐外、銀河蕩摇無際。悄語太惺忪，甚蟬紗深閉。模糊殘夢裏。想猶認、墮釵聲細。曲屏遠、獨自携燈，但蘚痕滿地。

鬲溪梅令 庭梅初開，風雨竟日，小窗坐對，格韻獨清，因拈白石老仙自度曲以寫之

玉人何處佩輕摇，粉墻高。正是琴床松子雨聲敲，獸爐香半消。　枕邊眉黛鏡中潮，兩難描。又恐春風吹夢入無聊，緑波新畫橋。

疏影 東園晚眺

尋幽步屧。愛翠陰裊裊，詩境空闊。隔水人家，三面疏籬，回環楝蕊桐葉。蘼蕪青斷危橋路，唤不醒、癡眠蝴蝶。想夢兒、飛墮蒼茫，散入晚煙城闕。　惆悵南朝故址，數棱舊菜圃，碑字磨滅。何處鐘聲，何處笳聲，且與歸樵閒説。雨絲一把收難起，未過盡、黄梅時節。等夜涼、扶醉重來，碎踏滿溪明月。

南柯子 譜蒓軒夜坐

秋氣先侵燭，梅陰漸染衣。斷無人處一螢飛，纔度窗南又轉畫廊西。　雲樹牽歸夢，湖山負夙期。黄昏幾點雨霏微，料得新萍緑過釣魚磯。

小重山 定生書來，述小病狀，賦此代緘，時不雨數月矣

小別光陰迅似飛。朱櫻纔過了，緑梅肥。羅衣嫌熱換紗衣。松風軟，怎説病相宜。　香影半傾欹。妝臺微祝雨，鵓鴣啼。手簪蘭蕊供安妃。鈎簾下，斜見玉繩低。

鷓鴣天

細轂驕驄起鈿塵，一屏紅燭照愁人。夢尋幽會偏無據，醉許歸期誤當真。　深院宇，閟黄昏，追思往事倍傷神。梨花綉在羅巾上，預爲離筵種淚痕。

點絳唇

市色嵐光，卸帆眼熟蘭陵路。黛梅欲吐，巧應收燈鼓。　擬趁新晴，又被江風阻。斜陽渡，畫樓無數，雪綉春寒譜。

唐多令

愁共水潺潺，離人當暮餐。况禁他、杏子衣單。隔個窗兒同聽雨，消不得、是春寒。宫燕報平安，音書比夢難。景陽鐘、可似寒山。奉帚平明花落盡，閒殺了、好欄干。

擣練子

風信緩，浪花勻，一湖春水自温存。采蒓歌好無心學，熨貼紅箋寫洛神。

西湖月

西村畫舫初回，正嫋嫋微風，作成蕭瑟。幾枝疏柳，幾枝瘦蓼，碎摇輕白。閒鷗窺鏡悄，待轉過平橋秋夢積。樹陰外、三兩漁燈，最是耐人尋覓。　清暉未減當年，甚扇綺香銷，袖羅愁冪。水晶簾底，酥雲醉露，晚妝顔色。紅樓芳事遠，怕寫入瓊簫寒更力。算只有、扶病荷花，舊時相識。

菩薩蠻

乍接音書渾似夢，幾回瞪視鞋尖鳳。惹得小鬟猜，拈簪代拆開。　書中無别語，只説凉州住。新種緑葡萄，春來一丈高。

陌上花 歲暮自金陵歸瀨感賦，即寄定生

歸來歲晚，幾番消得，冷吟閒醉。孤月投襟，人與病梅交慰。覓鴻遥寄珍珠篋，難抵一椷紅淚。倩蘅蕪暈遍，烏絲格子，夢兒飛墜。　憑欄干眺遠，酥雲凝處，莫辨鄉關空翠。葱指禁寒，定把玉笙冰碎。擬從鏡裏窺春黛，照眼平山如睡。繫相思，但有盈盈羅帶，兩彎江水。

鷓鴣天 虎邱道中

一剪輕陰弱不支，江南五月熟梅時。珍珠燈下嫌風熱，翡翠橋心恨月遲。　蟬影薄，蝶魂癡，紅玫瑰襯白鮮梔。蓬窗偶讀閒情賦，願作吳孃鬢上絲。

浣溪紗

試換羅衣待月明，玉人先上水西亭，鴛鴦睡了莫吹笙。　渲碧斜行蘋葉毯，糝金横幅桂花屏，一池秋水浴雙星。

梅花引

柳花飛，杏花稀，落月催人輕别離。美人兮，美人兮，何處片雲，秦時宫闕西。　書成重把鴛紋叠，淚流重把鵑痕拭。九張機，九張機，新織袖羅，紅如紅印泥。

憶舊游

秋日偕張松溪泰初、顧升伯寅、家彦宣廷燮西溪觀蘆花，約賦此解，時松溪將之廣陵，彦宣將歸武原，予亦擬赴瀨陽，故末語及之

向幽溪弄楫，瘦塔危橋，冷處翻新。碎雪晴空灑，似紅兒携拂，淺颺珠塵。遠山倒插煙外，濃翠落金尊。更宿鷺團團，閒鷗片片，留檥柴門。　荒村舊蘭若，貯滿院斜陽，摇曳秋魂。傍水詩龕啓，問維摩天女，誰是花神。擬將亞濕尋夢，漁笛起西鄰。剩落葉聲中，離愁萬叠嵌斷雲。

清平樂

晚來寒重，玉漏詮幽夢。冰樣被池推不動，釀出春愁幾種。　呼鬟小試團茶，心香微印些些。燕子未歸風定，簾鈎一寸松花。

擣練子

簾半卷，夢初醒，煮茶聲裏過清明。梅花雪後梨花月，澹得春光不近情。

葉元璧

字小譜。慈溪人。

疏簾澹月 簾陰

珊瑚蕩處。儘舊夢愔愔，斷雲留住。闌隙花明，羅幌薄吹春霧。晝長睡燕棲難定，辨陰晴、玳梁私語。琵琶聲悄，湘波淺颭，醉魂來去。　更半額、暗添幾許。認細罥窗塵，澹黏檐絮。隔鏡羞鸞，一桁緑濛濛護。東風不卷斜陽入，黯銷凝、恨絲愁縷。翠篝香潤，和煙流散，蝶衣涼度。

翠樓吟 簟痕

薤葉含煙，桃枝凝露，瀟湘隱隱風展。冰絲縈碎樣，誤酒夢、那回偷薦。紗厨人軟。細印入衫蕉，鱗漪深淺。明嬌腕。膩霞一縷，碧紋微斷。　宛轉。滑沁銀泥，憶幾番收起，笛雲平剪。玉花誰遠贈，却雨過、秋深難辨。舞沉歌散。向藤緑陰中，背人尋遍。空愁看。夜凉如水，月華鋪滿。

葉元階

字心水。慈溪人。

風蝶令

瘦影人如夢，寒鐘月在樓，西風撕弄小銀鈎。猶道隔廊屧響，誤回頭。　濕玉憐紅箭，輕珠泥翠喉，短絃搊抑不勝愁。却向衆中佯笑，眼波流。

葉九苞

字鳴一。慈溪人。

疏簾澹月　簾陰

篆煙香細。繞綉闥重重，被伊凝滯。雨過瀟湘，滿地碧痕如水。醒餘蕉夢人空倚，半遮愁、半遮顰顇。儘容花底，夕陽不許，玉鈎收起。　問誰也、玲瓏巧製。恍青暈籠紗，白描著紙。熠燿潛穿，真個明投暗裏。薛階粉月沉涼意。障微雲、魂甜末麗。怪他燭影移來，掃却秋紋半砌。

厲　志

字白華。定海人。

金縷曲 賦湖堤新栽春柳

已覺春如許。更誰將、緑枝低插，暗蒙湖雨。雪鷺經過渾不見，爲是柔條容與。却閃出、紅墻琳宇。曾憶亭橈浮碧嶼，聽歌頭、信有漁郎住。雙翠鳥，拉煙去。　漫來行客增愁緒。便删除、鄉關綿渺，望歸何處。破帽横肩看鬢影，忽又拍來飛絮。只贏得、零星攢聚。暫約東風重款款，貰村醪、細共斜陽語。徐欲動，萬千縷。

施燕辰

字夢玉。山陰人。官江蘇知縣。

换巢鸞鳳 楓橋感舊

過客匆匆。正呼燈轉舵，欹枕聞鐘。荻芽漁市月，柳綫野塘風。金裙蝶化館娃空。鄂君自眠，春寒自濃。嚴城外，耐幾度、夜烏啼送。衾擁。誰與共。紅藕晚凉，曾記淩波夢。背影羅羞，暱郎釵彈，賺了白頭江總。芳草和煙又今年，斷魂都是閒邱隴。胥濤深似離愁，可也知重。

霓裳中序第一 重泊惠山寄友

溪花罥翠毿，艷照行人亭上酒。見説東君去後，更蛺蝶雙飛，軟簾風晝。珠宫似舊，問彩鸞、幽韻誰偶。春歸也，爲他愁損，一片冶橋柳。青逗。遠峰迴九。任鏡裏、眉痕争秀。離懷應自孱僽。嘆綉佛燈閒，畫雲衣皺。檻寒花影瘦。却燕子、清明近候。蓬山晚，落英無數，夢雨漫回首。

徐其志

字伯宏，號湛人。荆溪人。候選訓導。有《瑞雲詞》。

唐多令

風雨助孤吟，吟多思不禁。已逡巡、誤到而今。百折千回都過了，情更比、昔年深。涼氣紵衣侵，鳴蟬空際音。漏斜陽、幾葉蕉陰。展轉蕉心難照到，争照得、昔年心。

暗　香用白石韻

一痕雪色。趁嫩晴可擷，梅根長笛。著意弄嬌，總爲高寒未輕摘。休笑烏鬢漸白，有蕭瑟、蘭成吟筆。儘抱得、冷艷芳姿，和醉卧衾席。　香國。語正寂。似暗惜去年，别恨常積。寸心未竭，每踏春陽便先憶。修竹還欹翠袖，眉際認、遥山凝碧。試説與、林下夢，可能記得。

楊韞華

字稚雲。元和人。

湘　月題《湘花館圖》

露華清樹，映芳草蕪煙，緑滿書幌。整架吟𢛷，貯幾許、緑廯青檀供養。楚些招香，湘絃引月，不算幽情曠。一丸蘿月，隔溪時繫詩舫。　今看畫裏家山，紅英碧篠，蕭瑟臨秋爽。葉葉琅玕摇碎影，總是悽風送響。夕燭敲詩，曉篷尋畫，遣得騷情儻。醉呼漢女，九歌爲我重唱。

孫元培

字賓華。仁和人。

瀟湘夜雨題《湘花館圖》

卍字闌低，湘紋館静，秋陰如此簾櫳。詩情畫意兩從容。人乍起、茶煙繞竹，香不定、蘭葉摇風。梧桐外、憐他玉女，倩影重重。

佩從楚客，采來澧浦，一笑心同。正看君點筆，筆勢玲瓏。供石盎、月明深院，開水榭、露滿芳叢。頻延佇，儂將乞稿，扶杖緑蘿中。

儲憲良

字麗江。荆溪人。諸生。有《安素軒詞》。

卜算子慢落花

餘香已倦，微冷暗催，盡日芳菲無主。多少金鈴，難護春愁一縷。傳語。倩東風、扶上青天去。莫又被、流鶯早覺，窗前梢損紅雨。

寂寞憑誰侶。只舞閣游絲，畫橋飛絮。相伴依依，一樣銷魂情緒。延佇望、斜陽轉遍無尋處。君不見、天涯芳草，盡是春歸路。

李　煊

字西岑。烏程人。諸生。有《溪上玉樓詞》。

探春慢春暮

白紵徵歌，黄柑勸酒，冶游過了寒食。鬥草閒門，賣花深巷，一片緑蕪斜日。愁緒紛無數，剪不斷、柳絲千尺。怪他雙燕歸遲，小窗誰伴岑寂。　幾陣黄昏疏雨，又滿地梨雲，春去無迹。短燭燒紅，曲屏掩翠，吹冷畫樓横笛。夢到江南岸，但橋外、煙波凝碧。送客明朝，落紅應惹吟屐。

齊天樂《碧雲春思圖》

碧橋煙冷聞吹笛，昏鴉亂棲垂柳。蛺蝶無聊，蘼蕪自緑，此際愁濃如酒。斜陽渡口。只幾疊春雲，學他羅袖。賦别江郎，近來腰比玉人瘦。　銜花雙燕未返，寫相思短札，誰寄紅豆。翠被香消，銀燈影炧，夢冷湘皋巫岫。夭桃謝後。又啼鴂匆匆，餞春時候。腸斷江南，白蘋開遍否。

國朝詞綜續編卷二十

海鹽黃燮清編纂

吳縣潘介繁襄校
仁和徐慶銓編次
平湖張炳堃增訂
錢塘諸可寶校勘
永康胡鳳丹監刊

錢符祚　八首　趙　函　五首　潘遵祁　十首　陳元鼎　八首
張炳堃　十一首　張修府　一首　張　杲　三首　孫廷璋　四首
陸　豫　二首　徐宗襄　一首　周譽芬　一首　潘誠貴　六首
秦光第　六首　金繩武　四首　徐恩貴　二首　蔣　坦　七首
周學源　一首　潘介繁　十首

錢符祚

字小南。宛平人。諸生。

黄韻甫曰：『小南懷才不遇，幕游江右，與人落落難合，以是見嫉於儕輩。故人李藹如官嶺北時，延司筆札，會予致藹如書，小南見而善之，録稿藏篋。越三年戊申，始與余識於南昌寓齋，傾蓋如故，文酒往來，殆無虛日。又四年壬子，予自皖入都，小南亦移家北上，流連燕市，又半年許。而小南即於是歲冬，殁於京邸。平生於詩古文詞，援筆立就，遺稿半毁於火，其存而未刻者，尚十餘卷。是編所録，皆南昌時投贈作也，感懷舊誼，盡傷於心。』

高陽臺 讀韻甫《拙宜園詞》，拈此爲贈，即以訂交

我輩鍾情，人生若夢，怎教綺語能删。觸著傷心，一生淚未曾乾。尋芳偶拾殘紅片，被枝頭、梅子含酸。甚東風，不願花開，只願花殘。　明蟾剛露些兒影，又浮雲過處，掩却團欒。擬託微波，而今説也都難。哀絲豪竹頻消遣，鎮無聊付與雙鬟。漫勾留，招得春來，莫放春還。

長亭怨慢 寒夜讀韻甫所爲院本，感而有作

聽檐瓦、敲冰都碎。似爲愁人，劃成愁界。讀曲枝枝，一燈明滅，總無賴。酒杯猶在，判不

窗外。正梅花獨自，與我影兒相對。沉沉月色，也應見此愁態。便淚點、散作真珠，怎償得、前生愁債。况屋小如舟，怕更愁多難載。睡，將愁酹。掩卷莫重看，有幾個黄昏能耐。

南　浦 咏水仙，與韻甫同作

曉風吹折，早檀心掩抑不勝春。閒倚玲瓏峭石，笑語幾曾温。望斷山遥水遠，祇斜陽如夢淡無痕。剩疏梅點點，嫩篁簇簇，相與度黄昏。　銷盡燈前蛾緑，又影兒瘦到卷簾人。底事凌波去後，重現此花身。環珮聲來月下，一絲絲難化是香魂。任塵生羅襪，寒憎翠袖，未肯傍朱門。

浪淘沙慢 滕王閣攬遠，和韻甫韻

漸兩岸煙籠穉柳，作弄春色。折屐來尋燼劫閣曾屢毁於火，褰衣尚有倦客。看一桁西山簾外隔。細認取、舞影歌塵，剩數行、狼藉舊題墨，寒照暮天白。　目極。旅愁待共誰釋。羡江上漁子收筒去，雙槳摇歸汐。唱夕陽鷗點，横溪萍迹。怒濤亂卷，三十年，此地曾經游歷。余不登閣者近三十年矣。依舊是樓臺層叠，浮雲黯，屈指瞬息。甚空裏高風又墮幘。算幾度把酒登臨，坐撅笛。涔涔熱淚，憑闌滴。

水調歌頭 韻甫連日不至，詞以憶之

此筆幾人有，千載幸同時。片帆吹送佳客，飛渡大江西。却喜梅花禁冷，又怕楊枝易別，相見已嫌遲。延攬上滕閣，高處且留題。　最難得，携手去，是心知。不應一日乖隔，何況在天涯。曾約看山看水，盼到無風無雨，底事屢愆期。煮酒過宵半，明月向樓低。

長亭怨慢 送韻甫之皖，且以志別，即題《送君南浦圖》後

漸波漲盈盈南浦，怕送君行，願教風阻。我欲盟鷗，不知重見在何處。鬧紅隨舸，千里外，銷魂樹。一半好春光，只合向愁中閒度。　臨去。悵前塵若夢，那是故山歸路。癡心自守，幸各有，斷章零句。問別後，兩地相思，可能似連環勾住。算此際難留，何苦當時輕晤。

又

更多少離懷難訴，事過中年，總傷遲暮。絮捲花飛，一江春影載愁去。者番揮手，判獨自成凄楚。待上倚晴樓倚晴爲韻甫家樓名，共指點，斜陽門户。　凝佇。算幽蘭可佩，祇有同心能素時以漳蘭四盆贈行。無聊慰藉，轉不似、尋常情語。剩兩岸、緑遍蘼蕪，儘留與、勞人重賦。倘寫到龍眠龍眠山在皖省桐城，休忘西山曾住。

湘春夜月 韻甫行二日矣，惘惘如有所失，輒製此詞奉寄。愛而不見，聊寫我憂，不自知其詞之激楚也

恁匆匆。此生判不相逢。說甚細柳絲長，無力綰東風。一任緑波春水，載滿篷花片，到處流紅。嘆不如遠樹，程程送客，遥度千峰。　浮雲易散，斜陽太短，殘醉猶濃。惘惘天涯，還試問、眼光心迹，能幾人同。今宵有夢，儘去來、柔櫓聲中。怕向後、便詩盟重訂，江湖倦侣，容易成翁。

趙　函

字艮甫。震澤人。有《飛鴻閣琴意》二卷。

黄韻甫曰：「艮甫與曹艮甫同以詞鳴江南，一時有平艮、仄艮之稱。」

高陽臺 玉華樓對雨，與蒹塘各賦一解

與鶴爲鄰，招雲共宿，閒蹤容易勾留。手摘蘋絲，單衣弄影中洲。西泠柳色無人憶，有疏蟬、吟過殘秋。繞雙堤、櫂入荒寒，不似前游。　湖干雨洗青鬟露，任鴻飛天遠，客去亭幽。剩碧殘金，那堪重問沙鷗。一杯冷澹餘杭酒，認衫痕、都化清愁。悵宵深、隔水鐘飄，夢

覺高樓。

念奴嬌 夜泊邗江，有懷甲子舊游，寄華惇園

紅橋春霽，記浮香點綴，半林殘雪。料峭東風扶翠袖，人與瓊花雙絶。碎玉鳴箏，真珠結佩，荏苒花間别。樊川俊賞，十年心事難説。　試問隔水房櫳，連坡竹樹，底處尋消息。一角蕪城凝望久，冷落鷗邊秋笛。脆葉驚飛，荒雅過盡，剩有空江月。月高無寐，繞船寒浪嗚咽。

甘州 錢唐王薌穀、張松溪同舟往來江淮間，倡酬甚樂，繪《篷窗燭景圖》屬題，時松溪自袁浦還杭，余與士美亦先後有西泠之行

對江天旅思鎮無聊，同携木蘭橈。趁蘆碕風起，萸灣月上，冷和瓊簫。一夢秋衾未醒，小别咽寒潮。拋影烏篷底，蜜炬重燒。　我亦江淮流浪，慣鷗邊聽雨，曲裏聞濤。只幾番載酒，短鬢易霜毛。恨春歸、數聲鶗鴂，要尋來、新緑段家橋。依然到、冷泉佳處，挂取詩瓢。

又 盧龍立秋日賦

聽邊風蕭槭墜庭梧，彈指發商聲。正悲秋人在，令支故壘，孤竹荒城。俯仰不知今昔，繞塞亂山青。十載蹉跎意，心與秋並。　草色離離原上，似鏡中華髮，漸次零星。任帶圍瘦

減，劍氣拂雲平。待幾時、倩他賓雁，擘苔箋、寄慰曝衣人？憑渠説，關河蒼莽，斜日呼鷹。

國香慢 題玉井道人《空山聽雨圖》

一閣秋深，擁翠屏九疊，窈窕雲心。煙蘿暗吹疏雨，潤逼蘭襟。欲訪琴仙何處，泛扁舟、疑入湘陰。重簾不須卷，落葉啼蟬，無此蕭森。　玉清塵劫外，記魚山曾到，夢鎖遥岑。十年羈旅，相見空恨商參。月樣眉痕如舊，譜幽香、静几愔愔。拈花破岑寂，流水潺湲，又動微吟。

潘遵祁

字順之。吴縣人。道光二十五年進士。官編修。著有《香雪草堂詩詞》。

菩薩蠻 鈕西農同年《煙波十四橋萍迹圖》

一枝柔櫓秋潮送，鷗邊幾點零星夢。絲柳蓋魚箱，白蘋風裏香。　垂虹亭畔路，煙雨牽離緒。記得畫橋東，笛聲涼釣篷。

臨江仙 黄又園比部《憶湖圖》

十二銀山迴合處，天風吹到窗前。望湖樓上一憑闌，水精簾乍卷，誰奏玉笙寒。　愁思碧簫吹不盡，扁舟廿四橋邊。蘆花秋擁白鷗灘，夢回瓜步月，詩在富春山。

壽樓春 雨後同人坐掬月亭，同星齋作，兼寄補之

垂陰陰湘簾，又芭蕉緑了，圍住疏檐。俊殺碧紗窗外，晚花紅嫣。微雨後，斜陽天，正玉池新荷田田。更詩思飄來，嫩涼無那，風遞一絲蟬。冰壺映，瑶琴眠。指舊時蟾影，照我尊前。各樣酒懷深淺，暗愁誰牽。花月夢，煙波緑，待峭帆西風吹還。向蘆雪尋伊，秋江鷺鷥、飛釣船。

百字令 陸曉峰《江帆行月圖》

長天萬里，挂新蒲幾幅，潮信初上。卷起餘霞江岸綺，鋪却冰綃十丈。烏鵲驚寒，驪龍熟睡，水調憑君唱。微茫沙浦，荻蘆摇動秋響。　渾似玉宇空明，銀河欲瀉，仙客乘查往。一掌風來輕似葉，剪碎琉璃屏障。宫錦題詩，洞簫呼酒，有此情豪放。篷窗斜倚，眼前飛過青嶂。

憶江南 葉漁莊《五湖漁莊圖》

漁莊好，一帶緑陰遮。絮影搓煙摇水閣，蒓絲漲雨膩春艖。香國白鷗家。

漁莊好，鏡檻照湖心。幾樹疏罾斜日挂，一枝横笛晚涼吟。人住碧雲深。

漁莊好，秋訊憶鱸鄉。隔浦蓼花扶蟹簖，全湖菱葉蓋魚箱。詩在洞庭艭。

漁莊好，鳧鷺舊同盟。釣雪虹亭聞欸靄，翦燈蠡浦話零星。閒理種魚經。

菩薩蠻 墨菊爲族兄卓如題

銀瓶記泛紅萸酒，霜華瑟瑟凝羅袖。風雨忽天涯，一枝秋憶家。　寒香誰解領，替寫疏籬影。吟到瘦蛩邊，夕陽人卷簾。

買陂塘 寄補之弟邗江

悄無端、一燈如醉，亂愁飛上吟幌。別離容易將春誤，不道江梅偷放。君獨往，料拍遍闌干，還倚東南望。紅橋畫槳，問淺載詩心，低摇客夢，誰與共惆悵。　風波惡，昨夜金焦吹漲，布颿贏得無恙。亭長堠短前頭路，從此天涯惝怳。儂暗想，有幾點模糊鴻爪堪重訪。瞢騰近况。算閣鐸風尖，蒜鈎月小，疑是馱鈴響。

陳元鼎

字實庵，號芰裳。錢塘人。道光二十七年進士。官編修。有《同夢樓詞草》。

黄韻甫曰：『實庵詞膩情水漾，古艷天生。通籍後，索米長安，窮愁放誕，借閒情以寫孤抱，詞學益進。咸豐壬子，余以謁選入都，唱酬甚夥，惜未彙録，存此以見其略。』

綺羅香

茜帶愁寬，蘭衾夢窄，離緒被春催起。十二鵝屏，不見舊時羅綺。候芳訊、燕子來初，卜歸期、鼠姑開未。念冶游近日偏慵，碧苔門掩、小窗閉。　雲邊何處消息，試上高樓望遠，錦帆千里。便寫蠻箋，已少緑波雙鯉。難自遣、病酒心情，共誰賞、釀花天氣。向斜陽、倚遍雕闌，好風吹第幾。

東風第一枝 戊戌吴門元夕

撾鼓重門，試燈小舫，東風吹軟吴語。嫩寒蛾袖微添，輕塵鳳鈎乍污。今宵酒盞，第一度、月華圓處。便明朝、門草籌花，應動俊游芳緒。　翻艷曲惜香院宇，題錦字買春伴侣。客中未減閒情，銀箏自尋斷譜。梅邊静瘦，渾忘却、綺窗無主。聽鐘聲、響徹楓橋，分付醉魂歸去。

浪淘沙 姚江舟中

新水短長橋，帆影迢迢。一痕眉月爲誰描。翠幕圍春花氣静，何處前宵。　冷雨又飄蕭，燭暗香消。酒醒時候最無聊。歸夢零星流不去，多事回潮。

玉漏遲　中秋，用夢窗韻

雨餘人意懶，纖羅卷盡，霽華澄晚。耐冷嬋娟，定怯玉肌瓊腕。記起燈宵舊夢，似花影、春屏零亂。香正滿，等閒過了，秋光一半。　酒邊肯負吟情，甚錦瑟韶年，紫簫幽怨。霧閣雲窗，幾處水晶簾幔。忍銀床睡去，漸坐到、繩河低轉。凝望眼，風前暮砧聲遠。

水龍吟　晚秋卧疾

病魔偏與秋争，重衾更向西風展。砌蟲碎語，邊鴻遥唳，宵長漏短。寂寂孤幃，悠悠醒枕，幾曾禁慣。又空階冷雨，聲聲點點，直滴到、迴腸斷。　紅月未疏藥盞，最孳來，勞伊纖腕。一絲鬢影，一痕衣褶，帶圍松緩。籬菊殘初，井梧落盡，倍添悽惋。倚屏山，剩有短檠，寒暈共愁心顫。

壺中天　辛丑莫春，重客菰城試院

啼鵑破夢，又匆匆、客裏送春歸去。簾外嫩寒花自落，容易夜來風雨。蔭碧虚廊，縈紅曲榭，曾是留題處。詩人依舊，舊詩今已塵土。　遥想倦綉針停，黛蛾不展，盡日愁凝佇。一樣彎彎弓樣月，分照兩邊庭宇。酒薄孤斟，茶清小啜，閒得無情緒。緑波煙外，明朝涼曳柔櫓。

生查子

柳外畫橈催，花下金巵住。秋水滿橫塘，便是分攜路。　明日苦相思，昨夜聞言語。並作此時情，忍淚看君去。

菩薩蠻

桐階雨歇啼鴉靜，隔簾紅醉芙蓉影。花意冷於秋，摘花人自愁。　西風吹不緑，桂葉雙眉蹙。香減鷓鴣斑，瑣窗今夜寒。

張炳堃

字鹿仙。平湖人。道光二十七年進士。官編修。有《抱山樓詞》。

黄韻甫曰：『以秦柳之纏綿，寫蘇辛之豪邁，芬芳悱惻，能移我情。鹿仙爲海門太史介弟，與《絳跗詞》面目各異，宗旨則同。才高律正，迥越時流。知塤篪雅奏，其來有自。』

臺城路柳花

託根曾在靈和殿，依依舊家風度。點染黄金，紛敷碧玉，艷雪都無重數。瓊蕤正吐，問因江南千樹萬樹。子規啼欲斷，似唤歸去。帶雨冥迷，和煙羃䍥，還向緑深深處。棲香净土。也莫化浮萍，再嘗凄楚。説與芳魂，短篷吾倦旅。時方薄游江北。甚分飛，不隨春住。愛逐東風，自家輕薄更誰訴。

金縷曲 藕絲

惹得情如許，問三生、雙蕖並蒂，被誰絆住。慣聽江南腸斷曲，省識蓮心最苦。却不省、亂愁來處。爲有垂楊能繫恨，抱纏綿、不向春前吐。秋一片，擘成縷。　當筵十五盈盈女，笑無端、爲伊撩亂，鬢雲鬟霧。太華峰頭迷恨井，浪説牽來玉虎。只繚繞、紋窗朱户。入手應知非弱綫，却停針，偷檢鴛鴦譜。挑逗了，别時語。

湘月 竹粉

湘妃素面，被薰風買弄，一夜匀染。瘦玉棱棱也自笑，學得吴儂妖艷。滴露成脂，捎雲作黛，曉鏡明波灧。桃花三兩，倚酣來鬥嬌臉。　誰念翠袖飄零，鉛華不御，掃雙蛾悽澹。日暮荒寒，又底用、金碧檀欒裝點。采緑心情，啼紅顏色，自愛梳妝儉。待催秋到，暗霜來與銷减。

沁園春 聲

非色非香，隔花人遠，清泠可憐。乍輕敲寒玉，早知意遠，微摇秋珮，已覺情牽。脆恐鶯羞，軟教燕妒，不是篌笙不是絃。消魂處，聽喁喁絮絮，忽近人前。　底須趁拍歌筵，有珠玉隨風落九天。况春屏勸酒，嬌宜侍夜，秋闈話雨，悄不成眠。囈笑低幃，含啼角枕，乍喜還嗔蕙性偏。吞將去，看粉痕界淚，一倍增妍。

又 影

嫋嫋亭亭，隨肩學步，何曾暫離。記鬟雲晚墮，銀燈灮後，臉霞曉映，菱鏡開時。商略穠纖，評量修短，費爾描摹繫我思。驚相顧，比花枝還瘦，自也猜疑。　病來强與扶持，更却立逡巡下玉墀。把真真呼起，春風圖畫，卿卿喚取，秋水丰姿。月榭追歡，夜屏寫怨，自别蕭郎只共伊。相憐甚，待兜衾款密，不見些兒。

釵頭鳳

抽如縷，飄如絮，無端墮入非非去。紅樓敞，青簾漾，不應凡骨，許窺天上。儻、儻、儻。　添香炷，停針語，剪刀聲在深深許。銀釭亮，金鈎響，無因得見，綉衾羅帳。况、况、况。

又

相思味，瞢騰地，一雙青鳥知人意。迴風引，蓬山頂，粉香吹下，芳心暗警。幸、幸、幸。驚疑際，珊珊至，霞裳水袂分明是。流蘇錦，紅蕤枕，行雲歸也，半床燈影。醒、醒、醒。

側犯小園前後，丹桂成林，時方羈游，無復休暇。去秋花後始歸，今又先花而去，感室處之無日，嘆芳盟之屢寒，顧念依依，殆不能去。託之歌咏，不自知其詞之怨抑也

賦歸恨晚。碎瓊已被風吹散。空嘆。似漢渚人歸珮猶在，瑶臺倚泠月，爲我迴嬌盼。須待，待隔歲，花前勸金盞。　春芳過也，迤邐炎光换。看早又、湛清華，秋到廣寒殿。密蕊重敷，斷蓬自轉。後夜樓臺，露凉風滿。

昭君怨賦前詞後五日，西北院木樨忽開一株，感賦二首

唤得秋魂不起，幾日孤帆煙際。莫是夢中來，一枝開。　意外西樓相見，贈我黄金雙鈿。畢竟要分携，露偷啼。

又

今日荷花生日，來了廣寒仙客。不是會群仙，是離筵。　袖底氤氲香在，準擬扁舟同載。爲我謝姮娥，感情多。

摸魚兒 陳容叔延益出示淑儷襄雲夫人山水遺墨，爲題是解

悔當初寒缸温簟，等閒消盡佳日。丹青不畫相思影，却畫遠山重疊。還記得說，是處嫌疏，是處嫌稠密。前塵的的，只玉鏡臺邊，水精奩底，往事可勝憶。　銀屏側，添個人、人似璧。描鸞勝賞猶昔。君侍姬工刺綉，有針神之目。妝樓待續樊南句『新人來坐舊妝樓』，義山句也，那更吟成錦瑟君近有朝雲之悼。愁恨積。看斷綫零箋，並作傷心色。君今在客，算一領青衫，萬千珠淚，禁得幾回濕。

張修府

字東墅。嘉定人。道光二十七年翰林。著《夢龕詞》。

張鹿仙曰：『東墅性情婉摯，學問沉博。《夢龕詞》皆其少作，温麗嫻雅，《玉臺》《金荃》之遺。中歲後，懺除綺習，專力詩古文，不復唱曉風殘月矣。』

憶舊游

與家鹿仙六兄别十年矣，辱寄新詞，殷殷念舊。頃予賦北征，聞六兄需次在鄂，相逢相别，殆難爲懷。湖濱舟次，依韻酬寄，不自知其聲之悲也

憶軟紅舊夢，狂醉清歌，十載消魂。世事供謡諑，只靈均有淚，憐我憐君。枉贈詞有『算無多舊雨，第一憐君』之句。留得飄蕭雙鬢，都换鏡中春。甚鶵肋凄凉，蠶絲辛苦，同走風塵。天涯忽相見，話耦耕夙約，煙月柴門。負盡青山福，怕離亭短笛，别酒重温。况是哀吟楚些，斷雁叫春雲。大兄、七兄均下世數載矣。悵孤櫂湖天，無邊草緑煙水昏。

張　杲

字子曙。諸生。江夏人。

張鹿仙曰：『子曙幼擅神譽，自其髫齡，出語已驚其長老，迺以赤虬遽召，文采翳如。哲兄粤卿尚書輯其詩詞爲《曇華遺稿》，録存數闋，亦足窺豹一斑矣。』

浣溪沙

和歸舟韻

柳外蕭蕭控玉驄，早霞低襯片帆紅，挂帆一陣鯉魚風。　漁子繫舟來補網，榜人過港暗推篷，客程都在蓼花中。

金縷曲 迎梅

長揖梅花下。數今年番風廿四，匆匆來乍。籬落塵埃清不著，涼月昏黄五夜。香影動，花枝低亞。我與梅花同作客，算主人還讓先來者。掃花徑，敬相迓。　　山中艷説春無價。祇相招，緑華下降，竹籬茅舍。恁説群芳羅綺似，不合詩人藴藉。驀報道，癯仙來也。整頓青袍重拂拭，酌香醪，乞取尊同把。怕只是，知音寡。

百字令 别梅

最無聊事，是酒闌人散，黯然將别。流寓羅浮三百日，彈指匆匆一瞥。我爲花癡，花因我恨，一樣愁如結。沾襟相對，幾人同抱悲切。　　太息聚散浮雲，廣平賦罷，漫説心如鐵。惟恐芳姿憔悴損，絮語丁寧重疊。一帶疏林，半灣流水，幾點霏微雪。離人去也，再來惟有愁絶。

孫廷璋

字仲佳，號蓮士。會稽人。道光二十九年拔貢，舉人。國子監學正。有《玉井詞》。

菩薩蠻

鈿箏擁髻秋燈驛，蠟煙紙繚春眉碧。衆裏最盈盈，十三絃語輕。妾如泥著雨，郎似風吹絮。吹絮著春泥，相逢難便離。

又

子城絡角兒家是，門前一樹桐花紫。聽取緑鸚哥，問郎真到麽。檀槽金邏沙，隔著衫兒坐。掐冷玉纖痕，時時教與温。

又

醉紅印枕嬌無那，一枝晴雪梨花妥。還恁怯生疏，嫌他燈未枯。翠蛾低欲結，軟語支蘭息。那有睡工夫，霎時驚鷓鴣。

金縷曲 寄懷潘椒坡、時軒兩孝廉

迢遞雲山曲。問何時，詩壇酒社，勝游重續。當日鬢絲禪榻畔，最近謝池水木。余寓元通觀時，離椒坡昆仲居甚近。羡才調翩翩二陸。一樣鳳樓誇作手，早安排浪擊溟池北。風月邸，唱酬足。等閒厭聽蕭蕭筑。信迴車，居然免下，歧途慟哭。剛爲鱸羹蓴菜計，豉法去調鹽菽。可回首，巢痕夢逐。知否舊軒蕉葉雨，比年時添了凄迷緑。空寄恨，郵筒竹。

陸　豫

字樹齋，號劍侯。寶山人。道光二十九年拔貢生。官蕪湖知縣。有《東蚪草堂詞》。

蘇幕遮 次子啓韻

浪紋疏，萍點瘦。細雨吹來，水閣凉痕逗。記取茅亭春唤酒，布穀催殘，剩得沿堤柳。砌苔梳，溪石漱。賭韻傳杯，河朔今番又。花一鷺花前翹足久，荷葉聲稀，新月來時候。

臺城路 秋磧

横江秋影斜陽淡，溪邊乍聞人語。石磴敲煙，霜橱墜葉，惹起離愁如許。衾寒夢苦。有淚點征衫，費儂調護。月落關山，一聲聲和隔鄰杵。　天涯催斷客夢，記城高白帝，風急夔府。冷雁驚餘，哀猿叫後，添得更番凄楚。衰楊數縷。是女伴春時，浣紗歸路。寄語龍沙，此聲休聽取。

徐宗襄

字慕雲。宜興人。道光二十九年舉人。内閣中書。有《柏蔭軒詞》。

高陽臺 絮影

風弄纖魂，煙描弱態，憑伊幻出春心。吹去萍蹤，誰憐門巷愔愔。迷離青眼頻迴顧，隔微塵、和夢難尋。驀沾衣，恍認啼痕，暗拭羅襟。　虚空誰寫纏綿意，看斜陽澹澹，明月深深。鏡裏愁窺，應添綉閣香吟。柔情不逐流波化，倩游絲、絹上花陰。誤歸來，紫燕輕銜，翠箔虚侵。

周譽芬

原名普潤，字叔雲，號鷗公。祥符人，原籍山陰。道光三十年進士。庶常。有《東漚草堂詞》。

湘江静 題《湘靈鼓瑟圖》

廿四芙蓉明鏡展，悵盈盈、襪羅塵軟。銖衣蹙露，瑶弦泛月，寫紅蘭幽怨。一抹洞庭波，又驚起、楚天新雁。桂枝秋老，蘋花夜凉，剛人與碧雲遠。北渚遥，南浦晚。寄瑶華、鯉魚誰信。明璫翠羽，相思那處，是黄陵祠畔。斑竹鎖秋煙，怕難寄、啼紅一剪。跨鸞人去，愁邊空剩，數峰青斷。

潘誠貴

號時軒。江蘇吴縣人。咸豐元年舉人。有《聽香室詩鈔》《翦紅詞》。

高陽臺 盤香

小篆蟠雲，圓規替月，宵深移近蘭釭。一寸芳心，和伊曲曲思量。東風肯把重簾揭，寫春人、九轉愁腸。更誰邊，夢影低迴，情短情長。灰深巧様旋螺暈，正雙紋帳掩，六摺屏張。屈戌彎環，深深暖護鴛鴦。輕煙綰作同心結，似偷來、寶髻新妝。鎮無聊，斜倚熏籠，都繞芸囊。

摸魚子 初秋病中

枕窗陰、芭蕉深處，秋來風雨無準。湘波窣窣簾垂地，吹醒一燈凉暈。眠未穩。聽瘦了蟬聲，又是蛩聲緊。黄昏漸近。拚數遍宵鉦，捱殘曉漏，攪夢五更盡。羅雲薄，天半星河隱隱，銀屏香灺盈寸。已凉天氣都無賴，况又詩懷病損。愁暗忖，便不是悲秋，也抵傷春困。流光去迅。料疏柳闌干，殘荷池館，初雁已成陣。

城頭月

冷雲吹落梧桐樹，撥盡沉香炷。驀地開簾，不信黃昏，又是絲絲雨。　背燈偷把殘更數，好夢留難住。隔個窗紗，只有秋蟲，説著儂心苦。

高陽臺

遠樹摇寒，虚簾織暝，樓臺一笛西風。掩了重門，啼痕都作鵑紅。蘼蕪緑過誰家院，甚斜陽、燕去匆匆。更撩人，近水疏簾，隔水疏鐘。　秋光送我長亭路，正江涵絮荻，驛冷霜楓。一樣青衫，天涯何處相逢。瀟瀟夜雨銷魂彀，况明朝、各自西東。驀思量，夢倚孤燈，醉倚孤篷。

一斛珠小園漫興

重門寂寞，一池流水桃花落。等閒誤了尋芳約，病酒心情，抵得春陰薄。　燕姹鶯嬌藏錦幄，海棠紅壓秋千索。惜花人倚西樓角，鈴語東東，也怨顛風作。

邁陂塘 暮春約同人倚櫂鴛湖，曼聲度此

趁東風、晚潮吹上，柳絲摇緑如許。盈盈鏡裏雙蛾黛，多被樓陰遮住。船六柱。莫載得春來，便送春歸去。夕陽無語。指燕外斜帘，鶯邊游屐，零亂自飛絮。　浮家近，檇李城南古渡。緑波導我前路。一年一度尋芳約，算到而今幾度。須記取。怕明日湖堤，都作煙和雨。棹歌容與。恁載酒人歸，傾脂香冷，並入冶游句。

秦光第

字次游。嘉興人。咸豐元年舉人。有《半枯樹齋詩餘》。

鷓鴣天 内人亡已一年餘矣，念其生具慧根，應還天上，焚詞寄之

獨坐緘書淚滿懷，思量無計遣悲哀。暫時不見還相憶，一別如何竟不來。　操井臼，賴卿才，廿年家事費安排。恨他梅影樓頭月第家樓名，猶自團圓照鏡臺。

又

對泣牛衣苦未忘，垂簾愁指舊燈光。案頭煙捲題詩稿，屋裏塵封送嫁箱。　秋杳杳，夜

茫茫，天風環珮好還鄉。居然遠報登科信，姊妹花前憶北堂。辛亥秋榜前，其表姊于慧雲夢告以予獲售，因嘆曰：『我母日望之，而竟不及見，恨何如也！』

又

書劍東西水上萍，凄凉一處一思卿。不應憐我先抛我，敢説來生似此生。　關塞路，雨風聲，長安城裏過清明。苦勞魂夢三千里，若有人兮到五更。

又

多難何堪多病身，無言鎮日暗傷神。改絃未必成同調，橐筆依然賦遠征。　仙共佛，最多情，何妨天上乞重生。當年手寫靈飛帖，化作奇香便返魂。

搗練子

風漸定，月初斜，病起懨懨理鬢鴉。窗下怕驚仙鶴夢，自緘春信寄梅花。

相見歡　剪秋羅

滿階碎錦零香，畫闌旁。好共褪紅羅袖話風凉。　胭脂片，零星濺，曬斜陽。留與秋蟲寒蝶作衣裳。

金繩武

字述之，號韻仙。錢唐人。咸豐元年舉人。與夫人汪玉卿合刻《評花仙館詞》。

浣溪紗 魏滋伯丈以顧西梅《葬花圖》見遺，余録趙秋舲《葬花曲》，合裝成卷，集句題之

一片花飛減却春毛滂，如今無處不銷魂魯逸仲，安排腸斷到黄昏秦觀。　風急落紅留不住曾覿，小庭深幕墮嬌雲趙彦端，相思萬點付啼痕魯逸仲。

洞仙歌 約指

彈箏賭畫，憶花前酒後，曾傍鴛鴦綉羅袖。算幾年恩愛，儂不如伊，還知得、病裏春纖肥瘦。　斬新花様子，靺鞨當中，四角珍珠細圈就。可惜一天天，褪了香痕，便添了、些些苔綉。望祇望、他生再相逢，便不是韋皋，也還能彀。

菩薩蠻

幾天不到閒池閣，東風摇弄秋千索。莫是個儂來，紅窗分付開。　綉帷飄不定，滿簟梨

花影。等到月痕斜，影兒無半些。　　幾回睡去還驚，聽

早春怨

了了前盟，茫茫後世，草草今生。也没安排，全無頭尾，好不分明。

簌簌、風聲竹聲。是隔房櫳，是摇羅帳，是近窗櫺。

徐恩貴

字念初，號竇卿。宜興人。咸豐元年舉人。有《曉湖詞》。

長亭怨慢 燈花

漸消盡鴨爐香霧，静對銀釭，艷情輕吐。一點光圓，幾多蘭蕊結如許。玉人何處，曾暗卜、添離緒。好夢未分明，肯把芳心灰去。　　憐汝。恐容羞鏡影，祇剩瘦魂一縷。憑伊解語，怎消受、殘更三五。願今宵、並蒂長開，怯風冷、窗紗深護。待焰剔釵紅，還救飛蛾無數。

摸魚兒 孤雁

悵離群、半江空晚，平沙欲下仍起。飛來曾度鴛鴦浦，顧影獨憐顦顇。書待寄。奈要寫、

相思片幅，難成字。驚風去矣。任雪夜呼奴，雲天覓伴，相與永抛棄。調箏柱，剩却冰絃十二，獨彈誰諒深意。看伊冷落孤棲久，嘗透異鄉情味。嗟兩地，衹撇下、離愁一點秋雲裏。歸程萬里。看紫塞塵清，玉關春好，何處覓知己。

蔣 坦

字藹卿。錢唐人。諸生。有《百合詞》二卷。

霓裳中序第一 湖上，用草窗韻

移篷翠嶂疊。路轉漁灣風鬧葉。醉把蘋絲自結。漸柳市上燈，蘆漪催月，殘梅點雪。向晚來吹滿行篋。春懷冷，十年影事，怎對鷺鷗説。　清切。小橋泉咽。念橋上、題詩字滅，江潭依舊賦别。夢解珠鞋，兆驗金玦，看花人漸缺。更怕聽陽關舊闋。凄迷甚，滿湖風起，吹過紙蝴蝶。

賣花聲 立夏

斜日小樓高，花顫釵翹。蠻雲潤逼鏡奩潮。簪上荼蘼齊换戴，梅子櫻桃。　萬緑隱窗寮，簾額風交。歸來燕子語無聊。似與緑楊紅藥説，春去今朝。

紅孃子

燈也闌珊甚，人也闌珊甚。燭焰都灰，鐘聲徐動，月痕斜滲。怪消魂。不管酒闌時，一杯杯催飲。　去也無人禁，住也無人禁。漸冷熏籠，已凉方褥，半空雕枕。怪傷心。不管酒醒時，一回回催寢。

浣溪紗

安置梅花小閣間，鴛鴦綉被替裝綿，怕人挨冷只催眠。　難道夜長該夢短，端因愁重怕身閒，好難消受曉霜天。

清平樂題《桐陰坐月圖》

去年今日，風雨高樓歇。睡起羅裙慵不摺，秋後紗橱猶熱。　月來還照簾櫳，舊游門巷應同。祇覺今年秋早，門前多了梧桐。

賣花聲西湖夜游

露氣薄如煙，柳港橋偏。五更殘夢落鷗邊。一度曉風人不覺，開盡紅蓮。　燈火憶當年，癡絶堪憐。未來便已想迴船。只有今年身較逸，醉倒尊前。

金縷曲答以能上人

自識紅塵味。便無端、尋真説假，爲人拭涕。顛倒一枝苕帚柄，掃了幾何年地。算打脱者回桶底。要與迦陵仙鳥説，道而今、窮子思歸矣。問蓮蕊，漸開未。聞公日誦金剛偈。算能仁、法還應捨，何論文字。八十一章華嚴句，不過葫蘆樣子。更有甚因緣大事。倦即思眠饑吃飯，一些些、便是西來旨。公不信，請彈指。

周學源

號岷帆。烏程人。咸豐二年進士。官編修。

買陂塘題戴銅士《西湖訪秋圖》

盪晴漪、謝家船小，粼粼寒緑如許。踠堤楊柳蕭疏甚，眉鎖一痕愁緒。留不住。更瘦減菱花，冷減蘆花絮。商絃待譜。有咽月蟲吟，隔煙漁唱，替寫斷腸句。秋湖好，我也曾停雁艣。訪秋秋總無語。縷衣檀板都消歇，閒殺六橋鷗鷺。誰作主。只點點涼雲，儘伴人來去。生綃認取。認巾子峰頭，水仙祠下，依約舊游處。

潘介繁

字椒坡。吴縣人。咸豐二年舉人。有《曉夢春紅詞》。

金縷曲 和玉井詞人見懷之作，並寄笠煙

歸路南湖曲。憶當時、詩奩酒榼，墜歡雲續。一霎華年容易誤，况又西風落木。歷不盡程程川陸。傳箭連䍐銀雁叫，但荒荒、殘照長淮北。憑吊感，甚時足。　短衣使酒彈哀筑，莽平蕪、秋燐滿眼，幾家野哭。打叠鄉心摇夢去，相對孤燈如菽。我亦悔名場馳逐。歸及初梅開未了，有寒香、飛上毫尖緑。同一嘯，倚修竹。

摸魚子 鴛湖夜泛

正朦朧、月鈎飛上，菰蘆閒渚風緊。湖波嫋嫋前頭路，一塔船唇斜引。摇夢穩。指隔水人家，燈火初更近。菱歌隱隱。任獨扣紅舷，微吟淺醉，雙槳晚潮趁。　樓空在，煙雨何堪更問。尋芳舊約無準。秋蟲怪底聲如雨，那管客懷愁損。儂暗省。怕稗柳横波，不似年時俊。凉雲一寸。便薏子香中，蘋花秋裏，消受此鄉儘。

羅敷艷歌

金猊片腦熏猶熱，掩過銀屏，倚罷銀箏，遮莫街頭已二更。　紅綃輕揭菱花套，鸚夢微鍚，鵑夢纔醒，寶串鬆時玉一聲。

賣花聲

好夢倩誰招，闌夜迢迢。薄寒無賴展冰綃。一樣昏黄春院月，一樣魂消。　惜别憶河橋，鉛淚偷拋。緑窗慵把玉箏調。開盡櫻桃簾不卷，明日花朝。

風蝶令 二闋

夢斷朝來雨，香留昨夕熏。惜花人起立苔茵。不道東風偷揭，玉羅裙。　唤客鸚哥熟，窺簾燕子嗔。紫藤架底一重門。記我來時殘夜，月黄昏。

低泥琴邊語，春生鏡裏潮。碧簾風細漏聲遥。自取玉瓶添水，養魚苗。　墨暈和香碾，花光帶雨嬌。春裙閒綉退紅綃。親檢折枝新樣，教儂描。

金縷曲 答錢芝門

仰面飛鳥速。問能消、幾番骯髒，幾椿歡樂。君向旗亭頻賭唱，忙殺裁紅判緑。算懶聽吴簫燕筑。我亦平頭三十矣，笑年來、誤把金根讀。人世事，易張角。　心情疏似秋林籜。再休提、名場裘馬，歡場絲竹。拓戟狂歌悲逝水，誰道功名是福。且料理隨身竿木。寶劍凄凉風雨夜，奈尊前、易下唐衢哭。休更負，故園菊。

看花回 春社已過，薄寒漸解，曉步籬落，得小桃一枝，初紅微破，嫣然呈笑，弁陽翁所謂『風景韶媚，芳思撩人』也，度大石調歌之

暖風初换輕紵，院宇澄潔。昨夜曲廊雨過，正賺蝶撩鶯，紅逗籬隙。窺人半面，一笑低鬟匀睡頰。無賴甚、隔個簾櫳，曉妝應妒茜裙褶。　還佇想、尋根載葉。强命酒、好春時節。悄悵題箋問扇，更舊塢津迷，綺夢銷歇。相思刻骨，吹瘦胭脂收淚纈。語東君、好留住，謾舞尊前雪。

醜奴兒

人生不合江南住，才聽鶯啼，又見花飛，小院東風盡日吹。　舊家燕子誰相識，夢也迷

離，信也依稀，悶過輕陰上巳時。

浪淘沙 汪士松《曉風殘月圖》

煙際碧輕盈，曉陌寒生。朦朧樓閣帶三星。説道春眠人未起，詩夢孤燈。　心事付銀箏，殘醉消停。藏鴉門外正平明。紅板前頭多少路，有座旗亭。

吴縣潘介繁襄校
仁和徐慶銓編次
平湖張炳堃增訂
錢塘諸可寶校勘
永康胡鳳丹監刊

國朝詞綜續編卷二十一

海鹽黄燮清編纂

張景祁

原名左鉞，字孝威，號韻梅。錢塘人。諸生。有《夢雲樓詞》。

霓裳中序第一 蘭江感舊，用草窗韻

沙明鈿路疊。拾翠游船輕似葉。船尾鴉孃伴結。看鬢濕杏煙，腮欺蓉月。回橈盪雪。有好山收拾詩篋。閒情寫，水樓試茗，喚起晚鶯說。　悲切。市橋波咽。恨綠浣衣香半滅。相逢無奈驟別。願繫龍紗，忍佩麟玦。榜唇瓜樣缺。聽小海清歌乍闋。纏綿意，一般解脱，玉繭蜕斑蝶。

鷓鴣天 寒食湖上修禊

相逐雲軿到寺門，門前修禊水陰昏。麗人已過餘花氣，新柳初齊尚酒痕。　風急槳，浪湔裙，滿湖嵐翠掩遥村。明朝怕過西泠路，雨濕棠梨一斷魂。

摸魚子 海鹽黃韻甫明府來杭，家仲甫丈應昌招集湖舫，席間賦贈，即送歸海鹽

卷青簾水窗明玉，輕煙吹上堤柳。鴛湖詞客真疏俊，却稱杏黃衫袖。才似綉。譜檀板清

山陽路，蓮幕悲凉感歌，合付兜孃手。萍游倦否。慣小盞浮眉，滄江照鬢，怕聽笛波奏。料送得春歸，早是人歸後。春漸瘦。鯉魚風起桃花雪，歸夢已濃如酒。天涯休更回首。長嘆海嶠句留未久。奈謝豹聲中，行帆剪緑，目斷韭溪口。

探芳訊 和韻甫丈長豐山館

緑陰似海閒門寂，梁燕空啼正春杪。却水館簾開，評花人到。紫藤香糝，滿徑麝塵掃。庭樹已成抱。問青漆闌干，是誰憑曉。影散晨星，華老。引新愁，都在鷗邊，雨陂煙沼。黯銷凝，樓外垂楊自好。髮又添了。十年書劍河梁別，夢冷南園草。

酹江月 送徐公司同善之栝蒼

孔璋行矣，恨題襟歲晚，驪歌凄惻。聽鼓衙齋無定所，吹落鴻泥蹤迹。倚馬雄才，從龍貴胄，羞執郎官戟。公司之祖從龍入關，隸籍滿營，駐廣州。黄麾獵罷，一時豪氣無敵。長嘆海嶠揚烽，牙旗坐擁，誰建平戎策。季子貂裘風雪裏，愁聽梅花羌笛。高筍灘邊，石帆山下，此是煙波宅。新詩寄我，麯塵凝望江驛。

清平樂

櫻桃架底，剪剪東風細。啼殺畫眉慵未起，漠漠綉簾垂地。　簾前盡日飛花，門前幾樹藏鴉。手把一枝紅豆，錯疑春在兒家。

疏影 玻璃窗，用黃菊人明府『曾紗窗』詞韻

瓓瓏净飾。似剪成片玉，横嵌冰格。曲牖虚櫺，望裏通明，窺檐未礙蟾魄。屏螺百摺遥當户，界不斷，空青顔色。怕日斜、燕子歸來，觸響乍回雙翼。　曾過藏嬌翠館，有人倚鏡檻，纔露梅額。咫尺輕鸞，不隔盈盈，却恨微波凝碧。還添一桁簾如水，更莫問、傳香消息。奈小鬟、眼遞蘭扃，密記試燈佳夕。

又 菊影，效禁體，凡『燈前』『鏡裏』『水邊』『月下』等語概勿用

秋屏素壁。甚暗霜暈晚，難絢佳色。石徑平蕪，冷艷無痕，迷金檻底重覓。萸香小盞風鱗細，偶照見、簪頭欹側。只瘦魂、欲顧誰憐，剩有卷簾人惜。　移向明髹净几，露華看倒貯，凉韻空挹。隔苑昏黄，匝地寒英，誤了餐芳詞客。微茫一幅柴桑稿，合唤取、白描仙筆。賺夜闌、凍蝶伶俜，閃過短籬深黑。

鶯啼序鳳凰山懷古

長雲暗屯樹頂，看千峰互抱。踞江勢、包絡重關，艮嶽遥對煙表。翠華去、銷金夢歇，苔荒輦路棲殘照。有何人。悲念禾油，故宫憑吊。　浙險南來，汴水渡馬，把朝廷換小。溯佳識棋局黄羅，九宫旋見星曜。忍偏安、臨淮半壁，怎挽得、銀潢傾倒。剩飄零、簫鼓聲中，晚春花鳥。　刀頭望遠，劍血澆凉，悵珮環信杳。驀轉眼、碧枯天水，泡影塵影，歲月銷磨，古愁多少。銅仙鑄淚，銅駝埋恨，珠筵明擁樊樓火，已金甌、響壓襄城礮。龍飛馭絶，誰聞夜柝蝦蟆，更逐漏點頻報。　空山鳳去，幾閲興亡，尚劫灰未掃。恁慷慨、狂敲如意，盼斷西臺，野燒寒燐，亂煙衰草。蒼凉片石，玉鈎斜畔，魚燈光冷鴛瓦碎，唱秋墳、酸咽松風嘯。何堪説與啼鵑，酹月尊前，鬢絲頓老。

疏　影秋柳，集白石句

莫鴉啼處。看垂楊連苑，直恁清苦。漠漠摇煙，也恨飄零，愁入西風南浦。娉娉嫋嫋教誰惜，更添了歲華如許。尚未知、笛裏關山，猶有暗黄千縷。　還記章臺走馬，有人似舊曲，端正窺户。宋玉歸來，此樹婆娑，别有傷心無數。閲人多矣，人何在，謾贏得、憑闌懷古。悵斷魂、第四橋邊，重見冷楓紅舞。

陳壽祺

字珊士。山陰人。咸豐六年進士。改庶吉士。

西子妝 秋夜寄人

詩夢攙涼，茶煙誤晚，秋意商量一半。疏痕紅上蓼花枝，笑斜陽、何曾瘦慣。調停酒盞，莫先被、鸚哥偷喚。燕歸來，又描模愁稿，月明池館。　煙波遠。獨自偎寒，燈影如儂懶。西風吹恨到妝樓，悄黄昏、玉釵敲斷。海棠不管，赢得個相思零亂。問朝來、多少魂消枕畔。

點櫻桃 春日書所見

何處嬌娃，嚲肩小立桃花底。腰支春細，正是愁年紀。　驀見儂來，無計相回避。垂頭戲，柳枝知未，圈個團圞意。

金縷曲 答琴子陶丈

往事休回首。嘆頻年、槐花踏遍，青衫依舊。恨事歡場同一夢，賺得離愁盈斗。飄泊意，天公知否。薪米妻孥增太息，甚悲涼况味拚消受。淚似水，遍衣袖。　蕭蕭落葉西風驟。

况又是、斷煙衰草，傷心時候。秋與詩魂同一稿，都比前番損瘦。算好事今真辜負。冷落扁舟租一葉，且披蓑料理蘆花酒。謀一醉，他何有。

長亭怨慢留别定武詹且讀少尉

魂銷也、别君去矣。柳絮飛飛，漫天吹起。底事纏綿，臨歧牽住離人意。相思知未，灑不盡、長亭淚。淚若滴君衫，點點是、故人心事。　已已。黯回頭不見，只見亂山千里。殘陽古樹，寫一幅别離圖紀。約後會、尊酒重斟，知飄泊、相逢何地。問多少離愁，却是暮天雲際。

南歌子

夜月紅螺酒，春風紫鳳簫。個儂何處漏迢迢。消受一杯冷茗，過今宵。　布被和愁擁，糠燈帶影挑。未曾睡好已魂銷。知否凄凉孤店，又明朝。

湘　月題藍叔丁六《壓烏山圖》

秋江畫舸，問盈盈何處，神仙眷屬。三尺蒓波風力軟，蘸得羅衫都緑。佩摘秋芬，琴調古韻，人影清於菊。墨痕凉沁，茶香飛上吟幅。　更好選勝奇峰，一層更上，俯瞰湘流曲。綉屧風香苔徑窄，消受美人清福。山翠評眉，湖光韻鬢，句在秋邊續。歸來庭院，新詩笑倩鶯讀。

洞仙歌 寄蘭雪葉大約南歸

孟冬過了，算歸期須定。若再羈遲甚時準。況三間老屋，開了梅花，早有個、緑酒紅爐相等。　鴛鴦三十六，細雨郵程。隨意排來睡都穩。底事苦淹留，鏡裏芙蓉，難道是、飄零小影。快打疊、扁舟白雲邊，莫輸與、江南鯉魚風信。

王星誠

字孟調。山陰人。副貢生。有《西黽山居殘草》，附詞。

醜奴兒 冬閨

蜜梅花外天將雪，剗襪黄昏，人似爐熏，衹得春情一晌温。　寒宵偏是無心曙，半睡還醒，暗淚無痕，凉作繚綾一角冰。

四和香 夏日雨後

準擬輕紗籠薄暑，忽做纖纖雨。雨後隔墻聞笑語，夜來秋幾許。　一樹嫩陰無著處，燕子凉邊絮。簾静不教香散去，點書閒過午。

今日

蝶戀花

蓬山只在傷春處，不隔天涯，但隔梨花雨。多分日長無意緒，紅樓一角斜陽暮。鞭絲慵再駐，簾底分明，强道匆匆去。抬眼畫橋楊柳樹，年時拍扇兜香絮。

百字令六月晦日至黑堌金司馬聽事觀荷

平堤廿四，暫偷閒，存訪菰煙蔣雨。秋近水鄉纔幾日，凉得晚荷如許。露暈疏紅，風摇亂碧，花氣愔愔午。葛衫人影，鷺絲來共秋語。休問環珮當年，畫船吹笛，寂寞横塘路。一屋冷香團作暝，簾幕悄無人住。斫藕論錢，拗蓮佐饌，狼藉憑誰訴。瘦魂飛盡，夕陽衰柳知否。

又柬珊士

别來如昨，只天涯，添得西風人瘦。縞布衣裙難入俗，觸地柴荆三斗。鷄肋文章，鴻毛富貴，幾輩堪傭走。干卿何事，醉中淚揾衫袖。留得寸許毛錐，笑天寧管汝，鷄先牛後。算有殘杯還屬我，僕射何如飲酒。可意紅心，無端白眼，一味難消受。長河北去，世情今日知否。

邁陂塘邯鄲旅店題壁

又槐陰五更風露，啼鴉催喚人去。飄零滋味嘗都慣，減盡斷腸詩句。堪嘆處，嘆千里輪蹄，碌碌儂和汝。豪情半負，却倏忽春歸，棗花如豆，吹緑作朝雨。　休再問，二陸中年詞賦。青衫容易遲暮。冰絃廿五彈瑶水，話到相思解否。還看取，看煙柳溟濛，眼底愁如許。玉鞭再駐，把一掬酸辛，傷時涕淚，贈與趙州土。

浪淘沙温縣書所見

池館總藏鵶，媚殺朝霞。更無簾幕不宜花。燕子一春閒未得，紅雨家家。　翠袖倚寒斜，嫩曆難遮。江南已是可憐些。何況柳煙蕉月底，側帽天涯。

朱孝起

字百原，號廉卿。錢塘人。諸生。有《韻蘭詞》。

浣溪紗

手把羅巾拭淚痕，沉吟往事暗消魂，淡雲微雨又黄昏。　燕子歸來春寂寞，鶯兒打起夢温存，晚妝樓上掩重門。

虞美人

樓頭響絶三通鼓，秉燭開朱户。一灣流水小橋東，認得舊時門巷月明中。　　臨行却道君休送，送也成何用。舊游重到未全迷，不信今宵歸路却從西。

一萼紅 湖上春游

燒痕平。悄東風一夜，吹緑上南屏。天半箏絃，湖邊簫鼓，並作一片春聲。淡黄柳、纔拖金縷，看幾時、飛絮幾時萍。一樣韶華，問渠攀折，何似飄零。　　落日又催寒信。檢裝棉半臂，便覺多情。冪樹煙濃，迴船浪急，天氣難定陰晴。黯回首、踏歌聲斷，莫忘却、前度白鷗盟。腸斷年年芳草，衹近離亭。

八聲甘州 南屏山看紅葉有感

算繁華已到盡頭時，零落好收場。怎重新裝點，枝枝葉葉，一片春光。埋怨天公多事，幻影太荒唐。幾日西風急，又早飄颺。　　却似悲歡無定，已迴腸斷了，再續迴腸。問秋波臨去，何苦一回望。冷落心情到此，怎當伊，淡抹與濃妝。休留戀，早些打點，衰草斜陽。

繼　振

字又雲。漢軍□□旗人。

鷓鴣天

隔一重城萬緒紛，愁風愁雨幾黄昏。最關心事無消息，瞞得人來有夢魂。　愁疊疊，未堪論，寸心無計與温存。安排腸斷卿知否，冷雁疏鐘莫與聞。

木蘭花慢

把闌干倚遍，最無奈、倦人天。想翠袖單寒，紅綃濕盡，别樣堪憐。纏綿。道儂不意，怎臨風、猶把舊題箋。爲問歸期近遠，背人偷卜金錢。　徒然。鏡約盼重圓，香夢欲成煙。早畫屏低掩，無心憐取，鈿雀金蟬。濺濺莫拋淚點，向枝頭、恐誤了啼鵑。且把東風暗咒，斷腸休似今年。

鄧恩錫

字晋占。金匱人。官浙江慈溪縣縣丞。有《清可亭詞》一卷。

沁園春之官浙江，留别同社諸子

一出門庭，莽莽天涯，凄其暗傷。憶沉淪卅歲，腰刀手板，浪游千里，店月橋霜。犢鼻傭酤，螭頭奏賦，儘減相如舊日狂。飄零久，祗聲名草賤，羸道貲郎。　臨歧百感茫茫，早世味酸辛已厭嘗。是不侯李廣，羞譚邊策，有家張翰，翻捨江鄉。彩綫牽身，緇塵撲面，慚愧重登傀儡場。梁溪畔，讓吟朋無恙，泉石徜徉。

菩薩蠻秋蝶

嬌花寵柳尋前夢，粉痕薄褪鬚輕動。側側上階飛，天凉氣力微。　芳情空自惜，欲覓殘枝歇。軟翅懶馱香，西風抱葉黄。

又其二

零星舊伴無聊賴，綺羅生長他生再。儘自小徘徊，一叢紅蓼開。　消除輕薄意，略試清凉味。魂妥冷香中，疏花猶護儂。

王起

字硯香。錢塘人。咸豐九年舉人。有《緑浄軒詞》。

凄凉犯 題評《花仙館詞》，仿石帚四聲詞，爲金韻仙孝廉及汪夫人玉卿伉儷合稿，汪已下世

玉釵恨折春無主，仙雲倏化癡蝶。鏁窗黯粉，朱樓墜夢，夜釭明滅。冰綃淚咽，怕消受、衾兒似鐵。算當時、香熏雪澣，滿紙變凄絶。　顛頷華年度，雨打芭蕉，井凋梧葉。翠箋檢點，忍重歌、斷腸殘闋。剩譜雙聲，把蘭絮因緣悟徹。耐青鸞、獨伴鏡檻，對冷月。

譚廷獻

字滌生。仁和人。諸生。有《蘼蕪詞》。

生查子

牽衣話別時，門掩清秋夜。月没曉星沉，門外蕭郎馬。　思君不見君，夢雨榴花謝。草色似青袍，生滿閒亭榭。

高陽臺 越山秋夜

玉樹花殘，金尊酒盡，溪山滿目清愁。病渴相如，瑶琴欲撫還休。涼風激水哀蟬老，念漢宫、詞筆空留。更難堪、點點流螢，飛上簾鈎。　闌干舊是銷魂地，乍霜棲碧瓦，煙鎖紅樓。對坐調笙，宵分夢到前游。天涯著意憐芳草，奈王孫、潦倒江頭。便從今、有限西風，無限閒愁。

又

槳落潮平，雲移月度，青山容易秋風。半不分明，尋春已是愁中。羅衣顔色都非舊，况西園、深淺花叢。可憐儂、欲采蘼蕪，難定行蹤。　渡江曲調翻桃葉，奈銀箏柱冷，錦瑟塵蒙。微雨當樓，珮聲還在墻東。煙霜庭院多衰草，怕登臨、人似飛鴻。更愁儂、樹又凋零，水又空濛。

更漏子

酒杯停，人語細，月午綉簾垂地。收玉鈿，卷羅衣，海棠顛頽時。　清漏斷，迴腸轉，誰道秋宵更短。纔半響，又三更，疏燈聞雁聲。

芳　草 贈别

問西風玉階芳草，門前便是天涯。驪歌聽唱徹，漫持殘酒，淚滿金杯。羅衣親拂拭，戀餘香、曾入儂懷。暫握手、匆匆不語，斜日樓臺。　頻催。滿堂絲竹，離亭畔、恁許徘徊。登車還在眼，玉容顦顇損，首莫輕回。銀屏人寂寂，有年時、明月重來。算此後、翠衾夢斷，夢亦疑猜。

高望曾

字成父，號茶菴。仁和人。諸生。有《茶夢菴詞》。

水龍吟 闌天竹

靈根謫向瑶宫，十分瀟灑仍依舊。露凝顆細，霞烘色艷，雪欺枝瘦。桐乳低懸，櫻脣圓綻，忍寒三九。看星星幾點，似心似淚，拚贈與，柔荑手。　莫比相思紅豆，料情天，結胎難就。頻伽異鳥，還應錯認，珊柯翹秀。日暮依依，檀欒小樣，袖羅誰守。算今生證果，便無花分，也春風門。

大聖樂 餞秋，次蕢洲韻，和楊晚嵐錦雯

苔徑雲封，豆籬煙暗，薄陰籠樹。倚小闌、吟到商聲，敗葉打窗，清響似攙疏雨。莫問舊時題紅怨，共嗚咽迴潮沉斷浦。秋光杳，對萸菊尊前，愁歌金縷。　天涯可憐夢苦。聽柔櫓摇空孤雁語。道晚寒催换，斜陽難綰，離懷何許。怕卷畫簾西風冷，剩衰草淒迷深院宇。霜華緊，早分付、夾衣裝絮。

長亭怨慢 中秋夜，自松陵放舟，泊烏戍。微雨新霽，凉蟾破空，四顧蒼茫，不聞人語。荒煙蔓草間，蛩聲切切，慘動人意。余方薄醉，感成此解。復以竹笛和之，其聲清渺，山水皆失色也

頓飛散蕭蕭凉雨。碧漢斜流，玉蟾微度。去去扁舟，夜深摇夢、落前浦。旅懷休訴，空自恨、歸期誤。一笛寫秋心，漸吹下、滿天風露。　悽楚。嘆征塵遍地，付與暮蛩吟苦。南樓勝賞，更休問、庾郎詞賦。第一是、煙水秦淮，早零落、舊時簫鼓。試忍淚遥看，雲外斷鴻無數。

時鏡仁兄客壽臺，崑叔兄客閩中，未歸，故及之。

徐同善

字公可。駐防廣州。漢軍正黄旗人。户部陝西司筆帖式。有《花影彈雀詞》。

祝英臺近

展愁眉，開笑口，春夢尚相擾。雨雨風風，催出路旁草。任伊緑遍天涯，王孫經慣，只休遣、玉人知道。　黯懷抱。應悔覓取封侯，青青誤年少。短劍飄零，客鬢頓衰老。那禁冷柝敲霜，哀笳吹月，更攙和、思歸琴調。

諸可繼

字述齋，號小塍。錢塘人。諸生。官都察院額外都事。蚤卒。有《潛安剩稿》，附詞。

雪獅兒題夏莒谷《金鈴小犬圖》

隔籬輕吠，蓮塘浴後，柴扉人語。摇尾乞憐，幾輩形容如許。銀毫寫處。遥想像、花陰日午。厮守也，重門雙掩，琅嬛仙府。　除却宣和舊譜。更金鈴小幀，艷傳千古。蝶化魂歸，剩墨伊誰重補。吉光片羽。憑私淑門人牢護謂劉君鐵蓮。誰其伍。神妙虎頭堪數。

諸可寶

字璞齋，號遲菊。錢塘人。諸生。有《捶琴詞》一卷。

張鹿仙曰：『《捶琴詞》，長調作穿雲裂石之聲，小令又極柳亸鶯嬌之致，其得於天者獨優。又况年少不廉，烏能測其所至。』

蘭陵王 旅思，用清真韻

峭帆直。雲葉風梢破碧。斜陽裏、無限浪花，鴨緑鵝黄弄晴色。行行正去國。相識。煙波釣客。剛携到，春酒半壺，出水鱸魚穀三尺。　重停懶鴻迹。記醉舞中流，横挂層席。天涯奔走愁衣食。看萬里迢遞，數枝清冷，梅花曾寄大庾驛。遠懷滯河北。　心惻。夢空積。漸遍閲霜籬，花事岑寂。長安風景清遼極。有夜半舒嘯，倚樓長笛。邯鄲留枕，待睡醒，漏幾滴。

浣溪紗

舊恨新愁兩不饒，人間何事只魂銷，寸箋難寫畫難描。　酸入天心梅子雨，信回江口雪花潮，小樓排日盼歸橈。

疑雨疑雲迷楚夢，傷春傷別例司勛，欄干曲曲記回文。

又

暈臉輕潮帶宿醺，下階揉損藕絲裙，碧桃華底總逢君。

鶯啼序 舟次紀感，時官軍初下金陵

西風遠吹病燕，過秦淮古渡。祇如此、蒼莽江山，戰塵多少鼙鼓。對荒岸、平蕪十里，斜陽儘送繁華去。好相參、得失前朝，陣雲飛聚。　太息雄城，鬱鬱王氣，枉龍蟠虎踞。十年裏、殘劫紅羊，舊時豪傑何處。蚤枯支、埋沙萬骨，更齇血、縈刀千縷。付今宵、刁斗樓闌，健兒酸語。　桃花畫扇，燕子春燈，有幾多錯鑄。剛看到、大旗紅日，萬騎千乘，緩帶將軍，列侯開府。鐃歌鼓吹，旌幢牙纛，山河重攬東南勝，怕回頭、細讀蘭成賦。新愁舊感休題，鐵馬金戈，孝陵黯澹煙霧。　天涯倦客，少小曾游，認昔年故步。奈兩度、劉郎來到，望眼淒清，巷陌堆蓬，板橋髡樹。瘡痍滿地，乾坤無恙，傷心私顧鬚頷影，念家山、偷弄琵琶柱。聽他終古啼鴉，也說興亡，不堪激楚。

河傳

南浦，春莫，夢梨雲。芳草年年送君，博山小爐香自熏。氤氲，月圓差二分。　柳外東風吹酒面，金縷綫，穿扎桃花片。炙銀笙，調乳鸚。四更，夢來人不迎。

買陂塘 菱花

正初秋、迎凉送燠，横塘西畔波冷。茭繩曲界吴船路，剛認小花妝靚。羅襪净。看顧影亭亭，却步秦宫鏡。酒殘夢醒。問軟角初胎，素心悄掩，幽艷更誰並。　江南恨，多少新歌相贈。秋容如此端整。藕兄蓮子都無意，打槳自邀蘭艇。風半定。有細細香痕，吹得閒鷗瞑。煙波萬頃。又一縷湖雲，一丸潭月，綽約伴芳影。

周洪彝

字仲叙，號蓮君。烏程人。諸生。有《夢笛詞》。

念奴嬌 蘆

露愁風咽，任蕭蕭一片，作成秋色。疏處還將紅蓼補，斜插數枝幽絶。此日飛花，他年羌管，恨與清流別。枯蓬休問，爲誰今已頭白。　最宜凉雨翻時，夕陽紅際，作勢相欹側。漁父歸來横笛晚，吹起半湖晴雪。雁夢沙寒，蟹燈夜閃，渺渺煙波隔。行舟遮斷，但看帆影明滅。

疏影 秋雨

紅啼翠咽。向碧空浄洗，如許秋色。織碎煙痕，愁裊風絲，幾度纔零還歇。濛濛又近黄昏後，奈一晌、燈殘香滅。想短籬、花淚欄干，夢冷暗蛩荒蝶。　滴破幽情未了，閣鈴自語處，相和凄切。井畔梧桐，窗外芭蕉，總是聲聲清徹。忽看雁影微茫裏，更漠漠、孤帆低接。記那回、客館尋詩，響入滿山寒葉。

戴賡保

字勉齋。元和人。現官浙江布政司理問。有《憶梅詞》。

喝火令 節近重陽，黄花競放，異鄉獨客，難遣離愁。讀《漱玉》九日《醉花陰》詞，真覺消魂欲絶也

禪向空中悟，情從夢裏牽。相思紅豆種庭前。妒殺一雙蝴蝶，占住海棠邊。　酒飲初三月，琴彈第五絃。思量舊事暗凄然。一樣西風，一樣菊花天。一樣菊花天氣，人影渺秋煙。

施山

字壽伯，號望雲。會稽人。太學生。

卜算子 題樊雲門《茗花春雨填詞圖》

何處覓春愁，愁在花穠處。細雨絲絲濕茗花，纔弄傷春句。　春自帶愁來，不解將愁去。剩有填詞一片心，畫裏人知汝。

樊增祥

字雲門。恩施人。太學生。有《雲門詞》。

買陂塘 菱花，和諸十一遲菊韻

泛秋光、兜回淺渚，湖西亭子香冷。纖纖軟角擎花笑，倩女生來明靚。波縠凈。看一約秋絲，宛轉開妝鏡。西風酒醒。指波面浮青，水心綉碧，差與越娃並。　牽新恨，打點秋芳相贈。蘭橈無奈重整。連錢荇菜蕭疏蓼，人在鴨頭孤艇。歌乍定。任花外涼煙，煙外雙鴛瞑。銀塘一頃。是剗襪神情，縞衣風度，和月鬥清影。

減字木蘭花 感舊

紅蘼謝了，錦鳩銜花啼到曉。窄窄蓮鞦，小影淩波故未消。　東風瘦燕，病過荷花秋未健。紅淚盈襘，不化鴛鴦化杜鵑。

采桑子 荆江晚泊

輕艭急槳沙頭路，煙水蒼涼，落了斜陽，月比離人色更黄。　昨宵燈火今宵夢，直恁淒涼，儘著思量，偏是閒愁不健忘。

又

娟娟月子隨人慣，寫影春田，鎖夢秋煙，曾見家鄉幾度圓。　碧鸞一去桐心頳，燕子簾前，鷗鷺江邊，一樣青燈一樣眠。

石守彝

字少岳。吴縣人。諸生。有《棲雲琴趣詞》。

菩薩蠻 記別

出門便是天涯路，臨歧欲語偏無語。隔院一枝簫，盈盈雙淚拋。　驪歌歌宛轉，目送江南遠。今夜木蘭舟，吟魂依畫樓。

臺城路 同人集花韻龕餞春

殘英零瓣紛無數，韶華暗催人老。帽影簪花，鞭絲試馬，好放冶游懷抱。燒燈過了。算酒盞詩筒，遣愁多少。一刻匆匆，千金休易寺鐘曉。　歡場暗嫌草草。鷺鷗星散盡，能幾同調。慘緑光陰，落紅心事，都是斷腸詞稿。垂楊細裊。只小閣凌波，儘人憑吊。商略尊前醉，吟滋味好。

謝玉樹

字仲嘉。嘉善人。

謁金門

花事寂，愁緒絲絲如織。紫燕簾前商出入，一襟紅雨濕。　春困懨懨無力，柳岸亂飄晴雪。目斷天涯芳草碧，王孫歸未得。

徐增禕

字懿門。荆溪人。

鎖窗寒秋雨

冷霧斜横，寒煙密鎖，釀成秋雨。絲絲細織，别引一番愁緒。最凄凉、空階韻長，却教有夢無尋處。但卷簾徙倚，吴淞遥憶，舊時漁浦。　蟲語。悲清露。比綉閣佳人，淚多幾許。梧桐滴響，又替淋鈴翻譜。儘銷魂、燈影漸微，敗蕉落葉聲滿户。待更深、霽色開時，月上銀河曙。

卜算子

岫遠覺天低，木落因風勁。雲裏孤鴻不忍啼，寂寞憐秋影。　秋老怕人知，秋去人誰省。覓遍長亭與短亭，一帶斜陽冷。

楊錦雯

字晚嵐，號絅士。錢塘人。諸生。

洞仙歌有感集吳夢窗句

笙歌未散，趁嬌塵軟霧。芳節多陰晝閒度。正漏雲篩雨，空霧飛香，謾長是、輕送年華如羽。　二十年舊事，望極藍橋，幾點疏星映朱户。飛夢逐塵沙，暮靨宫梅，記前度劉郎曾賦。怪翠被佳人去難留，嘆病渴凄凉，鬢華如許。

一萼紅感舊，集張玉田句

更堪嗟。望美人不見，那處認紋紗。笑眼窺簾，輕妝照水，猶疑春在鄰家。怕不是、當初伴侣，却如何、憐我鬢先華。都是凄凉，怎禁離别，風月吴娃。　重到翻疑夢醒，有相思、都在疏柳啼鴉。玉老田荒，江空歲晚，憶昨誰弄琵琶。笑問我、韋孃在否，隱芙蓉、幾被暮雲遮。回首曲終人遠，愁滿天涯。

齊天樂 賦鶯，集李供奉、韋蘇州聽鶯詩字

玉笙忽聽，花間弄朝暉，未來南苑。紫陌煙新，青門曙早，殘漏宮城纔斷。情人夢遠。自不鎖閒愁，一聲鶯轉。啼在兒家，繞樓何處，近相喚。　東風枝上乍卷，好春回百五，時已過半。彩輦隨雲，雕楹耀日，飛向蓬萊千囀。園棲樹暖，又學作嬌音，曲翻能變。柳碧池清，出林猶意懶。

馬書城

字藏山。號竹漁。平遥人。

金縷曲 機聲

軋軋知何處。隔窗紗，雲鬟欲䗵，盈盈倩女。寸寸相思裁不斷，好託迴文細訴。莫計較嫁時機杼。幾度拋梭渾未肯，怕西風，寒到衣無絮。鄰壁外，又敲雨。　井闌絡緯鳴將曙。最關心，征人夢冷，剪刀辛苦。樓角燈青憐夜永，那有春鶯對語。却一遞一絲一縷。縷縷都傳哀怨意，似柔腸，密密尋端緒。還付與，莫碪去。

芮達

字薌碧，號宜庵。江都人。

金縷曲 叩環聲

朱户沉沉閉。上燈初，料無人到，銅壺凝水。隔著葳蕤遥送響，疑似閣鈴敲碎。怪小犬繞花低吠。欲唤紅鸚憑問訊，有誰來，昏月層檐底。孤夢破，枉教起。　長門想是銷魂地。踏苔階，幾番推手，幾番斜倚。悄拂金鋪愁露濕，無奈夜深風細。又只恐玉扃遲啓。依約空廊環珮動，却還防，轉入罘罳裏。閒佇久，試彈指。

秦巘

字玉生，號綺園。江都人。

摸魚子 篆影

認氤氲玉檀深爇，銅盤香裊紋細。團團結就回文樣，映向茜紗窗裏。心印字。怎便似盤旋，曲折如人意。琴絃倦理。儘片晌消寒，更番候火，繚繞寸腸繫。　瓊篝倚。紅袖頻添小試，而今閒殺鴛被。簾垂莫認生波皪，却礙半鈎斜曳。殘夢殢。倩一縷柔絲，扶得秋魂起。煙雲旖旎。更銀鴨熏殘，金猊炷久，誰領個中味。

戚人鏃

字鶴年。諸生。德清人。著有《鎖紅詞草》一卷。

張鹿仙曰：『《鎖紅詞》多驚才絶艷之作，纏綿温麗，猶見金荃之遺。』

尋芳草

無限傷春意，更盼斷、相思煙樹。小重山、隔住人千里。隔不住、愁千縷。獨自上妝樓，看飄泊、滿庭飛絮。悄東風、吹到春歸處。吹不到、人歸處。

更漏子

月鈎斜，更漏静，香夢無端驚醒。鈴語悄，玉痕尖，捲簾銀甲纖。蒼苔立，殘紅拾，一半相思淚濕。釵影彈，鬢絲垂，春愁壓黛眉。

浣溪沙

依舊東風颭玉鈎，腰肢減却幾分柔，憐他憔悴替他羞。　眼角已添新别恨，眉棱猶帶舊時愁，見人特地不回頭。

釋妙塵

字鐵岸。寶山人。有《芬陀利室詞》。

黄韻甫云：『鐵岸年少負才，而隱於浮屠氏。所著《芬陀利室詞》，頗犯綺語戒。豈落花禪榻，結習未除；抑憂憤不得志，有《離騷》美人之感乎？　吾不能辨之矣。』

摸魚子 春感

過清明畫橋人散，天涯知漸春暮。名花一半東風惡，又被無情絲雨。愁幾許。算只有垂楊，尚勸流鶯住。海棠怨否。問靚影誰憐，别來幾日，淚眼竟無語。　芳菲節，重憶秋千何處。樓高終把人誤。鴛鴦照水横波媚，换了凄凉鷗鷺。應更苦。縱盼斷江潮，不見雙魚素。如今倦旅。但酒病詩醫，魂消夢受，目送亂紅去。

浣溪沙

海月紅生夜碧流，花魂扶影下西樓，笛聲誰按小梁州。　未入夢來先怯別，便爲雲去也多愁，一絲風挂翠簾鈎。

齊天樂 齋頭杜鵑花，冉冉落矣，昔人所云『斷腸人遠，傷心事多』者，遇物言情，淒黯之聲，不能卒曲

名花不奈東風惡，盈盈化爲春淚。冷落鶯情，闌珊蝶夢，千里芳心誰寄。斜陽暮矣。看葬入香泥，酒澆不起。黯澹光陰，碧天如夜夜如水。　翠禽枝上細説，一聲聲怨苦，零亂羈思。破驛燈昏，高樓鏡瘦，未必空山無此。看來不是。是短命佳人，病懨懨地。蜀國哀絃，斷魂殘夢裏。

浪淘沙

涼夜夢迢迢，燈影孤飄。秋心都付與芭蕉。又是一枝梧葉下，特地魂銷。　前事憶紅橋，聲咽瓊簫。畫中人送鏡中潮。腸斷去年江北淚，流到今宵。

浣溪紗

菡萏香銷冷翠痕，西風嫋嫋水澐澐，亂蟲聲裏掩柴門。　幾點病紅飄雨淚，滿庭秋緑瘦煙魂，小樓銀燭又黄昏。

蘭陵王 秋柳，用清真韻

暮煙直。凄斷湖橋瘦碧。陽關曲、前度送人，折取香綿贈行色。芳萍寄水國。誰識。鶯花故客。秋千畔，寒食舊游，韋杜城南去天尺。　佳期杳無迹。祇藕外停船，鷗際移席。音書珍重安眠食。看玉勒人去，畫樓天遠，長亭芳草接敗驛。隔雲樹江北。　心惻。淚頻積。怨絮影飄零，長恁孤寂。腰肢有限愁無極。奈萬里征戍，一聲哀笛。西風殘露，盡化作、恨淚滴。

阮郎歸

玉驄人去畫樓西，天涯芳草低。落花情願作香泥，但隨郎馬蹄。　新燕語，舊鶯啼，小園蝴蝶飛。春風昨夜解羅幃，今朝裙帶吹。

釋達塵

字月樵。震澤人。梅堰顯忠寺僧，主長慶寺講席。有《一指窩詩餘》一卷。

少年游《鶯湖泛棹圖》

芳草如煙，緑波如縠，迤邐水雲鄉。輕槳雙划，平湖萬頃，宛在小瀟湘。　先生自署鶯湖長，簑笠任行藏。樹裹鐘聲，沙邊鷗夢，塵事淡相忘。

周道昱

字静涵。烏程人。南潯廣惠宫道士。有《補閒詩餘》。

漁歌子 雨過

料峭東風織嫩寒，深深庭院綻春蘭。煙漠漠，露團團，譜就新詞調紫鸞。

張　謙

號雲槎。海鹽人。邑廟道士。

菩薩蠻 寄懷黄鶴樓茂才

笛中楊柳琴中雪，兩般聲調誰凄切。入耳總相思，伊人渾不知。　夜凉微雨歇，起看疏林月。獨自繞池塘，藕花秋水長。

吴縣潘介繁襄校
仁和徐慶銓編次
平湖張炳堃增訂
錢塘諸可寶校勘
永康胡鳳丹監刊

國朝詞綜續編卷二十二

海鹽黄燮清編纂

顔　氏　二首　賀雙卿　十首　陳　銀　一首　顧　姒　一首
張學典　一首　沈　榛　一首　李　瓊　一首　蔣紉蘭　一首
許燕珍　一首　任玉卮　一首　惲　氏　一首　徐紹芬　一首
陳素安　三首　曹玉雨　五首　錢孟鈿　二首　江　珠　一首
張　芬　二首　尤澹仙　二首　陸　瑛　二首　李　孅　二首
王　倩　五首　莊　燾　一首　張　屯　一首　張　芥　一首
陸　姮　一首　浦夢珠　六首　曹佩英　一首　顧　蕙　一首
朱美英　一首　汪　衡　二首　趙我佩　四首

顔氏

曲阜人。孔興焯室。吏部郎中光敏女。康熙間旌表節孝。有《晚香詞》。

浪淘沙

簫史韻凄凉，月冷筠廊。本來勁節傲冰霜。地下人間心一點，幻影茫茫。　白髮兩高堂，暮景悲傷。親調藥餌檢丹方。淚灑西風紅葉裏，一帶斜陽。

點絳唇　題孔藴光女史藉蘭詩後

黄鵠吟餘，聲聲字字俱嗚咽。素心凄絶，鸞鏡悲殘缺。　點筆窗間，樹樹鵑啼血。冰心潔，冷如寒雪，皎似天邊月。

賀雙卿

字秋碧。丹陽人。金沙綃山農家周某室。有《雪壓軒詩詞集》。

黄韻甫曰：『雙卿詞如小兒女喁喁絮絮，訴説家常，見見聞聞，思思想想，曲曲寫來，頭頭是道，作者不自以爲詞，閲者亦忘其爲詞，而情真語質，直接三百篇之旨，豈非天籟，豈非奇才？乃其所遇之窮，爲古才媛所未有，每誦一過，不知涕之何從也。』

鳳凰臺上憶吹簫 殘燈詞

已暗忘吹，欲明誰剔，向儂無焰如螢。聽土階寒雨，滴破三更。獨自懨懨耿耿，難斷處，也忒多情。香膏盡，芳心未冷，且伴雙卿。　星星。漸微不動，還望你淹煎，有個花生。勝野塘風亂，摇曳魚燈。辛苦秋蛾散後，人已病，病減何曾。相看久，朦朧成睡，睡去空驚。

又

寸寸微雲，絲絲殘照，有無明滅難消。正斷魂魂斷，閃閃摇摇。望望山山水水，人去去，隱隱迢迢。從今後，酸酸楚楚，只是今宵。　春遥。問天不應，看小小雙卿，嫋嫋無聊。更見誰誰見，誰痛花嬌。誰歡歡喜喜，偷素粉，寫寫描描。誰還管，生生世世，夜夜朝朝。

望江南

春不見，尋過野橋西。染夢淡紅欺粉蝶，鎖愁濃緑騙黄鸝。幽恨莫重提。　人不見，相見是還非。拜月有香空惹袖，惜花無淚可沾衣。山遠夕陽低。

濕羅衣

世間難吐只幽情，淚珠咽盡還生。手撚殘花，無言倚屏。鏡裏相看自驚，瘦亭亭。春容不是，秋容不是，可是雙卿。

二郎神 菊花

絲絲脆柳。裊破淡煙依舊。向落日、秋山影裏，還喜花枝未瘦。苦雨重陽挨過了，虧耐到、小春時候。如今夜，蘸微霜，蝶去自垂首。生受。新寒浸骨，病來還又。可是我、雙卿薄倖，撇你黄昏靜後。月冷闌干人不寐，鎮幾夜，未鬆金扣。枉辜却、開向貧家，愁處欲澆無酒。

孤鸞 病中

午寒偏準，早瘧意初來，碧衫添襯。宿髻慵梳，亂裏帕羅齊鬢。忙中素裙未浣，摺痕邊、斷絲雙損。玉腕近看如繭，可香腮還嫩。算一生悽楚也拚忍，便化粉成灰，嫁時先忖。錦思花情，敢被爨煙熏盡。東菑却嫌餉緩，冷潮回、熱潮誰問。歸去將棉曬取，又晚炊相近。

黄花慢 孤雁

碧盡遥天。但暮霞散綺，碎剪紅鮮。聽時愁近，望時怕遠。孤鴻一個，去向誰邊。素霜已冷蘆花渚，更休倩、鷗鷺相憐。暗自眠。鳳凰縱好，寧是姻緣。　凄凉勸你無言。趁一沙半水，且度流年。稻粱初盡，網羅正苦，夢魂易警，幾處寒煙。斷腸可是嬋娟意，寸心裏、多少纏綿。夜未閒，便倦宿平田。

摸魚子 謝鄰女韓西饋食

喜初晴、曉霞西現。寒山煙外青淺。苔紋乾處容香履，尖印紫泥猶軟。人語亂。忙去倚柴扉，空負深深願。相思一綫，向新月搓圓，穿愁貫恨，珠淚總成串。　黄昏後，殘熱誰憐細喘。小窗風細如箭。春紅秋白無情艷，一朵似儂難選。重見遠。聽説道、傷心已受殷勤餞。斜陽刺眼。休更望天涯，天涯只是，幾片冷雲展。

春從天上來 餉耕

紫陌春晴。漫額裏春紗，小梅春瘦，細草春明。春田步步春生。記那年春好，向春燕説破春情。到如今，想春殘春淚，都化春冰。　憐春痛春春幾，被一片春煙，鎖住春鶯。贈與春儂，遞將春你，是儂是你春靈。算春頭春尾，也難算、春夢春醒。甚春魔，作一春春病，春誤雙卿。

又 梅花，查《西清散記》，調同而詞異

自笑懨懨。費半晌春忙，去看花尖。玉容顛頷，知爲誰添。病來分與花嫌。正臘衣催洗，春波冷、素腕愁沾。嘆東風，枉寒香一度，新月纖纖。　多情滿天墜粉，偏只累雙卿，夢裏空拈。與蝶招魂，替鶯拭淚，夜深偷看楞嚴。有傷春佳句，酸和苦，生死俱甜。祝花年。向觀音稽首，掣遍靈籤。

陳　銀

字令儀，號一塘，又號練湖。丹陽人。有《黛山齋詞草》。

搗練子 即事

添沉水，理瑶笙，寶簾摇曳細風生。偷將離恨花前訴，只恐鸚哥浪學聲。

顧姒

字啓姬。錢唐人。鄂幼輿室。

吴蘋香云：『啓姬著有《静御堂集》。精音律，所製詞曲，有「一輪月照，一雙人面」句，爲王阮亭尚書所稱。』

滿江紅 泊淮，示夫子

一葉扁舟，輕帆下、停橈古岸。燈火外、幾枝疏樹，人家隱見。漂母祠前荒草合，韓侯臺上寒雲斷。嘆從來此地困英雄，江山慣。　窮愁味，君嘗遍。人情惡，君休嘆。問前村有酒，金釵拚换。舉案無辭今日醉，題橋好遂他年願。聽三更怒浪起中流，魚龍變。

張學典

字古政，號羽仙。太原人。張佚女，明季楊忠節廷樞媳，吴縣楊無咎室。有《花樵集》《倡和吟》。

《江南通志》云：『學典工詩詞，與夫偕隱，日手經史。教二子，繼光、繩武皆成名。著《花樵集》十餘卷。姊妹七人皆有集。』

蘇幕遮 秋海棠

嫩舒紅，輕剪翠，拂拭新妝，一種天然媚。淺暈燕支疑宿醉，力怯憑闌，香夢初驚起。映殘霞，籠曉霧。嬌態含情，欲語還羞吐。自是月中丹桂侶，一夜金風，吹向瑶階佇。

沈　榛

字伯虔，一字孟端。嘉善人。明南昌司理沈德滋女，進士錢黯室。有《松籟閣集》，附詞一卷。

《郭頻伽詩話》云：『嘉善沈夫人榛、蔣夫人紉蘭，詞最爲清絶。』

如夢令

兔影紗窗移過，緑竹風敲聲破。秋冷透羅衣，形影平分兩個。孤坐、孤坐，玉漏清碪相和。

裊裊垂楊臨水，庭下杏花開未。明月驀移來，逗破玉床鴛被。無寐、無寐，又被烏聲驚起。

李　瑸

字玉樹。長山人。趙伯麟室。有《梅月樓草詩餘》。《山左詩鈔》：『玉樹，明户部尚書長白先生士翺裔孫也，工書能詩，年三十八卒，有《梅月樓草》及詩餘一卷，清麗可誦。』

江南春

風習習，水漪漪。燕來春意足，蝶舞落花遲。碧天斜日横雲斷，自在嬌鶯深樹啼。

蔣紉蘭

嘉善人。

長相思

思懸懸，望懸懸。人去天涯欲見難，音書更杳然。　愁懨懨，病懨懨。愁病支離葬玉顔，問君憐不憐。

許燕珍

字儼瓊，一字静含。合肥人。龍溪縣令許其卓女，諸生汪鎮室。有《黹餘小草》。《見山樓墨話》：「許静含《黹餘小草》，詩多健句，尚有咏新柳詞，甚佳。」

念奴嬌 新柳

橋邊陌上，看如畫一抹，層層緑綺。輕暖輕寒時最好，蕩颺碧波新水。嫩葉梳煙，軟條掠雨，細細絲難理。瘦腰半捻，如何載得春起。　最愛柔態纖盈，向人綽約，摇曳欺桃李。寒食未過剛二月，小似籛錢年紀。别館休攀，離亭莫折，留取東風裏。誰吹羌笛，有人愁正無已。

任玉卮

荆溪人。諸生任頌女，監生吴炘室。

蝶戀花

春雨催花知幾許，盡日濛濛，灑遍江頭樹。纔喜春來春又暮，一年好景成孤負。　滿目飛花兼落絮，却趁東風，冉冉隨春去。只有梁間雙燕語，聲聲還在儂家住。

惲氏

武進人。丹陽吴維室。八月夫死。遺腹子名思祖，授以詩書，爲名諸生。有《咏懷集》。

望江南 秋懷

秋來也，羅帶不勝腰。緑暗紅稀芳信改，只餘怨種與愁苗。常伴可憐宵。

徐紹芬

字浥清，號印山。丹陽人。姜彦初副室。

搗練子 秋夜

垂羅幌，擁香衾，銀釭明滅夜沉沉。無端鐵馬聲頻送，幽夢驚殘月半林。

陳素安

字定林。仁和人。陳星垣女，侍御鴻寶女弟，同邑沈世燾繼室。有《生秋閣集》一卷。

調笑令 詠蝶，示舍妹慕潔

蝴蝶，蝴蝶，記取花香時節。雙雙舞白翻黄，影弄簾帷日長。長日，長日，飛上個人裙褶。

憶王孫 春夕

花梢斜挂月纖纖，綉綫才拋玉指尖。燕子嗔人不下簾。悶懨懨，翠黛愁多不用添。

鎖窗寒 閨情

砌竹摇波，瓶花弄影，月痕微度。新寒太甚，怕啓緑窗朱户。聽檐梢、風耶雨耶，攪來落葉紛無數。和碧梧墻外，瓊簫一曲，斷雲歸去。　無緒。傷孤處。見絳蠟燒殘，淚珠似許。脂痕拭盡，莫到心灰無主。背銀釭、愁整鳳衾，者宵怎覓前夢處。唤侍兒、且放羅幃，静數更籌五。

曹玉雨

新建人。地山先生秀先孫女。

吴子律《蓮子居詞話》：『西江曹玉雨，謝家門第、左家才調，合而有之。』

金縷曲

燕子歸來又。門輕寒、廉纖細雨，清明時候。長遍階前芳草色，妝點韶華依舊。更消得幾回僝僽。綠暗紅稀春漸老，恐凄凉、花亦如人瘦。愁只繫，萬絲柳。　瑣窗一縷香殘後。夢初醒，者番顛頷，非關病酒。別有傷心無限意，試問東風知否。怎吹去眉間顰皺。記得當年離別恨，到而今、淚尚盈衫袖。思往事，但回首。

玉漏遲 燈

綠陰涼月暗，湘簾欲下，紗籠漫卷。病起支離，瘦影怕教重見。休認夜珠一點，繫多少、春愁秋怨。思無限。漏消香盡，酒闌歌散。　曾記舊日蘭閨，正翦燭分題，尚嫌宵短。争似而今，祇解照人腸斷。况對疏窗冷雨，更獨倚、熏篝挑倦。鄉夢遠，心緒落花零亂。

相見歡

夜闌玉篆香消，漏聲遥。獨自鈎簾，新月上花梢。　鄉夢斷，春燈暗，鎮無聊。閒疊紅箋小字，賦櫻桃。

沁園春 闌干

掩映花間，隱約簾前，春痕數重。見橋横水榭，湘紋遥接，廊環幽徑，亞字疏通。錦幔難遮，金鈴無礙，一抹斜陽下綉櫳。堪憐處，護緑陰宛轉，香影玲瓏。　　舊游怕覓芳蹤，憶數遍東風冷露中。正閒吟柳絮，玉纖輕拍，慢調鸚鵡，翠袖微籠。寂寞人歸，依稀夢斷，愁與回腸九曲同。空惆悵，剩年來别淚，相共凝紅。

綺羅香

搓絮成團，吹花作片，怎得低徊春住。數遍金鈴，新緑暗窗如許。拂樓角、蛤粉香殘，墮簾額、蟲絲塵污。奈東風、離恨難消，畫闌一抹露紅嫵。　　等閒苑冷秋千，説甚湔蘭祓夢，惜花芳序。試問啼鵑，唤得春歸何處。漸晝永，蓮漏頻添，更愁續、蕙爐濃炷。憶舊雨、客社凄凉，怕聞歸燕語。

錢孟鈿

字冠之。武進人。錢文敏公維城女，山西進士崔龍見室。有《浣青詩餘》。

蝶戀花

著雨林花紅暈濕。風裊晴絲，吹入眉峰碧。緑遍池塘芳草色，催歸杜宇聲聲急。病起緑窗春事寂。何處留春，深院濛濛月。金縷歌殘檀板歇，海棠夢醒梨雲白。

生查子

春山落翠微，柳色開青眼。小立背東風，燕子穿花轉。揉碎碧桃花，團作相思繭。芳草滿天涯，此意憑誰遣。

江　珠

字碧岑，號小維摩。吴中人。有《青藜閣詩詞》。

鳳凰臺上憶吹簫 和心齋大兄題蕙孫妹《浣紗詞卷》作

雲母窗深，水晶簾静，吟來好句難酬。粲銀鈎小字，巧語鶯偷。爲惜春光窄窄，怎禁得、如許閒愁。腸斷也，珊瑚敲折，無地埋憂。　攢眸。落紅陣陣，遺游絲斷絮，争上眉頭。是書生不櫛，獨擅風流。贏得青衫濕透，都付與、檀板清謳。頻回首，簫聲縹緲，何處秦樓。

張　芬

字紫繁，號月樓。長洲人。州同夏清和室。有《兩面樓詩詞稿》《別雁吟草》。

虞美人 夜坐憶汪媛

別時愁對經秋柳，紅淚沾衫袖。今宵恰是月圓時，只見霜條露葉不成絲。　金針彩綫餘殘綉，忽忽情懷舊。小春芳信到南枝，試問青山何處寄相思。

玉蝴蝶 秋蝶，同沈蕙孫妹作

一樹丹楓掩映，盈條橘蠹，碧繭雙連。拾去暗藏，金合羽化翩翻。粉糝糝，徐開金翅，風拂拂、漸褪香綿。晚霜天。齊紈已棄，無計留仙。　飄然。風流誰擬，吴娃十五，學舞樓前。疏柳閒花，春光應結再生緣。戀癡情、青陵冢上，添詩思、黄菊籬邊。最憐悲秋人瘦，夢破寒煙。

尤澹仙

字素蘭，一字寄湘。吴中人。有《曉春閣詩詞》。

點絳唇春晚，和陸素窗姊韻

晝静簾垂，落花滿地鶯無語。亂愁如許，不共春歸去。　佇望天涯，一帶雲連樹。人何處，相思難訴，分付風前絮。

青玉案寄呈心齋先生

新凉夜散梧桐樹，高閣卷簾凝佇。人隔蒹葭誰共語。風前短笛，柳梢殘月，盡是牽愁處。　浮雲富貴何堪數，轉瞬韶華不如故。去去仙源尋舊路。青衫雪鬢，紅裙涙眼，總被多情誤。

陸　瑛

字素窗。吴中人。貢生羅康濟室。有《賞奇樓詩詞》《蠹餘稿》。

點絳唇春晚

雨雨風風，杜鵑聲裏催春去。半庭花絮，都作離人緒。　記得相逢，春在深深樹。重凝佇，柔情幾許，没個安排處。

望江南 憶婉兮嫂

寒成陣，風露逼簾旌。今夜闌干人獨倚，去年小閣記同登。往事不勝情。

李　娥

字婉兮。吴中人。漫翁詩老其永女，吴縣諸生陸昶室。有《琴好樓小製》。

蝶戀花 得梅垞書

風定高樓籠月暈，秉燭殷勤，尺素從頭認。豆蔻梢頭清露潤，丁香枝上游蜂穩。酒醒夜寒翻抱恨，未準歸期，誤了何須問。滿目凄其人意悶，隔溪漁笛三聲近。

搗練子 春閨，同清溪作

春悄悄，病懨懨，愁到眉峰兩碧尖。妒殺呢喃雙燕子，尋巢依舊入風簾。

王　倩

字雅三，號梅卿。山陰人。知縣謀文女，諸生陳基繼室。按：陳基，字竹士。梅卿與金纖纖先後爲竹士婦。有《洞簫樓詞鈔》。

長相思 雨夜

風瀟瀟，雨瀟瀟，燈暈紅星不耐挑，夢兒和淚拋。　醒無聊，醉無聊，似恐離人魂未消，隔窗多種蕉。

緑　意 緑牡丹

花開頃刻，把好春占斷，穀雨時節。小院迷離，一片煙光，誤他蜂蝶尋覓。誰擎翠袖當階舞，已壓倒、淡妝濃抹。似緑華、睡醒瑶臺，霧髻風鬟堆碧。　漫數藍關舊事，並頭雙笑處，眉黛猶濕。綉幕深圍，弄影娟娟，譜入清平尤絶。生綃擬寫傾城態，拚費却、煙螺一石。怪侍兒、勸插雲翹，青鬢奈儂非昔。

南　浦 春水，用張玉田韻

一碧影摇空，卷晴煙，恰似奩開清曉。斜颺柳絲絲，村南北，已把游塵净掃。棹歌何處，鴛鴦驚散圓漚小。梅雨幾番添幾尺，漸没汀洲芳草。　坐來天上浮槎，指彎環溪路，仙源近了。蘋藻半浮沉，苔磯濕，知有浣紗人到。相思渺渺，桃花潭上離筵悄。倘見漁郎須問訊，流過落紅多少。

又 秋水，用張玉田韻

一色遠連天，最消凝，江上日斜煙曉。倒影浸芙蓉，澄鮮極，豈待鯉魚風掃。楓灣柳港，星星紅露漁燈小。惆悵楚魂招不起，零落幾多香草。　者回夢度瀟湘，訝沙清石淺，比前退了。打槳入蘆花，溪橋斷，偏有鷺鷗尋到。予懷渺渺，浮家人去煙波悄。那更霜濃洲渚冷，漸漸采菱船少。

高陽臺 蔣茝香，名如蘭，曲中翹楚也。母爲大家遺妾，遂誤落煙花。冷淡性成，兼工繪事。宛仙女史爲摹拈花小影，愁容病骨，婉娩可憐。因題此解

索笑拈花，怯寒避月，珊珊訝是飛仙。綠鬢垂絲，知他顒頷年年。漫言生小工愁甚，便無愁，瘦已堪憐。語凄然，爲問同心，只有湘蘭。　昨宵夢去分明見，記倦眸剪水，芳氣吹煙。空谷香清，那容蝶繞裙邊。幾多幽怨憑誰訴，掩離騷、重整琴絃。笑人間桃李尋常，並蒂争妍。

莊 燾

字磐山。奉賢人。

暗香 和張筆芳梅花詞

四山寒色。正小園雪後，悠然聞笛。細蕾乍匀，休認珠胎誤輕摘。略見横枝映水，漸催動、吟香詩筆。待畫取、塵外幽芳，春思散瑶席。仙國。正寥寂。想庾嶺夜長，月華重積。夢回自泣。一墮紅塵難憶。閒向妝臺對影，應伴我，湘蘭凝碧。問素女、瓊佩響，幾人聽得。

張屯

字麗然。婁縣人。

暗香 和張筆芳梅花詞

溶溶夜色。向苔階小立，臨風横笛。香襲素裾，珠蕊盈盈忍攀摘。最愛孤林澹月，寫清韻、疏簾吟筆。卷綉幕、玉蝶飛來，春影墮文席。南國。境沉寂。正庾嶺夢回，凍雪猶積。翠絃欲泣。歷盡冰霜不堪憶。還剩一枝瘦骨，疏竹外、石寒溪碧。閒看取、瀟灑致，冷情自得。

張芥

字筆芳。雲間人。有《環翠閣詩詞》。

暗　香 乙丑春，家大人緘示梅花詞，用石帚韻敬和

綉窗曉色。正夢回庾嶺，一聲羌笛。小展緑紗，對此盈盈忍輕摘。萬點瓊瑶綴樹，彩鸞下、偷描仙筆。月午過、篩影横斜，香氣拂吟席。　梅國。久寂寂。悵萬裏路遥，夢痕空積。題箋欲泣。清泠官齋鎮相憶。疑是花神索笑，幾朵暈屏山輕碧。恨驛使無便也，幾時寄得。

陸　姮

字鄂華。長洲人。張渌卿詡室。

郭頻伽曰：『鄂華善綉工詞，早歲夭折。寄渌卿《菩薩蠻》詞，含思凄婉，哀感頑艷，真傷心人語也。』

菩薩蠻 寄渌卿

釀花天氣春愁重，淡雲微雨都如夢。金斗熨沉香，夜來針綫忙。　踏青渾懶去，女伴空招取。多事是黄昏，替人催淚痕。

浦夢珠

字合雙。

臨江仙

嘉慶甲子上元，從芙蓉山館得蘭村先生《臨江仙》詞十二闋。久深泥絮之悲，復動風蘋之感。强收鮫淚，研以麝臍，依數和成，用申惆悵。惟是天名有恨，媧補難全；水號相離，禹疏不到。頻喚奈何，冀逢子野；竟能悔過，尚望連波。録奉璧雙夫人正之。薛濤箋小，難遍書薄命之詞；秦女笙清，或善譜工愁之曲耶

記得春閨初學綉，花綳高似身長。金針拈得費思量，不分花四角，何處到中央。碧緑青紅親手理，殘絨唾上紅窗。嬌癡渾未識鴛鴦，怪他諸女伴，偏愛綉雙雙。

又

記得鬟絲初覆額，緑雲低壓眉齊。人誇心巧有靈犀，簸錢贏智姊，鬥草勝蘭姨。月影一庭邀小婢，迷藏閒捉樓西。往來花底影迷離，怕人聞響屧，剗襪上唐梯。

又

記得水紋涼不動，一天雲浸魚鱗。畫船欲上更逡巡，羅衣輕似葉，香借藕花熏。忽地白蘋風起處，蘭橈吹近湖濱。關心未肯采紅菱，憎他絲宛轉，生性解纏人。

又

記得雙星偷拜日，輕開槅子冰紋。沉沉深院寂無人，生憎風一陣，低揭藕絲裙。八尺藤床紅玉枕，桃笙一綫涼痕。忪惺夢破乍迴身，鬢鬆誰替整，狼藉一窩雲。

又

記得消魂橋畔路，無端細馬馱歸。蘼蕪長遍舊紅閨，縷金箱啓處，塵滿五銖衣。聞説犀簾紅淚漬，檀奴瘦減腰圍。紅墻不隔燕雙飛，怪伊難寄恨，只解啄芹泥。

又

記得傷春經病起，日長慵下妝樓。慧因悔向隔生修，草偏栽獨活，花未折忘憂。一幅生綃窗下展，親將小影雙鈎。畫成未肯寄牽牛，只緣描不出，心上一痕秋。

曹佩英

字小琴。王井叔嘉禄室。

曲游春 題顧畹芳夫人畫海棠花

小院春陰裏，正綉床人倦，閒放刀尺。殺粉調鉛，寫煙愁依約，海紅簾隙。細雨燕支濕，恰纔展、絳綃輕裛。料夜深喚起，華清嬌墮，翠鬟無力。　艷絶。雕闌春色。記聘到梅花，開過寒食。銀燭黄昏，怕紅成瘦損，緑催消息。斜倚秋千側，試添個，春人吹笛。更著一幅新詞，錦心細織。

顧蕙

字畹芳。吴縣人。

減字木蘭花 題《湘花館圖》

篔簹夾路，如向瀟湘深處住。小築三楹，翠繞庭前畫不成。余曾寫定是圖，殊愧不工也。彩毫春暖，頃刻圍屏花葉滿。茶熟重看，窈窕靈妃秀許餐。

朱美英

字蕊生。海鹽人。

沁園春 茉莉

玉琢玲瓏，小朵娟娟，開當晚凉。看露華洗出，栽須瓷盎，晚風吹放，灌合瓊漿。鸞鏡妝殘，蟬紗浴竟，小摘斜簪趁月光。勾留處，是五更轉側，兩鬢凝芳。　羅紈柄貯昏黄，正斗帳紅羅綺夢長。記櫻籃挂處，香偏叠雪，桃笙展罷，冷欲凝霜。十幅蠻箋，一枝斑管，不寫人間第一香。關心甚，比陔蘭采得，先奉萱堂。

汪　蘅

字采湘。仁和人。有《紅豆軒詩詞稿》。

浣溪紗

唾碧衫嬌膩淚痕，衍波箋贈咏花人，心頭滋味剩酸辛。　悶倚玉闌思甚事，祇因春去易銷魂，夕陽紅上畫羅裙。

又

低掩銀屏護水仙，夜深明月到窗前，姮娥心事没人憐。　欲墮燈如紅豆小，未灰心比緑梅酸，避愁不敢畫眉彎。

趙我佩

字君蘭。仁和人。有《碧桃仙館詞》。

菩薩蠻

羅幃昨夜秋先透，一燈凉殺缸花瘦。無力卸殘妝，桐陰月轉廊。　愁多偏易醉，悶擁香衾睡。不道夢難成，酒醒愁又生。

憶秦娥

東風急，海棠紅褪燕支色。燕支色，秋千廊外，落花狼藉。　晚妝樓上誰横笛，垂楊一樹傷心碧。傷心碧，玉人何處，鳳城遥隔。

卜算子

一樣雨和風，各樣愁人聽。樓外垂楊樓上人，同是懨懨病。　低掩水文窗，莫把闌干憑。昨夜西風今夜寒，瘦却釭花影。

清平樂

遣愁不去，没個藏愁處。小小眉彎擔不住，作出淒凉如許。　連朝雨冷花黄，西風病起迴廊。已是傷秋傷别，那堪又過重陽。

吴縣潘介繁襄校
仁和徐慶銓編次
平湖張炳堃增訂
錢塘諸可寶校勘
永康胡鳳丹監刊

國朝詞綜續編卷二十三

海鹽黄燮清編纂

孫雲鳳

字碧梧。仁和人。有《湘筠館詞》二卷。

郭頻伽云：『《湘筠詞》寄意杳微，含情幽渺，置之《花間集》中，當在飛卿、延巳之間。』黄韻甫云：『《湘筠詞》婉約凄遠，短調尤韻，愁脂楚楚，如海棠之在秋也。』

菩薩蠻

華堂宴罷笙歌歇，夜深香裊爐煙碧。酒醒小屏風，燭花相對紅。　玉釵金翠鈿，柳葉雙蛾淺。日午未成妝，綉裙雙鳳凰。

又

翠衾錦帳春寒夜，銀屏風細燈花謝。鴛枕夢難成，緑窗啼曉鶯。　愁來天不管，鬢墮眉痕淺。燕子不還家，東風天一涯。

浣溪沙

十二珠簾掩碧窗，懶吟慵綉不成妝，困人時節日初長。　湖水雨餘浮鴨緑，柳絲風暖漾鵝黄，畫船猶記落花香。

柳梢青

紅藥東風，緑陰疏雨，何處鳴鳩。門掩殘春，簾垂清晝，人倚高樓。　綿綿不斷離愁，似芳草、萋萋遍洲。天若有情，月如無恨，水亦西流。

點絳唇

折柳尊前，離亭歌罷西風冷。路遥酒醒，立盡斜陽影。　流水行雲，從此知難定。闌休憑，月殘煙暝，總是凄凉境。

水龍吟　游絲

雨晴乍暖猶寒，清明時節閒庭院。飛花簾幕，輕煙池館，綉床針綫。曲曲迴腸，悠悠愁緒，隨伊縈轉。颺芳郊翠陌，流雲去水，渾無著，教誰管。　九十韶華過半。記南園、踏青歸晚。紅香影裏，緑陰疏處，飄揚近遠。揺漾吟魂，懵騰午夢，頓成春懶。但垂垂斜日，小闌人静，畫東風軟。

浪淘沙 風螢

青影亂簾旌，點點春星。碧天如水月華明。深院夜涼人乍定，吹墮銀屏。　闌外竹聲清，半臂紗輕。玉階猶憶那時情。團扇軟羅兜不住，茉莉釵橫。

浣溪沙

小院濃陰綠更幽，鶗鴂聲裏夕陽收，棗花微雨釀成秋。　涼月玉簫懷舊夢，東風池草惹新愁，一春心事倚高樓。

應天長

錦衾香冷消蘭麝，明鏡黛眉慵不畫。重簾下，憐深夜，細雨短檠寒穗謝。　柳梢新月挂，記得晚涼初夏。花底酒闌歌罷，個儂蟬鬢卸。

孫雲鶴

字蘭友。仁和人。

沁園春 指甲

雲母裁成，春冰碾就，裹住葱尖。憶緑窗人静，蘭湯悄試，銀屏風細，絳蠟輕彈。愛染仙葩，偶調香粉，點上些兒玳瑁斑。支頤久，有一痕鈎影，斜映腮間。　摘花清露微黏，剖綉綫、雙虹挂月邊。把霓裳暗拍，代他象板，藕絲自雪，掐個連環。未斷先愁，將修更惜，女伴燈前比並看。消魂處，向紫荆花上，故逞纖纖。

孫蓀意

字秀芬，一字苕玉。仁和人。蕭山高第室。有《衍波詞》二卷。

卜算子慢

暗螢穿户，缺月籠雲，門掩深沉院宇。暈入燈花，漸覺凉生白苧。到黄昏，更下疏疏雨。聽檻外、蕭蕭槭槭，芭蕉葉葉如語。　此際别情苦。念往日歡悰，今宵愁緒。倚遍熏篝，祇恨夢魂無據。劃金釵、自把郵程細數。記取相思萬種，待歸時説與。

菩薩蠻

枝頭杜宇啼聲急，一簾絲雨和愁織。花事太匆匆，苔階甃落紅。　晝長春綉懶，偏髻拖殘綫。斜倚小屏山，含情憶去年。

李佩金

字紉蘭。長洲人。有《生香館詞》。

菩薩蠻秋夜書懷

冰輪碾破遥空碧，碪聲敲冷相思夕。望斷雁來天，瀟湘煙水寒。　玲瓏花裏月，知否人間别。一樣去年秋，如何幾樣愁。

蝶戀花

記得黄昏耽静坐，寵柳嬌花，春恨吟難妥。珠箔飄燈風婀娜，四圍碧浪春痕皺。　譜就紅鹽蘭燭墮，擊碎珊瑚，唱徹誰人和。提起閒愁無一可，淚絲彈瘦緗桃朵。

金縷曲莫春月夜，懷林風、畹蘭於吴中，時余將赴中州，感賦此解

月照梨花白。背銀屏、疏檠黯澹，薄寒猶怯。煙暝星摇青欲墮，幾樹香桃紅濕。却正是、消魂時節。夢影迷離歸路遠，聽啼鵑、泣遍春山碧。飛不度，暮江闊。　柔腸細綴丁香結。想於今、去原有恨，住還無益。兩地相思終不見，何似翻然輕別。怕此後、更無消息。一點墨痕千點淚，看蠻箋、都漬殷紅色。虬箭響，四更徹。

孔蘭生

曲阜人。舉人昭恢女，桐城方錫琯室。

雨中花令題從嫂司馬夢素女史《秋海棠》遺畫

腕底酸紅冷翠，寫出秋容如醉。恨殺西風情太惡，吹黯冰絲淚。　閒把畫圖相晤對，又朵朵、階前顛頓。更惱甚、一聲蛩語，哽咽寒夜心頭碎。

葉俊傑

字柏芳。江夏人。署長沙府通判邦祚女，吴橋知縣孔昭誠室。有《柏芳閣詞》。

如夢令

籬畔紅梅香透，又是賞春時候。不見咏詩人，辜負艷陽清晝。僝僽、僝僽，病骨畏寒花瘦。

沈　芳

字夢湘。長洲人。諸生顧春山繼室。有《寂寥詞》。

黄韻甫云：『夫人好讀書，耽吟咏，兼工繪事，筆墨所入，輒以周貧乏。曰：「吾無飢寒憂，留此何用？」慷慨豪爽，有俠士風。詞律謹嚴，神韻超妙，足以洗刷浮濫。』

東風第一枝 柳絮

拂水成蘋，隨花吹淚，韶光欲繫難住。漫疑晴雪飄香，艷説謝庭咏句。尋芳漸懶，怪小巷、綠陰如許。向樹底亂撲，輕煙腸斷，踏歌人去。　空倚遍、綉簾綺户。難忘是、寶環翠羽。落紅猶積溪橋，那得一般解語。離懷正苦，莫誤認、鬢絲添素。更杜宇、催送春回，幾點弄愁疏雨。

一枝春 春雨

作弄輕寒，又廉纖、釀出離愁多少。香車待覓，小徑濕煙難掃。蕭條院宇，漸緑長、滿階芳草。空自望、千里行雲，雁足不傳書到。　黄昏最憐人悄。正疏簾半卷，一燈相照。十年舊事，頓使暗縈懷抱。寒衾倦聽，和鶯語、隔窗催曉。腸斷是、零落梨花，好春易老。

念奴嬌 落花

香銷玉減，又東風斷送，輕紅撩亂。誰倚湘簾彈粉淚，一霎閒階吹滿。天上瓊宫，人間金屋，艷色難常戀。飄零如許，杜鵑深夜啼斷。　惆悵薄命生成，韶華逝水，夢裏人難唤。曾怕寒欺圍錦帳，又替花愁春短。忍拾殘脂，慵尋碎佩，獨立深深院。多情明月，照來離恨何限。

暗　香 落梅

夢回寒怯。正雨餘小院，斜飛香雪。一曲玉龍，吹曉霜天唤愁絶。寂寞閒溪照影，空孤負、五更殘月。料倩女、裊裊離魂，昨夜返瑶闕。　情切。向誰説。記翠袖憑闌，那回同折。冶游易歇。江北江南忍輕别。腸斷幾聲怨鶴，偏絶似、啼鵑凄咽。悵後約、橋畔路，但看緑葉。

憶舊游

記梅邊款語，檻外論詩，静院無人。短夢憑風過，悵花飛蝶瘦，易誤芳辰。冷香尚留殘菊，簾卷更銷魂。又作弄、秋聲梧桐，細雨生怕黃昏。　思君舊吟句，道一樣愁懷，共掩閒門。眼底凄凉況，料春暉同恨，珠淚沾巾。小橋暗通流水，空自約湔裙。但倚遍危闌，悠悠望斷日暮雲。

長亭怨慢次步華夫人韻

正惆悵、緑迷煙樹，夢隔紅樓，暗愁如許。燕子銜花，此時春滿畫橋路。舊游難續，還只恐、流鶯去。獨自立蒼苔，記那日、弓鞋同步。　延佇。怨東風易老，兩地錦箋慵賦。懨懨意緒。但鏡裏、恨添眉宇。閉閒門、暗數韶光，枉過了、幾番晴雨。又滿院濃陰，生怕蝶來都誤。

王蘭佩

錢唐人。佚其名。有《静好樓詩詞集》。

蘇幕遮

靨邊紅，眉上翠。鸞鏡無情，早報人顛顇。病起但知因病累，未病前時，先已心如醉。倚風蘭，零露蕙。秀弱香清，只恐根莖脆。好向空王求懺悔，花莫芬芳，人也休聰慧。

席佩蘭

字韻芬。昭文人。孫子瀟室。

壺中天 和歸佩珊女史雨窗填詞韻

水雲如墨弄秋陰，釀出一天詩意。恰好個人新病起，愁味與秋同至。草褪紅心，苔酣緑髮，綉遍凄凉地。簾兒風揭，窗兒却被風閉。　一任小女題餻，雙鬟送酒，有甚閒情致。只看雨零蕉葉上，悟出美人前世。癡惜花魂，嬌憐蝶夢，減盡眉邊翠。擲毫而起，干卿畢竟何事。

歸懋儀

字佩珊。琴川人。上安李安之室。有《聽雪詞》。

風蝶令題美人便面

畫裏春風面，懷中明月光。緑陰消受午風凉。料得愁深夢淺，不成妝。窈窕神仙質，聰明玉雪腸。句成應是費商量。待看筆花吹作，滿身香。

清平樂十六夜聽雨，次圭齋妹《春月》之韻

夕陽西下，月向檐前挂。香靄空濛花夢惹，此景宜詩宜畫。輕寒一縷穿寮，夜深沉水添燒。華燭清尊昨夜，昏燈冷雨今宵。

梁德繩

字楚生。錢唐人。有《古春軒詩詞鈔》。

百字令題《生香館詞稿》

秋空琴響，是清商清徵，一般凄惻。雖乏鍾期山水賞，略辨絃桐燥濕。蘭秀空山，珠明午夜，露潔凉蟬翼。眉山未接，滿襟芳意先襲。　爲想結習薰修，浮幢香海，一寸靈心納。我亦絳河曾夢去，欲訪錦機消息。思比雲忙，才如花艷，怕被天孫識。新詞吟罷，幾回惆悵胸臆。

張襄

號雲裳。□□人。有《織雲仙館詞》。

金縷曲 和陳芝楣觀察原韻

一片雲飛墮。乍持來、瑶箋爛漫，郇公五朵。湖海樓頭高百尺，也賞緑窗吟課。慚愧殺論班説左。多少英才門下士，更傳燈分與蘭閨火。珠玉似，咳和唾。　愁人今向愁城坐。悔髫齡、塗鴉幾字，外間流播。冰雪聰明天付與，未免言之太過。况齒及蛾江血涴。父櫬未歸兒遠適，問孤孀母子依誰可。將伯告，倘予和。

黄鳳

字絳雲。蕪湖人。陶明經時雨室。

如夢令 憶外

晝永心愁如病，望斷天涯歸信。薄倖慣飄零，空把金錢卜盡。愁聽、愁聽，人道重陽時近。

吴　瑛

字若華。平湖人。吴樹屏少宰女，同邑屈恬波室。有《芳蓀書屋存稿》，詞一卷。

憶真妃鷓鴣

齊飛錦翅啼春，戲煙津。一曲幾多清怨，唤離人。　湘水闊，荒祠冷，吊黄昏。翻羨縷金雙影，綴紅裙。

楊繼端

字古雪。遂寧人。同知輯五女，主薄張問萊室。有《古雪詩餘》一卷。

百字令海棠

彩絲誰綰，似紅兒待聘，錦帷春鎖。粉本燕支争畫到，無此輕盈婀娜。弱不禁風，嬌還帶雨，春有痕難裹。玉纖摘去，絳雪飛上釵朵。　早又時節中和，清明漸近，香减熏奩火。欲繫好春無氣力，遲日懨懨低彈。殘夢初迴，宿酲猶倦，判得消魂我。高燒銀燭，夜深休放花卧。

買陂塘 西泠送春

最難忘、六橋煙柳，清陰搖蕩如許。東風吹得春來早，怎不繫將春住。成寄旅。聽記拍紅紅，唱徹黄金縷。深沉院宇。漸拾翠人稀，添香夜短，獨自甚情緒。渾無據，惆悵鶯啼燕語。韶光容易飛去。青山緑水還依舊，瞥眼頓成今古。傷別否，試問取、春歸可是春來處。摧花墮絮。又併作黄昏，疏疏淅淅，幾陣打窗雨。

金縷曲 憶母

兩載萱闈隔。夢魂中、相依歡笑，宛然疇昔。痛殺椿庭長逝後，蜀嶺吴山分翼。聽杜宇催歸聲急。身不爲男終遠別，看慈烏反哺悲何及。知甚日，侍晨夕。　浮生薄宦萍蹤迹。念隨行、天涯夫婿，也同爲客。兒已半生愁病裏，白髮那堪相憶。惟默祝、康强逢吉。故里重經門巷改，幸眼前愛護佳兒媳。思往事，淚頻拭。

汪玉軫

字宜秋。吴江人。陳某室。有《宜秋小院詩詞》二卷。

菩薩蠻

西風庭院人凄絶，梧桐幾片殘秋葉。敲著紙窗櫺，孤衾和夢聽。　長更和短角，催得燈花落。觸目總銷魂，低頭見淚痕。

海棠春

無端一夜東風驟，便吹得、杏花消瘦。待等小桃紅，是晚春時候。　惜花心事花知否，看鏡裏、雙眉長皺。花信一番番，只芳年難又。

張緗英

字緯青。陽湖人。張琦女，江陰章政平室。有《緯青遺稿》。

更漏子

聽幽蛩，鳴玉砌，月影重門深閉。清露冷，漏聲微，敲窗敗葉飛。　簾半捲，人微倦，閒倚熏籠題扇。爐煙裊，畫屏深，添香學撫琴。

疏影 賦得蛛絲網落花

檐蛛暝織，放游絲一縷，黏住香魄。滿地餘芳，不卷重簾，正怯晚來凄寂。東風又是頻吹送，共柳絮、一般輕別。忍看他、罥盡殘紅，春去者番難覓。　澹月深林乍影，小樓凝望處，懸布籬隙。恰似閒愁，繫得芳心，一刻幾回欹側。多情鳳子尋香夢，想葉底、雙雙憐惜。莫教他、粉翅飛來，隨著春魂狼藉。

屈鳳輝

字梧清。平湖人。胡之垣湘雷室。有《古月樓詩詞》。

水晶簾

春雨濛濛草色齊。綉簾垂，暮雲低。愁聽林中，時有一鶯啼。無奈落花留不住，亂紅飛過小橋西。

馮蘭貞

字馨畦。金壇人。于皤溪太守尚齡室。有《吟翠軒稿》。

南柯子

春盡寒猶在，愁多夢不成。月華如練上簾旌。爲愛一窗花影，故吹燈。　灘響風初息，更殘漏未停。却憐杜宇唤聲聲。無奈天涯誰肯，覓歸程。

疏　影 梅魂

空庭寂寂。悵冰痕一縷，誰更描得。瘦影荒煙，冷雨前村，猶認舊時江驛。輕盈儻化梨雲去，便剪紙招來難覓。又依稀、淺水黄昏，唤起數聲風笛。　仿佛亭亭倩女，夕陽移素影，一樣清絶。月地濛濛，雪徑沉沉，剩有啼禽消息。幾生縱使重修到，已悟徹、者番空色。等甚時、購取名香，可奈土花寒碧。

陳芳藻

字瑞芝。祁陽人。金壇于彭齡室。有《挹秀山莊詞》。

清平樂 鏡

寒光皎潔，認取秦時月。爲問圓冰清到骨，可貯芙蓉顔色。　愁來怕上眉梢，恐伊知我魂消。顧影卿憐誰瘦，朝朝相對無聊。

南浦 春柳，用玉田春水詞韻

裊娜舞長條，繞隋堤、翠羃金衣啼曉。細縷蘸晴波，低搖漾，水面落紅頻掃。柔情弱態，盈盈十五憐嬌小。十里曉風殘月岸，譜入才人詞草。　樓頭觸起相思，覓封侯、忍把年華負了。怕見擘棉時，飄零恨，點點紗窗飛到。韶光易渺。杜鵑喚得春歸悄。回首灞陵橋畔路，綰住離愁多少。

郭慧媖

字佩芳。吴縣人。有《鳳池仙館詞》。

南鄉子 聞笛

隔院度紅腔，細逐宵風轉曲廊。四顧無人蛩語歇，微凉，惜少歌喉囀泰孃。　夜色照瑶窗，酒盞猶温月過墻。雨被蟬琴彈住了，梅黄，又報梅花落楚江。

擣練子 曉從聖因寺入錢唐門

殘月白，早霞紅，岸柳依依戰曉風。傍水人家門未啓，隔湖吹墮一聲鐘。

莊盤珠

字□□。蘭陵人。有《秋水軒詞》。

黄韻甫云：『《秋水軒詞》靈心妙舌，動若天籟，深得三百篇古樂府神理。』

浣溪沙 初夏

睡起紅留枕上紋，病餘緑減鏡中雲，畫簾窣地又斜曛。　倦蝶分明尋斷夢，浮萍容易悟前因，無聊天氣奈何人。

意難忘 重游近園

桂粟凝黄。記燈燃蘭檻，月漾銀塘。紅牙互按曲，烏舫競傳觴。吹鬢影，送衣香，風也忒匆忙。問此生開懷有幾，忍負秋光。　者番重到凄凉，似辭巢燕子，更過空梁。梅還如我瘦，草竟比人長。待去也，轉彷徨。住又費思量。只任他柴門深鎖，一片斜陽。

踏莎行 病起即事

最怕殘春，亂紅堆徑，今年人比花先病。不教細雨幾番催，留春一日花應肯。　風定簾間，燕眠梁静，清明近也寒還剩。空檐病起已無花，夕陽只照游絲影。

又 春柳

曉月離亭，斜陽古渡，有時遮斷行人路。桃花作伴過清明，誰家池館藏煙雨。　拂岸千絲，縈橋萬縷，影隨流水何曾去。笑他無計綰東風，濛濛吹起漫江絮。

菩薩蠻 春蘭

群芳逞媚韶光裏，一花秀影偏無比。草緑不逢人，空山忽見君。　立鷩遺世獨，獨抱幽香宿。春澹只如秋，芳心不貯愁。

又 冬夜

梅枝正壓垂垂雪，梅梢又上娟娟月。雪月與梅花，都來作一家。　也知人世暫，有聚翻成散。月落雪消時，梅花剩幾枝。

探芳訊 絡緯

冷消息到，曉露墻根，晚煙籬隙。正綉衾夢斷，西風豆花急。殘燈窗裏明還暗，月在窗前白。忽驚猜、巷北街西，那家宵績。　何日便成匹。怪響引絲長，緩憐絲澀。静夜寒閨，幽韻雜刀尺。亂愁誰颺千條縷，争把秋心織。便無愁，也自聽他不得。

一籮金 殘菊

絶似佳人支病骨。又似寒儒，顦顇衣千結。曉怕濃霜昏怕月，重陽以後人間别。　蘆簾紙閣塵清絶。占斷秋光，也算花豪傑。未脱塵根終有劫，爲花懊惱多時節。

汪菊孫

字静芳。錢唐人。遠孫姊，諸生金文炳室。有《停琴佇月軒詩詞》。

菩薩蠻 納涼

黄昏雨過流雲急，尋涼閒憑雕闌立。呼婢卷簾看，池荷香未殘。　閒庭蟬罷唱，月照梧桐上。花外數流螢，晚風團扇輕。

柳梢青春暮

過了清明，輕寒輕暖，春剩些些。花褪鶯慵，苔濃蝶懶，閒掩窗紗。　夢醒寶鼎煙斜，又柳外、紅摇暮霞。怨殺東風，一年春事，都付楊花。

洞仙歌題《南湖華隱樓圖》

嫩寒三九，看玉梅微唾，記得徐孃舊庭宇。奈粉奩零落，香碗飄殘，風乍緊，卷了半湖春去。　翠樓人已渺，紫玉煙沉，暮雨朝雲更何許。蝸蝕壁間題，鄰笛悠揚，空惆悵、花前俊侶。剩幾樹衰楊，亂啼鴉，忍卷裏重尋，相思千縷。

吴規臣

字香輪，一字㸃卿。金壇人。吴縣顧侶松大令鶴室。

郭頻伽曰：『㸃卿畫花卉，風枝露葉，雅秀天然。詩詞皆嫻，而不多見。其客白門時，嘗刻小詞數闋。』

青玉案

煙痕催暮風絲冷，只有儂心領。逝水年華真一瞬，春花多笑，秋花多病，都是傷心境。
危樓鎮日無人影，小立也拋清茗。濁酒澆來心自警，歡時偏醉，愁時偏醒，何處商量準。

席慧文

字怡珊。澠池人。

鵲踏花翻 題黃韻甫《帝女花》院本，傳明季坤興宮主事

露咽秦簫，雲沉蜀鏡，青門路斷無人識。孰將舊事繁華，舊夢淒清，一齊付與寒螿泣。依稀豪竹間哀絲，當筵細譜龜茲律。　寫出多少，王康調逸，淚痕和墨如鉛瀉。回想禁苑烏啼，鼎湖龍化，落葉添蕭瑟。千秋遺恨怕重提，生憐明月圓還缺。

方懷英

字畹餘。錢塘人。閔某室。有《猗香樓詞》。

南柯子 懷珏樓應夫人

曲沼荷錢碧，繁枝榴火紅。行帆流水夢無蹤。翹首白雲當户，疊奇峰。　梁燕綢繆語，懷人寥寂中。關河百二路重重。難向溪頭雙鯉，問詩筒。

許庭珠

字林風。雲間人。姚春木室。

采桑子

紅樱斗帳愁難寢，明日花朝，準備無憀，春過江南第幾橋。　碧天如水横珠斗，豆蔻香燒，韻字紗挑，月寫花枝上綺寮。

湯　芷

錢塘人。

瑣窗寒 題湯德媛《寒閨病趣圖》

不恨偏愁，非慵似懶，懨懨終日。年華逝水，又是暮冬時節。倚妝臺、雙顰翠蛾，雲鬟强整嬌無力。正峭寒一陣，侍兒低語，夜來微雪。　簾密休輕揭。怕見了梅花，憐伊瘦骨。葱尖攏袖，閒究還丹真訣。更多情、呵凍草書，幾回鹿脯從人乞。待和風、吹暖蘭房，共玩春宵月。

沈善寶

字湘佩。錢塘人。太守武寅齋淩雲室。

滿江紅 渡揚子江

滾滾銀濤，寫不盡、心頭熱血。問當年、金山戰鼓，紅顔勛業。肘後難懸蘇季印，囊中剩有江淹筆。算古來、巾幗幾英雄，愁難説。　望北固，秋煙碧。指浮玉，秋陽出。把篷窗倚遍，唾壺敲缺。游子征衫攙淚雨，高堂短鬢飛霜雪。問蒼蒼、生我欲何爲，生磨折。

徐庭照

字秋鑒，號藕香。德清人。諸生。戴銘金室。

蝶戀花湯雨生都督賢儷董雙湖夫人索題《梅窗琴趣圖》

問訊江南春到未，添炷爐熏，净几冰絃理。玉腕雙抬羅袖起，翠禽飛上闌干嘴。畫幅生綃煩鶴子圖爲樂民公子作，人與梅花，一樣多風致。疏影暗香傳緑綺，小紅不用吹簫侍。

丁采芝

字芝潤。無錫人。張淑徵女史女，鄒雨香廷勷室。有《芝潤山房詩詞》二卷。

百字令病懷

露華侵曉，釀春寒，種種動人愁絶。底事三更眠不穩，窗外雨聲凄切。細數銅壺，頻添綉被，獸炭紅爐滅。心情無那，不知還向誰説。況是十載離家，半生作客，人世遭磨折。辛苦好償兒女債，贏得病懷如結。夢繞青門，枕凝紅淚，瘦影横殘月。晨鷄三唱，醒來又聽檐鐵。

浪淘沙重讀《生香館詩詞》，題後

開卷便生憐，好句如仙。玉釵敲斷夢難圓。如此韶華如此過，那得延年。底事不成歡，月夕花天。懷人題遍衍波箋。個裏傷心人不曉，説也凄然。

楊承惠

字蕊淵。金匱人。

聲聲慢《琴清閣填詞圖》

竹如人瘦，徑與塵疏，猗蘭彈徹秋聲。泠緑吹香，風前樹帶泉鳴。玲瓏畫樓東畔，好闌干、常自閒憑。清晝永，展冰綃尺幅，衣袂凉生。　　静裏閒情堪賦，更七條絃外，虚籟泠泠。字織紅絲，凄然天遠秋清。簾空不遮花影，放殘陽、纔近窗明。歌未闋，莫驚他、雙燕夢醒。

吳縣潘介繁襄校
仁和徐慶銓編次
平湖張炳堃增訂
錢塘諸可寶校勘
永康胡鳳丹監刊

國朝詞綜續編卷二十四

海鹽黃燮清編纂

吴　藻

字蘋香。仁和人。同邑黄某室。有《花簾詞》《香南雪北詞》。黄韻甫云：『女士工詩，善琴，嫻音律，尤嗜倚聲。初刻《花簾詞》，豪俊敏妙，兼而有之。續刻《香南雪北詞》，則以清微婉約爲宗，亦久而愈醇也。嘗與研訂詞學，輒多慧解創論。時下名流，往往不逮。其名噪大江南北，信不誣也。』

喝火令

竹簟凉如洗，蕉屏夢未招。欲眠又起整冰綃。且向碧紗窗下，悄地檢香燒。　愁怕和天説，詩多帶病敲。今宵依舊似前宵。一樣燈紅，一樣漏迢迢。一樣酒醒時節，斜月上花梢。

點絳唇

倚竹拈花，生寒翠袖無人問。一天風緊，雁字來成陣。　畫角城樓，又早催霜信。憑闌認，亂山隱隱，衹與斜陽近。

高陽臺

芳草黏天，落花糁地，啼鵑枝上頻催。把酒臨風，問春春幾時回。荼蘼不管東皇去，一絲絲、翠罨香圍。好徘徊、六曲屏開，半幅簾垂。　踏青已負年時約，任柳綿如雪，飛滿紅閨。緑意愔愔，夢中蝴蝶忘歸。打窗一樣懨懨雨，不多時、聽到黄梅。懶搴幃，銀甲長抛，玉笛休吹。

連理枝

新樣蟬紗試，拂面微風至。簌簌殘紅，濛濛落絮，惱人情思。鎮妝成，重插玉搔頭，戴櫻桃梅子。　宿釀梨花漬，鬭豆香盈指。撲蝶期過，餞春會了，綉窗無事。好韶華一晌、便催歸，怨啼鵑不是。

喝火令

扇引團團月，衫更薄薄羅。水晶簾子漾微波。梳罷一窩雲髻，池上看新荷。　無意留春住，驚心怕病磨。好天能幾日清和。等得花飛，等得柳絲拖。等得芭蕉葉大，夜夜雨聲多。

卜算子

立近碧闌干，淚濕羅衫子。愁不共春歸，界入雙蛾裏。　門外飛花幾尺深，個是埋愁地。芳草何曾解斷腸，人自傷心耳。

虞美人

夕陽依舊銷魂色，紅對池塘碧。一杯婪尾香邊酒，花事無何有。　今年忘了送春詞，春短春長難道没人知。緑陰移上小闌干，不是傷心不會卷簾看。

浪淘沙

睡折碧雲簪，怯試單衫。垂柳緑毵毵，雨洗煙含。　滿天飛絮落花攙。記得畫船曾載酒，簫鼓江南。一春辛苦似紅蠶。三起三眠三月病，病過重三。

蘇幕遮

柳花飛，萍葉聚。梅子黄時，梅子黄時雨。小令翻香詞太絮。句句愁人，句句愁人句。　曲闌干，深院宇，依舊春來，依舊春來去。一片殘紅無著處，緑遍天涯，緑遍天涯樹。

賣花聲黄韻甫《帝女花》傳奇，譜長平公主事

法曲冷霓裳，重譜紅腔。修簫人愛月華凉。吹得秦臺仙夢暖，小鳳雛凰。　家國感滄桑，滿地斜陽。瑶天笙鶴散花忙。江管一枝春易著，不斷生香。

臺城路秋蝶

一絲殘照西園路，飛飛漸忘春事。凍抱孤芳，輕團落葉，柳畔哀蟬身世。琉璃扇子，自撲過流螢，粉痕羞漬。瘦草荒煙，謝家庭院黯詩思。　幽叢墜紅數朵，月斜風露冷，凉透雙翅。寶髻香疏，羅裙翠減，歌板不堪重試。秋心未死。問明日黄花，斷愁何似。學畫窗前，阿嬌寒素指。

陌上花風日清美，游氛撲人，屏居不出，殊愜幽意

游塵撲撲，東風吹碎，亂絲叢笛。小住西湖，怕見一湖春色。玉驄嘶過紅墻外，多少香車油壁。想凝妝綉閣，探芳起早，幾曾將息。　繞長堤。是柳相逢半面，青眼愁儂不識。除却梅花，只有月輪知得。移家入畫神仙福，翻把畫中人隔。任窗兒簾子，重重遮斷，四圍空碧。

木蘭花慢 擬草窗

明湖千萬頃，正春曉、鏡奩張。看日脚煙浮，魚天漲碧，鷗夢迷香。横塘。鈿車綉幄，趁流蘇髻子鬱金裳。空翠遥分鬟影，亂紅低颭釵梁。　垂楊。嫩緑回黄。開燕剪、弄鶯簧。認第三橋外，花驄慣識，酒市深藏。匆忙。畫船去也，漸鐘催暝色入斜陽。銀鑰重關乍掩，半山皓月飛光。

浣溪沙

冰雪心腸句欲仙，此身只合老湖邊，水房春暗落梅天。　拾翠幾人抛鈿朵，添香獨自理琴絃，好懷漸不似當年。

蝶戀花

快剪并刀風又急，不卷珠簾，重把羅衫叠。湖上樓臺春水拍，杏花何處人吹笛。　萬樹垂楊和雨織，第一橋連，第六橋頭碧。有約踏青無好日，明朝况是逢寒食。

月華清

柳稚勻黄，梅嬌墮粉，綺櫳春暗如霧。曉鏡圓冰，羞見遠山眉嫵。計芳信、逝水年華，疏俊侶、畫船簫鼓。輕誤。問舊時羅袖，淚痕紅否。　棐几重尋笙譜。説鬥草無心，减蘭空賦。燕去塵梁，强半綉簾香阻。玉纖冷、怨寫琴絲，銀燭短、悶敲釵股。遲暮。又碧雲四合，晚陰窗户。

夏初臨　初夏苦雨，追憶湖上舊游，用樊榭韻

夢雨飄簾，癡雲壓屋，吴綿欲卸還遲。新緑溪橋，花香洗净明漪。玉笙寒了休吹。嚲鬟鴉、釵燕參差。單衫輕舸，依依餞春，除是當時。　故園櫻筍，芳事闌珊，濕煙鎖斷，酒市青旗。垂楊自碧，紅樓覓句人非。煙草萋迷。鈿車塵、不到湖西。短長堤、催歸杜鵑，啼老深枝。

高陽臺　平湖秋月亭，故址重新，游者雲集，舟過不得上，沿堤自斷橋入裏湖

山遠浮煙，湖圓抱玉，絲絲楊柳輕柔。未老游情，累人催上蘭舟。香塵漠漠西泠路，占紅闌、笑語臨流。一篷幽。摇碧誰來，第二橋頭。　自從不作傷心句，負夕陽芳草，滿地閒愁。寂寂寥寥，襟期澹過眠鷗。東風幾陣回橈急，峭寒生，欲裹重裘。懶勾留，花似濃春，

雨似涼秋。

霓裳中序第一 七夕，用草窗韻

羅雲晚翠叠。玉井桐飄驚墜葉。蛛網玲瓏暗結。愛瑟瑟涼花，彎彎新月。春葱膩雪。理綉絨、還檢針篋。瓜筵畔，風吹裙帶，細語背人説。愁絶。銅壺聲咽。看銀燭、畫屏漸滅。秋期難會易别。嘆聘負金錢，佩傷瑶玦。有情天故缺。聽怨曲、孀娥未闋。仙如夢，璇宫夜静，瘦影化雙蝶。

查　慧

字定生，又字菡卿。錢唐人。同邑詞人吴子述承勛室。

黄韻甫云：『女史予同年月卿之妹，詞友吴子述繼室也。工寫花卉仕女，並嗜弧矢，嘗繪《弋雁圖》以寄意。詞亦神味秀遠，迥絶塵艷。』

如夢令

籬外一痕殘雪，池上一丸明月。新種白藤花，不許小鬟輕折。休折、休折，個個養成蝴蝶。

謁金門

鶯去矣，拋下青梅又幾。戲語小鬟來拾起，晶盤同燕喜。　這在鞦韆架底，那在牡丹叢裏。半晌工夫尋見未，拈毫閒畫你。

南鄉子 壬寅春日登陽羨凝秀閣

簫語喚新晴，小滴珍珠釀欲成。偏是他鄉饒節物，清明。已見筠籃賣紫櫻。　準擬放船行，罨畫溪頭縠浪生。争説夕陽紅處好，零星。一樹梨花一水亭。

清平樂 湖上泛月

新凉似麯，釀就西湖緑。醉後尚堪斟百斛，飛下一甌寒玉。　月華小駐橋東，蕭蕭幾陣微風。趁著采蓮人去，不知身在秋中。

搗練子

香黯黯，漏盈盈，水仙風裏試春燈。翠簾卷後珊窗掩，不怕今宵月太明。

萬鈿

字淑娵，南昌人。

滿江紅 題黃韻甫《帝女花》院本，傳明季坤興宮主事

殘照西風，渾不見、漢家陵闕。更堪傷、瓊蕤珠蕊，一般摧折。家國空悲田換海，親庭不奈金寒玦。痛餘生，何處認離宮，娥臺坼。　　春繭恨，絲難絶。銀燭淚，啼乾血。嘆吴門鶴去，秦樓簫咽。眼底新歡人倚玉，心頭舊怨禽銜石。比樂昌、破鏡强重圓，圓還缺。

許希瓊

字佩蘭。吴門人。

闌干萬里心 山居

幾點青山翠抹煙，移家相傍水雲邊，日長無事枕書眠。聽流泉，半是閒人半是仙。

江南好 對月

看明月，拜罷起徘徊。花影紛篩人影悄，蟲聲斷續漏聲催。珠露滴蒼苔。

朱　璵

字葆瑛。海鹽人。曲阜孔綉山廣文憲彝室。有《小蓮花室遺稿》《金粟詞》。

減字木蘭花 病中偶成

木樨香滿，花影一簾題句懶。瘦骨堪憐，伏枕懨懨夜廢眠。　鄉愁離緒，病裏情懷添幾許。怕聽殘荷，滴瀝秋聲細雨多。

尹　蕙

字蘅樓。歸安人。貢生陳長孺室。

喝火令 詠鏡

整處原臨鵲，愁來怕對鸞。一奩照遍小屏山。多少悲歡離合，難諱兩眉彎。　賞鑒情無隱，消磨骨自堅。何因挂向碧羅天。當作天邊，明月十分圓。當作天邊明月，長是十分圓。

趙　棻

字儀姞。上海人。户部侍郎秉冲女，批驗大使烏程汪酉山延澤繼室。有《濾月軒詩文集》，詞附。

高陽臺 吴倚雲夫人碗桃《緑窗吟草》題詞

鶯媚能歌，花嬌欲語，比肩人倚朱櫺。珊管輕拈，畫眉螺子微青。閒抛書卷閒停綉，賭尖叉、好句先成。聽分明，吟出紅窗，總是雙聲。　玉簫凄咽秦樓鳳，又天風吹送，鸞背飛瓊。留取香奩，幾多斷稿零星。扁舟曾泊梅花堰，吊詩魂、冷月三更。剔寒檠，讀罷遺編，夢落瑶京。

關　鍈

字秋芙。錢塘人。諸生蔣藹卿坦室。有《夢影詞》。

蝶戀花題《無人庭院圖》

幾個黄昏風雨惡，鬧得苔紋，緑滿闌干角。薄日熏衣春氣弱，小樓簾卷風翻却。　春到紅桃纔破蕚，天作餘寒，又替花檐閣。燕子歸來全不覺，隔墻亂踏金鈴索。

生查子

儂家江上頭，潮到門前住。一日兩三回，不肯江南去。　江南有暮潮，未識潮生處。還去問梅花，他是江南樹。

清平樂

燕簾風絮，幾叠江南樹。纔起東風天又雨，冷了一春詞句。　鏡奩消瘦朱顔，鸞箋湘管都閒。祇有未歸殘夢，畫屏繞遍春山。

卜算子示藹卿

難得望春來，君又留難住。到得君歸没杏花，却又愁春去。　春去肯重來，花落還開否。到得明年有杏花，又要聽春雨。

臺城路《弢光庵圖》

夕陽欲下層巒去，柴門隔林深閉。遠水平帆，殘鐘落樹，萬叠青山簾底。愁雲亂起。正歸鳥寒邊，瘦笻斜倚。如綫青山，濛濛松篠墮晴翠。　當時素禽已遠。畫闌紅一角，都没荆杞。龕雨敲燈，幡花瘦露，人影一蒲團地。先生去矣，剩丹竈荒寒，晚煙堆裏。一枕潺湲，冷泉流夢細。

陳紫婉

字桐生。海鹽人。諸生陳文齋其炳女。

虞美人 咏水仙

湘靈解佩淩波去，都是留春住。替他歡喜替他愁，也並梅花一處夢羅浮。　天生修潔天生冷，小坐明妝靚。十分香孕碧琉璆，除却窗兒外月，没人知。

陳書

字仲玉。海鹽人。文齋女。

瑶　華 咏水仙

峭寒孕寂，每到花時，被春風先識。淩波去也，早減了、冷月三分顔色。羅幃對影，儘愁織、簾痕淒碧。試問他、瓊蕊開殘，誰解隔年相憶。　香芽寸許纔抽，漸出水亭亭，看已盈尺。今宵夢裏，應許我、細訴明明心迹。冰魂未醒，怎萼緑、偷傳消息。便肯教、仙子重來，禁得幾番淪謫。

錢斐仲

字餐霞。秀水人。山西布政使錢昌齡女，候選訓導德清戚士元室。有《雨花盦詩餘》一卷。

張鹿仙曰：『餐霞夫人爲南樓老人族裔，書畫能世其業，兼善屬文，所爲詞幽憶怨斷，惻惻動人，正如鸞音鳳吹，縹緲天外，一掃閨襜綺艷之習。』

綺羅香 咏枕

蕙帳籠春，文裀藉玉，依約水晶簾裏。好夢能圓，何必通中連理。帶三分、膩鬢花香，漬幾點、相思情淚。最愁他、蓮漏迢迢，背燈無語抱鴛被。　相依孤旅更苦，誰見塵床自拂，素衾漫啓。待托歸魂，還被曉鷄催起。慣偷窺、雙靨偎桃，也曾上、半肩行李。甚新來、愁病懨懨，日高猶倦倚。

解連環

抱愁含醉。啓晶奩顧影，臉霞消未。解香絲、輕付鸞篦，驗舊夢無痕，鬢雲疏翠。幾摺紋紗，可留取、那時清淚。記砌蟲唧唧，窗蕉策策，伴人不作平寐。　輕衾又還自展。更自寬羅帶，自憐腰細。慣凄凉、守盡殘更，漸忘却人間，歡娱情味。冷了熏爐，依舊是、和衣斜倚。怎禁他、月曉霜濃，叫寒雁起。

又

西堂賃與唐氏矣，己未三月六日，過慎宜堂，唐氏眷屬邀余過西堂，蓋不知余懷之悲也，歸而愴然賦此解

絮雲千點。問何年種柳，長條堪綰。繞碧沼、悄照春波，怕鬢影蕭疏，素絲偷换。燕子翩翩，定忘却、卷簾人面。指臨書棐几，學綉紋疏，翠陰還滿。　誰忺這回再見。料亭臺不語，怨人輕賺。記那時、撼雪留花，泥去聲阿母深憐。隔窗頻唤。驀地傷心，揾淚眼、闌干憑遍。恨無情、杜鵑催去，斷霞弄晚。

沈允慎

字湘濤。仁和人。錢塘諸生張錫元室。有《咏月軒詞》。

浣溪沙

一縷爐煙晝掩窗，綉衾斜擁怕經凉，不教消領好風光。　病入秋來惟憶月，花開雨裏不生香，銷魂時節是重陽。

于曉霞

字綺如。金壇人。馮馨畦女，候補浙江知縣金小覺明府文淵室。有《小瓊華仙館詞》。

菩薩蠻

雨纖風軟春將半，春愁空逐游絲亂。孤負踏青期。游蹤因病稀。　畫梁雙燕懶，花落閒庭晚。金鴨篆煙殘，羅衣怯暮寒。

水調歌頭

山色澹何處，都在渺茫中。白雲千縷萬縷，忽現又還封。如此風光休誤，只合焚香煮茗，相對撫絲桐。古寺隱林杪，依約度疏鐘。倚危闌，舒遠目，意無窮。亂鴉陣陣，歸去鳥道暗相通。嶺畔丹楓落去，陌上緑楊凋盡，晚節羡蒼松。撫景一長嘯，幽思付歸鴻。

江城梅花引冬夜寄故園諸姊妹

朔風陣陣透紗窗。思微茫，又昏黄。欲撫瑶琴，金鴨懶添香。竹影參差簾幕静，對寒月，意悠悠、念故鄉。故鄉故鄉道路長。隔餘杭，又吴江。望也望也，望不見、煙樹蒼蒼。猶記聯吟詠絮、共評量。惆悵而今千里别，逢好景，怕登臨、空斷腸。

于　懿

字静宜。金壇人。徵君喬齡女，曉霞從妹，慈溪縣丞鄧恩錫繼室。有《漱芳詞》一卷。

醉花陰

梳裹登樓春起早，新緑池塘草。日日誤尋芳，細雨絲風，斷續何時了。　商量半臂鋪綿少，花勒微寒峭。卦裏問歸期，越是多情，越是多煩惱。

汪仲媛

號香荃。錢塘人。吴門張秀升舍人毓蕃繼室。有《怡雲館詩詞鈔》。

蝶戀花

倦倚銀屏垂翠袖。簾控金鉤，怎解雙眉皺。篆裊爐煙燈似豆，清宵數盡沉沉漏。怪底夜來風雨驟，點滴空階，不解人僝僽。顑頷自憐新病後，關心最是秋花瘦。

陸　蒨

字芝仙。陽湖人。浙江巡檢謝俊士室。有《綉餘吟稿》。

百字令

尤雲殢雨，正花枝如雪，江南春老。記得鄰家諸女伴，争綉踏青鞋小。梅雨新晴，楝花風暖，初試輕羅襖。東風無賴，卷簾驚墮啼鳥。　争奈好事將闌，韶華暗度，離恨知多少。緑樹成陰鶯燕瘦，絮果蘭因潦草。腸斷長亭，魂銷别浦，來歲歸須早。閒愁脉脉，落紅平砌休掃。

惜分飛 送别

暗裏年華愁裏换，凄絶離亭别館。客路春將半，鳥聲啼到柔腸斷。　欸乃幾聲舟去遠，一任魂銷不管。回首紅橋畔，柳花如雪斜陽岸。

高陽臺 題《蝶夢詞》

金粉飄零，玉階寂寞，休提蘭絮前因。如此繁華，算來一霎成塵。青衫依舊紅顔死，儘無聊、獨活青春。怨無情萬縷垂楊，不綰斜曛。　落花如海春如客，便羅浮到得，斷夢無痕。月暗雲濃，殘香裏著吟魂。濁醪千盞詞千闋，藉消磨、幾個黄昏。最關心，風又瀟瀟，雨又紛紛。

踏莎行

半爲離愁，半因多恨，無端花事消磨盡。梧桐淚雨又秋聲，重衾冷透眠難穩。　落葉吟枝，殘燈灺暈，霜寒幾日西風緊。誰家兒女伴黄昏，玉簫吹徹梅花引。

阮恩灤

字媜川。儀徵人。錢唐沈霖元室。有《慈暉館詞》。

浣溪沙 吴江舟次

江北江南暮靄平，濛濛煙樹雨初晴，萬家燈火隔湖明。　風送歸雲樓斷嶺，星連寒月帶孤城，輕帆一刻過松陵。

又

何處幽人玉笛吹，新愁遥寄落梅時，隔汀鷗鷺未教知。　江渚風濤羈客恨，水窗絃索女郎詞，夢回朱舫漏遲遲。

掃花游 自雲棲寺歸，泛舟西湖，游覽竟日，倚聲成歌

嫩篁一徑，正翠滴籃輿，海霞初曉。寺門漸杳，更明湖盪槳，鏡波迴抱。極目群峰，百變雲容盡掃。晚春好，問堤柳、舊栽添種多少。先文達公撫浙時，濬西湖，曾命海塘兵剪柳三千餘枝，遍插蘇堤，並令逐年添插千枝。　何事贏懊惱，指絢碧亭臺，俊游曾到。謝墩自小，嘆而今、剩有冷煙

衰草。先文達公又於湖心積葑成堆，中建小亭，遍栽桃柳，杭人呼爲阮公墩，今圮廢有年矣。無限悲懷，且聽鶯啼樹杪。日西了，儘徘徊、晚花池沼。日暮舟抵湧金門，復游朱氏園，時丁香大放，霍靡可愛。

訴衷情

綉絨窗底卷銀鈎，蟬鬢理還休。星期暗數靈匹，河漢正西流。　思往事，觸新愁，莫憑樓。梧桐夜雨，點點聲聲，漸作深秋。

淩祉媛

字茝沅。錢唐人。諸生丁丙室。有《翠螺閣吟稿》，附詩餘一卷。

菩薩蠻

檐鈴驚破紅閨夢，曉妝人怯餘寒重。纖手卷簾衣，風前放燕飛。　落紅紛似雪，倦了尋香蝶。樓外易斜暉，春歸人未歸。

念奴嬌 季夏泛舟湖上，三潭荷花方盛，柳陰小泊，花枝壓船。遠處緑陰摇動，時露靚妝，帶笑含顰，仿佛浣紗西子也

緑雲迷望，繫吟舟，人在藕花香裏。摇曳舞衣渾不定，挹取滿襟凉意。素影淩波，清芬入夢，都把鉛華洗。千枝玉立，四圍煙水無際。　當此小集裙釵，碧筩唤飲，幾度吟箋理。世外軟紅吹不到，消受湖天風味。瑟瑟驚秋，亭亭寫照，送到斜陽未。漁舟歸晚，沙邊鷗鷺飛起。

蝶戀花 翠螺閣納凉

亭院燈昏煙暗鎖，静夜迎凉，斜憑闌干坐。庭樹鴉棲清夢妥，凉蟾飛上雲陰破。　銀漢無聲秋澹沱，露濕釵翹，漸覺鬟雙嚲。竹外流螢三兩個，隨風又向衣邊墮。

齊天樂 萬籟初寂，凉月在庭，清風徐來，響動檐鐵，欹枕聽之，使人黯然欲絶也

蓮壺漏静蘭房悄，清聲送來何處。碎響循廊，繁音繞屋，好向風檐尋去。敲殘夜雨。似一曲淋鈴，隔簾聽取。好夢難成，半窗燈影黯愁緒。　秋深凉意漸緊，玉關離思切，遥和砧杵。亭角煙荒，樓陰月暗，驚起棲枝雅侶。無人院宇。更落葉蕭蕭，響攙蛩絮。擾碎香魂，枕邊如共語。

汪淑娟

字玉卿。錢唐人。孝廉金繩武室。有《曇花集詞》，與孝廉《泡影詞令》刻於《評花仙館詞》中。

洞仙歌 荷包牡丹

猩紅一捻，有粉痕飄蕩，疑出纖纖美人掌。怕飛來蝴蝶，盡是金錢，是昨夜、妃子筵前親賞。　者般真錦地，可惜天公，不把苔紋綉添上。要向畫奩尋，比與郎看，可勝得、儂家花樣。悔祇悔春愁萬千千，未屬付東風、替儂安放。

憶舊游 薄冷初除，芳菲未晚。春人約我，畫舫迎人。柳依依以可憐，花齵齵而欲笑。晚鐘催黑，被酒忘歸。獨立蒼茫，不知此身猶在塵世也。同游者姑母紉茞、三妹雯卿

恁水涵愁影，煙鎖愁容，山掩愁妝。更聽聲聲櫓，作聲聲欸乃，折盡愁腸。一春花事消歇，歸路忒微茫。有點點饑鴉，行行疏柳，淡淡斜陽。　花香陌頭，未問當日軿車，誰嫁錢王。回首登臨處，祇荒陵水平碧，斷塔泥黄。荼蘼可憐，春暮風雨苦收場。怕明日西湖，匆匆謝了蘭蕙芳。

蝶戀花

胡蝶天天花底住，花謝今番，蝶也應該去。抵死春風强作主，又吹伊入簾深處。　一日斜陽三日雨，鬧得如今，天也無憑據。何怪樓頭楊柳樹，有絲没處尋頭緒。

鄧　瑜

字慧玉。金匱人。恩錫女，錢塘諸生諸遲菊可寶繼室。有《蕉窗詞》一卷。

湘　月　病中感懷，寄閨友

久疏吟咏，嘆年來多病，朱顔消損。花事又隨流水去，漸覺日長人困。酥雨濺梅，軟塵颺麯，天也全無準。數聲鄰笛，夜闌棖觸離恨。　愁對寂寞房櫳，藥爐火黑，氣息香微醞。遠道河梁人幾處，盼斷游鱗問訊。半擁紗衾，悄然獨坐，鬆挽絲絲鬢。窺窗梳月，有情來照方寸。

賀新凉　莫秋湖上

第五橋邊去。繞横堤、殘山剩水，柳髡如許。我與西湖初識面，風景凄清細數。有幾帶望中煙樹。岳鄂王墳蘇小墓，信英雄兒女分千古。移畫舫，向何所。　水天别映孤山路。放中流、斜陽影澹，一支柔櫓。乍聽鐘聲風外落，知在雲深深處。又背轉、蘋洲菱渚。留得殘荷依弱蓋，可憐紅、猶作淩波步。閒意態，問鷗鷺。

錢瑗

宛平人。諸生錢筱南符祚女。

長亭怨慢題《帝女花》院本

問何事興亡重譜，爲惜瓊花，慘遭風雨。幾點殘山，倩誰來畫舊眉嫵。杜鵑啼苦，家國恨，從頭數。缺陷總難償，合付與、傷心人補。　三五。算華年草草，併向亂離中度。匆匆去也，夢不到、舊時宫樹。倩絮影、替寫愁痕，又生怕、斜陽無主。祇一縷情絲，還被犀簾鈎住。

百字令題《桃溪雪》院本

餘生有幾，最難得挨到，收梢時節。妨命祇緣才太艷，倒受千般磨劫。錦字緘情，緑華寫恨用本事，淚點成紅雪。至今溪畔，但聞流水嗚咽。　遥見狂虜氛中，桃花一騎，絶代傾城色。直算望夫山下殞，梔子同心先結用本事。兵氣飛揚，愁雲慘淡，魂冷天邊月。我來題曲，凍痕冰指如鐵。

法曲獻仙音 敬次大人題管夫人大士畫像韻

著墨勾衣，吮毫添暈，腕底香留千古。竹裏行吟，月中窺影，愁心問伊知否。竪一指談禪也，天花墮如絮。　恨難數。更誰憐、夢塵醒後，多少事、贏得幾聲才女。莫再種情根，願來生、重轉西土。滿眼青蓮，是鷗波、曾共游處。悔身無雙翼，去伴聽經鸚鵡。

錢玉吾

宛平人。筱南女。

鳳凰臺上憶吹簫 題《拙宜園樂府》五種

修月簾櫳，織雲亭榭，最宜琴語纏綿。爲愛拈紅豆，瘦了三年。病酒傷春情緒，都付與、急管繁絃。消魂處，夕陽無限，祇在愁邊。　誰憐。拍中换拍，千萬折柔腸，欲斷還連。算一番花放，一度離天。唱到青青柳色，催夢去、夢也難圓。歌筵畔，拚將此身，化作啼鵑。

沈　蕊

字芷鄉。嘉興人。西雍觀察焘女，桐鄉勞介甫室。

玉女迎春慢 雪美人

衣織冰綃，妝初竟、悄立玉樓瓊户。脉脉新愁舊恨，淚滴斜陽紅處。芳容難駐，怕弱質、不勝風露。前因曾悟，消得冶情，羞比飛絮。　亭亭獨對梅花，無言斂黛，似傳心素。好把聰明懺盡，莫化唐宫鸚鵡。月痕微度，更冷罥、一身香霧。雅韻天然，恐有隔窗人妒。

緑　意 芭蕉簟

朱闌六曲，剪碧痕漾水，清潤如玉。八尺含風，莞蒻都抛，銀床晝展幽緑。蛛塵幾度殷勤拂，看滑芴、琉璃光熟。算織成、一片回紋，略勝素心愁束。　猶記紗櫥夢醒，雨聲聽滴瀝，吹斷還續。午倦停針，静倚閒眠，雅韻最宜窗北。憐他人影如秋瘦，怕寒逗、雪膚珠粟。愛月明、庭院鋪來，掩映數竿脩竹。

秦　雲

字佩芬。山陰人。蕭山參軍丁藍叔文蔚副室。有《媚晴樓詞草》。

臺城路題蔣平伯茂才坦《弢光紀游圖》

小紅亭子清溪上，綠階自生秋草。亂竹飄泉，喬松閣雨，如綫長江横繞。殘星曙早。漸煙火人間，萬家青曉。風起潮音，布帆點點出林杪。　前塵回首如夢，荒凉苔蘚碧，沉没丹竈。鐘影沉秋，茶聲過夢，猿鶴空山都老。湘簾下了，只一片寒雲，晚樓低到。獨倚危闌，亂林風自掃。

臨江仙自題《海棠菱鏡畫册》

春寒小院剛初起，畫簾垂地周遮。妝臺淺碧護文紗。海棠帶露，紅犨鳳盤斜。　舊日花時人共語，今朝人去天涯。瘦眉慵畫鬢欹雅。惓惓情緒，掩鏡懶簪花。

包韞珍

字亭玉，號菊籬。錢塘人。孝廉包厚慶女，嘉興莊丙照室。有《净緑軒詩詞》。

浪淘沙

玉露下泠泠，斜漢無聲。風吹砌竹近三更。一帶紅墻臨小院，飛過流螢。　寂寞繞廊行，屈戍雙扃。往來魂夢不分明。珠淚半乾燈半灺，一晌忪惺。

菩薩蠻庭前緑葉漸濃，計餞春無半月矣，病起有懷，率成短闋

緑陰一地池塘静，翠生一地羅衫影。扶病倚闌干，簫聲起暮寒。　日長雲鬢嚲，不耐熏香坐。斜日下樓西，夢回聞鳥啼。

戴　錦

字綺江。吴興人。張金笙繼室。有《焚餘草》附詞。

如夢令春夜

波弄一池風皺，香滯小爐煙瘦。月上半闌干，夜静只聞更漏。依舊、依舊，人立黄昏時候。

李月兒

丹陽妓。

荆州夢閨情

芍藥闌邊花少，漸覺薰風未了。姑惡一聲聲，到月沉天曉。　拾得紅箋微笑，輕掐一痕

灣小。拋與玉堂人，可識麻姑仙爪。

祝英臺近 寄贈，邀看龍舟

月鈎斜，榴火艷，競渡滿遥浦。也擬同游，没個爲歡處。怕伊粉蝶齊飛，彩鸞雙舞。悲冷淡孤鴻誰與？　能相顧，只這練水溪邊，便是藍橋路。又恐饑鷗驚破冶春塢。那堪斜照城闉，晚風舟尾，難排遣酒闌人去。

吴小荷

南昌妓。

菩薩蠻 自題畫蘭

怕聽南浦潮嗚咽，斜陽那管人離别。醮淚寫幽蘭，素心如許酸。　齊紈儂自製，莫向秋風棄。妒殺扇頭花，先隨君到家。

錢塘宗景藩子城校刊

國朝詞綜續編跋後

嘗謂文章之傳世，殆有數存。斯言豈不信哉！余於咸豐丁巳，就海鹽黄韻甫先生甥館。讀先生所箸詩古文辭，深獲師資。而於詞則夙所未諳。先生爲余指證源流，講解音律，余雖心好而未能也。一日，先生出是編示余曰：『乾嘉以降，詞人輩出，余搜採得六百家，披吟抉擇，抄摭成編，將欲繼竹垞、蘭泉兩先生《詞綜》之選，傳其詞，並傳其人。悴心力於兹者，已十年矣。』余固知先生傳世之心深且摯，徒以粤逆之警，時有戒心，未暇卒讀也。

歲庚申，余赴禮部試，賊陷吾杭，家頓燬，内子挈子女，間關至鹽，依先生居。余聞難遄歸，旲、禾亦不守，遂相與播遷。雖烽燧之中，室家靡定，而先生恒挾是編以自隨。越明年，海鹽陷。轉徙平湖之梅家浜，賊又踵至。迫促眷屬倉猝登舟，百物無一携者。日嚮暮，内子欷嘘太息曰：『凡物不足惜，《詞綜》一編，老父十年删定，用以傳一代之詞人，乃亦委之而去耶？拔淪陷而出之，是在吾子。』蓋内子於是編，亦嘗肄業及之也。余韙之，拂衣起，命奴子籠燭行。斯時也，野徑荒荒，犬吠如豹，陰霾之氣，偪竪毛髮。數里抵逆旅，主人已先亡去，入室冥搜，得小笥盈尺，而是編在焉。返告先生，且驚且喜。自是歷涉險阻，間道走海昌，渡越之蕭然山，繼又自越而甬而滬，以達於楚。嗟乎，此吾兩家之出死入生，而亦是編不遭淪喪之數也。

壬戌秋，先生宰宜都。甲子由松滋謝事還武昌，老病俱至。謂余曰：『生平箸作及所輯書，乃爾夫婦出之兵燹者，必爲我傳之。』未幾，先生歸道山，余亦從而學宦。萃其遺箸，次第剞劂，獨是編卷帙繁多，未暇及也。壬申自襄陽需次省門，乃商訂於同人，總其成於張鹿仙都轉，諸遲菊孝廉任校勘，月樵胡觀察爲之付梓。今年六月，工告蕆，信乎是編其傳矣！

顧自粵逆之變，海内藏書之爲薪爲燼者，何可勝道！而是編也，設非先生采輯於前，余出之烽火之後，六百家之光氣縱不至概焉澌滅，而其存者，蓋幾希矣！乃竟攜之數千里，藏之逾十年，又幸時際昇平，得諸君子相爲考訂，使其詞傳，其人亦傳，蓋詞人之靈，隱爲呵護歟？抑文章之傳世，信乎其有數存也！至若詞中之奥窔，余不能贊一詞；詞人之姓氏爵里與甲科，先生編輯於二十年之前，亦不敢有損益。特以是編之所由始，與其所由成，殆有數爲之者，謹述其略如此。

同治十二年歲次癸酉，宗景藩跋於春陵官廨。